JANET MACLEOD TROTTER

DAS WAGNIS in der FERNE

Roman

Aus dem Englischen von Maike Claußnitzer

TINTE & FEDER

Die englische Ausgabe erschien 2018 unter dem Titel
»In the Far Pashmina Mountains« bei Lake Union Publishing, Seattle.

Deutsche Erstveröffentlichung bei
Tinte & Feder, Amazon Media EU S.à r.l.
38, avenue John F. Kennedy, L-1855 Luxembourg
Mai 2022

Die Übersetzung dieses Buches wurde durch Amazon Crossing ermöglicht.

Umschlaggestaltung: semper smile, München, www.sempersmile.de
Umschlagmotiv: © RRice © Kanjanee Rotesin © Chansom Pantip
© Thoom / Shutterstock;
© Malgorzata Maj / ArcAngel; © Manjunath Undi / Getty
Lektorat: Diana Schaumlöffel
Korrektorat: Manuela Tiller/DRSVS
Gedruckt durch:
Amazon Distribution GmbH, Amazonstraße 1, 04347 Leipzig /
Canon Deutschland Business Services GmbH, Ferdinand-Jühlke-Straße 7,
99095 Erfurt /
CPI books GmbH, Birkstraße 10, 25917 Leck

ISBN 978-2-49670-989-6

www.tinte-feder.de

Für meine wunderschöne und muntere Enkelin Connie – du bringst Freude in unser Leben. Eine heranwachsende Heldin!

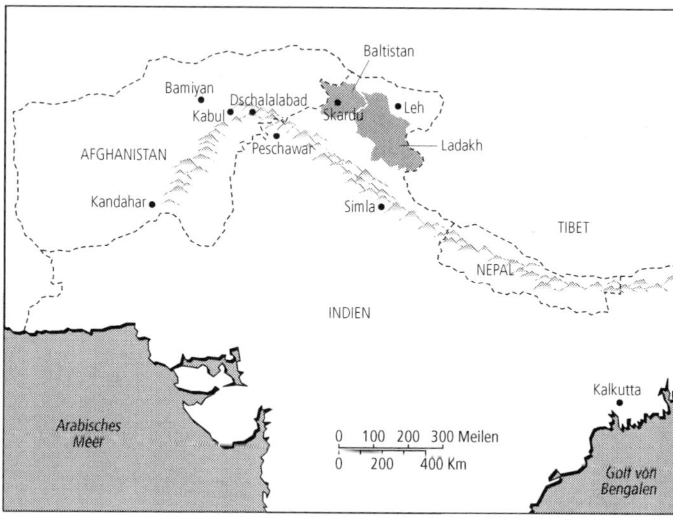
Baltistan
Bamiyan
Dschalalabad
Kabul
Skardu
Leh
Peschawar
Ladakh
AFGHANISTAN
Kandahar
Simla
TIBET
NEPAL
INDIEN
Kalkutta
Arabisches Meer
0 100 200 300 Meilen
0 200 400 Km
Golf von Bengalen

Kapitel 1

Northumberland, 1810

Alice Fairchild wurde während eines Sturms auf einem Felseneiland in der Nordsee geboren. In den Wehen krümmte sich ihre Mutter Charlotte auf dem durchgelegenen Bett hoch oben im Leuchtturm, während der tosende Wind an dem Gebäude rüttelte und ihre Schreie übertönte.

»Nicht so laut, Madam«, bat Effie, die Frau des Leuchtturmwärters, besorgt. »Sie werden meinen Jungs mit Ihrem Geschrei noch Angst machen.«

»Das ist mir egal!«, knurrte Charlotte. »Holen Sie einfach dieses *Ding* aus mir heraus.«

Effie war gekränkt, verbiss sich aber eine schnippische Antwort. Es waren nur die Angst und die Geburtsschmerzen, die diese fremde Lady dazu brachten, so etwas zu sagen.

»Es kommt – einfach noch ein bisschen kräftiger pressen!«, sprach sie der Gebärenden Mut zu.

»Ich sterbe!«, jaulte Charlotte. »Ich werde an diesem schrecklichen Ort sterben, und er wird es nie erfahren, und das alles nur wegen dieses … dieses …« Sie schrie, als die nächste qualvolle Kontraktion ihren Körper peinigte.

Effie hatte noch nie ein derart unziemliches Benehmen bei einer Geburt erlebt. Diese Frau bäumte sich auf und kreischte wie eine Besessene. Während die Fensterläden klapperten und die Gischt durch die Risse im Ziegelmauerwerk des Leuchtturms spritzte, versuchte Effie, ihren ungebetenen Gast zu beruhigen. Die Frau war wenige Stunden vor Beginn des Sturms allein aus einem kleinen Boot gestiegen. Effie machte sich Gedanken um ihren Mann, der oben in der Lampenkammer auf sich allein gestellt war und sich bemühte, die flackernden Kerzen am Brennen zu halten. Durch die Luke, die in die Küche unten führte, hörte sie, wie ihre beiden kleinen Söhne sich beim Kartenspiel stritten und offenkundig ihrer Anweisung nicht gehorcht hatten, im Bett zu bleiben. Aber wer konnte schon bei solch einem Sturm und Mrs Fairchilds Geschrei schlafen?

Eine Stunde später – eine Stunde voller gutem Zureden, Gebrüll, Flüchen und Schweiß – kam ein langbeiniges Baby mit zerknautschtem rotem Gesicht zum Vorschein und tat seine Unzufriedenheit mit einem empörten Aufheulen kund.

»Ein Mädchen!«, rief Effie. Die Augen brannten ihr vor Tränen der Rührung. »Sie haben eine hübsche Tochter, Mrs Fairchild.«

Charlotte zuckte zurück. »Ich will es nicht sehen.«

»Nach all der Plackerei?«, rief Effie ungläubig aus. »Nur ein klein bisschen kuscheln …«

»Nicht jetzt.« Charlotte sank vollkommen erschöpft zurück. »Bitte bringen Sie es weg.«

Diese Zurückweisung schockierte Effie mehr als die Stunden voller Kraftausdrücke und Verwünschungen. Sie und Arnold hatten zwischen dem zehnjährigen Danny und dem fünfjährigen Sam drei Babys verloren – allesamt Mädchen. Effie küsste das schreiende Neugeborene.

Wie konnte eine Mutter es ablehnen, ein lebendiges Baby in den Armen zu halten?

* * *

Stunden später erwachte Charlotte benommen und unter Schmerzen. Sie fragte sich, wo sie war. Die enge Kammer stank nach Talg, Schweiß und Blut – *ihrem* Blut. Im Flackern und Tanzen des schwachen Lampenscheins schien der Kreis der Wände sich immer enger um sie zusammenzuziehen. Sie lag auf einem Himmelbett, das gleichwohl keinen Platz für den Himmel hatte; die Bettpfosten berührten die Decke, als würden sie sie tragen.

War es noch immer Nacht? Das mit Läden verschlossene Fenster tief unten in der Wand ließ keinen Lichtstrahl durch. Der Wind heulte noch immer. Das Baby. War das nur ein Albtraum gewesen? Charlotte setzte sich auf und zuckte zusammen, weil es so wehtat. Nein, die Tortur war nur zu echt gewesen. Irgendjemand – vielleicht die einfache Frau des Leuchtturmwärters – hatte versucht, Charlotte zu säubern, aber es gab keine Spur von dem Ding, das man aus ihr herausgezogen hatte. Das Entsetzen darüber brach abermals über sie herein. Wie hatte sie nicht wissen können, dass das, was in ihr wuchs, ein Baby war? Sie hatte Appetit auf süße Speisen entwickelt und seltsame Bewegungen in ihrem Bauch gespürt, sich aber Sorgen gemacht, dass es sich um die Symptome irgendeines Parasitenbefalls handeln könnte. Schwangere Frauen waren doch immer aufgebläht wie volle Segel, aber ihr kleines, festes Bäuchlein hatte sich kaum abgezeichnet.

Sie kämpfte sich aus dem Bett hoch. Sie musste weg. Ihr Geliebter, Kapitän Nielsen, würde jetzt jede Minute eintreffen, um sie zu retten. Sie hatten abgemacht, sich im geschützten Hafen der Insel zu treffen. Charlotte verlor auf dem Lumpenteppich das Gleichgewicht und landete hart auf dem Holzboden.

Bei ihrem Aufschrei tauchte Effies Kopf durch die Luke im Fußboden auf. »Madam, was machen Sie denn da? Brauchen Sie den Nachttopf?«

»Ich muss mich anziehen. Ich muss weg.«

»Sie gehören ins Bett, Mrs Fairchild«, sagte Effie tadelnd.

Charlotte versuchte zu widersprechen. »Ich muss jetzt los. Er kommt mich abholen.«

Effie tätschelte sie tröstend. »Bei diesem Sturm könnte niemand ein Boot zu Wasser lassen. Sie werden sich einfach gedulden müssen, Madam. Wir lassen Ihren Mann wissen, dass Sie in Sicherheit sind, sobald wir können.« Sie brachte die zitternde Charlotte dazu, sich wieder unter die Decke zu legen.

»Wie lange wird es dauern – das Unwetter?«, fragte Charlotte panisch.

»Vielleicht mehrere Tage.«

»Mehrere *Tage*? So lange kann ich einfach nicht hierbleiben.«

»Ich bringe Ihnen das Baby herauf, damit Sie es stillen können.«

»Ich will es nicht«, verkündete Charlotte. Tränen der Wut und Verzweiflung traten in ihre blauen Augen. »Ich kann nicht …«

»Es ist nichts dabei. Ich helfe Ihnen, sie anzulegen.« Effie ignorierte ihren Protest. »Sie werden sich bald daran gewöhnen.«

»Nein, werde ich nicht – ich weigere mich!«

Sobald Effie die Leiter hinab verschwunden war, zog Charlotte sich die Decke über den Kopf und schrie vor Zorn. Sie hätte längst mit ihrem dänischen Kapitän, Erik Nielsen, fort sein sollen. Wo war Erik jetzt? Lag sein Schiff sicher im Hafen, oder war er wegen des Sturms in Seenot? Der Gedanke, dass er Schiffbruch erleiden oder, noch schlimmer, gar nicht kommen würde, machte ihr zu schaffen. Aber er liebte sie – betete sie an –, also würde er natürlich kommen. Er hatte die Leuchtturminsel als Treffpunkt ausgewählt, um so wenig Aufsehen wie möglich zu erregen. Erik behauptete, dass George Gillveray, der Besitzer von Black Harbour House auf dem gegenüberliegenden Festland, immer durch sein Teleskop die Schiffe ausspionierte. Sie musste einfach geduldig sein. Aber Charlotte wusste, dass sie das nicht sein konnte; sie hatte noch nie in ihrem Leben verstanden, warum Geduld als Tugend galt.

* * *

Der Sturm dauerte drei Tage, aber der Seegang war auch an den nächsten dreien noch so heftig, dass Arnold Brown, der Leuchtturmwärter, meinte, dass kein Boot sicher auf der Insel landen könne, ganz gleich, wie erfahren dieser Kapitän Nielsen sei.

»Ich weiß nicht, was schlimmer ist«, beklagte sich Effie, »das schlechte Wetter oder die Launen der feinen Dame.«

Charlotte war unleidlich und brach immer wieder in Tränen aus, aber Effie bestand darauf, dass Charlotte sich das Baby an die Brust legte.

»Niemand sonst hier kann das kleine Mädchen stillen.«

Effie setzte Charlotte mit Fragen zu: Warum war sie in ihrem Zustand allein, sogar ohne Zofe, auf Reisen? Wo war ihr Mann? Warum war sie auf diese Insel gekommen? Um Effies Neugier zu stillen, schluckte Charlotte ihre Gereiztheit hinunter und spielte die trauernde Witwe.

»Colonel Fairchild ist an seinen Kriegsverletzungen gestorben«, schluchzte sie. »Er ist im Ausland begraben. Ich gehe auf eine Pilgerfahrt. Kapitän Nielsen hat sich freundlicherweise bereit erklärt, mich mitzunehmen. Meine Zofe leidet schrecklich an Seekrankheit. An Bord wird man mir eine andere Dienerin zur Verfügung stellen.«

Charlotte war sich nicht sicher, ob Effie ihr glaubte – die Frau des Leuchtturmwärters seufzte und murmelte fast lautlos etwas in irgendeiner barbarischen Sprache –, aber sie brachte ihr raue Fürsorglichkeit entgegen, wenn auch nicht die Unterwürfigkeit, die Charlotte von einer Frau derart niederen Standes erwartete.

Charlotte bemühte sich, Effie nicht wie eine Dienstbotin herumzukommandieren; sie hasste die stickige Schlafkammer, aber hatte noch weniger Lust, in die beengte Küche mit den durch das schlechte Wetter ans Haus gebundenen Jungen, ihrer schimpfenden Mutter und ihrem wortkargen Vater, der zu schlafen versuchte, hinunterzusteigen. Und dann war da noch das schreiende Baby. Charlotte betrachtete das Kind nicht als ihres, und ihr graute vor den Zeiten, zu denen das Geschöpf zu ihr gebracht wurde, um Milch zu trinken. Es heftete sich wie ein Blutegel an sie und saugte, bis ihr die Brüste wehtaten und sie es nicht länger ertragen konnte. Sie betete um Rettung, darum, dass Erik kommen und sie erlösen möge. Endlose Stunden der Langeweile zogen sich zwischen den Stillzeiten hin. Nur den dunkeläugigen, übermütigen Daniel, der ihr ungenießbare Mahlzeiten aus Porridge oder Erbsenpüree brachte, gewann Charlotte lieb.

»Bleib hier und rede mit mir, Danny. Bewahre mich davor, vor Langeweile zu sterben«, flehte sie und verbrachte dann Ewigkeiten damit, ihm von ihrem Leben in einem Herrenhaus in der Nähe von Newcastle zu erzählen. Manchmal fragte Charlotte sich, was sie geritten hatte, davonzulaufen, ihre Zofe auszuzahlen und die Familie ihres Mannes glauben zu machen, dass sie für einen Monat nach London fuhr. Dann dachte sie an Erik Nielsen – gut aussehend, fröhlich und tollkühn –, der ihr ein neues Leben voller Abenteuer bot.

Eine Woche, nachdem Charlotte das Kind zur Welt gebracht hatte, verlangte sie, in die Lampenkammer hinaufgeführt zu werden. Mit zitternden Beinen stieg sie die Leiter zur Spitze des Leuchtturms empor. Danny hielt sie am Arm, während sie sich umsah. Sie hoffte bei jedem Punkt am Horizont, dass es Eriks Schiff sein würde, das kam, um sie zu retten. Jedes Mal zerschlugen sich ihre Hoffnungen, wenn wieder ein Schiff einfach weitersegelte. Aus einer Woche der Gefangenschaft wurden zwei und dann drei. Jeden Tag hielt sie stundenlang von der hölzernen Plattform Ausschau, aber Erik kam nicht.

Eines Tages sagte Arnold ihr unverblümt, dass ihnen die Vorräte ausgingen und dass er sie und das Baby nach Black Harbour auf dem Festland hinüberrudern könne.

Als sie dies kategorisch ablehnte, fragte er: »Möchten Sie, dass ich eine Nachricht für Ihre Leute mitnehme, damit sie Sie nach Hause holen?«

»Nein!«, schrie Charlotte panisch. »Ich muss auf Kapitän Nielsen warten wie besprochen.«

Arnold seufzte. »Und wenn er nicht kommt?«

»Der Sturm muss ihn aufgehalten haben. Geben Sie mir noch eine Woche, dann gehe ich, versprochen.«

Arnold nahm Danny mit, um ihm zu helfen, die Vorräte zu tragen. Als sie fort waren, überredete Effie Charlotte, in die Küche hinunterzukommen, und goss ihr aus einer staubigen Flasche, die in einer Wäschetruhe aufbewahrt wurde, etwas zu trinken ein.

»Sherry«, erklärte Effie. »Trinken Sie ihn, Madam, und dann können wir uns ein bisschen unterhalten.«

Während Charlotte dankbar den süßen, wärmenden Alkohol hinunterstürzte, saß Sam auf einem Hocker, von dem aus er das Baby in seinem behelfsmäßigen Bettchen bewachte, und beäugte Charlotte. Effie spürte ihr Unbehagen und schickte den Jungen hinaus, um Muscheln von den Felsen zu sammeln.

»Ich behalte das Baby im Auge«, sagte Effie und scheuchte ihn die Leiter hinunter. Als er weg war, lächelte sie. »Der kleine Sam hat sich selbst zu ihrem Schutzengel ernannt, o ja.« Dann wurde ihre Miene ernst. »Es geht mich ja nichts an – diese

Sache mit Kapitän Nielsen –, aber wäre es nicht besser, diese … äh … Pilgerfahrt aufzuschieben, bis das Baby entwöhnt ist?« Als Charlotte nichts sagte, fuhr Effie fort: »Mein Mann könnte eine Nachricht an Kapitän Nielsens Schiff schicken, um ihm zu sagen, dass alles in Ordnung ist, dass es jetzt aber ein Baby gibt …«

»Er darf nichts von dem Baby erfahren«, platzte Charlotte heraus. Sie wurde rot. »Ich meine, ich möchte nicht, dass er sich damit belasten muss. Die Pilgerfahrt darf nicht aufgeschoben werden.«

»Das lässt sich aber wohl kaum vermeiden«, wandte Effie ein. »Wenn er herkommt, wird er Sie hier mit Ihrem Kind vorfinden.«

»Nicht, wenn Sie sagen, dass es Ihres ist! Behalten Sie das Kind«, bettelte Charlotte, »ich flehe Sie an.«

Effie war schockiert. »Es steht uns nicht zu, das Kind zu behalten.«

»Ich kann Ihnen Geld geben.«

»Wir wollen Ihr Geld nicht«, wehrte Effie empört ab.

Charlotte brach in Tränen aus und sank zu Boden. »Ich wusste nicht, dass ich schwanger war! Ich bin ruiniert!«, jammerte sie. »Warum helfen Sie mir nicht?«

Erschrocken nahm Effie die verzweifelte Frau in die Arme.

»Sagen Sie mir die Wahrheit, Mrs Fairchild«, drängte Effie und strich Charlotte die wirren roten Haare aus der Stirn.

»Colonel Fairchild ist nicht an seinen Wunden gestorben«, schluchzte Charlotte. »Er ist seit vier Jahren fort und kämpft gegen die Franzosen – dabei sind wir erst seit fünf Jahren verheiratet. Ich habe meinen Mann noch kaum zu Gesicht bekommen und erinnere mich nur vage daran, wie er aussieht.«

»Also ist das Baby von dem Kapitän?«

»Ja, aber er weiß nichts davon. Wie könnte er auch, da ich es ja nicht einmal selbst wusste?«

Effie antwortete sanft, aber mit Nachdruck: »Sie sollten zurückkehren und mit Ihrem Mann reden.«

»Das kann ich unmöglich tun«, hielt Charlotte unerbittlich dagegen. »Colonel Fairchild ist für mich ein Fremder. Ich gehe zu meinem Kapitän, und niemand wird mich aufhalten.«

»Für das Kind ist er verantwortlich.«

»Das wäre ein zu großer Schock«, erwiderte Charlotte.

»Aber wenn Sie ihm am Herzen liegen, Madam, dann wird er das Mädchen nicht zurückweisen«, ermunterte Effie sie, »und sie ist ein süßes kleines Ding.«

»Vielleicht kann er sich mit der Zeit damit abfinden. Aber nicht jetzt. Behalten Sie es bitte? Ich verstehe nichts von Babys. Sie dagegen sind eine geborene Mutter, und Danny hat mir erzählt, wie sehr Sie sich nach einer Tochter sehnen, und auch von den dreien, die schon auf der Insel begraben liegen.«

Effie keuchte auf. »Das hätte er Ihnen nicht erzählen sollen …«

»Das hier ist Ihre Chance«, fiel Charlotte ihr ins Wort. »Nehmen Sie meine Tochter und ziehen Sie sie als Ihre eigene groß. Bitte, Mrs Brown!«

Charlotte kämpfte sich auf die Beine, streckte die Hände aus, um das Baby zu packen, und drückte es Effie förmlich in die Arme. Effies Herz schmolz von Neuem dahin, als der Säugling sie vertrauensvoll aus neugierigen blauen Augen ansah.

Ihre Entschlossenheit geriet ins Wanken. »Vielleicht könnten wir sie für eine Weile behalten.«

»Irgendwann komme ich sie holen, versprochen«, sagte Charlotte.

* * *

Niemand war erstaunter als Effie, als später am selben Tag ein Schiff auf Höhe der Black Needle – das östlichste der tückischen

Riffe – erschien und ein Ruderboot zur Insel schickte, um Charlotte Fairchild abzuholen.

Die junge Frau konnte gar nicht schnell genug aus dem Leuchtturm flüchten. Sie wies den schweigsamen, gedrungenen Sam an, ihr Gepäck die Leiter hinunterzutragen, was ihm nur mit Mühe gelang. Effie hatte plötzlich Skrupel wegen des Babys. Was um alles in der Welt würde Arnold nur zu ihrer unbedachten Entscheidung sagen?

»Aber Sie kommen sie abholen, nicht wahr?«, fragte sie und hielt Charlotte, die am oberen Ende der Leiter stand, noch einmal fest.

»Natürlich«, versicherte Charlotte und machte sich ungeduldig los. Als sie den Lagerraum unten erreichte, zögerte sie und warf noch einen Blick nach oben. »Danke für alles, was Sie für mich getan haben, Mrs Brown. Ich habe Geld in Ihrer Schlafkammer hinterlassen, um Sie für Ihre Mühen zu entlohnen.«

»Das wäre doch nicht nötig gewesen«, protestierte Effie. Als Charlotte schon außer Sichtweite eilte, rief sie ihr nach: »Warten Sie! Wie sollen wir das Kind nennen?«

Kurz herrschte Schweigen, dann rief Charlotte zurück: »Der Name meiner Mutter war Alice. Ich nehme an, Alice passt schon.«

Effie eilte in die Lampenkammer hinauf, um zuzusehen, wie die eigensinnige Lady in dem offenen Boot zu dem wartenden Schiff floh. Ihr Herz hämmerte, als sie daran dachte, dass sie eine aktive Rolle bei dieser Verschwörung gespielt hatte. Ihr Mann würde fuchsteufelswild sein. Aber es war nun einmal geschehen, und das Schicksal hatte ihr ein kleines Mädchen in den leeren Schoß fallen lassen. Effie stieg hastig die Leiter hinunter und ging nach draußen, um ihre Ziege zu melken.

Als Arnold und Danny zurückkehrten, saß Effie auf ihrem Stuhl und löffelte Milch zwischen die rosigen Lippen des Babys.

Der Säugling schmatzte leise, während Sam neben ihm kauerte, die winzige Babyfaust umfasst hielt und schief vor sich hin summte.

»Komm her, Danny«, sagte Effie zu ihrem ältesten Sohn und setzte ein tapferes Lächeln auf, »und begrüß deine kleine Schwester Alice.«

Kapitel 2

Insel Skye, Schottland, 1810

Sechshundertfünfzig Kilometer nordwestlich von Black Harbour Island veränderte in demselben Sturm, der dafür sorgte, dass Alice in einem Leuchtturm zur Welt kam, eine entwurzelte Buche das Leben des jungen John Sinclair für immer.

»Kannst du den Jungen heute mitnehmen?«, fragte Mairi Sinclair ihren Mann an jenem windigen Morgen. Sie war vom Anfangsstadium ihrer zweiten Schwangerschaft erschöpft und konnte den Alkoven kaum verlassen, ohne dass ihr schlecht wurde.

»Ja«, sagte Johns Vater und zog den Kopf ein, um das ordentliche Gärtnercottage zu verlassen, dichtauf gefolgt von John.

»Wir bringen dir Äpfel mit!«, rief der kleine John seiner Mutter grinsend zu.

Dankbar winkte Mairi Sinclair ihnen mit einem matten Lächeln nach. Manche Leute hatten kein Verständnis dafür gehabt, warum sie unbedingt den hochgewachsenen Lowlander hatte heiraten wollen. Er war kein Mann vieler Worte, und noch weniger dieser Worte waren gälisch. Aber er war stark und verlässlich, und Mairi liebte alles an ihm, von seinen geschickten Händen bis zu seinem verschämten Stolz auf ihren gemeinsamen hübschen Sohn. Der fünfjährige John hatte ihre dunklen Haare und grünen Augen geerbt, aber auch die Tatkraft und gute Laune seines Vaters. Die beiden waren unzertrennlich, und so folgte der Junge seinem Vater wie ein Schatten, obwohl er Mühe hatte, mit dessen weit ausholenden Schritten mitzuhalten. Sinclairs Aufgabe auf Gut Foxton war es, Gemüse für die Adligen anzubauen und sich um die Formschnittgärten zu kümmern.

Vater und Sohn verbrachten den Morgen im ummauerten Garten, ernteten Kohl und Rote Bete und pflückten die letzten der dicken, saftigen Himbeeren zwischen den sich gelb verfärbenden Büschen. Der Herbst war unterwegs. Aber erst, als sie den geschützten Garten verließen, wurde Sinclair klar, wie sehr der Wind aufgefrischt hatte. Als sie den Hügel hinter dem modernen Herrenhaus hinaufstiegen, wurde John fast umgeweht. Er hielt seine übergroße Mütze fest, während sein Vater die Wolken studierte, die sich über den Bergen zusammenballten.

»Renn nach Hause, Johnny!«, befahl sein Vater. »Ein Sturm zieht auf.«

»Aber wir haben doch noch gar nicht die Äpfel für Mammy gepflückt«, entgegnete John mit trotziger Miene. Er mochte nichts lieber, als an windigen Tagen draußen zu sein, wenn die Wolken so schnell über ihm dahinrasten, dass ihm schwindlig wurde, während sein Vater ihn mit seiner großen, warmen Hand festhielt.

Sein Vater zögerte und nickte dann. Sie zogen die Köpfe gegen den Wind ein und gingen weiter über den Hügel zu einem kleinen Wäldchen, das vor einem Jahrhundert von den MacIans angelegt worden war, als sie noch über das Tal geherrscht hatten. Sie hatten nicht geahnt, dass nur zwei Generationen später ihre Ländereien an einen neuen Herrn aus dem Süden verkauft werden würden und ihre Burg ebenso verschwinden würde wie ihr alter gälischer Name. Foxton war ein ehrgeiziges, aufdringliches Stück Lowlands, das in die windgepeitschten, heidebewachsenen Hügel des südlichen Skye exportiert worden war. Jeremiah Fox hatte sein Geld damit verdient, Stoffe aus Indien zu importieren – bunte Baumwolle und Seide –, und sein Herrenhaus war mit exotischen, weißgoldenen Kuppeln verziert, um ihn an seine Tage bei der East India Company zu erinnern. Sinclair, seinen breitschultrigen Gärtner, hatte er aus dem Süden hergeholt, um den Farn zu zähmen und Bäume zu pflanzen, die Foxton gegen die Böen des Atlantiks abschirmen sollten.

»Sieh doch nur, all die Äpfel!« John entzog sich dem Griff seines Vaters und stürmte in den Wald. Der Boden war übersät von den kleinen, harten Früchten, die von den Bäumen geweht worden waren. John hob eine auf, biss hinein, verzog das Gesicht bei dem bitteren Geschmack und spuckte das Apfelstück wieder aus.

Sein Vater lachte. »Die taugen nur für Kuchen, Johnny.«

Sie gingen daran, einen Sack zu füllen. John versuchte, das Pfeifen seines Vaters nachzuahmen. Die Ortsansässigen sangen alle bei der Arbeit, auch seine Mutter, aber sein Vater pfiff wie ein Vogel, und John wusste, dass das ein Anzeichen dafür war, dass der große Mann glücklich war. Über ihnen toste der Wind. Die Baumwipfel schwankten, und John lachte, als er einem fallenden Apfel auswich.

»Genug.« Sinclair schwang sich den kleinen Sack auf die Schulter, als der Wind die ersten Regentropfen zu ihnen wehte.

»Nur noch ein paar«, widersprach John, der nicht wollte, dass seine Zeit mit seinem Vater schon vorbei war.

Sinclair ging voran. »Komm jetzt, Johnny, sonst werden wir tropfnass.«

»Nur noch diesen einen«, sagte John und stürzte sich auf einen großen Apfel von rostroter Farbe, der ihm ins Auge stach. Vielleicht war dieser hier ja süß und würde seiner Mutter schmecken.

Als er in die Hocke ging, knallte über ihm ein Geräusch wie ein Musketenschuss. John wich erschrocken zurück. Sein Vater war stehen geblieben und hatte sich umgedreht, um auf ihn zu warten. Sinclair sah den Baum nicht einmal, der entwurzelt so jäh auf ihn zustürzte wie ein wildes Tier, das von der Leine gelassen wurde.

John kreischte: »Die Äpfel!«

Sein Vater wirbelte herum, als wollte er versuchen, den Baum mit einem Schlag mit dem Apfelsack abzuwehren. Doch Sinclair hatte kaum Zeit, einen Blick zurückzuwerfen, als der Baum ihn fällte. Schon lag er darunter wie ein Käfer, der unter einem Stock gefangen war. Seine Beine zuckten. Sein Gesicht war halb im Moos begraben. Ein Auge starrte verwundert vor sich hin. Äpfel purzelten aus dem Sack. Der Regen setzte ein.

John kroch vorwärts. Sein Vater machte ihm Angst. »Steh auf, Vater.« Er rüttelte an seiner Schulter. Warum stand er nicht einfach auf? Der Baum sah nicht besonders groß aus. Sein Vater konnte doch alles hochheben, was er wollte. Aber nun stieß er nur seltsame ächzende Laute aus und rollte das Auge.

John ließ sich auf die Fersen sinken und begann zu heulen. Sein Vater war verletzt, die Äpfel waren ruiniert, und er hatte keine Ahnung, was er tun sollte. Er wollte seine Mutter. Plötzlich war seine Sehnsucht nach ihr überwältigend. John kam rasch wieder auf die Beine und rannte los. Brombeerranken zerfetzten ihm die Jacke und zerkratzen ihm das Gesicht, als er aus dem Wald in die volle Gewalt des Sturms hineinstolperte. Lange bevor er zu Hause ankam, war er bis auf die Haut durchnässt. Das Unwetter hatte ihm fast die Kleidung vom zitternden Leib gerissen.

Seine Mutter stand an der Tür des Cottages und hielt ängstlich nach ihrem Mann und ihrem Sohn Ausschau. John konnte kaum hervorstammeln, was passiert war. Nachbarn hörten Mairis Schreie und wagten sich in den Sturm hinaus, um nach Sinclair zu suchen. Als sie ihn zerquetscht unter der Buche fanden, hatte er aufgehört zu atmen, und das Leben war aus seinen Augen gewichen.

* * *

Jeremiah Fox bedauerte den Tod seines sehr fähigen Gärtners, aber anders als ein Highland-Häuptling fühlte er sich seinen Angestellten nicht verpflichtet. Er bedauerte jetzt schon, den romantischen Vorstellungen seiner Frau von einem Sommersitz in den Highlands, wo sie malen und er Wild schießen konnte, nachgegeben zu haben. Als der Unfall geschah, waren sie bereits nach Edinburgh und in die Zivilisation abgereist. Er hatte nicht den Wunsch, sich mit der ortsansässigen Bevölkerung abzugeben, und dazu sollte ein Mann seiner gesellschaftlichen Stellung auch nicht gezwungen sein. Deshalb bezahlte er einen Faktor – einen Gutsverwalter namens Brewis – dafür, an seiner statt die unselige Angelegenheit zu regeln.

Sorgen Sie dafür, dass man sich um die Witwe kümmert, schrieb Fox an Brewis, *und damit meine ich, dass man sie mit etwas Proviant für die Reise umgehend zu ihren eigenen Leuten zurückschickt. Wir müssen so bald wie möglich einen neuen leitenden Gärtner finden. Versuchen Sie bis dahin, das Cottage möglichst gewinnbringend zu vermieten.*

Sogar Brewis, ein hartgesottener ehemaliger Kapitän, empfand die Haltung seines Arbeitgebers als kaltschnäuzig. Er hatte Sinclair gemocht, der wie er aus den Lowlands stammte, und verspürte Mitleid mit der hübschen jungen Witwe, Mairi, und ihrem lieben kleinen Sohn John. Der arme Junge hatte seit dem

Tod seines Vaters kein Wort mehr gesprochen und auch auf der Beerdigung keine einzige Träne vergossen. Brewis befürchtete, dass der kleine John verrückt geworden war, weil er Sinclairs grausigen Tod hatte mitansehen müssen. Törichterweise war zudem die Trauerfeier allzu verschwenderisch für Leute ihres niederen Standes gewesen.

Brewis machte sich mit einem Vorschlag auf zu Mairi Sinclair.

Mairi wartete schon die ganze Zeit angespannt auf einen offiziellen Besuch des Faktors. Sie wusste, dass es nur eine Frage der Zeit war, bis man sie aus dem Cottage hinauswarf, in dem sie bis vor zwei Wochen so glücklich gewesen war. Wie sehr sie sich vor dem Tag fürchtete, an dem sie würde gehen müssen! Aber als sie sich in der Wohnküche umsah, die ohne die Schürhaken, das Porzellan, die Kupfertöpfe und die Stühle ganz leer war, weil sie alles verkauft hatte, um die Beerdigung zu bezahlen, hatte sie den Eindruck, dass die Seele des Hauses mit ihrem Mann gestorben war.

Sie bot dem Faktor einen Becher Wasser an – auch ihre Milchkuh hatte sie verkauft – und beobachtete, wie er sich vergeblich nach einem Sitzplatz umsah.

»Mr Brewis«, sagte Mairi, weil sie den schmerzlichen Augenblick hinter sich bringen wollte, »ich habe schon alles arrangiert, um nach Hause zu meinem Vater und meiner Schwester in Ramanish zurückzukehren – zusammen mit meinem Jungen. Könnten Sie mir wohl bitte noch eine Woche zugestehen, um meine Angelegenheiten zu ordnen? Ich weiß, dass der Gutsherr will, dass ich ausziehe.«

Brewis zuckte angesichts ihrer Direktheit zusammen. Er hatte damit gerechnet, dass sie jammern und ihn anflehen würde, bleiben zu dürfen, ja, dass sie um eine Arbeit in der Meierei oder in der Küche betteln würde. Er hatte geplant, sich großmütig zu zeigen, aber ihre ruhige Würde brachte ihn aus der Fassung; sie hatte ihn noch nicht einmal mit »Sir« angeredet.

»Möchten Sie denn nicht bleiben, Mrs Sinclair?«

»Was gibt es hier, um mich zum Bleiben zu verlocken?«

»Sie könnten meine Haushälterin werden«, platzte er heraus.

Sie riss die Augen auf. »Sie haben doch schon eine Haushälterin, Mr Brewis.«

»Dann meine Frau.«

Sie starrten einander an. Brewis war genauso erschrocken über seinen plötzlichen, impulsiven Heiratsantrag wie sie. Was hatte ihn geritten? Er stammelte eine Erklärung.

»I... ich würde mich über die Gesellschaft sehr freuen. Meine Stellung hier ist einsam. Wie ich stammen Sie von außerhalb. Ich würde Ihnen ein behagliches Zuhause bieten und ...«

»Mr Brewis.« Sie zitterte. »Ich habe gerade meinen Mann begraben. Wie können Sie so etwas vorschlagen?«

»Vielleicht nicht sofort, aber nach einiger Zeit. Eine Frau in Ihrer Lage kann wohl kaum wählerisch sein. Und ich würde den Jungen mit aufnehmen.« Brewis deutete auf John, der am Feuer kauerte. »In ein, zwei Jahren würde ich ihm Arbeit geben.«

Mairi starrte ihn mit offenem Mund an. Der Mann meinte es ernst. Sie sah in sein zerfurchtes, wettergegerbtes Gesicht, auf die grauen Haare, die ihm aus der Nase wuchsen, und das Herz wurde ihr schwer. Brewis war älter als ihr eigener Vater und auf dem Gut ein gestrenger Zuchtmeister, aber in seiner Handlungsweise so gerecht, wie sein Herr es zuließ. Er mochte ja freundlich sein – und schien John aufrichtig zu mögen –, aber sie konnte ihn niemals lieben oder es ertragen, von ihm intim berührt zu werden.

»Sie würden nicht nur den Jungen aufnehmen«, sagte Mairi, senkte die Stimme und warf einen Blick auf John. Aber ihr Sohn saß vornübergebeugt da und hing seinen Gedanken nach. »Ich erwarte noch ein Kind von Sinclair.«

Brewis errötete. Sie bemerkte sein Unbehagen und wartete darauf, dass er sein Angebot zurückziehen würde. John war ein starker, robuster Junge, den man schon in diesem zarten Alter zur Arbeit heranziehen konnte. Aber eine schwangere Frau und dann ein schreiendes Baby waren etwas ganz anderes. Brewis runzelte unschlüssig die Stirn und räusperte sich dann.

»Mein Angebot steht weiter, Mairi. Aber ich bin kein geduldiger Mann, und mein Herr ist es auch nicht – er will hier so bald wie möglich einen neuen Mieter. Ich gebe Ihnen die Woche, um die Sie bitten. Danach kommen Sie entweder mit und ziehen zu mir ins Faktorenhaus, oder Sie können nach Ramanish zurückkehren. Auf jeden Fall müssen Sie dieses Cottage verlassen.« Er schaute sich nach etwas um, worauf er den Becher stellen konnte. Als er keinen Tisch sah, reichte er Mairi das Gefäß zurück. »Ich hoffe sehr, dass Sie sich bereit erklären werden, die künftige Mrs Brewis zu sein.« Er lüpfte seinen Hut – einen abgewetzten, altmodischen, seemännischen – und marschierte zur Tür. »Guten Tag.«

Mairi nickte. »Guten Tag, Mr Brewis.«

Sie sank neben ihrem Sohn auf den Boden, zog ihn in ihre Arme und sprach unwillkürlich wieder Gälisch. »O Johnny, was sollen wir bloß machen?«

Er sah sie stumm an. Seine leuchtend grünen Augen wirkten verstört. Sie drückte ihn eng an sich. Wo würde ihr trauernder Sohn Heilung finden – in Foxton oder in Ramanish? Foxton würde ihm Sicherheit bieten, aber ihn auch ständig an den Unfall seines Vaters erinnern. Ramanish würde ein hartes Leben in einem engen Cottage bedeuten, das sie mit dem Vieh teilen mussten, aber dort würden sie von ihren eigenen Leuten umgeben sein.

In der Nacht legten sie sich in den Alkoven, aber Mairi konnte nicht schlafen, weil ihr ängstliche Gedanken im Kopf herumgingen. Zum hundertsten Mal verfluchte sie den Sturm, den Baum und die elenden Äpfel, die an Sinclairs Tod schuld waren. Ihr geliebter Mann! Sie erstickte fast an dem Leid. John stöhnte und weinte im Schlaf.

Es wäre töricht von ihr gewesen, Brewis' Heiratsantrag auszuschlagen, aber sie konnte es nicht ertragen, seine Frau zu werden. Einige Nachbarn würden sie als hochmütig und eigensinnig bezeichnen, wenn sie ihm eine Absage erteilte; andere würden ihr misstrauen und behaupten, dass sie zu hoch hinauswollte, wenn sie den Antrag annahm. Sie schlief unmittelbar vor der Morgendämmerung ein und träumte von Ramanish und vom Meer, das dort an den grauen Strand brandete. Ihr Urgroßvater – der alte Spanier – schwang sie hoch und trug sie über die Felsen zu der sandigen Wiese dahinter.

Als Mairi aufwachte, hatte sie sich entschieden.

* * *

Gibt es in Ramanish Äpfel? Schlafen wir dort in einem Alkoven wie zu Hause? Warum nennen sie uns die spanischen MacAskills? Müssen wir wirklich über den Berg da steigen?

All die Fragen schwirrten John im Kopf herum, aber er fand in seinem Mund keine Worte, um sie laut zu stellen. Der Tod seines Vaters hatte seinen Lippen ein Siegel aufgedrückt wie Wachs auf Papier. Stattdessen umklammerte er die Hand seiner Mutter und ging im Licht des frühen Morgens durchs Dorf. Nachbarn kamen, in wollene Plaids gehüllt, an ihre Haustüren, um ihnen nachzusehen. Die Frau des Schuhmachers eilte auf seine Mutter zu und streckte ihr ein in ein Tuch gewickeltes Paket hin.

»Ein Haferfladen für eure Reise. Ihr habt einen langen Weg vor euch.« Die Frau sah besorgt zu den Cuillin Mountains hinauf.

John bemerkte, dass seiner Mutter angesichts der Freundlichkeit der Frau die Tränen kamen. »Ja, aber es ist ein klarer Tag, und ich möchte fort sein, bevor das Wetter wieder umschlägt.«

Das wilde, nasse Wetter, das einen Großteil des Oktobers über angehalten hatte, war klarer, kalter Luft, einem leuchtend blauen Himmel, morgendlichen Frösten und einem Hauch von Schnee auf den Berggipfeln im Norden gewichen.

»Danke dafür.« Seine Mutter verstaute den runden Haferfladen in ihrem Korb und drückte der Frau die Hand, bevor sie weiterging.

Warum gehen wir Mr Brewis nicht auf Wiedersehen sagen? Es war drei Tage her, seit der Mann mit dem komischen Hut und der haarigen Nase bei ihnen zu Besuch gewesen war. Seitdem schien seine Mutter es sehr eilig zu haben, das Gebirge zu überqueren und zu Johns Großvater MacAskill und Tante Morag zu ziehen.

»Du wirst dort glücklich sein«, hatte seine Mutter versprochen.

John hatte seine Zweifel. Der strenge, grauhaarige Mann, der zur Beerdigung seines Vaters gekommen war und nach Whisky gestunken hatte, schien niemand zu sein, der John an die Hand nehmen und mit ihm durch den Wind rennen würde, wie sein Vater es getan hatte.

Sie eilten an der Abzweigung zum Faktorenhaus vorbei. Seine Mutter zog kräftig an seiner Hand. Sie murmelte: »Besser hier entlang, Johnny. Wir wollen den Mann doch nicht mit einer direkten Ablehnung in Verlegenheit bringen. Und heute ist ein perfekter Tag für eine Reise – keine einzige Wolke am

Himmel. Morgen könnte sich schon wieder der Nebel herabsenken. Er wird Verständnis dafür haben.«

Wer denn? Johnny war verwirrt.

Sie wanderten den ganzen Morgen lang. Johnny war noch nie so weit von zu Hause entfernt gewesen. Als sie auf dem Bergpfad stehen blieben, damit seine Mutter Atem schöpfen konnte, drehten sie sich um, schauten zurück und sahen ein winziges Foxton House, umgeben von Miniaturgärten, Bäumen und jüngst von Mauern eingefassten Feldern wie auf einem Gemälde. Hinter ihnen ragte die zerklüftete, abweisende Bergkette der Cuillins auf und reckte die schwarzen Gipfel in einen leuchtend blauen Himmel. Ein riesiger Vogel zog über ihnen träge seine Kreise.

Was ist das? Seine Mutter sah ihn die Augen gegen die blendende Herbstsonne zusammenkneifen.

»Das ist ein Seeadler. Siehst du die weißen Flecken unter seinen Flügelspitzen? Daran erkennt man ihn. Grandpa Carlos hat mir beigebracht, Vögel zu erkennen, als ich noch ein Mädchen war. Bestimmt lehrt er dich das auch.«

John fragte sich, ob damit der strenge Großvater gemeint war oder ob er noch einen hatte. Als sie weiterwanderten, erzählte seine Mutter mehr über ihre Familie.

»Grandpa Carlos war früher Soldat. Er ist aus Spanien hergekommen, um für die Jakobiten zu kämpfen, als er nicht älter als zwölf oder dreizehn war – ganz sicher ist er sich da selbst nicht. Jetzt ist er über hundert, aber er kann immer noch Fische fangen und ausnehmen. Er ist mein Urgroßvater, also ist er dein Ururgroßvater. Hat seine eigenen Söhne überlebt.«

John wollte wissen, wer die Jakobiten waren, wo Spanien lag und wie alt man mit hundert war; es klang uralt. Aber er behielt seine Fragen für sich und rannte, um mit seiner Mutter Schritt zu halten. Er genoss ihre Geschichten. Je weiter sie sich von Foxton entfernten, desto mehr erzählte sie ihm über seine Familie in Ramanish.

»Deine Tante Morag ist älter als ich und führt deinem Großvater den Haushalt. Sie hat einen Buckel, deshalb will niemand sie heiraten, aber sie ist der freundlichste Mensch, den ich kenne.«

John stellte sich vor, dass seine Tante, die er nie kennengelernt hatte, wie seine Mutter aussah, aber einen Apfelsack auf dem Rücken trug. Als der Pfad steiler wurde, geriet seine Mutter außer Atem, und ihr Redefluss versiegte. Sie machten Rast, um etwas von dem Haferfladen zu essen und einen Schluck Wasser zu trinken. Sie setzten sich in einen Flecken Sonnenschein und lehnten sich an einen großen, warmen Felsen. Seine Mutter schloss die Augen und döste ein. John kletterte über den Felsen und krabbelte durchs lose Geröll den Hang empor. Er ließ einen Hagel winziger Steinchen niedergehen. Der Adler – oder vielleicht auch ein anderer Vogel – schwebte hoch über ihm. Die Stille der Berge füllte seine Ohren aus, bis sie summten, und er schluckte, um sein Gehör zu klären. Er schlug zwei Steine aneinander und lauschte, wie das Echo zurückgeworfen wurde, nur um sich zu vergewissern, dass er nicht taub geworden war. Diese Welt aus Fels, Himmel und stummen Vögeln war berauschend.

Ohne es zu bemerken, war er ziemlich hoch geklettert. Die Bergflanke verschwand im Schatten, und er konnte seine Mutter von unten wie eine in Panik geratene Krähe rufen hören.

»John? John! Komm sofort herunter!«

Als er herunterschlitterte und neben ihr zum Stillstand kam, packte sie ihn bei den Schultern und schüttelte ihn. »Lauf nie wieder so weit weg. Ich dachte, du hättest dich verirrt. In den Bergen ist es gefährlich. Komm weiter. Wir haben zu viel Zeit vergeudet.«

John folgte seiner Mutter. Die Magie seiner Kletterpartie war verflogen. Die Sonne verblasste hinter dunstigen Wolken. Als sie sich höher emporarbeiteten, wurde der Wildwechsel, dem sie folgten, immer steiniger, und der Wind frischte auf. Am Ende ging es auf der anderen Seite wieder bergab. Sie hielten sich an Büscheln von Heidekraut fest, und John reckte den Hals, um das Meer, den grauen Strand und die Burg der MacAskills sehen zu können, von denen seine Mutter ihm während ihrer Wanderung erzählt hatte. Aber alles, was er erkennen konnte, waren noch mehr Berge vor ihnen, die sie einschlossen und wie steinerne Riesen den Himmel verdeckten.

Sie folgten einem gewundenen Pfad – einem Viehtreiberweg, auf dem Rinder zum Markt gebracht wurden, wie seine Mutter sagte –, bis sich der Weg gabelte und sie wieder dem folgten, der nach oben führte.

»Hier entlang ist die Strecke kürzer«, erklärte seine Mutter. »Wir werden bei Einbruch der Nacht da sein.«

Sie sprach nicht mehr, bis sie hoch oben auf dem Berg waren und sich über den steinigen Pass kämpften. Johns Lederschuhe scheuerten und kniffen. Er begann zurückzufallen. Den ganzen Tag war ihm warm gewesen, weil er sich im Sonnenschein angestrengt hatte. Jetzt war die Luft plötzlich eisig, und seine abkühlende Haut ließ ihn erschauern. Er war müde und hungrig, aber das schien seiner Mutter gar nicht aufzufallen. Sie schaute immer wieder zum Himmel hoch und zog ihn weiter, als wären sie zu spät für irgendetwas dran. Die Farbe des Himmels ging binnen weniger Minuten von Hellblau in Dunkelgrau über. Schneeregen peitschte John auf die nackten Knie und ins Gesicht.

»Komm weiter, John«, drängte seine Mutter und zog sich ihr Plaid übers Haar. »Werd nicht langsamer.«

Aber auch sie kam im auffrischenden Wind und immer dichteren Schneeregen nur mühsam voran. Nebel senkte sich herab und verdeckte den Pfad vor ihnen. Der Schneeregen ging in Hagel über, der auf seinen Wangen brannte und ihn zum Weinen brachte.

»Hör auf zu heulen!«, befahl seine Mutter.

Sie kämpften sich weiter durch. Seine Mutter schleifte ihn hinter sich her. Sie stolperten und rutschten auf den glitschigen Felsen aus. Abrupt blieb seine Mutter stehen und runzelte die Stirn. Ihr Brustkorb hob und senkte sich heftig. Sie spähte nach vorn und dann hinter sich. Ihre Unentschlossenheit machte ihm mehr Angst als ihre gereizten Worte zuvor.

Der Hagel ging in weichen, nassen Schnee über. Er senkte sich wie eine kalte Decke auf sie herab, klebte an ihren Kleidern und ihrem Haar. John hatte den Eindruck, dass seine Mutter gleich in Tränen ausbrechen würde. Sie verzog das Gesicht, und ihre Unterlippe zitterte wie damals, als man den Leichnam seines Vaters ins Haus getragen hatte, damit sie ihn waschen konnte.

»Da drüben«, sagte sie und schob ihn auf einen schwarzen Schatten im immer dichter fallenden Schnee zu. »Du kannst dich hineinzwängen.«

John stolperte über seine eigenen tauben Füße und wurde von seiner Mutter vorwärtsgestoßen. Der schwarze Umriss stellte sich als ein Spalt heraus, der sich wie ein Regalfach in dem vorspringenden Felsen öffnete.

»Steig hinein«, befahl seine Mutter und stemmte ihn hoch.

Johns Füße glitten auf dem eisigen Felsen aus, und seine Hände brannten vor Kälte, als er sich hochzog. Er lag keuchend da. Das Gesicht seiner Mutter starrte von unten fahl wie der Mond zu ihm hinauf.

Jetzt musst du hoch, Mutter! Er wünschte sich, sie würde ihm folgen, aber es war nicht genug Platz für sie beide. Der Spalt war nicht größer als das Küchenregal, auf dem sich früher das Geschirr gestapelt hatte.

Sie zögerte, nahm dann ihr Plaid ab und hob die Stimme, um bei dem Wind zu verstehen zu sein. »Leg das um dich, Johnny.« Sie steckte es um ihn fest. »Wickel dich ein wie ein Paket.« Sie lächelte ihn an, als würden sie ein Spiel spielen.

Aber dann frierst du doch, Mutter. Er sah zu ihr hinunter. Mit letzter Anstrengung stellte sie sich auf die Zehenspitzen und schob ihn so weit in den Spalt, wie er nur irgend hineinpasste. Einen Moment lang packte sie seinen Arm und drückte ihn fest. Dann ließ sie ihn seufzend los.

»Ich bin gleich hier, direkt unter dir«, rief sie, »also hab keine Angst!«

Alles, was John sah, war allumfassendes Weiß, aber er rollte sich eng in das Plaid seiner Mutter ein und spürte, wie ihm Wärme in die Gliedmaßen kroch. Er wusste, dass sie unmittelbar außer Sichtweite über ihn wachte. Das Licht verschwand allmählich. John schlief ein.

* * *

Viehtreiber auf dem Rückweg aus dem Süden fanden den Jungen zwei Tage später in das Plaid seiner Mutter gewickelt, steif vor Kälte. Sein Herz schlug kaum noch. Die Frau war längst tot. Erfroren stand sie halb aufgerichtet da, als würde sie Wache halten. Wenn sie nicht da gewesen wäre, hätten sie den Jungen in dem Felsspalt gar nicht bemerkt. Sie begegneten einem Suchtrupp aus Ramanish, der von dem Schiffer Norman MacAskill angeführt wurde, der sich Sorgen machte, weil seine verwitwete Tochter und sein Enkel aus Foxton noch nicht eingetroffen waren. Vor der Leiche seiner Lieblingstochter geschah es zum ersten und einzigen Mal, dass die Viehtreiber Norman, diesen starken Mann mit den harten Gesichtszügen, auf die Knie fallen und wie ein Kind weinen sahen.

Er trug seinen Enkel durch den schmelzenden Schnee des Bergpasses, wünschte sich mit aller Macht, dass er überleben würde, und wies alle Angebote der anderen Männer zurück, sich beim Tragen des Jungen mit ihm abzuwechseln.

John spürte, wie seine Gliedmaßen wieder zum Leben erwachten. Sie brannten vor Schmerz. Den ersten Blick auf Ramanish erhaschte er aus großer Höhe – aus Adlersicht –, als er mit seinem Großvater zur Küste hinabstieg. Das Gebirge wich schmalen bewirtschafteten Feldern, die wie Falten in einer Bettdecke aussahen. Dahinter grasten Schafe und Rinder auf offenen Weiden, die jäh an einer großen, halbmondförmigen Bucht aus grauem Sand und Felsen endeten. Die Hügelflanke war von reetgedeckten Häusern übersät, aber es war die schwarze Festung, die Johns Interesse weckte. Sie klammerte sich an eine lang gestreckte Landzunge, die ins Meer ragte. Ringsum am felsigen Ufer qualmten Feuer. Rauch stieg auf und driftete zur Burg hinüber, als würde sie von einem Feind belagert.

»Ramanish Castle«, erklärte sein Großvater, während er darauf deutete. »Das Zuhause unseres Häuptlings – auch wenn er jetzt weit fort von zu Hause ist.«

John fragte sich, wer dieser Häuptling auf Reisen sein mochte und warum es niemandem Sorgen bereitete, dass der Feind rings um seine Burg Feuer legte. Er wollte seine Mutter fragen, aber sie schien nicht bei ihnen zu sein. Wohin war sie gegangen? Sie hatte doch versprochen, bei ihm zu bleiben, aber jetzt war sie verschwunden.

John wurde in ein niedriges, reetgedecktes Cottage gebracht, das er erst für einen Kuhstall hielt – an einem Ende gab es einen schlammigen Eingang, durch den gedrungene schwarze und braunrote Kühe ein und aus gingen –, aber durch eine gegenüberliegende Tür kam ihnen eine Frau entgegengestürmt und flatterte mit den Armen wie eine Henne mit den Flügeln.

»Du armes kleines Lämmchen!«, rief sie und entriss ihn den müden Armen seines Großvaters. Sie war stark, aber ungelenk, mit einem großen Buckel auf dem Rücken. Sie drückte ihn eng an sich. Ihre Augen waren wie die seiner Mutter, aber diese Frau roch nach Torfrauch, nicht nach Lavendel. »Ich bin deine Tante Morag, und ich passe jetzt auf dich auf, also mach dir keine Gedanken.«

Sobald er drinnen war, hatte er Mühe, in der verräucherten Dunkelheit etwas zu sehen. Ein alter Mann, mager wie ein Vogel, kauerte am Feuer. Als Johns Augen sich an das Dämmerlicht gewöhnt hatten, sah er, dass der Mann ihm ein zahnloses Lächeln schenkte wie ein Baby. Seine Haut war so runzlig und braun wie eine Walnuss.

»Ich bin Grandpa Carlos«, sagte er mit dünner Fistelstimme, erhob sich steif und humpelte zu John herüber. Er berührte sein Gesicht mit knochigen Fingern. »Du bist mein erster Ururenkel. Du wirst Soldat, wie ich.«

John war sich nicht sicher, ob das ein Befehl war. Er konnte nicht aufhören, diesen Mann anzustarren, der laut seiner Mutter über hundert war. Er konnte ihn sich einfach nicht als Schwert schwingenden Soldaten vorstellen. Ein Windstoß hätte Grandpa Carlos wegwehen können.

»Genug von Soldaten geredet«, verkündete Tante Morag. »John braucht etwas zu essen.«

Mutter wird doch auch etwas zu essen brauchen. Er hockte sich neben den alten Mann, rührte aber den Porridge nicht an, den seine Tante ihm reichte. *Ich warte auf Mutter.* John saß mit vor Hunger schmerzendem Magen da, während seine besorgte Tante ihn bestürmte, etwas zu essen. Er saß da, bis sein Hintern taub und der Porridge kalt war, aber seine Mutter kam immer noch nicht. Am Ende zog seine Tante ihn in ihre Arme und begann, leise zu singen, genau wie seine Mutter es immer getan hatte. Plötzlich weinte er. Und während er schluchzte und sie sang, spürte John auch ihre Tränen in seinem Haar.

Kapitel 3

Northumberland, 1818

»Sitz still, Alice«, rief Effie gereizt, »sonst binde ich deine Beine an den Stuhl!«

Alice zappelte und rutschte hin und her. Sie hasste es, wenn man ihr die Haare kämmte und zu Zöpfen flocht. Was für einen Zweck hatte das schon? Ihr feines rotgoldenes Haar löste sich ja doch wieder, sobald sie in den Wind hinaustrat. Sie konnte es nicht abwarten, sich draußen zu ihren Brüdern zu gesellen. Danny und Sam waren auf den Klippen und suchten nach Vogeleiern. Sie würden nicht auf sie warten; das taten sie nie. Danny sagte, dass Mädchen nicht in den Klippen herumklettern sollten, und Sam wusste, dass sie die beiden trotzdem einholen würde. Die Frühjahrsstürme und der peitschende Regen hatten dafür gesorgt, dass sie den Leuchtturm tagelang nicht hatten verlassen können. Jetzt platzte sie fast vor Sehnsucht, ins Freie zu kommen.

»Du wirst mir mit der Wäsche helfen, also denk nicht einmal daran, davonzulaufen«, sagte ihre Mutter, als hätte sie ihre Gedanken gelesen.

»Ach bitte, Mammy«, rief Alice, »nur für eine Stunde. Dann tue ich auch, was du willst.« Sie gab ihr Bestes, still zu sitzen, um sich bei ihrer Mutter lieb Kind zu machen. »Ich melke auch Sandy, dann können wir Käse machen.«

Effie ließ nicht mit sich reden. »Erst kommt die Wäsche. Wir haben das perfekte Wetter, um sie zu trocknen. Ich habe es satt, mich durch nasse Wäsche zu kämpfen, die in der Küche hängt.«

Alice wandte sich flehend an ihren Vater, der gerade aus der Schlafkammer heruntergestiegen war, wo er nach der Nachtwache Schlaf nachgeholt hatte.

»Da, darf ich hinausgehen und die Ziege melken?«

Arnold sah misstrauisch zwischen seiner Frau und seiner Tochter hin und her. »Du musst deiner Mutter helfen, Alice.«

»Das mache ich ja auch, versprochen. Aber ich will mich vergewissern, dass es Sandy gut geht, und wenn ich melke, helfe ich doch auch, nicht wahr?«

Er zog sich auf das Rosshaarsofa zurück, nahm die Zeitung von letzter Woche zur Hand und studierte sie, als hätte er sie nicht schon längst von vorn bis hinten gelesen.

»Nun, Arnold?«, fragte Effie und zog das Haarband straff. »Sag Alice, dass ihre Pflicht zuerst darin besteht, mir zu helfen. Ich kann all die Wäsche unmöglich allein bewältigen.«

»Es ist ein Tag, um draußen zu sein«, sagte er, ohne aufzuschauen. »Lass sie erst einmal etwas frische Luft schnappen.«

Effie rollte die Augen, aber Alice ergriff die Gelegenheit und sprang auf. »Danke, Da.« Sie war schon durch die Luke verschwunden und schwang sich flink die Leiter hinab, als zwischen ihren Eltern ein Streit ausbrach.

»Du bist dem Mädchen gegenüber zu nachgiebig«, beschwerte sich Effie.

»Sie ist doch noch klein«, erwiderte Arnold.

»Mit acht Jahren habe ich draußen mit den Frauen Fischernetze geflickt und Fischkörbe vom Ufer hochgetragen.«

»Wir wollen doch, dass Alice es einmal besser hat, oder?«

»Es spricht nichts gegen harte Arbeit.«

»Und genauso wenig dagegen, ein bisschen zu spielen.«

»Spielen?«, gab Effie zurück. »Sie tobt doch wie ein Wildfang über die ganze Insel.«

Alice beeilte sich, außer Hörweite zu gelangen. Sie betrat die Kammer der Jungen mit den spartanischen Betten. Aus den Wandschränken quollen Kleidung und am Ufer gesammeltes Treibgut. Rasch zog sie sich eine Hose von Danny an – er war zwar der ältere der beiden Brüder, aber auch der kleinere und schmächtigere – und warf ihren Rock und ihren Unterrock beiseite. Dann stieg sie weiter hinab durch den fensterlosen Lagerraum. Im Licht, das durch die offene Tür fiel, durch die ihre Brüder schon entkommen waren, machte sie einen Bogen um Mehl- und Zuckersäcke, Kartoffelkisten, Butterstampfer, Wasserfässer, Kohleneimer, zusammengerollte Taue und Kästen voller Kerzen. Sie liebte den Geruch dieses höhlenartigen Raums, eine Mischung aus Talg, staubigen Säcken, mit Leinöl imprägnierten Holzrudern und der Säure des reifenden Käses.

Sie holte tief Luft und sog das berauschende Aroma ein. Dann war sie auch schon aus der Tür und kletterte die eiserne Leiter hinab in die Freiheit.

* * *

Alice liebte Black Harbour Island. Sie hatte Mitleid mit den Kindern, die in die Schule auf dem Festland gehen und in Reihen sitzen mussten, nur um von der Lehrerin mit einer Birkenrute gezüchtigt zu werden, wenn sie Fehler machten. Danny erzählte jedenfalls, dass es in der Schule des Kirchspiels so zuging, die er besucht hatte, bis er fünfzehn geworden war;

der dreizehnjährige Sam war immer noch dort, wann immer das Wetter und die Gezeiten es erlaubten. Gillveray, der exzentrische Besitzer von Black Harbour House – ein Pferdezüchter, Botaniker, Weltreisender und Amateurerfinder –, hatte die Schule gegründet, weil er entsetzt über den Mangel an Bildung bei den Söhnen der örtlichen Fischer und Landarbeiter gewesen war.

Alice' Eltern war nie in den Sinn gekommen, sie zur Schule zu schicken. Arnold unterrichtete Alice in gewissem Maße und beantwortete ihre unaufhörlichen Fragen über Pflanzen und Vögel, die Sterne und das Meer. Von ihm lernte sie, die Zeit am Sonnenstand abzulesen, vorauszusagen, ob ein Sturm kam, indem sie beobachtete, ob die Fische sich in tiefere Wasserschichten zurückzogen, die Dochte der Kerzen in der Lampenkammer des Leuchtturms zuzuschneiden und den Flügel eines verletzten Schwans zu verarzten. Er hatte ihr nicht nur Schwimmen beigebracht, sondern auch Lesen und Schreiben – Zeitverschwendung, wie ihre Mutter behauptete, aber es hatte Alice die fantastische Welt der Bücher eröffnet.

Arnold las ihr während der stürmischen Wintertage immer vor: Geschichten über die alten Griechen, ägyptischen Pharaonen, mittelalterlichen Ritter und französischen Könige; heldenhafte Männer wie Hannibal, Roland, Ossian, Richard Löwenherz und Alexander der Große; heroische Frauen namens Kleopatra, die schöne Helena, Boadicea und Sankt Hilda; und er trug ihr Bibelgeschichten, Märchen aus *Tausendundeiner Nacht* und Gedichte vor. Ihr Vater kaufte ihr Bücher, wann immer er aufs Festland fuhr, und rettete sie aus Truhen, die von den Gezeiten aus Schiffswracks angespült wurden. Ihre Mutter beschwerte sich, dass die Bücher ein Feuerrisiko darstellten, und verbannte die Hälfte von ihnen in den unteren Lagerraum. Alice liebte ihren modrigen, schimmligen Geruch und die sepiabraunen Verfärbungen, die auf den cremefarbenen Seiten wie Altersflecken wirkten.

Aber besser als alle Geschichten war ihr Inselspielplatz, eine wahre Schatzkammer voller Felsteiche, sich im Wind wiegender Gräser, steiler Klippen und geschützter Landeplätze, die Heimat von Kolonien lärmender Vögel, winzigen Spitzmäusen, ziehenden Gänsen und glänzenden Quallen, die auf so rätselhafte Art, wie sie erschienen, auch wieder verschwanden. Das alles überragte der weiß gekalkte Leuchtturm wie ein Schutzengel mit allsehendem feurigem Auge, das in der Dunkelheit blinkte und leuchtete, um die Schiffe zu warnen und die Sicherheit der Seefahrer zu gewährleisten.

Sandy, die Ziege, hatte sich von ihrer Leine losgerissen. Alice fand sie beim Grasen auf den östlichen Klippen gleich neben ihren Brüdern. Danny hatte sich über die Kante hinabgelassen und angelte mit einer langen Stange nach einem Nest. Er stützte sich mit den Füßen rechts und links von einem schmalen Abgrund ab, der steil ins tosende Meer darunter abfiel. Der vorsichtige Sam lag oben auf dem Bauch und hielt Daniel den Korb hin, den er füllen sollte.

Alice wurde flau im Magen, als sie sah, was für ein Risiko Danny einging, aber ein Teil von ihr sehnte sich danach, an seiner Seite zu sein. Sie fand große Höhen aufregend.

»Kann ich hinunterkommen?«, rief sie.

»Sei still!«, zischte Daniel.

»Du wirst die Möwe aufschrecken«, flüsterte Sam und klopfte neben sich aufs Gras. Alice hockte sich neben ihn.

Sie sahen zu, wie Danny die Stange mit dem behelfsmäßigen Netz daran ins Nest senkte. Plötzlich flog die Möwe kreischend auf und griff Danny an. Er zuckte zurück und ließ die Stange fallen. Sie fiel klappernd die Klippe hinab. Danny schwankte und griff ins Leere. Alice schrie. Er würde abstürzen. Sam kroch eilig vorwärts, streckte einen Arm aus und packte

Danny an der Jacke. Es gelang ihm knapp zu verhindern, dass sein Bruder vornüberfiel. Danny gewann das Gleichgewicht zurück und hatte wieder sicheren Halt auf dem Felssims unter ihnen.

Eine Weile stand er einfach nur da und atmete tief durch, während Alice vor Erleichterung schluchzte.

»Komm wieder rauf, Danny«, flehte sie. »Vergiss die Eier.«

Er verzog stur das hübsche, schmale Gesicht. »Ich lasse mich doch nicht von einem dummen Vogel besiegen.«

Er holte auf dem Sims ein bisschen Schwung und sprang über den schmalen Abgrund. Alice schlug sich eine Hand vor den Mund, um einen Aufschrei zu unterdrücken. Sam sah zu. Sein Körper war angespannt, aber sein rundes Gesicht blieb ausdruckslos. Sein älterer Bruder würde ja doch tun, was er wollte, und immer das Gegenteil von dem, was alle anderen vorschlugen.

Danny riss das Nest aus seiner Felsspalte, drückte es sich an die Brust und sprang wieder zurück. Er warf das Nest samt den Eiern auf die Klippe. Eines der Eier stürzte ab und zerbarst. Alice sammelte schnell die beiden unbeschädigten auf und legte sie sanft in das zusammensackende Nest. Schuldbewusst sah sie sich nach der Möwenmutter um.

»Zieh mich hoch, Sam!«, befahl Danny.

Sein vierschrötiger jüngerer Bruder hievte ihn wieder auf die Klippe. Danny ließ sich ins Gras fallen, keuchte und brach in Gelächter aus. Auch Alice lachte vor Erleichterung und schlang die Arme um ihn.

»Lass das!« Danny stieß sie weg, aber er grinste immer noch und freute sich über seinen Wagemut.

»Ich wünschte, ich wäre so tapfer wie du«, sagte Alice mit schwärmerischem Blick.

»Das kannst du gar nicht sein. Du bist doch nur ein Mädchen.«

Daran wurde Alice nicht gern erinnert. Sie setzte sich auf und zeigte auf das Nest. »Sieh mal, ich habe die anderen Eier davor bewahrt, über die Kante zu rollen.«

Danny stand auf, steckte die Hände in die Taschen und starrte aufs Meer hinaus. Er hatte das Interesse an den Eiern verloren.

»Letzte Woche ist ein Schiff draußen bei den Farne-Inseln auf die Felsen gelaufen. Ich glaube, da war Tafelsilber aus Holland zu holen.«

Alice fragte sich, woher Danny so viel über das Leben abseits ihrer Insel wusste, obwohl er seine Zeit überwiegend damit verbrachte, sich mit ihrem Vater auf dem Posten in der Lampenkammer abzuwechseln.

»Eines Tages werde ich Kapitän eines Schiffs, bringe Gold und Gewürze aus dem Osten her und verdiene ein Vermögen.« Dannys Gesicht leuchtete vor Aufregung.

Alice erschrak; sie wollte nicht, dass Danny wegging oder sich irgendetwas auf der Insel änderte. »Aber wer kümmert sich mit Da ums Licht, wenn du weggehst?«

»Sam – oder vielleicht du. Ist mir egal.«

»Ich will nicht, dass du je weggehst«, sagte Alice und nahm seine Hand.

Er schüttelte sie ab und lachte. Er zog sie nur auf, wie gewöhnlich; sie merkte es. Plötzlich holte er mit dem Fuß aus und beförderte das Nest und die Eier mit einem Tritt über die Klippe. Alice keuchte schockiert auf. Das brachte Danny dazu, noch lauter zu lachen.

»Ist doch bloß ein albernes Möwennest.«

Er wandte sich ab, und so sah er nicht, wie Sam sich auf ihn stürzte. Sam streckte ihn zu Boden. Atemlos schaute Danny voller Erstaunen hoch, während Sam sich über ihn beugte.

»Warum hast du das denn getan?«

Sam zitterte vor Zorn. »Ich habe dir doch auch geholfen, die Eier zu bekommen.« Dann marschierte er davon.

»Hast du nicht«, rief Danny ihm nach. »Du hast dich nicht getraut. Ich habe es ganz allein geschafft!«

Alice fühlte sich hin- und hergerissen, Sam nachzulaufen und bei Danny zu bleiben. Sie verabscheute es, wenn ihre Brüder sich stritten.

»Was für ein Schwachkopf«, murmelte Danny, sobald Sam außer Hörweite war. Alice spürte, dass er sich in seine schlechte Laune hineinsteigerte.

»Ich muss Sandy melken«, meldete sie sich zu Wort. »Hilfst du mir, sie nach Hause zu bringen, Danny?«

Er seufzte, rappelte sich auf und streckte die Hand aus. »Na, dann komm. Ich helfe dir, sie einzufangen.«

Erleichtert ergriff Alice seine Hand. Wenn Danny sie anlächelte, war es, als würde die Sonne hinter den Wolken hervorkommen.

* * *

Als Alice älter wurde, duldeten ihre Brüder es nicht mehr so bereitwillig, dass sie ihnen überallhin folgte.

»Bleib zu Hause und hilf Mam«, war die ewige Leier der beiden, wenn sie versuchte, sich ihnen anzuschließen. Sie hasste es, im Leuchtturm festzusitzen und mit der Hausarbeit beschäftigt zu sein, obwohl auch Effie ihr zusetzte, zu bleiben und ihr Gesellschaft zu leisten.

»Wir Mädels müssen zusammenhalten, und aus dir wird nie eine gute Ehefrau, wenn du nicht kochen, nähen und einen ordentlichen Haushalt führen kannst.«

»Das werde ich nie müssen«, antwortete Alice dann immer und warf ihre Zöpfe zurück. »Ich werde Entdeckerin und bereise auf Dannys Schiff die ganze Welt, wenn er erst Kapitän ist.«

»Danny geht nirgendwohin«, gab Effie zurück, »und du auch nicht, Mädchen.«

Mit fünfzehn ging Sam von der Schule ab und unterstützte seinen Vater beim Bemannen des Leuchtturms. Er genoss die einsamen Stunden in der Lampenkammer, wo er sich um die launischen Kerzen kümmerte und das Logbuch mit Zeitangaben und Beobachtungen füllte. Danny, der jetzt mit zwanzig schon ein Mann war, obwohl er nicht älter als sein Bruder aussah, verbrachte all seine freie Zeit fern der Insel. Er hatte immer irgendeinen Vorwand, um nach Black Harbour aufs Festland hinüberzurudern und zu verschwinden: »Gillveray braucht Hilfe auf seinem Boot« oder »Gillveray hat mir angeboten, einen Tag lang für ihn Karotten zu ernten«.

Arnold war unglücklich darüber, dass sein ältester Sohn immer öfter und länger abwesend war, aber er konnte kaum dagegen protestieren, dass Danny ihrem Gutsherrn half. Gillveray war ein begeisterter Befürworter des Leuchtturms und steckte Geld in seinen Unterhalt.

Aber manchmal kam Danny nach Alkohol riechend nach Hause oder tauchte erst am nächsten Tag wieder auf. Er äußerte sich nur ausweichend darüber, in wessen Gesellschaft er auf dem Festland war, und seine Eltern machten sich immer größere Sorgen um ihn.

»Woher hast du das Geld, um zu trinken?«, stellte Arnold ihn zur Rede. »Von mir nicht.«

»Gillveray bezahlt mich für die Hilfsarbeiten, die ich übernehme. Nach einem harten Arbeitstag hat ein Mann doch wohl ein Recht darauf, seinen Durst zu stillen.«

Eines Tages unternahm Arnold einen seiner seltenen Ausflüge zum Festland, um Bücher und Tabak zu kaufen. Am Abend, nachdem Sam in die Lampenkammer hinaufgestiegen war, brach ein schrecklicher Streit zwischen Arnold und Danny los.

»Du hast deine Mutter und mich angelogen«, warf Arnold ihm vor. »Gillveray hat dich in den letzten paar Monaten kaum gesehen. Du hast überhaupt nicht für ihn gearbeitet.«

»Doch«, widersprach Danny. Sein schmales Gesicht lief rot an. »Ich habe doch Karotten mitgebracht, nicht wahr?«

»Nicht von seinem Landgut«, blaffte Arnold. »Du hast sie gekauft, oder?«

»Und wenn schon?«

»Woher hast du das Geld?«

»Verdient.«

»Wo? Im Black Harbour Inn? Denn ich habe gehört, dass du dort einen Großteil deiner Zeit verbringst. Das ganze Dorf zerreißt sich das Maul über dich, weil du dich mit dem übelsten Gesindel der Grafschaft abgibst und uns in Verruf bringst.«

»Das ist gelogen!«, schrie Daniel und baute sich drohend vor seinem Vater auf.

»Gillveray lügt nicht! Er sagt, man hat dich mit *Strandräubern* gesehen.« Arnold zischte das Wort voller Abscheu und packte seinen Sohn am Kragen. »Sag mir die Wahrheit, sonst bekommst du die Rute zu spüren, das schwöre ich bei Gott!«

Alice eilte auf ihn zu. »Bitte, Da, tu unserem Danny nicht weh.«

Arnold lockerte seinen Griff, und Danny schüttelte ihn ab. Seine Angriffslust kehrte zurück.

»Dann sind meine Freunde eben Strandräuber. Na und? Ich bin stolz auf sie.«

»Oh, Danny«, keuchte Effie auf.

Alice huschte an die Seite ihrer Mutter und drückte ihr die Hand.

Arnold explodierte. »Dass einer meiner Söhne – ein Leuchtturmjunge – so tief sinkt! Du bist ein Dieb und ein Trunkenbold …«

»Ich bin kein Dieb!«, rief Danny. »Es ist doch nicht falsch zu bergen, was vom Meer angespült wird. Es ist eine Gabe Gottes; das sagt auch der Priester. Nennst du etwa auch den Priester einen Dieb? Die Strandräuber verdienen ein Zubrot für ihre Familien, indem sie retten, was das Meer sich sonst holen würde.«

»Auf Kosten der Leben an Bord?«, sagte Arnold verächtlich. »Solche Männer hindern andere daran, die Ertrinkenden zu retten, damit sie ihnen beim Sterben zusehen und ihnen dann ihren Besitz stehlen können. Gillveray sagt, dass sie einmal sogar ein Feuer entzündet haben, um Schiffsbesatzungen zu verwirren und sie glauben zu machen, es wäre unser Leuchtturm, in der Hoffnung, dass ein Schiff auf die Felsen auflaufen würde.«

»Dann hat er dir nicht die Wahrheit gesagt«, hielt Danny hitzig dagegen. »Es ist Gott, der beschließt, wer überlebt und wer stirbt; er allein schickt die Stürme, die die Schiffe auf Grund laufen lassen; nicht die Strandräuber oder irgendwelche Feuer sind dafür verantwortlich. Wer sind wir, uns da einzumischen? Wir tun nichts Falsches, wenn wir die Fracht retten, wann immer wir können. Dieser Leuchtturm ist übrigens auch voller Metallstücke und Holz, die von alten Schiffen stammen.«

»Das ist etwas anderes«, fuhr Arnold ihn an. »Das ist Treibgut, das wir am Ufer einsammeln.«

»Na, und wir sammeln das Zeug eben ein, bevor es am Ufer landet. Wo ist da der Unterschied?«

Alice hatte ihren Vater noch nie so wütend erlebt – oder Danny derart unverschämt. Ihr Herz hämmerte heftig; es war der schlimmste Streit, an den sie sich erinnern konnte.

»Du kannst nicht beides sein«, sagte Arnold mit zitternder Stimme.

»Beides? Was?«

»Leuchtturmwärter und Strandräuber.«

Die Männer starrten einander böse an. Alice hielt den Atem an. Effie stand auf und stellte sich zwischen die beiden.

»Bitte, Daniel«, bestürmte sie ihren Sohn, »verlass den Leuchtturm nicht. Wir brauchen dich, Sohn. Du gehörst hierher. Eines Tages wirst du oberster Leuchtturmwärter sein, wie dein Vater heute – ein Mann, den die Leute respektieren.«

Daniel sah seine Mutter an. Alice bemerkte die Anspannung in seinem Gesicht; die Unentschlossenheit. Er öffnete die Fäuste. »Ich bleibe – vorerst.«

Alice sprang auf, schlang die Arme um ihren Bruder und drückte ihn fest an sich.

Arnold nickte, aber seine Stimme klang immer noch wütend. »Ich übernehme die nächste Wache, du die letzte.« Dann stieg er die Leiter hinauf und zog sich nach oben zurück.

* * *

Alice wusste nicht genau, was sie aufweckte. Das rosige Licht der Morgenröte glomm schon vor dem niedrigen Fenster in der Schlafkammer, die sie sich mit ihren Eltern teilte. Sie hörte das leise Schnarchen ihres Vaters und sah die Umrisse ihrer Eltern unter den Bettdecken. Arnolds Wache war vorbei. Danny musste jetzt oben sein. Vielleicht hatte er sich in der Lampenkammer bewegt und sie dadurch aufgestört. Wie schrecklich das gegenseitige Anschreien doch gewesen war. Der arme Danny hatte sich vorwerfen lassen müssen, ein Dieb und Trunkenbold zu sein. Es war falsch von ihrem Vater, so wütend zu sein; Danny half doch nur seinen Freunden.

Da sie nicht mehr wieder einschlafen konnte, schlüpfte sie aus ihrem Feldbett und tappte auf leisen Sohlen in die Lampenkammer. Der Raum roch nach Rauch, die Kerzen in der Lampe flackerten. Danny saß vornübergebeugt in der Ecke und schlief.

Schockiert eilte Alice zu ihm und schüttelte ihn. »Danny, wach auf! Da bringt dich um.«

Danny öffnete die blutunterlaufenen Augen. »Lass mich in Ruhe.« Sein Atem roch säuerlich, so wie wenn er nach dem Trinken im Wirtshaus nach Hause kam. Auf dem Boden lag eine leere Flasche.

»Du musst aufstehen«, flehte Alice. »Die Kerzen tropfen. Die Dochte müssen zurückgeschnitten werden.«

»Gleich«, lallte er und schloss die Augen.

»Sofort, Danny!«, sagte Alice und schüttelte ihn noch einmal.

Diesmal raffte ihr Bruder sich auf, rieb sich mit den Handballen die Augen und schüttelte sich. Dann stand er auf, reckte sich und gähnte.

»Geh wieder ins Bett!«, befahl er. »Es ist ohnehin schon fast Zeit, die Kerzen zu löschen.«

»Nur wenn du versprichst, wach zu bleiben. Das tust du doch, oder?«, fragte Alice zögernd.

»Ja, natürlich. Ich hatte nur die Augen geschlossen. Ich habe nicht geschlafen.«

Alice wusste, dass er sehr wohl geschlafen hatte, sagte aber nichts. Sie hatte die Füße schon auf der Leiter, als er sagte: »Du erzählst es Da doch nicht, oder?«

Sie schüttelte den Kopf. »Aber du siehst besser zu, dass du die Flasche loswirst.«

Danny lächelte verlegen und nickte. Alice spürte ein seltsames Ziehen in sich. Sie fühlte sich wie jemand Besonderes, weil Danny und sie jetzt ein gemeinsames Geheimnis hatten, aber ihre Bewunderung für ihn war ein wenig geschrumpft. Sam hätte nie auf seinem Posten Alkohol getrunken und wäre auch nicht eingeschlafen. Da hatte ihnen eingehämmert, dass das Einschlafen im Dienst das größte Verbrechen war, das ein Leuchtturmwärter begehen konnte. Männer hatten deswegen ihren Lebensunterhalt verloren und waren ins Gefängnis gekommen; niemand durfte je riskieren, das Licht ausgehen zu lassen.

Sie sah zu, wie Danny die Flasche aufhob und eines der Flügelfenster öffnete, um sie hinauszuwerfen. Ein plötzlicher Windstoß riss ihm den Riegel aus der Hand. Während er mühsam versuchte, das Fenster wieder zu schließen, flackerte eine der Kerzen in der Zugluft auf und wurde umgeweht. Alice keuchte auf, als die Pfützen aus Tran, die die geschmolzenen Kerzen hinterlassen hatten, sofort in Brand gerieten.

»Danny!«, quietschte sie.

Er fuhr herum und gaffte mit offenem Mund, unfähig, seinen Augen zu trauen. Die ganze Lampe brannte lichterloh. Das Glas bekam in der Hitze Risse. Danny hob einen Eimer Sand hoch und schüttete ihn in wilder Hast aufs Feuer. Er schlug mit dem Logbuch auf die Flammen ein.

»Du machst es nur noch schlimmer!«, schrie Alice.

Danny ließ das Buch fallen, als es in Brand geriet. Das Feuer griff auf die Bodendielen über, die wie Zunder brannten.

»Raus!«, brüllte Danny, eilte zur Luke und hätte Alice fast von der Leiter gestoßen.

»Da!«, schrie Alice, als sie gemeinsam in die Schlafkammer purzelten.

Der Lärm weckte ihre Eltern. Sie hatten kaum Zeit, aus dem Bett zu springen, bevor sich der Raum auch schon mit erstickendem Rauch füllte.

»Geht nach unten!«, befahl Arnold. »Alle.« Er begann, die Leiter hinaufzusteigen, und versuchte, die Luke zu schließen, aber die Hitze ließ ihn zurückweichen.

»Gott schütze uns!«, jammerte Effie.

Sie zogen sich nach unten in die Küche zurück. »Bring Alice nach draußen«, wies Arnold seine Frau an. »Danny, weck Sam auf und bring die Wasserkrüge nach oben.«

Das Letzte, was Alice sah, als ihre Mutter sie eilig nach unten brachte, war, wie ihr Vater eimerweise Wasser auf die Leiter und die darüberliegende Luke schleuderte, um so die Flammen einzudämmen.

Aber das Feuer wütete in dem alten Gebäude wie ein Hurrikan; es fraß die hölzernen Böden und Leitern, die uralten Schränke und sonstigen Möbel und versengte auf seinem rasend schnellen Weg nach unten die Ziegel. Am Fuß des Leuchtturms schrie Alice ihrem Vater und ihren Brüdern zu, dass sie auch fliehen sollten. Sie kamen genau in dem Augenblick heraus, als der Lagerraum in einem flammenden Inferno aus Öl, Talg und Kohle explodierte.

Arnold zog seine Frau, die wie betäubt war, und seine Tochter an den Händen so weit gegen die Windrichtung von dem brennenden Turm weg, wie es irgend möglich war.

Zu dem Zeitpunkt, als Gillveray das Feuer entdeckte und ein Boot schickte, um sie zu retten, war der Leuchtturm eine stinkende, qualmende Ruine, und ihr Inselzuhause existierte nicht mehr.

Kapitel 4

Northumberland, 1820

George Gillveray erbarmte sich des am Boden zerstörten Leuchtturmwärters und seiner traumatisierten Familie – er mochte und respektierte Arnold Brown – und brachte sie auf dem Dachboden eines Flügels von Black Harbour House unter, seiner weitläufigen Halbfestung mit Zinnen und einem Geschützhof, von dem aus er eine alte Kanone abfeuerte, um, da nun der Leuchtturm in Schutt und Asche lag, Schiffe im Nebel zu warnen.

»Wir werden einen neuen Leuchtturm bauen«, verkündete er, »größer und besser, mit den neuesten Lampen und Linsen, die für Geld zu haben sind.«

George begann, mit Trinity House, der Leuchtfeuerverwaltung für die englische Küstenlinie, um einen modernen Leuchtturm auf Black Harbour Island zu verhandeln. Er lud den schottischen Ingenieur Robert Stevenson zu einem Besuch ein, damit er ihn hinsichtlich der aktuellen Innovationen beraten konnte, und übernahm die Projektleitung höchstpersönlich.

»Wir stationieren vorübergehend ein Feuerschiff auf See, während der Leuchtturm gebaut wird«, sagte George voller Begeisterung in dem Versuch, Arnold aus seiner Depression zu reißen.

Aber Arnold war durch den Verlust seines Zuhauses, seiner Bücher und seiner Arbeit als Leuchtturmwärter ein gebrochener Mann. Er hatte im Rhythmus der Jahres- und Tageszeiten gelebt; er war der König seines isolierten kleinen Reichs gewesen. Jetzt verbrachte er die Zeit damit, auf dem Geschützhof zu stehen und düster aufs Meer zum geschwärzten Skelett seines einstigen Zufluchtsorts hinauszusehen. Schlimmer noch: All seine Grübeleien weckten in ihm den Verdacht, dass Danny das Feuer absichtlich gelegt hatte.

»Du wolltest ihn weghaben, nicht wahr?«, fragte er seinen ältesten Sohn anklagend. »Du und deine Strandräuber! Du hast aus Habgier das Leben deiner eigenen Familie aufs Spiel gesetzt.«

»Das stimmt nicht!« Danny war empört.

»Wie ist der Brand dann ausgebrochen?«

»Das habe ich dir doch gesagt. Eine Windbö hat die Kerze umgeweht.«

»Wie ist das passiert?«

»Einfach so.« Danny wurde rot.

»Dir steht das Schuldbewusstsein doch ins Gesicht geschrieben.«

»Ich habe das Feuer nicht gelegt ...«

»Ich war es«, mischte Alice sich ein. Sie konnte die bitteren Streitigkeiten nicht länger ertragen. Sie hatten all ihre Habseligkeiten verloren, aber der Riss, der durch die Familie ging, war noch schlimmer.

Die Männer unterbrachen ihre Auseinandersetzung und starrten sie an.

»Ich habe das Fenster geöffnet. Ich konnte nicht mehr schlafen und bin nach oben gegangen, um Danny Gesellschaft zu leisten. Es war ein Unfall. Mir war nicht klar, wie stark der Wind war – der Riegel ist mir aus der Hand geflogen.«

Arnold sah seine Tochter ungläubig an. »Das sagst du doch nur, um deinen Bruder zu decken.«

»Nein.«

»Warum hast du überhaupt das Fenster geöffnet?«

Alice zögerte. Sie durfte weder die leere Alkoholflasche erwähnen noch die verräucherte Luft, denn beides würde ihren Bruder als nachlässig brandmarken.

»Es ist ein Vogel dagegengeflogen. Er schien verletzt zu sein. Ich wollte ihn hereinholen.«

Ihr Vater verzog das Gesicht. »Du törichtes Kind.«

»Es tut mir leid, Da.«

Danny warf ihr einen dankbaren Blick zu. Aber Arnolds Miene war, als er das Zimmer verließ, derart trostlos, dass ihr Herz bleischwer wurde.

Danach flüchtete Alice jeden Tag ins Freie, in die Felder und Hügel jenseits des befestigten Hauses und seines Geländes. George war sehr von der lebhaften Zehnjährigen, ihrer Offenheit und ihrem Forscherdrang eingenommen. Sie war ein bezauberndes Kind. Oft fand er sie bei den Wirtschaftsgebäuden seines Landguts, wo sie Zuflucht suchte und dabei half, die Tiere zu versorgen.

Alice bewunderte den hochgewachsenen, energiegeladenen Landbesitzer, der sie an Bilder des Herzogs von Wellington mit seiner langen Nase und seinem gebieterischen Blick erinnerte. Aber George sprach freundlich mit ihr und teilte ihre Leidenschaft für die Natur. Er schenkte ihr ein braunes Schaf mit Hörnern und flinken Hufen.

»Es stammt aus den Highlands in Schottland«, sagte George und lachte leise, als sie ihn neugierig ansah. »Ich züchte sie auf dem Gut – oben in den Hügeln – und sie geben die süßeste Milch und gutes Fleisch. Sie erinnern mich an die Schafe in den indischen Bergen.«

»Sie waren in Indien?« Alice machte große Augen.

»Ich habe im Botanischen Garten von Kalkutta gearbeitet«, sagte George. »Indien ist ein faszinierendes Land. Ein Paradies für Botaniker.«

»Ich bin noch nie weiter als bis nach Black Harbour gekommen«, gestand Alice, »aber ich habe in den Büchern meines Vaters viel über ferne Länder gelesen.«

»Du kannst also lesen?«

»Ja, aber all seine Bücher sind bei dem Feuer verbrannt. Da ist sehr traurig darüber, und ich auch.«

»Dann müsst du und dein Vater euch an den Büchern in meiner Bibliothek bedienen«, verkündete George. »Jederzeit, wenn ihr wollt.«

Alice strahlte. »Danke, Sir.«

»Die Jungen auch.«

Alice kicherte. »Die wären dafür nicht so dankbar. Sie haben die Schule gehasst.« Dann schlug sie sich eine Hand vor den Mund, weil ihr wieder einfiel, dass Gillveray die Schule gegründet hatte.

Er lachte. »Dann zwingen wir sie auch nicht, die Bibliothek zu benutzen.«

»Sir«, wagte Alice zu sagen, »die Bücher gefallen ihnen ja vielleicht nicht, aber Mam findet, dass sie sich ihren Lebensunterhalt hier verdienen sollten. Danny kann gut mit Booten umgehen, und Sam kann alles reparieren, auch wenn es sein Lebensinhalt ist, Leuchtturmwärter zu sein.«

George berührte ihre Schulter. »Natürlich müssen sie etwas zu tun haben. Und was ist mit dir, Alice?«

»Ich könnte bei den Schafen helfen, Sir. Und ich kann Gemüse anbauen.«

Er bedachte sie mit einem nachdenklichen Blick. »Ich werde mit Miss Lambert sprechen.«

»Ist das die Frau des Schäfers?«

»Nein.« George lächelte. »Sie ist die Lehrerin.«

Alice zog ein langes Gesicht. Sie hatte nichts Gutes über die Schule gehört und wollte nicht den ganzen Tag drinnen sitzen müssen wie damals ihre Brüder. Aber Gillveray wirkte entschlossen, und so besuchte Alice bald seine Armenschule. Miss Lambert, deren Doppelkinn wackelte, wenn sie sprach, entwickelte Interesse an dem Leuchtturmmädchen, das nach Geschichten lechzte und die Landkarten an der Wand voller Wissensdurst betrachtete, um sich die Namen von Ländern und Hauptstädten einzuprägen. Sehr bald wurde Alice ihre eifrigste Schülerin, und die Schule wurde zu ihrem Zufluchtsort vor den Spannungen im Haushalt der Browns.

* * *

Während der neue Leuchtturm gebaut wurde, ließen sich die brüchigen zwischenmenschlichen Beziehungen in der Familie allmählich wieder kitten: Danny bekam die Aufgabe, Baumaterialien für Gillveray überzusetzen, während Arnold und Sam abwechselnd auf dem Feuerschiff arbeiteten. Effie half in der Küche aus.

»Ich kann besser Fische ausnehmen als irgendjemand sonst«, sagte sie und krempelte die Ärmel hoch, um sich an die Arbeit zu machen. »Wir Mädels von den Inseln sind in jeder Saison mit der Heringsflotte mitgefahren – so bin ich überhaupt erst an die Ostküste gekommen und habe meinen Mann kennengelernt. Damals habe ich bis auf ein, zwei Wörter nur Gälisch gesprochen; er hat mir Englisch beigebracht.«

»Ein guter Fang für ein Heringsmädchen!«, zog die Köchin sie auf.

»Eher sein Glück«, verkündete Effie. »Nicht viele Mädels wären bereit, ihr ganzes Eheleben auf einem Felseneiland in einem Leuchtturm, in dem es auch noch durchregnet, zu verbringen.«

»Aber immerhin bist du so zu zwei starken Söhnen gekommen«, meinte die Köchin, »und zu einer schönen Tochter. Mit ihrem langen, rotgoldenen Haar sieht sie wie Rapunzel aus. Das ist deine Alice – Rapunzel in ihrem Turm!«

Effie mochte die Köchin und die Gesellschaft der anderen Frauen in der Küche, aber die Aufmerksamkeit, die Alice auf sich zog, machte sie nervös. Nach zehn Jahren war es zwar unwahrscheinlich, dass die selbstsüchtige Charlotte Fairchild zurückkehren würde, um ihre Tochter einzufordern, aber Effie lebte immer noch in der Furcht, dass sie es vielleicht doch tun würde. Obwohl Alice ihre Geduld tagtäglich ein Dutzend Mal auf eine harte Probe stellte, liebte Effie sie so heiß und innig wie ihre leiblichen Kinder. Das Mädchen ließ es mit seinem sonnigen Gemüt und seinem ständigen Singen hell in jedem Zimmer werden. Je eher der neue Leuchtturm fertig wurde und sie sich wieder auf die Insel zurückziehen konnten, desto besser.

* * *

Der Bau des neuen Turms faszinierte Alice. Sie hüpfte oft zum Hafen hinunter, um zu beobachten, wie die gewaltigen Granitblöcke, die so behauen waren, dass sie sich exakt ineinanderfügten, zusammen mit Werkzeugen, Lebensmittelkisten und Bierfässern für die durstigen Arbeiter übergesetzt wurden. Die Männer, die kamen und gingen, waren hartgesotten und von drahtiger Gestalt. Sie erzählten Geschichten darüber, wie sie bei der Arbeit auf rutschigen Felsen bis zu den Oberschenkeln im Wasser standen. Sie fanden sich mit jeglicher Unbill ab, solange am Ende des Tages Tabak, Bier und Spielkarten auf sie warteten.

»Wo wohnen die Männer?«, fragte sie George Gillveray. »Und wie sorgen sie dafür, dass die Steinblöcke richtig zusammenpassen, und reißt das Meer das Mauerwerk nicht wieder ein, wenn die Steine gar nicht mit Kalkmörtel verbunden werden? Wie halten sie überhaupt auf dem Felsen?«

Entzückt über ihr Interesse, nahm George Alice auf seinen Aussichtsturm mit, hoch über dem Geschützhof. Er ließ sie durch sein Teleskop spähen.

»Siehst du, wie sie die eisernen Bolzen in den Fels hämmern? So fixieren sie die Fundamente am Felsen. Der hölzerne Turm daneben ist eine provisorische Baracke, in der sie leben.«

Alice betrachtete die Männer, die wie eine Armee von Ameisen mit Spitzhacken und Meißeln arbeiteten. Das Feuer einer behelfsmäßigen Schmiede rülpste Rauch aus. Sie sah, wie die Gischt die Kleidung der Männer durchtränkte. Sie machten unverdrossen weiter. Seilzüge und Kräne schwangen hin und her, hoben die riesigen Blöcke aus behauenem Stein vom schaukelnden Versorgungsschiff, während die Männer sie wie kostbare Juwelen auf ihren jeweiligen Platz senkten.

George zeigte ihr die Pläne für den neuen Leuchtturm, die auf seinem Schreibtisch ausgebreitet waren.

»Siehst du, wie jeder Steinkreis in den darunterliegenden einrastet? Die Steine sind alle nummeriert und werden anhand der Zeichnungen überprüft. Sie passen zusammen wie die Teile eines riesigen Puzzles.«

»Wird es wirklich sieben Stockwerke unterhalb der Lampenkammer geben?«, hauchte Alice und zeichnete mit dem Finger den Entwurf nach. »Im alten Turm hatten wir nur vier.«

»Dieser Turm wird beinahe doppelt so hoch sein, Alice«, erklärte George eifrig, »sodass man ihn aus einem Umkreis von viel mehr Kilometern sehen kann. Außerdem werdet ihr mehr Zimmer benötigen, weil eure Familie doch wachsen könnte. Deine Brüder entschließen sich vielleicht zu heiraten, und wenn ihre Ehefrauen dort einziehen, werden sie mehr Komfort wollen, als ihr im alten Leuchtturm hattet. Deine Mutter hat mir erzählt, dass das Meer manchmal durch die Wände eingedrungen ist und dass ihr euch dann in die beiden obersten Räume flüchten musstet. Nun, das wird im neuen Gebäude nicht mehr nötig sein. Es wird solide wie ein Felsen, versprochen.«

Trotz Gillverays Optimismus gab es beim Bau des Leuchtturms häufig Rückschläge. Zu Beginn der Herbststürme wurden die Männer von der Insel geholt und stattdessen im Steinbruch eingesetzt, bis im folgenden Frühjahr die Arbeit wieder aufgenommen werden konnte. Auch Arnold und Sam verließen über die Wintermonate das Feuerschiff und begnügten sich damit, ein Signalfeuer auf einem verlassenen Turm am Brennen zu halten, der vor wenigen Jahren in den Napoleonischen Kriegen gebaut worden war, um vor einer französischen Invasion warnen zu können, nun aber keinem Zweck mehr diente. In diesem ersten Winter wehte ein heftiger Sturm die Baracken weg und blies die Schmiede ins Meer. Sobald das Wetter es gestattete, fuhren Gillveray und seine Ingenieure hinaus, um den Schaden zu inspizieren.

»Nicht so schlimm, wie wir erst dachten«, berichtete er Alice. »Die Steinfundamente haben gehalten, und die Baracken kann man wieder aufbauen. Es wirft uns nur um ein oder zwei Monate zurück.«

Im folgenden Sommer beobachtete Alice die Baufortschritte oft vom Aussichtsturm aus. George gestattete ihr zu kommen und zu gehen, wann sie wollte, und die Baustelle durchs Teleskop anzuschauen. Sie freundete sich mit Molly an, der Tochter des Milchmanns, die auf dieselbe Schule ging, aber viel lieber mit Alice draußen war, um auf dem Gut Verstecken zu spielen oder am Meeresufer Muschelschalen zu sammeln und so zu tun, als wären sie ein Schatz. Die rotblonde Alice und die dunkelhaarige Molly wurden unzertrennliche Gefährtinnen, die gemeinsam über Geheimnisse kicherten und einander zu Hause besuchten. Alice nahm sie einmal auf den Aussichtsturm mit, um ihr den Leuchtturm zu zeigen. Aber Molly hatte Angst vor dem alten Gebäude und vor Georges dröhnendem Gelächter, das durch die Gänge tönte, und mied seither diesen Ort.

»Euer Danny ist ein hübscher Bursche«, verkündete Molly, die ein Jahr älter und lebensklüger war als Alice. »Thomasina Johnson macht ihm schöne Augen.«

»Das rundliche Mädchen, dessen Mam das Postamt führt?«, fragte Alice.

Molly nickte. »Ich habe sie am Markttag zusammen ausgehen sehen – Arm in Arm!«

»Das kann doch nicht wahr sein!« Alice konnte es nicht glauben.

»O doch.«

Alice gefiel der Gedanke nicht, dass Danny Zeit mit einem Mädchen verbrachte. Sie wollte, dass in ihrer Familie alles beim Alten blieb, aber ihr großer Bruder hielt sich kaum noch zu Hause auf, seit sie aufs Festland gezogen waren.

»Er hat keine Zeit für Mädchen«, meinte Alice geringschätzig. »Danny ist gern bei seinen Freunden, trinkt und spielt Karten, wenn er nicht gerade hart arbeitet.«

»Nun, ich weiß, was ich gesehen habe.« Molly blieb felsenfest dabei. »Glaub mir, um diese Zeit nächstes Jahr wird Thomasina schon einen Ring am Finger tragen. Sie bekommt immer, was sie will. Seit ihr Dad gestorben ist, kann ihre Mam ihr nichts abschlagen – und euer Danny wird das auch nicht können.«

Molly hatte recht, dass Danny Thomasina den Hof machte, aber sie irrte sich, was den raschen Fortgang seiner Werbung betraf.

Drei Jahre, nachdem der alte Leuchtturm abgebrannt war, stand der neue zum Einzug bereit. An einem windigen Septembertag 1823 fuhr eine Bootsladung örtlicher Würdenträger mit den Browns zur Insel hinaus, um den neuen Leuchtturm zum ersten Mal zu inspizieren. Der aufgeregte George Gillveray ließ kostenlos Rum, Bier und Braten an die Arbeiter verteilen und hielt eine Rede, in der er ihren unermesslichen Mut und ihre harte Arbeit lobte. Der leitende Ingenieur ließ die Männer drei Hurrarufe auf Gillveray und seine Beharrlichkeit, einen modernen Leuchtturm bauen zu lassen, ausbringen.

Alice sah zum Turm empor, einem riesigen weißen Finger, der in den Himmel stach, aber es war das Innere, das ihr wirklich den Atem verschlug. Anstelle wackeliger Leitern zwischen Luken führte eine eiserne Wendeltreppe darin empor. Die Schlafkammern hatten auf der Landseite Fenster, die wie die Blütenblätter einer Blume geformt waren, und in der Küche gab es einen gusseisernen Herd und einen Kessel für heißes Wasser.

Als sie die Lampenkammer betrat, hauchte sie: »Ist das schön!«

Eine gewaltige sechseckige Laterne enthielt eine Unzahl von Spiegeln und Linsen, die sich wie ein Fächer aus Kristall um die Lampe ausbreiteten – eine richtige Öllampe, sodass keine gefährlichen Kerzen mehr nötig waren. Das Linsensystem fing das Licht schon ein und reflektierte es, bevor die Lampe überhaupt brannte. Der äußere Laufgang hatte Messinggriffe zum Festhalten. Sie waren wie Delfine und Fische geformt. Alice strich ehrfürchtig mit beiden Händen über das polierte Metall.

Sie grinste George an. »Solch schöne Türklinken gibt es nicht einmal in einem Palast.«

Er lachte. »Einer Prinzessin würdig.«

Alice errötete. Mit ihren dreizehn Jahren hatte sie eine mädchenhafte Schwärmerei für den gut aussehenden Landbesitzer entwickelt, obwohl er viel älter war als sie. Oft stellte sie sich vor, wie er mit zerzaustem braunem Haar und leuchtenden haselnussbraunen

Augen auf einem Hengst durchs Gebirge im nördlichen Indien ritt und Männer in die Schlacht führte. Dieses eine Mal fehlten ihr die Worte. Sie tat so, als hätte sie etwas Interessantes am Horizont erspäht, während sie zuhörte, wie ihr Vater und George sich angeregt über die Fresnel-Linsen nach französischem Entwurf und die Vorteile einer Argand-Lampe und von Parabolreflektoren unterhielten. Alice war ihrem freundlichen Wohltäter im Stillen dankbar dafür, ihren Vater aus seiner langen Depression gerissen und ihm wieder zu einem Daseinszweck verholfen zu haben. Ihr Herz schmerzte dumpf, als sie daran dachte, dass sie George, wenn sie wieder auf die Insel zogen, nicht mehr jeden Tag sehen würde wie in den letzten drei Jahren.

* * *

Aber bevor die Woche um war, machte er einen erstaunlichen Vorschlag.

»Alice hat einen scharfen Verstand und eine Begabung fürs Lernen«, sagte George, nachdem er Arnold in sein Arbeitszimmer bestellt hatte. »Lassen Sie sie auf der Schule bleiben, bis sie fünfzehn ist, wie damals ihre Brüder. Miss Lambert glaubt, dass eine Lehrerin in ihr steckt.«

Arnold war unentschlossen, aber Alice war begeistert von der Idee.

»Bitte erlaub es mir, Da!«

Ihr Vater gab ihrem Flehen bald nach, sowohl aus Dankbarkeit Gillveray gegenüber als auch aus der Überzeugung heraus, dass Alice doppelt so viel Verstand wie ihre Brüder hatte. Er nahm das Angebot des Landbesitzers an, obwohl Effie protestierte.

»Das Mädel hat den Kopf schon so mit Gelehrsamkeit vollgestopft, dass kein Platz mehr für gesunden Menschenverstand bleibt!«, empörte sich ihre Mutter.

»Sie kann doch noch ein Jahr oder so bleiben«, verhandelte Arnold, »dann kann sie auf die Insel kommen und ihren Anteil am Wachdienst übernehmen, wie du es getan hast, bevor die Jungs groß genug waren, um mir zur Hand zu gehen.«

Also blieben Alice und ihr Schaf Wellington das Schuljahr über auf dem Festland und wohnten bei Mollys Familie im Cottage des Milchmanns. Alice verbrachte ihre freie Zeit damit, in Gillverays Garten zu helfen oder sich Bücher aus seiner Bibliothek auszuleihen. In den Ferien fuhr sie nach Hause. Sie war noch nie so glücklich gewesen. Mit fünfzehn war sie so groß wie Danny, mit starken Gliedmaßen und einer weiblichen Figur, langem rotblonden Haar, das sie lose im Nacken zusammengebunden trug, und einem schlanken, ovalen Gesicht mit großen blauen Augen, die von dunklen Wimpern gerahmt wurden. Um ihre vollen Lippen spielte ständig ein Lächeln.

Sie war gewitzt, aber zugleich von Natur aus verträumt. Obwohl sie praktisch veranlagt war, neigte sie manchmal zu Tagträumen, die Molly zum Lachen brachten und sie den Kopf schütteln ließen.

»Du willst durch die Luft fliegen wie ein Vogel! Wie kommst du nur auf solche Ideen?«

Alice träumte davon, Lehrerin zu werden wie Miss Lambert. Vielleicht hätte sie ihre Pläne trotz der Einwände ihrer Mutter auch in die Tat umgesetzt. Aber die rotgesichtige Lehrerin wurde an einem Wintermorgen tot im Schulzimmer aufgefunden.

»Herzversagen«, erklärte George der verzweifelten Alice.

Effie bestellte Alice umgehend zurück in den Leuchtturm, um der Familie zu helfen. Alice gehorchte schweren Herzens. Nach den Jahren in Black Harbour House fand sie die Insel beengt und das Leben dort einschränkend. Sie hatte Wellington mitgebracht und flüsterte dem Schaf zu, wie traurig sie war und wie sehr sie sich nach George Gillveray sehnte. Im folgenden Frühjahr kam die Nachricht, dass die Schule geschlossen und

Gillveray wieder auf Reisen gegangen war, vielleicht auf der Suche nach einer Frau.

Dieses Gerücht war für Alice schmerzlich, wurde für Danny aber zum Auslöser, Thomasina einen Antrag zu machen. Sie heirateten in jenem Sommer, und die verwöhnte Tochter der Postmeisterin zog zu ihnen in den Leuchtturm.

»Sam braucht kein großes Schlafzimmer ganz für sich allein«, verkündete die neue Schwägerin keine Woche nach ihrer Ankunft, »und ich brauche Platz, um all meine Kleidertruhen abzustellen.«

Alice konterte, dass die Frau eines Leuchtturmwärters nicht so viele Kleider bräuchte, aber Thomasina brach in Tränen aus, und Effie schimpfte mit ihrer Tochter, weil sie die junge Frau zum Weinen gebracht hatte. Sam stimmte lammfromm zu und zog in einen der leeren Lagerräume. Thomasina versuchte nicht, ihre triumphierende Miene zu verstecken, und schmeichelte sich bald bei ihrer neu gewonnenen Schwiegermutter ein. Alice schluckte ihren Ärger darüber hinunter. Effie war froh, eine Frau im Haus zu haben, die zufrieden damit war, zu kochen, zu nähen und ihr Gesellschaft zu leisten.

Aber bald war Thomasina schwanger und hörte auf, Hausarbeit zu erledigen. Sie behauptete, sie sei bei zu schwacher Gesundheit dafür, und kommandierte Alice wie eine Dienstbotin herum. Alice' einzige Fluchtmöglichkeit bestand darin, ihrem Vater bei der Nachtwache zu helfen und die strahlende Flamme der neuen Lampe am Brennen zu halten. Dann starrte sie immer aufs Meer hinaus und fragte sich, ob ihr Leben sich immer auf diesen Turm beschränken würde. Thomasina war in ihren Alltag geweht gekommen wie eine Herbstbö. An Alice nagte das ungute Gefühl, dass die junge Frau noch weitere Stürme auslösen würde – besonders in ihrem Leben.

Kapitel 5

Skye, 1813

Der Tag, an dem der Laird, Hercules MacAskill, nach Ramanish zurückkehrte, war einer, den der junge John Sinclair niemals vergessen würde.

»Kommst du mit auf den Hügel, um auf die Ankunft des Häuptlings zu warten?« Sein Freund Donald von nebenan war extra angelaufen gekommen, um ihn das zu fragen.

John wandte sich an seinen Großvater, der eine Sichel an einem Stein des Türdurchgangs schärfte. *Kann ich bitte mitgehen?* Der Achtjährige warf seinem Großvater einen flehenden Blick zu.

Norman schüttelte den Kopf und hob die Stimme, als wäre John schwerhörig und nicht nur stumm. »Du wirst den Laird bald genug zu Gesicht bekommen. Ich brauche dich, damit du die Kuh davon abhältst, die Gerste niederzutrampeln.«

»Wir könnten Fula, die Kuh, doch mitnehmen«, schlug Donald vor.

»Sei nicht so dämlich.«

»Lass sie doch, Vater«, mischte Tante Morag sich ein. Sie stand über ihre Strickarbeit gebückt in der Tür. »Alle anderen Kinder gehen auch hin. Ich behalte die Kuh im Auge.«

»Du?«, fragte Norman verächtlich. »Ein Krüppel kann nicht hinter Tieren herrennen – und das Vieh der anderen Leute muss auch bewacht werden. Ich lasse nicht zu, dass meine Gerste ruiniert wird. Wir müssen diesen Winter doch etwas zu essen haben.«

»Du meinst wohl eher zu trinken«, murmelte Morag. »Das meiste davon landet doch in deiner Whiskybrennerei hinter dem Haus.«

»Hüte deine Zunge, Frau!«

Morag rollte die Augen in Johns Richtung, sagte aber nichts mehr. Sie wussten beide, dass Norman sich nicht mehr umstimmen ließ, wenn er sich erst einmal gegen etwas entschieden hatte. Also musste John zusehen, wie Donald ohne ihn davonrannte und sich den anderen Dorfkindern anschloss, die als Kundschafter auf den Bergpfad stiegen, um Meldung zu machen, sobald der Landbesitzer, der nach dreizehn Jahren aus Indien zurückkehrte, in Sicht war.

John verbrachte einen frustrierenden Morgen auf den Feldern. Er wedelte mit den Armen, um die Krähen vom Getreide zu verscheuchen, und stupste mit dem Birkenstock seines Großvaters alle Rinder an, die sich zu nahe an die offenen, schmalen Felder heranwagten, auf denen Gerste, Hafer und Kartoffeln wuchsen. John erledigte oft Hilfsarbeiten im Dorf. Er stach Torf für das Feuer im Haus und trug Körbe voller Seetang für die Tangarbeiter, weil er größer und stärker als die meisten Jungen in seinem Alter war. Deshalb machte sich auch keiner der anderen Jungen über ihn lustig, weil er nicht sprach. Sie akzeptierten ihn einfach so, wie er war. Aber an einem Tag wie heute wünschte John sich mit aller Macht, er könnte die Worte finden, um seinen Großvater zu bitten, ihn den Ersten sein zu lassen, der ihren heimkehrenden Häuptling erspähte. Er erinnerte sich kaum noch an die Zeit, als er hatte sprechen können – *wie eine plappernde Silbermöwe*, hatte seine Mutter einmal gesagt –, aber seit er den Tod seines Vaters und das Verschwinden seiner Mutter verschuldet hatte, lastete der Verlust der beiden auf seiner Zunge wie Steine.

Als Donald zurückgelaufen kam und durchs ganze Dorf brüllte, dass eine Reiterschar mit Lastponys unterwegs sei, schloss John sich ihm an und vergaß seine Pflichten auf den Feldern.

»Er hat einen Wilden dabei«, erzählte Donald aufgeregt, »in komischer Kleidung. Das muss sein Sklave sein.«

Dorfbewohner strömten aus ihren Häusern; manche kamen vom Ufer herauf, wo sie Seetang gesammelt hatten. Sie drängten sich auf dem Weg, der nach Ramanish Castle führte. John und Donald drängelten sich bis nach vorn durch. Lange bevor John den Häuptling und sein Gefolge zu sehen bekam, hörte er Willie, den Dudelsackspieler, der sie den Berg herunterführte.

Ganz plötzlich begann es: das Singen. Die Reiter kamen in Sicht, und John empfand in seinem tiefsten Innern eine urtümliche Freude, als der spontane Gesang in die Luft aufstieg – halb Kriegsschrei, halb Liebeslied. Sie hießen ihren Anführer, nach dem sie sich gesehnt hatten, zu Hause willkommen. Es war ein uraltes Lied, das seine Mutter ihm früher vorgesungen hatte; Johns Augen brannten vor Tränen der Ergriffenheit, als er lauschte.

Hercules, der eine eng anliegende Hose und eine verblasste rote Uniformjacke unter einem Tartanplaid trug, ritt auf einer kräftigen braunen Stute voran. Sein breites, wettergegerbtes Gesicht war von feinen Falten durchzogen, und sein rotes Haar unter der Armeemütze war unmodisch lang und zurückgebunden. Für John sah er wie ein Jakobitenheld aus dem vorigen Jahrhundert aus. Aber beim Anblick des Mannes, der ohne Sattel oder Steigbügel auf einem schwarzen Pferd hinter Hercules herritt, sackte ihm der Unterkiefer hinunter. Er hatte nussbraune Haut, wie Johns spanischer Ururgroßvater, der vor zwei Sommern gestorben war, und einen vollen schwarzen Bart. Er trug einen weiten grünen Umhang, der sein Schwert nur halb verdeckte, und sein Kopf war in ein weißes Tuch gewickelt, das wie ein riesiger Verband wirkte. Ein Ende hing ihm über die breite Schulter. Er hatte eine Hakennase und die dunklen, blitzenden Augen eines Falken.

»Da ist der Sklave«, sagte Donald und stieß John an.

Der sieht aber eher nach einem Leibwächter aus, dachte John, dem die schmale Muskete auffiel, die ans Pferd des Ausländers geschnallt war.

Hinter ihm ritt eine Schar des Clanadels, dem Anlass entsprechend in ihre feinsten Kleider und Mützen gehüllt. Die Dorfjungen rannten winkend und jubelnd nebenher. Strahlend rief Hercules Leuten, die er wiedererkannte, Grüße zu. Als die Prozession sich dem felsigen Hang näherte, der zur Burg hinaufführte, wendete er sein Pferd zur Menge, zog eine silberne Pistole und feuerte in die Luft. Der Ausländer zückte ein Gewehr, spannte den Hahn und tat das Gleiche.

Frauen schrien auf, und die Pferde weiter hinten wieherten vor Angst. Während Kinder und Hunde davonstoben, brüllten Hercules und sein Gefährte vor Lachen.

»Heute Abend«, rief der Häuptling über den Lärm hinweg, »werdet ihr alle am Strand mit mir speisen. Ihr Jungs da!« Er deutete auf Donald und John, die immer noch mit großen Augen, erschrocken über die Schüsse, dastanden. »Wie heißt ihr?«

»Ich bin Donald, der Sohn von James, dem Sohn von Donald, dem Schmied, Sir«, antwortete Johns Freund sofort. »Und das hier ist John, der Enkel von Norman, dem Sohn von Iain, dem Sohn von Carlos.«

»Einer von den spanischen MacAskills?« Hercules zog eine Augenbraue hoch. John nickte. »Zeigt mir, dass in euch die Kraft eurer Ahnen steckt, und sammelt Holz für ein Feuer für unser Festessen. Schafft ihr das, meine jungen Krieger?«

»Ja, Herr«, keuchte Donald, und John nickte heftig, überwältigt angesichts der Ehre, dass sie allein aus der Menge auserwählt worden waren.

Sie warteten nicht ab, um zuzusehen, wie der Häuptling und seine Leibwache aus Männern zur Burg weiterritten, sondern nahmen die Beine in die Hand, um entlang des Ufers nach Treibholz zu suchen, gefolgt von einer Horde von Kindern, die unbedingt mithelfen wollten.

Als an dem Abend die Sterne am Himmel erschienen, taten sich die Leute aus Ramanish und den umliegenden Dörfern an Hammelbraten und über dem offenen Feuer gegarten Gänsen gütlich. Es war das erste Fleisch, das die meisten von ihnen in diesem Jahr überhaupt zu schmecken bekamen. Staubige Bordeaux- und Brandyfässer wurden aus dem Burgkeller heraufgebracht. Hercules mischte sich unters Volk und teilte sich Schalen voller Bordeaux und Brandypunsch mit den Männern. Sein Lachen und seine tiefe Stimme tönten über den stillen Loch, als er seine Leute mit Geschichten aus fernen Ländern und von Feldzügen ergötzte.

»Habe mit Elphinstone Schah Schudscha, den König von Afghanistan, besucht – er hat einen Diamanten, der so groß wie meine Faust ist«, sagte Hercules und reckte die Faust in die Luft, »den Koh-i-Noor. Aber ich habe einen größeren Schatz von dort mitgebracht: meinen Freund Azlan. Er ist ein echter Highlander und Krieger, genauso wie wir.« Er klopfte dem Afghanen mit einer Hand auf die Schulter. »Der einzige Unterschied ist, dass er nach Osten gewandt betet und kein Gälisch spricht – noch nicht.« Hercules lachte leise.

John drückte sich in der Nähe der Gruppe von Männern herum, die sich um den Häuptling geschart hatten, und starrte fasziniert den bärtigen Krieger mit dem langen Messer am Gürtel an. Der Ausländer saß beim Essen in der Hocke, rührte aber keinen Tropfen von dem Alkohol an, der in Strömen floss. Der Afghane fing seinen Blick auf und zwinkerte. John war so erstaunt, dass ihm der Mund offen stehen blieb. Der Mann grinste und enthüllte eine Lücke in seiner oberen Zahnreihe. Dann machte er weiter damit, sich mit einem kleinen, scharfen Messer Fleisch von einem Knochen abzuschneiden und sich die Stücke in den Mund zu werfen.

Später holte Donalds Vater seine Fiedel und stimmte eine Melodie an. Die Dorfbewohner tanzten am Strand, der dank des ablaufenden Wassers breiter wurde. Die Feier dauerte die ganze Nacht. Die Männer, darunter auch Johns Großvater, holten Krüge mit zu Hause schwarzgebranntem Whisky und reichten sie herum, während uralte Clangeschichten erzählt wurden. Als der Morgen dämmerte, spielte Willie auf dem Dudelsack einen langsamen, berührenden Gruß an seinen Herrn und Meister; das war das Signal für die Familien, allmählich nach Hause aufzubrechen, um noch eine Mütze voll Schlaf zu bekommen, bevor der neue Tag begann.

Kaum dass John eingeschlafen war, rüttelte der betrunkene Norman ihn wach und zerrte ihn aus dem Alkoven, der zwischen dem Kuhstall und dem Wohnraum eingekeilt lag.

Sein Großvater lallte beinahe unverständlich: »Mir nicht gehorcht! Fula auf dem Feld. Bist davongelaufen.«

Sie war angebunden, wollte John schreien.

»Sieh mich nicht so an!« Norman griff nach seinem Birkenstock und holte aus, um seinen Enkel zu schlagen. John wich aus. »Bleib stehen!«

»Vater ...« Morag kämpfte sich von ihrem Bett am Feuer hoch. »Lass ihn in Ruhe. Verdirb nicht solch einen großartigen Tag.«

»Verdorben ist bloß der Junge, weil du ihn so verwöhnst«, knurrte Norman. »Muss ihm eine Lektion erteilen.«

Als er den Stock wieder hob, warf Morag sich zwischen ihren Vater und ihren Neffen. »Aufhören!«, schrie sie und packte den Stock, als er niedersauste. Der Schlag streifte ihre Wange, aber sie entwand Norman den Stecken, und er fiel klappernd zu Boden. John sauste darauf zu, packte den Stock und rannte mit ihm aus dem Haus. Wie einen Wurfspeer schleuderte er ihn über die Gartenmauer; er verschwand am moosigen Bachufer, wo der Schwarzgebrannte seines Großvaters immer noch unter einem Felsvorsprung versteckt lag.

Als er zurückkehrte, um sich dem Zorn seines Großvaters zu stellen, fand John ihn auf den Knien am Feuer. Norman hatte die Hände vors Gesicht geschlagen und weinte.

»Hilf mir, ihn ins Bett zu bringen«, sagte Morag.

Sie zogen Norman hoch und redeten ihm gut zu, auf die Beine zu kommen. Er war kein großer Mann, aber voll drahtiger Kraft.

»Tut mir leid, Morag, tut mir leid«, murmelte er undeutlich. »Wollte dich nicht schlagen.«

»Das weiß ich doch. Komm, Vater, morgen wird dir dein schmerzender Kopf am meisten leidtun.«

Sie hievten ihn in den alten Alkoven. Die Seitenwände und Vorhänge waren geschwärzt, weil sie schon seit Jahren dem Torfrauch ausgesetzt waren. Bald schnarchte Norman, aber John zögerte, selbst ins Bett im Alkoven zurückzukehren. Wie immer hatte Morag Verständnis für ihn. Sie legte ihm sanft die Hand auf den Kopf.

»Du kannst eine Weile am Feuer schlafen. Es wird ohnehin bald Zeit, aufzustehen.«

Sie legten sich zusammen auf das Rollbett, das tagsüber weggeräumt wurde. John konnte nicht einschlafen und starrte ins Feuer. Der Arm seiner Tante umfing ihn tröstlich. Es fiel ihm schwer, sich an sein altes Zuhause in Foxton zu erinnern – ein weiß gestrichener Geschirrschrank für das Steingut, ein Herd mit Kamin und Vorhänge an einem Fenster, das sich öffnen ließ, das wusste er noch, aber sonst nicht viel. Dieser fensterlose Raum um eine zentrale Feuerstelle herum mit dem Spinnrad seiner Tante und den Werkzeugen seines Großvaters war ihm mittlerweile viel vertrauter. Die Gerüche hier beruhigten ihn: Fisch, der an der Decke aufgehängt räucherte, ein stark riechendes Schafsvlies, das zum Trocknen an die Wand genagelt war, und der alles durchdringende Torfrauch, der sich in Haaren und Kleidung festsetzte.

»Dein Großvater war nicht immer so übellaunig«, murmelte Morag. »Als junger Mann war er ein großartiger Viehtreiber und hat Bänder und Schnallen von den Märkten im Süden mitgebracht – aber die Tage sind lange vorbei. Seitdem fällt es ihm schwer, sich seinen Lebensunterhalt zu verdienen. Aber daran trägst du nicht die Schuld, also sollte er seinen Unmut nicht an dir auslassen. Doch wenn er erst einmal getrunken hat …« Sie seufzte tief.

John liebte seine Tante Morag fast so sehr, wie er seine Mutter geliebt hatte, auch wenn er sich immer noch innerlich hohl fühlte, wenn er an seinen hochgewachsenen Vater und seine sanfte Mutter dachte. Albträume von umstürzenden Bäumen quälten ihn stets noch im Schlaf. Seine Mutter erschien häufig in seinen Träumen, aber er hatte keine Erinnerung daran, wie sie verschwunden war; niemand hatte es ihm je erzählt. Wohin war sie gegangen, und warum hatte sie ihn verlassen? John hatte das ungute Gefühl, dass sein Großvater ihm die Schuld daran gab, seine Mutter nicht sicher über das Gebirge von Foxton hierhergebracht zu haben, und dass das der Grund dafür war, dass der alte Mann ihn nicht mochte und den Nachbarn erzählte, sein Enkel sei nicht ganz richtig im Kopf.

* * *

In der folgenden Woche erging ein Aufruf des Lairds, bei der Heuernte zu helfen. Hercules erwartete von sämtlichen Leuten, alles stehen und liegen zu lassen und auf seine Wiesen zu kommen, solange das Wetter gut war. Als Norman grummelte, es sei wichtiger, mit dem Seetang voranzukommen, der ihnen mehr Geld einbrachte, rief Morag ihm ins Gedächtnis: »Der Häuptling verlangt keinen einzigen Penny Pacht für unser Land und unser Haus. Ihm bei der Ernte zu helfen, ist das Mindeste, was wir tun können.«

John war entzückt, der Aufgabe zu entkommen, riesige Körbe voller Seetang zu den Tangfeuern am Strand zu schleppen, den düsteren, stinkenden Haufen, die er bei seiner Ankunft in Ramanish gesehen und für das Werk von Feinden gehalten hatte, die das Land verwüsten wollten.

Mit Donald an seiner Seite ging er daran, das hohe, üppige Gras, das auf den niedrigeren Hängen an der sandigen Bucht wuchs, mit der Sense zu mähen. Er bewegte sich im Gleichtakt mit den Männern und Frauen, die bei der Arbeit sangen. Jeder, der körperlich bei Kräften war, war dabei – sogar der Faktor Falkner und seine kichernde Tochter Katrine, die mehr Zeit damit verbrachte, Grassamen in die Luft zu werfen; auch Hercules und Azlan hatten ihre Ärmel hochgekrempelt und packten mit an.

John warf immer wieder Blicke auf den muskulösen Afghanen in seiner weiten Hose, seinen Stiefeln und seinem mehrfarbigen Wams über dem Hemd. Azlan trug ein langes Messer an den Gürtel geschnallt. Als sie die Arbeit unterbrachen, um die Haferfladen und den Käse zu essen, die die Frauen mitgebracht hatten, ging Azlan etwas beiseite, zog seine Stiefel aus und wusch sich im Bach. Dann entfaltete er ein kleines Stück Stoff und begann, vor sich hin zu murmeln, bevor er sich verneigte, darauf niederkniete und mit der Stirn den Boden berührte.

Die Jungen starrten ihn mit offenem Mund an. »Glaubst du, das sind magische Beschwörungen, die er da vor sich hin murmelt?«, flüsterte Donald.

»Er betet«, erklärte Hercules ihnen. »Kein Grund, ihn so anzustarren, Jungs.«

John errötete und sah ehrfürchtig zu seinem Häuptling hoch.

»Es hat mir leidgetan zu erfahren, dass deine Mutter nicht mehr unter uns ist«, sagte der Laird. »Sie war ein nettes Mädchen, noch dazu hübsch – wie ich sehe, hast du den gleichen dunklen Teint wie sie. Aber zweifelsohne kümmert sich Morag *crotach* gut um dich, oder?«

John nickte.

»Das ist gut. Und der alte Spanier Carlos – lebt der noch?«

John schüttelte den Kopf.

»Kaum ein Wunder«, brummte Hercules. »Er war schon uralt, als ich noch ein Junge war, aber es schien ihm bestimmt zu sein, für immer zu leben. Ein großartiger alter Mann. Aber vielleicht hast du ihn gar nicht kennengelernt. Du redest nicht viel, nicht wahr? Gewöhnlich sagen die spanischen MacAskills doch zwanzig Wörter, wenn zwei genügen würden.«

John wollte ihm erzählen, dass er sich sehr wohl an den alten Carlos erinnerte und seinen Geschichten darüber gelauscht hatte, wie er in seiner Jugend als Soldat für die exilierten Stuart-Könige gekämpft hatte. Sein Ururgroßvater hatte dritte Zähne bekommen und wieder angefangen, Spanisch zu sprechen – eine Sprache, die ihm für fast ein Jahrhundert nicht über die Lippen gekommen war –, bevor er gestorben war.

»John ist stumm«, mischte Donald sich ein, »aber er versteht sehr viel.«

Hercules zog eine Augenbraue hoch. Er wandte seine Aufmerksamkeit Donald zu und begann, ihm Fragen über seine Familie zu stellen. Er lachte leise über die munteren Antworten des Jungen. John spürte, wie Enttäuschung in ihm aufstieg, aber seine Kehle blieb so verschlossen wie eine verkorkte Flasche. Azlan gesellte sich zu ihnen und hockte sich hin, um das einfache Mahl zu verspeisen. Er machte eine Bemerkung in einer Sprache, die John noch nie zuvor gehört hatte. Die Worte klangen wie das Plätschern eines schnell fließenden Bachs. Hercules lachte und gab irgendeine Antwort.

Morag kam angeschlendert, um nach John zu sehen, und warf einen misstrauischen Blick auf den grimmig wirkenden Ausländer, dessen Gespräch mit ihrem Häuptling mittlerweile einem Schnellfeuer glich. Sie knickste zum Gruß vor Hercules, der daraufhin seine Mütze lüpfte.

»Ich hoffe, mit dem Essen ist alles recht, Herr?«, fragte sie. »Sie müssen unser gutes Hafermehl und unseren Schafskäse doch all die Jahre lang vermisst haben.«

»Das habe ich in der Tat.« Er lächelte. »Aber mein Freund hier findet den Haferfladen etwas schwer verdaulich.«

»Warum denn das?«, gab Morag gereizt zurück.

Hercules lachte leise. »Er sagt, in seinem Heimatland füttert man mit so etwas Maultiere.«

John sah, wie seiner Tante die Röte der Empörung ins Gesicht schoss, und hoffte, dass sie nichts Unbedachtes erwidern würde.

Morag stemmte die Hände in die Hüften und konterte: »Dann sagen Sie ihm, dass dieses Essen schon seit Jahrhunderten schottische Könige und Häuptlinge ernährt. Wenn es für sie gut genug war, dann ist es auch gut genug für den Diener unseres Häuptlings.«

Als der amüsierte Hercules ihre Äußerung weitergab, sah John, wie das Stirnrunzeln des Afghanen sich vertiefte. Sie wechselten rasch ein paar Worte. Die Leute ringsum unterbrachen ihre Gespräche und starrten zu ihnen herüber. John rückte näher an seine Tante heran, falls der Mann nach ihr schlagen würde.

Azlan sagte in wütendem Ton noch etwas zu Hercules. Der Laird wandte sich an Morag.

»Er findet, wir sollten dich im Burgverlies einsperren, weil du einem Mann gegenüber so unverschämt warst.«

Morag konterte: »Er wird sich daran gewöhnen müssen, dass hierzulande die Frauen offen sprechen, sonst ist das Verlies spätestens heute Abend voll.«

John zupfte seine Tante am Ärmel, um sie zum Schweigen zu mahnen, aber das Funkeln ihrer Augen ließ ihn befürchten, dass sie Vergnügen daran fand, den Fremden zu provozieren. Hercules übersetzte ihre Antwort. Azlan sprang auf. Seine Miene wirkte finster. Aber plötzlich warf der Afghane den Kopf in den Nacken und brüllte vor Lachen. Dann legte er die Hand aufs Herz und nickte kurz in Morags Richtung, ohne ihr in die Augen zu sehen.

Morag schnaufte amüsiert und knickste unbeholfen.

Später stellte Johns Großvater sie für ihre Dreistigkeit zur Rede.

»Ich lasse nicht zu, dass eine meiner Töchter sich vor diesem heidnischen Ausländer zum Narren macht.«

»So heidnisch ist er nicht«, witzelte Morag. »Er spricht an einem Tag mehr Gebete als die meisten Leute hier in einem Jahr.«

»Er betet zu einem fremden Gott«, blaffte Norman.

»Seine Gebete steigen genauso in den Himmel auf wie unsere«, entgegnete Morag, »und wenn unser Häuptling nichts gegen sie einzuwenden hat, dann solltest du auch nichts dagegen haben.«

John, der befürchtete, dass sein Großvater vor Wut über seine Tante herfallen würde, packte den Birkenstock, der den letzten ersetzt hatte, rannte aus der Hütte und warf den Stecken in die Heide. Norman folgte ihm mit großen Schritten, fluchte und schüttelte die Fäuste.

»Wenn ich dich erwische, versohle ich dir den Hintern!«

John rannte davon und kam erst nach Einbruch der Dunkelheit zurück, als sein Großvater schon halb bewusstlos vom Whisky war und vergessen hatte, dass er eigentlich wütend auf den Jungen war.

* * *

Mit jedem Tag war John faszinierter von Azlan. Er schlich sich nahe heran, um ihn beim Beten zu beobachten und seiner Sprache zu lauschen, die wie Musik in der klaren Luft erklang. Wenn Hercules und Azlan ausritten, zog John Donald von dessen Arbeit fort, um mit ihm die Hügelflanke hinaufzusteigen und den Jägern nachzuspionieren. Eines Tages fing Azlan einen Falken, tötete ihn aber nicht; er brachte ihm bei, hochzufliegen und zurückzukehren, um sich auf sein Handgelenk zu setzen.

Eines Abends kam er ins Dorf und begrüßte den Schmied mit einer seiner seltsamen Verneigungen. Er begann, in seiner melodischen Sprache zu reden, und deutete auf die Hündin des Schmieds. James, Donalds Vater, war verblüfft. Andere kamen hinzu und drängten sich bald neugierig um den Besucher, der ohne seinen Herrn, ihren Häuptling, erschienen war, wild gestikulierte und unverständlich redete. Die Worte waren John genauso fremd, aber irgendwie verstand er das Wichtigste. John trat vor, hob einen der Welpen hoch, die halb versteckt unter der Hündin lagen – einen schlanken, wolfsähnlichen Rüden mit weißen Flecken auf der grauen Nase – und hielt ihn Azlan hin.

Azlan strahlte und nickte. Dann zog er schnell ein kleines Messer mit Messinggriff und langte nach dem Welpen.

»Nein, nicht!«, rief Donalds Vater erschrocken und stürzte sich auf den Afghanen, »Finger weg!«

Erstaunt drohte Azlan dem Angreifer mit dem Messer. James schnappte sich einen Hammer. Norman und zwei weitere Männer drängten sich kampfbereit nach vorn.

John, der immer noch den Welpen umklammert hielt, warf sich vor Azlan, um ihn zu beschützen.

»Aus dem Weg, Junge!«, brüllte sein Großvater. »Unsere Hunde sind nicht zum Essen da!«

John schüttelte den Kopf. Er drehte sich um, nahm Azlan das Messer ab und reichte ihm den Welpen. Dann reichte er das Messer Donalds Vater. James zögerte.

Donald ergriff das Wort: »Es ist ein Geschenk, Vater, im Austausch für den Welpen. Stimmt's, John?«

John nickte. Azlan streichelte den Welpen, schnupperte an ihm und strahlte glücklich. James nahm das Messer und bewunderte den kunstvollen Messinggriff, der mit grünen Steinen besetzt war. Dann zeigte er es stolz den anderen Männern. Norman sah weiter grimmig drein, weil er immer noch mit irgendeiner Hinterlist rechnete, als Morag mit einer Schale Sahne herüberkam.

»Das ist ja eine schöne Art, einen Gast willkommen zu heißen – mit Fäusten und Hämmern«, sagte sie tadelnd.

Sofort bedeutete James Azlan, sich mit ihnen vor die Schmiede zu setzen. Morag reichte dem Afghanen zuerst die Schale. »Aber nicht für den gierigen Welpen«, sagte sie warnend.

Azlan sah sie stirnrunzelnd an. Zur Erklärung griff John nach dem Welpen, während er Azlan zunickte, die Schale zu nehmen. Azlan tat es und schlürfte die Sahne. Er leckte sich die Lippen, grinste und warf einen schüchternen Blick auf Morag, während er die Schale an James weiterreichte. Das entlockte

Morag dieses Lächeln, bei dem sich Grübchen in ihren Wangen bildeten und das John an seine Mutter erinnerte.

In den folgenden Wochen und Monaten sah John den Leibwächter seines Häuptlings viel häufiger, weil Azlan oft in der Schmiede vorbeikam, um sein Jagdmesser schärfen zu lassen, und an Johns Tür stehen blieb, um ihm neue Tricks vorzuführen, die er dem Welpen beigebracht hatte, der jetzt Wolf hieß. Mann und Hund waren unzertrennlich, und Morag beklagte sich über den übermütigen Welpen, der immer hereingestürmt kam und ihre Töpfe umriss. Aber sie hatte immer einen Becher Wasser oder eine Schale Milch bereitstehen, um sie Wolfs Herrchen anzubieten.

Manchmal blieben Hercules und Azlan an den brennenden Tanggruben stehen, wo John und Donald die Körbe mit Seetang ausleerten, und winkten den Jungen zu, mit ihnen auf die Jagd in den Bergen zu kommen. Dann rannten sie mit und scheuchten die Vögel auf, damit die Männer sie schießen konnten. Wenn Hercules und Azlan einen Hirsch erlegten, trugen die Jungen ihn an eine Stange gebunden zurück und durften einen Teil davon für ihre Familien zu Hause mitnehmen. Oft plauderte Hercules in Azlans Muttersprache mit seinem Freund; der Häuptling erklärte den Jungen, dass es sich um Paschtu handelte. Donald verstand kein Wort davon, aber John erkannte nach und nach die Bedeutung, saugte die Begriffe wissensdurstig auf und formte sie lautlos mit den Lippen.

Als Azlan Hercules eines Tages fragte, was das gälische Wort *crotach* hieß, krächzte John auf Paschtu: »Buckel auf Rücken.«

Die Männer starrten ihn an, als wären ihm Flügel gewachsen. Donald stand der Mund offen.

»Schwester meiner Mutter. Morag Buckel auf Rücken.« Die Worte kamen schwach und heiser aus ihm hervor.

»Sprichst du Afghanisch?«, fragte Donald staunend.

Hercules schlug sich auf den Oberschenkel. »Na, ich will verflucht sein! Der spanische John hat doch eine Zunge, Azlan. Du hattest die ganze Zeit recht.«

Azlan sah John aus seinen dunklen Augen durchdringend an. »Du verstehst alles, was wir sagen?«

John zuckte die Schultern.

»Sag es mir mit Worten, mein Bruder«, befahl Azlan.

John schluckte schwer und räusperte sich. »Ein bisschen. Ein großes bisschen.«

Azlan schlug ihm auf die Schulter und sah Hercules triumphierend an. »Habe ich nicht gleich gesagt, dass der hier ein junger Afridi ist? Er hat das Herz eines Löwen und spricht die Sprache der Könige.«

Hercules lachte und wiederholte: »Du hattest recht, mein Freund.«

Donald zog John am Arm. »Was redet ihr da alle? Sag es mir auf Gälisch.«

John begann zu zittern. Er wollte es erklären, war aber zu überwältigt. Etwas von großer Tragweite geschah gerade, aber er war sich nicht sicher, was. Azlan legte ihm einen Arm um die Schultern und drückte ihn an sich.

»Weinst du etwa, John?«, fragte Donald. »Warum weinst du denn?«

»Donald, *Òg*«, sagte Hercules sanft, »mein Junge, ich glaube, dein Freund hat den Weg zurück zu uns gefunden.«

* * *

Von da an folgte John Azlan wie ein Schatten; er wurde sein ergebenster Jagdgehilfe, lernte reiten und sich um die Pferde sowie um die Hunde in den Zwingern zu kümmern. Wolf war sein Liebling. Bald sprach er fließend Paschtu, was seine Tante amüsierte, aber seinen Großvater erzürnte. Manchmal, wenn er betrunken war, versuchte der alte Norman, mit dem Stock auf seinen Enkel einzuschlagen.

»Sprich Gälisch, du kleiner Heide!«

Aber John konnte seinen wilden Schlägen mühelos ausweichen und schleuderte ihm trotzig einen Fluch auf Paschtu entgegen. Die Dorfbewohner hielten ihn nun, da er eine fremde Sprache sprach, für noch seltsamer als damals, als er stumm gewesen war, aber Donald setzte sich für seinen Freund ein und nahm diese neue Entwicklung hin wie den Wandel der Jahreszeiten.

* * *

Im folgenden Sommer ging ein Segelschiff vor der Halbinsel vor Anker, und die Besucher wurden an Land zur Burg hinübergebracht. Es sprach sich herum, dass es sich um bedeutende Männer aus den Lowlands handelte. Zu Normans Bestürzung bestellte Hercules John auf die Burg.

»Was hast du angestellt, Junge?«, fragte Norman aufgeregt.

John überspielte seine Nervosität, als er ging. Er war bisher nur in den Küchen und Nebengebäuden der alten Festung gewesen, aber noch nie in den Wohngemächern. Man scheuchte ihn eine Steintreppe hinauf in ein gewaltiges Empfangszimmer mit Flügelfenstern, die in zwei Meter dicken Mauern eingelassen waren. Die Wandbehänge rochen muffig, der einst bunte Teppich unter seinen nackten Füßen war ausgeblichen. Die Gäste, die auf Sesseln saßen, aus denen die Rosshaarpolsterung herausquoll, beugten sich über einen Tisch, der mit Seekarten und Zeichnungen überhäuft war. Jemand hämmerte in die Tasten eines schlecht gestimmten Klaviers, und Hercules stand vor einem großen Kamin und rauchte Pfeife.

Zu Johns Erleichterung erspähte er Azlan, der ihn heranwinkte und ihm aufmunternd zuzwinkerte.

»Das hier sind Freunde aus dem Süden«, erklärte Hercules John auf Gälisch. »Sie sind vom Northern Lighthouse Board, der schottischen Leuchtfeuerverwaltung, und unternehmen eine Inspektionsreise zu den Äußeren Hebriden.« Dann wechselte er ins Englische und stellte sie einander vor. Ein gewisser Mr Stevenson aus Edinburgh schüttelte John kräftig die Hand.

»Einer der besten Ingenieure Schottlands«, lobte Hercules den Mann zu dessen offensichtlichem Entzücken.

Es waren noch drei andere Männer anwesend. Einer von ihnen war hochgewachsen, hatte eine Hakennase und eine wilde Lockenmähne.

»Ich bin George Gillveray, ein Freund deines Häuptlings aus unseren Tagen in Indien«, stellte er sich vor. »Verstehst du auch Hindustani?«

Von Hindustani hatte John noch nie etwas gehört.

Hercules verkündete: »Noch nicht, aber gib mir ein Jahr mit dem Jungen, und er beherrscht es.«

»Aber Englisch verstehst du?«, fragte George.

John nickte.

»Sein Vater hat es gesprochen«, erklärte Hercules.

»Ach ja, solch eine traurige Geschichte. Und dann auch noch deine Mutter zu verlieren, du armer Junge.«

John wurde rot; sie hatten über ihn geredet.

Die Männer versammelten sich um ihn und fragten ihn aus, als wäre er ein seltsames Geschöpf aus fernen Landen. John antwortete auf Hercules' Bitten hin auf Paschtu, das sein Häuptling dann für seine Gäste übersetzte. Sie wollten wissen, warum er kein Gälisch sprach.

»Willst du es einfach nicht?«, fragte Stevenson.

John schüttelte den Kopf. Er konnte es nicht erklären. Er warf Azlan einen flehentlichen Blick zu. Zu Johns Erstaunen sagte Azlan in stockendem Englisch: »Die Worte – sie wollen nicht kommen. Englisch, es ist mit dem Vater gestorben. Gälisch mit der Mutter.«

»Das ist eine höchst überraschende Vermutung«, sagte Stevenson.

»Aber eine interessante – und plausible«, meinte George. »Der Junge hat zwei schreckliche Schocks unmittelbar hintereinander erlitten, erst den Tod seines Vaters und dann den seiner Mutter. Es ist kein Wunder, dass er zu sprechen aufgehört hat.«

John wurde kalt. Was sagten sie da? Er wandte sich entsetzt an Azlan.

»M… meine Mutter? Sie ist tot?«

Hercules runzelte die Stirn. »Das hast du doch sicher schon gewusst?«

John schüttelte den Kopf.

»Oh, mein armer Junge! Sie ist in den Bergen erfroren«, erläuterte sein Häuptling. »Sie liegt auf dem Friedhof auf dem Hügel. Dein Großvater muss dir das doch erzählt haben?«

Johns Herz begann zu hämmern. Niemand hatte es ihm erzählt! Ihm schnürte sich die Brust zu, sodass er kaum noch Luft bekam. Er sah den Ausdruck schockierten Erstaunens auf den Gesichtern der Besucher, aber es war das Mitleid in den Augen seines Häuptlings, das er nicht ertragen konnte.

John wandte sich um und stürmte aus dem Zimmer. Dabei riss er einen Beistelltisch um, auf dem ein Tablett mit filigranen Gläsern stand. Während er flüchtete, hörte er das dünne Glas zu Bruch gehen. Er wusste, dass er hätte umkehren sollen, um sich zu entschuldigen, aber er wollte nur noch fort aus der Burg und so weit weg wie möglich.

John entkam ins Freie, rannte an den Tangfeuern, der Siedlung aus Torfplaggenhäusern und den schmalen Feldern vorbei. Leute riefen ihm etwas zu, aber er antwortete nicht und blieb auch nicht stehen, bis er die baufällige Steinkirche und den zugehörigen Friedhof am Hang erreicht hatte. Seine Lunge brannte vor Anstrengung. Die Kirche wurde schon längst nicht mehr genutzt, weil es keinen Pastor gab und der Häuptling nicht viel von Religion hielt. John und seine Freunde spielten hier nie, weil es in der Kirche angeblich spukte und sie unter dem Zauberbann des *kleinen Volks* stand – bösartiger Feen, die Viehkrankheiten auslösen und denen, die von ihnen verflucht wurden, den Tod bringen konnten. Aber wenn seine Mutter hier war, musste er sie finden. Johns Brustkorb hob und senkte sich heftig, als er nach Luft schnappte. Er suchte den moosigen, von Disteln und Farn überwucherten Friedhof ab.

Er entdeckte ein paar uralte, flach im üppigen Gras liegende Grabsteine für MacAskill-Häuptlinge. Die Bilder darauf – mittelalterliche Ritter und Galeeren – waren über die Jahrhunderte verwittert. Eine Handvoll aufrecht stehender Steine trug die Namen und Lebensdaten der sogenannten Tacksmen, der wohlhabenden Bauern, die Land des Häuptlings in Erbpacht innehatten. Aber auf den meisten Gräbern gab es gar keine oder nur schlichte Steine ohne Inschrift. Allein grasbewachsene Erhebungen zeugten von den Ahnen der Familien. Selbst wenn seine Mutter hier begraben war, würde er ihr Grab nie finden.

Dann fiel ihm wieder ein, wo sein Ururgroßvater Carlos vor drei Jahren zur letzten Ruhe gebettet worden war: in einem entlegenen Winkel des Friedhofs unter einem Vogelbeerbaum. Zu seiner Überraschung stellte er fest, dass hier die Disteln zurückgeschnitten worden waren. Das Gras war mit gelben Schlüsselblumen übersät. Jemand kam her, um das Grab zu pflegen; vielleicht Tante Morag? John hockte sich hin und legte die Hand auf den Stein. Lag auch seine Mutter hier und ruhte bei ihren Vorfahren? Die Blätter des Vogelbeerbaums raschelten über ihm und seufzten im Wind. Er erstickte fast vor Trauer. Die ganze Zeit über hatte er sich die Schuld am Verschwinden seiner Mutter gegeben und geglaubt, dass sie ihn wegen des Todes seines Vaters so sehr gehasst hatte, dass sie seine Gegenwart nicht hatte ertragen können. Aber jahrelang hatte er in der Hoffnung gelebt, sie würde zurückkehren. Eine kindische Hoffnung. Wie dumm er doch gewesen war! Sie war damals im Schnee gestorben. John senkte den Kopf und schluchzte.

Warum hatte ihm das niemand erzählt? Sie hätten es tun sollen. Er hatte ein Recht darauf, es zu wissen! Plötzlich wurde John von heißem Zorn erfüllt. Er durchströmte sein Blut wie ein Gift. Sie hatten ihn angelogen – sein Großvater, seine Tante, seine Nachbarn und Freunde. Sie alle hatten ihm die Wahrheit vorenthalten und ihn in dem Glauben gelassen, seine Mutter könnte eines Tages zurückkehren.

Kochend vor Wut und voller Verzweiflung marschierte John den Hügel hinunter. Er stürmte ins Haus seines Großvaters. Norman rauchte Pfeife, und Morag rührte gerade im Kochtopf. Beide schauten überrascht auf.

»Na, schon wieder da?« Morag lächelte.

John zitterte unkontrollierbar.

»Was ist denn?« Morag streckte die Arme aus, um ihn an sich zu ziehen, aber er schüttelte sie ab. Er spürte, wie die Worte aus seinem tiefsten Innern aufstiegen, gälische Worte, die ihm sein halbes Leben lang nicht mehr über die Lippen gekommen waren.

»Warum habt ihr mir nicht gesagt, dass meine Mutter tot ist?«

Sie gafften ihn beide verblüfft mit offenem Mund an.

»Sprichst du doch Gälisch?«, fragte Norman.

»Meine Mutter«, schrie John. »Erzählt mir von meiner Mutter.«

Seine Tante wirkte verwirrt. »John, ich verstehe nicht …«

Er starrte seinen Großvater böse an. Jetzt, da er seine Sprache wiedergefunden hatte, konnte er nicht mehr aufhören. »Ihr habt mir gesagt, sie sei nicht mehr da – weg –, aber nicht, dass sie *tot* ist! Ich musste es von einem Fremden auf der Burg erfahren. Alle wussten es – außer mir!«, sprudelte es aus ihm hervor.

Norman legte seine Pfeife hin. »Was für einen Unsinn redest du nur? Natürlich ist sie tot. Warum sonst solltest du hier bei uns leben?«

»Ich dachte, sie hätte mich verlassen, weil es meine Schuld war, dass mein Vater gestorben ist – wenn ich ihn nicht überredet hätte, länger zu bleiben, um Äpfel zu pflücken, hätte der Baum ihn nie erschlagen. Sie war so traurig, dass sie es nicht ertragen konnte, mich um sich zu haben …«

»Nein, da irrst du dich«, unterbrach Morag ihn. »Sie hat dich mehr geliebt als ihr eigenes Leben. Erzähl es ihm, Vater«, bestürmte sie Norman. »Sag ihm, was geschehen ist.«

»Ich will keine Lügen mehr hören!«, schrie John.

»Schrei deinen Großvater nicht an«, tadelte Morag ihn. »Setz dich neben ihn und hör zu.«

Sie drückte ihn sanft auf einen Hocker.

»Niemand hat dich angelogen.« Norman wirkte untröstlich. John sah Tränen in den Augen seines Großvaters, der Mühe hatte zu sprechen.

»Deine Mutter hat dir an dem Tag im Gebirge, als der Schneefall so schnell über euch hereingebrochen ist, das Leben gerettet. Sie hat dich in ihr Plaid gewickelt und dich in einen Felsspalt geschoben. Sie wusste, dass das für sie den sicheren Tod bedeutete – wenn nicht schnell Hilfe kam –, aber wir hatten keine Ahnung, dass sie an dem Tag aufgebrochen war. Wenn wir nur früher nach ihr gesucht hätten! Die Schuld in meinem Herzen werde ich mit ins Grab nehmen …«

»Ich weiß noch, wie sie mir gesagt hat, dass ich mich in dem Felsspalt verstecken sollte«, flüsterte John, »aber ich dachte, sie hätte mich dort zurückgelassen.«

»Nein«, sagte Norman. Die Stimme zitterte ihm vor Ergriffenheit. »Sie ist genau da an deiner Seite geblieben, bis die

Kälte ihr das Leben geraubt hat. Keine Mutter hätte mehr für ihren Sohn tun können.«

John fühlte sich plötzlich federleicht, als wäre ihm eine große Bürde von den Schultern genommen worden. Seine Mutter hatte ihn also doch geliebt. Unverhofft überkam ihn die Erinnerung daran, wie seine Mutter und er unter einem strahlend blauen Himmel gestanden und einen Adler beobachtet hatten. Seine Mutter hatte ihm gesagt, was für ein Vogel es war, während er sich in ihre warme Umarmung geschmiegt hatte. John ließ den Kopf hängen und kämpfte gegen heiße Tränen an.

»Es tut mir leid, wenn du geglaubt hast, deine Mutter wäre noch am Leben«, sagte Norman mit gequälter Miene. »Ich hätte nie gedacht, dass da eine Erklärung nötig wäre.« Der alte Mann stand auf und ging aus dem Haus, damit der Junge seine Tränen nicht sah.

Morag hockte sich neben John. »Du warst noch zu klein, um zur Beerdigung zu gehen, und wir dachten, über sie zu reden, würde dich nur noch unglücklicher machen. Deinem Großvater fällt es schwer, über deine Mutter zu sprechen. Sie war für ihn etwas ganz Besonderes. Für uns beide.«

John beugte sich zu ihr und begrub sein Gesicht an ihrer Schulter. Dann ließ er seinen Tränen freien Lauf. Heftige Schluchzer schüttelten ihn.

Morag streichelte seine Haare und sagte sanft: »Sie wäre sehr stolz auf dich, John.« Sie küsste ihn auf den Kopf. »Und von Herzen froh, dass du deine Stimme wiedergefunden hast.«

Kapitel 6

Skye, 1820

Mit fünfzehn war John ein kräftiger und in ganz Ramanish beliebter Bursche. Er ritt auf einem ungesattelten Pferd mit Azlan auf die Jagd und kannte sich mittlerweile so gut mit der Falknerei aus wie der Afghane. Als sein Großvater drei Jahre zuvor gestorben war, hatte Hercules John als Ziehsohn angenommen. Er hatte den Jungen unter sein Dach geholt und behandelte ihn wie den Sohn, den er nie gehabt hatte. John erhielt auf der Burg zusammen mit den Söhnen örtlicher Tacksmen Unterricht. Wie sich herausstellte, lernte er schnell, ob es nun um Mathematik oder um alte und neue Sprachen ging. Er hatte eine Leidenschaft für Landkarten. Besonders Hercules' Karten von Indien faszinierten ihn. Er liebte es, seinen Freunden darauf das Königreich der Afghanen zu zeigen – und die Gegend um den Khaiberpass, aus der Azlan stammte. Aber es waren die verschwommenen, unkartierten Gebiete im Osten und Norden, die ihn am neugierigsten machten.

»Aber was liegt dort, Herr?«, hatte John Hercules einmal gefragt und war mit den Fingern über die großen Freiflächen gefahren, auf denen nur mit zögerlichen Pinselstrichen Berge verzeichnet waren. »Bevor man nach Russland oder Tibet gelangt.«

»Der Himalaja«, hatte sein Pflegevater gesagt.

»Ja, aber wer lebt dort?«

»Mongolische Stämme – Himalaja-Könige«, hatte Hercules schulterzuckend geantwortet.

»Eines Tages«, hatte John mit leidenschaftlichem Blick verkündet, »werde ich Entdecker und finde es heraus.«

Er war ein rastloser Junge und flüchtete oft zu seinen Freunden ins Dorf, zum Vergnügen oder um auf den Feldern zu helfen, wie er es immer getan hatte. Und er war ein Draufgänger, der Berggipfel erkletterte, um Wetten zu gewinnen. Im Alter von zwölf Jahren war er mit einer Gruppe Viehtreiber verschwunden, die Rinder zu den Märkten auf dem Festland brachten, weil er neugierig darauf gewesen war, die Welt zu sehen, die jenseits der Insel lag. Er war bis in die südlichen Highlands vorgedrungen, bevor Männer aus Ramanish ihn eingeholt und wieder nach Hause gebracht hatten. Dort hatte sein wütender und damals schon kranker Großvater ihm die heftigste Tracht Prügel seines Lebens verabreicht.

Sie hatten sich bis zu Normans Tod aneinander gerieben. Dennoch vermisste John seinen Großvater mehr, als er sich je hätte vorstellen können. Norman war griesgrämig und, wenn er getrunken hatte, tyrannisch gewesen, aber manchmal hatte er John in ruhigen Momenten widerstrebend seine Zuneigung gezeigt. Aber für John hatte sein Großvater nie den Platz seines geliebten Vaters einnehmen können, und er hatte sich gegen die kleinlichen Einschränkungen aufgelehnt, denen der alte Mann ihn unterworfen hatte. Wenn Tante Morag nicht ständig eingegriffen hätte, hätte nie Frieden im Haus der spanischen MacAskills geherrscht. Mehr und mehr hatte John schon damals in Hercules eine Vaterfigur gesehen. Sobald Norman in dem schlichten Familiengrab unter dem Vogelbeerbaum bei seinen

Vorfahren zur letzten Ruhe gebettet worden war, war John nur zu gern auf die Burg gezogen.

Zur Überraschung aller – abgesehen von John – hatte Morag nach dem Tod ihres Vaters rasch Azlan geheiratet, der sich entschloss, zu ihr ins Haus im Dorf zu ziehen.

»Hier, bei den Tieren und meiner Frau, fühle ich mich mehr zu Hause als in der kalten und zugigen Festung«, verkündete der Afghane. »Morag hält mich warm.« Er lachte.

John wusste, wie glücklich der Ausländer seine Tante machte, und sie überhörte den Tratsch, dass sie einen Heiden geheiratet hätte. Zu Erntefesten und Dorfhochzeiten ging sie stolz an seinem Arm, überglücklich, dass die mitleidigen Blicke, die sie jahrelang wegen ihres buckligen Rückens hatte ertragen müssen, nun neidischen und bewundernden gewichen waren.

Azlan war nicht der einzige Mann, der das Interesse weiblicher Wesen erregte. John war hochgewachsen und kräftig wie sein Vater aus den Lowlands. Sein gutes Aussehen, sein dunkler Teint und seine leuchtend grünen Augen erregten die Aufmerksamkeit der Dorfmädchen und der Schwestern seiner Freunde aus dem Landadel. Mit siebzehn war der junge Sinclair als Tanzpartner auf den Highland-Bällen in den benachbarten Herrenhäusern sehr gefragt. Zur Feier des einundzwanzigsten Geburtstags von Jeremiah Fox' jüngster Tochter kehrte er sogar nach Foxton House zurück. Beim Anblick seines einstigen Zuhauses und seiner Apfelgärten wurde John von schmerzlichen Erinnerungen überwältigt. Er betrank sich sehr und wurde von Miss Fox' Zofe verführt.

Dadurch entdeckte John in sich eine neue Begeisterung für das andere Geschlecht und ver- und entliebte sich andauernd. Azlan beschwerte sich, dass diese Ablenkung Johns Konzentration beim Jagen und Erlegen des Wilds schmälerte, aber Hercules war nachsichtig.

»Das liegt in seiner Natur als Highlander«, erklärte der Häuptling. »John hat den Mut eines Tigers und das Herz eines Dichters.«

Von allen ortsansässigen Mädchen war Katrine, die temperamentvolle Tochter des Faktors, dasjenige, für das John am meisten schwärmte. Seit er Katrine bei Hercules' Rückkehr vor zehn Jahren das erste Mal im Fackelschein am Strand hatte tanzen sehen, bewunderte er sie. Aber Katrine war drei Jahre älter als er und schien sich über seine Verehrung nur zu amüsieren. Sie behandelte ihn mit lässiger Gleichgültigkeit und zog ihn mit den Gedichten auf, die er für sie schrieb und ihr in die Hand drückte, wenn er vorbeikam, um ihrem Vater Wildbret als Geschenk zu überbringen.

»Was für ein lustiger Bursche du doch bist!«, kicherte Katrine dann immer und stieß ihn spielerisch an. »Du musst aber noch an deiner Rechtschreibung arbeiten, wenn aus dir ein anständiger romantischer Dichter werden soll.«

John strengte sich im Klassenzimmer mehr denn je an und kämpfte darum, sich Katrines braune Augen und ihre roten Lippen, die er unbedingt küssen wollte, aus dem Kopf zu schlagen. Dann, als John achtzehn wurde, gab Hercules ein Fest für sein junges Mündel, und Katrine nahm mit ihrem Vater daran teil. John tanzte öfter mit ihr als mit jedem anderen Mädchen. Als das Abendessen in der Tanzpause serviert wurde, nahm er ihre Hand und führte sie auf die Geschützterrasse, um die Sterne zu betrachten.

Mit klopfendem Herzen küsste er ihre Hand und sagte: »Du weißt doch sicher, dass ich dich liebe?« Sie zog die Augenbrauen hoch. Er sprach rasch weiter, bevor der Mut ihn verlassen konnte: »Willst du mich heiraten, Katrine?«

Sie unterdrückte ein Auflachen. »Nein, ganz bestimmt nicht!« Er sah so geknickt drein, dass sie eine Hand an seine brennende Wange legte und hinzufügte: »Aber weil es dein Geburtstag ist, darfst du mir einen richtigen Kuss geben.«

John erwiderte ihr Lächeln, zog sie in seine starken Arme und küsste sie kraftvoll auf die Lippen. Wenn ihr Vater nicht auf der Suche nach ihr auf die Terrasse gekommen wäre, dann hätte Katrine ihn länger geküsst, da war John sich sicher. Vielleicht hätte sie sich sogar bereit erklärt, sich später noch einmal mit ihm zu treffen, damit er ihr ungestört weiter den Hof machen konnte.

Aber ihr Vater führte sie schnell zurück aufs Fest, und kurz darauf gingen die beiden. Zu Johns Enttäuschung wurde Katrine für die gesellschaftliche Saison nach Edinburgh geschickt und kehrte erst im folgenden Jahr zurück. John war halb wahnsinnig vor Sehnsucht und verwirrt darüber, dass seine leidenschaftlichen Briefe und Gedichte nur mit kurzen, seltenen Nachrichten beantwortet wurden, die ihm von einem Leben voller Bälle und Ausflüge berichteten, aber nichts über Katrines Gefühle enthielten.

»Meine Briefe kommen wahrscheinlich gar nicht an«, klagte er seinem Pflegevater sein Leid. »Ich weiß, dass sie mich mag.«

Dann verbreitete sich allmählich die Neuigkeit, dass Katrine mit einem Anwalt aus Edinburgh verlobt war. John weigerte sich, es zu glauben, bis er mit eigenen Augen sah, dass seine Angebetete den Ring eines anderen Mannes trug. Ihr Vater nahm sie zu einem Besuch bei Hercules mit, der ihr als Hochzeitsgeschenk ein Kästchen mit Goldfiligranverzierung überreichte, das einst einem Maharadscha gehört hatte. John stand die Tortur stumm vor Wut und Verzweiflung durch – zornig auf sich selbst, weil er sich so in ihren Gefühlen getäuscht hatte. Jetzt fiel ihm auf, dass Katrine alle mit derselben Wärme anlächelte und wahrscheinlich nur zugelassen hatte, dass er sie geküsst hatte, weil es sein Geburtstag gewesen war und sie Mitleid mit ihm gehabt hatte.

Hercules nahm den liebeskranken John zusammen mit Azlan auf einen ausgedehnten Jagdausflug mit.

»Das ist das beste Heilmittel für ein gebrochenes Herz«, verkündete sein Häuptling. »Die einzige Frau, die ich je geliebt habe, war die meines Kommandeurs. Es nützt nichts, darüber nachzugrübeln, was hätte sein können.«

Danach machte John Donalds kichernder, rotwangiger Schwester Peigi den Hof, die so begeistert wie John selbst davon war, sich zu küssen und in kurzen Sommernächten auf der Heide zu kuscheln. John glaubte, verliebt zu sein, und hätte der liebevollen Peigi vielleicht sogar einen Antrag gemacht und mit ihr eine Familie gegründet, wenn sich nicht alles im folgenden Frühjahr dramatisch verändert hätte.

* * *

Das Jahr 1825 brach für die Leute in Ramanish und im weiten Umkreis mit heftigen Stürmen und großen Widrigkeiten an. Vieh erfror, Kinder erkrankten, und die Erwachsenen wurden grau und hager vor Hunger und Sorge. Hercules verkaufte Gemälde und Tafelsilber, um Korn anzukaufen und seine halb verhungerten Pächter am Leben zu erhalten. John ging mit Azlan in die Berge, um Wild zu jagen, so viel sie konnten, aber die Schneewehen waren tief und tückisch, und die Erinnerungen an das, was er als Kind durchgemacht hatte, kamen hoch und quälten John.

Als der Frühling endlich anbrach, waren die Menschen dankbar, aber von der langen Leidenszeit geschwächt. Sie verfielen in Lethargie, und eine düstere Atmosphäre hing über dem Dorf. Hercules ermunterte die Leute, wieder ans Tangbrennen zu gehen, aber jetzt war es schwieriger denn je, damit Geld zu verdienen.

»Seit auf dem Kontinent der Frieden Einzug gehalten hat«, vertraute Hercules John an, »können die chemischen Fabriken in Spanien billige Pottasche in rauen Mengen kaufen, statt unsere Tangasche zu nehmen. Falkner sagt, dass der Tanghandel tot ist – und wir erzielen nicht einmal mehr auf den Viehmärkten gute Preise. Er rät mir, in Schafe zu investieren, wie sie es auf dem Festland schon länger tun.«

»Aber Schafzucht braucht viel Land und verschafft nur einer Handvoll Männer Arbeit«, sagte John. »Was sollen die anderen machen?«

Hercules seufzte. »Genau.«

Auf der Burg regnete es durch, und auch andere Reparaturen an dem alten Gemäuer waren nötig, aber der MacAskill-Häuptling dachte nicht einmal daran, die alten Landwirtschaftsmethoden oder seine großzügige Gastfreundschaft aufzugeben. Andere verarmte Adlige hingegen verkauften ihre Güter oder verpachteten ihr Land an Neuankömmlinge – Männer, die Geld zu investieren hatten. Es machte John traurig, seinen Pflegevater immer niedergeschlagener zu erleben, als eine Familie nach der anderen nach Süden in die Städte zog oder nach Australien auswanderte.

»Ich gehe zur Armee oder zur Marine«, schlug John vor, »und mache mein Glück im Ausland. Dann werden wir Geld für das Gut haben.«

»Kommt nicht infrage.« Hercules wollte davon nichts hören. »Du setzt deine Studien fort und gehst dann auf die Universität wie ein Gentleman.«

»Aber du bist doch auch Soldat gewesen, Vater.«

»Das war etwas anderes. Damals lagen wir im Krieg mit den Franzosen.«

Morag tröstete den frustrierten John, als er sie besuchte. Sie war mittlerweile die Mutter eines lebhaften, dunkeläugigen fünfjährigen Sohns namens Iskandar, in den Azlan völlig vernarrt war. Iskandar folgte seinem Cousin John wie ein eifriger Welpe überallhin.

»Der Häuptling will doch nur das Beste für dich und möchte dich nicht an die Armee verlieren«, sagte seine Tante und schenkte ihm ihr melancholisches Lächeln, das ihn an seine längst verstorbene Mutter erinnerte. »Und Iskandar und ich wollen auch nicht, dass du in fremde Länder gehst, sodass wir dich jahrelang nicht wiedersehen.«

Also erklärte John sich bereit, an die Universität von Aberdeen zu gehen, um dort Altphilologie und Jura zu studieren. Er brach im Frühling zu Pferde mit einem Sack Mehl auf, um etwas zu haben, wovon er die Miete bezahlen konnte. Zuerst erstarrte er in Ehrfurcht angesichts der granitgrauen Stadt mit ihren prächtigen Gebäuden, ihrem regen Geschäftsleben und dem lauten Hafen voller Handelsschiffe und Fischerboote. Die rauen Ostwinde trugen das Geschrei der Möwen heran, und die Leute sprachen einen englischen Dialekt, der seinen Ohren fremd war. Aber bald lernte er andere Gälisch Sprechende unter den Studenten kennen, und um seinem Wohltäter eine Freude zu machen, stürzte er sich mit Feuereifer ins Studium. Wenn er ein gut bezahlter Anwalt wurde, konnte er helfen, Ramanish wieder auf einen grünen Zweig zu bringen, und später einmal die Verwaltung des Guts übernehmen, wenn Falkner in den Ruhestand ging.

Doch als der Sommer kam, kehrte Johns Ruhelosigkeit zurück. Sein Bedürfnis, draußen an der frischen Luft zu sein, statt über Büchern zu brüten, war überwältigend. Er sehnte sich nach den Bergen von Skye und danach, mit Azlan auf die Jagd zu gehen. Das fruchtbare Ackerland des Ostens war in seinen Augen monoton. Er sah aus seiner Unterkunft aufs Meer hinaus und stellte sich vor, wie es sich bis Norwegen und jenseits davon bis ins Baltikum und nach Russland erstreckte, wie er es auf den Landkarten seines Ziehvaters gesehen hatte. Er wünschte sich von ganzem Herzen, anderswo zu sein als dort, wo er gerade war.

* * *

Über den Sommer nach Hause zurückzukehren, steigerte Johns Ungeduld mit seinem Studium nur noch. Im Herbst, als er wieder in Aberdeen war, freundete er sich mit einer wilderen Gruppe von Studenten an, die die immer kürzer werdenden Tage damit verbrachten, in den Wirtshäusern der Stadt zu trinken und über Politik und Abenteuer zu diskutieren, statt Vorlesungen zu besuchen. In dem Jahr fiel John durch seine Prüfungen und wurde nach Hause geschickt, wo er dem enttäuschten und zornigen Hercules gegenübertreten musste.

»Was soll ich nur mit dir machen?«, fragte sein Häuptling verzweifelt. »Ich habe mich verschuldet, um dein Studium zu finanzieren, und so lohnst du es mir!«

»Es tut mir leid, aber das Studium ist nicht das, was ich wollte«, protestierte John. »Das Leben eines Anwalts ist zu trocken und beschwerlich.«

»Nach allem, was ich gehört habe, ist dein Leben in Aberdeen alles andere als trocken! Trinkgelage mit den Söhnen von Whigs und Tunichtguten!«

John trat den Rückzug ins Haus seiner Tante an, wo ihn sein Cousin Iskandar, der ihn nach wie vor uneingeschränkt bewunderte, sehnsüchtig erwartete. Zu allem Unglück hatte Peigi in Johns Abwesenheit ihr Herz Duncan geschenkt hatte, dem Sohn von Willie, dem Dudelsackspieler, der selbst Dudelsackspieler in Ausbildung war. Sie hatten eine sogenannte *handfast*-Ehe geschlossen, die die beiden Liebenden für ein Jahr verband, in dem sie feststellen konnten, ob sie gut miteinander auskamen. Gerüchten zufolge war Peigi schwanger. Azlan nahm John rasch in die Berge mit, um auf die Jagd zu gehen. Während sie tagsüber, dichtauf gefolgt von Wolf, Hirschen nachspürten und nachts unter dem Sternenhimmel kampierten, redete sich John dem weisen Afridi gegenüber alles von der Seele.

»Ich will ins Ausland gehen und mein Glück suchen – meinen Häuptling stolz auf mich als Mann machen, nicht nur als jemanden, der Geld anhäuft. Ich will ihm helfen, das Gut zu retten, aber das kann ich nicht tun, wenn ich bei Büchern und Akten eingesperrt bin – und hier in Ramanish kann ich nichts ausrichten.«

»Ich habe Verständnis für den Hunger in dir, mein Freund«, antwortete Azlan, »und Hercules auch. Er weiß, dass er dich früher oder später gehen lassen muss.«

»Dann hilf mir, ihn zu überreden, ein Offizierspatent für mich aufzutreiben«, bestürmte John ihn. »Bitte, Azlan! Ich will in die Armee der East India Company eintreten und nach Osten gehen wie er.«

»Das ist kein einfaches Leben«, gab Azlan zu bedenken, »sondern eines voller Gefahren. Viele junge Männer, die diesen Weg eingeschlagen haben, sind schon eines gewaltsamen Todes gestorben oder Krankheiten erlegen, bevor sie auch nur dreißig Jahre alt waren.«

»Mein Häuptling hat überlebt.«

Azlan schenkte ihm den Anflug eines Lächelns. »Er hatte ja auch mich, um auf ihn aufzupassen.«

»Dann suche ich mir einen Waffenbruder, der so gut ist wie du, Azlan – einen von deinem Afridi-Stamm.«

Der Afghane schlug ihm auf den Rücken. »Wenn ich noch einmal in deinem Alter wäre, würde ich dich begleiten.«

»Vermisst du dein Heimatland?«, fragte John.

Azlan starrte zu den Sternen empor, während er Wolf hinter den Ohren kraulte. »Das hier ist jetzt meine Heimat und wird es auch bleiben, bis ich sterbe – *inschallah*.«

Ein Hauch von Neid auf den besten Freund und Gefährten seines Häuptlings durchzuckte John. Azlan hatte sich als großer Krieger und Jäger bewiesen, aber jetzt hatte er bei Morag und Iskandar die Liebe und sein Glück gefunden. John konnte sich nicht vorstellen, irgendwo so zufrieden zu sein. Seit er als kleiner Junge in Foxton entwurzelt worden war, hatte er sich nie mehr richtig zu Hause gefühlt. Er würde immer ein Außenseiter bleiben, der sich nach etwas sehnte, das außerhalb seiner Reichweite war.

* * *

Hercules musste viele Monate lang Briefe und Bittschriften an seine Bekannten im Süden schicken – alte Kameraden und ehemalige Kaufleute der East India Company, die im Handel mit dem Osten reich geworden waren –, bevor er einen Gönner für John fand. Das Jahr 1827 war schon halb vorbei, als plötzlich Unterstützung von unerwarteter Seite kam: Jeremiah Fox von Foxton House, für den Johns Vater einst als oberster Gärtner gearbeitet hatte. Vielleicht hatte Hercules ihm klargemacht, dass er dem verwaisten John gegenüber eine Verantwortung hatte, oder vielleicht hatte ihm der Häuptling auch etwas angrenzendes Land angeboten; niemand äußerte sich dazu. Aber John war überglücklich über die Neuigkeit.

»Im September wirst du in den Süden von England gehen, um die Ausbildung für die Company zu beginnen«, sagte Hercules zu ihm.

John schlang die Arme um seinen Ziehvater. »Danke! Ich werde dich stolz machen, das verspreche ich.«

»Kehr einfach nur eines Tages zu mir zurück«, erwiderte Hercules voller Zuneigung. »Das ist das einzige Versprechen, um das ich dich bitte.«

Das ganze Dorf strömte zusammen, um John nachzuwinken. Hercules und Azlan sollten mit ihm nach Kyleakin reiten, von wo aus er aufs Festland übersetzen und dann per Kutsche über Inverness weiter nach Edinburgh fahren würde. Von dort aus würde er nach London segeln.

Morag hielt nur mit Mühe ihre Tränen zurück, aber Iskandar heulte Rotz und Wasser, als er sah, wie sein Vater und sein geliebter Cousin sich reisefertig machten. John entdeckte Peigi, die in der Tür ihres Hauses stand und ihr Neugeborenes in ihren Armen wiegte. Er nickte ihr zu. Sie schenkte ihm ein verlegenes Lächeln. In dem Augenblick wurde John bewusst, dass er sich für Peigi freute und doch zugleich froh war, nicht durch eine Ehe gebunden oder durch ein Kind belastet zu sein. Mit zweiundzwanzig genoss er es, ohne Liebesbande zu sein – er hatte sich nicht als gut darin erwiesen, Frauen richtig einzuschätzen oder bei Laune zu halten. Vielleicht war es ihm bestimmt, einer jener Männer zu sein, die lebenslang ein Junggesellendasein führten und sich nicht von ganzem Herzen auf einen anderen Menschen einlassen konnten.

Als die drei Männer auf dem Pfad aufbrachen, der an den unteren Hängen der Cuillins entlangführte, hörte John, wie eine Stimme – die seiner geliebten Tante Morag – zittrig ein Lied anstimmte. Die Umstehenden fielen mit ein, und es verbreitete sich unter den Leuten wie Flammen auf einem Stoppelfeld und schwoll zu einem lauten Abschiedsgesang an. Johns Augen brannten vor Tränen angesichts dieser rührenden Ehrung durch die Leute seiner Mutter, die ihn freundlich aufgenommen hatten, als er noch so klein gewesen war und große Verluste erlitten hatte. An der Wegbiegung, unmittelbar bevor Ramanish außer Sicht geriet, drehte er sich noch einmal um und hob seine Mütze zum Gruß.

Das Singen tönte ihm in den Ohren, bis er weit entfernt war; er meinte es sogar noch zu hören, nachdem er unter Tränen Hercules und Azlan zum Abschied umarmt hatte. Die Erinnerung begleitete ihn noch, als seine geliebten Berge von Skye schon längst in der Ferne verschwunden waren.

Kapitel 7

Leuchtturm Black Harbour, 1827

»Du hast die Spitze an meinem Kleid ruiniert!«, jammerte Thomasina. »Sie hängt in Fetzen. Hast du die Wäsche wieder auf die Steine geschlagen?«

Alice schaute von ihrem Buch auf. Sie hatte bei Sam in der Lampenkammer Zuflucht gesucht, aber die Stimme ihrer Schwägerin tönte die eiserne Treppe herauf. Jeden Augenblick würde Thomasinas rot angelaufenes, empörtes Gesicht von unten auftauchen, und sie würde Alice wieder einmal eine Strafpredigt halten. Alice hörte, wie ihre Mutter den weinenden William – Dannys und Thomasinas fordernden und verwöhnten Sohn – zu beruhigen versuchte, um ihn davon abzuhalten, hinter seiner Mutter herzusteigen. Alice wusste, dass Effie ganz erschöpft davon war, treppauf, treppab dem Jungen nachzueilen, während Thomasina, die hochschwanger mit ihrem zweiten Baby war, sich ausruhte. Allerdings war Thomasina, wie Alice erbost dachte, nicht so in ihrer Beweglichkeit eingeschränkt, dass sie sich nicht aufraffen konnte, ihr wegen der Wäsche Vorhaltungen zu machen.

Sam warf Alice einen mitfühlenden Blick zu, aber sie wusste, dass ihr stiller Bruder sich nicht für sie einsetzen würde. Er hielt sich aus den häuslichen Streitereien vollkommen heraus. Ihm war es lieber, das wetterwendische und unberechenbare Meer zu bewachen, als zu versuchen, den Sturm der Gefühle im Leuchtturm zu beschwichtigen.

»Ich bin nicht deine Zofe!«, rief Alice. »Wenn das Kleid so kostbar ist, solltest du es lieber selbst waschen.«

»Du weißt doch, dass ich das nicht kann, weil ich hochschwanger bin – und außerdem muss ich auch noch auf William aufpassen. Warum kannst du deiner Mam nicht besser helfen? Ich wette, du sitzt da oben schon wieder und liest.«

Alice seufzte, stand auf und warf ihr langes Haar über ihre Schulter. »Wünsch mir Glück, denn ich muss in die Schlacht ziehen«, flüsterte sie Sam zu und rollte die Augen. »Ich werde versuchen, den Feind zurückzuschlagen, bevor er die Lampenkammer stürmen kann.«

»Was sagst du da?«, fragte Thomasina. »Redest du mit Sam über mich? Ihr beiden schmiedet doch ständig Komplotte gegen mich. Was habe ich denn getan, dass ich es verdient habe, dass ihr hinter meinem Rücken über mich schimpft?«

Alice erkannte an ihrem nörglerischen Tonfall, dass Thomasina sich in ihre schlechte Laune hineinsteigerte. Es würde damit enden, dass Effie sich auf die Seite der überempfindlichen jungen Frau stellte, Alice tadelte und sich Williams Forderungen beugte. So war es schon den ganzen Winter gewesen, den sie, eingepfercht im Leuchtturm, damit verbracht hatten, einander auf die Nerven zu gehen. Ihr Vater und Danny hatten sich endlos über Leuchtturmwärterpflichten und Thomasinas Verschwendungssucht gestritten. Jetzt, da der Frühling angebrochen war, hatten ihr Vater und Danny die Gelegenheit genutzt, aufs Festland überzusetzen, um sich mit Vorräten einzudecken. Arnold hatte Sam mitnehmen wollen, aber Danny hatte darauf bestanden, ihn zu begleiten, und Sam machte das nichts aus.

Alice hatte sich danach gesehnt, mitzukommen – sie hatte alle von George Gillverays Büchern, die sie sich über den Winter ausgeliehen hatte, schon mindestens dreimal gelesen und konnte es nicht abwarten, wieder in seiner Gesellschaft zu sein und mit ihm zu reden. Sie war überglücklich gewesen, als ihr Wohltäter im Vorjahr von einer botanischen Reise auf den Kontinent zurückgekehrt war, ohne, wie es zunächst gerüchteweise geheißen hatte, eine Ehefrau gefunden zu haben.

Aber Thomasina hatte sich über den Vorschlag aufgeregt: Warum sollte Alice so bevorzugt werden? Warum hatte Mr Gillveray solch ein Interesse an Alice? Nun, da sie fast siebzehn war, war das nicht mehr schicklich. Und wenn irgendjemand mit aufs Festland fuhr, dann doch wohl sie, Thomasina, weil sie ihre Mutter mehr als alles andere vermisste.

»Niemand schimpft über dich«, sagte Alice und ging ihrer Schwägerin auf der Treppe entgegen. »Es tut mir leid, wenn ich dein Kleid ruiniert habe. Mutter kann es bestimmt reparieren. Komm mit in die Küche, dann koche ich dir eine Kanne Tee.«

»Ich hasse dieses fremdländische Zeug«, zeterte Thomasina weiter, als Alice sie nach unten führte. »Von dem Geruch wird mir übel. Ich weiß nicht, wie du so was Ekelhaftes trinken kannst.«

»Na, dann wärme ich dir ein bisschen Milch auf«, sagte Alice in dem Versuch, sie zu beschwichtigen. Sie hörte, wie ihre Mutter sich unten bemühte, den ebenfalls quengelnden William zu beruhigen, und ihn nach draußen scheuchte.

»Ich will keine Milch.«

Alice war nahe daran, die Geduld zu verlieren, als Thomasina sich plötzlich auf einen Stuhl fallen ließ.

»Ich hasse es hier! Ich wünschte, Danny wäre kein Leuchtturmwärter und wir könnten auf dem Festland leben wie normale Leute. Der Gedanke, hier noch einen Winter festzusitzen, und dann mit gleich zwei Kindern …«

Sie schlug die Hände vors Gesicht und begann zu schluchzen.

Alice eilte zu ihr, um sie zu trösten. »Es war für uns alle ein langer Winter. Aber jetzt kommt der Sommer, und du wirst mehr nach draußen kommen. Danny kann dich für einen Besuch bei deiner Mutter übersetzen. Vielleicht könntest du ja ein oder zwei Wochen bei ihr verbringen?«

Thomasina schaute auf. Ihr Gesicht war verquollen vom Weinen. »Meinst du?«

»Natürlich. Du bedeutest Danny die Welt – er fährt dich hin, wenn du ihn bittest.«

»Das würde dir so passen, nicht wahr?« Thomasina wurde sofort misstrauisch. »Dir wäre nichts lieber, als mich aus dem Weg zu haben. Dann hättest du Danny ganz für dich allein. Ich weiß, dass du schon immer auf mich eifersüchtig warst.«

Alice gab es auf, es ihr recht machen zu wollen. Sie machte sich auf die Suche nach ihrer Mutter und William, die nach draußen gegangen waren, um Ausschau nach dem zurückkehrenden Leuchtturmboot zu halten. Alice war entschlossen, auf der nächsten Fahrt zum Festland mit dabei zu sein. Sie würde selbst hinüberrudern, wenn es sein musste.

* * *

»Zeigen Sie mir, wo Indien liegt«, bat Alice und drehte den Globus mit ihren langen Fingern. Ihr Gesicht war vor Begeisterung gerötet.

George Gillveray, der neben ihr am Tisch in der Fensternische der Bibliothek stand, lächelte. Er hatte im Voraus gewusst, dass Alice bezaubert von dem Globus sein würde, und hatte sich schon das ganze Jahr lang darauf gefreut, ihn ihr zu zeigen. Er hatte ungeduldig bis Juni auf ihren Besuch warten müssen. Sie hatte seine Bücher zurückgebracht und Geschichten hervorgesprudelt, als hätte sie keine Gelegenheit mehr zum Reden gehabt, seit sie sich zuletzt getroffen hatten. Von Neuem hatte ihn ihre erblühende Schönheit beeindruckt: Sie trug ihr rotblondes Haar locker zurückgesteckt, was ihr schmales Gesicht mit den hohen Wangenknochen, den Grübchen in den Wangen und den großen, blauen Augen voller Fröhlichkeit vorteilhaft zur Geltung brachte.

»Hier«, sagte er und hielt die Drehung des Globus auf. »Das ist Indien – und hier sind wir.«

»Da muss man ja um die halbe Welt fahren!« Alice schnappte nach Luft. »Und wie gelangt man dorthin?«

»Als ich das erste Mal nach Indien gereist bin, dauerte es fünf Monate. Wir segelten ums Kap der Guten Hoffnung«, sagte George und wies auf die Atlantikroute, »dann über das Arabische Meer und um Indien herum in den Golf von Bengalen nach Kalkutta.«

Alice zeichnete die Route mit dem Finger nach, die Lippen vor Staunen geöffnet. »Und heute?«

»Vor zwei Jahren hat ein Dampfschiff die Reise in weniger als vier Monaten bewältigt.«

»Ein Dampfschiff?«

»Ja, mit kohlenbefeuerten Motoren. Aber der schnellste Weg in den Orient führt durchs Mittelmeer. Dann reist man über Land durch Ägypten zum Roten Meer. Das ist eine Plackerei, aber die Reisezeit ist im Vergleich zur Fahrt um Afrika herum nur halb so lang.«

»Im Hinblick auf den Rest der Welt sind wir solch ein kleines Land, nicht wahr?«, staunte Alice. »Black Harbour Island ist nicht einmal ein Punkt im Meer.«

»Die Insel mag für die Kartografen nicht wichtig sein.« George lächelte. »Aber ihr Leuchtturm und seine Bewohner bedeuten mir sehr viel.«

Alice wandte den Blick ab. Es machte sie verlegen, von ihm gemustert zu werden. Zum ersten Mal fiel ihr auf, dass sein Haar ergraute und an den Schläfen dünn wurde. Sein einst markantes Kinn war weicher geworden, und er bekam Hängebacken. Das mittlere Alter raubte ihm sein gutes Aussehen, aber er war immer noch derselbe freundliche und interessante Mann wie früher. Sie wusste, dass er sie und ihre Familie mochte, und sie hatte ihn zum Teil auch aus diesem Grund aufgesucht. Die Beziehungen im Leuchtturm waren bis zum Zerreißen angespannt.

»Mr Gillveray«, begann sie und zögerte dann.

»Ja, Alice?«

»Ich weiß, dass ich kein Recht habe, noch mehr Gefallen von Ihnen zu verlangen – Sie haben schon so viel für uns Browns getan –, aber ich würde nicht nur für mich selbst bitten.«

»Machst du dir Sorgen um Daniel? Das schließe ich aus den Dingen, die du schon gesagt hast.«

»Ja, das tue ich, Sir. Er ist mit seiner Arbeit nicht glücklich, und seine Frau ist nicht zufrieden damit, im Leuchtturm zu wohnen. Meine armen Eltern sind von all der Streiterei schon ganz ausgelaugt.«

»Aber was kann ich tun, um zu helfen?«, fragte George bedauernd. »Ich kann doch wohl kaum einen zweiten Leuchtturm herbeizaubern, nur um Daniel und Thomasina bei Laune zu halten.«

»Nein«, sagte Alice mit dem Anflug eines Lächelns. »Aber was Daniel sich immer gewünscht hat, ist, sein eigenes Boot zu haben. Er will auf dem Meer sein und nicht nur Tag für Tag darauf hinaussehen. Er ist ein tatendurstiger junger Bursche. Und ich dachte … Nun ja … Black Harbour hat kein Rettungsboot, und das wäre doch etwas Gutes, wenn man bedenkt, wie viele Schiffe hier in Seenot geraten, obwohl es den Leuchtturm gibt.« Alice sah ihn unverwandt an. »Wäre es nicht besser, Männer wie Daniel auf Abruf bereitstehen zu haben, um die Ertrinkenden zu retten, und sie für ihre Mühen zu entlohnen, statt die Schiffbrüchigen ihrem Schicksal und den Strandräubern zu überlassen?«

George runzelte die Stirn, trat zum Fenster und sah aufs Meer hinaus.

»Also schlägst du vor, dass ich Daniel ein Boot kaufe?«

»Es wäre Ihr Boot, Sir, aber Danny könnte eingestellt werden, um es zu steuern, und er könnte von den Belohnungen für Rettungen leben; die Leute zahlen großzügig, wenn man ihnen das Leben rettet. Und wenn das Boot dafür gerade nicht gebraucht wird, kann Danny es zum Fischen und dergleichen nutzen – Ihrer Küche etwas liefern.«

George wandte sich ihr zu und sah ihr in die Augen. »Woher nimmst du in deinem jugendlichen Alter nur diese Weisheit, Alice?«

Sie errötete. »Keine Weisheit, nur gesunder Menschenverstand – und viel Lektüre, dank Ihnen, Mr Gillveray.«

»Du hast recht. Wir sollten hier unser eigenes Rettungsboot haben und uns nicht länger auf das aus North Sunderland verlassen müssen.« Er nickte. »Überlass alles Weitere mir, Alice.«

Sie schenkte ihm ein breites Lächeln und konnte kaum glauben, dass ihre kühne Bitte ernst genommen worden war. Aber die Verzweiflung hatte sie unverblümt werden lassen; sie glaubte nicht, dass ihre Familie noch einen Winter mit dem störrischen Daniel und der zänkischen Thomasina auf engstem Raum überstehen konnte.

»Jetzt«, sagte George, »möchte ich dir die neue Pflanze zeigen, die ich gezogen habe. Sie hat äußerst spektakuläre rote Blüten. Es ist ein Rhododendron aus dem Himalaja.«

Alice grinste und versetzte den Globus auf dem Weg nach draußen triumphierend noch einmal in Drehung.

* * *

Danny ergriff begeistert die Gelegenheit, Gillverays Rettungsboot zu führen, und bot bald seinen Freunden Arbeit als Ruderer an. Alice verriet ihm nicht, dass es ihr Vorschlag gewesen war, aber er ahnte, dass sie etwas damit zu tun gehabt hatte, und kniff sie dankbar in die Wange.

»Gillveray wird nicht von mir enttäuscht sein.« Er grinste. »Gib mir ein paar Jahre, dann kaufe ich ihm das Boot ab.«

Thomasina zog umgehend aus dem Leuchtturm aus und kehrte zu ihrer Mutter in Black Harbour zurück. »Sie wird sich über meine Hilfe im Postamt freuen und kann mich mit den Kindern unterstützen.«

»Möchtest du, dass ich komme und auf William aufpasse, wenn du im Wochenbett liegst?«, fragte Effie. »Deine Mutter wird alle Hände voll zu tun haben.«

»Ich bin mir sicher, dass wir auch so zurechtkommen«, entgegnete Thomasina, »aber ich schicke Danny, um dich zu holen, wenn du gebraucht wirst.«

Die Tage, die auf ihren Auszug folgten, waren gespenstisch ruhig, abgesehen von Sams leisem Pfeifen und Effies energischem Frühjahrsputz.

»Ich vermisse den kleinen William«, seufzte Alice' Mutter, als der Leuchtturm von oben bis unten sauber und ihr Arbeitseifer verflogen war. »Diesen Winter wird alles hier still wie Schnee sein.«

»Es wird die reine Seligkeit sein«, sagte Arnold und zwinkerte Alice zu. Sie grinsten einander an und zogen sich hinter ihr jeweiliges Buch zurück, um in aller Ruhe zu lesen.

* * *

Gegen Ende des Sommers kam Thomasinas kleine Tochter zu früh zur Welt, und Danny fuhr in aller Eile zur Insel, um seine Mutter zum Helfen aufs Festland zu holen. Effie kehrte zwei Wochen später zurück, erschöpft und mit einer Infektion, die ihr auf der Brust lag und nicht weichen wollte. Ihr Husten hielt Alice nachts wach, aber Effie weigerte sich, nach einem Arzt zu schicken. Allmählich erholte sie sich, aber währenddessen erkrankte Arnold. Er keuchte wie ein Blasebalg, sein Brustkorb rasselte, und alle Energie verließ ihn. Alarmiert befahl Effie ihm, sich ins Bett zu legen. Sie und Alice wechselten sich mit Sam dabei ab, die ganze Nacht hindurch die Argand-Lampe zu überwachen.

Eine Woche später – nach einer Phase ruhigen, klaren Wetters Ende September – kam Sam stirnrunzelnd aus der Lampenkammer herunter.

»Ein Sturm zieht auf. Das Ruderboot muss fest vertäut werden.«

»Ich helfe dir«, röchelte Arnold und kämpfte darum, sich auf dem Klappbett aufzusetzen, das Effie vor dem Herd aufgebaut hatte, damit ihr Mann es warm hatte.

»Nein, tust du nicht«, widersprach seine Frau entschieden. »Du bist immer noch schwach wie ein neugeborenes Kätzchen.«

»Ich komme mit«, sagte Alice und folgte Sam rasch die Wendeltreppe hinab.

Draußen hatte sie den Eindruck, dass Sam übervorsichtig war. Es wehte nur eine leichte Brise. Aber binnen weniger Minuten wechselte der Wind komplett die Richtung, riss ihre Haare hoch und blähte ihre Röcke wie Segel. Schnell half sie Sam, ihr offenes Boot enger an den Eisenringen der Mole zu vertäuen. Dann rannte sie los, um sich zu vergewissern, dass ihr Schaf, Wellington der Zweite, und die beiden Ziegen der Familie sicher in der Steinhütte im Windschatten des Leuchtturms eingesperrt waren. Danach zog sie sich nach drinnen zurück.

Den ganzen Abend über pfiffen und tosten die Böen um den Turm herum. Obwohl sie sich alle viel sicherer fühlten als in dem baufälligen alten Leuchtturm, der unter solchen Naturgewalten gewankt und geächzt hätte, wurden sie nervöser, als der Regen wie ein Trommelfeuer einsetzte.

»Lasst uns beten, dass alle Schiffe heute Nacht sicher den Hafen erreichen«, flüsterte Effie.

»Hoffen wir, dass sie gar nicht erst losgefahren sind«, sagte Arnold, spuckte Schleim in eine Schale und legte sich, erschöpft von der Anstrengung, wieder hin.

Alice beobachtete ihn angespannt. Sie hatte ihren Vater noch nie so krank oder so mutlos erlebt. Sie ging zu ihm und küsste ihn auf die schweißglänzende Stirn.

»Mach dir keine Sorgen. Sam und ich werden heute Nacht gut Wache halten und darauf achten, dass die Lampe hell brennt.«

* * *

Alice übernahm die erste Wache. Für sie hatte es etwas Berauschendes, in einem Sturm oben in der Lampenkammer zu sein. Wind und Regen peitschten auf das Glas ein, und das gleißende Licht wurde in die schwarze Nacht hinausreflektiert und beleuchtete das Unwetter. Nichts war so zerstörerisch und zugleich so großartig wie ein Sturm auf dem Meer, und sie und Sam traten gegen ihn an, kümmerten sich um die Lampe und trotzten seiner Macht. Sie staunte darüber, dass Ingenieure wie Stevenson und Enthusiasten wie Gillveray das Vorstellungsvermögen und das Wissen hatten, solch unzerstörbare Bauwerke zu errichten – und auch über den Mut, die

Muskelkraft und den Schweiß der Bauarbeiter, die den Turm aus dem Fels geschlagen hatten.

Um Mitternacht kam Sam, um sie abzulösen. Sie reichte ihm das Logbuch, tauschte ein Lächeln mit ihm und ging nach unten, um vor der letzten Wache eine Mütze voll Schlaf zu bekommen.

Etwas weckte sie. Der Schrei eines Tieres? Alice setzte sich auf. War das Wellington? Aber das war lächerlich; sie würde bei diesem Sturm niemals ein Schaf blöken hören. Es musste ein Traum gewesen sein. Dann hörte sie es wieder; ein reißendes, kreischendes Geräusch.

»Alice!«, rief Sam durch die Luke. »Alice, komm schnell!«

Sie machte sich nicht einmal die Mühe, ihr Kleid überzustreifen, sondern eilte die Stufen in ihrer Unterwäsche hinauf. Sam umklammerte das Teleskop und starrte ins Dunkel hinaus.

»Was ist?«, fragte Alice, aber schon während sie sprach, schlug die Angst die Krallen in ihren Bauch.

»O Gott!«, stöhnte Sam. »Sie sind auf die Black Needle aufgelaufen.«

Alice spähte in die höllische Nacht hinaus.

»Ich sehe nichts ...«

Plötzlich schwang das Licht herum und erhellte das Riff wie ein Blitz. Ein Schiff war förmlich auf die Felsen aufgespießt. Sein Bug zeigte wie flehend zum Himmel. Sein Hauptmast war verschwunden. Sekunden später war es wieder in Dunkelheit gehüllt. Aber der Lärm – das schreckliche, malmende Geräusch des splitternden Holzes – war über die Böen hinweg zu hören.

»Es zerschellt«, sagte Sam.

Alice hielt den Atem an, während sie darauf warteten, dass das Licht wieder aufblitzen würde. Wellen hoch wie Klippen brachen über das Riff herein und warfen das unglückselige Schiff hin und her, als wäre es so leicht wie ein Spielzeug.

»Vielleicht hält es ja doch«, flüsterte Alice. Aber in ihrem Herzen wusste sie, dass es das nicht tun würde. Der Sturm war so wild wie nur irgendeiner, den sie je miterlebt hatte. »O bitte, lieber Gott, rette die Menschen!«, keuchte sie, nahm das Teleskop und suchte das Schiff.

Minuten später beobachteten Alice und Sam entsetzt, wie in der Ferne Gestalten von dem sinkenden Schiff ins schäumende, tosende Meer sprangen.

»Was können wir tun?«, fragte Alice.

»Nichts«, sagte Sam. »Du weißt, dass wir nichts tun können.«

Sie schlug die Hände vors Gesicht, unfähig, den Anblick der ertrinkenden Passagiere zu ertragen und nichts unternehmen zu können, um sie zu retten.

Sam reichte ihr das Logbuch. »Füll es aus. Das ist etwas, das du tun kannst.«

Alice hätte es ihrem Bruder am liebsten um die Ohren gehauen. Wie konnte er nur so gefühllos sein? Aber als er daranging, sich um die Lampe zu kümmern, setzte sie sich hin, machte mit zitternden Händen ihre Eintragungen und stellte fest, dass es ihre Nerven beruhigte. Was nützten ihre Tränen und ihr Geschrei den Schiffbrüchigen? Auch sie musste den Sturm durchstehen und beten, dass es in der Morgendämmerung noch Überlebende geben würde, die man retten konnte.

»Danny wird doch hinausfahren und sie holen, nicht wahr?«, sagte Alice. »Alle, die die Nacht überleben.«

Sam sah sie traurig an und nickte dann. »Ja, wahrscheinlich wird er dort draußen sein, sobald er kann.«

* * *

Schwaches, graues Licht kam mit der Dämmerung, aber die See brodelte immer noch wie ein überkochender Topf, und der Regen prasselte weiterhin ans Fenster. Ab und an gaben die Wellen die Sicht auf das gesunkene Schiff frei. Der Anblick brach Alice das Herz. Sam ging nach unten, um ihren Eltern von der nächtlichen Tragödie zu berichten. Alice hörte den entsetzten Aufschrei ihrer Mutter und die angstvollen Stimmen der beiden. Aber sie konnte nicht nach unten gehen – nicht solange noch die Hoffnung bestand, Überlebende zu entdecken.

»Sie sind alle ertrunken. Wir können nichts tun, als den Schiffbruch zu melden und für ihre Seelen zu beten«, hatte Sam schicksalsergeben gemeint.

Starrsinnig setzte Alice ihre Wache fort. Ihre müden Augen hielten angestrengt durch das Teleskop nach einem Lebenszeichen Ausschau. Selbst wenn nur ein einziger Passagier oder ein Mitglied der Mannschaft überlebt hatte, lohnte es sich, Dannys Boot zu Wasser zu lassen, um den Menschen zu retten. Als der Himmel ein helleres Zinngrau annahm, ging Alice auf die andere Seite der Lampenkammer und spähte besorgt zum Ufer hinüber. Sie fragte sich, ob auch George von seinem Herrenhaus aus hilflos und verzweifelt den Schiffbruch beobachtet hatte. Aber am Ufer regte sich nichts, und es gab keine Spur von Dannys Boot. Gillveray hielt es bestimmt für zu gefährlich, seine Männer auf See hinauszuschicken, solange der Sturm immer noch so heftig war.

Alice seufzte. Sie würde noch einen letzten Blick hinauswerfen, dann nach unten gehen und zu schlafen versuchen – wenn sie denn die verzweifelten Leute aus dem Kopf bekommen konnte, die in den Tod gesprungen waren.

Durch die Gischt fiel ihr etwas ins Auge. Sie hob das Teleskop und richtete es auf die niedrigen, zerklüfteten Felsen westlich der Black Needle. Dort hing etwas fest: der Mast, der vom Schiff abgerissen war, bevor es gesunken war.

Alice versuchte, die zitternden Hände ruhig zu halten. Sie schnappte nach Luft und ließ das Fernrohr fast fallen. »Sam!«, schrie sie. »Sam, da sind Leute auf den Felsen. Schnell, komm und sieh es dir an!«

Ungläubig bestätigte Sam, was Alice entdeckt hatte. »Es sind vier oder fünf von ihnen«, keuchte er. »Wie in Gottes Namen haben sie …«

»Sie müssen sich an den Mast geklammert haben und auf die Felsen gespült worden sein«, rief Alice. »Wir müssen ihnen helfen.«

»Das können wir nicht.«

»O doch! Mit dem Ruderboot.«

»Es geht Vater nicht gut genug, und ich kann nicht gleichzeitig allein das Boot rudern und Leute aus dem Wasser ziehen.«

»Ich helfe dir.«

Sam sah zweifelnd drein.

»Das Rettungsboot ist nirgendwo zu sehen«, sagte Alice drängend, »und diese Leute können sich nicht viel länger festhalten. Wir müssen es zumindest versuchen.« Sie packte ihn am Arm. »Kannst du tatenlos zusehen, wie sie ertrinken wie diese armen Seelen letzte Nacht, Sam? Denn ich kann es nicht!«

Sam nickte, und ohne weitere Widerrede von ihm eilten sie nach unten, um ihren Eltern zu berichten, was sie gesehen hatten. Effie schrie angesichts der Vorstellung auf, dass sie so tollkühn ihr Leben aufs Spiel setzen wollten, aber Arnold unterstützte sie.

»Wenn das Rettungsboot nicht in Sicht ist, müsst ihr hinausfahren. Ich sollte derjenige sein, der es tut«, sagte er, »aber Alice wird einfach meinen Platz einnehmen müssen. Wir können nicht tatenlos zusehen, wie diese Leute ertrinken. Es ist unsere Christenpflicht als Leuchtturmwärter.«

Alice und Sam zogen Ölzeug und Stiefel an und eilten nach unten. Der Wind wehte sie fast von der Außentreppe. Alice klammerte sich an ihren Bruder, während sie über die glitschigen Felsen zum Ruderboot schlitterten. Dankenswerterweise war es in Sicherheit, weil sie am Vortag die Taue noch einmal festgezurrt hatten.

Alice fiel beinahe ins Boot, als Sam es aus der Vertäuung löste. Sie packte die Riemen, um zu verhindern, dass sie über Bord gingen. Sam nahm sie ihr ab und ruderte von der Mole weg. Sobald sie aus dem spärlichen Schutz des Naturhafens hinaus waren, warf die See sie hin und her wie Treibgut. Binnen weniger Minuten waren sie völlig durchnässt, weil eine Welle nach der anderen über die Ränder des Boots brandete. Sam biss die Zähne zusammen und ruderte auf die vorgelagerten Felsen zu. Seine kräftigen Arme stemmten sich gegen die Gewalt des Meers. So stark er auch war, Alice sah, dass er bald müde wurde. Sie kroch vorwärts, zwängte sich neben ihm auf die Bank und übernahm das Steuerbordruder.

Sie ruderten im Gleichtakt. Die Gischt brannte ihr im Gesicht, und die Haare peitschten ihr in die Augen, aber Alice riss sich zusammen und dachte an nichts anderes als daran, den Rhythmus einzuhalten – und an die verzweifelten Leute, die auf dem tödlichen Riff gestrandet waren.

Als sie sich den Felsen näherten, begannen die Überlebenden, nach ihnen zu rufen. Durch die Gischt konnte Alice zwei Männer und erstaunlicherweise auch eine Frau und ein Mädchen ausmachen, die unmittelbar über ihnen auf einem Felsen kauerten, zusammen mit einem Mannschaftsmitglied, einem Schiffsjungen, der ein Seemannshalstuch trug und kaum älter als das verängstigte Kind wirkte.

»Oh, Gott sei Dank!«, schluchzte die Frau.

Alice und Sam versuchten, das Ruderboot so nahe wie möglich an die Felsen zu bringen, sodass die Schiffbrüchigen hineinklettern konnten, aber der Seegang war zu stark. Sie riskierten, entweder gegen die Felsen geschmettert oder vom Sog der Wellen unter Wasser gezogen zu werden. Hilflos wippten sie auf und ab. Die Männer – einer älter, der andere jünger – waren vor Kälte und Erschöpfung aschfahl im Gesicht. Vielleicht hatten sie all ihre Energie schon dabei verbraucht, die anderen in Sicherheit zu zerren. Das Kind und der Schiffsjunge wimmerten vor Angst, während die Mutter ihre Retter bestürmte, nicht aufzugeben.

»Ihr müsst uns retten! Gott hat euch geschickt. Bitte helft uns – ich flehe euch an! Nehmt wenigstens mein kleines Mädchen mit! Was aus mir wird, ist mir gleichgültig, aber lasst Mary nicht sterben!«

Alice bewunderte die wilde Entschlossenheit der Frau, ihre Tochter zu retten, selbst wenn alle anderen sterben mussten.

»Gib mir beide Riemen!«, rief sie Sam zu. »Ich versuche, das Boot in Position zu halten, während du nach ihnen greifst.«

Sam widersprach nicht. Alice nahm sein Ruder, während er Richtung Bug krabbelte. Sie ignorierte die Schmerzen in ihren Schultern, als das Meer versuchte, ihr die Riemen zu entwinden. Sie hielt beide fest und ruderte kräftig. Das Boot machte einen Satz rückwärts auf den Felsen zu. Sam baute sich im Bug auf und streckte die Arme aus.

»Arbeitet euch zu mir vor!«, brüllte er.

Der jüngere Mann, der kräftig gebaut war, riss sich aus seiner Benommenheit. »Kommt, keine Angst«, sprach er der Frau und dem Kind Mut zu. »Gebt mir die Hand.«

»Nimm zuerst Mary«, drängte die Frau ihn.

Er nahm das Mädchen auf die rechte Schulter – sein linker Arm, von dem der Ärmel abgerissen war, hing nutzlos und blutig herunter – und kämpfte sich den Felsen hinab. Sam griff nach der Kleinen und bekam sie zu fassen.

Er setzte das schockierte Mädchen hinter sich ins Boot und beugte sich vor, um als Nächstes die Frau zu holen. Sie klammerte sich fest an den verletzten Mann, der ihr, das Gesicht zu einer Grimasse verzerrt, den Felsen hinunterhalf.

Sam holte die Überlebenden einen nach dem anderen ins schwankende Boot, während Alice mit den Riemen rang, um so nahe bei den Felsen zu bleiben, wie sie konnte. Ihre Arme brannten vor Schmerz und Anstrengung. Der Schiffsjunge und der ältere Mann wurden an Bord gezogen. Nur der jüngere Mann war jetzt noch auf dem Felsen. Als Sam die Arme ausstreckte, um ihm zu helfen, brach eine Welle über den Bug hinein und warf ihn hintenüber. Das Boot krängte gefährlich und drehte sich im Kreis. Jetzt war das Heck dem Felsen zugewandt, und Alice konnte den Mann zum ersten Mal deutlich erkennen. Er stand halb im Wasser, weil er auf Sam zugeklettert war. Sein dunkles Haar klebte ihm im Gesicht – einem hübschen, jungen Gesicht, das von Erschöpfung gezeichnet war –, und er erwiderte ihren Blick. Sie befürchtete, dass ihm die Anstrengung einfach zu viel wurde, und war sich sicher, dass er aufgeben würde, wenn sie die Augen von ihm abwandte.

Alice richtete sich halb auf, löste einen der Riemen aus der Ruderdolle und streckte ihn dem Mann hin.

»Halt dich daran fest!«, schrie sie.

Er brüllte kurz auf und packte mit letzter Kraft das Ruder. Mit dem rechten Arm klammerte er sich daran fest. Alice verlor fast das Gleichgewicht. Dann war Sam neben ihr und zog mit am Ruder. Als der Mann gerade das Heck erreichte, schoss das Boot wieder plötzlich hoch und traf ihn am Kopf. Das Ruder entglitt seinem Griff.

»Nein!«, schrie Alice, als sie ihn nicht mehr sehen konnte.

Sam drängte sich an ihr vorbei und beugte sich über Bord. Er packte die zerfetzte Jacke im letzten Moment, bevor sie außer Sichtweite sank, und zog kräftig. Der Mann kam wieder zum Vorschein. Sam hakte ihn unter und kämpfte darum, ihn aus den tückischen Wellen zu hieven. Alice beugte sich vor und packte den Mann am anderen Arm. Sein Gesicht war schmerzverzerrt, aber sie zog weiter an dem verletzten Arm.

Wenige Augenblicke später holten sie ihn an Bord und lagen alle drei keuchend im Heck.

»Wir treiben auf die Felsen zu!«, kreischte die Frau.

Der Schiffsjunge war ein Stück vorgerückt, um die Riemen festzuhalten.

»Guter Junge«, stieß Sam hervor, richtete sich auf und nahm ihm die Ruder ab.

»Ich k… kann mithelfen«, stieß der Junge mit klappernden Zähnen hervor.

Gemeinsam ruderten sie von den Felsen weg. Aber Alice erkannte sehr schnell, dass der junge Seemann völlig erschöpft war und mit Sams Kraft nicht mithalten konnte. Sie kletterte zurück und wies den Jungen an, sich um den Verletzten zu kümmern, der bewusstlos zu ihren Füßen lag. Sie nahm den zweiten Riemen. Mit aller Kraft, die ihnen noch blieb, ruderten Alice und Sam zur Insel zurück, so schnell sie konnten.

Als sie die Mole der Insel erreichten, ging Alice das Herz auf: Sie sah, dass ihre Eltern beide in Wind und Regen warteten, um ihnen an Land zu helfen. Der Schiffsjunge und Sam luden sich den Verletzten auf die Schultern, und dann nahm Effie Mary aus den erschöpften Armen ihrer Mutter und eilte die Stufen zum Leuchtturm hinauf.

Zwanzig Minuten später saßen die fünf Überlebenden und ihre Retter in Decken gewickelt sicher in der Leuchtturmküche und bekamen heiße Fleischbrühe und Tee serviert, während Effie, rührend um alle besorgt, ihre durchnässten Kleider zum Trocknen aufhängte und das Leben zurück in taub gewordene Hände und Füße rubbelte. Nur der junge Mann schien ernsthaft verletzt zu sein. Effie hatte seinen linken Arm und die Wunde an seiner Stirn verbunden und ihn in das Klappbett gelegt, in dem Arnold sich von seiner Krankheit erholt hatte. Der Gerettete lag mit geschlossenen Augen da und atmete flach.

Er war zu schwach, um mehr als einen Mundvoll Brühe zu sich zu nehmen.

»Dieser tapfere junge Mann hat meiner Mary das Leben gerettet«, erzählte ihnen die Frau, die Martha Scott hieß, voller Rührung. »Sie ist meinem Griff entglitten, o ja. Aber er hat sie festgehalten, sogar noch, als der Mast ihn gegen die Felsen geschmettert hat – dabei hat er sich den Arm verletzt. Das hat er für meine Mary getan.«

Die Frau konnte ihre Tränen der Erleichterung nicht zurückhalten. Sie strömten ihr über die Wangen, während sie ihre Tochter in den Armen wiegte.

Von dem älteren Mann, einem Kaufmann namens Hobson, erfuhren sie, dass das Schiff *Berwickshire* in Leith abgelegt hatte und mit einer Fracht aus Whisky und Schlachtvieh auf dem Weg nach London gewesen war. Es waren über zwanzig Passagiere an Bord gewesen. Für den Schiffsjungen Peter war es die erste Reise. Mrs Scott wollte ihre Schwester besuchen, die bald an Bord eines Seglers nach Kanada aufbrechen würde, um dort ein neues Leben zu beginnen.

»Ich glaube, unser junger Freund da drüben war unterwegs, um in ein Regiment einzutreten – er stammt aus den Highlands«, sagte Mr Hobson. »Man sieht an seiner Kleidung, dass er ein Gentleman ist.«

»Er heißt Sinclair«, ergänzte Peter.

»Sein Vorname ist John«, meldete sich Mary plötzlich zu Wort. Es war das Erste, was das Mädchen seit seiner Rettung überhaupt sagte. »Er hat gesagt, wir würden nicht ertrinken, weil er um den Hals eine spanische Glücksmünze trägt, die uns beschützen würde. Und das hat sie doch auch, nicht wahr?«

»Ja, meine Süße.« Ihre Mutter küsste sie auf den Kopf und lächelte. »Das hat sie wirklich.«

Kapitel 8

Alice erwachte aus einem traumlosen Schlaf und hörte Stimmen in der Küche über sich. Einen Moment lang fragte sie sich, wer die Besucher wohl sein mochten. Dann brach die Erinnerung an die Tortur der letzten Stunden über sie herein. Jetzt wurde es schon wieder dunkel. Sie kämpfte sich aus dem Bett hoch und zog saubere, trockene Kleidung an. Bald würde es Zeit werden, die Lampe zu entzünden. Sie hörte das Röcheln ihres Vaters hinter der Trennwand; die Anstrengung, die es ihn gekostet hatte zu helfen, hatte ihn wieder aufs Krankenlager geworfen.

Oben kochten Mrs Scott und Effie Kartoffeln als Beilage zu Schinkenscheiben, Brotkanten und Ziegenmilchbutter. Mr Hobson las eine von Arnolds alten Zeitungen, und Peter spielte mit Mary Karten. John Sinclair schlief immer noch. Seine blasse Haut wirkte grau und glänzte.

»Er hat sich seit Stunden nicht gerührt«, stellte Martha Scott besorgt fest.

»Was er braucht, ist Ruhe«, meinte Effie.

Nachdem sie alle gegessen hatten, organisierten Effie und Alice Betten für ihre gestrandeten Gäste. Martha und Mary legten sich in Dannys altes Zimmer, während Hobson und Peter sich Sams teilten.

»Wir könnten Mr Sinclair mein Zimmer geben«, schlug Alice vor, »dann würde er nicht gestört werden.«

»Ich glaube nicht, dass wir ihn jetzt schon bewegen sollten«, wandte ihre Mutter ein. »Er fühlt sich noch immer kalt an, der arme Junge.«

Alice wusste, dass ihre Mutter das Bedürfnis hatte, John ganz besonders zu umhegen, seit sie erfahren hatte, dass auch er aus den Highlands stammte.

»Ich sehe zwischen den Nachtwachen nach ihm«, bot Alice an.

* * *

Als Sam die mittlere Nachtwache übernahm, setzte Alice sich zu John und döste im Kerzenschein. Von Zeit zu Zeit stöhnte er im Schlaf und schrie auf. Sie befeuchtete ihm die Stirn mit einem Tuch. Abwechselnd zitterte und schwitzte er. Seine Stirn war glühend heiß, aber seine Finger eiskalt. Eine abgenutzte Münze, die einen Kopf mit einem Helm zeigte, hing an einer Kette, die er um den Hals trug. Seine spanische Glücksmünze. Nachdem sie einen Moment lang gezögert hatte, öffnete Alice sein Hemd, errötete, als sie seine Brusthaare berührte, und wischte ihm sanft den Schweiß vom Oberkörper.

Sie flüsterte beruhigende Worte, obwohl sie bezweifelte, dass er sie hören konnte. »Keine Sorge, Mr Sinclair, Sie sind jetzt in Sicherheit. Wir sorgen dafür, dass es Ihnen bald besser geht. Und wir benachrichtigen Ihre Familie, sobald wir können.«

Sie fragte sich, wer seine Verwandten wohl waren. Ob sich die Nachricht vom Schiffbruch der *Berwickshire* wohl bald herumsprechen würde? Hatte er eine Frau oder eine Liebste, die außer sich vor Sorge sein würde? Immer wieder sank er für eine Weile in einen ruhigeren Schlaf, aber es hielt niemals lange an. Am Morgen brabbelte er Unverständliches.

»Er spricht kein Gälisch«, sagte Effie verblüfft.

»Vielleicht ist es Spanisch«, vermutete Mary. »Er hat gesagt, dass sein Grandpa Carlos Spanier war.«

»Glaubt ihr, er braucht einen Arzt?«, fragte Martha besorgt.

»Niemand kann bei diesem Seegang gefahrlos hier herausgelangen«, erwiderte Effie. »Wir müssen einfach unser Bestes tun und darum beten, dass er es schafft.«

»Das wird er«, beteuerte Alice überzeugt. »Ich weiß es.« Sie konnte nicht sagen, dass sie es seinen Augen angesehen hatte, in jenem schicksalhaften Moment draußen auf dem Riff, als sie erkannt hatte, wie entschlossen er war, am Leben zu bleiben.

* * *

Er tauchte aus einem tiefen Teich auf – einem wie dem unter dem Wasserfall in Ramanish, in den er sich nach einem Tag im Sattel immer nackt stürzte – und hielt dabei den Atem an. Dann, als seine Lunge gerade zu bersten drohte, durchbrach er die Wasseroberfläche.

John schreckte aus dem Schlaf hoch und schnappte nach Luft. Eine kühle Hand berührte seine Wange und strich ihm die Haare aus der Stirn. Er öffnete die Augen und sah sie.

Es war das Gesicht aus seinen Träumen – das einer Wikingerprinzessin mit hohen Wangenknochen, lebhaften blauen Augen und einer Mähne aus rotgoldenem Haar, die ihr über die Schultern fiel. Sie betrachtete ihn aufmerksam mit diesen großen blauen Augen. Er hatte sie schon einmal gesehen, da war er sich sicher.

Sie öffnete die Lippen und keuchte leise auf. »Sie sind wach.«

Er schenkte ihr ein schwaches Lächeln. Sein Atem ging unregelmäßig, als er antwortete: »Da bin ich mir nicht so sicher. Es sei denn, mein Traum ist Wirklichkeit geworden.«

Sie lachte leise. Ihre Wangen bekamen Grübchen und erröteten. »Ist das der berühmte Charme der Highlander?«

Er leckte sich die trockenen Lippen. »Woher wissen Sie, dass ich aus den Highlands stamme?« Sein Kopf pochte, als er versuchte, sich zu erinnern, wo er war.

»Ihre Mitpassagiere haben uns erzählt, was sie über Sie wissen, Mr Sinclair.«

Schlagartig fiel ihm alles wieder ein. Der Sturm und das sinkende Schiff. Das Kreischen, als die Lampen zerbrachen und sie in die Dunkelheit stürzten. Die Eile, hinaus an Deck zu gelangen. Er hatte es geschafft, die schreiende Mrs Scott und ihre Tochter zu fassen zu bekommen und sich an einem Teil der Takelage festzuklammern. Sie waren von dem untergehenden Schiff weggeschleudert worden, und es waren noch andere dabei gewesen.

Er schluckte. »Sind sie … Wer hat es geschafft? Ist das kleine Mädchen …?«

»Ja, Mrs Scott und Mary sind dank Ihnen in Sicherheit. Und Mr Hobson und einer aus der Mannschaft – Peter aus Leith. Ihnen allen geht es gut. Sie fressen uns die Haare vom Kopf, aber sie sind gesund und munter.« Sie zögerte und setzte dann hinzu: »Leider hat niemand sonst überlebt. Waren Sie mit Freunden oder Angehörigen auf Reisen?«

Er schüttelte den Kopf und spürte, dass seine Augen brannten. Einen Moment lang war er zu bestürzt, um etwas zu sagen. Welch unvorstellbare Todesangst mussten die Ertrinkenden ausgestanden haben? Sie schien Verständnis zu haben und redete weiter. Er mochte ihre kräftige Stimme mit dem melodischen Akzent.

»Sie sind jetzt seit vier Tagen hier; Sie hatten ein bisschen Fieber. Wir haben Sie in dieses Zimmer gebracht, damit Sie es ruhig haben. Die anderen sehnen sich mittlerweile danach, von dieser Insel wegzukommen und ihr Leben weiterzuführen.«

Er schaute sich benommen um. Das winzige Zimmer hatte sich zur Decke hin verjüngende Wände und ein blumenförmiges Fenster, neben dem sich ein Einbauschrank befand. Er lag auf einem schmalen Bett. Daneben stapelte sich auf einem schlichten Tisch ein Turm von Büchern.

»Wo bin ich?«

»Im Leuchtturm von Black Harbour.«

Das weckte eine Erinnerung; er riss die Augen auf. »Sie waren die Frau, die das Boot gerudert hat!«

Sie nickte.

»Sie haben mir das Leben gerettet. Oder Sie sind ein Engel, und ich bin zu meinem Schöpfer heimgegangen?«

Sie lächelte. »Kein Engel, nur die Tochter des Leuchtturmwärters.«

»Dann ein Engel in Menschengestalt.« Er erwiderte ihr Lächeln. »Ein sehr tapferer und schöner.« Er stellte erfreut fest, dass das Kompliment ihre Wangen abermals erröten ließ.

»Die anderen haben erzählt, dass Sie in London einem Regiment beitreten wollen?«

»Nicht ganz«, sagte John. »Ich gehe nach Addiscombe, um meine Ausbildung für die Armee der East India Company zu absolvieren.« Er verlagerte seine Haltung und versuchte, sich aufzusetzen, aber Schmerz durchzuckte seinen linken Arm, und sein Kopf begann wieder heftiger zu pochen. Allein die hübsche junge Frau hatte ihn für kurze Zeit davon abgelenkt, wie schwach und krank er sich fühlte.

»Bewegen Sie sich nicht.« Sie streckte eine Hand aus, um ihn aufzuhalten. »Sie müssen sich ausruhen.« Sie stand auf. »Glauben Sie, dass Sie jetzt etwas Suppe und einen Becher Bier hinunterbekommen?«

»Nur, wenn Sie es sind, die mir beides serviert«, antwortete John.

Sie rollte die Augen und ging zur Tür.

»Warten Sie«, bat er. »Hat mein Engel in Menschengestalt einen Namen?«

Er sah ihre Lippen zucken, ob nun vor Erheiterung oder vor Ungeduld. »Miss Alice Brown. Aber du kannst mich gern Alice nennen.«

»Danke, Alice«, antwortete er. »Danke, dass du mir geholfen hast.«

Sie nickte schnell, als machte seine Dankbarkeit sie verlegen. Dann warf sie ihr rotgoldenes Haar zurück und verschwand mit schwingendem Rock aus dem Zimmer.

* * *

Alice summte vor sich hin, während sie eine Schale Gemüsesuppe zubereitete. Sie zerstampfte die Kartoffel- und Karottenstücke, damit sie leichter zu schlucken waren. Sie war so erleichtert, dass der junge Highlander das Fieber überstanden hatte und aus dem Gröbsten heraus zu sein schien. Nach zwei Tagen hatten sie ihn in Alice' Zimmer hinuntergetragen. Mr Hobson und Peter hatten sich eine schwere Erkältung eingefangen, und sie wollten nicht, dass Johns Zustand sich verschlechterte, wenn er sich bei ihnen ansteckte.

Es war den Frauen gelungen, seine Wunden sauber zu halten, sodass sie sich nicht entzündet hatten, und sie glaubten, dass er sich mit der Zeit voll und ganz erholen würde. Er war schwach, aber es ging ihm schon gut genug, sie zu necken, dachte Alice amüsiert. Während sie den Topf umrührte, konnte sie ein Lächeln nicht unterdrücken, als sie sich daran erinnerte, wie er sie einen Engel genannt hatte.

Sie wusste, dass es der Versuch eines jungen Mannes gewesen war, ihr zu schmeicheln, aber es stimmte wirklich, dass sie sich für ihn ins Zeug gelegt hatte. Sie hatte viele Stunden damit verbracht, ihn zu pflegen und sich zu wünschen, er möge am Leben bleiben.

Für ihn war sie eine Fremde. Aber ihr war John mittlerweile vertraut. Er war ihr ans Herz gewachsen. Sie hatte ihn gewaschen und sein Fieber gesenkt, seine Verbände gewechselt und ihm vorgesungen, wenn er in einer seltsamen Sprache etwas geschrien hatte. Ihre Mutter und Martha hatten sich damit abgewechselt, seine Lippen zu befeuchten und ihm die Stirn abzuwischen, aber sie, Alice, war es gewesen, die am häufigsten bei ihm gesessen hatte. Sie konnte niemandem erzählen, wie sehr es ihr gefiel, Johns Gesicht mit dem markanten Kinn, der geraden Nase und den festen, vollen Lippen zu betrachten; wie sehr seine dunklen Wimpern und die Art, wie seine schwarzen Haare seine Schläfen umspielten, sie entzückten. Wenn sie ein kühles Tuch auf seine Stirn drückte, sah sie, wie blass ihre Finger gegen seine nussbraune Haut waren, eine Haut, die von einem Mann zeugte, der das Leben unter freiem Himmel genoss.

Sie hätte ihren Wunsch, bei ihm zu sein, als das hingebungsvolle Bemühen eines Menschen abtun können, das Leben eines anderen zu retten. Aber als er die Augen – diese berückend grünen Augen – aufgeschlagen und sie angesehen hatte, war Alice flau im Magen geworden, und ihr Herz hatte einen Sprung wie noch nie zuvor gemacht. Dann hatte die Art, wie er ihren Namen mit seinem melodiösen Highland-Akzent ausgesprochen hatte, ihr Herz noch weiter dahinschmelzen lassen.

»Darf ich mitkommen und John besuchen?«, fragte Mary.

Alice lächelte das Mädchen an. »Ja, du kannst mir helfen, ihn zu füttern. Er hat nach dir gefragt.«

»Wirklich?«

»Ja. Kannst du den Bierkrug mit beiden Händen tragen?«

* * *

Gegen Mittag des fünften Tages hatte sich das Meer endlich so weit beruhigt, dass ein Boot zum Leuchtturm hinausfahren konnte. Danny und seine Mannschaft trafen mit den dringend benötigten Vorräten für die Browns ein.

»Gillveray schickt das hier – und uns, um die Schiffbrüchigen abzuholen«, erklärte Danny seinen Eltern. »Er hält schon seit dem Sturm Ausschau.«

»Gott sei Dank!«, rief Martha. »Wir waren eurer lieben Familie solch eine Last.«

»Keine Last«, widersprach Effie, aber Alice sah dem Gesicht ihrer Mutter die Erleichterung an. Martha umarmte Effie.

Aber Danny war verstimmt. »Sie hätten schon vor Tagen auf dem Festland sein können, wenn wir unsere Aufgabe hätten erledigen dürfen – aber Gillveray wollte das Rettungsboot nicht riskieren, obwohl ich und die Jungs ihn angefleht haben.«

Sam, der gerade den Docht einer Küchenlampe zurechtstutzte, schaute auf. »Du meinst, dass du nicht den Mumm dazu hattest.«

Danny war sofort aufgebracht. »Es war unsere Aufgabe, sie von den Felsen zu holen – du hast unsere Belohnung gestohlen. Ich und meine Mannschaft brauchen sie mehr als du.«

»Es reicht jetzt, Jungs«, sagte Arnold. Seine Stimme war immer noch heiser, obwohl er seit dem Schiffbruch darauf bestand, wieder seinen Dienst in der Lampenkammer zu verrichten.

Aber Sam bot seinem Bruder die Stirn. »Wenn sie auf dich gewartet hätten, wären diese Leute ertrunken. Alice und ich durften sie doch nicht umkommen lassen.«

»Alice?«, wiederholte Danny ungläubig.

»Ja, sie hat mir geholfen, das Boot zu rudern. Vater ging es zu schlecht.«

»Ja«, mischte Hobson sich ein, »Ihre Schwester ist eine wahre Heldin. Wir werden immer in ihrer Schuld und der Ihrer Familie stehen.«

Danny war völlig verblüfft. Er warf Alice einen finsteren Blick zu, sagte aber nichts mehr, sondern wies nur kurz angebunden zwei seiner Männer an, den Überlebenden zum Boot hinunter zu helfen.

»Einem der Passagiere, John Sinclair, geht es noch nicht gut genug, um abzureisen«, erklärte Alice mit fester Stimme. »Er hat sich während des Sturms verletzt. Vielleicht könntest du seiner Familie ausrichten, dass er am Leben ist?«

Danny bemerkte, dass seiner Schwester Röte in die Wangen stieg. »Ich kann eine Nachricht schicken«, stimmte er zu.

Alice eilte nach unten, um eine Nachricht von John entgegenzunehmen, die sie schnell aufschrieb und ihrem Bruder reichte. Dannys Interesse war geweckt.

»Hercules MacAskill aus Ramanish? Ist dieser junge Bursche also ein Landadliger?«

»MacAskill ist sein Ziehvater. John ist schon sehr jung zum Waisenkind geworden.«

»Also ist er reich?«

»Ich glaube nicht. Deshalb will er ja zur Armee, um sein Glück zu machen.«

»Woher weißt du so viel über ihn?«

Alice spürte, dass ihr heiß wurde. Seit John das Bewusstsein wiedererlangt hatte, hatten sie einander viel über ihr jeweiliges Leben erzählt. »Ich habe ihn gepflegt.«

Ihr Bruder zwinkerte ihr neckisch zu, ganz wie der Danny von früher. »Ich komme ihn nächste oder übernächste Woche holen, wenn ihr mir signalisiert, dass es ihm gut genug geht, abzureisen«, bot er an.

Sie lächelte. »Danke, Danny.«

Es folgten ein hastiger Abschied und die Versprechen der Geretteten, Geld zu schicken, um die Familie für ihre Gastfreundschaft zu entlohnen. Effie und Arnold protestierten beide, das sei doch nicht nötig.

Die Browns standen im Herbstsonnenschein und winkten ihren neuen Freunden nach. Effie seufzte erleichtert, als sie sich wieder dem Leuchtturm zuwandte. »Das waren gute Leute«, sagte sie, »aber ich bin froh, dass wir jetzt wieder unter uns sind.«

Arnold sah Alice fragend an. »Nicht ganz unter uns – da ist ja noch der junge Soldat, der immer noch unter unserem Dach ist.«

»Alice kümmert sich so gut um ihn«, sagte Effie, »dass der Junge bald wieder auf den Beinen sein wird.«

Alice wandte sich rasch ab, damit sie das Lächeln auf ihren Lippen nicht sahen, und eilte vor ihren Eltern die Stufen hinauf.

* * *

»Trumpf!«, rief Alice und schmetterte ihre Herz-Neun auf Johns Pik-König.

»Du hast schon wieder gewonnen.« John grinste. »Ein Glück, dass wir nicht um Geld spielen.«

Er lehnte sich am Küchentisch, an dem sie saßen, zurück. Er hatte eins von Sams groben Wollhemden an – das einzige, das ihm mit seinen breiten Schultern passte – und trug seinen Arm in einer Schlinge.

Alice lachte. »Wie würdest du deine Spielschulden bei mir denn bezahlen?«

John warf einen Blick zu Effie hinüber, die auf der anderen Seite der Küche Butter stampfte. Vater und Sohn Brown waren zum Fischen draußen. John senkte die Stimme.

»Mit einem Gedicht auf deine Schönheit und dein Geschick beim Kartenspiel.«

Alice unterdrückte ein Kichern.

»Schreibst du es denn auf Englisch oder auf Gälisch?«, fragte die aufmerksame Effie ihn auf Gälisch.

John warf den Kopf in den Nacken und lachte. Dann antwortete er in ihrer Muttersprache: »Auf Gälisch natürlich. Das ist die Sprache der Liebe, nicht wahr? Ich werde darin schildern, dass Alice ihre Schönheit und ihre Tapferkeit von ihrer Mutter geerbt hat.«

Effie widmete sich mit Feuereifer wieder ihrer Arbeit, ohne zu antworten.

»Was redet ihr da?«, fragte Alice. »Es ist nicht gerecht, dass ihr auf Gälisch über mich sprecht.«

»Wie die Barden in alten Zeiten werde ich über die Schönheit und Großzügigkeit meiner Wohltäter hier auf Black Harbour Island schreiben. Du wirst in meinen Versen unsterblich sein, wenn ich schon längst nicht mehr da bin.«

Alice lächelte, aber es tat ihr weh, ihn davon reden zu hören, dass er bald nicht mehr da sein würde. Obwohl sie seine Genesung herbeisehnte, hatte sie Angst vor dem Tag, an dem er würde abreisen müssen. Jeder Tag mit John schien in Windeseile zu vergehen. Sie hatte nur noch den Wunsch, in seiner Gesellschaft zu sein, und dachte gar nicht mehr daran, an Land zu fahren, um sich mit Gillveray zu treffen oder sich mit neuen Büchern aus seiner Bibliothek einzudecken. Seit der Sturmnacht war sie nicht mehr so erpicht auf einen Besuch in Black Harbour House.

Zehn Tage nach dem Schiffbruch kam John ohne Schlinge am Arm aus seiner Schlafkammer. Er zog seine eigene Jacke an, deren zerrissenen Ärmel Alice geflickt hatte. Alice sah ihn entsetzt an.

»Komm mit mir nach draußen, Alice«, bat er sie und warf Effie einen trotzigen Blick zu. Arnold schlief nach seiner Wache, und Sam war draußen und erntete Kartoffeln.

Effie ließ sie mit einem Nicken ziehen. Alice wusste, dass ihre Mutter dem jungen Highlander nichts abschlagen konnte.

Draußen war das Meer ruhig und der Himmel wolkenlos. John nahm ihre Hand und hakte ihren Arm bei sich ein, während sie über die schmale Insel gingen, bis sie von den Fenstern des Leuchtturms aus nicht mehr zu sehen waren. Seine Berührung erregte Alice. Sie konnten kilometerweit sehen: von Gillverays Weiden im Westen bis zum Rand des glitzernden Meeres jenseits der Black Needle. Es war unmöglich, sich vorzustellen, wie tödlich die See in der Sturmnacht gewesen war, die Alice und John zusammengeworfen hatte. Er starrte aufs Meer hinaus, die grünen Augen nachdenklich zusammengekniffen, und Alice wappnete sich für das, was er sagen würde, denn sie wusste, dass ihre gemeinsame Zeit fast vorbei war.

John wandte sich ihr zu und sagte: »Liebste Alice, es wird Zeit, dass ich gehe. Wenn ich noch länger säume, lasse ich mir die Gelegenheit entgehen, einen Offiziersposten bei der East India Company zu bekommen. Und ich darf meinen Häuptling nach allem, was er für mich getan hat, nicht enttäuschen.«

Alice schluckte und nickte. Ihr Herz war bleischwer.

»Außerdem waren deine Eltern mir gegenüber mehr als großzügig, und ich will ihnen nicht länger zur Last fallen.«

»Du bist keine Last«, widersprach Alice.

»Aber ich will, dass du weißt, dass ich schweren Herzens gehe«, fuhr er fort. »Du bedeutest mir mittlerweile sehr viel. Das weißt du doch sicher, Alice?«

Sie sah ihm in die Augen und erkannte in ihnen die gleiche Mischung aus Leidenschaft und Abschiedsschmerz, die sie selbst empfand. Ihr kamen die Tränen. John umfasste ihr

Gesicht mit seinen starken Händen und wischte ihr die Tränen mit den Daumen ab.

»Auch du liegst mir sehr am Herzen«, flüsterte sie. »Ich will nicht, dass du gehst.«

»Mein liebes Mädchen, das hatte ich gehofft«, murmelte er und beugte sich dann vor, um sie auf die Lippen zu küssen.

Alice spürte, dass ein Ruck durch sie ging wie ein Blitz. Sie presste ihre Lippen auf seine. Sie hatte so oft davon geträumt, ihn zu küssen, dass sie kaum glauben konnte, dass es jetzt geschah. Er legte ihr den gesunden Arm um die Taille und zog sie an sich. Seine Nähe berauschte sie, während sein Mund ihr Gesicht mit ebenso hungrigen wie zärtlichen Küssen überschüttete.

Er zuckte zusammen, als sie die Arme um ihn legte.

»Tut mir leid! Dein Arm …«

»Das muss dir nicht leidtun.« Er lächelte. »Ich würde gern doppelt so viele Schmerzen erdulden, nur damit du mich umarmst, meine süße Alice.«

Sie küssten sich erneut. Alice' Herz hämmerte angesichts ihres Wagemuts. Sie wusste, dass sie leichtsinnig waren und dass er aus ihrem Leben verschwinden würde, aber sie konnte sich nicht zügeln. Sie hatte sich noch nie so verliebt und so lebendig gefühlt wie in diesem Moment. Wen kümmerte schon die Zukunft?

»Alice«, flüsterte John ihr ins Ohr. »Oh, Alice.«

Genau in dem Moment hörten sie Sam laut rufen. Alice machte einen Satz weg von John. Ihr Bruder erschien auf der anderen Seite der Insel und winkte ihnen zu.

»Das Boot kommt! Dannys Boot!«

»Aber wir haben ihm doch noch gar nicht das Signal gegeben«, sagte Alice erschrocken.

John umfasste ihre Hände. »Es gibt etwas, das ich dir sagen möchte.« Seine Augen glänzten; in seinen Worten schwang Dringlichkeit mit.

»Was denn?« Alice konnte vor Panik kaum atmen. Sie würden vielleicht nie mehr Gelegenheit haben, allein miteinander zu sein.

»Heirate mich, Alice!«

Sie starrte ihn mit offenem Mund an. Sie musste sich verhört haben.

»Ich will kein anderes Mädchen als dich«, beharrte John mit eindringlichem Blick. »Ich weiß, dass es dir plötzlich vorkommen muss, aber seit dem Moment, in dem ich dich – meinen Engel in Menschengestalt – im Boot gesehen habe, wusste ich, dass du das Mädchen bist, das ich zur Frau nehmen möchte.« Er drückte sanft ihre Hände, um sie zum Zustimmen zu ermuntern. »Wenn du Nein sagst, werde ich mit schmerzendem Herzen gehen, aber wenigstens nicht bereuen, dass ich gefragt habe. Reue ist für die Dinge reserviert, die ungesagt bleiben.«

Sam rief ihnen zu, dass sie kommen sollten, und auch irgendetwas über Besucher.

Alice schluckte. »Ja«, sagte sie. Ihre Stimme war heiser vor Rührung. »Ja, John, ich werde dich heiraten!«

Er stieß einen Jubelschrei aus, drückte sie an sich und gab ihr einen langen, leidenschaftlichen Kuss auf die Lippen, ohne sich daran zu stören, dass sie jetzt für Sam zu sehen waren.

»Dann komm mit mir fort«, sagte John impulsiv. »Lass uns gemeinsam nach Süden gehen und heiraten. Wir werden in ein Abenteurerleben aufbrechen. Du kommst mit mir nach Indien.«

»Indien?« Alice schnappte nach Luft. Sie dachte an das ferne Land voller Hitze und wilder Tiere, seltsamer Bräuche, exotischer Blüten und schneebedeckter Berge, von denen Gillveray ihr erzählt hatte. Dann dachte sie an die Entfernung auf Gillverays Globus und die lange, gefahrvolle Reise, die sie so weit von ihrer Familie und dem einzigen Ort, den sie als Heimat kannte, wegführen würde.

Alice spürte, wie sie Zweifel beschlichen. Obwohl sie John mit einer Leidenschaft liebte, die sie bis ins Mark erschütterte, kannte sie ihn erst so kurz – weniger als zwei Wochen. Sie konnte nicht mit ihm davonlaufen. Was für einen Skandal würde das für ihre Eltern bedeuten! So grausam durfte sie nicht sein.

»Du wirkst unsicher«, sagte John. »Ich verspreche dir, dass ich dich nie verlassen würde. Ich bin keiner dieser Männer, die eine Frau nur umwerben, um ihre eigenen Gelüste zu befriedigen, nur um sie im Stich zu lassen, wenn sie ihrer überdrüssig werden. Ich schwöre beim Grab meiner geliebten Mutter, dass ich dich dein Leben lang gut behandeln werde, Alice.«

»Ich glaube dir«, erwiderte Alice. Ihr Puls raste angesichts seiner ernsten Worte. »Aber meine Eltern vielleicht nicht. Wenn wir heiraten sollen, müssen wir es ordentlich tun.«

»Dann fahren wir jetzt sofort aufs Festland und suchen einen Priester«, verkündete John.

»Nein.« Alice blieb fest. »Wenn du nach Addiscombe gelangst, musst du meinem Vater schreiben und ihn um Erlaubnis bitten. Dann werde ich die Zeit haben, ihn darauf vorzubereiten, indem ich ihm von deinen guten Eigenschaften erzähle und davon schwärme, was für ein schönes Paar wir wären.«

Enttäuschung huschte über sein gut aussehendes Gesicht, aber dann lächelte John. »Wenn es das ist, was nötig ist, um dich glücklich zu machen, dann werde ich es tun, süße Alice.«

»Danke, John.« Sie reckte sich und küsste ihn noch einmal.

»Aber es wird mir sehr schwerfallen, dich nicht einfach zu entführen.« Er grinste, dann gingen sie gemeinsam zu dem vor Ungeduld schon wild gestikulierenden Sam.

* * *

Danny war nicht wegen John gekommen. Er hatte Fremde vom Festland mitgebracht, die Alice kennenlernen wollten. Einer war ein Reporter von einer Zeitung in Newcastle, der andere war ein Künstler, der ihr Porträt zeichnen wollte. Alice sah John frustriert an. Wenn diese Männer hier waren, würden sie keine Chance haben, unter vier Augen letzte Worte oder Küsse auszutauschen.

»Es besteht sehr großes Interesse an Ihnen, Miss Brown«, sagte Moxon, der Journalist. »Es ist ein Flugblatt über Ihre Heldentaten im Umlauf.«

Alice war wie vor den Kopf geschlagen. »Was für ein Flugblatt?«

»Sieh dir das an«, sagte Danny und hielt ihr ein zerknittertes Stück Papier hin. »Da steht, dass du eine Heldin bist und kein anderes Mädchen je so tapfer war. Es verkauft sich im Dorf und auch im weiteren Umkreis wie warme Semmeln.«

»Lass mich sehen.« Arnold runzelte die Stirn, nahm es und las es. »Wer hat das geschrieben?«

»Jemand ohne journalistische Begabung«, sagte Moxon verächtlich. »Zweifelsohne hat er einen der Überlebenden für die Geschichte bezahlt.« Er lächelte Alice an. »Aber ich würde die Geschichte gern von Ihnen hören. Ihr Bruder Daniel sagt, bisher sei noch niemand hier draußen gewesen. Würden Sie mir die Ehre erweisen, mir als Erstem zu gestatten, ein Interview mit Ihnen zu führen?«

Alice wurde verlegen. »Warum fragen Sie nicht Sam? Er hat mehr als ich getan, um diese armen Leute zu retten.« Sie sah sich um, aber Sam war ihnen nicht in den Leuchtturm gefolgt.

John meldete sich zu Wort: »Sam hätte es ohne dich nicht geschafft. Ich habe deine Tapferkeit mit eigenen Augen gesehen.«

Moxon zückte ein kleines Notizbuch und begann zu schreiben. »Und Sie müssen John Sinclair sein, der Verletzte?«

»Unsere Alice hat ihn gepflegt«, sagte Daniel. »Er verdankt meiner Schwester sein Leben.«

»In der Tat«, bestätigte John und bedachte Alice mit einem zärtlichen Blick.

Nervös fragte Alice: »Was meinst du, Vater?«

»Ich glaube nicht, dass es schadet, wenn du deine Version der Geschichte erzählst«, sagte Arnold. »Es ist besser, wenn statt weit hergeholter Behauptungen die Wahrheit verbreitet wird.«

»Genau«, pflichtete Daniel ihm bei, »und Mr Collins würde dich gern für die Zeitung skizzieren.«

Alice fragte sich, warum Danny sich jetzt plötzlich für ihre Rettungstat im Sturm begeisterte. Vielleicht bezahlten diese Männer ihn gut dafür, dass er sie zur Insel gefahren hatte? Aber er musste für eine junge Familie sorgen, und so konnte sie es ihm nicht verdenken. Widerwillig erklärte sie sich zu einem Interview bereit.

Am Ende bestand sie aber auf einem: »Sie stellen doch klar, dass ich Sam nur geholfen habe und dass er den Löwenanteil an der Rettung der Schiffbrüchigen hatte?«

»Natürlich«, versicherte Moxon. »Sam wird zu seinem Recht kommen. Aber ich kann nicht leugnen, dass es Ihre Geschichte ist, die unsere Leser hören wollen. Sie sind eine bemerkenswerte junge Frau.«

Effie sah besorgt drein. »Ich hoffe, das lockt nicht noch mehr Leute an unsere Tür, die meine Tochter belästigen. Wir führen ein ruhiges Leben und wollen kein Aufsehen.«

»Ein oder zwei Wochen Interesse sind alles, was Sie werden ertragen müssen«, prophezeite Moxon.

Sie fuhren kurz darauf ab, nachdem sie einen halben Schinken und einen Laib Brot verzehrt hatten. Danny ruderte sie zurück ans Ufer und nahm John mit. Alice bemerkte die beunruhigten Mienen ihrer Eltern kaum; Johns Abreise brach ihr das Herz. Sie hatten sehnsüchtige Blicke getauscht, als John ihre Hand zu einem höflichen Abschied an seine Lippen gehoben hatte. Aber er hatte nicht mehr als allgemeine Floskeln und Dankesworte sagen können.

Im Laufe der nächsten paar Tage malte sie sich aus, wie er per Postkutsche oder zu Pferde nach Süden reiste. Oder war er in Newcastle an Bord eines anderen Schiffs gegangen? Sie hatte keine Zeit gehabt, ihn zu fragen. Und wo genau lag Addiscombe? Alles, was sie wusste, war, dass es südlich von London lag. Sie würde Gillveray fragen.

Alice fiel auf, dass sie in den letzten Wochen kaum an ihren Wohltäter gedacht hatte. Auf der Insel fühlte sie sich ruhelos, unfähig, sich den alltäglichen Aufgaben zu widmen, die sie normalerweise mit Befriedigung erfüllte: der Versorgung der Tiere, dem Stutzen der Lampendochte und dem Führen des Logbuchs. Sogar das Lesen konnte sie nicht von Gedanken an John und ihre überstürzten Hochzeitspläne ablenken. Würde es wirklich dazu kommen? Eines nicht allzu fernen Tages würde ein Brief von John an ihren Vater eintreffen, in dem er ihn um ihre Hand bat. Erst dann würde die Fantasievorstellung Wirklichkeit werden.

Kapitel 9

Alice konnte nicht fassen, dass sich wildfremde Leute für sie und den Leuchtturm interessierten. Sie war völlig unvorbereitet auf die plötzliche ungewollte Aufmerksamkeit von Menschen, die sie weder persönlich oder auch nur vom Hörensagen kannte. Danny brachte ganze Bootsladungen neugieriger Ausflügler nach Black Harbour Island, um sie herumzuführen und ihnen seine Schwester vorzustellen. Der Artikel aus *The Newcastle Messenger* war von anderen regionalen Blättern und schließlich sogar von nationalen Zeitungen aufgegriffen und abgedruckt worden.

Die Öffentlichkeit konnte von Alice' heroischer Geschichte nicht genug bekommen. Bald erschienen Pamphlete über sie. Gemeinsam mit künstlerischen Darstellungen von Alice, die durch den schrecklichen Sturm ruderte, wurden sie im Postamt von Thomasinas Mutter verkauft.

»Dieser elende Journalist!«, schrie Effie. »Er wusste doch, dass wir in Ruhe gelassen werden wollten. Und warum bringst du all diese Leute hierher, damit sie die Nase in unser Zuhause stecken, Daniel?«

»Du solltest dich freuen, dass Alice jetzt so berühmt ist«, entgegnete Danny. »Sie sammeln Geld für sie und Sam.«

»Geld«, sagte Sam vernichtend. »Das ist alles, was dir wichtig ist, nicht wahr? Dir und Thomasina.«

»Es ist nur gerecht, wenn wir alle von solch einem Glücksfall profitieren«, gab Danny zurück.

»Glücksfall?«, rief Alice. »Der Schiffbruch war eine schreckliche Tragödie!«

»Nicht für dich! Sieh dir nur all die Briefe an, die ich dir von deinen neuen Verehrern mitgebracht habe.«

Alice waren die Briefe peinlich. Männer schrieben ihr von nah und fern, weil sie mit ihr korrespondieren wollten, baten darum, sie kennenlernen oder ihr Porträt malen zu dürfen; manche boten ihr gar eine Ehe und Reichtümer an. Viele der Briefe sahen aus, als wären sie schon geöffnet worden. Alice hatte den Verdacht, dass Thomasina sie las, bevor sie sie weiterschickte.

Der eine Brief, den sie voller Sehnsucht erwartete – der einzige, nach dem sie sich von ganzem Herzen verzehrte –, war der von John. Aber es kam keiner, weder einer an sie noch an ihren Vater. Sie machte sich Sorgen, dass ihm abermals ein Unglück zugestoßen war. Als Danny einmal wieder abfuhr, nachdem er sich hitzig mit seinen Eltern und Sam über die fortgesetzten Bootsausflüge der Schaulustigen gestritten hatte, gab Alice ihm einen Brief mit, den er abschicken sollte.

Danny beäugte den Namen und die Adresse – Addiscombe College – voller Interesse. »Ich wette, Vater weiß nicht, dass du dem Soldaten schreibst?«

»Ich möchte mich nur vergewissern, dass er wohlbehalten in seinem neuen Quartier eingetroffen ist«, sagte Alice errötend, aber trotzig.

»Ich finde nicht, dass du diesen schottischen Burschen ermuntern solltest. Du kannst eine bessere Partie machen.« Danny zögerte, den Brief mitzunehmen. »Jetzt hast du doch nach allem, was ich höre, freie Auswahl unter reichen Männern.«

»Das ist meine Angelegenheit«, erwiderte Alice. »Wenn du den Brief nicht zur Post mitnehmen willst, bringe ich ihn selbst hin.«

»Gib ihn her«, lenkte Danny ein.

* * *

Die Winterstürme setzten der ständigen Invasion der Bootsausflügler zur Erleichterung aller ein Ende. Dieses eine Mal waren Effie und Arnold dankbar für das schlechte Wetter. Alice wusste, dass es einen hohen Tribut von ihrer Mutter gefordert hatte, diese Fremden in ihrem Heim bewirten zu müssen und sich verpflichtet zu fühlen, ihnen Erfrischungen zu servieren. Effie wirkte krank und nervös.

Manchmal hörte Alice durch die Trennwand zwischen ihren Schlafkammern das energische Flüstern ihrer Eltern, aber das einzige Wort, das sie deutlich verstehen konnte, war ihr Name. Sie fühlte sich elend, weil sie diese ungewollte Aufmerksamkeit erregt und so viele Fremde vor ihre Tür gebracht hatte. Viele Male wünschte sie sich, nicht ausgerechnet sie wäre an jenem schicksalhaften Morgen mit dem Boot hinausgefahren. Aber wenn sie es nicht getan hätte, dann hätte sie John nie gerettet oder auch nur kennengelernt.

Oh, John! Was tat er wohl, und warum schrieb er nicht? Hatte er es sich mit der Heirat anders überlegt? Waren seine Gefühle vertrocknet wie Herbstlaub? Als der Winter sich in die Länge zog, wurde Alice' Sehnsucht nach ihm immer stärker statt schwächer. Aber sie wollte ihm keinen zweiten Brief schreiben und ihn anflehen, sich bei ihr zu melden, solange er den ersten nicht beantwortet hatte.

* * *

Der Frühling 1828 brach an, und Alice unternahm mit ihrem Vater eine ihrer seltenen Fahrten aufs Festland, um Vorräte zu holen und Gillveray zu besuchen. Vielleicht wartete ja ein Brief von John auf dem Postamt? Sie würde direkt dorthin gehen, um ihren Neffen und ihre Nichte zu besuchen. Sobald sie im Dorf ankam, scharte sich eine Menschenmenge um Alice und wollte unbedingt mit ihr sprechen.

»Wie war es in dem Sturm?«

»Hattest du Angst, Alice?«

»Wie viel Geld haben sie dir dafür gegeben, dass du sie gerettet hast?«

»Ist es wahr, dass du den König kennenlernen sollst?«

»Darf ich eine Locke von deinem Haar als Glücksbringer haben?«

Alice war völlig überfordert. »I… ich habe nichts getan«, stammelte sie, »nichts, das ihr an meiner Stelle nicht auch getan hättet.«

Arnold führte sie weg, aber im Postamt versammelten sich noch mehr Leute, um sie anzugaffen.

Thomasina eilte mit wichtiger Miene geschäftig umher. »Lasst uns in Frieden.« Sie scheuchte die Leute hinaus. »Sie ist hier, um meine Familie und mich zu besuchen.«

Alice bemerkte, dass Nadelkissen und Haarbänder zum Verkauf standen, die angeblich *aus dem Kleid der Heldin* gefertigt waren. Sie erkannte den Stoff von Thomasinas Kleid mit der Spitze, das im Vorjahr solche Reibereien zwischen ihnen ausgelöst hatte.

Alice und ihr Vater machten viel Aufhebens um die Kinder. Arnold schenkte William ein Spielzeugboot, das Sam für ihn gebaut hatte, während Alice die kleine Lucy hochhob.

Sie lächelte und kitzelte das Baby am Kinn. »Du bist eine ganz Hübsche.« Lucy gluckste und griff nach Alice' Wange.

»Habt ihr ihr etwas mitgebracht?«, fragte Thomasina.

»Nein, tut mir leid«, sagte Alice. »Aber Mutter schickt liebe Grüße.«

Thomasina wirkte verärgert. »Wie ich höre, bekommst du ein Vermögen aus der Spendensammlung, die sie für dich und Sam veranstalten. Es wird eine Zeremonie geben, bei der der Duke of Northumberland das Geld übergibt. Mr Gillveray lädt all die feinen Leute ein.«

»Ich weiß nichts darüber«, erwiderte Alice verlegen. »Ich habe Mr Gillveray noch nicht besucht.«

»Hunderte von Leuten, wie wir gehört haben«, schwärmte Thomasina mit leuchtenden Augen. »Ich hoffe, du wirst die Einnahmen mit deiner Familie teilen.«

»Es ist Alice überlassen, wie sie ihr Geld ausgeben will«, gab Arnold gereizt zurück. »Aber ich weiß, dass sie klug damit umgehen wird.«

»Danny hat das Geld genauso sehr verdient wie sie oder Sam«, empörte sich Thomasina, »für all die Jahre, die er auf dem Leuchtturm gearbeitet hat.«

Arnold schnaufte wütend. »Sam und Alice arbeiten doppelt so hart, wie Daniel es je getan hat.«

Alice mischte sich ein. »Natürlich werde ich teilen, was auch immer ich bekomme. Ich würde gern den Kindern etwas schenken.«

»Das ist auch nur recht und billig«, entgegnete Thomasina. »Ihr habt Danny weggenommen, was ihm von Rechts wegen zugestanden hätte. Er führt das Rettungsboot und hätte die Gelegenheit bekommen sollen, die Schiffbrüchigen einzusammeln, nicht du und Sam. Ich finde, es war selbstsüchtig von dir, Alice …«

»Wie kannst du es wagen!« Arnold stand auf. »Die einzige selbstsüchtige Frau hier bist du. Selbstsüchtig und gierig. Alice muss dir überhaupt nichts geben.«

»Vater …«

»Wir haben noch viel zu tun«, blaffte er, »und müssen weiter.« Er marschierte zur Tür.

»Darf ich mitkommen, Grandpa?«, fragte William.

»Nein, darfst du nicht.« Thomasina packte ihn und hielt ihn zurück. William protestierte lautstark.

Erschrocken legte Alice Lucy zurück in ihr Bettchen. »Ich komme bald wieder vorbei.« Sie zögerte. »Sind irgendwelche Briefe für mich gekommen?«

Thomasina warf ihr einen feindseligen Blick zu. »Ich habe sie Danny gegeben. Er wird sie auf die Insel bringen – nicht, dass man ihm all seine Mühen danken würde!«

»Vielen Dank.« In Alice keimte Hoffnung auf, dass sich zwischen all der unwillkommenen Korrespondenz auch ein Brief von John befinden würde.

Draußen machte Alice ihrem Vater Vorwürfe, als sie eine Seitengasse hinuntereilten. »Warst du nicht etwas zu hart zu dem Mädchen? Sie setzt sich doch nur für Danny und ihre Kinder ein.«

»Eines sage ich dir«, erwiderte Arnold, »sie ist diejenige, die hinter Dannys ganzer Geldmacherei steckt – wir haben keine ruhige Minute mehr gehabt, seit er diesen Journalisten zum Leuchtturm gefahren hat, und damit wird es auch kein Ende nehmen, bis sie dir auch noch den letzten Penny abgenommen hat.«

Alice war schockiert über die Verbitterung ihres Vaters.

»Sie kann ihn gern haben«, sagte sie niedergeschlagen. »Ich habe das alles nicht gewollt.«

Arnold blieb stehen. Schlagartig war sein Zorn verraucht. Er sah unsagbar traurig drein, als er ihre Wange berührte. »Mein liebes Mädchen, ich weiß, dass du es nicht gewollt hast.«

* * *

Das Verhältnis zwischen Danny und seinen Eltern war angespannt, als er das nächste Mal auf die Insel kam und die ersten Frühlingsbesucher mitbrachte, die sich den Leuchtturm und seine Heldin ansehen wollten. Während sie über die Insel streiften, brach in der Leuchtturmküche ein Streit aus.

»Bring ja nicht noch mehr Bootsladungen an Sensationslüsternen hierher!«, fuhr Arnold Danny an. »Deine Mutter erträgt es nicht länger. Es geht ihren Nerven nicht gut. Ich lasse nicht zu, dass du sie in ein frühes Grab jagst, nur um dir die Taschen zu füllen.«

Effie, die am gusseisernen Herd kauerte, sagte nichts. Sie war seit dem letzten Herbst kaum vor die Tür gegangen.

»Ich mehre den Wohlstand der Familie«, verteidigte Danny sich. »Dank mir haben William und Lucy neue Kleidung, Spielzeug und gutes Essen. Du solltest mich dafür loben, statt mich auszuschimpfen wie ein Kind.«

»Du kannst dir als Gillverays Bootsführer einen anständigen Lebensunterhalt verdienen, statt die Neugier der Leute auf Kosten deiner Schwester auszunutzen.« Arnold klang verächtlich.

»Alice macht das doch nichts aus«, meinte Danny. »Oder, Alice?«

»Doch, es macht mir etwas aus«, widersprach Alice. Sie war die Meinungsverschiedenheiten leid und trübsinnig, dass im Poststapel wieder kein Brief von John gewesen war. »Ich hasse all das hier.«

»Dank mir hast du sehr gut daran verdient.«

»Ich will es nicht!«, schrie Alice. »Ich will nur, dass alles wieder so ist wie früher – als wir noch eine gewöhnliche Familie waren und keine Jahrmarktsattraktion.«

Danny warf ihr einen seltsamen Blick zu und verzog den Mund zu einem spöttischen Lächeln. »An dir ist nichts gewöhnlich, Alice«, sagte er. »Oder, Vater? Mutter? Wir wissen doch alle, inwiefern Alice anders ist als der Rest von uns.«

Schlagartig wurde es still im Raum. Alice spürte die Anspannung, die in der Luft lag, und bemerkte den furchtsamen Gesichtsausdruck ihrer Mutter. Sie war verblüfft über die Worte ihres Bruders – nicht nur über das, was er gesagt hatte, sondern auch über den drohenden Tonfall. Das Gesicht ihres Vaters war starr vor Wut – oder vor Erschrecken?

Bevor irgendjemand etwas erwidern konnte, ertönte von unten ein Ruf: »Hallo, Mr Brown? Dürfen wir jetzt hinaufkommen? Es fängt an zu regnen, und wir würden wirklich gern Ihre Schwester kennenlernen, bevor wir wieder abfahren.«

Danny warf Alice einen flehentlichen Blick zu. Sie zögerte. Die seltsame Atmosphäre beunruhigte sie immer noch.

»Ich gehe nach unten und treffe mich mit ihnen«, lenkte sie ein. »Aber du darfst nie mehr Leute in den Leuchtturm mitbringen oder unseren Eltern sonst irgendwelche Scherereien machen. Bist du einverstanden?«

Verärgerung huschte über sein Gesicht, aber dann lächelte er. »Abgemacht. Dann komm und spiel die Heldin für dein Publikum, das dir zu Füßen liegt.«

* * *

Es war Mittsommer, als eine Einladung von George Gillveray für Alice und ihre Eltern eintraf, ihn in Black Harbour House zu besuchen. Auf der Insel herrschte schon wochenlang seliger Frieden, seit Dannys Bootsausflüge aufgehört hatten. Sam fuhr aufs Festland, um Vorräte zu holen, aber Alice und ihre Eltern blieben auf der Insel und vor den Blicken der Öffentlichkeit verborgen. Es kamen noch immer Liebesbriefe von Alice' Verehrern, aber ihre Zahl ging zurück. Das fieberhafte Interesse an ihr schien endlich abzuklingen.

Aber wie sehr sehnte sie sich noch immer nach John! Warum hatte er ihr so große Hoffnungen gemacht, nur um sie dann so herzlos zu zerschmettern? Das Mindeste, was er hätte tun können, wäre gewesen, ihren Eltern zu schreiben, um ihnen zu danken. Doch noch nicht einmal das hatte er getan. Was hatte John Sinclair nur an sich, dass er ihr Herz im Sturm erobern konnte? Sie dachte wieder einmal sehnsüchtig an seinen dunklen Teint und seine lachenden grünen Augen, seinen muskulösen Körper und seinen Lebensdurst, der ihm geholfen hatte, sich von seiner schweren Krankheit zu erholen. Aber sie fühlte sich nicht nur körperlich zu ihm hingezogen. Sie hatte alles an ihm faszinierend gefunden, von seiner tragischen Kindheit und seinem Leben als Ziehsohn eines Häuptlings bis hin zu seinem ansteckenden Enthusiasmus und seinen Träumen von Abenteuern.

Aber sie war gezwungen, sich einzugestehen, dass er sie höchstwahrscheinlich vergessen hatte, weil er ganz in seinem neuen Leben und vielleicht auch in einer neuen Liebe aufging. Sie war für ihn nie mehr als eine angenehme Abwechslung während seines erzwungenen Aufenthalts auf der Insel gewesen. Aus der Intensität des Augenblicks heraus und in seiner Erleichterung, noch am Leben zu sein, hatte er seinen Heiratsantrag vielleicht ernst gemeint, aber seine Gefühle hatten nicht angehalten, nachdem er in die Welt jenseits von Black Harbour zurückgekehrt war.

»Was will Mr Gillveray von uns?«, fragte Effie erschrocken.

»Wahrscheinlich will er alles arrangieren, um die gesammelten Spenden zu übergeben«, meinte Arnold.

»Warum ist Sam dann nicht eingeladen?«

»Mr Gillveray weiß doch, dass jemand hierbleiben und den Leuchtturm bemannen muss, falls wir nicht mehr bei Tageslicht zurückkehren.«

Das schien ihre Mutter zu beschwichtigen, aber Alice machte sich Sorgen, dass der Ausflug zu viel für Effie sein würde. Dieser Tage brauchte es so wenig, um sie in Aufregung zu versetzen. Die vertrauten Schuldgefühle durchzuckten Alice, weil sie ihre arme Mutter solch einer Belastung ausgesetzt hatte.

»Wenn das Geld erst übergeben ist«, tröstete Alice sie, »müssen wir nie mehr über den Schiffbruch oder die öffentliche Aufmerksamkeit reden.«

* * *

Alice hatte George seit dem Vorjahr nicht mehr gesehen. Da ihr Vater auf dem Ausflug im Frühling so verärgert über Thomasinas Verhalten gewesen war, hatte er sich schnell mit Vorräten eingedeckt und ihr keine Zeit gelassen, Black Harbour House zu besuchen. Ihre Verehrer hatten ihr Bücher und Zeitschriften geschickt, sodass sie Gillverays Bibliothek nicht allzu sehr vermisst hatte. Es war ihr peinlich, dass sie sich nicht stärker um einen Besuch bei ihm bemüht hatte, um sich für seine Freundlichkeit zu bedanken, die Spendensammlung zu ihren und Sams Gunsten ins Leben gerufen zu haben.

George begrüßte sie höflich, aber sie nahm in seinem Auftreten eine gewisse Reserviertheit wahr. Sie trugen ihre besten Kleider. Alice' Kleid war allerdings an den Manschetten ausgefranst, und das Mieder saß zu eng. Es hatte ihr mit fünfzehn gepasst, aber ihre Figur war seitdem voller geworden und war jetzt die einer Frau. Aus Gründen der Schicklichkeit hatte sie ein Schultertuch über ihrer Brust verknotet.

»Du siehst sehr gut aus, meine Liebe«, sagte George beiläufig. »Ich hatte gehofft, dir früher meine Glückwünsche zu deiner tapferen Tat aussprechen zu können, aber du warst sehr gefragt.«

Alice fühlte sich getadelt. »Es tut mir leid. Ich wollte ja zu Besuch kommen – war schon auf dem Weg hierher …«

»Du musst dich nicht entschuldigen«, unterbrach er sie und winkte ab.

»Sind viele Leute hier, Sir?«, erkundigte sich Effie. »Ich bin Menschenmengen nicht gewöhnt. Mir wäre es lieber, still etwas abseits zu sitzen.«

George bedachte sie mit einem verwirrten Blick. »Gar keine Menschenmenge, Mrs Brown. Es ist nur ein einziger Gentleman hier, der ein privates Gespräch wünscht. Er hat darauf bestanden, Sie zu treffen, wollte das aber tun, ohne Aufsehen zu erregen.«

Einen wilden, hoffnungsvollen Moment lang fragte Alice sich, ob es vielleicht John war, der zurückgekehrt war, um ihre Eltern zu belohnen und persönlich um ihre Hand anzuhalten. George führte sie in die Bibliothek. Ein fülliger Mann mittleren Alters mit zerfurchtem Gesicht, einem grauen Haarschopf und buschigen Koteletten stand auf. Enttäuschung machte sich in ihr breit.

Er schritt auf Alice zu und nagelte sie mit einem Blick aus scharfen Augen fest.

»Alice?«

»Ja, Sir.« Sie knickste. Wenn das hier noch einer dieser elenden Freier war, würde sie ihm ins Gesicht sagen, dass er nach Hause gehen sollte, ganz gleich, wie reich oder hochwohlgeboren er war.

»Ich wusste es! Du bist deiner Mutter wie aus dem Gesicht geschnitten.«

Alice war irritiert. Sie ähnelte Effie äußerlich überhaupt nicht.

»Das hier ist Colonel Fairchild«, stellte George ihn vor, »aus Tolland Park bei Newcastle.«

Neben Alice unterdrückte Effie einen Aufschrei. »Bitte nicht …« Effie schlug sich die Hand vor den Mund.

Arnold packte seine Frau am Arm, um sie zu stützen.

»Möchten Sie Platz nehmen?«, fragte George, erschrocken über Effies schreckensbleiches Gesicht. Er führte sie zu einem Sessel.

»Es tut mir sehr leid, meine liebe Dame«, entschuldigte sich der Colonel. »Ich weiß, dass das hier für Sie ein Schock sein muss – wie auch für mich, als ich von einem Zeitungsreporter namens Moxon von Alice' Existenz erfahren habe. Er kam mit Informationen über meine Frau, Charlotte.« Er wandte sich an Alice. »Ich war mir nicht sicher, ob ich ihm glauben sollte, und war hin- und hergerissen, ob ich dich aufsuchen sollte. Aber mein Wunsch, dich kennenzulernen, war zu stark.« Seine Augen glänzten vor Rührung. »Und jetzt sehe ich solch eine ausgeprägte Ähnlichkeit mit meiner Charlotte. Alice, du bist das Kind, von dem ich dachte, dass ich es nie haben würde.«

»Colonel Fairchild, wie kann das sein?« Alice schnappte nach Luft. »Ich bin nicht Ihr Kind.«

Eine bisher nicht gekannte Angst schlug die Krallen in ihren Bauch, als sie ihre Mutter so aus der Fassung gebracht sah. Dieser Mann war kein Verehrer. Er behauptete, ihr Vater zu sein!

George wirkte genauso perplex. »Ich denke, Sie sollten sich erklären, Colonel. Ich wusste nicht, dass Sie solch eine Behauptung aufstellen würden. Ich dachte, Sie wollten die Browns in irgendeiner Form belohnen.«

»Ich werde Ihnen alles geben, was sie wollen, weil sie sich all die Jahre lang um Alice gekümmert haben«, antwortete der Colonel. »Es war herzlos von Charlotte, sie im Stich zu lassen – wie sie auch mich verlassen hat –, aber ich will nichts lieber, als ein guter Vater zu sein und Alice das Zuhause zu bieten, das von Rechts wegen ihres ist.«

Effie schrie gequält auf. Alice sah sprachlos zwischen ihnen hin und her.

»Wir wollen Ihr Geld nicht«, entgegnete Arnold und umfasste mit einer Hand die zitternde Schulter seiner Frau. »Wir haben Alice großgezogen und lieben sie, als ob sie unsere eigene Tochter wäre.«

»Aber ich bin doch eure Tochter«, sagte Alice. Die Panik schnürte ihr die Kehle zu.

»Bitte«, mischte George sich ein, »irgendjemand muss das hier erklären. Sie machen Alice Angst.« Er nahm sie beim Ellbogen und zog sie neben sich auf das Sofa.

»Meine Liebe, du bist die Tochter von Charlotte Fairchild«, sagte der Colonel. »Meine Frau hat dich im Leuchtturm zur Welt gebracht und dann in der Obhut dieser guten Leute gelassen. Zweifelsohne wollte sie zurückkehren, um dich zu holen …«

»Das wollte sie nicht!«, schrie Effie. »Sie war eine selbstsüchtige Frau, die es gar nicht abwarten konnte, ihr Baby loszuwerden und mit dem dänischen Kapitän davonzulaufen, der Alice gezeugt hatte.«

»Nicht, Effie!«, flehte Arnold sie an.

»Alice ist unsere Tochter – Sie haben kein Recht, sie uns wegzunehmen. Sie müssen doch wissen, dass sie nicht Ihr Fleisch und Blut ist – genauso wenig wie unseres. Sie waren im Krieg, während Ihre Frau sich auf eine Liebelei mit dem Kapitän eingelassen hat.«

Das Gesicht des Colonels lief rot an, aber er wahrte die Beherrschung. »Das ist mir sehr gut bewusst«, erwiderte er. »Aber Alice ist Charlottes Tochter, und ich hätte sie als mein Kind großgezogen. Ich habe Charlotte geliebt und hätte ihr verziehen. Ich glaube, sie wäre früher oder später zurückgekehrt und hätte auch die kleine Alice geholt, aber sie ist im Ausland gestorben und hatte nie Gelegenheit dazu.«

»Das tut mir leid«, sagte Arnold. »Das haben wir nicht gewusst.«

»Kapitän Nielsen besaß so viel Anstand, mir zu schreiben und es mir zu berichten; zumindest das muss ich zu seiner Ehre sagen. Später habe ich gelesen, dass sein Schiff in der Nordsee gesunken ist und es keine Überlebenden gab«, fuhr der Colonel fort.

Alice war wie vor den Kopf geschlagen. Ihr Herz klopfte so heftig, dass es wehtat. Sie wurde nicht schlau aus dem, was man ihr erzählte. Wie konnte sie die Tochter irgendeines Fremden sein, von dem sie noch nie gehört hatte? Sie sah ihre Eltern an – geliebt und vertraut –, und doch schien es so, als wären sie gar nicht wirklich ihre Mutter und ihr Vater.

»Also«, sagte Alice mit zitternder Stimme, »wart ihr gezwungen, für mich zu sorgen, weil meine leibliche Mutter – diese Charlotte – mich nicht haben wollte?«

»Nicht gezwungen«, versicherte Effie. »Ich habe mir von ganzem Herzen ein kleines Mädchen gewünscht. Ich hatte drei verloren, bevor Sam geboren wurde. Mrs Fairchild wusste, dass ich unbedingt eine Tochter haben wollte – Danny hatte es ihr erzählt –, und deshalb hat sie dich bei uns gelassen. Sie wusste, dass ich dich wie mein eigenes Kind lieben würde – so, wie sie es nicht konnte.« Ihr Blick war flehend. »Ich habe dich auf die Welt geholt, mein kleines Mädchen. Du musst mir glauben, dass ich dich vom Tag deiner Geburt an geliebt habe.«

Bei den zärtlichen Worten ihrer Mutter durchzuckte ein schmerzhafter Stich Alice' Herz. Effie sprach sonst nie offen über Liebe oder ihre Gefühle.

»Danny steckt dahinter, nicht wahr?« Arnold war plötzlich aufgebracht. »Ich wette, Moxon hat ihm ein hübsches Sümmchen für diese Geschichte über Alice und ihre hochwohlgeborene Mutter gezahlt.«

»Warum sollte Danny so etwas tun?«, fragte George. »Er war doch noch ein kleiner Junge, als all das passiert ist.«

»Er war zehn Jahre alt«, erwiderte Arnold.

»Er hat immer von der Dame mit dem Baby geredet«, sagte Effie gequält. »Mrs Fairchild hat so viel Aufhebens um ihn gemacht. Ich habe ihm ständig gesagt, dass er nicht von ihr reden sollte, und dachte, er hätte es längst vergessen, bis …«

»Bis wann?«, fragte George.

»Er hat angefangen, Bemerkungen darüber zu machen, dass Alice anders ist – seit sie wegen des Schiffbruchs all die Aufmerksamkeit auf sich gezogen hat –, und uns so wissen lassen, dass er es in Erinnerung behalten hat.«

»Er ist eifersüchtig auf sie«, ergänzte Arnold, »und tut schon die ganze Zeit sein Bestes, Geld mit ihr zu verdienen, seit …«

»Aufhören!«, schrie Alice. »Macht Danny ja keine Vorwürfe, weil er die Wahrheit gesagt hat – egal, ob er dafür bezahlt worden ist oder nicht. Ihr seid diejenigen, die mich all die Jahre lang angelogen haben! Warum habt ihr es mir nicht gesagt?«

»Oh, Mädchen«, sagte Effie, den Tränen nah, »vielleicht hätten wir das tun sollen. Aber als Mrs Fairchild nicht zurückgekehrt ist, dachten wir, es wäre nicht nötig. Für uns hast du immer zur Familie gehört.«

»Fanden Sie denn nicht, dass auch ich es hätte erfahren sollen?«, fragte der Colonel mit sanftem Tadel.

George räusperte sich. »Das hätte äußerst peinlich werden können, Colonel Fairchild. Sie können doch nicht erwarten, dass die Browns das Risiko eingegangen wären, dass Sie Alice zurückgewiesen hätten. Das hätte Alice unnötiges Leid verursacht.«

Alice schaute George an und sah die Anteilnahme und das Mitleid in seinen Augen. Sie wusste, dass er es gut meinte, aber das steigerte ihre Demütigung nur noch. Sie war eine Bastardtochter, die von ihrer leiblichen Mutter verstoßen worden war. Was musste er nur von ihr denken?

»Das ist ein Argument«, räumte der Colonel ein. »Ich sehe ein, wie schwierig die Sache für alle ist. Aber ich kann nicht umhin, mich zu freuen, dass ich eine Tochter gewonnen habe. Mr Brown, Sie und Ihre Frau sind gute Menschen, das ist für mich ganz offensichtlich, aber Sie waren immer nur Alice' Pflegeeltern. Sie müssen sich damit abfinden, dass es ihr angestammtes Recht ist, nach Tolland Park zu ziehen und dort zu leben.«

»Das verstehe ich«, sagte Arnold. Er wirkte todunglücklich.

Effie unterdrückte ein Schluchzen, während ihr die Tränen über die Wangen liefen.

»Ich kann Alice das Leben einer Landadligen bieten«, schwärmte der Colonel. »Wie ich höre, bist du eine eifrige Leserin, meine Liebe.« Er lächelte Alice an. »Ich habe über tausend Bücher in meiner Bibliothek. Womöglich noch mehr als in Gillverays eindrucksvoller Sammlung.« Er wies auf die Bücherregale ringsum. »Und du kannst Musikstunden haben, Reiten lernen und so viele Kleider bekommen, wie du sie dir nur wünschst. Ich lebe schon seit zu vielen Jahren ganz allein in Tolland Park und habe niemanden, den ich verwöhnen kann. Ich kann dir alles geben, was du willst.«

»Nein, das können Sie nicht«, antwortete Alice. »Wenn Sie glauben, dass alles, woran mir liegt, Besitztümer und ein müßiges Leben sind, dann kennen Sie mich nicht.« Sie sah ihn grimmig an. »Sie kommen hier hereingefegt wie ein Wirbelwind und stellen unser Leben auf den Kopf. Wir wissen alle, was Sie wollen, Colonel Fairchild, aber Sie haben mich kein einziges Mal gefragt, was *ich* will.«

»Alice«, rief George sie zur Ordnung, »sei nicht undankbar!«

»Warum sollte ich dankbar sein?«, widersprach sie. »Dieser Mann ist für mich ein Wildfremder, und nach allem, was ich gehört habe, halte ich auch nichts von dieser Charlotte Fairchild.«

Sie bemerkte, dass Arnold und Effie sie anstarrten, fassungslos über ihre Unverblümtheit. Aber sie konnte nicht aufhören.

»Ihr Landadligen glaubt immer, dass wir einfachen Leute dankbar für die Brosamen sein sollten, die ihr uns von eurem Tisch zuwerft. Aber manchmal wollen wir auch nur, dass man uns in Ruhe lässt, damit wir selbst unseren Weg gehen können und in niemandes Schuld stehen.«

Sie erhob sich und stellte sich neben Effie und Arnold. »Das hier sind meine Eltern – meine Leute –, nicht Sie, Colonel. Ich bin einfach nur Alice Brown, die Tochter des Leuchtturmwärters.«

Alice nahm die Hand ihrer Mutter und drückte sie. Effie zitterte; sie hatte Angst vor der Reaktion des Colonels. Aber Fairchild überraschte sie alle. Er lachte erheitert auf.

»Gut gesprochen, junge Dame. Deine Loyalität den Browns gegenüber spricht für dich. Und dein Trotz …« Er schenkte ihr ein melancholisches Lächeln. »Wie sehr du doch deiner schönen Mutter ähnelst.«

Seine Bemerkung warf Alice aus der Bahn. Sie hatte nichts mit dieser gefühllosen Charlotte gemein, die nur auf ihr Vergnügen aus gewesen war, und wollte nicht mit ihr verglichen werden. Dennoch überkamen sie Schuldgefühle, weil sie das Angebot des Colonels so ungestüm zurückgewiesen hatte. Er war offensichtlich ein einsamer Mann, dessen Reichtum ihm nichts bedeutete, wenn er ihn mit niemandem teilen konnte. Er schien ein guter Mensch zu sein.

Der Colonel sagte: »Deine Wünsche müssen natürlich Vorrang haben, Alice. Ich hoffe, dass mir gewährt wird, mit dir zu korrespondieren – und vielleicht wärst du so gut, gelegentlich zu antworten und mir zu berichten, wie es dir geht?«

Sie nickte und wand sich vor Verlegenheit angesichts seiner galanten Reaktion auf ihre Unhöflichkeit.

»Dann verabschiede ich mich jetzt.« Der Colonel verneigte sich vor den Frauen. »Mrs Brown, bitte verzeihen Sie mir, dass ich Sie in solche Aufregung gestürzt habe. Mir hätte bewusst sein sollen, wie sehr Sie mittlerweile an meiner … an Alice hängen.«

George rief die Lakaien, damit sie seinen Gast nach draußen begleiteten. An der Tür drehte der Colonel sich um und sagte: »Alice, mein Angebot, nach Tolland Park zu ziehen und dort zu leben, wird immer bestehen bleiben.«

»Danke, Sir«, stieß Alice mit brennenden Wangen hervor. Angesichts seines verletzten Blicks fühlte sie sich elend, und doch war sie zornig auf ihn, weil er ihrer Familie Kummer gemacht und sie in solch eine unmögliche Lage gebracht hatte. Sie wollte einfach zurück auf die Insel flüchten und sich verstecken. Der Schiffbruch hatte nichts als Zwietracht hervorgerufen. Sie wollte nichts von dem Geld oder der Aufmerksamkeit, die ihr danach zuteilgeworden war. Sie war nicht wie Danny. Danny! Warum hatte er das ihren Eltern nur angetan? Sie weigerte sich zu glauben, dass er selbst auf die Idee gekommen war, die Geschichte ihrer Geburt an diesen Journalisten zu verkaufen. Thomasina musste ihm die Wahrheit abgeschmeichelt und ihm den Floh ins Ohr gesetzt haben.

Alice und die Browns gingen bald nach dem Colonel. George bot ihnen Erfrischungen an, aber Alice spürte, dass er verlegen war, und ihre Eltern konnten es nicht abwarten, aufzubrechen. Sie hatte das Gefühl, irgendwie auch George gekränkt zu haben, indem sie das Angebot des Colonels ausgeschlagen hatte. Aber ihre Gefühle waren in Aufruhr, und sie wurde nicht ganz schlau daraus, warum sich diese Distanziertheit zwischen ihnen eingeschlichen hatte.

* * *

Zurück im Leuchtturm bemühte sich Alice, sich wieder in ihre alltäglichen Aufgaben einzufinden, als hätte die traumatische Begegnung in Black Harbour House nie stattgefunden. Aber sie ertappte ihre Eltern dabei, sie zu beobachten und zu sehr zu versuchen, ihr alles recht zu machen, als dächten sie jetzt anders von ihr – als gehörte sie zu Colonel Fairchild. Das brachte das Familienleben aus dem Gleichgewicht.

Sam wurde eingeweiht. Arnold wollte nicht das Risiko eingehen, dass Sam aufs Festland fuhr und den Klatsch aus zweiter Hand hörte. Es dauerte nicht lange, bis die Geschichte sich herumsprach. Sam kehrte in der folgenden Woche mit einer Ausgabe des *Newcastle Messenger* aus dem Dorf zurück. Die Schlagzeile auf der Aufmacherseite lautete: *Leuchtturm-Heldin Alice Brown ist die lange verschollene Tochter von Colonel David Fairchild, Veteran der Napoleonischen Kriege.*

Es wurde erwähnt, dass Alice' Mutter, Charlotte, ihr Baby im Leuchtturm zur Welt gebracht und dann im Stich gelassen hatte. Der Artikel spekulierte darüber, ob die schamlose Mutter mit einem Kapitän durchgebrannt war.

Arnold zitterte vor Wut. »Dass einer meiner Söhne so tief sinken und uns zum Gespött der ganzen Gegend von hier bis Newcastle machen konnte – und das für dreißig Silberlinge! Lasst ihn nie mehr auch nur einen Fuß auf diese Insel setzen!«

Bald verbreitete sich die Geschichte weit über den Nordosten von England hinaus. Es kamen immer mehr Briefe von Heiratswilligen. Jetzt, da Alice eine reiche Erbin war, zog sie die Aufmerksamkeit von Glücksrittern im ganzen Land auf sich. Frauen richteten die Bitte an sie, ihre Vertraute zu werden, Hellseher schrieben, um ihr die Zukunft vorauszusagen, und Verschuldete bettelten um Geld. Journalisten versuchten, auf der Insel an Land zu gehen und Interviews zu führen, aber Sam und Arnold verjagten sie. Sie schrieben dennoch Geschichten über Alice, reißerische Erzählungen über eine hübsche, junge Landadlige, die gegen ihren Willen in einem entlegenen Turm von ihren bösen Stiefeltern festgehalten wurde, die ihr nicht erlaubten, die Insel zu verlassen und Anspruch auf ihr angestammtes Recht zu erheben.

Im Herbst hielt Effie es nicht länger aus.

»Wir werden für das gestraft, was ich getan habe«, erging sie sich in Selbstvorwürfen. »Es ist die Vergeltung Gottes. Ich hätte dich nie behalten sollen. Das ist alles meine Schuld.«

Ihre Worte betrübten Alice zutiefst. »Nein, das ist es nicht«, widersprach sie. »Es liegt nur an Thomasinas Ränken und Dannys Habgier. Bald wird alles vergessen sein.«

Aber Effie ließ sich nicht trösten. Alice stellte fest, dass es einfacher war, ihrer Mutter aus dem Weg zu gehen und sich draußen oder in der Lampenkammer eine Beschäftigung zu suchen, statt ständig Effies bekümmerter Litanei zu lauschen.

Wenn Alice in der Lampenkammer ganz oben im hohen Turm allein Wache hielt, machten ihre aufmüpfigen Gedanken ihr zu schaffen. Effie und Arnold hatten sie enttäuscht, indem sie ihr all die Jahre lang die Wahrheit vorenthalten hatten. Nichts würde je wieder so sein wie zuvor; das Vertrauen zwischen ihnen war dahin. Wie würde es sein, in Tolland Park zu leben? Was für ein Mensch war ihre leibliche Mutter wirklich gewesen? Der Colonel hatte sie innig geliebt, also war Charlotte vielleicht nicht durch und durch schlecht gewesen. Vielleicht war sie nur jung, eigensinnig, allein und verzweifelt gewesen, während ihr Mann im Krieg und darum jahrelang abwesend gewesen war. Wie verlockend musste es da gewesen sein, sich auf einen gut aussehenden Kapitän einzulassen, der ihr liebevolle Zuneigung geschenkt hatte …

Alice zuckte zusammen, als sie daran dachte, wie schnell sie selbst auf den hübschen John und seine Schmeicheleien hereingefallen war – wie sie einfach zugelassen hatte, dass er sie voller Leidenschaft küsste. War sie so anders als ihre leichtsinnige Mutter? Ihr fiel plötzlich auf, dass sie Charlotte allmählich als ihre Mutter betrachtete und nicht mehr die unglückliche, von Schuldgefühlen geplagte Frau in der Kammer unter ihr. Als sie auf die rosige Morgendämmerung hinaussah, die allmählich am Horizont aufstieg, durchzuckte Alice neue Sehnsucht nach John. Würde sie je wieder von ihm hören? Wenn nicht, würde sie dann je an ihn denken können, ohne dass sich alles in ihr vor Bedauern verkrampfte bei der Vorstellung, was hätte sein können?

Während der neue Morgen dämmerte, übermannte das Bedürfnis Alice, alles zum Besseren zu ändern. Sie musste aufhören, John nachzutrauern. Sie würde ihre Bemühungen verstärken, das Leben ihrer Familie wieder erträglich zu machen. In der Stille der Lampenkammer, während tief unter ihr das Meer sanft die Insel umspülte, fällte Alice eine Entscheidung über das, was sie als Nächstes tun würde.

* * *

»Bist du dir wirklich sicher, dass es das ist, was du willst?«, fragte Arnold nicht zum ersten Mal.

»Ich glaube, es wäre das Beste für uns alle«, antwortete Alice und versuchte, entschlossen zu klingen. »Meine Anwesenheit hier macht allen das Leben unmöglich.«

»Und du tust Colonel Fairchild gegenüber das Richtige«, sagte Effie. Ihre Mutter hatte nicht geweint, als Alice vorgeschlagen hatte, dem Colonel zu schreiben und sein Angebot anzunehmen, bei ihm zu leben. Wenn überhaupt, hatte Effie erleichtert ausgesehen.

»Ich kann ja immer noch zurückkehren, wenn die Lage sich beruhigt hat«, sagte Alice, »und ich nicht mehr der Stoff bin, aus dem man Flugblätter macht.«

»Natürlich«, pflichtete Arnold ihr bei.

Alice wandte sich von seiner traurigen Miene ab; ihr Vater würde sie am meisten vermissen. Er hatte ihr den Wissensdurst und die Liebe zu Büchern anerzogen, er hatte ihr Interesse an Pflanzen und Tieren ebenso geweckt wie ihre Leidenschaft für die Aufgaben eines Leuchtturmwärters und das Meer.

Sie fragte sich, wie weit Tolland Park vom Meer entfernt lag. Ob es wohl zu weit war, um von dort zur Küste zu reiten? Sie malte sich jetzt schon aus, wie ihr neues Leben wohl sein würde – sofern der Colonel sie noch wollte.

Seine Antwort auf ihren Brief kam binnen einer Woche. Einer von Daniels Ruderern brachte sein Schreiben auf die Insel hinaus.

»Danny kennt bestimmt schon den Inhalt«, brummte Sam. »Deshalb hat er den Brief so schnell weitergeleitet. Er glaubt, dass für ihn etwas dabei herausspringt, wenn du jetzt eine Lady wirst.«

Alice öffnete den Brief mit zitternden Händen.

Meine liebste Alice,
Dein Brief hat mich zum glücklichsten Mann von ganz Tyneside gemacht. Natürlich will ich immer noch, dass Du kommst und als meine Tochter in Tolland lebst. Nichts würde mich stolzer machen. Ich will alles über Dich wissen: Was Deine Lieblingsspeisen sind, welche Dichter Du am liebsten magst und ob Du Dein Schlafzimmer lieber mit Tapeten oder mit Wandteppichen ausgestattet haben möchtest – und welche Farben sollten die Vorhänge haben? Aber wir können über all das reden, wenn Du hier bist.
Ich komme Dich in einer Woche mit der Kutsche abholen.
Dein Dich liebender Vater
David Fairchild

* * *

Am Tag vor Alice' geplanter Abreise unternahm sie mit Sam einen Spaziergang zur Klippe der Insel.

»Weißt du noch, wie wir mit Danny dort hinuntergeklettert sind, um Vogeleier zu suchen?«, fragte sie.

»Ich weiß noch, wie er das Nest mit einem Tritt von der Klippe befördert hat«, antwortete Sam. »Immer hat er alles verdorben.«

»Der arme Danny.« Alice seufzte. »Er ist nie zufrieden mit dem, was er hat – immer will er mehr.«

»Hab kein Mitleid mit ihm«, sagte Sam. »Er prahlt im Dorf damit, wie viel Geld er verdient. Hat sich ein eigenes Boot gekauft, sodass er nicht mehr auf Gillverays Großzügigkeit angewiesen ist. Und Thomasina stolziert in einem feinen blauen Seidenkleid einher. Wir wissen doch alle, woher Dannys neuer Reichtum stammt, nicht wahr? Hat Klatsch über seine eigene Schwester verkauft.«

Abrupt brach Sam ab und warf ihr einen verlegenen Blick zu.

»Ich bin immer noch deine Schwester, Sam«, bekräftigte Alice. »Ich kann gar nicht anders von uns denken.«

»Ich auch nicht«, gestand Sam schüchtern.

Sie setzten sich an den Rand der Klippe und sahen den kreischenden Vögeln zu, die über ihnen kreisten. Alice fragte sich, ob sie die Geräusche der Insel vermissen würde.

»Ich erinnere mich ein bisschen an sie«, sagte Sam leise. »An deine Mam.«

Alice bekam Herzklopfen, als er so unerwartet ihre Mutter erwähnte. »Wirklich?«

»Ja. Ich erinnere mich, wie sie oben geschrien hat – im alten Leuchtturm –, weil mir das Angst gemacht hat. Muss gewesen sein, als sie … Na, du weißt schon …«

»Mich zur Welt gebracht hat?«

»Ja.« Sam wurde rot.

Also war es wirklich geschehen; selbst Sam erinnerte sich an die schicksalhafte Nacht. Irgendwie machte das Charlotte für Alice greifbarer.

»Erinnerst du dich an irgendetwas Bestimmtes an ihr?« Alice hielt den Atem an.

»Sie war hübsch. Hatte schöne Haare – rote Haare, die im Feuerschein geglänzt haben.« Sam zuckte die Schultern. »Aber das ist alles.«

Alice wünschte, es wäre mehr, aber so hatte sie wenigstens ein Bild, das sie auskosten und sich einprägen konnte.

»Aber ich habe immer an deinem Bettchen gesessen«, sagte Sam. »Es war eine Schublade, und ich fand es komisch, dich einfach in eine Schublade zu legen wie die Wäsche. Ich hatte unser Baby lieb und habe gern Wache gehalten. Das hat Mam immer gesagt: ›Mein guter Sam, du hältst Wache bei unserem kleinen Mädchen.‹« Sam wandte sich Alice mit einem traurigen Lächeln zu. »Ich werde dich vermissen. Du wirst uns doch nicht vergessen, oder?«

Alice spürte, wie ihr die Tränen die Kehle zuschnürten. »Natürlich nicht.« Sie drückte ihm den Arm und lächelte. »Ich komme bald zurück, versprochen.«

Kapitel 10

Addiscombe Military Seminary, Südengland, 1829

»Da kommt ja der Gärtnerjunge!«, höhnte Vernon Buckley, als John den Paradeplatz überquerte. »Na, hast du wieder das Kartoffelbeet ausgemessen?«

Vernons Freunde kicherten. John bereute bitter, dass er Vernon je von seiner Kindheit erzählt hatte. Aber als sie vor achtzehn Monaten frischgebackene Kadetten gewesen waren, hatte der hochgewachsene Sohn eines Generals charmant und freundlich gewirkt. John hatte bald erkannt, dass das nur eine Fassade war.

»Wir haben einen Ponton gebaut«, erwiderte John, »damit du dir nicht die zarten Füßchen nass machen musst. Natürlich nur, wenn du dich je über den Paradeplatz hinauswagst, Buckley.«

Das brachte die Kadetten zum Lachen, die wie John zum Ingenieurskorps gehörten. Sie waren erschöpft und schlammbespritzt, nachdem sie einen langen Tag damit verbracht hatten, Verteidigungsgräben auszuheben und Brücken zu bauen. Voller Genugtuung sah John, dass der hellhäutige Vernon bis an die Wurzeln seines blond gelockten Haares errötete.

»Er wird rot wie ein Mädchen«, bemerkte Colin MacRae auf Gälisch.

John antwortete seinem Freund in ihrer Muttersprache: »Und er duftet auch so süß wie eines. Er badet in mehr Tinkturen und Ölen als eine Königin.«

Die Highlander unter ihnen lachten darüber.

»Hört euch nur an, wie die Wilden in ihrer ungeschliffenen Sprache reden«, sagte Vernon hämisch. »Wie ich sehe, tragt ihr heute gar nicht eure Röcke.«

John hatte sich daran gewöhnt, dass die Leute aus dem Süden die schottischen Kadetten verspotteten, und fand sich gutmütig damit ab. Die meisten waren es bald müde geworden, die jungen Männer aus dem Norden zu provozieren – bis auf Vernon. Es war John ein völliges Rätsel, warum er am häufigsten zur Zielscheibe wurde. Colin meinte, es liege daran, dass John Vernon nicht um den Bart ging wie die anderen und sich auch nicht an Vernons Trinkgelagen oder dem Unfug, den er mit den Mägden trieb, beteiligte. Vernon schien endlose Geldmengen zur Verfügung zu haben, um sein Bedürfnis nach Getränken und leichten Mädchen zu stillen. Sein Zimmer war ein berüchtigter Treffpunkt für Frühstücksgelage mit Humpen voller Bordeaux und nächtliche Exzesse. Der Gesang der Betrunkenen hielt die anderen dann immer bis in die frühen Morgenstunden wach. John verachtete die Zügellosigkeit des privilegierten Vernon und seinen gefühllosen Umgang mit Frauen.

»Wir wollen doch nicht, dass du und deine kleinen Jungs uns am Rockzipfel hängen«, konterte John.

Vernon und sein Freund Symonds verstellten ihm den Weg. »Wir gehen heute Abend in die Stadt, Sinclair«, verkündete Vernon. »Wir müssen dem gemeinen Volk Manieren beibringen. Seid ihr Schotten tapfer genug, mitzukommen?«, fragte er herausfordernd. »Oder habt ihr zu viel Angst davor, Ärger zu bekommen?«

»Wir haben nicht alle Onkel, die Direktoren bei der East India Company sind und unser Bußgeld bezahlen können.« John drängte sich unter Ellbogeneinsatz an ihm vorbei. »Und wir kämpfen nicht gegen schmächtige, halb verhungerte Jungs aus der Stadt – das ist ein Zeitvertreib für Feiglinge.«

»Der Feigling bist du!«, stichelte Vernon. »Ich habe dich noch nie gegen jemanden kämpfen sehen. Aus dir wird nie ein richtiger Soldat.«

John ignorierte ihn und ging davon. Alles, was er jetzt brauchte, waren ein heißes Bad und eine herzhafte Mahlzeit, um den Abend über gut beim Lernen durchzuhalten. Er wollte seine Abschlussprüfungen im Juni mit Auszeichnung bestehen und Hercules stolz auf sich machen. Vernon konnte es sich leisten, seine Zeit auf der Militärakademie zu vertrödeln – er konnte sich bei der Kavallerie einkaufen, wenn er durch die Ingenieurs- oder Artillerieexamen fiel –, aber John nicht.

John hatte seine Zeit in Addiscombe genossen. Er hatte feste Freundschaften geschlossen und viel gelernt, sowohl im Unterricht als auch bei den Manövern. Er war einer der Besten in Mathematik und Sprachen. Seine Lehrer waren erstaunt darüber, wie schnell er fließend Hindustani und Persisch, das in Teilen des Ostens die Hofsprache war, aber auch Französisch und Latein gelernt hatte. Aber da er schon als Junge Gälisch, Paschtu und Englisch gesprochen hatte, fiel es John leicht, andere Sprachen zu lernen, und er half seinen Mitschülern oft.

Bei seiner Ankunft hatte ihn das üppige Grün der Landschaft um die Akademie herum überrascht – so flach und so weit vom Meer entfernt. Doch mittlerweile hatte er sich an den Anblick des prächtigen Anwesens gewöhnt. Die Architektur der Gebäude war von strenger Regelmäßigkeit, mit hohen, eleganten Fenstern, die das Licht hereinfluten ließen. Der Park, den die Kadetten nicht ohne Erlaubnis verlassen durften, war über und über mit hohen, ausladenden Bäumen bestanden, die nicht vom Westwind gebeugt waren. Mit Erlaubnis durften die Kadetten sich allerdings vom Gelände wagen, und John und seine Freunde genossen es, auszureiten und dieses fruchtbare Land voll ertragreicher Bauernhöfe zu erkunden.

John hatte sich auch als tüchtiger militärischer Kadett erwiesen. Er war ein hervorragender Reiter, der selbst mit den nervösesten Pferden umgehen konnte, ein begabter Fechter und ein zielsicherer Gewehrschütze. Vielleicht brachte das Vernon mehr als alles andere gegen ihn auf: dass dieser Emporkömmling aus den Highlands, dem es nichts ausmachte, barfuß zu laufen oder ohne Sattel zu reiten, ein besserer Jäger war als jemand, der auf einem reichen Landgut mit einem Stall voller Vollblüter und einem Zwinger voller Hunde edelster Abstammung aufgewachsen war.

Nur einen Makel hatte Johns Zeit im Süden: seine Entfremdung von Alice Brown. Seine Besorgnis angesichts seiner unbeantworteten Briefe ging irgendwann von Verwirrung in gekränkten Stolz über. Nach seiner Reise in den Süden hatte er noch monatelang jeden Tag an sie gedacht. Bilder ihres frischen Gesichts, ihrer Schönheit und ihres glänzenden rotgoldenen Haares erfüllten seine Tagträume. Er sehnte sich nach Neuigkeiten von ihr wie ein hungriger Mann nach einem Brotkanten, aber es waren keine eingetroffen. John war sich so sicher gewesen, dass Alice sich in ihn verliebt hatte wie er sich in sie. Warum sonst hätte sie so bereitwillig ihr Einverständnis geben sollen, seine Frau zu werden?

Aber vielleicht war sie ja gar nicht so erpicht darauf gewesen; sie hatte seinen impulsiven Antrag gebremst, indem sie ihm gesagt hatte, dass er erst ihrem Vater schreiben und um Erlaubnis bitten musste. Er wäre auf der Stelle zu Arnold Brown geeilt und hätte ihn um ihre Hand angefleht, wenn sie ihn auch nur ansatzweise dazu ermuntert hätte. Aber das hatte sie nicht getan. Schlimmer noch: Ihr Vater hatte sich nicht einmal die

Mühe gemacht, auf Johns Bitte um ihre Hand zu antworten. John befürchtete, dass Alice ihrem Vater gesagt hatte, dass er Johns Schreiben gar nicht beachten sollte – so wie sie selbst Johns Nachrichten ignoriert hatte.

Als sich dank der Zeitungen die Nachricht über Alice' tapfere Tat verbreitete, wurde sie zu einer Nationalheldin. Die Blätter enthielten Dutzende von Interviews mit Leuten, die sie kannten oder mit ihr korrespondiert hatten. In ein paar Artikeln wurde sie sogar direkt zitiert, und es gab zahllose Illustrationen von Alice, die, wie John fand, allesamt ihrer Schönheit nicht gerecht wurden. Es wurde gemeldet, dass Alice täglich Heiratsanträge bekam. Zweifelsohne hatten ihre neuen Freier ihr viel größere Reichtümer zu bieten als den Sold eines Kadetten und ein treues Herz. John konnte es ihr nicht verdenken, dass sie es sich noch einmal überlegt hatte, ob sie ihn heiraten wollte.

Dennoch tat es ihm weh, dass Alice ihm nicht einmal geschrieben hatte, um ihn aus ihrer Abmachung zu entlassen, geschweige denn, um ihm für die Geschenke zu danken, die er ihr geschickt hatte. Es spielte keine große Rolle für ihn, dass sie nichts zu dem blauen Seidenkleid gesagt hatte, das zu ihren Augen passte, und auch nichts zu dem Fässchen Portwein für Arnold und dem wollenen Umschlagtuch für Effie. Aber dass sie ihn zappeln ließ und ihm nicht mitteilte, ob er noch hoffen durfte, eines Tages ihr Mann zu werden, war eine Qual für ihn.

Ärgerlicherweise hatte Vernon Johns Namen in der Zeitung unter den von Alice Geretteten entdeckt und zog ihn gnadenlos damit auf.

»Meine Güte, Sinclair«, hatte er gekräht, »wie demütigend, von einem Mädchen aus dem Meer gezogen zu werden. Das muss deinem schottischen Stolz doch einen Schlag versetzt haben.«

»Sie hat mehr Tapferkeit in ihrem kleinen Finger, als du je im ganzen Leib haben wirst, Buckley. Sie ist in einem offenen

Boot bei sechs Meter hohen Wellen in See gestochen. Es hatte nichts Demütigendes, von solch einem mutigen Mädchen gerettet zu werden.«

Mittlerweile bereute John seinen Gefühlsausbruch. Vernon zog ihn nun ständig damit auf, dass er wohl in Alice verliebt sei. Sein Rivale war es auch gewesen, der sich den Spaß gemacht hatte, ihm die Zeitung mit der schockierenden Enthüllung unter die Nase zu halten, dass Alice nicht die Tochter eines Leuchtturmwärters war, sondern die eines Gentlemans und Helden von Waterloo. Ein paar Wochen später wurde gemeldet, dass die berühmte Alice zu Colonel Fairchild in sein Herrenhaus Tolland Park gezogen sei.

»Tja, Sinclair, nun besteht wohl kaum noch die Aussicht, dass deine wackere Ruderin dir einen zweiten Blick gönnt«, hatte Vernon John provoziert. »Ich muss schon sagen … Nun, da die kleine Alice zum Landadel gehört, versuche ich mich vielleicht selbst daran, ihr den Hof zu machen. Nach diesem Bild ist sie doch ein ganz hübsches kleines Füllen.«

John hätte Vernon gern die Faust ins lüsterne Gesicht geschlagen. Stattdessen war er in die Stadt gegangen und hatte gebechert, bis er sturzbetrunken gewesen war. Colin hatte ihn davor bewahrt, wegen Ruhestörung ins örtliche Gefängnis geworfen zu werden. Aber dafür, dass er ohne Erlaubnis nach Croydon gegangen war, hatte die Akademieleitung ihn in den Karzer gesperrt, der den Spitznamen *das schwarze Loch* trug, und ihn für eine Woche auf Wasser und Brot gesetzt. Dort hatte er viel Zeit gehabt, über seine Torheit nachzugrübeln. Alice dachte nicht mehr an ihn. Warum sollte er also seine Zeit mit Gedanken an eine Frau verschwenden, die ihm nie ihr Herz schenken würde? Vielleicht hatte sie sich schon bereit erklärt, einen anderen zu heiraten. Jetzt, da sie Umgang mit dem Landadel hatte, hatte sie bestimmt die freie Auswahl unter heiratswilligen Verehrern.

Er musste in Zukunft lernen, seine Gefühle zu unterdrücken, beschloss John. Nie wieder würde er sein Herz so leidenschaftlich und ohne Rücksicht auf Verluste verschenken.

* * *

Der Juni kam und mit ihm die Abschlussprüfung. In einem stickigen Klassenraum, durch dessen Fenster die heiße Sonne schien, schwitzten die Kadetten über Aufgaben in Mathematik, Naturphilosophie, Chemie und den Sprachen. Sie bauten Modelle von Geschützlafetten und zeichneten Festungen für eine große Ausstellung, zu der Direktoren der East India Company eingeladen werden sollten. Drei Wochen lang wurden sie gedrillt und übten Militärmanöver, um sich auf die praktische Prüfung vorzubereiten, die einen Tag lang dauern und von einem zu Besuch weilenden General bewertet werden sollte.

»General Horton ist ein Freund meines Vaters«, prahlte Vernon. »Ich rechne damit, dass ich mir das beste Examen an die Fahne heften kann.«

»Der kann doch eher damit rechnen, eine Brandyfahne zu haben«, scherzte Colin auf Gälisch.

Vernon stieß Colin gegen die Wand. »Sprich Englisch, du Heide!«

John beeilte sich, Vernon von seinem Freund wegzuziehen. Buckley stank jetzt schon nach Alkohol, und es war noch nicht mal Mittag. Seine Augen waren blutunterlaufen und blickten unstet. Sein Freund Symonds schien zu zögern, sich einzumischen.

»Na, du beherrschst jedenfalls *deine* Muttersprache kaum«, spottete John. »Aber bei der Kavallerie brauchst du sie ja wahrscheinlich gar nicht – du musst einfach nur wie ein Pferd wiehern.«

Vernon setzte zu einem Fausthieb gegen John an. Der Highlander wich mühelos aus. Vernon verlor das Gleichgewicht und torkelte gegen die Wand. Colin und John schnauften verächtlich und gingen davon.

»Ich hoffe, wir werden an unterschiedliche Enden von Indien geschickt«, sagte Colin. »Warum ist er bloß so ein trunksüchtiger Trottel?«

»Hast du General Buckley jemals kennengelernt?«, antwortete John. »Der ist ein jähzorniger harter Hund. Sogar Symonds sagt das. Er verprügelt Vernon immer noch wie einen Schuljungen.«

»Woher weißt du das?«, fragte Colin überrascht.

»Vernon hat es mir erzählt, als wir hier angefangen haben – bevor er diesen Groll auf mich entwickelt hat. Hat sich betrunken und wie ein Kleinkind geheult, dass er es seinem Vater nie recht machen kann.«

Colin bedachte ihn mit einem erstaunten Blick. »Warst du nie in Versuchung, seinen Mitläufern zu erzählen, was für ein Schwächling er ist? Du hättest ihn lächerlich machen können – so, wie er es immer mit dir zu tun versucht.«

John schüttelte den Kopf. »Das wäre so, wie einen Welpen zu ärgern, der einen Tritt von seinem Herrchen bekommen hat. Ich habe eher Mitleid mit Vernon, als dass ich Rachegedanken gegen ihn hege.«

* * *

Der Tag der praktischen Prüfung und öffentlichen Inspektion verlief wie geplant. General Horton und die Direktoren der Company waren zufrieden mit den Paraden und Manövern. Es wurden Preise zuerkannt. John erhielt eine Medaille für seine sprachlichen Fähigkeiten – er war in Hindustani und Persisch jeweils Klassenbester – und gehörte zu den zwanzig

Elitekadetten, die ausgewählt wurden, um dem Ingenieurskorps beizutreten.

Colin wurde für die Artillerie ausgesucht – die Waffengattung, die in der Armee der Company die zweithöchste Wertschätzung genoss. Der Rest und diejenigen, die in den Sprachen durchgefallen waren, gingen zur Infanterie. Vernon war unter ihnen.

»Ich werde für die Kavallerie empfohlen werden«, sagte er dickköpfig. »Zu der will ich ohnehin. Es gibt nichts Besseres. Wir sind die Crème de la Crème der Armee der Company.«

»Wenn du meinst«, entgegnete John mit einem trockenen Lächeln.

»Wohingegen du, Sinclair, deine Armeekarriere damit verbringen wirst, Latrinen für den Allerwertesten der Infanterie zu entwerfen.«

»Eine ehrenvolle Aufgabe«, erwiderte John und spazierte davon.

An dem Abend gab Colin ein Fest, um Johns Medaille und ihren erfolgreichen Abschluss zu feiern. Ein Dutzend Männer aus dem Norden drängten sich in seinem Zimmer, tranken Brandypunsch und sangen. Zwei Dienstmägde brachten Brot und Käse und ließen sich überreden zu bleiben. Colin spielte auf seiner Fiedel, und John und seine Freunde brachten den Mädchen die Schritte der schottischen Tänze bei.

Urplötzlich flog die Tür auf. Vernon, Symonds und ein Dutzend anderer stürmten herein.

»Da feiert ihr einfach ohne uns ein Fest«, brüllte Vernon und torkelte vorwärts. »Das gehört sich nicht für Gentlemen.«

Lärmend drängelte die Gruppe sich ins Zimmer und trank dabei aus halb leeren Bordeaux- und Portweinflaschen. Vernon schnappte sich die Punschschale und leerte sie, wobei er sich die Hälfte des Alkohols über die Brust schüttete.

»Mach weiter, Sinclair«, lallte er, »mit deinem komischen Tänzchen.«

Colin hatte aufgehört zu spielen. Die Anspannung zwischen den beiden Gruppen junger Männer war mit Händen zu greifen, als sie sich voreinander aufbauten.

»Nancy hier wird mit mir tanzen, nicht wahr, Mädchen?« Vernon packte die Dienstmagd.

Sie sträubte sich. »Bitte, Sir, ich will nicht …«

»Natürlich willst du«, sagte Vernon schleppend. »Es wäre ja nicht das erste Mal.«

Gelächter ertönte, und die Neuankömmlinge rempelten einander an, als sie weiter ins Zimmer drängten.

»Lass sie in Ruhe«, befahl John, »und dann raus mit euch!«

Vernon grinste hämisch. »Wie bitte? Will der kleine Schotte, der nicht kämpft, versuchen, mir den Spaß zu verderben?«

»Los, Vernon, gib's ihr!«, stachelte ihn der ebenfalls betrunkene Symonds an. »Zeig den Schotten, wie man das macht. Verpass ihr einen ordentlichen Kuss, dann nehme ich sie mir als Nächster vor.«

Die anderen Eindringlinge brüllten vor Lachen und feuerten ihn an. Nancy wirkte verängstigt, aber es war ihre resignierte Miene, die John wütend machte. Das hier war offensichtlich schon einmal geschehen. Vernon und seinesgleichen hielten die Dienstmägde für Freiwild.

Angewidert machte John einen Satz vorwärts und packte Vernon an der Jacke.

»Raus jetzt, du stinkender Trunkenbold!«

Symonds versetzte John einen Faustschlag gegen den Kopf. Alles verschwamm John vor den Augen, aber er behielt Vernon weiter fest im Griff. Sofort stürzte Colin sich auf Symonds. Binnen eines Augenblicks herrschte im ganzen Zimmer Aufruhr, weil beide Seiten Schläge austauschten. Fäuste flogen und Flaschen zerbrachen. Vernon war trotz seiner Trunkenheit ein starker Gegner. Er schüttelte John ab, holte aus und traf ihn an der linken Wange. Johns darauffolgender Fausthieb erwischte Vernon am Kiefer. Vernon taumelte zurück. John setzte ihm nach. Sie stolperten auf den Gang hinaus und setzten ihre Prügelei dort fort. Johns ganze aufgestaute Wut über Vernons unaufhörliche Beleidigungen gegen ihn und seine Freunde, einschließlich all der verletzenden Bemerkungen über Alice, brach sich in dem Kampf Bahn.

Die beiden starken Männer schlugen aufeinander ein, bis Vernon die Hände hob und keuchte: »Es reicht.«

John wich schwer atmend zurück. Seine Fingerknöchel waren wund, und er schmeckte Blut im Mund.

Symonds wurde, nur halb bei Bewusstsein, von seinen Freunden aus dem Zimmer geschleift. Colins Quartier sah aus, als wäre ein Wirbelsturm hindurchgefegt: Die Möbel waren umgestürzt, und überall lagen Glasscherben. Die Mädchen waren, wie John voller Erleichterung erkannte, unversehrt geflüchtet.

Colin hielt mit zerrissenem Hemd und blutiger Nase triumphierend Fiedel und Bogen hoch.

Er grinste. »Alles noch ganz.« Ein Jubelruf ertönte.

John spürte, dass eines seiner Augen zuschwoll. Er verzog die blutenden, geschwollenen Lippen. »Spiel uns ein Siegeslied, MacRae – laut genug, dass Buckley und seine Speichellecker es hören.«

Colin stimmte einen Marsch an. John und seine Kameraden stampften mit den Füßen und brüllten. Der Lärm tönte in die Juninacht hinaus.

* * *

John verließ Addiscombe im Juli und brach mit Colin nach Norden auf. Ihre Wunden waren schon fast verheilt. Vernon und seine Clique waren ihnen seit der Prügelei aus dem Weg gegangen.

»Viel Glück«, hatte John seinem Rivalen beim Abschied gewünscht.

Nach einem Moment der Unschlüssigkeit hatte Vernon erwidert: »Dir auch, Sinclair. Du wirst es mehr brauchen als ich.«

Sie hatten sich die Hände geschüttelt, aber Vernons Lächeln hatte gezwungen gewirkt, und seine blauen Augen waren kalt geblieben.

John verbrachte eine Woche bei Colin in seinem Elternhaus nahe Inverness und ritt dann nach Skye und Ramanish weiter. Im September würden sie nach Indien segeln. Auf dem Ritt heimwärts durch die Berge ging John das Herz vor Sehnsucht nach seiner Inselheimat über. Er hatte eine Nachricht vorausgesandt, und Hercules hatte für ihn ein Festmahl auf der Burg ausrichten lassen. Sein Ziehvater und Azlan ritten ihm entgegen. Der Afghane feuerte seine *jezail* zur Begrüßung in die Luft ab. Johns kleiner Cousin Iskandar, der jetzt ein schlanker, hübscher Neunjähriger mit den dunklen Augen seines Vaters war, begleitete die beiden.

Jauchzend galoppierten die Männer und der Junge den letzten Hang hinab. Das Meer war ruhig und funkelte golden in der Abendsonne. Dahinter lag am Horizont die Insel Rùm wie ein schlafendes Tier. Leute winkten und hießen John willkommen, als sie vorbeiritten. John bestand darauf, bei Moragș Cottage haltzumachen.

»Du wirst sie dort nicht finden, mein Freund«, sagte Azlan.

John runzelte beunruhigt die Stirn.

»Kein Grund zur Sorge«, versicherte Hercules ihm. »Deine Tante erwartet dich auf der Burg – zusammen mit deiner neuen Cousine.«

John sackte der Unterkiefer herunter. Ein breites Grinsen trat auf Azlans Gesicht.

»Ihr habt noch ein Kind?«, keuchte John.

»Eine Prinzessin«, verkündete der Afghane stolz. »Ariana – die Reine und Edle.«

John beugte sich aus dem Sattel und drückte seinem Freund die Hand. »Herzlichen Glückwunsch, Onkel!«

An dem Abend wurde viel geschlemmt und gefeiert – anlässlich von Johns Heimkehr, aber auch zu Ehren seiner Cousine, die jetzt einen Monat alt war. Ariana hatte rosige Wangen und einen schwarzen Haarschopf. In den Armen ihrer Mutter wirkte sie zufrieden; ihre großen, dunklen Augen schauten sich schon neugierig um.

John war gerührt über sein Wiedersehen mit seiner Tante – der Frau, die für ihn wie eine Mutter gewesen war, nachdem er seine eigene verloren hatte –, und sie streckte ihm ihr kostbares Bündel hin.

»Halt sie«, ermunterte Morag ihn. »Wir möchten, dass du ihr Pate wirst.«

Johns Augen brannten, als er Ariana vorsichtig auf die Arme nahm. Sie sah zu ihm hoch, und er spürte zu seiner Überraschung, wie ein Ruck durch sein Herz ging – Liebe und Beschützerinstinkt wallten in ihm auf. Er drückte Ariana an sich, und ihr leises Wimmern hörte auf. Sie öffnete den Mund, der wie eine Rosenknospe aussah, ein klein wenig, während sie ihn weiter ernst betrachtete.

»Sie mag dich jetzt schon.« Morag lächelte. »Sieh doch, wie zufrieden sie in deinen Armen ist.«

Hercules lachte. »Sie brüllt sich die Lunge aus dem Leib, wenn ich sie hochhebe. Aber sie erkennt einen guten Mann, wenn sie einen sieht.«

John lachte, küsste Ariana sanft auf den Kopf und reichte sie an Morag zurück.

* * *

John füllte seine Tage damit aus, auf den Feldern bei der späten Heuernte zu helfen – das kalte, nasse Wetter im Frühjahr hatte das Wachstum aufgehalten. Er beteiligte sich auch beim Torfstechen im sumpfigen Moor, um Brennstoff zu gewinnen. Mit seinem alten Freund Donald wanderte er zu der Sennhütte und den hoch gelegenen Weiden, wo Peigi und andere junge Leute aus dem Dorf das Vieh hüteten. Zum Entsetzen von Peigis Familie hatte Duncan, der Dudelsackspieler, die für ein Jahr gültige *handfast*-Ehe mit Peigi nicht verlängert, sondern war aufs Festland verschwunden. Wenn Peigi ihm noch nachtrauerte, überspielte sie es gut, indem sie mit John tändelte.

»Du warst schon immer meine erste Wahl, spanischer John.« Sie zwinkerte ihm zu und gab ihm einen langen Kuss auf die Wange.

John lachte darüber nur und ermunterte sie nicht, ihm ihre Aufmerksamkeit zu schenken. Er würde nicht noch einmal riskieren, sich in der Liebe die Finger zu verbrennen. Außerdem sorgte Peigis Kuss nur dafür, dass er sich umso mehr nach Alice sehnte. Keiner anderen Frau würde es gelingen, ihm das Herz zu stehlen.

Danach verbrachte er die verbleibenden Tage auf der Jagd mit seinem Häuptling und Azlan. Die beiden erzählten ihm voller Nostalgie von Indien und den Landen der Afridi nahe am Khaiberpass, von wo Azlan stammte. Hercules hatte John einmal berichtet, dass Azlans engste Angehörige von einer Typhusepidemie hinweggerafft worden waren, während er sich auf einer Handelsreise befunden hatte. Hercules war dem untröstlichen Afghanen in Peschawar begegnet und hatte ihm Arbeit als Führer im bergigen Gebiet der gesetzlosen Stämme jenseits der von Briten besetzten Territorien angeboten.

»Wenn du jemals Grund hast, nach Peschawar oder darüber hinaus zu reisen, mein Freund«, sagte Azlan, »musst du sagen, dass ich dein Afridi-Bruder bin. Du wirst in meiner Heimat willkommen sein.«

John war gerührt, auch wenn er bezweifelte, dass Azlans Name ihm noch Schutz bieten konnte, nachdem er so viele Jahre fern von seinem Volk gelebt hatte. Nach allem, was er in Addiscombe gehört hatte, konnte man sich gegen die kriegerischen Stämme am Khaiberpass und nordwestlich davon nur mit starker Artillerie verteidigen – oder mit einem dicken Geldbeutel ihre Kooperation erkaufen. Aber er wusste, dass solche Äußerungen den stolzen Afridi gekränkt hätten.

Am Vorabend seiner Abreise ging John ein letztes Mal Morag, Iskandar und die kleine Ariana im Cottage besuchen. Es machte ihn traurig, sie zurückzulassen – er hatte Ariana schnell so lieb gewonnen wie Iskandar –, und doch war er bei dem Gedanken an die Abenteuer, die vor ihm lagen, freudig erregt.

Während sie plauderten, wurde John bewusst, dass Azlan in der Tür stand und sie stumm beobachtete.

Sein Onkel trat vor. »Ich möchte, dass du mein Jagdmesser bekommst«, sagte er und streckte John die Klinge mit dem edelsteinbesetzten Messinggriff mit beiden Händen hin.

»Das kann ich doch unmöglich annehmen«, entgegnete John, überwältigt von dieser Geste. Er wusste, wie viel das Messer dem Afridi bedeutete. Er trug es überall und stets bei sich.

»Es hat meinem Vater und vor ihm dem Vater meines Vaters gehört«, fuhr Azlan fort. »Du bist für mich wie ein Sohn, und ich möchte, dass du es nimmst.«

John schluckte schwer. Er nahm das Messer. »Danke.« Er legte sich in einer Gebärde des Respekts die rechte Hand aufs Herz. »Ich werde es immer bei mir tragen und an dich denken, mein Onkel.«

Er steckte das Messer an seinen Gürtel, trat vor und umarmte den Afghanen. Hinter ihnen schluchzte Morag auf, was Ariana dazu veranlasste, ein lautes Geschrei anzustimmen.

»Sieh dir nur an, wie meine Frauen um dich weinen«, rief Azlan gespielt verärgert aus.

John drehte sich um, zog seine Tante an sich und küsste das schreiende Baby. Als er die Arme nach Iskandar ausstreckte, erwiderte der Junge die Umarmung schüchtern.

»Komm heil zu uns zurück!«, rief Morag. »Versprich mir das.«

»Meine Frau«, sagte Azlan, »die Entscheidung darüber obliegt allein Allah.«

Am nächsten Tag, als der Morgen anbrach und die Sonne sich über die zerklüfteten Berggipfel ergoss, verließ John Ramanish. Hercules stand auf der Burgmauer und sah dem davonreitenden John nach. Sein Dudelsackpfeifer spielte neben ihm einen Abschiedsgruß. Auf der Passhöhe angekommen, drehte John sich ein letztes Mal um und betrachtete sein Zuhause, die innig vertraute Ansammlung von Häusern und Feldern im Schutze der alten Festung. Fischerboote fuhren aufs Meer hinaus, und Rinder brüllten, als sie über den Hügel getrieben wurden. John füllte seinen Geist mit dem Anblick. Selbst wenn er Glück hatte und das Armeedasein überlebte, würde es viele Jahre dauern, bis er in seine Heimat zurückkehren würde.

Er saß aufrecht im Sattel und salutierte vor Ramanish und seinem Häuptling. Die Dudelsackklänge drangen durch die windstille Luft immer noch zu ihm. Dann wendete er sein Pferd, versetzte es mit dem Druck seiner Schenkel in einen raschen Trab und richtete seine Gedanken nach Süden.

* * *

John hatte eigentlich nicht vorgehabt, auf der Reise nach London einen Umweg zu machen. Colin hatte ihm schon eine Nachricht geschickt, dass er in der englischen Hauptstadt war und darauf wartete, sich nach Osten einzuschiffen. Aber als John Stück für Stück durch die Highlands und dann in einer Kutsche durch Perthshire nach Edinburgh reiste, suchten ihn Gedanken an Alice heim. Je näher er Northumberland kam, desto größer wurde sein Bedürfnis, sie zu sehen.

Er hatte sich von allen verabschiedet, die ihm am teuersten waren, und konnte seine Vorfreude auf die Reise nach Indien kaum bezähmen, aber eines störte seinen Seelenfrieden noch: Er wollte eine letzte Gelegenheit, sich mit Alice zu treffen, um sicherzugehen, dass kein Fünkchen Liebe mehr zwischen ihnen glomm, das wieder aufflammen konnte. Möglicherweise gab es ja einen Grund dafür, dass sie seine Briefe nicht beantwortet hatte. Ihr Vater hatte es womöglich verboten, entsetzt über die Vorstellung, dass sie mit einem Mann, den sie kaum kannte, so weit weg nach Indien gehen würde. Aber Alice empfand vielleicht immer noch etwas für John.

Schon während er eine zusätzliche Nacht im *Turk's Head* in Newcastle blieb, verspottete John sich selbst für seine Schwäche. Wenn Alice sich überhaupt noch an ihn erinnerte, würde sein Erscheinen in Tolland Park ihr vermutlich nur peinlich sein. Der Sturm, der sie zusammengeworfen hatte, war fast zwei Jahre her. Mit neunzehn war sie wahrscheinlich längst mit einem reichen Mitglied des Landadels von Northumberland verheiratet.

John schrieb ihr eine Nachricht und bat sie darum, sich mit ihm zu treffen. In quälender Unentschlossenheit zerriss er den Brief dann wieder und buchte einen Platz in der Postkutsche, die am Spätnachmittag über York nach London abfuhr.

Ruhelos ging er ins Freie, um mit dem Stallknecht zu sprechen. »Wie weit ist es bis Tolland Park?«, fragte er.

»Ein Ritt von einer halben Stunde«, sagte der Mann.

Impulsiv bezahlte John ihn dafür, ihm ein Pferd zu satteln und den Weg zu beschreiben. Er hatte noch fünf Stunden, bis seine Kutsche abfuhr; er würde Alice aufsuchen und ihr ein letztes Mal seine Gefühle gestehen. Wenn sie ihn abwies, würde er nach Indien segeln, ohne einen Blick zurückzuwerfen.

* * *

Es regnete bereits stark, als er die Stadt verließ, und zu dem Zeitpunkt, als er die schlammigen Wege erreichte, die vom Fluss Tyne wegführten, war John bis auf die Haut durchnässt. Mittlerweile goss es in Strömen. Er klappte den Kragen hoch, biss die Zähne zusammen und ritt weiter.

Tolland Park lag abgeschieden hinter hohen Steinmauern und alten Bäumen; durch den dichten Regen konnte er von dem Herrenhaus weit hinten auf dem hügeligen Parkgelände nur ferne Dächer und Schornsteine sehen. Eine böse Vorahnung durchzuckte John. Er hatte nicht damit gerechnet, dass Tolland Park so prächtig sein würde. Das hohe, schmiedeeiserne Tor war fest verschlossen.

John stieg ab und führte sein Pferd unter einen ausladenden Baum. Er würde warten, bis der schlimmste Regen sich gelegt hatte, dann am Pförtnerhaus anklopfen und um Einlass bitten. Zweifel überkamen ihn. Vielleicht war Alice gar nicht da. Was, wenn sie gerade Besuch hatte und er plötzlich wie ein halb ertrunkener Hund vor ihrer Tür stand? Er malte sich ein Empfangszimmer voller Männer wie Vernon aus, die ihre aristokratischen Nasen über ihn rümpften, während die Frauen hinter vorgehaltener Hand tuschelten. Er würde sich zum Gespött machen.

Dann tadelte er sich selbst für seine Mutlosigkeit. Alice, das tapfere Mädchen, das sich auf See gewagt hatte, um das Leben gewöhnlicher Menschen zu retten, konnte sich nicht so sehr verändert haben. Ganz gleich, was sie von ihm hielt, sie würde nicht zulassen, dass ihre neuen reichen Freunde ihn demütigten.

Während er all seinen Mut zusammennahm, hörte er Hufgetrappel auf der Einfahrt jenseits des Tors, danach den Ruf eines Kutschers. Er beobachtete, wie ein älterer Mann aus dem Pförtnerhaus kam und sich daranmachte, die Torflügel aufzustemmen. Im nächsten Moment kamen zwei fuchsrote Pferde durchs Tor. Sie zogen eine auf Hochglanz polierte Kutsche. Der Kutscher saß oben auf dem Bock. Sein großer Hut triefte vor Wasser. Er peitschte die Pferde in den Trab.

Mit hämmerndem Herzen trat John vor, um zu sehen, wer sich in der Kutsche befand. Er glaubte, zwei Gestalten zu erkennen. Er rannte auf die Kutsche zu und winkte dem Kutscher, langsamer zu fahren. Aber der Mann bemerkte ihn nicht, weil er den Kopf wegen des strömenden Regens eingezogen hatte.

Einen Moment lang erspähte John ein Fenster am Gesicht. Eine elegante Frau, deren Haar in modischen Löckchen hochgesteckt war, warf einen Blick nach draußen. Er sah ihren blassen Schwanenhals und den Samt ihres Umhangs. John schnappte nach Luft. Die Kutsche war schon an ihm vorbei, als ihm klar wurde, dass die kultivierte Frau Alice war. Er war so schockiert, dass sein Herz raste. Sie hatte geradewegs durch ihn hindurchgesehen, ohne auch nur einen Hauch von Wiedererkennen zu zeigen. Sie war sogar noch schöner, als er sie in Erinnerung hatte. Aber in ihren ausdrucksvollen Augen hatte keine Wärme gelegen.

John stand, schlammbespritzt von der schnellen Kutsche, am Straßenrand und kam wieder zu Atem. Alice war nicht mehr das Mädchen, in das er sich verliebt hatte. Sie war eine reiche Erbin, die zu irgendeinem gesellschaftlichen Anlass davonsauste und für Leute wie ihn völlig unerreichbar war.

»Kann ich dir helfen, mein Junge?«, rief der alte Pförtner ihm zu. Er keuchte vor Anstrengung, als er sich abmühte, die Torflügel wieder zu schließen.

John ging zu ihm hinüber. »Lassen Sie mich mithelfen.«

»Danke, Junge, das ist nett von dir. Ich bin nicht mehr der Jüngste und nicht halb so gut bei Kräften, wie ich einmal war. Ich lasse dich durch die Seitenpforte wieder hinaus.«

Als sie fertig waren, sagte der Pförtner: »Du kannst dich im Pförtnerhaus unterstellen, bis der Regen aufhört.«

»Das ist nett von Ihnen, aber ich muss jetzt zurück nach Newcastle – ich bin auf dem Weg nach London.«

»Was hast du gesagt, nach Durham? Wie ich höre, ist das eine nette Stadt.«

»Nein«, sagte John laut, »London.«

Der Mann sah ihn aus wässrigen Augen mit verwirrter Miene an. »Wolltest du irgendetwas?«

»Ich hatte gehofft, Alice Brown zu sehen – ich meine Fairchild. Aber ich habe mitbekommen, dass sie gerade in der Kutsche abgefahren ist.«

Der alte Mann brummte: »Ja, es kommen immer noch viele Männer her, um Miss Alice anzugaffen.«

»Deshalb bin ich nicht hier.« John war verärgert. »Ich bin einer derjenigen, die sie von der *Berwickshire* gerettet hat, und wollte sie noch einmal treffen, bevor ich nach Übersee gehe – um ihr persönlich zu danken.«

»Von der *Berwickshire*? Na, da hast du aber Glück gehabt, Junge.«

»Meinen Sie, dass sie bald wieder zurück ist?«

Der Mann zuckte die Schultern und starrte den schlammigen Weg entlang. Er hob seine triefnasse Mütze an, sodass sein schütteres weißes Haar zum Vorschein kam, und kratzte sich am Kopf. »Ja, da hast du Glück gehabt, Junge.« Nach einer ganzen Weile setzte er seine Mütze wieder auf, mummelte sich in seine Jacke ein und wandte sich dem Pförtnerhaus zu.

»Wenn Sie mir bitte die Seitenpforte aufschließen könnten, Sir …?«, rief John ihm ins Gedächtnis.

Er sah sich nach John um, als wäre er erstaunt, ihn noch dort vorzufinden. »Ach ja.« Er tastete nach einem Schlüssel an dem Bund, den er trug. »Folge mir.«

Als John durch die geöffnete Pforte trat, sagte der Mann: »Was wolltest du nun eigentlich, Junge?«

Einem plötzlichen Impuls folgend, fragte John: »Könnten Sie Miss Fairchild bitte etwas von mir ausrichten? Sagen Sie ihr, dass John Sinclair aus Ramanish hier war, um sie zu besuchen und ihr alles Gute zu wünschen.«

Der alte Mann sah bedauernd drein. »Mein Gedächtnis ist auch nicht mehr das, was es einmal war, Junge. Am besten kommst du wieder und besuchst sie ein andermal.«

»Ich segele in ein paar Tagen nach Indien«, erwiderte John. »Können Sie bitte versuchen, sich daran zu erinnern, ihr zu sagen, dass John Sinclair hier war?«

»Ich bemühe mich, mein Junge.«

Spontan zog John die Kette über den Kopf, an der seine Glücksmünze hing, und drückte sie dem Pförtner in die knotige Hand.

»Geben Sie Miss Alice diese spanische Münze«, bestürmte er ihn. »Sie hat meinem Ururgroßvater Carlos gehört – sie war fasziniert davon, deshalb möchte ich gern, dass Alice sie bekommt.«

»Spanisch?«, sagte der alte Mann und musterte die Münze argwöhnisch.

»Es ist eine Glücksmünze aus Spanien, und sie ist sehr alt«, erklärte John. »Bitte geben Sie sie einfach Miss Alice, dann wird sie schon wissen, von wem sie ist.«

»Na gut«, stimmte der Mann zu. »Spanisch, was?«

John nickte. »Danke, Sir.«

John ritt aus Tolland Park weg und fragte sich, ob es töricht von ihm gewesen war, seine Glücksmünze wegzugeben, die doch eine Verbindung zu seiner Familie und seiner geliebten Heimat darstellte. Was wollte er mit dieser Geste ausdrücken, und was würde Alice davon halten?

Er gab den Versuch auf zu verstehen, warum er dem Mädchen so nachtrauerte. Er hoffte, dass die Münze Alice im Leben Glück bringen würde. Trotz all seiner Enttäuschung wünschte er sich immer noch, dass sie glücklich war. Jetzt musste er seine Gedanken auf sein neues Leben in der Fremde ausrichten – ohne Alice. Indien rief. John trieb sein Pferd an und galoppierte zurück nach Newcastle.

Kapitel 11

Tolland Park, 1833

»Papa«, rief Alice, »Mr Gillveray schickt mir eine Ziege aus Bengalen!«

David Fairchild zog eine buschige graue Augenbraue hoch und fragte: »Weiß er denn nicht mehr, dass wir so etwas in England auch haben?«

Alice lachte. »Es ist eine besondere Sorte – eine Kaschmirziege. Er will sie mir als Ersatz für Wellington den Zweiten schenken.«

Ihr Vater schüttelte verständnislos den Kopf. »Soll Tolland Park neben einem botanischen Garten nun auch noch zur Menagerie werden, meine Liebe?«

»Warum denn nicht?« Alice lächelte.

Sie ließ Georges letzten Brief auf den Beistelltisch fallen und spazierte zu den großen Fenstern des Wohnzimmers hinüber. Auf der weitläufigen Weide hinter der Terrasse sah sie ihre Schafe grasen – eine Mischung verschiedener Rassen –, daneben ein paar schottische Hochlandrinder, eine uralte weiße Rindersorte und ein langbeiniges Lama, das von einem Schiff gerettet worden war.

Ihr Vater hatte nicht dagegen protestiert, dass sie seinen Zierrasen dieser Nutzung zugeführt hatte; er hatte auch nichts gegen die Begeisterung einzuwenden, mit der sie die Gewächshäuser und den Küchengarten in ein Laboratorium für die fremdländischen Pflanzen verwandelt hatte, die sie aus Samen und Stecklingen zog, die Gillveray ihr aus Indien schickte. Alice wusste, dass ihr Vater ihr nichts abschlagen konnte und sich darüber freute, dass sie das Haus mit den exotischen Blumen füllte, die zu ziehen ihr glückte.

Georges abrupte Abreise nach Indien kurz nach dem schockierenden Auftauchen des Colonels vor fünf Jahren hatte sie überrumpelt. Er war aufgebrochen, ohne sich persönlich zu verabschieden. Erst später hatte er in einem Brief seine Rückkehr nach Indien erklärt: *… es mag Eitelkeit sein, aber ich möchte gern beweisen, dass ich noch die Kraft meines jüngeren Selbst habe – und auch die, einen Beitrag zu Fortschritten in der Botanik zu leisten.*

Sie hatten einen zuneigungsvollen Briefwechsel begonnen.

»Was schreibt er sonst noch?«, fragte Fairchild.

Sie kehrte zu dem Beistelltisch zurück, nahm den Brief, der in Georges sauberer Handschrift verfasst war, und las weiter.

»Oh, hör dir das an! Er verspricht mir, mir einige der *Camellia*-Samen zu schicken, um die ich ihn gebeten habe, damit ich versuchen kann, unseren eigenen Tee anzubauen. Ist das nicht wunderbar?« Sie fuhr mit der Lektüre fort und runzelte die Stirn. »Oje, aber er wird noch für eine ganze Weile weg sein. Er geht auf eine Mission weiter nach Osten – nach Java –, um herauszufinden, wie die Holländer Tee anbauen. Glaubst du, dass das sehr gefährlich wird?«

»Er ist ein vernünftiger Bursche«, meinte ihr Vater. »Aber solche langen Seereisen sind nicht ohne Risiko.«

Immer noch stirnrunzelnd stand Alice auf und ging zu dem Globus, den sie auf dem Tisch am Fenster stehen hatte.

Ihre Freunde hielten sie für exzentrisch, weil sie so besessen von Geografie war und lieber Georges alte, drehbare Weltkugel als eine Blumenschale oder ein Porzellanfigürchen aufstellte. Als George in Kalkutta davon gehört hatte, dass sie nach Tolland Park gezogen war, hatte er veranlasst, dass ihr der Globus aus Black Harbour House als Geschenk zum Einzug in ihr neues Heim geschickt wurde.

»Wo liegt Java, Papa?«

Fairchild kämpfte sich steif aus seinem Sessel hoch und gesellte sich zu ihr. Sie studierten gemeinsam den Globus. »Da ist es.« Er zeigte darauf. »Von Indien aus gesehen auf halbem Weg nach China.«

»Hoffentlich bringt er noch mehr Samen mit – und etwas Wissen über den Teeanbau. Er klingt ganz begeistert davon. Er hat damit experimentiert, Tee im Botanischen Garten der Company anzubauen, aber in Bengalen sind allen Berichten zufolge die Bedingungen nicht günstig. George – Mr Gillveray – sagt, dass ein feuchtes Klima gut ist, aber zugleich eine Höhenlage benötigt wird – bergige Gegenden, in denen es ein oder zwei Monate lang kalt wird.« Sie warf ihrem Vater einen Blick zu. »Langweile ich dich mit all dem? Ich finde es nur so faszinierend.«

»Du langweilst mich nie, liebe Alice.« Er lächelte. »Du bist das hübscheste, intelligenteste und liebenswerteste Mädchen auf der ganzen Welt. Ich könnte dir den ganzen Tag zuhören, wenn du über Tee redest.«

Sie lachte. »Oh, Papa, es ist schrecklich, wie du mich verwöhnst.« Sie nahm seine Hand und drückte sie. »Dir ist aber wohl klar, dass du mein Interesse an einer Heirat ruiniert hast? Kein anderer Mann würde mir je so beim Plappern zuhören wie du oder mich meinen sonderbaren Steckenpferden nachgehen lassen.«

Er lachte amüsiert. »Gut«, verkündete er, »eigensüchtigerweise will ich nämlich, dass du bis zu dem Tag, an dem ich sterbe, hier lebst.«

»Das werde ich auch«, versprach Alice.

Seine Fröhlichkeit löste sich in Luft auf. »Meine Liebe, du weißt, dass ich scherze. Ich würde einer Heirat nie im Weg stehen, wenn es denn dein Wunsch wäre, eine Ehe einzugehen. Es ist ja nur, dass du nie Interesse an einem der infrage kommenden Männer aus der Grafschaft gezeigt hast, die zu Besuch kommen.«

»Ich bin auch nicht interessiert«, sagte Alice schnell. »Warum sollte ich meine Freiheit hier in Tolland Park aufgeben, um unter der Fuchtel eines Ehemanns zu stehen?«

»Also bist du hier wirklich glücklich?«, hakte ihr Vater nach.

»Das weißt du doch«, versicherte sie ihm.

Er wurde nachdenklich. In den letzten Monaten hatte ihr Papa immer häufiger über die Vergangenheit nachgegrübelt, in Erinnerungen an ihre Mutter, Charlotte, geschwelgt und sich Vorwürfe gemacht, weil er seine Frau jahrelang allein gelassen hatte.

»Nach all den Jahren mache ich mir noch immer Sorgen, ob ich das Richtige getan habe, als ich nach Black Harbour geeilt bin, um dich als meine Tochter zu beanspruchen. Die Browns ...« Er zögerte. »Sie haben meinetwegen eine Tochter verloren.«

In Alice verkrampfte sich etwas, wie immer, wenn sie an ihr ehemaliges Zuhause erinnert wurde.

»Papa«, tröstete sie ihn, »du bist der gütigste Mann, den ich kenne. Sie hätten meinem Glück, von dir anerkannt zu werden, nicht im Weg gestanden. Außerdem haben meine El... die Browns mir die Wahrheit vorenthalten. Zwischen uns hätte nichts mehr so sein können wie zuvor.«

Ihr Vater schenkte ihr ein dankbares Lächeln. Aber er würde noch öfter ihre Bestätigung brauchen, dass er richtig gehandelt hatte.

»Wirst du sie bald wieder einmal besuchen?«, fragte er. »Jetzt, da der Sommer eine gefahrlose Überfahrt gestattet.«

»Vielleicht«, sagte Alice. Sie küsste ihn auf die ledrige Wange. »Wir sprechen später darüber. Ich möchte jetzt nach den Mangos im Treibhaus sehen.«

* * *

Während sie in der künstlichen Hitze des Gewächshauses stand, umgeben von Orchideen, Bambus und Palmen, dachte Alice über ihr Versagen ihren Eltern gegenüber nach, denen sie sich entfremdet hatte. Die ersten zwei Jahre in Tolland Park über war sie regelmäßig zu Besuch in den Leuchtturm zurückgekehrt und hatte ihrer Familie Geschenke mitgebracht: Spitze, Tabak, Bücher und Kleidung. Ihre Freude darüber, sie zu sehen, war aber schnell in Verlegenheit übergegangen. Effie wollte nichts davon hören, dass Alice in der Küche half.

»Sieh dir deine Damenhände doch an«, sagte sie dann immer staunend. »Der Colonel wäre entrüstet, wenn sie von der Küchenarbeit rot und wund geworden wären, wenn wir dich zurückschicken.«

Sam war immer schüchtern und verschwand, kaum dass sie einander begrüßt hatten. Es war noch am einfachsten, mit Arnold zu reden, und die kostbarsten Augenblicke waren die, in denen sie zusammen mit einem ihrer neuen Bücher am gusseisernen Herd saßen.

»Lies mir vor, Mädchen«, wies er sie dann immer an. »Meine Augen sehen nicht mehr so scharf wie früher.«

Also las Alice, während er seine Pfeife rauchte, und für eine kleine Weile konnte sie glauben, dass sie noch immer Vater und

Tochter waren. In ihren Gedanken war er noch immer ihr Vater – deshalb nannte sie Colonel Fairchild auch ihren Papa –, und sie vermisste ihre frühere Nähe. Mit Arnold konnte sie über ihre Experimente mit Pflanzen aus dem Osten und über Gillverays Arbeit im Botanischen Garten der East India Company in Kalkutta reden.

Aber Effie reagierte irritiert auf Alice' Interessen und schien Arnold und Alice zu grollen, wenn sie zu ihrer alten Vertrautheit zurückkehrten. Sie ließ Arnold nie lange in Ruhe mit Alice dasitzen.

»In der Lampenkammer wartet Arbeit«, schalt sie ihn immer. Sie fragte Alice über ihr gesellschaftliches Leben aus und wollte alle Einzelheiten über ihre neuen Freundinnen und Verehrer hören.

»Wann heiratest du denn nun, Mädchen?«, fragte sie stets. »Der Colonel will doch sicher, dass du eine gute Partie machst? Schlägst du die jungen Männer mit all dem sonderbaren Gerede über indischen Bambus in die Flucht?«

Bei ihrem ersten Besuch war Alice ein paar Tage lang geblieben, hatte in ihrem alten Bett geschlafen und war nachts aufgestanden, um in der Lampenkammer zu helfen. Aber sie fand ihr ehemaliges Zimmer damals schon beengend. Die Lampenkammer war der einzige Ort, an dem sie sich zu Hause fühlte. Sie genoss die weite Aussicht auf Meer und Himmel. Sie sah zur Black Needle und zum Riff hinüber und fragte sich, wie sie je den Mut hatte aufbringen können, mit Sam hinüberzurudern, um die Schiffbrüchigen in Sicherheit zu bringen. Aber Effie scheuchte sie zurück ins Bett.

»Wir dürfen nicht zulassen, dass du dich verkühlst, weil du die ganze Nacht wachst«, sagte sie besorgt. »Und es hat doch keinen Zweck, dass du dich ans Helfen gewöhnst, wenn du ohnehin in ein, zwei Tagen nach Tolland zurückfährst.«

Deshalb waren ihre Reisen zu den Browns immer seltener geworden, bis sie im letzten Jahr nur noch ein einziges Mal zu Besuch bei ihnen gewesen war. Alice war schockiert gewesen zu erfahren, dass Sam in der Zwischenzeit Liza kennengelernt und geheiratet hatte, ein stilles Fischermädchen aus Berwick, das jetzt im Leuchtturm lebte und ein Kind erwartete.

»Warum war ich nicht zur Hochzeit eingeladen?«, hatte Alice vorwurfsvoll gefragt. Alle hatten verlegen den Blick abgewandt. Sam hatte gemurmelt, es sei eine Hochzeit im kleinsten Kreis gewesen.

Als sie später allein waren, sagte Effie zu Alice: »Wir dachten, es wäre vielleicht schwierig für Lizas Eltern, wenn Adlige mit eingeladen wären. Sie sind doch nur einfache Fischer.«

»Adlige?« Alice lachte ungläubig. »Ich bin immer noch dasselbe Mädchen, das achtzehn Jahre lang unter eurem Dach gelebt hat! Ich trage jetzt nur andere Kleidung.«

Effie musterte sie unverwandt. »Nein, Mädchen, das bist du nicht. Du klingst mit deinem aristokratischen Akzent nicht einmal mehr wie unsere Alice. Wir freuen uns, wenn du zu Besuch kommst, aber du hast dich entschieden, beim Colonel zu leben, und so ist das jetzt nun einmal. Du bist eine Fairchild, keine Brown.«

Alice war zutiefst verletzt und konnte ihren Eltern doch keine Vorwürfe machen. Effie hatte recht, sie war nicht mehr das Mädchen, das im Leuchtturm gelebt hatte, und dank ihres Papas hatte sie ihre Interessen weiterentwickeln können. Sie hatte sich entschieden zu gehen, und sie nahm an, dass sie wohl auch ihre Sprechweise an die Welt ihres Papas angepasst hatte.

Sie suchte ihren Vater in der Lampenkammer auf. »Hast du auch das Gefühl, dass ich nicht mehr zur Familie gehöre?«, fragte sie.

Arnold bedachte sie mit einem langen, kummervollen Blick. »Wenn ich eine einzige Sache in meinem Leben ändern könnte«, sagte er leise, »dann wäre es die Nacht des Sturms. Der Schiffbruch hat viel mehr dahingerafft als die armen Leute, die ertrunken sind. Er hat uns dich genommen.«

Alice spürte, wie ihr die Tränen in die Augen stiegen. Sie konnte nicht widersprechen, denn sie empfand es selbst so. Wenn die *Berwickshire* nicht auf die Felsen aufgelaufen wäre, sondern sicher einen Hafen erreicht hätte, dann wäre Alice nie berühmt geworden, und der Colonel hätte nie von ihrer Existenz erfahren. Sie hätte John nie kennengelernt und auch nicht ihr Herz an den Highlander verloren, der so schnell wieder aus ihrem Leben verschwunden war, wie er hineingetreten war.

»Aber das ist ein selbstsüchtiger Gedanke«, hatte Arnold geschlossen, »denn das Schicksal hat dir ein neues Leben geschenkt. Du musst es voll und ganz auskosten, Alice.«

* * *

Als sie im Treibhaus stand, ihre Stirn feucht von der Wärme, seufzte Alice. Sie war seit jenem Besuch nicht mehr auf der Insel gewesen. Sie wusste, dass Arnold recht hatte: Sie durfte die neuen Chancen im Leben nicht vertun, die ihr geschenkt worden waren.

Sie betastete die harten, glänzenden Mangos und ließ ihre Gedanken nach Indien und zu John Sinclair schweifen. Nicht zum ersten Mal fragte sie sich, ob John jetzt wohl dort lebte. Hatte er seine Ausbildung bei der Armee der Company abgeschlossen und war in den Osten gegangen? Wenn ja, musste das etwa vier Jahre her sein. Ob er wohl dort eine Frau gefunden hatte? Sie stellte ihn sich lieber als Junggesellen vor, der ein spartanisches Soldatenleben führte. Vor ihrem inneren Auge entstand ein Bild, wie er auf einem kraftvollen Pferd in die Schlacht ritt, einen Säbel über seinem Kopf schwang und über eine staubige, sonnenverbrannte Ebene auf Reihen von Kriegern, die Turbane trugen, zustürmte. Aber vielleicht war das ein Hirngespinst. Nach allem, was George ihr erzählt hatte, beschränkte sich der Alltag eines Soldaten draußen im Osten heutzutage überwiegend auf langweiligen Wachdienst in Kasernen und Forts oder Scharmützel mit Bergstämmen. George hatte trocken darüber geschrieben:

> *Die Regierung ist derzeit eher daran interessiert, die Eingeborenen mit Missionaren zu bändigen. Vor Kurzem hat sie die Macht der Company beschnitten. Wir haben nicht mehr das Monopol auf den Handel draußen im Osten, und unsere Soldaten drehen in Kasernen eingepfercht Däumchen. Aber warum fragst Du nach unserer Armee, meine Liebe?*

Alice hatte seine Frage nie beantwortet. Sie wünschte, sie könnte sich John endgültig aus dem Kopf schlagen. Etwas nachzutrauern, was sie nie bekommen konnte, war eine sinnlose Zeitverschwendung. Es war besser, im Augenblick zu leben und das Leben zu genießen, das ihr geschenkt worden war.

Ihre Laune hob sich. Sie würde ihrem Papa vorschlagen, einen Ausritt durch die Wälder und flussaufwärts zu unternehmen. Er mochte nichts lieber, als draußen im Sattel zu sitzen, und war immer noch ein hervorragender Reiter, während seine arthritischen Beine ihm nicht mehr erlaubten, so lange Spaziergänge zu unternehmen wie Alice.

Sie verließ das Treibhaus und trat in den Wind hinaus, der sie willkommen hieß. Sie sah Stephens, den Lakaien, den Weg entlang auf sie zugerannt kommen und hektisch winken.

»Was ist?«, rief sie. Vielleicht war wieder eines der Schafe in den Gemüsegarten eingedrungen.

Stephens kam außer Atem und aufgeregt bei ihr an. »Kommen Sie schnell, Mistress.«

»Worum geht es denn nur?«

»Der Colonel«, sagte Stephens und klang völlig verzweifelt. »Wir haben ihn auf dem Boden der Bibliothek liegend gefunden.«

Als Alice keuchend und mit klopfendem Herzen die Bibliothek erreichte, hatten die Diener den Colonel auf eine Chaiselongue gelegt. Die todtraurigen Mienen ließen sie das Schlimmste befürchten, aber sie eilte zu ihm und schlang die Arme um ihn.

»Verlass mich nicht, Papa!«, rief sie.

Aber er war schon leblos und fühlte sich kühl an. Alice schmiegte ihr Gesicht an seine Brust und schluchzte ungläubig.

Später, als der Arzt eintraf, bestätigte er, dass Fairchilds Herz versagt hatte.

* * *

Tagelang stand Alice angesichts der brutalen Schnelligkeit des Todes ihres Papas unter Schock. Sie trauerte und bemühte sich, mit ihrem Leid zurechtzukommen, indem sie sich beschäftigt hielt. Sie organisierte seine Beerdigung in der örtlichen Pfarrkirche und blieb lange auf, um all die schwarz umrandeten Kondolenzkarten zu beantworten, die von Nachbarn und Freunden kamen. Arnold kam zur Beerdigung, und Alice bestand darauf, dass er sich neben sie in die erste Reihe setzte. Es gab nicht genug Familienangehörige, um eine ganze Kirchenbank zu füllen: nur zwei Cousins des Colonels und ihre Ehefrauen, die aus der Grafschaft Durham angereist waren. Alice klammerte sich an ihren Vater, dankbar, dass er die Reise unternommen hatte.

»Effie wollte auch mitkommen«, sagte er, »sie war schon fertig angekleidet und bereit. Aber sie konnte es einfach nicht über sich bringen. Sie verlässt die Insel dieser Tage nicht mehr.«

»Ich weiß«, erwiderte Alice und drückte ihm tröstend den Arm. »Sag ihr, dass ich gerührt bin, dass sie es versucht hat.«

Erst als die Beerdigung und die Höflichkeitsbesuche vorbei waren, fiel Alice auf, wie allein sie jetzt in Tolland Park war. Sie streifte durchs Haus und spürte die Gegenwart ihres Papas in jedem Zimmer. Er fehlte ihr so sehr. Stundenlang saß sie in der Bibliothek – dem Raum, in dem er so viel Zeit beim Zeitunglesen und beim Kartenspiel mit Freunden verbracht hatte – und tat so, als wäre er nur kurz hinausgegangen. Aber als die Tage und Wochen vergingen, überwältigte die Leere des Herrenhauses Alice.

Sie verlor die Lust am Reiten, denn das war etwas gewesen, das sie gern zusammen unternommen hatten, sodass sie sich bei jedem Ausritt umso schmerzlicher nach ihrem gütigen Papa sehnte. Die einzige Tätigkeit, die ihr Trost spendete, war, sich um ihre Tiere zu kümmern und sie zu füttern. Danach versteckte Alice sich in den Gewächshäusern und weinte um ihre toten Eltern, sogar um die selbstsüchtige Charlotte, die der Colonel so vergöttert hatte.

Der Herbst kam, und mit ihm trafen die *Camellia*-Samen von George ein. Sie hatte nach Kalkutta geschrieben, um ihn über den Tod des Colonels in Kenntnis zu setzen, aber sie wusste, dass er immer noch auf seiner Teemission in Java sein musste und die Nachricht vielleicht erst Monate später erhalten würde.

Als Alice die Handvoll kostbarer Samen in Töpfe im Treibhaus säte, versank sie in Traurigkeit. Der Tag, an dem sie voll freudiger Aufregung von den Samen erfahren hatte, war auch der des Todes ihres geliebten Papas gewesen. Sollte sie die Samen wieder ausgraben? Für sie waren die Samen von der

Erinnerung besudelt. Wenn sie damals nicht ins Gewächshaus geeilt wäre, hätte sie den Colonel dann retten können? Allermindestens hätte sie in seiner letzten Stunde bei ihm sein sollen, um seine Hand zu halten und ihm zu sagen, wie sehr sie ihn liebte. Aber stattdessen hatte sie ihre Rückkehr ins Haus mit ihren Tagträumen von John und seinem Leben in Indien hinausgezögert …

Alice blinzelte frische Tränen fort. Ihr Papa hätte nicht gewollt, dass sie so trübsinnig war; er hätte gewollt, dass sie die Samen säte und gespannt beobachtete, wie sie keimten. Alice würde ein Tagebuch über die Fortschritte der Pflanzen führen. Das würde ihr einen neuen Daseinszweck verleihen.

* * *

Das Jahr 1834 brach an, und Alice begann, das Leben ohne den Colonel zu ertragen. Nach einem Jahr der Trauer nahm sie ihre Besuche bei Freunden in der Nachbarschaft wieder auf und unternahm tägliche Ausritte über das Landgut. Sie hatte weiter Interesse an den Tieren, überließ deren tägliche Versorgung aber zunehmend dem Gesinde. Die Kaschmirziege, die George ihr versprochen hatte, war unterwegs gestorben – George hatte den Verdacht, dass die Ziege vielleicht von der hungrigen Mannschaft eines Schiffs aufgegessen worden war, das von Stürmen aufgehalten worden war, aber so etwas wollte sich Alice nicht einmal vorstellen.

Sie war dankbar zu erfahren, dass George sicher aus Java zurückgekehrt war, und schrieb ihm oft, wie es mit den *Camellia*-Pflanzen voranging – oder besser gesagt, dass sie keine Fortschritte machten. Von dem halben Dutzend Setzlinge hatten nur zwei überlebt. Einer davon wirkte kränklich und ließ die Blätter hängen, während der andere bis jetzt noch gesund war und im Frühjahr frische Knospen angesetzt hatte.

> *Ich fühle mich wie eine Versagerin und quäle mich mit Schuldgefühlen, weil Du die kostbaren Samen meinen laienhaften Händen anvertraut hast.*

George schrieb zurück:

> *Du darfst Dich nicht im mindesten schuldig fühlen, meine Liebe. Wir haben selbst hier in Kalkutta Mühe, sie zu ziehen. Ich versuche es mit Samen, die ich aus Java mitgebracht habe, aber mit geringem Erfolg. Doch ich habe aufregende Neuigkeiten, die ich Dir mitteilen möchte – Du bist eine der Ersten, denen dieses Wissen anvertraut wird, also darfst Du noch kein Sterbenswörtchen darüber verlauten lassen! Ein Schotte namens Bruce hat entdeckt, dass* Camellia sinensis *wild in Assam wächst, nördlich von hier. Wir lassen die Samen, die er geschickt hat, hier in Kalkutta untersuchen. Frühere Proben, die er uns gesandt hat, wurden als unecht zurückgewiesen – aber ich bin nach seinen Beschreibungen überzeugt, dass Bruce recht hat. Wenn ja, dann könnte das alles für die Company ändern. Wir könnten hier unseren eigenen Tee anbauen, um uns zu versorgen, statt ein Vermögen für chinesischen Tee bezahlen zu müssen. Natürlich müssen wir uns erst vergewissern, ob die Qualität auch so gut ist. Andere Proben, die vor Kurzem aus Burma geschickt worden sind, haben einen*

bitter schmeckenden Tee ergeben. Ich wünschte, Du könntest auf einem fliegenden Teppich hergezaubert werden, um mich in den Genuss Deiner herausragenden Fähigkeiten bei der Teeverkostung kommen zu lassen!

Alice lebte in Vorfreude auf Georges freundliche Briefe, die nun dank eines bahnbrechenden Überland-Postdiensts via Ägypten häufiger als früher eintrafen. Waghorns Postdienst brüstete sich damit, Lieferungen von Indien nach Großbritannien binnen neunzig Tagen bewerkstelligen zu können. Alice war geschmeichelt, dass George ihr vertrauliche Einzelheiten über seine Arbeit mitteilte, aber es war die Anspielung darauf, dass sie nach Indien gehen könnte, die ein nervöses Flattern in ihr auslöste. Spielte er ernsthaft mit dem Gedanken, dass sie dort draußen zu ihm stoßen könnte? Solch eine Reise konnte sie doch wohl nicht unternehmen, oder? Nicht als unverheiratete junge Frau. Aber dank ihres Papas war sie nun eine reiche Erbin, die tun konnte, was sie wollte. Warum sollte das nicht auch für Reisen gelten? Was für eine Freude würde es doch sein, Orte zu besuchen, die sie bisher nur von ihrem drehbaren Globus kannte und die seit Jahren ihre Neugier entfacht hatten.

Alice hatte in den letzten anderthalb Jahren ein halbes Dutzend Heiratsanträge abgelehnt. Sie hatte gerade ihren vierundzwanzigsten Geburtstag in einer kleinen Runde von Freunden gefeiert. Einer der Cousins ihres Papas aus Durham und seine Frau waren zu Besuch gekommen.

»Wir finden, dass es höchste Zeit wird, dass du verheiratet wirst«, hatte der Fairchild-Cousin unverblümt gesagt. »Mein Cousin David hätte sich das gewünscht. Ich kann in der Angelegenheit als dein Vormund auftreten und habe schon einen passenden Mann im Sinn – einen Geschäftsmann, der ein Freund von mir ist.«

Alice hatte ein verächtliches Auflachen unterdrückt. »Das ist sehr freundlich von Ihnen, Sir«, hatte sie erwidert, »aber es besteht keine Notwendigkeit, dass Sie sich die Mühe machen. Papa wollte nie, dass ich heirate. Wir waren uns einig, dass ich mein Leben der Förderung der Naturphilosophie widmen sollte – und natürlich der Schafzucht.«

Sie hatte ihre Erheiterung kaum zügeln können, als die Fairchilds aus Durham sehr ungehalten zeitig aufgebrochen waren.

»So eigensinnig wie deine missratene Mutter«, hatte der Cousin wütend hervorgestoßen.

»Ja«, hatte Alice ihm beigepflichtet, »das hat Papa an mir geliebt.«

Alice schrieb an George, damit auch er sich an der Begegnung ergötzen konnte. Impulsiv beendete sie den Brief mit einem Postskriptum:

> *Ich habe noch nie auf einem fliegenden Teppich gesessen, aber das klingt nach dem allergrößten Vergnügen. Ich wünschte, auch ich könnte Indien sehen. Ich beneide Dich um Deine Zeit dort.*

Georges Antwort, die im Frühjahr 1835 eintraf, verschlug Alice die Sprache. Atemlos ließ sie sich auf einen Sessel sinken.

> *Ich bewundere Dich schon seit langer Zeit, aber in diesen letzten paar Jahren unserer Korrespondenz als Freunde sind meine Bewunderung und Zuneigung zu mehr erblüht. Liebe Alice, ich weiß, dass ich in Deinen Augen wie ein alter Mann wirken muss, aber ich habe immer noch die Gefühle eines viel jüngeren. Bei jedem Brief, den Du mir schickst, warte ich angstvoll darauf,*

dass Du mich von Deiner Heirat mit irgendeinem jungen Bewerber um Deine Hand in Kenntnis setzt. Aber das hast Du nie getan. Könnte es womöglich sein, dass Deine Anspielung darauf, nach Indien kommen zu wollen, bedeutet, dass Du Dir eine Zukunft mit mir vorstellen könntest? Was ich auf meine zurückhaltende Art zu sagen versuche, liebe Alice, ist Folgendes: Würdest Du in Erwägung ziehen, meine Frau zu werden und mich zum glücklichsten Mann auf Erden zu machen?

Alice verbrachte eine Woche damit, ruhelos in den hallenden Räumen von Tolland Park auf und ab zu laufen und in quälender Unentschlossenheit über das Anwesen zu streifen. Eine Ehe mit George? An so etwas hatte sie nie gedacht. Als Mädchen hatte sie ein wenig für sein aristokratisches gutes Aussehen geschwärmt und seine Aufmerksamkeit genossen. Als sie herangewachsen war, hatte ihr Pulsschlag sich beschleunigt, wenn sie sich darauf gefreut hatte, ihn nach den langen Wintermonaten wiederzusehen, in denen die Stürme sie auf der Insel festgehalten hatten. Aber das hatte genauso sehr an der freudigen Erregung darüber gelegen, einmal für einen Tag die Insel verlassen zu dürfen und unter den Büchern in seiner Bibliothek freie Auswahl zu haben, wie an dem Gedanken, bei George zu sein. Vielleicht hatte sie sich damals eingebildet, in ihn verliebt zu sein. Aber seit dem Tag, an dem sie John Sinclair zu Gesicht bekommen hatte, wusste sie, wie echte Liebe sich anfühlte.

Sie schloss die Augen und spürte wieder die schmerzliche Sehnsucht nach John aus den Highlands. Sie konnte immer noch sein hübsches Gesicht und seine vor Begehren glänzenden Augen heraufbeschwören, als stünde er vor ihr.

Alice stieß einen Seufzer aus, den sie bis jetzt unterdrückt hatte. John war nicht da und würde es auch nie sein. George dagegen bot ihr Liebe und Gesellschaft an, und sie wusste, dass er sein Versprechen halten würde.

»Ich liebe ihn nicht, aber ich mag ihn sehr gern«, sagte sie, und ein Entschluss begann in ihr zu reifen.

An dem Nachmittag setzte sie sich hin und schrieb einen Brief an George, in dem sie seinen Heiratsantrag annahm. Sie teilte ihm mit, dass sie vorhatte, im Herbst nach Indien zu reisen.

* * *

Während sie auf seine Antwort wartete, buchte Alice schon einmal ihre Überfahrt nach Indien bei Waghorn, da das Unternehmen jetzt nicht mehr nur Post, sondern auch Passagiere beförderte. Sie wusste, dass das die Seereise beträchtlich verkürzen würde. Sie würde durchs Mittelmeer und dann über Land durch Ägypten nach Suez reisen. Von dort aus würde sie auf einem Dampfer nach Indien weiterfahren. Ihre Nachbarn tuschelten erschrocken über ihre Pläne, aber Alice war freudig erregt bei dem Gedanken, Ägypten zu sehen und ein modernes Dampfschiff zu erleben – das war einer Segelreise von fünf Monaten um das gefährliche Kap der Guten Hoffnung herum bei Weitem vorzuziehen. Sie würde im September von London aus aufbrechen. Welchen Zweck hätte es auch gehabt, ihre Zukunft aufzuschieben, nachdem sie ihre Entscheidung gefällt hatte?

In dem Sommer war Alice damit beschäftigt, ihre Angelegenheiten mithilfe des Verwalters ihres Papas und seines Anwalts zu regeln. Sie verkaufte das Herrenhaus und einen Teil der Ländereien an einen Reeder. Den zum Gut gehörigen Witwensitz behielt sie selbst, falls sie später in ihrem Leben einmal nach England zurückkehren wollte, und verpachtete den Rest des Anwesens und die Bauernhöfe an ihre Pächter. Immer wieder kamen Briefe von George, der ihr versicherte, wie überglücklich er war, dass sie sich bereit erklärt hatte, seine Frau zu werden, und ihr seine Pläne für ihre gemeinsame Zukunft mitteilte. Er besorgte ihnen ein für das Eheleben geeignetes Haus in Kalkutta und gab seine Junggesellenbude auf. Er tadelte sie nicht dafür, dass sie die Überfahrt über Ägypten gebucht hatte, sondern klang so begeistert, wie sie es war.

Nur eines belastete Alice' Gedanken: der Abschied von ihrer Pflegefamilie auf Black Harbour Island. Sie dachte gerade darüber nach, wie sie den Browns im Leuchtturm das Leben leichter machen konnte, als Stephens sie aus ihren Überlegungen riss.

»Sarah, Josiahs Witwe, möchte Sie gern sprechen, Madam.«

Der alte Pförtner – tatterig, vergesslich und mit einem Verstand, der in die frühe Kindheit zurückgefallen war – war vor einem Monat gestorben.

»Sie müssen sich keine Sorgen machen, weil ich jetzt fortgehe«, versicherte Alice der alten Frau, die wie ein ängstlicher Vogel unter ihrer Haube mit den schwarzen Bändern hervorspähte. »Das Pförtnerhaus bleibt Ihnen erhalten, solange Sie leben. Mein Anwalt hat alles arrangiert.«

»Dafür bin ich sehr dankbar, Ma'am, aber darum geht es nicht«, sagte Sarah. »Sondern um das hier.«

Mit zitternden Händen streckte sie Alice ein Stück Baumwollstoff hin, das mit Zwirn zu einem kleinen Beutel zusammengebunden war.

»Ich habe es eingewickelt, um es sicher aufzubewahren. Ich wäre ja eher gekommen, aber Sie hatten so viel zu tun, dass man mich nicht zu Ihnen vorgelassen hat.«

»Was ist das denn?«, fragte Alice sanft.

Sarah schüttelte ratlos den Kopf. »Nur eine alte Münze an einer Kette, Ma'am. Ein oder zwei Wochen, bevor mein Josiah zu seinem Schöpfer heimgegangen ist, habe ich sie in einer Westentasche gefunden. Mein Mann hatte die Weste schon seit Jahren nicht mehr getragen. Als er die Münze sah, hat er sich richtig in seine Aufregung hineingesteigert. In seinen letzten Tagen, als er dann bettlägerig war, wollte Josiah einfach nicht zur Ruhe kommen – dass ich die Münze gefunden hatte, schien ihm zu schaffen zu machen.«

»Es tut mir leid, das zu hören, Sarah«, sagte Alice mitfühlend.

»Hat immer wieder von einem Spanier angefangen und dass ich Ihnen das hier geben sollte.«

»Von einem Spanier?« Alice war verblüfft. Sie wollte der aufgeregten Witwe schon sagen, dass sie die Münze als Souvenir behalten sollte, als eine Erinnerung wieder an die Oberfläche drängte.

Vor mehreren Jahren hatte sie ein verwirrendes Gespräch mit dem Pförtner geführt. Josiah hatte dazu angesetzt, ihr etwas über jemanden zu erzählen, der aus Spanien gekommen sei, um sie zu besuchen, hatte dann aber den Faden seiner Gedanken verloren und abgebrochen. Alice hatte die Sache als den Versuch eines weiteren Fremden abgetan, in ihr Leben einzudringen und sie um Geld oder um ihre Hand zu bitten. In den ersten paar Monaten, in denen sie in Tolland Park gelebt hatte, waren viele solcher Männer vorstellig geworden. Aber wenn das der Spanier war, von dem Josiah geredet hatte, dann war der Fremde mit einem Geschenk gekommen. Ihr Interesse war geweckt. Sie wollte es sich erst ansehen, bevor sie es Sarah überließ.

Alice löste die Verschnürung des kleinen Stoffbündels und schlug es auseinander. Eine abgewetzte Münze an einer Kette kam zum Vorschein, aus Mangel an Pflege matt geworden und verfärbt. Sie rieb die Münze an dem Baumwollstoff und hielt sie ans Licht.

Schockiert schnappte sie nach Luft. Ihr Herz hämmerte. Die Münze zeigte einen behelmten Kopf.

»Erkennen Sie sie, Ma'am?«, fragte Sarah ängstlich. »Josiah hat doch nichts genommen, was ihm nicht gehört hat, nicht wahr?«

»Nein«, sagte Alice atemlos. »Er wollte sie sicher nicht behalten. Er muss sie vergessen haben.« Sie schluckte. »Und ja, ich habe sie schon einmal gesehen – oder eine ganz ähnliche.«

Ihr zitterten die Finger, als sie die Münze anstarrte. Konnte es womöglich dieselbe sein, die sie auf Johns breiter Brust gesehen – und berührt – hatte? Wenn ja, dann war John hergekommen, um sie zu besuchen.

»Erzählen Sie mir mehr über das, was Josiah gesagt hat«, drängte Alice.

Sarah schüttelte den Kopf. »Was er erzählt hat, hat nicht viel Sinn ergeben, Ma'am. Er hat nur immer wieder von diesem jungen Burschen aus Spanien angefangen und gesagt, dass ich Ihnen das hier geben müsste.«

»Aus Spanien …?«

Dann begriff Alice, dass es die Münze war, die aus Spanien stammte. Vielleicht hatte sich Josiah in seiner wachsenden Verwirrung deshalb zu erinnern gemeint, dass der Besucher etwas mit Spanien zu tun hatte.

»Aber er hat den Namen des Spaniers nie genannt?« Alice wünschte sich mit aller Macht, die alte Frau würde sich an mehr erinnern. Hätte sie nur Josiah damals genauer ausgefragt, statt seine Versuche, eine Botschaft zu übermitteln, als unwichtig abzutun.

»Nein, Ma'am«, sagte Sarah mit einem betrübten Kopfschütteln. »Am Ende hat er fast nur noch Unsinn geredet.«

Alice' Herz fühlte mit der trauernden Frau; sie hatte den Mann verloren, mit dem sie über fünfzig Jahre verheiratet gewesen war.

»Vielen herzlichen Dank, dass Sie hergekommen sind, um mir das zu erzählen«, sagte Alice, »und dafür, dass Sie mir das hier gegeben haben.«

Die von Arthritis geplagte Sarah mühte sich mit einem Knicks ab und ging. Alice wies Stephens an, der alten Witwe einen Korb mit Essen aus der Küche zu schicken.

Sie blieb mit widerstreitenden Gefühlen zurück. Konnte es John gewesen sein? Wenn ja, was hatte er gewollt? Hatte er sie, wie so viele Männer, nur aufgesucht, weil er erfahren hatte, dass sie die reiche Tochter von Colonel Fairchild war? Doch Alice wollte nicht glauben, dass John so berechnend gewesen sein könnte. Dem Mann, den sie so schnell lieben gelernt hatte, hatten Reichtümer und Status nichts bedeutet. Es war ihm nicht peinlich gewesen, davon zu erzählen, dass er mit den anderen Dorfjungen barfuß herumgelaufen war und dass er aus einfachen Verhältnissen stammte.

Wenn er also nicht von Eigennutz geleitet gewesen war, warum hatte er dann so lange gebraucht, bis er versucht hatte, sie zu sehen, nachdem er ihr fast zwei Jahre lang nicht geschrieben hatte? Vielleicht hatte er es sich kurz vor seiner Abreise nach Indien noch anders überlegt und bereut, sein Versprechen ihr gegenüber gebrochen zu haben. Die Münze hierzulassen, war seine Art gewesen, ihr zu zeigen, dass er noch an sie dachte. Oder war die Münze nur als Glücksbringer gedacht? Er hatte schließlich keine Nachricht damit hinterlegt und ihr auch keinen Brief folgen lassen.

Alice erlebte eine Reihe schlafloser Nächte, während sie sich den Kopf zerbrach, was das alles zu bedeuten hatte. Nach einer Woche beschloss sie, erschöpft vom Wechselbad ihrer Emotionen, solche quälenden Gedanken zu verdrängen. Johns Besuch – wenn es denn überhaupt John gewesen war – hatte vor sechs Jahren stattgefunden. Selbst wenn er sie damals hatte sehen wollen, mochten seine Gefühle für sie seither längst erkaltet sein.

Als der Sommer sich dem Ende zuneigte, redete Alice sich ein, dass der Fremde mit der Münze doch nicht John gewesen war.

* * *

Bei ihrem letzten Besuch im Leuchtturm, bevor sie sich nach Indien einschiffte, nahm Alice Sam beiseite. Sie gingen hinaus und stellten sich auf die Klippe, auf der sie als Kinder gespielt hatten. Sam war jetzt der Vater eines kräftigen Jungen, der ebenfalls Samuel hieß, und Alice war gerührt darüber, wie viel Freude ihr Bruder an seinem kleinen Sohn hatte. Er nahm ihn überall mit hin und ließ ihn hoch oben auf seinen Schultern reiten.

»Ich habe mit George abgesprochen, dass das Imker-Cottage auf dem Gut deinen Eltern überlassen wird«, erklärte Alice. »Es wird vielleicht einmal der Zeitpunkt kommen, zu dem Vater nicht mehr im Leuchtturm arbeiten und Mutter die Treppen nicht mehr bewältigen kann.«

Alice war schockiert gewesen, Effies körperlichen Verfall zu sehen. Effie schien geschrumpft zu sein; ihr Rücken war gebeugt und ihre einst rundliche Figur abgemagert.

»Ich will, dass sie einen Ort haben, an dem sie ihren Lebensabend verbringen können. Es ist ein hübsches Haus mit einem großartigen Blick aufs Meer, und ich habe dafür gesorgt, dass dort alles instand gesetzt worden ist. Aber du kannst es ihnen später sagen. Ich weiß, dass sie ihren Stolz haben, also überlasse ich das dir.«

Sam schenkte ihr ein schüchternes Lächeln. »Das ist lieb von dir, Alice.«

»Und ich habe Vorsorge für dich, Liza und Samuel getroffen …«

»Nein, Mädchen«, protestierte Sam, »ich will dein Geld nicht. Wir kommen gut mit dem aus, was die Behörde uns zahlt.«

Alice behielt für sich, dass sie nur deshalb über die Runden kamen, weil George die Zahlungen aus Trinity House aufstockte. Sie streckte die Hand aus und kitzelte Samuel.

»Es ist für diesen ganz besonderen Jungen.« Sie lächelte. »Nicht für seinen Daddy und seine Mammy.«

Samuel strampelte und kicherte. Alice küsste dem Jungen die weiche, rundliche Hand.

»Na, in dem Fall« – Sam grinste – »nehme ich deine Hilfe an. Danke.«

Sie verabschiedete sich von allen, ohne sich noch länger aufzuhalten. Danny wartete schon ungeduldig darauf, sie zurück aufs Festland überzusetzen. Er redete immer noch kaum mit seiner Familie.

In der Leuchtturmküche umarmte Effie sie innig. »Ich wünsche dir Glück und eine sichere Reise, auch wenn ich mir nicht vorstellen kann, warum du in solch ein gefährliches Land reisen willst.«

»Sie heiratet einen guten Mann, das ist der Grund dafür«, meinte Sam augenzwinkernd.

»Ja, endlich wirst du eine verheiratete Frau«, sagte Effie, getröstet von dem Gedanken. »Und ich hoffe, der Herrgott segnet dich mit Kindern.«

Arnold zog seine Frau sanft weg. »Lass sie jetzt los. Das Boot wartet.«

Unvermittelt fiel Alice ihm um den Hals. »Ich werde dich vermissen, Vater!«

Sie spürte, wie er sich versteifte. Dann drückte er sie mit beiden Armen an sich. »Ich dich auch«, krächzte er und küsste sie dann auf die Stirn, wie er es immer getan hatte, als sie noch ein Kind gewesen war. Ihr stiegen die Tränen in die Augen. Ihre Kehle war vor Rührung so zugeschnürt, dass sie kein Wort herausbekam. Sie nickte nur, als Arnold sich von ihr löste. Das Lächeln, das er ihr schenkte, war voller Traurigkeit und Liebe. Sie wussten, dass es vielleicht das letzte Mal war, dass sie sich sahen, waren aber nicht in der Lage, das auszusprechen.

»Geh mit Gott, meine Tochter«, sagte Arnold, als sie zittrig zur Treppe ging.

Sam begleitete sie bis zum Boot und tauschte ein kurzes Nicken mit Danny. Samuel quengelte, weil er mitkommen wollte, aber sein Vater hielt ihn unnachgiebig zurück. Sie winkten Alice nach. Das sollte das Bild von Black Harbour Island sein, das sich ihr einprägte: der Anblick ihres Bruders und ihres Neffen – denn das waren sie in ihrem Herzen –, wie sie am felsigen Ufer standen und winkten, während der Leuchtturm hinter ihnen im Sonnenschein glänzte. Ihr ehemaliges Zuhause, das Symbol eines Lebens, das sie einst geführt, aber vor langer Zeit hinter sich gelassen hatte.

Je näher sie dem Festland kamen, desto gesprächiger wurde Danny; er prahlte damit, wie gut sein Bootsgeschäft ging, und damit, dass Thomasina das Postamt um eine Schneiderei und einen Laden für Modeaccessoires erweitert hatte.

»Also ist es doch für uns alle ganz gut gelaufen, nicht wahr?«, verkündete Danny. »Du hast mehr Reichtümer, als irgendein Mädchen sich erträumen könnte. Wer hätte gedacht, dass du irgendwann den Gutsherrn heiraten würdest, hm?« Aber als sie nicht antwortete, huschte ein nervöser Ausdruck über Dannys Gesicht. »Du bist doch glücklich darüber, dass du Gillveray heiratest, oder? Denn ich mache mir da ein bisschen Gedanken …«

»Worüber?«, fragte Alice.

Er zuckte die Schultern. »Nichts.«

Am Ufer angekommen, spürte Alice, dass er nicht wollte, dass sie sich lange aufhielt. Sie hatte gehofft, William und Lucy zu sehen, aber Danny lud sie nicht ein, ihn zu Hause zu besuchen. Stattdessen gab sie ihm ein bisschen Geld für seine Kinder. Er nahm es schnell an sich.

»Viel Glück, Mädchen.« Danny grinste, wandte sich ab und spazierte pfeifend die Straße hinauf.

Alice stieg in ihre wartende Kutsche und brach nach Tolland Park auf. Plötzlich konnte sie es nicht abwarten, fort zu sein und ihr neues Leben mit George zu beginnen.

Kapitel 12

Unterwegs nach Indien, 1835

Während der Karren über den steinigen Boden holperte, klapperten Alice' Zähne so heftig, dass sie befürchtete, zahnlos im Hafen von Suez anzukommen. Was um alles in der Welt hatte sie nur geritten, diesen Weg nach Indien zu nehmen? Die Reise übers Mittelmeer war zeitweise stürmisch gewesen, aber sie hatte einen robusten Magen, der an rauen Seegang gewöhnt war, und es hatte ihr nichts ausgemacht.

Doch seit ihrer Landung in Alexandria vor fast zwei Wochen, als sie aufgeregt und ganz gespannt darauf gewesen war, Ägypten zu sehen, sehnte Alice sich danach, wieder auf See zu sein. Sie und ihre Mitpassagiere – vor allem Männer der East India Company und ein paar couragierte Ehefrauen – waren in Kähne gezwängt worden, um auf einem Kanal nach Mahmudiyya zu fahren. Dort hatten sie auf Feluken umsteigen müssen – primitive, offene Segelboote –, die sie den Nil hinauf zum Hafen im Stadtteil Bulaq von Kairo gebracht hatten. Sie waren auf Eseln in die uralte Stadt gelangt. Alice hatte laut über den Anblick von Emily Ayton gelacht. Die junge Frau eines

Captains, mit der sie sich angefreundet hatte, hatte erschrocken aufgeschrien, als ihr Reittier losgetrabt war.

Die alte Zitadelle mit ihren Kuppeln und ihrem Labyrinth aus engen Gässchen voller Menschen und Läden faszinierte Alice, aber ihre Mitreisenden beschwerten sich darüber, dass sie von Scharen neugieriger Kinder belästigt und von Bettwanzen gebissen wurden.

Aber die bisherige Mühsal der Reise war nichts gegen die Strapazen, die sie jetzt auf den schwerfälligen Karren erduldeten, die nach Osten durch die Wüste zu dem Hafen am Roten Meer rumpelten und ihnen die Knochen durchrüttelten.

Erstickender Staub hüllte sie ein, sodass sie kaum das trostlose Ödland erkennen konnten, durch das sie reisten.

»Es gibt ohnehin nichts zu sehen«, verkündete Captain Ayton. »Nur Steine und Sand.«

Hinter ihnen folgte eine Heerschar von Kamelen, die mit ihren Habseligkeiten beladen waren. Alice war erstaunt darüber, was die Leute für unverzichtbar gehalten und mitgenommen hatten: Badewannen, Schreibtische, Esszimmereinrichtungen, Betten und Schrankkoffer voller Bettzeug und Kleidung.

»Wo ist all deine Bettwäsche?«, hatte Emily gerufen, schockiert darüber, dass es Alice an allem häuslichen Komfort fehlte. »Sandy hat mir gesagt, dass ich drei Sätze Bettwäsche für die erste Seereise brauche und dann noch einen Schrankkoffer voll ab Suez.«

Alice hatte nur zwei Garnituren für die ganze Reise mitgebracht und gehofft, sie unterwegs waschen lassen zu können. Sie reiste mit leichtem Gepäck, das sie in einem schlichten Deckelkorb verstaut hatte. Emily führte drei voluminöse Reisetaschen mit sich – auf einer davon saß ihr Kutscher – und fünf große Koffer, die hinter ihnen in der Karawane auf Kamelen festgezurrt schwankten. Ihr Mann hatte noch einmal so viele.

Emily und Sandy stammten aus Edinburgh und hatten vor Kurzem geheiratet, als Sandy auf Heimaturlaub aus Indien zurück gewesen war. Zur Alice' Entzücken war ihr Reiseziel ebenfalls Kalkutta. Emily war gesprächig und freundlich. Sie hatte eine Mähne aus krausem, blondem Haar, das sie mit Stirnbändern erfolglos zu bändigen versuchte. Ihr Mann Sandy, der vielleicht zehn Jahre älter als sie war, war ein liebenswürdiger Mensch, dessen Haare und Koteletten von einem Blondton waren, der zu seinem Namen passte.

Als sie endlich wieder auf ein Schiff wechselten, standen die Freunde da und sahen zu, wie der Berg von Habseligkeiten an Bord gehievt wurde, begleitet von einer nicht näher einzuordnenden Fracht aus Truhen, Säcken und Fässern. Die Sonne ging im staubigen, rosafarbenen Dunst über den niedrigen, kahlen Hügeln unter. Der Abendstern funkelte am dunkler werdenden Himmel. Von irgendwoher ertönte ein schwermütiger, durchdringender Ruf, der den Lärm am Kai übertönte.

»Er ruft sie zum Gebet in die Moschee«, sagte Sandy und deutete auf ein Gebäude mit weißen Kuppeln jenseits des Hafens.

»Ist das nicht schön?«, entfuhr es Alice.

»Was denn?«, fragte Emily verwirrt.

»Alles.« Alice wies mit der Hand auf die ganze Umgebung.

»Du hast einen exzentrischen Geschmack, Alice.« Emily lachte. »Ich kann hier nirgendwo etwas Schönes entdecken.«

»Ich schon«, sagte Sandy, nahm Emilys Hand und küsste sie darauf. »Meine bildhübsche Frau!«

Emily kicherte. Angesichts dessen, wie offensichtlich die beiden einander anhimmelten, verspürte Alice einen Hauch von Neid. Sandys schottischen Akzent zu hören, erinnerte sie ständig an John, obwohl sie sich bemühte, ihn aus ihrem Gedächtnis zu verbannen.

»Sieh nicht so traurig drein«, sagte Emily und drückte ihr den Arm. »Du wirst noch vor Weihnachten Mrs Gillveray sein.«

* * *

Nach Wochen auf See waren die Passagiere die Gesellschaft der anderen, die endlosen Kartenspiele, um an den langen Tagen die Zeit totzuschlagen, und die wenig abwechslungsreichen Mahlzeiten leid. Die kalten Reste des Abendessens vom Vortag wurden immer zum Frühstück serviert. Während sie das Rote Meer hinabgefahren waren, hatten die häufigen Zwischenhalte, um Kohle aufzunehmen, eine Abwechslung geboten, aber seitdem gab es nun schon tagelang nur den endlosen blauen Horizont und die Hitze, die eine seltsame Lethargie auslöste. Einige Mitglieder der Mannschaft litten an Durchfall, und mehrere Passagiere erkrankten an Hitzschlag und Leberbeschwerden. Doch Alice faszinierte die Fauna dieses südlichen Meeres: die Fliegenden Fische und Delfine und die riesigen Albatrosse, die hoch über ihnen dahinsegelten.

* * *

Sie reisten weiter, erst nach Ceylon und dann nach Madras. Kleine Boote trotzten der schaumbekrönten Brandung, um Passagiere ans Ufer überzusetzen. Alice sah sehnsüchtig auf die goldenen Strände und die sich wiegenden Palmen. Hinter der ausgedehnten Stadt ragte trutzig und imposant das Fort Saint George auf.

Als sie danach durch den Golf von Bengalen nach Norden Richtung Kalkutta fuhren, gerieten sie in stürmisches Wetter. Emily zog sich seekrank in ihre Kajüte zurück. Alice verbrachte die Mahlzeiten damit, die Terrinen festzuhalten, damit sie nicht von den Tischen flogen. Am Ende beruhigte das Meer sich, und zwei Tage später erreichten sie die Flussmündung des breiten Hugli und gelangten ins Binnenland nach Kalkutta.

Erwartungsvoll gesellten Alice und Emily sich zu den anderen auf Deck, als sie an dichter Vegetation vorbei allmählich flussaufwärts glitten.

»Mangohaine!«, rief Alice.

»Ja. Woher um alles in der Welt weißt du das?«, fragte Sandy.

»George hat mir von ihnen erzählt, und ich habe in meinem Treibhaus Mangos angebaut oder das zumindest versucht. Ich glaube, sie waren halb so groß, wie sie eigentlich werden sollten. Aber in Würzsaucen haben sie gut geschmeckt.«

»Du erstaunst mich immer wieder.« Emily versetzte ihr einen freundschaftlichen Rempler. »Ich wette, du weißt jetzt schon mehr über Indien als Sandy.«

Alice konnte ihre nervöse Aufregung kaum zügeln, als eine Reihe von Herrenhäusern im palladianischen Stil in Sicht kam. Ihre lang gestreckten Gärten verliefen hangabwärts bis zum Fluss. Sie sahen eindrucksvoller als Tolland Park aus – und genauso englisch.

»Das hier muss Garden Reach sein«, sagte Alice. »George hat mir von den Kaufmannshäusern mit ihren wunderbaren Gartenanlagen geschrieben.«

Die Kais der Stadt kamen vor ihnen schon in Sicht.

»Das ist Fort William«, sagte Sandy und zeigte auf eine Bastion mit Verteidigungsmauern.

»Das sieht zu elegant aus, um ein Fort zu sein«, meinte Alice.

»Kalkutta ist elegant«, antwortete er. »Viel eleganter als London. Und fast so schön wie Edinburgh.« Er lachte aus vollem Hals.

Das Schiff warf den Anker, und eine Flottille schlanker Boote, deren Ruderer aufrecht stehend lange Riemen betätigten, kam ihm entgegen. Alice betrachtete fasziniert die Kais dahinter – *ghats*, wie Sandy sie nannte –, auf denen ein reges Treiben herrschte. Neben den üblichen Lagerhäusern, den Reparaturwerften und dem Zollhaus gab es breite Treppenstufen, auf denen Menschen beisammenstanden, angelten, rauchten, beteten und Kleidung wuschen. Einige der Männer trugen kaum mehr als einen Lendenschurz.

Emily musste Alice wegziehen. »Komm schon, Alice. Lass Mr Gillveray nicht warten.«

Ein Ruck ging durch Alice, als sie sich vorstellte, George nach sieben Jahren wieder von Angesicht zu Angesicht gegenüberzustehen. Das letzte Mal hatten sie einander in Black Harbour House bei ihrer peinlichen ersten Begegnung mit ihrem Papa gesehen. Sie war jetzt ein anderer Mensch, und er vielleicht auch. Vor Nervosität schnürte sich ihr die Brust zu. Sie versuchte, ihren hämmernden Herzschlag unter Kontrolle zu bringen, und sagte sich, dass sie einander dank ihrer langen Briefe voller Neuigkeiten besser denn je kannten. Sie zwang sich zu einem Lächeln. Jetzt war es ohnehin zu spät, sich alles noch anders zu überlegen.

»Sieh nur, wie du lächelst«, zog Emily sie auf. »Ich kann es auch nicht abwarten, deinen Mr Gillveray kennenzulernen.«

* * *

»Ich habe dich schon durchs Fernrohr erspäht«, sagte George, als er sie im geschäftigen Treiben des Zollhauses begrüßte. »Du siehst sehr gut aus, meine Liebe.«

Er hielt Alice' Hände in seinen. Sie errötete nicht nur aufgrund der Hitze. Er war gealtert: Sein schütteres Haar war recht grau und wich aus seiner hohen Stirn zurück. Sein Gesicht war faltig und wettergegerbt. Aber sein Lächeln und seine besorgt dreinblickenden braunen Augen waren vertraut.

»Es geht mir gut.« Sie lächelte. »Und ich bin dankbar, hier zu sein. Die Reise war ein ziemliches Abenteuer. Ich habe meine ersten Kamele und Fliegenden Fische gesehen, aber jetzt will ich erst einmal mindestens ein Jahr lang keinen Fuß mehr auf ein Schiff oder einen Karren setzen. Ich kann es nicht abwarten, meinen ersten Elefanten zu sehen. Ich glaube, ich habe vom Schiff aus schon einen Blick auf einen erhascht. Lass mich dir meine neuen Freunde vorstellen, die Aytons.«

Sie entzog ihm ihre Hände, sah sich im Gewimmel nervös nach Emily und Sandy um und winkte sie heran, als sie die beiden entdeckte.

»Sie waren mir gute Gefährten, und Captain Ayton gehört zur Garnison hier in Kalkutta, also werden Emily und ich uns doch oft treffen können, nicht wahr?«

Die Nervosität machte Alice schwatzhaft, aber das schien George nichts auszumachen. Er begrüßte ihre neuen Freunde herzlich.

»Ich hoffe, Sie werden uns besuchen, wenn Sie sich in Fort William eingelebt haben«, sagte er zu Emily.

»Ich möchte gern, dass sie zu unserer Hochzeit kommen«, ergänzte Alice. »Darf ich sie einladen?«

»Natürlich, meine Liebe.« George lächelte. »Alles, was du dir wünschst, sollst du bekommen. Ich sehne mich nur danach, dass wir so bald wie möglich heiraten.«

Emily unterdrückte ein Kichern, und Alice spürte, wie sie noch tiefer errötete.

* * *

Die Hochzeit fand schwindelerregend schnell statt: George hatte alles arrangiert. Wenige Tage, nachdem sie in Kalkutta an Land gegangen war, heiratete Alice George in einer stillen Zeremonie in der strahlenden neuen Garnisonskirche Saint Peter's innerhalb der Mauern von Fort William. Die neogotische Kirche war mit ihren Strebebögen und hohen, spitz zulaufenden Fenstern prächtig wie eine Kathedrale. Alice trat an Georges Arm in den spätnachmittäglichen Dezembersonnenschein hinaus und kniff die Augen zusammen. Bei dem Gedanken, dass sie jetzt eine verheiratete Frau war und noch am selben Abend in ihr neues Heim in Chowringhee einziehen würde, wurde ihr schwindlig.

Geschützlafetten und Kanonen waren in ordentlichen Reihen zwischen den strengen, rechteckigen Ziegelgebäuden des Forts aufgestellt. Sie konnte sich fast vorstellen, in England zu sein, abgesehen von den Blicken, die sie auf exotische Bäume dahinter erhaschte, und dem Geschrei tropischer Vögel.

In einem kleinen Vorraum wurde ein Abendessen aus Suppe, Fisch, Geflügel, Kartoffeln und Rosinenpudding aufgetragen. Dazu gab es unzählige Flaschen Champagner und Bordeaux. Alice, die keinen Alkohol gewohnt war, trank zu schnell. Sie rührte ihr Essen kaum an, bis auf die übersüßen Nachspeisen, die am Ende des Mahls mit Gläsern voller Madeira serviert wurden. Als es Zeit wurde, aufzubrechen, drehte sich alles in ihrem Kopf, und sie lallte.

»Wiedersehn, Memily!« Alice klammerte sich an ihre Freundin. Sie hatte einen Schluckauf, und plötzlich kamen ihr die Tränen. »Du bist die beste F… Freundin, die ich je ha… hatte.«

Auch Emily brach in Tränen aus, und Sandy musste mithelfen, die Frauen auseinanderzuziehen.

Es fielen zotige Bemerkungen über die Hochzeitsnacht, als Georges Freunde von der Armee das Brautpaar zu einer wartenden *doolie* begleiteten.

»Issas eine Kiste?«, fragte Alice verwirrt und ließ sich auf eine Polsterbank in der Sänfte fallen.

George lachte und kletterte neben sie. Im nächsten Augenblick wurden sie schon emporgehoben, als die vier Träger die Stangen auf ihre Schultern stemmten und im Laufschritt aufbrachen. Sie wurden dermaßen durchgerüttelt, dass Alice binnen weniger Minuten übel war. Kaum dass die Läufer die Sänfte abstellten, beugte Alice sich nach draußen und übergab sich heftig.

Danach blieb ihr wenig im Gedächtnis; sie erinnerte sich vage daran, in ein gespenstisch weißes Haus getragen worden zu sein, durch modrig riechende Räume. Dann lag sie da, und in ihrem Kopf drehte sich noch immer alles, als wäre sie an Bord eines krängenden Schiffs. Wenige Momente später kam das Vergessen.

* * *

Am nächsten Morgen wurde Alice von Geschrei geweckt. Sie öffnete erschrocken die Augen, aber davon tat ihr der Kopf so sehr weh, dass sie sie schnell wieder schloss. Sie brauchte eine Weile, um dahinterzukommen, dass es das Kreischen und Rufen von Vögeln war. Es war so laut, dass sie glaubte, sie müssten im Zimmer sein, aber als sie die Augen erneut einen Spaltbreit öffnete und sie gegen das Licht der Morgendämmerung beschirmte, wurde ihr klar, dass die Vögel durch die Bäume vor den geöffneten Fensterläden flatterten.

George stand im Nachthemd am offenen Fenster, rasierte sich und summte vor sich hin.

Alice ließ sich stöhnend wieder aufs Bett sinken. Ihr Magen tat weh und fühlte sich leer an.

Er drehte sich um und fragte: »Ist meine fröhliche Braut jetzt wach?«

Alice hatte Mühe, sich auf den Vorabend zu besinnen. Erinnerungsfetzen drängten an die Oberfläche: das Festmahl und etwas Gesang. Sie glaubte, dass sie vielleicht geweint und Emily gebeten hatte, bei ihr einzuziehen. Eine Welle der

Verlegenheit brach über sie herein, als sie sich etwas genauer zu erinnern begann.

»Ist mir gestern Abend schlecht geworden?«, fragte sie.

George wischte sich das Kinn mit einem Leinenhandtuch ab und kam zu ihr herüber, um sie anzusehen. »Das lag an der *doolie*, fürchte ich. Es war gedankenlos von mir. Ich hätte eine richtige Kutsche mieten sollen.«

»Es war meine Schuld«, murmelte Alice, »weil ich zu viel Champagner getrunken habe. Habe ich mich zum Narren gemacht?«

»Überhaupt nicht«, versicherte George und setzte sich neben sie. »Du warst bezaubernd. Gefühlsbetont, aber bezaubernd.«

Alice sah aus zusammengekniffenen Augen zu ihm hoch. Sie wollte wissen, ob sie ihre Ehe gestern Abend vollzogen hatten. War sie jetzt in jeder Beziehung eine verheiratete Frau? Alles, woran sie sich erinnerte, war, dass sie auf dem Bett das Bewusstsein verloren hatte. Sie fand nicht die richtigen Worte, um zu fragen, ob sie es getan hatten.

»Wenn du dich gut genug fühlst«, fuhr George fort, »möchte ich dir heute gern den Botanischen Garten zeigen. Dann können wir heute Nacht in aller Stille allein essen und früh zu Bett gehen.«

Alice wurde rot. Sagte er ihr damit, dass sie noch nicht miteinander intim geworden waren? Sie hatte den Eindruck, dass dem so war.

»Das würde mir gefallen«, antwortete sie mit einem schwachen Lächeln.

* * *

Der Ausflug in den Botanischen Garten der Company am Westufer des Flusses Hugli war genau das Richtige für Alice' schmerzenden Kopf und ihre zerrütteten Nerven. Sie war bezaubert von den riesigen, üppigen Gärten, die vor fast fünfzig Jahren von einem gewissen Colonel Kyd zu Forschungszwecken angelegt worden waren.

»Natürlich hat die Company zugestimmt, um damit Geld zu verdienen«, erläuterte George ihr mit einem schiefen Lächeln. »Sie haben Zimtbäume aus Assam hergebracht und den Holländern Konkurrenz gemacht.«

Alice hakte sich bei ihrem Mann ein, während er sie herumführte. Ein Diener folgte ihnen mit einem großen Sonnenschirm mit Fransenbordüre, um die tief stehende Sonne von Alice' blassem Gesicht fernzuhalten. Sie sah, wie stolz George auf die Bäume und Gehölze war, die in großer Zahl um einen stillen See wuchsen. Es gab Tausende von Exemplaren.

»Das da sind Dattelpalmen aus Basra in Mesopotamien«, erklärte er und blieb unter den hohen Palmen stehen. »Und da drüben sind persische Tabakpflanzen.« Sie schlenderten weiter. »Aus denen da gewinnt man *Gummi arabicum* für Firnis.«

»Was ist das?«, fragte Alice und betrachtete staunend einen gewaltigen Baum, der sich wie ein Schirm ausbreitete. Um den ursprünglichen Stamm herum schien er weitere Stämme entwickelt zu haben, sodass er nun wie ein Fabelwesen mit vielen Beinen aussah.

»Das ist ein *Ficus benghalensis*«, antwortete George. »Er ist hier in Indien heimisch. Jedes Dorf hat einen. Die Eingeborenen nennen ihn Banyan.«

»Er sieht aus, als würde er aus einem Märchen stammen«, sagte Alice gebannt.

Als Nächstes führte George sie durch die Gewächshäuser, bis sie nicht mehr mitzählen konnte, wie viele Gewürz- und Obstbäume er ihr schon genannt hatte. Sein Wissen um ihre medizinischen Eigenschaften war gewaltig und seine Begeisterung ansteckend. Alice fühlte sich an das erinnert, was sie ursprünglich einmal zu George hingezogen hatte: seine

Leidenschaft für das Lernen und die Natur. Sie traten wieder hinaus in die angenehme Dezemberwärme.

»Worüber lächelst du so?«, fragte er sie skeptisch.

»Ich denke gerade darüber nach, was für ein Glück ich habe, mit einem Mann wie dir verheiratet zu sein, der so viel weiß – und in diesem schönen orientalischen Garten zu sein. Ich kann es kaum glauben.« Sie schaute zu den Bäumen hoch und genoss den Anblick der leuchtend grünen und roten Papageien, die dazwischen hin- und herschossen.

Als sie George wieder anschaute, sah sie, dass seine Augen vor Rührung glänzten.

»Sollen wir nach Hause gehen, Mrs Gillveray«, fragte er, »und unser gemeinsames Eheleben beginnen?«

Ein Ruck ging durch Alice. »Ja«, antwortete sie, »tun wir das.«

* * *

Ihr erster Versuch, miteinander zu schlafen, war kein voller Erfolg, zumindest nicht aus Alice' Sicht. Ihr Wissen um solche Dinge beruhte auf dem, was sie bei ihren Haustieren beobachtet hatte. Effie hatte nie darüber gesprochen, und Alice hatte keine anderen nahen weiblichen Verwandten, die sie hätte fragen können. Sie hatte in Erwägung gezogen, Emily zu fragen, was von ihr erwartet werden würde, aber die Gelegenheit hatte sich nie ergeben; Sandy war fast immer an ihrer Seite.

Alice war überrascht von der Mechanik des menschlichen Beischlafs gewesen, hatte den Atem angehalten, als George unbeholfen Knöpfe geöffnet und Bänder gelöst hatte, und sich gefragt, ob sie ihm mehr hätte helfen sollen. Er kam ihr nicht gerade besonders erfahren vor, und Alice fragte sich, ob er die ganze Zeit in Indien gelebt hatte, ohne sich eine Geliebte zu nehmen. Auf dem Schiff hatte sie Tratsch über die lockere

Moral der Männer der Company gehört, die nur zu bereitwillig der Versuchung der eingeborenen Frauen nachgaben, wenn sie während ihrer langen Dienstjahre in Indien festsaßen. Die Regierung sah Ehen mit Inderinnen mittlerweile nicht mehr gern, aber die Klatschtanten tuschelten, dass viele Männer sich immer noch eine Mätresse hielten und sogar Kinder mit diesen Frauen zeugten.

Alice wusste, dass Georges Leidenschaften eher hochgeistiger Natur waren, aber im Laufe der Tage wurde ihr allmählich klar, dass seine Liebe zu ihr mehr als eine Begegnung von Verstand zu Verstand war. Sobald sie ihre Unbeholfenheit im Ehebett hinter sich gelassen hatten, entspannten sie sich und begannen, ihre Intimität zu genießen. Alice half beim Ablegen ihrer Kleider und führte George dorthin, wo seine Berührungen sie Lust empfinden ließen. Sie erkundete seinen Körper voller Interesse. Seine Gliedmaßen waren immer noch schlank und fest, obwohl er einen Bauchansatz hatte und die Haut über seinem Brustkorb schlaff war. Sie schloss die Augen, stellte sich vor, dass es ein viel jüngerer George war, der mit ihr schlief, und genoss die Empfindungen, die er in ihr auslöste.

Er war zärtlich, und seine Küsse waren voller Zuneigung. Vielleicht überraschte sie ihn mit ihrer Begeisterung dafür, jeden Abend früh zu Bett zu gehen.

»Du machst mich glücklich, meine Liebste«, verkündete er oft und sah sie staunend an.

Eines Morgens, nachdem sie aufgewacht waren und gleich begierig übereinander hergefallen waren, sagte George: »Ich kann immer noch nicht fassen, dass du dich bereit erklärt hast, meine Frau zu werden.«

Alice lachte. »Ich kann immer noch nicht fassen, dass du mich gefragt hast.«

»Ich hätte nie gedacht, dass du mich jemals so sehen könntest«, gestand er. »Ich gebe zu, dass ich voller Eifersucht auf all die jungen Männer war, die gekommen sind, um dir zu Füßen zu liegen und dir die Ehe anzubieten, nachdem deine tapfere Tat sich herumgesprochen hatte.«

»Ich hatte kein Interesse an auch nur einem von ihnen«, sagte Alice.

»An keinem Einzigen?«

Alice zögerte. Ihr wurde flau im Magen, als ihr schlagartig klar wurde, dass sie John noch immer nachtrauerte. Aber sie hatte ihn vor dem ganzen Ruhm geliebt.

»Nein, an keinem Einzigen von ihnen. Sie waren alle bloß Glücksritter.«

»Kann es denn möglich sein, dass ich der einzige Mann bin, an dem dir je etwas gelegen hat?«, fragte George staunend.

Alice unterdrückte ihre plötzliche Sehnsucht nach John. Sie hatte ein schlechtes Gewissen, weil sie an ihn dachte, während sie in Georges Armen lag. Was würde sie tun, wenn sie ihm je in Kalkutta begegnete? Aber sie hatte nie gehört, dass die Aytons, George oder irgendwelche ihrer Freunde vom Militär auch nur seinen Namen erwähnt hatten. Es hatte keinen Zweck, sich zu quälen, indem sie sich ein Dilemma ausmalte, zu dem es vielleicht nie kommen würde.

Alice reckte sich und küsste George auf die Lippen. »Keine Fragen mehr«, flüsterte sie und führte seine Hand durch den Schlitz in ihrem Nachthemd.

* * *

Als das Jahr 1836 anbrach, genoss Alice ihr neues Leben in Kalkutta in vollen Zügen. Jeder Tag brachte neue Eindrücke und Erfahrungen. Sie liebte die prächtigen, stuckverzierten Gebäude entlang der Esplanade Row und der Chowringhee Road; dreistöckige Villen mit Veranden und Portiken, die in der Wintersonne wie weißer Marmor strahlten. Sie unternahm mit

Emily Kutschfahrten über den Maidan, die riesige Freifläche zwischen dem Fort und der Stadt.

»Das ist das Ochterlony Monument«, sagte Emily und wies sie auf eine kunstvoll verzierte Säule hin. »Sandy hat mir erzählt, dass Ochterlony ein tapferer Soldat der Company war, der irgendwelche furchterregenden Himalaja-Stämme besiegt hat – die Gorkhali oder so. Jedenfalls kontrollieren die Briten deshalb die Berge rund um Simla.«

»George sagt, dass es in Simla so ist wie in Schottland«, meinte Alice.

»War er schon dort?«, wollte Emily wissen.

Alice nickte. »Ihm gefiel es dort sehr wegen der Flora und der erfrischenden Luft – aber es ist kein sehr komfortabler Ort. All die Cottages liegen an Berghängen, und es ist oft neblig und kalt. Im Mittelpunkt des gesellschaftlichen Lebens scheinen Trinkgelage zu stehen.«

Emily tätschelte ihr den Arm und lachte. »Gott sei Dank sind wir im zivilisierten Kalkutta. Ich bin nicht so weit gereist, nur um wieder schottisches Wetter ertragen zu müssen.«

Sie erzählte Alice von den Spekulationen im Fort darüber, wer der neue Generalgouverneur werden würde, nachdem die Whigs jetzt in London die Macht zurückerobert hatten.

»Sandy glaubt, dass es William Eden sein wird – Lord Auckland. Er hat in der Offiziersmesse eine Wette darauf abgeschlossen.«

Während ihre Männer arbeiteten, verbrachten die beiden Freundinnen viel Zeit damit, ins Theater, zu Konzerten und zum Nachmittagstee in den vornehmen Häusern in Chowringhee zu gehen. Sie begleiteten einander zu Schneidern und Putzmachern und bestellten leichte Kleidung für die heiße Jahreszeit.

Alice bestand immer darauf, einen Umweg die Chitpore Road hinauf zum Lal-Basar zu machen, um die Handwerker bei der Arbeit an ihren offenen Ständen zu beobachten: Töpfer hockten an ihren Scheiben, Messingschmiede hämmerten Krüge und Töpfe zurecht, und Schmiede stellten gebogene Klingen und Gewehrschlösser her, während ihre Gehilfen primitive Blasebälge aus Leder und Bambus bedienten. Emily mochte den Lärm und den Gestank dort nicht, aber Alice blieb gern stehen und feilschte um Messingtabletts und bunt bemalte Obstschalen, um ihr neues Zuhause in Chowringhee zu schmücken.

Sie war fasziniert von den vielfarbigen Haufen Gewürzen und den Stapeln aus frischem Obst und Gemüse. Viele der Früchte hatte sie noch nie zuvor gesehen. Der Basar roch nach einer berauschenden Mischung aus Bratöl, Curry, trocknenden Tierhäuten, dampfendem Kuhdung und aromatisiertem Tabakrauch.

George hatte Alice gleich bei ihrer Ankunft erklärt, dass nicht von ihr erwartet wurde, irgendwelche Hausarbeit zu erledigen. Das blieb ihrem Diener, ihrem Koch und einer Heerschar anderen Gesindes überlassen. Sobald sie den Speiseplan für den Tag abgesprochen und Geld überreicht hatte, waren ihre Haushaltspflichten erledigt. Alice hatte sich in Tolland Park bereits an ein Leben in Muße gewöhnt, aber es war für sie dennoch etwas Neues, festzustellen, dass in Indien alle Arbeiten – von der Haushaltsführung bis hin zum Ausleeren der Latrinen – von männlichen Dienern erledigt wurden.

Sie begann, ein Skizzenbuch auf ihre Ausflüge mitzunehmen, um ihre Eindrücke von diesem exotischen und aufregenden Land festzuhalten. Sie zeichnete die Leute im Basar, die Standbesitzer und Händler in ihren bunten Gewändern und Turbanen und die mageren heiligen Männer, die verfilzte Bärte hatten und nichts bis auf ein Stück einfachen Stoff trugen. Alice skizzierte auch Frauen in leuchtend rosafarbenen, grünen und goldenen Saris, die sich von hohen Balkonen beugten, plauderten und das geschäftige Treiben unten in den Gassen beobachteten.

Einmal erlebte sie eine Hochzeitsprozession. Ein Elefant, der mit prächtigem Stoff geschmückt war, trug den Bräutigam und seine Begleiter, gefolgt von Männern zu Pferde, Tänzern, Musikanten und Dienern zu Fuß, die große, flache Sonnenschirme in den Händen hielten. Alice war von dem lärmenden, fröhlichen Auftritt so gebannt, dass sie vergaß, irgendetwas davon zu skizzieren.

Manchmal überredete sie George, früh aufzustehen und zum Maidan zu gehen, wenn der Morgennebel sich vom Fluss hob, um die *bhistis*, die Wasserträger, am Hauptreservoir der Stadt, dem Great Tank, zu beobachten. Mit wenigen schnellen Bleistiftstrichen stellte Alice dar, wie die *bhistis* sich durch das Drehkreuz drängten, das die umherstreifenden Kühe fernhielt, und skizzierte dann, wie die Männer ihre Ziegenhautschläuche in das ruhige Wasser des Tanks tauchten. Sie zeichnete den Wachmann in seinem Wärterhäuschen, der ständig aufpasste wie ein Luchs, damit niemand badete. Dahinter trat in der Morgendämmerung die immer vertrautere Stadtsilhouette aus Herrenhausdächern, Tempeln, Kirchtürmen, Moscheen und Regierungsgebäuden hervor, die Alice allmählich lieben lernte.

Zurück in ihrem Haus in der Russel Street verbrachte Alice den Morgen damit, im Schatten eines Bambussonnenschirms im baumgesäumten Garten zu sitzen und ihre Skizzen in Aquarelle zu verwandeln. Sie hatte in Tolland Park ein paar Malstunden erhalten, aber ihr war es immer lieber gewesen, draußen zu sein, zu reiten oder ihre Haustiere zu füttern. Hier, in der Wärme der östlichen Sonne, stellte sie überrascht fest, wie zufrieden es sie machte, stundenlang malend im Garten oder lesend auf der Veranda zu sitzen.

Eines Tages kam George nach Hause und fand Alice dabei vor, auf den Garten hinauszusehen, während sich die

Abenddämmerung inmitten des misstönenden Geschreis der Vögel herabsenkte.

»Sieh doch«, flüsterte sie, »die Äffin da stillt ihr Junges. Die Mutter schwingt sich von Ast zu Ast, während das Baby sich an ihren Bauch klammert. Sind sie nicht entzückende Geschöpfe?«

»Wenn es einem nichts ausmacht, dass sie Essen vom Frühstückstisch oder die Seife vom Waschtisch stehlen«, sagte George mit einem schiefen Blick.

»Ich teile meinen Frühstückszwieback gern mit ihnen.« Alice lächelte.

»Ich wette, du ermunterst die lästigen Viecher sogar noch.« Er lachte leise und legte ihr eine Hand auf die Schulter. »Das ist der Mutterinstinkt in dir.«

Bei dem Gedanken spürte Alice ein nervöses Flattern. Sie stand in ihrem sechsundzwanzigsten Jahr und war schon alt, um zum ersten Mal Mutter zu werden. Sie fragte sich, wie bald sie schwanger werden würde. Sie wusste, dass George sich danach sehnte, Vater zu werden, und auch sie wollte ein Kind, aber noch war nichts geschehen. Dennoch gab es in Kalkutta mehr als genug, um sie beschäftigt zu halten.

Es war George, der sie Miss Cook vorstellte, einer munteren Wohltäterin mittleren Alters, die die Ladies Society for Native Female Education leitete und geholfen hatte, eine Reihe von Missionsschulen in der Stadt zu gründen.

»Ich habe festgestellt, dass die mohammedanischen Mädchen sich besonders fürs Lernen begeistern können«, erzählte Miss Cook ihr beim Nachmittagstee. »Sie haben einen Wissensdurst, den man stillen muss.«

Alice bat darum, durch eine ihrer Schulen geführt zu werden. Die eifrigen, fröhlichen Mädchen, die in einem spartanischen Klassenzimmer an groben Holztischen saßen, erinnerten sie an sich selbst in einem ähnlichen Alter. Dank George, der ihre Erziehung gefördert hatte, und der Begeisterung ihrer gütigen Lehrerin Miss Lambert hatte sie damals Zugang zu einer ganz neuen Welt voller Bücher und Wissen erhalten.

»Ich würde gern hier aushelfen«, sagte Alice voll freudiger Erregung.

»Es würde mich ja so freuen, wenn Sie das täten«, erwiderte die entzückte Miss Cook.

Danach ging Alice zweimal die Woche mit Georges Segen in eine Schule in der Nähe des Chandpal Ghat dicht beim Fluss, um auszuhelfen. Sie stand unter der Aufsicht von Mrs Meadows, einer herzlichen amerikanischen Missionarin mittleren Alters, die ein gutes Verhältnis zu den Kindern hatte. Die verwitwete Mrs Meadows lebte seit zwanzig Jahren in Kalkutta. Alice las den Mädchen laut vor und brachte ihnen Englisch bei.

Emily bewunderte sie dafür. »Da tust du ein gutes Werk – und es ist so tapfer.«

»Daran ist nichts tapfer – es macht Spaß. Warum kommst du nicht mit und unterrichtest auch?«, schlug Alice vor.

»Meine Güte, nein. Damit wäre Sandy niemals einverstanden.« Emily lachte. »Er würde sich Sorgen machen, wenn ich zum Hafen hinuntergehen würde. George ist anders. Er ist … nun ja … Er steht mit den Indern auf vertrauterem Fuß, nicht wahr?«

* * *

Der März kam, und die Temperaturen stiegen. Die Gärten der Stadt standen in voller Blüte. Bald gärte es in der britischen Gemeinde vor Aufregung über das Eintreffen des neuen Generalgouverneurs. Emily kam vorbei und platzte mit der Neuigkeit heraus.

»Es ist Lord Auckland, ganz wie Sandy vorhergesagt hat«, schwärmte sie, »und Sandy soll seinem Stab angehören. Wie findest du das? Mein Sandy als Adjutant des Generalgouverneurs!«

Alice freute sich für ihre Freundin. »Ich hoffe, ihr seid dann nicht zu hochherrschaftlich, um euch noch mit uns Fußvolk abzugeben«, scherzte sie.

»Natürlich nicht«, rief Emily. »Ich sorge dafür, dass du zu den besten Festen in der ganzen Stadt eingeladen wirst!«

Anlässlich von Lord Aucklands Ankunft fand zu seinen Ehren ein Ball im Government House statt. Es war der glanzvollste gesellschaftliche Anlass, an dem Alice je teilgenommen hatte, und sie war dankbar, dass ihr Papa auf Tanzstunden bestanden hatte, als sie damals zu ihm gezogen war. In ein neues pfauenblaues Seidenkleid gehüllt, fuhr Alice an Georges Seite in einem zweirädrigen Einspänner, der sich in den Strom von Kutschen und *doolies* einreihte, die auf dem Weg die Esplanade entlang und über den Maidan waren. Fackelträger rannten nebenher. Die Gillverays fuhren unter einem der prunkvollen Torbögen hindurch und stiegen vor dem imposanten palladianischen Herrenhaus aus.

Der Ballsaal wurde von Deckenleuchtern erhellt und hallte vom Lärmen der plaudernden Menschenmenge wider. Alle waren in ihren feinsten Kleidern herausgeputzt. Die Offiziere der Company in ihren scharlachroten Uniformjacken und ihren auf Hochglanz polierten Stiefeln wetteiferten begeistert darum, mit den Frauen zu tanzen, die eindeutig in der Unterzahl waren.

Nach zwei Tänzen war George außer Atem und schwitzte in dem überfüllten Saal in der Hitze der Lampen.

»Wir können den nächsten auslassen«, meinte Alice. »Lass uns auf die Suche nach einer Erfrischung gehen.«

»Meine Liebe, ich weiß, dass du keine einzige Quadrille verpassen möchtest«, erwiderte George und wischte sich den Schweiß von der Stirn.

»Sandy wird mit dir tanzen«, sagte Emily, die rot im Gesicht war. »Ich möchte mich auch lieber eine Weile hinsetzen.«

»Geht es dir gut?«, fragte Alice besorgt.

Sie bemerkte, dass die Aytons einen verstohlenen Blick tauschten.

»Sehr gut«, versicherte Emily ihr. »Ich brauche nur etwas Kühles zu trinken.«

Sandy Ayton trat galant vor und verneigte sich vor Alice. »Gestatte mir das Vergnügen des nächsten Tanzes.«

Alice kehrte mit Feuereifer auf die Tanzfläche zurück, während George sich mit Emily auf die Suche nach einem Glas Punsch machte.

Nach ein paar Tänzen gesellten sich ihre Ehepartner wieder zu ihnen. Der überschwängliche Sandy stellte Alice und George einigen seiner Offizierskameraden vor, jungen, unverheirateten Männern, die der Champagner übermütig machte.

Ein hochgewachsener Captain mit welligem, blondem Haar und einem hübschen, jungenhaften Gesicht trat vor und schlug die Hacken zusammen, als er sich verbeugte.

»Das ist Captain Vernon Buckley«, sagte Sandy. »Kavallerie. Aber bald wird er wie ich Adjutant bei Lord Auckland.«

Der Captain lächelte Alice an. »Gestatten Sie mir die Ehre?«, murmelte er.

Sie warf einen Blick zu George, der sie mit einem Lächeln ermunterte, und so streckte sie die Hand aus. Buckley führte sie auf die Tanzfläche.

Er war ein versierter Tänzer, aufmerksam und immer perfekt im Takt. Sie erfuhr, dass er auf Feldzügen in Burma und Assam gewesen war.

»Wilde Gegend«, verkündete Buckley, »aber ein hervorragendes Jagdgebiet. Die Company scheint zu glauben, dass das Land für den Opium- oder vielleicht auch Teeanbau von Wert ist. Mir steht es nicht zu, ein Urteil darüber zu fällen. Ich bin nur Soldat.«

»In Kalkutta zu sein, ist nach all den Kämpfen sicher langweilig«, bemerkte Alice trocken.

Er musterte sie prüfend. »Da bin ich anderer Meinung. Wie es scheint, hat Kalkutta seine Reize.«

Alice errötete unter dem durchdringenden Blick seiner blauen Augen. Sie wusste, dass er sie neckte. »Als *verheiratete* Frau habe ich den Eindruck, dass es hier viel zu tun gibt.«

»In der Tat«, sagte er, »und die Ehe bekommt Ihnen offensichtlich gut. Gillveray ist ein Mann, der großes Glück hat. Wäre ich nur ein paar Monate früher aus Burma zurückgekehrt, dann hätte ich ihm zuvorkommen und um Sie werben können! Wir wären das schönste Paar von ganz Kalkutta geworden.«

Alice ärgerte sich über seine Arroganz; der Alkohol machte ihn offensichtlich kühn. »Jetzt weiß ich, dass Sie mich aufziehen, Captain Buckley. Ich habe kein Interesse an prahlerischen Kavalleristen, also hätten Sie nie Aussichten gehabt.«

Er lachte. »Treffer!« Bevor sie von der Tanzfläche flüchten konnte, ergriff er ihre Hand und drückte sie an seine Lippen. »Danke, Mrs Gillveray. Ich freue mich darauf, meine Bekanntschaft mit Ihnen zu vertiefen.«

Alice entzog ihm rasch ihre Hand und eilte zurück zu George.

Kapitel 13

Auf die steigenden Temperaturen im Mai war Alice nicht vorbereitet. Die drückende Hitze erschwerte ihr das Atmen und sorgte dafür, dass sie ständig schweißgebadet war. Die Sonne brannte gnadenlos herab. Sie versengte alles, ließ den Maidan braun werden und die Bäume welken. Der Himmel war ockergelb vor Staub, und die weißen, georgianischen Gebäude leuchteten so grell, dass Alice den Eindruck hatte, sich die Augen zu verbrennen, wenn sie sie nur ansah.

George ritt weiter in die Gärten der Company hinaus. Manchmal begleitete Alice ihn, weil sie im Schatten der unzähligen Bäume Erleichterung zu finden hoffte. Aber sogar hier war die Luft feuchtheiß.

Alice war voller Bewunderung für die Diener, die klaglos ihrer Arbeit nachgingen und die Hitze in Kauf nahmen, als wäre sie nur eine Aufgabe mehr. Wie die anderen Europäer lernte Alice, das Haus tagsüber abgedunkelt zu halten und das gleißende Tageslicht mit nassen Matten auszusperren, die vor die Veranda und die Fenster gehängt wurden, um jeden Hauch eines Luftzugs abzukühlen. Einer der Diener hatte die Aufgabe, die Runde durchs Haus zu machen und die Matten immer wieder zu befeuchten. Weinflaschen wurden gekühlt, indem man sie in nasse Tücher wickelte und in Körbe zwischen die Bäume hängte.

Alice saß im Halbdunkel der Veranda halb bewusstlos in einem Rattansessel, zu kraftlos, um zu lesen oder zu malen. Es verlangte ihr alle Energie ab, sich zu bewegen oder sich zum Essen an den Tisch zu setzen. Um sich abzukühlen, bat sie den Diener, eine Waschschüssel für sie mit Eis zu füllen, mit dem sie ihren schwitzenden Körper abreiben wollte. Aber wenn sie sich ausgezogen hatte, war das Eis immer schon geschmolzen, und das Wasser begann, sich zu erwärmen. Doch jede auch noch so kleine Erfrischung war ihr willkommen.

»Vergiss nicht, etwas Eis von der *Tuscany* zu bestellen«, hatte Emily ihr geraten, bevor sie mit Sandy und Aucklands Entourage nach Simla abgereist war. »Sandy sagt, die Qualität ist viel besser als die des schmutzigen Schneematsches, der aus den Eisgruben in Chunchura kommt.«

George hatte bestätigt, dass ein geschäftstüchtiger Amerikaner aus Boston begonnen hatte, regelmäßig per Schiff Eis aus Massachusetts zu holen und in einem extra erbauten Kühlhaus in der Nähe des Flusses zu lagern. Als er sah, wie sehr seine junge Frau unter dem heißen Wetter litt, gab George ein kleines Vermögen für Eis aus, damit sie sich abkühlen konnte.

Alice vermisste Emilys lebhafte Gesellschaft. Manchmal ertappte sie sich noch dabei, nach dem *chaprassi* der Aytons Ausschau zu halten, der mit einer Botschaft herübergerannt kam, um sie zu irgendeinem gesellschaftlichen Anlass einzuladen. Aber im April hatten Lord Auckland und seine Administration alles eingepackt und waren in die Kühle der Berge aufgebrochen. Die schwerfällige Karawane aus Beamten und Gepäck würde über einen Monat brauchen, um nach Simla im nordwestlichen Himalaja zu gelangen.

Bevor sie abgereist war, hatte Emily Alice anvertraut, dass sie ihr erstes Kind erwartete.

»Das ist wunderbar!«, hatte Alice gerührt ausgerufen. Unter Tränen hatten sie sich umarmt.

»Ich weiß. Ist das nicht schön?« Emily hatte gelächelt. »Sandy ist überglücklich.«

Vor Kurzem hatte Alice einen Brief von Emily bekommen, in dem sie schrieb, dass sie wohlbehalten in Simla angekommen waren und sich jetzt im Daisy Cottage einlebten, das über den Sommer ihr kleines Zuhause auf Zeit sein sollte.

»Wenn doch nur Emily noch hier wäre«, sagte Alice seufzend zu George. »Ich habe niemanden zum Reden. Sogar der Papagei spricht bei dieser schrecklichen Hitze nicht.«

Als George eine Kutschfahrt im Mondschein vorschlug, lehnte die lustlose Alice ab.

»Da draußen ist es genauso heiß wie hier drinnen«, beschwerte sie sich. »Und wir Frauen müssen immer so viel lächerliche Kleidung tragen. Warum können wir nicht mit nackten Armen herumlaufen wie die Hindu-Damen und uns nur mit einem dünnen Schleier bedecken?«

Sie reagierte gereizt auf jeden seiner Vorschläge. Alice hasste die unbeherrschte, unzufriedene Person, zu der sie binnen weniger Wochen geworden war, fühlte sich aber nicht imstande, ihre neue Launenhaftigkeit wieder abzulegen.

»Ich wünschte, ich hätte mit Emily nach Simla gehen können«, jammerte sie. »Warum musst du ausgerechnet an einem Ort arbeiten, der ein wahrer Glutofen ist?«

»Wenn es das ist, was du willst«, erwiderte George, »dann werde ich es arrangieren. Ich nehme mir Urlaub, und wir fahren im nächsten Monat oder vielleicht im Juli hin.«

»Warum können wir nicht jetzt gleich fahren?«

»Ich habe Verpflichtungen ...«

»Du hast es nicht nötig zu arbeiten«, wandte Alice ein. »Wir haben so viel Geld, dass du tun kannst, was du willst

– das Vermögen, das dir zugefallen ist, als du mich geheiratet hast!«

Sie sah George zusammenzucken, aber sie konnte ihre giftigen Worte nicht mehr zurücknehmen.

»Ich fahre allein, wenn du dich nicht aufraffen kannst, mich zu begleiten. Ich ertrage es hier keine Minute länger. Ich hasse diesen Ort!« Alice schlug die Hände vors Gesicht und brach in Tränen aus.

George war entsetzt. »Meine Liebste, bitte reg dich nicht auf«, sagte er und eilte zu ihr, um die Arme um sie zu legen.

Sie schüttelte ihn ab. »Fass mich nicht an – du machst die Hitzefrieseln nur noch schlimmer.«

Danach schlief George mehrere Nächte lang auf dem Flachdach über der Veranda. Unfähig zu schlafen, wälzte Alice sich allein in ihrem Bett hin und her, gequält von der Hitze, dem Juckreiz und düsteren Gedanken. Was hatte sie nur geritten, George zu heiraten und Tolland Park zugunsten dieser höllischen Stadt zu verlassen? Sie sehnte sich nach dem milden Sonnenschein von Northumberland, dem Morgentau und dem kühlenden Wind. Sie wünschte sich die salzige Meeresgischt und den kalten Regen, der ihrem brennenden, juckenden Körper Erleichterung verschaffen würde. Alice glaubte, dass sie noch verrückt werden würde, wenn sie weiter darüber nachdachte.

»Dieser Captain Buckley fragt immer wieder nach dir«, hatte Emily in den Tagen nach dem Ball gesagt. »Sandy hat ihm unmissverständlich klargemacht, dass er dich in Ruhe lassen soll – du bist eine glücklich verheiratete Frau.«

Glücklich verheiratete Frau! Alice biss sich in die Hand, um nicht laut aufzuschreien und den ganzen Haushalt zu wecken. Sie wünschte, sie wäre überhaupt nicht verheiratet.

* * *

Ihre immer schlechter werdende Laune bekümmerte George so sehr, dass er darauf bestand, einen der Ärzte der Company, Major Jenkins, zu rufen.

»Es liegt nicht in ihrer Natur, so gereizt zu sein oder in solch eine düstere Stimmung zu verfallen«, hörte Alice ihren Mann dem Arzt anvertrauen.

Vor ein paar Wochen wäre es Alice noch peinlich gewesen, von George so umsorgt zu werden oder sich von einem Arzt untersuchen zu lassen, aber mittlerweile war es ihr gleichgültig. Der Major war ein älterer Mann mit der roten Knollennase eines Trinkers, und seine Hände zitterten sehr, als er sie mit feuchten Fingern abtastete. Er stellte dabei Fragen über ihre Ernährung und ihren Ausfluss, während George beunruhigt zusah.

»Mrs Gillveray leidet an Melancholie, die von der heißen Jahreszeit ausgelöst ist«, verkündete er. »Ich empfehle einen Aderlass, um ihren Körper zu reinigen und ihre Lebensgeister neu zu wecken. Blutegel sind das beste Heilmittel.«

»Blutegel?« Alice konnte es nicht fassen. »Die widerlichen Geschöpfe will ich nicht einmal in meiner Nähe haben.«

George führte den Major rasch aus dem Schlafzimmer auf die Veranda. »Darf ich Ihnen eine Erfrischung anbieten, bevor Sie gehen?«, fragte er.

Alice lag verärgert da, während sie lauschte, wie der Major über Pferderennen redete und lauwarmen Weißwein hinunterstürzte.

Eine Woche später unterzog Alice sich, zermürbt von Georges flehentlichen Bitten, das Heilmittel zu erproben, der Behandlung mit den Blutsaugern. Danach war ihr übel, und sie fühlte sich schwächer und niedergeschlagener denn je. Von da an setzten ihr Gedanken zu, in die heiße Nacht hinauszugehen und nie mehr zurückzukommen.

Ihre geistige Gesundheit wurde durch einen Besuch von Miss Cook und ihrer rundlichen amerikanischen

Missionarsfreundin, Mrs Meadows, gerettet. Sie brachten eine Schachtel Süßigkeiten mit und schnalzten angesichts von Alice' Lethargie besorgt mit der Zunge.

Mrs Meadows musterte sie aufmerksam und redete nicht lange um den heißen Brei herum. »Ihnen ist ständig schlecht, nicht wahr?«

»Ja«, sagte Alice. »Ich kann nicht einmal den Geruch von irgendetwas ertragen. Sogar die Kochdünste aus der Küche lassen mich würgen. Mir schmeckt gar nichts mehr, bis auf Süßigkeiten.«

Mrs Meadows rief den Diener und bestellte ein heißes Getränk aus Tee und Ingwer.

Alice seufzte. »Ich will nichts Heißes.«

»Das wird Wunder wirken, meine Liebe«, versprach die Missionarin, »wenn Sie an dem leiden, was ich vermute.«

»Major Jenkins sagt, ich leide an Melancholie.«

»Völliger Unsinn!«, rief Mrs Meadows. »Wenn ich Sie nur anschaue, weiß ich schon, was mit Ihnen los ist.«

»Was ist Ihre Meinung?«, fragte Miss Cook.

»Unsere liebe Alice«, sagte die Missionarin mit einem mitfühlenden Lächeln, »erwartet ein Kind.«

* * *

Zunächst wollte Alice nicht glauben, dass sie schwanger war, aber George war so erfreut über die Vorstellung, dass auch sie sich ermutigt fühlte. Die Ingwergetränke halfen, ihre Übelkeit zu lindern, und sie entwickelte eine Leidenschaft für Bananen. Gleichzeitig schien ihre Kraft zurückzukehren. Nach ein paar weiteren Wochen legte sich die Übelkeit allmählich, und Alice' Lebensgeister waren wieder geweckt. Sie hatte ein sehr schlechtes Gewissen wegen der Unfreundlichkeit, mit der sie ihrem Ehemann begegnet war.

»George, es tut mir so leid, wie ich dich die letzten Wochen über behandelt habe«, sagte sie. »Ich war ein richtiges Ungeheuer.«

»Nein, Liebste«, widersprach er und drückte ihre Hände zwischen den seinen, »ich bin derjenige, der sich entschuldigen muss. Ich hätte dir nie Major Jenkins und seine erbärmlichen Blutegel zumuten sollen. Damit hätte ich dich und unser Kind in Gefahr bringen können …«

Alice sah die Tränen in seinen Augen. »Es ist ja nichts passiert«, versicherte sie ihm mit einem Lächeln. »Ich bin aus dem harten Holz des Nordens geschnitzt, schon vergessen?«

Jetzt, da die Schwangerschaft Wirklichkeit geworden zu sein schien, machte Alice insgeheim der Gedanke nervös, dass sie Mutter wurde. Sie hatte Angst, dass sie vielleicht so wie ihre eigene Mutter werden würde – ohne mütterliche Gefühle und unfähig, ihr Kind zu lieben. Würde sie einen Blick auf ihr Baby werfen und es sofort weggeben wollen? Sie schämte sich solcher Gedanken, besonders da die Erkenntnis, dass sie Eltern wurden, in George neue Zärtlichkeit für sie geweckt hatte.

Als ihr Mann darauf bestand, unverzüglich in die Berge aufzubrechen, erklärte Alice sich gern dazu bereit.

»Du wirst dort die gesündeste Luft haben, die es nur gibt«, verkündete George, »und wir reisen ab, bevor der Monsun die Straßen unpassierbar macht.«

»Nach Simla?«, rief Alice hoffnungsvoll. »Können wir bitte dorthin reisen?«

»Ja, nach Simla.« George grinste. »Ich habe den Aytons schon geschrieben, um in Erfahrung zu bringen, ob wir bei ihnen im Daisy Cottage unterkommen können.«

Alice schlang die Arme um ihn und küsste ihn innig. »Danke, George!«

* * *

Die anstrengende Reise flussaufwärts und durch die sonnenverbrannten indischen Ebenen dauerte drei ruckelnde, auslaugende Wochen. Aber Alice beschwerte sich kein einziges Mal über die Hitze oder die Fliegen. Ihre Entschlossenheit, in die Berge zu gelangen, machte sie stark. Als die Ausläufer des Himalaja endlich in Sicht kamen, stand ihnen immer noch eine mehrtägige, haarsträubende Reise auf dem Maultierrücken über schmale, gewundene Pfade bevor. Aber je höher sie in die Berge gelangten, desto klarer wurde die Luft, bis sie unter duftenden Nadelbäumen dahinritten.

Alice lachte und sog die köstliche Luft tief ein. »So etwas Wunderbares habe ich nicht mehr gerochen, seit ich Northumberland verlassen habe.«

Der erste Blick, den sie auf Simla erhaschte, zeigte ihr eine Bergflanke, die dicht mit mächtigen Zedern und Tannen bewachsen und mit Bungalows übersät war, deren Fenster in der Abendsonne glänzten. Zarte Rauchfahnen stiegen aus den Schornsteinen in den blaugrauen Himmel auf.

Als sie den hölzernen Bungalow der Aytons erreichten, der an den Hang geschmiegt lag und freie Sicht auf die dunstigen Ebenen tief darunter bot, konnte Alice ihre Gefühle nicht länger im Zaum halten. Sie fiel Emily in die Arme – der Bauch ihrer Freundin war von der Schwangerschaft schon sehr gerundet – und brach in Tränen der Erleichterung aus.

Kapitel 14

Im feuchten Nebel des Churdhar kauerte John in eine Decke gehüllt unter einer tropfenden Zeltplane und wartete. Sein Kamerad Hodgson versuchte, sich am Ofen eine nasse Zigarre anzuzünden. Die beiden Landvermesser waren bärtig und ungewaschen, aber voller Triumphgefühl, weil sie die neun Meter hohe Steinpyramide für ihren Theodoliten auf dem Gipfel des Churdhar errichtet hatten. Wenn sie nicht ein plötzlicher Sturm – ein früher Vorbote des Monsuns – auf dem Gipfel überrascht hätte, sodass sie nun inmitten einer Wolkenbank festsaßen, hätten sie diesen Abschnitt der trigonometrischen Reihe fertiggestellt und danach Urlaub gehabt.

Aber die Wolken lösten sich schon seit Tagen nicht auf. Frustriert warteten sie darauf, dass der Himmel klar genug wurde, um ein Signal mit ihrem Heliotrop zu senden oder Lichtblitze von den Triangulationspunkten auf den benachbarten Bergen zu empfangen.

»Trink noch einen Schluck Bordeaux«, sagte John und schenkte den Wein mit tauben Fingern ein.

Sein Diener Rajban versuchte, in der dünnen Höhenluft Kaffee zu kochen. John hatte eine Leidenschaft für das Getränk entwickelt, seit er vor sieben Jahren nach Indien gekommen war. Er bewunderte die Bergbewohner, die an seiner Seite arbeiteten, die schweren Vermessungsgeräte und die Vorräte schleppten, mit Spitzhacken gruben und hackten und in ihre Wolldecken gewickelt unter freiem Himmel schliefen. Er hörte ihre Stimmen und ihr Gelächter unmittelbar unterhalb von sich am steinigen Hang und roch ihren aromatischen Pfeifenrauch.

»Was hast du im Urlaub vor?«, fragte Hodgson und zog kräftig an seiner in Auflösung befindlichen Zigarre. Darüber hatte sich John während der zermürbenden Wartezeit auch schon Gedanken gemacht.

»Mit meinem Freund MacRae von der Artillerie einen Monat lang oben am Fluss Satluj auf die Jagd gehen«, antwortete John.

»Auf ins Unbekannte, was?« Hodgson nickte.

»Nicht für Rajban. Er ist in Bashahr aufgewachsen, deshalb kennt er die Berge und spricht die Sprache. Er wird mein Führer sein.«

»Du würdest diesem hinterlistigen alten Teufel vertrauen? Der verkauft dich doch als Sklave an die Tibeter oder Chinesen.«

»Ich würde ihm mein Leben anvertrauen«, entgegnete John. »Er stammt aus dem Hochland wie ich – und er ist nicht viel älter, obwohl er ein Gesicht wie Leder hat.«

»Na, sei bloß vorsichtig, das ist alles, was ich sage.« Hodgson trank einen großen Schluck Wein. »Wag dich lieber nicht über britisches Territorium hinaus – du willst dich doch nicht mit den Sikhs oder den Tibetern anlegen. Wenn du es doch tust, wird die Company dich nicht retten.«

Bei den Worten seines Freunds überfiel John ein Hauch von Unbehagen. Sie erinnerten ihn an das geheime Gespräch, das er im Vormonat in Dehradun im Hauptquartier der Landvermesser geführt hatte. Colonel Wade hatte aus dem am Ufer des Satluj gelegenen Ludhiana einen Agenten geschickt, um John auf den Zahn zu fühlen. Bei mehreren Gläsern Wein und Portwein hatte der Mann ihm geschmeichelt, was seine Arbeit im Zuge der Großen Trigonometrischen Vermessung und seine Fähigkeiten als Bergsteiger betraf.

»Ihr Vorgesetzter, Everest, lobt Sie in den höchsten Tönen als einen seiner fähigsten Landvermesser. Man braucht eine starke Lunge und einen kühlen Kopf, um die Berge zu besteigen, die Sie in Angriff nehmen, und dort seine Arbeit zu verrichten.«

»Ich bin in den Bergen Schottlands aufgewachsen«, erwiderte John und fragte sich, worauf das Gespräch hinauslaufen sollte. Der Mann hatte sich als Captain Smith vorgestellt, aber John bezweifelte, dass das sein echter Name war.

»Einige unserer politischen Offiziere sind erpicht darauf, herauszufinden, was jenseits des Himalaja liegt – welche Routen hindurchführen könnten«, fuhr der Mann fort. »Der Handel ist für die Company lebenswichtig – besonders, da unsere Quellen in Persien uns mitteilen, dass Russland uns gegenüber die Muskeln spielen lässt. Wir wollen mögliche neue Märkte erkunden. Besonders der tibetische Handel mit *pashm* ist von Interesse. Aber«, mahnte Smith zur Vorsicht, »es darf nichts geschehen, was den Sikh-Herrscher im Pandschab, Ranjit Singh, verärgert. Wir brauchen ihn als Verbündeten, und er hat es auf einige der Himalaja-Staaten abgesehen.«

»Was schlagen Sie also vor?«, fragte John.

»Einen Vorstoß in die Berge östlich des Pandschab, um die Handelsrouten zu kartieren.« Smith schenkte ihm ein charmantes Lächeln. »Sie sind, wie ich höre, ein leidenschaftlicher Jäger. Das könnten Sie zum Vorwand nehmen, um die Region zu erkunden. Wir würden Sie mit Geld versehen, um das zu tun – Ihre Ausgaben erstatten.«

»Und was ist mit Passierscheinen?«

»Ach«, hatte Smith mit einem bedauernden Schulterzucken gesagt, »leider nein. Sie müssen sich selbst etwas einfallen lassen.

Aber wenn Sie mit Informationen zurückkehren, die für die Company wertvoll sind, wird man Sie reich belohnen.«

John erwiderte: »Belohnungen interessieren mich nicht, aber ein Jagdausflug in die Berge ist ein durchaus verlockendes Angebot.« Er musterte den Mann. »Aber ich bin skeptisch, wie weit ich allein mit einem Jagdgewehr und der Uniform der Company kommen würde. Wenn Sie mich mit einer legitimen Handelsmission betrauen – etwa mit der, Pferde von den Ladakhi zu kaufen – und mich außerdem mit einem Empfehlungsschreiben der Company ausstatten würden, könnte ich viel weiter kommen.«

Smith sah ihn prüfend an. »Und wenn Sie beides nicht bekämen, würden Sie sich dann weigern aufzubrechen?«

»Dann würde ich einfach auf die Jagd gehen« – John lächelte – »und dabei auf der richtigen Seite des Satluj bleiben.«

Nachdem sie die nächste Flasche Portwein geleert hatten, versprach Smith ihm eine begrenzte Handelsmission zur Tarnung für seine Erkundung, und John erklärte sich zu dem Unternehmen bereit.

»In dem Brief, den wir Ihnen mitgeben«, hatte Smith ihn gewarnt, »wird ausdrücklich erklärt, dass Sie nur an Pferden interessiert sind. Sie dürfen keinem dieser Bergkönige ein politisches Bündnis oder unsere Protektion versprechen.«

Damit erklärte sich John gern einverstanden, weil er an politischen Intrigen kein Interesse hatte. Er freute sich auf den Pferdekauf und die Gelegenheit, Bergpässe zu kartieren, die den Briten unbekannt waren. Beides würde ihm reichlich Gelegenheit geben, auf die Jagd zu gehen.

Gegen Ende der langen, durchzechten Nacht sagte Smith: »Eines noch. Inoffiziell soll ich Sie ermuntern, in diesem Sommer so weit vorzudringen, wie Sie können. Aber wenn Sie dabei erwischt werden, sich über die Grenzen des britischen Einflussbereichs hinauszuwagen, und der Spionage beschuldigt werden, können Sie keine Rückendeckung erwarten. Die Company wird Ihnen nicht zu Hilfe kommen. Verstanden, Sinclair?«

John hatte trocken gelächelt und genickt.

Am Morgen darauf war der geheimnisvolle Smith abgereist, aber eine Woche später war ein Umschlag voller Geld in Johns Quartier geliefert worden, begleitet von einem vage formulierten Brief, der das Siegel der Company trug, seinen guten Charakter bestätigte und verkündete, dass seine Aufgabe der Pferdekauf sei.

* * *

»… und der Markt in Annandale soll ein beschwingtes Fest mit Kostümen und Pferderennen sein.«

Johns Aufmerksamkeit wurde in die Gegenwart zurückgeholt. Ihm wurde klar, dass Hodgson von seinen eigenen Urlaubsplänen für die Zeit, nachdem sie vom Berg heruntergekommen waren, geredet hatte.

»Die Eden-Schwestern sollen lebenslustig sein«, fuhr Hodgson fort. »So viele gesellschaftliche Anlässe wie in dieser heißen Jahreszeit gab es in Simla noch nie.«

»Die Eden-Schwestern?«, fragte John.

»Die Schwestern des neuen Generalgouverneurs!«, rief sein Freund. »Meine Güte, Sinclair, bekommst du denn nichts von all dem Klatsch mit?«

»Nicht, wenn ich mit dir auf einem Berg festsitze«, scherzte John. »Ich weiß nicht, wie es dir immer gelingt, solche Dinge in Erfahrung zu bringen.«

Sein Freund lachte. »Dadurch, dass ich mir die Mühe mache, Briefe zu schreiben und zu empfangen. Ich habe dich nie an irgendjemanden schreiben sehen.«

»Im Schreiben war ich noch nie sehr gut – es sei denn, es geht um Karten oder um das Ausfüllen von Tabellen am Messtisch.«

Schuldgefühle überkamen John, weil er auch Hercules und seiner Tante Morag nie schrieb. Er dachte oft an sie und seinen lieben Freund Azlan, aber als Briefeschreiber war er ein hoffnungsloser Fall. Er hatte die Lust daran, Briefe zu verfassen und seine Gedanken zum Ausdruck zu bringen, verloren, als Alice seine Liebesbriefe ignoriert hatte. Wie lange her schien das jetzt zu sein! Dennoch konnte er immer noch viel zu leicht ihr hübsches Gesicht und ihre schönen Augen heraufbeschwören.

Im Laufe der Jahre hatte er auf den langen Reisen kreuz und quer durch Indien, auf denen er für Everests Kartierungsvermessung gearbeitet hatte, immer wieder an Alice gedacht. In heißen Nächten hatte er in Lagern im Dschungel wach gelegen, gequält von Erinnerungen an sie. Er malte sich aus, wie sie die Reitwege auf dem Anwesen ihres Vaters entlangritt oder Bälle in Newcastle besuchte. Sie war inzwischen sicher verheiratet und wahrscheinlich schon die Mutter mehrerer Kinder. John biss die Zähne zusammen und kniff die Augen zu, um sich davon abzuhalten, daran zurückzudenken, wie sich ihre kühle Hand auf seinem Gesicht angefühlt hatte oder wie ihre Lippen geschmeckt hatten.

Er hatte nach Alice andere Frauen kennengelernt, aber keine hatte ihn so erregt oder sein Herz so tief berührt, wie sie es getan hatte. Sehr zu seiner Erleichterung, denn John schlug nirgendwo Wurzeln: Er zog von Ort zu Ort und nannte keinen je sein Zuhause. Er liebte seine Arbeit bei der Landvermessertruppe und das ehrgeizige und penibel durchgeführte Projekt, Indien zu kartieren, vom Kap Komorin im Süden bis zum Himalaja im Norden. Früh in seiner Armeekarriere hatte er die Gelegenheit ergriffen, den Subkontinent von oben bis unten zu bereisen, und er war einer der wenigen Ingenieure, die mit dem

Temperament und den hohen Ansprüchen ihres Vorgesetzten George Everest zurechtkamen. John ließ Strafpredigten gutmütig über sich ergehen und entschärfte Zornesausbrüche oft mit trockenem Humor, weil er den Mann für seine Hingabe an die Wissenschaft und seine Entdeckerfreude respektierte.

»Triffst du dich denn nun dort mit MacRae?«, fragte Hodgson.

»Wo?«, fragte John und zwang seine Gedanken, wieder auf den Berg zurückzukehren.

»In Simla! Ich habe den Eindruck, dass die Höhenluft dein Gehirn in Porridge verwandelt, Sinclair.«

John lachte. »Was gäbe ich jetzt für eine Schüssel Porridge.«

»Simla wäre der beste Ausgangspunkt für einen Jagdausflug den Satluj hinauf«, meinte Hodgson. »Dort könnt ihr reichlich Maultiere und Kulis mieten, um eure Ausrüstung zu tragen. Außerdem kannst du dich in Simla doch ins gesellschaftliche Leben stürzen, bevor du aufbrichst, nicht wahr?«

»Ja, warum nicht?« John grinste. »Dann kann ich diese Eden-Schwestern kennenlernen. Sagen deine Klatschtanten denn auch, ob sie hübsch sind?«

* * *

Es war Ende Juni, als John und seine Vermessungstruppe endlich auf dem Churdhar fertig wurden. Sobald der Nebel sich gelichtet hatte, waren die Nächte kalt, und die Hänge glitzerten silbrig im Mondschein wie polierte Perlen. Nach Süden hin erstreckten sich die drückend heißen Ebenen Indiens und im Norden wie eine Reihe dunkler Wellen die Ausläufer des Himalaja, in denen Simla lag.

John kehrte zunächst einmal nach Dehradun zurück und schickte Colin MacRae eine Nachricht in die Kaserne in Sabathu, um ihn zu bitten, sich in Simla mit ihm zu treffen. Als

John, Hodgson und ihre Entourage von Dienern auf gewundenen Pfaden wieder in die Berge zurückgekehrt waren, hatte Colin schon eine Unterkunft im Haus eines schottischen Offizierskameraden, Captain Charlie Nairn, gefunden. Als politischer Agent in den Bergkönigreichen war Nairn nach Simla gezogen und stand in dem Ruf, ein großzügiger Gastgeber zu sein und lange, lärmende Dinnerpartys zu geben.

John und Colin klopften einander auf den Rücken und begrüßten sich auf Gälisch.

»Sieh dich nur an, mit deinem braunen Gesicht und deinem schwarzen Bart«, zog Colin ihn auf. »Du könntest als Afghane durchgehen!«

»Ich habe mir das Rasieren abgewöhnt, während wir draußen bei der Vermessung unterwegs waren.« John lachte. »Und ich hoffe, du hast unterdessen deine Gewehre gut in Schuss gehalten und dein Auge schon auf das Wild eingestellt, das wir jagen werden.«

John badete und rasierte sich den Bart ab. Sie hatten ein langes, entspanntes Abendessen, bei dem sie sich gegenseitig auf den neuesten Stand über die Geschehnisse des vergangenen Jahres brachten, gut aßen und bis spät in die Nacht tranken.

»Es gibt nur eine schlechte Neuigkeit«, sagte Colin, als die Brandyflasche herumgereicht wurde. »Vernon Buckley gehört zu Aucklands Stab. Ich habe ihn mit rasselndem Kavalleriesäbel auf dem Sportplatz in Annandale herumstolzieren sehen.«

John schnaufte. »Das überrascht mich nicht. Er hat schon immer die Zunge lang gemacht, um den Reichen und Mächtigen die Stiefel zu lecken.«

Colin nickte zustimmend. »Er ist genau der Richtige, sich einen bequemen, gut bezahlten Posten zu suchen, während wir die Drecksarbeit erledigen. Er ist jetzt Captain, also müssen wir Lieutenants uns vor dem unausstehlichen Kerl verneigen.«

»Ich wünsche ihm viel Glück«, sagte John. »Ich möchte nicht mit ihm tauschen. Ein eisiger Berggipfel und Hammelcurry sind mir jederzeit lieber als ein Leben voller Dinnerpartys beim Gouverneur und Gicht!«

* * *

Es dauerte nicht lange, bis John Vernon über den Weg lief. Die europäische Bevölkerung von Simla wuchs im Sommer auf mehrere Hundert Menschen an, aber die gesellschaftlichen Anlässe – Kartenspiele und Soireen – fanden nur in einem Dutzend der geräumigeren Häuser statt, oder der Zeitvertreib wurde ins Freie verlagert. Wenn es nicht regnete, unternahmen die Briten entspannte Ausritte über die Waldwege und machten Picknick in Annandale, einer pittoresken Lichtung unterhalb der Stadt, die groß genug war für Sportveranstaltungen wie Bogenschießen und Pferderennen.

Nach zwei Tagen ständigen Regens, in denen der Nebel wie Rauch über den Bäumen gehangen hatte, war der Himmel endlich aufgeklart, und es hatte sich herumgesprochen, dass es in Annandale ein Pferderennen und einen Wohltätigkeitsbasar geben sollte.

»Sieh an, sieh an«, krähte Vernon, als er John und Colin auf den grasbewachsenen Platz reiten sah, »wenn das mal nicht die schottischen Jungs sind. Seid ihr hier, um über echte Reiter zu staunen?«

»Buckley.« John lächelte, stieg ab und ging zu ihm, um ihm die Hand zu schütteln. »Ich sehe schon, charmant wie eh und je.«

»Für dich immer noch Captain Buckley«, erwiderte Vernon mit einem selbstgefälligen Lächeln und berührte kurz Johns ausgestreckte Hand. »Misst du immer noch Wüstenflächen mithilfe von Kettengliedern aus, Sinclair?«

»Nein, die Vermessung ist jetzt bis in die Berge vorgerückt«, antwortete John und ignorierte Vernons hämischen Tonfall. »Wir klettern mithilfe von Seilen hoch – und vermessen mit unseren Theodoliten. Kein einziges Kettenglied in Sicht.«

»Na, ihr wilden Schotten seid ja so trittsicher wie Bergziegen, oder? Ich bin froh, dass du deine Bestimmung im Leben gefunden hast.«

»Und du scharwenzelst um den neuen Generalgouverneur herum, wie ich gehört habe«, sagte John mit einem schiefen Lächeln. »Herzlichen Glückwunsch zur Ernennung zu einem von Aucklands Adjutanten.«

Vernons selbstgefällige Miene verflog, als wäre er sich nicht sicher, ob er in irgendeiner Form gekränkt wurde. Er drehte sich um und rief nach einem Offizierskameraden, der in der Nähe am Eingang eines Erfrischungszelts stand.

»Ayton, komm her! Lass mich dir *deinesgleichen* vorstellen.«

Der rotgesichtige Mann, der ein paar Jahre älter als sie war, kam herübergeschlendert.

»Zwei schottische Landsleute von dir, Sandy – aus der Präsidentschaft Bombay. Bald sind genug von euch da, dass ihr einen eurer wilden Reels tanzen könnt, was?« Vernon lachte und schlug Sandy auf den Rücken. »Ayton stammt aus Edinburgh und hat von allen Soldaten hier eine der hübschesten Frauen.«

John und Colin erwiderten Sandys Verbeugung und tauschten Höflichkeiten mit ihm aus.

»Wo ist Mrs Ayton?«, unterbrach Vernon. »Wahrscheinlich sind sie und die reizende Mrs Gillveray wieder einmal unzertrennlich. Wohin eine der schönen Damen geht, dahin muss ihr auch die andere folgen, was?«

»Sie sind mit George im Ausstellungszelt«, sagte Sandy. »Mrs Gillverays Aquarelle verkaufen sich gut. Warum kommen Sie nicht mit hinüber und sehen sie sich an?«

Die Männer vertrauten ihre Pferde den *syces* an und folgten Sandy. John kam der Name Gillveray irgendwie bekannt vor. Das Zelt war überfüllt von Hauben tragenden Frauen und ihren uniformierten Männern, die sich laut unterhielten oder über die für den Wohltätigkeitsbasar ausgestellten Stickereien und Gemälde äußerten. Vernon blieb an einem Tisch voller Spitze stehen, um einigen junge Frauen Komplimente zu machen.

»Oh, da bist du ja!«, rief eine zierliche Frau Sandy zu. Krauses blondes Haar quoll unter ihrer Haube hervor, und sie war hochschwanger. »Fast alle von Alice' Bildern haben sich schon verkauft. Ist das nicht wunderbar?«

»Emily, hier sind zwei Landsleute von uns«, strahlte Sandy, »die hier sind, um auf den Rest zu bieten. Die Lieutenants Sinclair und MacRae.«

John beugte sich über die Hand, die Emily ihm hinstreckte. »Mrs Ayton.« Als er sich aufrichtete, fragte er: »Sind Sie eine der Künstlerinnen?«

»Mein Gott, nein.« Sie lachte. »Beim Zeichnen war ich immer ein hoffnungsloser Fall. Aber meine Freundin Alice hat ein echtes Talent dafür. Alice!«

Als sie ihren Namen hörte, unterbrach die hochgewachsene Frau, die ihnen den Rücken zugewandt hatte, ihr Gespräch und drehte sich um. John fand sofort, dass sie eine angenehm weibliche Figur hatte und dass ihr lächelndes Gesicht unter der Haube attraktiv war. Ihre Wangen waren wohlgeformt und rosig, ihr Mund rosa und sinnlich. Dann sahen sie sich in die Augen, und sein Herz setzte einen Schlag aus. Sogar im Schatten der Haube sah er, dass ihre Augen so leuchtend blau waren wie der Himmel draußen. Er kannte diese Augen.

Alice? Er unterdrückte ein Aufkeuchen und trat vor.

Sein Herz begann zu hämmern. Das Atmen fiel ihm schwer. Wie war es möglich, dass sie hier vor ihm in diesem Zelt an einem der entlegensten Vorposten der Company stand?

Für kurze, berauschende Sekunden empfand John Euphorie. Er hatte Alice wiedergefunden. Das gleiche Begehren, das er damals auf der Leuchtturminsel für sie empfunden hatte, durchströmte ihn.

Dann erstarrte sie, und ihr Lächeln erstarb. Sie sah sich panisch um. Einen Moment lang dachte John, dass er sich geirrt haben musste, aber die Röte, die ihr in Hals und Wangen stieg, erinnerte ihn sofort an seine Genesungszeit im Leuchtturm. Alice war damals so hübsch bei seinen verliebten Neckereien errötet.

»George«, sagte sie und legte ihre Hand auf den Arm eines älteren Mannes, der schnell an ihre Seite getreten war.

George lächelte die jungen Offiziere an, während Sandy sie noch einmal vorstellte.

»George Gillveray«, nannte der ältere Mann seinen Namen und schüttelte allen fest die Hand. »Und das hier ist meine begabte Ehefrau Alice.«

John starrte sie wie betäubt an. Er musste sich verhört haben. Dieser Mann konnte doch beim besten Willen nicht mit Alice verheiratet sein; er sah doppelt so alt aus wie sie. John spürte, wie ihm das Blut aus dem Gesicht wich. Enttäuschung brach über ihn herein. Natürlich war sie verheiratet – aber mit einem so viel älteren Mann?

Colin küsste Alice die Hand. John zögerte; dann wappnete er sich und tat es ihm nach. Es war eine süße Qual, ihre schlanken Finger an seine Lippen zu pressen. Er spürte, dass sie zitterte. Als er zurücktrat, sahen sie sich kurz in die Augen. Bildete er sich nur ein, dass in ihren zuneigungsvolle Wärme stand?

George sprach über seine Arbeit im Botanischen Garten von Kalkutta, aber John bekam kaum ein Wort mit, während er darum rang, seine Gefühle zu beherrschen und seinen Schock zu überspielen. Colin übernahm das Reden, da er spürte, dass etwas seinen Freund erschüttert hatte. Plötzlich wurde John klar, dass er wusste, wer Gillveray war. Er fand seine Stimme wieder.

»Ich glaube, wir sind uns schon einmal begegnet, Sir«, sagte er. »Vor langer Zeit in Ramanish Castle. Sie waren mit Stevenson auf einer Inspektionstour. Hercules MacAskill ist mein Ziehvater.«

»Hercules?«, rief George. »Er ist ein guter Freund von mir aus meinen ersten Tagen in Indien! Wie geht es ihm?«

»Sehr gut, vielen Dank.«

»Aber ich erinnere mich nicht …?«, sagte George verwirrt.

»Ich war der kleine Junge, der nur Paschtu sprach.« John lächelte. »Ich war ein klein wenig unhöflich zu Ihnen – bin einfach davongerannt, wenn ich mich recht entsinne. Sie haben es nie erfahren, aber Sie haben mir geholfen, wieder sprechen zu lernen – Gälisch und Englisch, meine ich.«

»Himmel, wirklich? Ich bin ja froh, wenn ich mich auf der Reise überhaupt nützlich gemacht habe. Jetzt erinnere ich mich an Sie – Sie waren ein hübscher Junge. Hercules war ungemein stolz auf Sie.« George lächelte. »Und nun sind Sie Offizier in der Armee der Company. Ich wette, das hat den alten MacAskill gefreut.«

John lachte. »Ja.« Er mochte Gillveray, obwohl sich bei dem Gedanken, dass Alice seine Frau war, seine Eingeweide vor Eifersucht verkrampften. Er hörte zu, wie George in Erinnerungen an die Zeit vor über zwanzig Jahren schwelgte, in der er um die Äußeren Hebriden gesegelt war, um Leuchttürme zu inspizieren. John wartete darauf, dass er Alice ins Gespräch einbeziehen und erwähnen würde, dass sie einmal in einem Leuchtturm gelebt hatte. Dann würde John galant sein und sie dafür loben, dass sie ihm auf den sturmgepeitschten Felsen das Leben gerettet hatte. Schadenfreude durchzuckte ihn, als er daran dachte, dass das Alice daran erinnern würde, dass sie ihr Versprechen gebrochen und ihn mit Missachtung gestraft hatte, kaum dass sie berühmt geworden war. Er sah zu ihr, aber sie wich seinem Blick aus.

Abrupt wechselte George das Thema und fragte die Männer nach ihrer Arbeit. Er geriet in Begeisterung, als John ihm erzählte, dass er als Landvermesser für Everest tätig war.

»Mein lieber Junge, darüber würde ich gern mehr hören. Sie müssen uns zum Abendessen besuchen und mir alles darüber erzählen. Versprechen Sie mir, das zu tun?«

»Wird Mrs Gillveray sich bei solchen Gesprächen nicht langweilen?«, fragte John, der der Versuchung, eine spitze Bemerkung zu machen, nicht widerstehen konnte.

»Überhaupt nicht«, antwortete George für sie. »Alice kennt sich auf allen möglichen Gebieten sehr gut aus. Ihr Vater hatte eine riesige Bibliothek und hat sie zum Lernen ermuntert. Deshalb liegt es meiner Frau auch so am Herzen, dass eingeborenen Mädchen Bildung vermittelt wird. Die Gemälde werden verkauft, um Geld für eine Schule für die Töchter der Gurkhas und Sepoys zu sammeln.«

John musterte Alice. Sie errötete heftig und schien nicht in der Lage zu sein, für sich selbst zu sprechen. Wie sie sich doch verändert hatte! So wurde sie also der Welt präsentiert – als Frau aus gutem Hause, die armen indischen Mädchen gegenüber mildtätig war. Es dämmerte John, dass weder Alice noch George ihr eigenes Aufwachsen in bescheidenen Verhältnissen bei ihrer einfachen Pflegefamilie erwähnen wollte. John dachte an die freundlichen und mitfühlenden Browns. Es widerte ihn an, dass Alice ihnen so bereitwillig den Rücken gekehrt hatte. Er würde nie seine ärmliche Herkunft verleugnen. John wandte sich zum Gehen.

»Lieutenant Sinclair«, sagte Alice, »Sie wollen doch sicher nicht gehen, ohne etwas für den guten Zweck gekauft zu haben?«

John drehte sich wieder um und sah, wie sie ihm herausfordernd einen mutigen Blick zuwarf – ein Aufblitzen der willensstarken Frau, die er in Erinnerung hatte. Sein Magen verkrampfte sich.

»Verzeihen Sie mir – natürlich nicht«, antwortete er und errötete angesichts des Tadels. Er folgte ihr zu dem Tisch, auf dem noch drei Aquarelle auf kunstlos gefertigten Staffeleien standen.

John rechnete damit, dass es sich um typische Landschaftsgemälde aus Simla handeln würde: Bungalows auf dem Jakko Hill, die Combermere Bridge über der Schlucht oder das von Kiefern gesäumte Annandale. Aber zu seiner Überraschung zeigten die Bilder Menschen statt Landschaften: einen Träger, der Feuerholz in einem Korb schleppte, den er sich an die Stirn geschnallt hatte, und eine Mutter, die ihr Baby mit einem bunt gefärbten Tuch auf den Rücken gebunden trug. Es waren auch Bauern mit Maultieren, Pfeifenraucher, die im Basar hockten, und Kinder, die in Pfützen planschten, dargestellt. Seltsamerweise erinnerten sie ihn an das Dorf in Ramanish; Alice hatte das Wesen der Leute eingefangen, die ihrem täglichen Leben nachgingen.

»Die sind sehr gut«, sagte John. »So lebensecht – bunt.«

»Und das überrascht Sie?« Ihr Mund zuckte amüsiert.

John sah sie an. »Es überrascht mich«, murmelte er, »dass solch eine hochwohlgeborene Dame auch nur daran denkt, das Gewöhnliche zu malen.«

Alice warf ihm einen vernichtenden Blick zu und presste den Mund verärgert zusammen.

»Ich nehme das mit den spielenden Jungen«, entschied John. »Es erinnert mich an meine Kindheit, in der ich barfuß und halb nackt herumgelaufen bin.«

»Meinen Sie nicht eher: davongelaufen?«, fragte Alice herausfordernd.

John runzelte die Stirn. »Was soll das denn heißen?«

»Nichts natürlich«, erwiderte Alice leichthin, nahm das Gemälde von seiner Staffelei und wickelte es in ein Stück Stoff ein. »Danke, dass Sie die Mädchenschule unterstützen.« Sie hielt ihm das Bild hin.

John fischte Geld aus der Tasche und wunderte sich über ihre seltsame Bemerkung.

In dem Moment kehrte Vernon zurück, der mit den Frauen am Stickereitisch getändelt hatte, und rief: »Sinclair, gleich geht der Schießwettbewerb los. Ich wette einen Kelch Champagner, dass du mich nicht schlagen kannst!«

»Na, wenn du es dir leisten kannst«, witzelte John zurück, »dann gewinne ich mit Freuden den Champagner von dir, Buckley.«

* * *

Alice klammerte sich am Tisch fest, während sie John nachsah. Ihr Puls raste, und ihr Kopf pochte. Sie hatte den Eindruck, dass sie gleich ohnmächtig werden würde. Sein plötzliches Erscheinen hatte ihr den Atem verschlagen und sie nach Worten suchen lassen. Ihre Finger prickelten immer noch dort, wo seine Lippen sie bei dem Handkuss gestreift hatte. Auf den ersten Blick hätte sie ihn für einen dieser dunklen französischen oder italienischen Söldner halten können, die nach Indien kamen, um ihr Glück zu suchen. Er wirkte älter. Sein Gesicht war schmaler und wettergegerbter, sein Kinn, das er am Morgen rasiert haben musste, war schon wieder dunkel vor Bartstoppeln. Aber dann hatten sie sich in die Augen gesehen. Diese lebhaften grünen Augen hätte sie überall erkannt. Ihr Herz hatte sich in ihrer Brust überschlagen.

»Meine Liebe, geht es dir gut?«, fragte George besorgt.

Alice riss den Blick von den davongehenden Soldaten los. »Alles in Ordnung. Mir bekommt nur die Hitze hier drinnen nicht.«

»Ich habe mir ja gleich gedacht, dass das zu viel für dich sein könnte«, ängstigte George sich um sie. »Du hast es mit dem Malen übertrieben. Lass uns ins Erfrischungszelt gehen, damit du dich hinsetzen kannst. Etwas Tee wird dich schon wieder zu Kräften bringen.«

»Ja«, sagte Alice, immer noch atemlos, »Tee wäre gut.«

Aber als George sie auf einen Klappstuhl gesetzt hatte und sie an dem heißen Getränk nippte, spürte sie die vertraute Übelkeit in ihrer Kehle aufsteigen. Die erste Woche in Simla über war es Alice nicht gut gegangen, weil sie nach der Reise erschöpft gewesen war. Sie war bettlägerig gewesen. Erst nachdem ein heftiger Wolkenbruch die gewittrige Luft gereinigt hatte, war ihre Energie allmählich zurückgekehrt. Sie hatte die folgenden vierzehn Tage damit verbracht, an Georges Seite zu Fuß durch die Stadt zu streifen und die Bergbewohner zu skizzieren.

»Warum sagen die Leute, dass Simla nur aus ein paar Dutzend Häusern auf einem Hügel besteht«, hatte Alice nachdenklich gesagt, »obwohl doch in der Stadt der Eingeborenen unten das pralle Leben herrscht?«

George hatte gelacht. »Weil sie dafür keinen Blick haben.«

Alice genoss es, sich ein Haus mit den Aytons zu teilen – Emily war der einzige Mensch außer George, dem sie anvertraut hatte, schwanger zu sein –, aber sie hatte ihre Lust auf Geselligkeit verloren. Nach Dinnerpartys war ihr immer übel, und es fiel ihr schwer, bei Konzerten wach zu bleiben. Sogar Teepartys waren für sie anstrengend, während Emily in der Gesellschaft von Simla aufzublühen schien. Alice' Freundin konnte alles essen, und ihr Bauch wölbte sich unter ihren Sommerkleidern bald so, dass sie sich blähten wie die Segel eines Schiffs. Die Schwangerschaft schien Emily gut zu bekommen. Sie und Sandy waren beide froh darüber, dass ihr erstes

Kind in den Bergen fern der Fieber auslösenden Miasmen in den Ebenen geboren werden würde.

Das einzige Haus, das Alice gern besuchte, war das von Miss Wallace, die die Mädchenschule in Sabathu aufgebaut hatte. Ihr dunkles Äußeres verriet ihr indisches Erbe. Laut dem Klatsch in den Salons von Simla war ihre Großmutter die Tochter eines reichen Hindu-Kaufmanns gewesen, die einen Kapitän der East India Company namens Wallace geheiratet hatte. Alice fand sie ebenso lebhaft und gastfreundlich wie Miss Cook in Kalkutta.

»Komm mit und sieh dir den Schießwettbewerb an«, drängte Emily Alice, als sie sie im Erfrischungszelt gefunden hatte. »Sandy nimmt auch daran teil.«

»Alice fühlt sich nicht wohl«, wandte George ein. »Ich überlege, ob ich sie nach Hause bringen soll.«

»Oh, tu das nicht«, sagte Emily erschrocken. »Der Spaß fängt doch gerade erst an. Und du hast doch gesagt, dass du am Bogenschießen teilnehmen möchtest, nicht wahr, Alice?«

»Das wird sie ganz bestimmt nicht«, verfügte George.

Alice stand gereizt auf. Sie seufzte. »Pack mich nicht in Watte. Ich bin keine Invalidin, George.« Sie sah seinen verletzten Blick und bereute ihre Worte sofort. Aber sie wollte auch Emily nicht enttäuschen. »Danke, dass du dich um mich sorgst, aber jetzt, nachdem ich mich ausgeruht habe, geht es mir wieder gut.« Sie lächelte. »Komm, lass uns gehen und zusehen, wie Sandy den arroganten Captain Buckley besiegt.«

* * *

Das Ziel war ein Messingkrug, der mit der Öffnung nach unten auf einer Stange steckte. Auf dem behelfsmäßigen Schießplatz ertönten Schüsse, und die Luft war von Pulverqualm geschwängert. Die Zuschauermenge klatschte und jubelte, wenn sie das metallische Scheppern einer Kugel hörte, die den Krug traf.

John hatte mit Vernon gleichgezogen. Beide hatten jeweils mit sechs Schüssen das Ziel getroffen. Sie waren die letzten beiden Teilnehmer, die noch im Wettbewerb waren. Sandy und Colin hatten aufgegeben, nachdem sie bei ihren letzten Versuchen den Krug verfehlt hatten.

»Bleib du lieber bei deinen Kanonen«, hatte Vernon mit einem herablassenden Zwinkern zu Colin gesagt, »mit denen triffst du auf alle Fälle irgendetwas.«

Als John sich wieder vor dem Ziel aufbaute, erhaschte er einen Blick auf Alice und ihre redselige Freundin, die ganz vorn im Gedränge standen. Bestimmt war sie gekommen, um Vernon anzufeuern – das schienen alle Frauen zu tun –, und der Gedanke brachte ihn aus der Ruhe. Er schoss und verfehlte zum ersten Mal den Krug. Ein aufgeregtes Aufkeuchen ertönte ringsum.

Vernon zog eine große Schau ab: Er ließ sich Zeit und ging theatralisch in Stellung für seinen Schuss. Wenn er das Ziel traf, würde er gewinnen. Die Zuschauer hielten den Atem an. Er feuerte, und der Metallkrug wackelte, als die Kugel ihn traf. Jubel brandete auf.

Vernon drehte sich um und schenkte John ein befriedigtes Lächeln. »Pech gehabt, Sinclair; den Champagner musst du heute Abend bezahlen.«

John trat vor und schüttelte ihm die Hand. »Gut gemacht, Buckley.«

»Ich komme bei Nairn vorbei, um mir meinen Preis abzuholen«, sagte Vernon und klopfte John auf den Rücken, »und um im Kartenspiel gegen dich anzutreten.«

»Bestimmt kann Captain Nairn gar nicht abwarten, die Ehre zu haben«, sagte John trocken.

Als er davonging, um sich zu Colin zu gesellen, warf er einen Blick zu Alice hinüber. Sie beobachtete ihn, den Arm besitzergreifend bei ihrem Mann eingehakt. John runzelte die Stirn.

Es ärgerte ihn, dass ihre Anwesenheit ihn die Konzentration gekostet hatte. Seine Zeit in Simla würde ein wahres Fegefeuer sein, wenn er ihr ständig über den Weg lief. Allerdings war sie bei keinem der ausschweifenden, vom Alkohol aufgeheizten Abendessen gewesen, die sein Gastgeber, Nairn, gegeben hatte, seit John in der Hill Station, wie die Erholungsorte in den Bergen genannt wurden, eingetroffen war. Er würde sich an die Gesellschaft der anderen unverheirateten Offiziere halten und so vermeiden, Alice zufällig bei gesellschaftlichen Anlässen zu begegnen. John beschloss auch, dass er seine Pläne, sich in den Norden zu wagen, so bald wie möglich in die Tat umsetzen würde.

Kapitel 15

»Müssen wir unbedingt diese schottischen Lieutenants einladen?«, fragte Alice und versuchte, ihr Erschrecken zu verbergen, als George schon wieder den Vorschlag machte, John und Colin zu Gast zu haben. Der Basar in Annandale lag nun schon mehrere Tage zurück, und bisher war es Alice geglückt, John aus dem Weg zu gehen. »Sie würden bestimmt viel lieber in Auckland House bei den Edens essen.«

»Ich weiß, dass du schnell müde wirst, meine Liebste«, sagte George, »aber es wäre nur ein einfaches Abendessen. Außerdem habe ich es dem jungen Sinclair nun einmal versprochen, ganz zu schweigen davon, dass ich sehr darauf brenne, mehr über die Große Trigonometrische Vermessung zu hören. Sie ist eine höchst erstaunliche Leistung der Ingenieurskunst. Möchtest du gern, dass die Aytons auch kommen, damit du dich mit Emily unterhalten kannst?«

»Das ist es nicht«, sagte Alice. »Aber möchtest du nicht lieber zu Nairn hinübergehen und dich mit Lieutenant Sinclair bei einer Pfeife Tabak und einem Glas Portwein darüber unterhalten? Das findet er vielleicht angenehmer.«

»Meiner Erfahrung nach«, erwiderte George, »sehnen sich junge Offiziere nach ein bisschen Häuslichkeit und weiblicher

Gesellschaft. Mir ging es jedenfalls so, als ich ein junger Mann war. Seine Zeit nur in der Messe zu verbringen, wird auf die Dauer langweilig.«

»Nach allem, was ich gehört habe, haben sie bei Nairn alle weibliche Gesellschaft, die sie wollen«, konterte Alice. »Tanzmädchen nach dem Abendessen. Das erzählt Emily jedenfalls.«

»Gib doch nichts auf den Tratsch«, sagte George.

»Kein Tratsch, sondern die Wahrheit«, entgegnete Alice. »Miss Wallace macht sich große Sorgen um diese *nautch*-Mädchen. Sie glaubt, dass die Männer sich an ihnen vergreifen, wenn sie zu viel getrunken haben.«

»Meine Liebe!«, rief George. »Miss Wallace sollte dir gegenüber nicht von solchen Dingen reden.«

»Also weißt du, dass es wirklich geschieht?«, fragte Alice.

George sah gequält drein. »Ich entschuldige solches Verhalten nicht. Aber ist das nicht ein Grund mehr, die jungen Offiziere in dieses gesittete Haus einzuladen und ihnen etwas zivilisierte Unterhaltung zu gönnen? Sie sind weit von zu Hause weg, und ich möchte ihnen unsere Gastfreundschaft erweisen. Ist das so lästig?«

Alice schämte sich für ihr ungastliches Widerstreben. Wie immer dachte ihr freundlicher Mann nur an die anderen, während sie selbstsüchtig versuchte, sich zu schützen. War es möglich, dass George die Namen der Menschen, die sie in der Nacht des Sturms gerettet hatte, vergessen hatte? Es schien so. Wenn sie ihm jetzt erklärte, dass John einer von ihnen gewesen war, würde George das Abendessen vielleicht absagen. Er wollte unbedingt verhindern, dass ihre Vergangenheit ans Licht kam.

Als sie sich verlobt hatten, hatten sie sich geeinigt, ihre Heldentat als Alice Brown nicht mehr zu erwähnen, auch nicht den skandalträchtigen Klatsch über ihre Mutter. Alice hatte die öffentliche Aufmerksamkeit nicht gewollt, die ihre Familie einer unsagbaren Belastung ausgesetzt hatte. In Indien hatte sie sich von der Vergangenheit befreit gefühlt, als sie Mrs Gillveray geworden war. John bedrohte die Harmonie in ihrem neuen Leben. Vielleicht redete man jetzt schon in der Offiziersmesse über sie. Was, wenn John damit prahlte, dass sie ihn gepflegt und so bereitwillig ihre Küsse verschenkt hatte? Oder ließ die Tatsache, dass er sich nicht wie ein Gentleman verhalten, sondern ihr die Ehe versprochen und sie dann verlassen hatte, ihn Stillschweigen über die Angelegenheit wahren? Vielleicht würde es das Beste sein, die Tortur, ihn zu sehen, hinter sich zu bringen. Bei dieser Gelegenheit konnte sie ihm auch sehr deutlich machen, dass sie von ihm diesbezüglich Diskretion erwartete und nichts mehr mit ihm zu tun haben wollte.

»Du bist ein guter Mensch, George.« Sie lächelte. »Du siehst immer nur das Beste in anderen Leuten. Natürlich müssen wir die Offiziere hier willkommen heißen.«

* * *

John stürzte zwei Brandys hinunter, bevor er zum Daisy Cottage aufbrach. Vorhin hatte er sich beim Rasieren geschnitten.

»Lass uns diesen Besuch so kurz wie möglich halten«, sagte er leise zu Colin, als sie den schmalen Pfad von ihrem Quartier auf dem Jakko Hill zur Combermere Bridge hinuntergingen.

»Ich weiß nicht, warum es dir so widerstrebt«, erwiderte Colin und verfiel ins Gälische, das sie immer sprachen, wenn sie zusammen waren. »Die Gillverays scheinen doch ein nettes Paar zu sein.«

»Der Schein kann trügen.«

»Was soll das denn heißen?«

»Nichts.«

Colin blieb stehen und packte John am Arm. »Freund, sag mir, was dir auf der Seele brennt. Du warst die ganze letzte

Woche über verstimmt – hast getrunken bis zum Umfallen. Ich musste dich jeden Abend ins Bett tragen. Und du hast mit Nairn immer wieder einen Streit über *nautch*-Mädchen vom Zaun gebrochen …«

John schüttelte Colins Hand ab. »Ich halte nicht viel von der Gesellschaft in Simla, das ist alles. Ich kann es nicht abwarten, dass wir in die Berge aufbrechen.«

»Es steckt mehr dahinter«, bohrte Colin weiter. »Ich kenne dich zu gut. Du bist nicht mehr du selbst, seit du Mrs Gillveray zu Gesicht bekommen hast.«

John wurde rot. »War das so offensichtlich?«

»Für mich ja«, sagte Colin mit einem mitleidigen Lächeln. »Bist du ihr schon einmal begegnet?«

John seufzte gereizt. »Bevor sie Mrs Gillveray geworden ist, war sie Alice Brown und später Fairchild. Sagt dir der Name etwa nichts?«

»Nein, sollte er?«

»Sie war die Alice, die mir das Leben gerettet hat – die Leuchtturmheldin von den Flugblättern.«

»*Die* Alice?«, rief Colin. »Diejenige, die du heiraten wolltest?«

John nickte und biss die Zähne zusammen.

Colin pfiff leise. »Warum hast du nichts gesagt?«

»Weil offensichtlich ist, dass sie daran nicht erinnert werden möchte – weder an ihr einstiges Leben noch an mich.« John packte Colin an der Schulter. »Du darfst nichts davon erwähnen. Ich will nicht, dass sie mir die Schuld an irgendwelchem Klatsch gibt, der sich über sie verbreiten könnte.«

»Ich weiß nicht, was es schaden könnte, wenn die Leute wüssten, dass sie die Leuchtturmheldin ist.«

»Damals haben sie alle möglichen reißerischen Geschichten über ihre übel beleumundete Mutter gedruckt, die sie im Leuchtturm zur Welt gebracht und im Stich gelassen hat.

Manche haben sogar behauptet, sie sei gar nicht Fairchilds Tochter gewesen, sondern der Bastard eines Kapitäns. Ich weiß nicht, woher sie solche Geschichten hatten.«

»Wenn das so ist, halte ich natürlich den Mund«, versprach Colin.

»Gut«, sagte John. »Bringen wir es schnell hinter uns und brechen dann in die Berge auf. Abgemacht?«

Colin klopfte ihm auf den Rücken. »Abgemacht.«

* * *

Im Schutze des schwachen Lampenlichts studierte Alice John. Er konzentrierte sich ganz auf sein lebhaftes Gespräch mit George über Triangulation und Vermessungen, bei denen man die Erdkrümmung mit einberechnen musste. Das Licht fiel auf sein markantes Gesicht und ließ sein dunkles Haar glänzen wie eine Rabenschwinge. Alice lauschte seiner melodiösen Highlander-Stimme. Tief in ihrem Innern durchzuckte sie Sehnsucht.

Zu Beginn des Abends war die Unterhaltung steif verlaufen. Der verblüffte George war deshalb besonders liebenswürdig gewesen und hatte die peinlichen Pausen mit Geplauder über die Flora des Himalaja ausgefüllt. Alice hatte den Eindruck, dass John Colin von ihrer früheren Verbindung erzählt haben musste, denn Colin hatte im Umgang mit ihr genauso verlegen gewirkt wie John.

Aber nachdem sie das Abendessen aus schottischem Lachs aus der Dose, den George extra für ihre Gäste bestellt hatte, zu Kartoffeln und Erbsen aus ihrem Garten mit drei Flaschen Bordeaux heruntergespült hatten, waren alle drei Männer entspannt und zum Reden aufgelegt.

»… und sie wissen Ihre Bemühungen sehr zu schätzen, Mrs Gillveray.«

Alice wurde sich plötzlich bewusst, dass Colin mit ihr sprach. Sie hatte nur mit halbem Ohr zugehört.

»Verzeihung«, sagte sie, »meine Bemühungen?«

»Um die Töchter der Sepoys. Die Schule in Sabathu. Ich kenne einige der Gurkhas dort.«

»Oh, ja, natürlich«, sagte Alice hastig. »Aber eigentlich gebührt das Lob Mrs Wallace. Ich habe nur eine Handvoll Gemälde verkauft.«

»Ganz reizende Gemälde«, sagte John zu ihrer Überraschung. Hatte er ihr Gespräch mit Colin belauscht wie sie umgekehrt seines mit George? »Ihr Bild der Jungen am Wasserloch hat an unserer Wand jetzt einen Ehrenplatz, auch wenn ich fürchte, dass der Regen, der durch die Decke tropft, es beschädigen könnte.«

Alice lächelte. »Na, es freut mich, wenn es die Wasserflecken verdeckt.«

»Was möchten Sie als Nächstes malen, Mrs Gillveray?«, fragte John.

»Ich habe den Affentempel auf der Kuppe des Jakko Hill noch nicht besucht«, antwortete sie. »Ich habe gehört, dass man von dort den besten Blick auf Simla hat.«

»Den hat man in der Tat.« Er nickte. »Besonders bei Sonnenaufgang. Die Gipfel des Himalaja sind dann am klarsten zu sehen, bevor die Wolken sie verdecken. Ich würde Ihnen einen frühmorgendlichen Ausritt empfehlen.«

Er hielt ihrem Blick stand. Seine Augen funkelten wild im Kerzenschein. Alice spürte, dass sie allmählich Herzklopfen bekam. War das eine Einladung, sich dort mit ihm zu treffen? Die Stimmung zwischen ihnen hatte sich im Laufe des Abends unmerklich verändert; seine anfängliche Eiseskälte ihr gegenüber war aufgetaut. Sie musste sich ins Gedächtnis rufen, dass er keinen Grund hatte, barsch zu ihr zu sein, weil sie diejenige war, der man Unrecht getan hatte. Dennoch war Alice dankbar, dass er bisher mit keinem Wort erwähnt hatte, dass sie einander einmal gekannt hatten.

Colin sagte: »Ich kann es gar nicht abwarten, die Berge aus der Nähe zu sehen, wenn wir zu unserer Reise aufbrechen.«

»Reise?«, fragte George.

»Wir reisen in ein paar Tagen nach Bashahr hinauf«, erklärte John, »im Zuge der Mission der Kavallerie, Pferde für die Remonte der Company in Dehradun zu kaufen. Colin und ich hoffen, unterwegs ein bisschen auf die Jagd gehen zu können.«

Enttäuschung machte sich in Alice breit. »Wie lange werden Sie fort sein?«

»Bis wir zu unseren Regimentern zurückkehren«, sagte Colin, »am Ende der heißen Jahreszeit.«

»Na, da wünsche ich Ihnen beiden viel Glück«, sagte George neidvoll. »Ich wollte schon längst einmal die Hochebenen besuchen und Kaschmirziegen in ihrem natürlichen Lebensraum beobachten, um mit eigenen Augen zu sehen, wie man *pashm* aus ihrem Fell gewinnt. Ich habe Alice schon lange einen Paschminaschal versprochen. Wenn ich zehn Jahre jünger wäre, würde ich mich Ihnen vom Fleck weg anschließen.«

»Dazu hätte Ihre Frau vielleicht auch eine Meinung«, bemerkte John trocken.

George lachte leise. »Auch Alice wäre sofort mit dabei, wenn sie kein Ki…« Er brach abrupt ab.

Alice errötete. Er hätte sich beinahe verplappert, dass sie ein Kind erwartete. Peinliches Schweigen trat ein. Sie wich Johns prüfendem Blick aus.

»Lieutenant MacRae, Sie haben doch erwähnt, dass Sie gern eines meiner Gemälde kaufen würden. Möchten Sie morgen noch einmal kommen, um sie bei Tageslicht zu betrachten? Ich bewahre sie im Gartenhaus auf.«

»Mit Vergnügen«, sagte Colin.

»Und ich könnte Sie im Garten herumführen«, bot George an und unterdrückte ein plötzliches Gähnen.

John stand auf. »Danke für den überaus angenehmen Abend. Sie müssen müde sein. Wir haben Ihre Gastfreundschaft schon viel zu lange beansprucht.«

Alice begleitete sie auf die Veranda hinaus. Von den Bäumen tropfte es nach einem kurz zurückliegenden Regenschauer, aber die Wolken lichteten sich und enthüllten einen sternenübersäten Himmel.

»Das ist der Churdhar, der Berg, den wir vermessen haben«, erklärte John und zeigte nach Süden. Dort ragte ein einsamer, schneebedeckter Gipfel auf, ein glitzernder Umriss im Sternenlicht. »Der Name bedeutet so viel wie *Armband des Mondes.*«

»Wie schön«, hauchte Alice.

Er wandte sich ihr zu, und sie sahen einander in die Augen. Dachte auch er an den Moment vor fast zehn Jahren, als er ihr seine Liebe gestanden hatte?

»Ja, das war es«, sagte er, und der bedauernde Tonfall ließ seine Stimme tiefer klingen.

Plötzlich wollte Alice nicht mehr, dass er ging. »Ich hoffe, Sie kommen uns noch einmal besuchen, bevor Sie Simla verlassen«, sagte sie und streckte ihm die Hand hin.

»Gern«, erwiderte er, trat auf sie zu, nahm ihre Hand und presste sie an seine Lippen. »Gute Nacht, Mrs Gillveray.«

»Gute Nacht«, antwortete sie und hoffte, dass ihre Stimme ihr hämmerndes Herz nicht verriet.

* * *

Alice lag schlaflos im Bett. George schnarchte laut. Er war es nicht gewohnt, so viel Bordeaux zu trinken. Sie war wütend auf sich selbst, weil sie es den zärtlichen Erinnerungen an John gestattet hatte, an die Oberfläche zurückzukehren. Sie betrog ihren Ehemann mit jedem verräterischen Gedanken – den Mann, von dem sie ein Baby erwartete! Aber sie konnte an nichts außer John denken. Sie malte sich aus, wie er in Nairns Haus zurückkehrte, um sich dem Gelage dort anzuschließen, und quälte sich mit der Vorstellung, wie er in den Armen irgendeiner schönen Tänzerin lag. Sie hatte kein Anrecht auf ihn, und es durfte sie nicht kümmern, was er tat. Wie sehr sie sich doch selbst verabscheute!

John war in ihr Haus gekommen und hatte mit seinen begehrlichen Blicken absichtlich alte Gefühle neu entfacht. Er war genau derselbe Schmeichler und Betrüger wie damals. Alice wälzte sich hin und her und seufzte vor Enttäuschung und Zorn. Dann fiel ihr auf, wie ungerecht sie war. Er hatte nur eine Einladung zum Abendessen angenommen und bis zu dem Tag keinen Versuch unternommen, sie zu sehen. Sie hatte zu viel in seine Blicke und Worte hineingedeutet. Es würde das Beste sein, wenn sie ihn nie wieder zu Gesicht bekam.

* * *

Im schimmernden Zwielicht kurz vor dem Morgengrauen stieg Alice leise aus dem Bett, kleidete sich an und ging nach draußen. Ein schlaftrunkener *syce* sattelte eines der Ponys, die Sandy für den Sommer gemietet hatte. George mochte es nicht, wenn sie in ihrem anfälligen Zustand ausritt, aber sie war es leid, wie eine Porzellanpuppe behandelt zu werden. Sie vermisste ihre morgendlichen Ausritte. Sie würde nur im Schritt reiten. Sie brauchte die kühle Morgenluft, um einen klaren Kopf zu bekommen. Vor Schlafmangel war sie ganz benommen.

Alice redete sich ein, dass sie den Weg den Jakko Hill hinauf nur aus einer Laune heraus einschlug, aber sie wusste in ihrem tiefsten Innern, dass es nicht so war. Sie wollte einen Blick auf die Berge erhaschen, die John aus Simla fortlockten; sie wollte ihre Anziehungskraft ebenfalls spüren. Vor allem aber wünschte sie sich, dass er da war.

Die Luft war vom harzigen Duft der langnadligen *deodars* erfüllt, die über den gewundenen Pfad ragten. Von frühmorgendlichen Feuern stiegen Rauchsäulen aus den Bungalows auf, die sich zwischen den Bäumen verbargen. Alice fragte sich, welcher davon Nairn gehörte. Auf der Kuppe des Hügels waren so früh noch keine anderen Reiter unterwegs. Enttäuschung überfiel Alice. Aber der Ort war bezaubernd. Affen tollten um einen verwitterten Holztempel mit steil aufragendem Dach herum. Die Bäume waren vom Flügelschlagen und Kreischen der Vögel erfüllt, die die Morgendämmerung ankündigten. Der Lärm übertönte die leisen Hufschläge, die sich näherten, und so keuchte Alice erschrocken auf, als ein Reiter neben ihr sein Pferd zügelte.

John lächelte, und das Herz ging ihr auf. Er war gekommen! Er schien überhaupt nicht überrascht zu sein, sie hier anzutreffen.

»Ich habe gehofft, dass du hier sein würdest«, sagte er.

Sie erwiderte sein Lächeln, zu gerührt, um zu sprechen.

Er nickte und sagte: »Die beste Aussicht hat man von dort drüben.«

Sie folgte ihm, bis er sein Pferd bei einer Schneise im Wald anhielt, in der man vor Kurzem Bäume geschlagen hatte. Der Himmel wurde im Osten allmählich heller. Vor ihren Augen breitete sich die rosenrote Morgendämmerung wie Feuer hinter einer dunklen Masse undeutlicher Bergketten aus. Alice hielt die Luft an und wartete, als könnte ein Atemzug den Zauber der Intimität, der sie verband, zerstören. Dann sah sie sie: die Berggipfel. Sie traten aus der Nacht hervor, als würden sie aus dem Schlaf erwachen, wurden erst rosa, dann orange und golden, um schließlich ein sanftes, flaumiges Weiß anzunehmen.

Vor Staunen stand ihr der Mund offen. Von der Lampenkammer des Leuchtturms aus hatte sie viele eindrucksvolle Sonnenaufgänge beobachtet, aber keinen so magischen wie diesen hier. Alice spürte, dass Tränen der Rührung in ihren Augen brannten.

»Warum hast du meine Briefe nie beantwortet, Alice?« John überrumpelte sie mit seiner Frage, die den Zauber sofort zerbrach.

»Was für Briefe?«, fragte sie. »Tu jetzt ja nicht so, als hättest du dir die Mühe gemacht, mir zu schreiben.«

Er sah sie scharf an. »Das habe ich aber getan! Ich habe dir viele Male geschrieben.«

»Ich glaube dir nicht«, gab sie zurück. »Ich habe nie auch nur einen einzigen Brief von dir bekommen. Monatelang habe ich gewartet. Ich war diejenige, die dir geschrieben, aber nie eine Antwort bekommen hat. Du hast versprochen, meinem Vater zu schreiben …«

»Das habe ich auch getan«, unterbrach John sie empört. »Ich habe um deine Hand gebeten. Ich habe deinen Eltern Geschenke geschickt – Kleidung und Bücher. Ich habe ein kleines Vermögen für euch alle ausgegeben. Dieses Seidenkleid. Aber ich nehme an, das war nicht mehr fein genug, nachdem Colonel Fairchild Anspruch auf dich erhoben hatte.«

Alice starrte ihn mit offenem Mund an. »Seidenkleid?«

»Ja, es war himmelblau«, sagte John, »weil der Farbton so gut zu deinen Augen passt.«

Alice sah ihn fassungslos an.

»Als du nie geantwortet hast – Monat um Monat nicht einmal ein Wort –, habe ich fast den Verstand verloren«, fuhr John fort.

Alice wurde übel. Was, wenn er die Wahrheit sagte? Ein schrecklicher Verdacht schlug die Krallen in sie. War es möglich, dass jemand aus ihrem nächsten Umfeld sie betrogen hatte und nicht John? Vor Schmerz schloss sie die Augen. All die Jahre, in denen sie John die Schuld gegeben und ihn in gleichem Maße geliebt und gehasst hatte – all die vergeudeten Jahre!

»Thomasina«, zischte sie, »und Danny.«

»Dein Bruder?«, fragte John und legte ihr die Hand auf den Arm.

Alice zuckte zusammen und öffnete die Augen. »Thomasina hatte ein neues blaues Kleid. Sie hat ihrer Mutter dabei geholfen, das Postamt zu führen – sie muss das Kleid für sich behalten haben und all die anderen Geschenke auch.«

»Aber aus welchem Grund?«

»Sie hat mich gehasst«, sagte Alice bitter. »Thomasina war immer eifersüchtig wegen Danny. Als ich nach der Rettung all die Aufmerksamkeit bekommen habe, hat sie mich mehr denn je verabscheut. Sie hat auch Danny gegen mich aufgehetzt.« Der Verrat verschlug Alice den Atem. »Ich habe ihm einen Brief gegeben, den er dir schicken sollte, aber er muss ihn vernichtet haben.«

Johns Zorn wich Fassungslosigkeit. »Aber warum hätte Danny das tun sollen?«

»Weil er Angst hatte, dass du für mich etwas Besonderes warst«, stieß Alice verzweifelt hervor. »Er wollte nicht, dass ich mit einem Soldaten fortging, wenn doch weit mehr zu holen gewesen wäre. Ich hatte schon fast vermutet, dass Thomasina und Danny meine Post gelesen haben, aber nicht, dass sie etwas davon zurückgehalten haben …«

Sie sah John an. Der Gedanke an Thomasinas und Dannys Komplott ließ ihr übel werden.

»Sie haben es aus Geldgier getan! Sie haben sogar noch Geld damit verdient, die Geschichte meiner Geburt an die Presse zu verkaufen.« Alice schrie wutentbrannt auf. »Gierige Teufel, alle beide! Warum bin ich nie darauf gekommen, dass sie so etwas getan haben könnten?« Sie krümmte sich vor Schmerzen, unfähig, ihre Tränen der Empörung zurückzuhalten.

Im nächsten Augenblick war John schon aus dem Sattel gesprungen und hob sie aus ihrem. Er trug sie zu einer weichen Grasfläche, breitete seine Jacke darauf aus und zog sie dann an sich. Sie schluchzte an seiner Schulter. Er küsste sie zärtlich auf die Stirn.

»Also magst du mich doch?«, fragte er.

»So s… sehr.«

»Und ich dich, süße Alice. Kein Tag vergeht, ohne dass ich an dich denke – ganz gleich, wie sehr ich dich aus meinem Gedächtnis zu verbannen versuche.«

»Mir geht es genauso«, schluchzte sie. »Wenn ich nur gewusst hätte, dass du mich immer noch so liebst wie ich dich …«

Er hielt sie in seinen starken Armen. Sie spürte, wie sein Herz dicht bei ihrer Wange hämmerte. Wie oft hatte sie sich danach gesehnt, wieder seine Arme um sich zu spüren! Aber der Moment war bittersüß. Er war zu spät gekommen.

»Ich habe versucht, dich zu besuchen«, sagte John. »Bevor ich nach Indien abgereist bin. Aber zu dem Zeitpunkt schienst du für mich schon zu sehr außer Reichweite zu sein.«

»Die spanische Münze«, stieß Alice hervor. »Also war sie wirklich von dir?«

John nickte. Alice erzählte ihm, dass sie die Münze erst Jahre später von Josiahs Witwe erhalten hatte.

»Ich trage sie immer noch«, gestand Alice, »obwohl ich weiß, dass ich es nicht tun sollte. Nicht jetzt, da ich die Frau eines anderen Mannes bin.« Ihre Worte schienen ihn zu verärgern.

»Du solltest meine Frau sein!«, rief John. »Nicht die dieses alten Mannes.«

Alice löste sich von ihm. »Ich habe so ein schlechtes Gewissen. George ist ein guter Mann.«

»Du erwartest ein Kind von ihm, nicht wahr?«

Alice' Augen brannten vor frischen Tränen. Sie nickte, unfähig zu sprechen. Sie sahen einander todunglücklich an, überwältigt von der Tragödie ihres Missverständnisses.

John ließ Alice los, zog sie auf die Beine und stellte sich ihr zugewandt hin.

»Ich habe nie eine Frau so sehr geliebt, wie ich dich liebe, Alice«, sagte er. Seine grünen Augen glänzten fiebrig. »Nie! Doch ich muss mich damit abfinden, dass du Gillverays Frau bist. Ich weiß, dass er ein anständiger Mann ist, aber ich kann es nicht ertragen, ihn mit dir zu sehen. Es ist, wie ein Schwert in die Gedärme zu bekommen. Wir dürfen einander nicht wiedersehen.«

Alice streckte ihre Hände aus und packte seine. »Ich kann es nicht ertragen, das nicht zu tun«, flüsterte sie. »Bitte lass mich dich sehen, bevor du abreist.«

Sie sah die Anspannung in seinem Gesicht, als er mit seinem Gewissen rang. Sie war über all solche Skrupel hinaus. Sie würde ihn bald wieder verlieren. Der Schmerz bei der Vorstellung, ihn nie wiederzusehen, war erdrückend.

»Ich liebe dich, John. Brich mir kein zweites Mal das Herz!«

Seine Augen sprühten Funken. »Frau, du erwartest ein Kind von ihm. Wenn wir nicht als Mann und Frau zusammen sein können, dann ist es besser, wenn wir uns jetzt für immer trennen. Ich wäre nie zufrieden damit, nur dein Geliebter zu sein, also verlang das nicht von mir.«

»Ich …«

»Es gibt keine Zukunft für uns«, sagte John barsch, »nur gebrochene Herzen.«

Er schleifte sie fast zu ihrem Pony und hob sie grob in den Sattel. »Geh, Alice!«, stieß er heiser hervor.

Sie packte die Zügel, geblendet von Tränen der Verzweiflung, und trieb das Pony mit einem Flankenhieb in den Trab. Auf dem Weg den Hügel hinab wurde sie so durchgerüttelt, dass es wehtat, aber der Schmerz machte ihr nichts aus. Die Qual in ihrem Herzen war zehnmal so stark.

* * *

Alice war sich nicht sicher, wie sie den Rest des Tages überstehen würde. George machte ihr Vorwürfe für ihren frühmorgendlichen Ausritt und wies sie an, sich auszuruhen.

»Du bist ganz grau vor Anstrengung, meine Liebste. Bitte tu so etwas nie wieder, ohne mich mitzunehmen.«

Als sie später erwachte, hörte sie unter sich im Garten Stimmen.

George sagte mit Nachdruck: »Meine Frau hat sich leider übernommen. Vielleicht könnten Sie ein andermal wiederkommen, Lieutenant?«

»Natürlich«, antwortete eine Stimme mit schottischem Akzent.

Alice kämpfte sich mühsam aus dem Bett hoch und eilte in Panik ans Fenster. George schickte John fort! Doch als sie hinausspähte, sah sie, dass es Colin war, der sich den Gartenweg entlang entfernte. Sofort war sie niedergeschlagen. Was für ein schlechtes Gewissen hatte sie doch, sich nach John zu sehnen. Doch wenn sie die Wahrheit gekannt hätte, dass er sie immer geliebt hatte und sie heiraten wollte, dann hätte sie Georges Antrag nie angenommen. Sie hätte Mrs Sinclair sein sollen, nicht Mrs Gillveray.

Aber was konnte sie jetzt schon dagegen tun? Sie grollte George, obwohl nichts von allem seine Schuld war. Sie verfluchte ihren selbstsüchtigen Bruder Danny und seine herzlose Frau. Verzweifelt ließ Alice sich wieder aufs Bett sinken. Sie musste zugeben, dass John recht hatte: Es würde ihnen nur zusätzlichen Schmerz bereiten, einander zu sehen und doch nicht zusammen sein zu können.

Dennoch beharrte Alice am nächsten Tag darauf, mit ihren Pinseln und ihrem Aquarellpapier loszuziehen, weil sie hoffte, einen Blick auf John zu erhaschen. George protestierte, aber sie ließ sich nicht aufhalten, und so bestand er darauf, sie zu begleiten. Sie entschied sich für Annandale, weil sie glaubte, dass die schottischen Offiziere vielleicht ihre Pferde auf der Lichtung bewegten, aber dort fand sich keine Spur von ihnen.

Die nächsten vier Tage lang regnete es. Sintflutartige Wolkenbrüche fesselten die Leute ans Haus. Alice saß mit einem offenen, aber ungelesenen Buch auf dem Schoß da, während Emily über die Eden-Schwestern und eine verschobene Gartenparty plapperte. Regen trommelte aufs Dach und übertönte das Gespräch, während Diener mit Schüsseln umhereilten, um dort, wo es durchregnete, das Wasser aufzufangen.

Am Ende der Woche klarte der Himmel auf, und die warme Sonne kehrte zurück. Im Garten grünte und blühte es üppig. Die Wälder rings um Simla waren feucht und dufteten süß nach Farnen und rosafarbenen Lilien. Die Wege dampften, während sie trockneten, und die Ortsansässigen nahmen ihre Kutschfahrten und Picknicks wieder auf.

Am Sonntag gingen George und Alice mit den Aytons zur Kirche.

»Wir mussten so lange alle Gesellschaft entbehren«, sagte Emily. »Die Kirche ist der beste Ort, um Neuigkeiten aufzuschnappen.«

Sandy lachte leise. »Klatsch und Tratsch, meinst du.«

Es gab Gerüchte, dass eine prächtige Kirche in der Stadt errichtet werden sollte, aber für den Augenblick mussten die Briten sich mit gelegentlichen Gottesdiensten in einem strohgedeckten Gebäude auf dem Ridge begnügen. Der Raum reichte für die Anzahl von Menschen, die sich hineinzuzwängen versuchten, nicht aus. Bald fühlte Alice sich schwach und unwohl. George brachte sie zurück ins Daisy Cottage.

Als die Aytons zum Mittagessen zurückkehrten, konnte Alice sich nicht davon abhalten zu fragen: »Sind die schottischen Offiziere schon zum Pferdekauf aufgebrochen?«

»Ja«, sagte Sandy, »sie sind abgereist, sobald der Regen aufgehört hat. Nach allem, was man hört, war es eine richtige Prozession. Genug Packpferde und Träger für einen Feldzug. Man hätte denken können, dass Auckland zu einer Rundreise aufbricht.«

»Das überrascht mich«, bemerkte George. »Sie kamen mir nicht wie die Art Gentlemen vor, die viel Wert auf Komfort legen, wenn sie reisen.«

»Nein, es waren nicht Sinclair und MacRae, die so viel Gepäck hatten«, mischte Emily sich ein. »Das war Captain Buckley.«

»Buckley ist mit ihnen aufgebrochen?« Alice war erstaunt.

»Major Raine ist an Rippenfellentzündung erkrankt«, erklärte Sandy, »deshalb ist Buckley mit der Leitung der Expedition betraut worden.«

Emily lachte. »Er hat sich wahrscheinlich selbst damit betraut, um Sinclair und MacRae herumkommandieren zu können. Ihr wisst doch, wie er ist. Anscheinend waren sie in Addiscombe erbitterte Rivalen. Bestimmt werden sie versuchen, einander gegenseitig zu übertrumpfen, wenn sie Bären und Leoparden schießen.«

»Zweifelsohne«, pflichtete Sandy ihr bei.

»Ich dachte, MacRae würde noch einmal herkommen, um eines deiner Gemälde zu kaufen«, sagte George und sah Alice an. »Es tut mir leid, wenn ich ihn in die Flucht geschlagen habe – aber an dem Tag, als er vorbeigeschaut hat, ging es dir doch wirklich nicht gut, nicht wahr?«

»Nein.« Sie errötete.

»Schade, dass sie nicht vorbeigekommen sind, um sich zu verabschieden«, setzte er hinzu.

»Oh, aber das haben sie sehr wohl getan«, sagte Emily. »Das hatte ich ganz vergessen. Ihr wart nicht da. In Annandale, glaube ich. Welcher Tag genau es war, weiß ich nicht mehr.«

»Warum hast du nichts gesagt?«, rief Alice.

»Es tut mir leid, es ist mir gleich wieder entfallen. Sie sind nicht lange geblieben. Was haben sie doch gleich gesagt, Sandy?«

»Ich war nicht hier«, rief Sandy seiner Frau ins Gedächtnis. »Aber du hast mir erzählt, dass Sinclair eine Nachricht hinterlassen hat.«

Alice spürte, wie ihr Herz einen Schlag aussetzte. »Was hat er gesagt?«

»Irgendetwas über *pashm*«, meinte Sandy.

»Genau!«, rief Emily. »George, er hat gesagt, ich solle dir ausrichten, dass er ein bisschen Pashmina herschicken würde, damit du deiner Frau einen neuen Schal machen lassen kannst.«

»Wie freundlich von ihm.« George lächelte. »Nicht wahr, meine Liebe?«

Alice rang darum, ihre Gefühle unter Kontrolle zu bringen. »Ja, sehr freundlich.«

Sie entschuldigte sich bald darauf und flüchtete nach oben, um sich hinzulegen.

Was hatte es zu bedeuten, dass John noch einmal hierhergekommen war? War er etwa auf die letzte Minute schwach geworden und hatte sie sehen wollen, oder hatte Colin ihn gezwungen, aus Höflichkeit mitzukommen? Warum sprach er davon, Pashmina für sie an George schicken zu lassen? Entweder wies das darauf hin, dass er wollte, dass das Geschenk eigentlich von ihm stammte, oder es war ein tadelnder Hinweis an sie, dass sie nicht vergessen sollte, dass sie mit George und keinem anderen Mann verheiratet war. Was hätte er zu ihr gesagt? Alice würde es nie erfahren.

Sie schmiegte ihr Gesicht in die Bettdecke, stopfte sich etwas davon in den Mund, um ihre Schreie zu dämpfen, und heulte vor Elend, bis sie völlig erschöpft und innerlich leer war.

Kapitel 16

Bashahr, August 1836

John verlor zu guter Letzt die Geduld mit Vernon. »Dir ist es ja vielleicht recht, den Sommer auf Kosten des Radschas zu vertändeln, aber wir haben noch Arbeit zu erledigen. Hast du den Handel abgeschlossen?«

John und Colin waren aus ihrem Lager nach Sanpur gekommen, um festzustellen, ob Vernon sein Versprechen gehalten hatte, auf dem Pferdemarkt fünfzig robuste Ponys zu kaufen. Mithilfe von Rajban hatte John die Verhandlungen mit den tibetischen Pferdehändlern übernommen und war dann auf Erkundung hoch hinauf in die Ausläufer des Himalaja nahe der tibetischen Grenze gezogen. Er hatte es Vernon überlassen, den Handel zu Ende zu bringen. Vernon war das spartanische Lagerleben beinahe sofort leid gewesen und lieber weiter flussabwärts bei dem gastfreundlichen Radscha geblieben. John und Colin waren mehr als glücklich gewesen, ihn dort zurückzulassen, aber jetzt wollte John den Handel hinter sich haben, damit es ihm freistand, Ladakh zu erforschen.

»Ich habe hart gearbeitet«, behauptete Vernon und brach dann in Gekicher aus. Seine Augen waren glasig und blickten unstet. Sein Quartier in dem weitläufigen Palast am Flussufer stank nach Opiumrauch und Alkohol, ein durchdringender, widerwärtiger Geruch, der John den Magen umdrehte.

Vernon lag halb nackt auf einem schmutzigen Diwan. Als die schottischen Offiziere eingetroffen waren, war ein Mädchen aus dem Raum gehuscht und hatte sich einen Schleier über den Kopf gezogen.

»Wo sind denn nun die Pferde?«, fragte John.

Vernon wedelte mit der Hand, als wollte er eine Fliege verscheuchen. »Ich habe alles im Griff, kleiner Schotte. Komm einfach später noch einmal wieder.« Er streckte sich bequem auf den fleckigen Kissen aus.

John marschierte durchs Zimmer auf ihn zu und zog ihn an den Armen hoch. »Hast du überhaupt irgendwelche Pferde gekauft, während wir fort waren?«

Vernon versuchte, sich loszureißen. »Ich verhandle noch. So etwas kann man doch nicht überstürzen.«

»Dann gib mir das Geld, und ich erledige es selbst.«

Vernon lachte. »Das geht leider nicht, kleiner Schotte. Musste es ausgeben. Von irgendetwas muss man ja leben.«

»Du hast es ausgegeben, hast aber nichts dafür vorzuweisen?«, schrie John.

»Das würde ich nicht sagen.« Vernon grinste. »Ich hatte jede Nacht ein anderes Mädchen in meinem Bett. Ihr hättet bleiben und den Spaß mitmachen sollen.«

John stieß ihn angewidert von sich. »Es ist Geld der Company, das du veruntreut hast.«

»Lass ihn in seinem eigenen Dreck schmoren«, sagte Colin.

»Tu doch nicht so, als wärst du ein Heiliger, Sinclair«, gab Vernon hämisch zurück. »Du hast es auf verheiratete Frauen abgesehen.«

»Was soll das denn heißen?«

Vernons verquollene Augen blitzten triumphierend auf. »Ich habe dich den Jakko Hill herunterkommen sehen, als du der hübschen Mrs Gillveray gefolgt bist. Ich war auf dem Heimweg von *Barretts Billardsaal*, aber du warst offensichtlich mit den Hühnern aufgestanden, um dich mit Gillverays Frau zu treffen. Also kritisiere mich nicht für meine Vorlieben.«

»Zwischen uns ist nichts vorgefallen«, entgegnete John und lief vor Zorn rot an.

Vernon setzte sich auf; er spürte, dass er im Vorteil war. »Das sagst du.« Er grinste hämisch. »Sie hat auf mich sehr mitgenommen gewirkt. Du möchtest doch sicher nicht, dass Gillveray herausfindet, dass du mit der Zuneigung seiner Frau spielst, nicht wahr?«

»Du lässt sie in Ruhe!«

»Was sonst?«

John wollte sich auf ihn stürzen, aber Colin packte ihn und hielt ihn zurück.

»Er ist es nicht wert, dass du dir die Knöchel blau haust«, sagte sein Freund. »Komm, John. Gehen wir.«

John stürmte zur Tür, zitternd vor Wut und verärgert über sich selbst, weil er sich von Vernon so leicht hatte provozieren lassen.

»Warum regst du dich so darüber auf, dass ich Mrs Gillveray erwähne?«, rief Vernon ihm nach. »Sie hat deine Annäherungsversuche zurückgewiesen, was? Ich wette, ich hätte mehr Erfolg.«

Colin drehte sich an der Tür um. »Geh zurück nach Simla, Buckley, und erklär Major Raine, warum du ihm so wenige Pferde gekauft, aber das ganze Geld ausgegeben hast. Von uns bekommst du keine Hilfe mehr.«

* * *

Gegen Ende August waren John und Colin im hoch gelegenen Spiti-Tal unterwegs, einer bergigen Halbwüste aus beigefarbenen Klippen und graugrünen Flüssen.

»Zu Beginn der kalten Jahreszeit«, warnte Rajban sie, »werden die Pässe nach Ladakh versperrt und erst nach sechs Monaten wieder offen sein.«

Colin fand, dass es an der Zeit war, sich wieder nach Süden zu wenden. »Mein Regiment verlässt Dehradun im November. Warum erkunden wir nicht einen Weg zurück über Rohru – die Flüsse Pabbar und Yamuna hinunter –, sodass wir nicht nach Simla zurückkehren müssen?«

Sie wussten beide, worauf Colin anspielte: darauf, es zu vermeiden, Alice wiederzusehen. Aber John war entschlossen, sich nach Ladakh vorzuwagen, um nach weiteren Pashmina-Quellen zu suchen und die Pässe im Hochgebirge zu dokumentieren. Da sie von Vernons Kapriolen in Sanpur aufgehalten worden waren, wusste er, dass ihnen die Zeit davonlief, bevor die Schneefälle einsetzten und die Pässe unpassierbar wurden.

»Warum reisen wir nicht noch weiter?«, drängte John. »Uns bleiben noch volle zwei Monate.«

»Das ist zu riskant«, warnte Colin. »Das Empfehlungsschreiben der Company, das du bei dir trägst, wird dich nicht vor neidischen tibetischen Kaufleuten beschützen, wenn sie Wind davon bekommen, dass du es auf ihren Pashmina-Handel abgesehen hast. Niemand wird uns glauben, dass wir nur auf der Jagd sind – sogar hier gibt es verdammt wenig zu schießen.«

John grinste. »Ich bin bloß ein einfacher Bergsteiger, der an Steinböcken interessiert ist und unterwegs ein paar Hochgebirgspässe kartieren will.«

»Und wenn sie dich mit deinem Teleskop und deinem Vermessungsbuch erwischen«, antwortete Colin, »hängen sie dich als Spion auf.«

»Mein Freund«, sagte John, »du hast mehr als genug für mich getan. Ich stehe für immer in deiner Schuld, weil du mich diesen Sommer begleitet hast. Wir hatten viel Spaß auf der Jagd, und ich habe deine Gesellschaft mehr genossen, als ich es in Worte fassen kann.« Er schlug Colin auf den Rücken. »Ich bin dankbar für dein Angebot, am Yamuna entlang zurückzureisen – vielleicht ein andermal. Es wäre selbstsüchtig von mir, mehr von dir zu verlangen«, fuhr John fort, »aber ich werde weitermachen. Ich fühle mich hier oben zu Hause und würde den Rest meines Urlaubs lieber in den Bergen verbringen. Auf die Weise kannst du nach Simla zurückkehren, wenn du möchtest.«

Colin bedachte ihn mit einem mitleidigen Blick. »Wenn ich dort Alice treffe, gibt es etwas, was ich ihr von dir ausrichten soll?«

John spürte die vertraute Anspannung in seinem Kiefer, als ihr Name fiel. Colin kannte die ganze Geschichte. »Was nützen schon Worte? Die Vergangenheit lässt sich nicht ungeschehen machen«, meinte John resigniert. »Ich kann mich nicht damit begnügen, Alice' Freund und nicht mehr als das zu sein – und schon gar nicht kann ich es ertragen zu sehen, wie sie Gillverays Kind stillt.«

»Ich verstehe«, sagte Colin.

Zwei Tage später brach Colin mit den meisten ihrer Träger auf, da nicht sehr viele von ihnen bis nach Leh in Ladakh reisen wollten; außerdem wusste John, dass er mit weniger Männern und kleinerer Ausrüstung mehr Strecke machen konnte. Spontan gab John Colin ein Paket mit auf den Weg. »Das ist der Pashmina, den wir von dem Hirten in Pangmo bekommen haben. Sorg dafür, dass Alice ihn bekommt.«

Sein Freund warf ihm einen langen Blick zu.

John zuckte die Schultern. »Das hat nichts zu bedeuten. Sie kann damit machen, was ihr gefällt.«

Colin drang nicht weiter in ihn. Sie schüttelten sich die Hand und wünschten einander viel Glück.

* * *

John brach das Lager mit Rajban ab. Er nahm eine Handvoll Träger und vier Yaks mit, um seine Vermessungsinstrumente und Zelte zu transportieren. Sie ritten schnell nach Nordwesten, machten nur halt, um zu schlafen, zu essen und in winzigen Dörfern Vorräte einzutauschen. Im weiteren Verlauf ihrer Reise überquerten sie auf einem hoch gelegenen Pass die Zanskar-Bergkette, an deren öden Gipfeln noch der Schnee des letzten Winters haftete. John hatte Kopfschmerzen, und es fiel ihm schwer zu atmen. Als sie den Aufstieg zu einem anderen, schwindelerregend hohen Pass begannen, reflektierten die nackten Felsen das Licht, sodass es die Augen blendete.

Am Ende ritten sie an einem strahlenden Herbstnachmittag ins breite, fruchtbare Tal des Indus hinab, des sagenumwobenen Flusses, von dem er in Hercules' Geschichtsbüchern gelesen hatte, und sahen in der Ferne die Stadt Leh. Sie kamen an einem Kloster mit flachem Dach vorbei, das sich an eine Bergflanke schmiegte. Gongschläge und Hörnerschall hallten in der klaren Luft wider. Sie hatten Ladakh erreicht!

Kapitel 17

Simla, August bis Oktober 1836

John war seit zwei Wochen fort, als Alice die ersten schwachen Bewegungen in ihrem Bauch wahrnahm. Seit seiner Abreise wurde sie von Kummer verzehrt, doch sie durfte sich niemandem anvertrauen. John hatte sie all die Jahre lang geliebt, aber jetzt war er für sie endgültig verloren. Er hatte sehr deutlich gemacht, dass er nichts tun würde, um ihre Ehe mit George zu zerstören, und dass sie beide ohne einander weiterleben mussten.

George behandelte sie mit äußerster Vorsicht, hatte aber auch Angst, sich zu besorgt zu zeigen, damit sie ihn nicht zurückwies. Hegte er den Verdacht, dass sie an dem jungen Sinclair hing? Alice fühlte sich schuldig, weil sie die Gefühle ihres Mannes womöglich verletzte, aber sie konnte die Trauer nicht abschütteln, die sie bei dem Gedanken empfand, John nie wiederzusehen.

Das seltsame Flattern in ihr ließ Alice aufkeuchen und die Hände auf ihren Bauch legen. Konnten das die Bewegungen eines ungeborenen Babys sein?

Sie suchte Emily auf, die ausgestreckt auf einer Korbchaiselongue auf der Veranda lag und sich Luft zufächelte. Ihre Freundin war jetzt hochschwanger und brauchte Hilfe dabei, von einem Stuhl aufzustehen. Alice erzählte ihr, was sie spürte.

»Natürlich ist es das Baby«, sagte Emily lächelnd. »Du wirst von jetzt an täglich etwas spüren. Mein Kleiner schlägt Purzelbäume. Sieh dir das an.« Emily strich ihr hauchdünnes Kleid glatt, und Alice sah darunter eine Bewegung.

»Wie erstaunlich«, hauchte Alice.

»Das ist ein Fuß oder eine Faust.« Emily lachte. »Er wird sicher ein Mann der Tat wie sein Vater.«

Alice legte die Hände wieder schützend auf ihren eigenen Bauch.

»Es ist aufregend, nicht wahr?«, meinte Emily.

»Ja«, bestätigte Alice überrascht, »das ist es.«

Zum ersten Mal regte sich in ihr Vorfreude. Sie würde wirklich Mutter werden! Die Vorstellung füllte ihre wachen Augenblicke aus und minderte den Schmerz, wenn sie an John dachte. Alice beschloss, dass sie sich mehr anstrengen würde, freundlich zu George zu sein, und vertraute ihm an, dass sie das Baby spüren konnte. Er wirkte überglücklich und begann, wieder im Haus zu pfeifen.

Ein paar Tage später wurde die Luft drückend, da ein Gewitter drohte. Alice sagte einen Besuch in den Assembly Rooms ab. Sie hatte Kopfschmerzen, und ihr Bauch spannte seltsam.

»Ich fühle mich nicht wohl«, sagte Alice zu George.

»Wie meinst du das?«, fragte er erschrocken.

»Es ist nur die Luft«, antwortete Alice. »Es wird mir wieder besser gehen, wenn es einen ordentlichen Wolkenbruch gegeben hat.«

»Soll ich den Arzt rufen?«

»Das ist nicht nötig.« Sie zuckte zusammen, als ihr Bauch sich schmerzhaft verkrampfte.

Oben im Schlafzimmer unter dem Dach lag Alice da und lauschte hinter geschlossenen Fensterläden, wie der Sturm losbrach. Als es dunkler wurde, stand sie auf und öffnete die Läden, um Luft in das stickige Zimmer zu lassen. Sie beugte sich über das Fensterbrett und hielt ihr Gesicht in den erfrischenden Regen, als könnte er ihre Beklommenheit abwaschen. Irgendetwas stimmte nicht. Sie hatte schon seit dem Tag, an dem sie mit Emily darüber gesprochen und George davon erzählt hatte, keine Bewegungen mehr in ihrem Unterleib gespürt. George fand sie zitternd am Fenster und scheuchte sie zurück ins Bett.

»Was ist das denn für eine Torheit? Dein Haar ist ganz durchnässt«, tadelte er sie.

Alice rollte sich zusammen und umfasste ihre Knie. Sie war froh über die tröstliche Gegenwart ihres Mannes an ihrer Seite. Sie fiel in einen unruhigen Schlaf.

Mitten in der Nacht erwachte Alice von einem seltsamen Gefühl. Sie hatte ins Bett genässt. Der aus dem Schlaf gerissene George zündete eine Lampe an.

»Mein Gott, das ist Blut!«, schrie er.

Die Laken waren blutgetränkt, genau wie Alice' Nachthemd. Sie erstarrte vor Entsetzen.

»Was geschieht da?«, stieß sie hervor.

»Ich hole den Arzt«, sagte George mit schockierter Miene. Eilig streifte er sich seine Kleidung über.

Emily und Sandy, die davon geweckt wurden, dass George die Treppe hinunterpolterte, kamen, um zu helfen. Emily scheuchte Sandy wieder hinaus. Sie hielt Alice die Hand, während sie wie gelähmt im Bett lag.

»Verliere ich das Baby?«, flüsterte sie.

Dieses eine Mal fehlten Emily die Worte, und sie konnte nichts Beruhigendes sagen.

Wenn Alice nicht so verzweifelt gewesen wäre, hätte sie sich vor Verlegenheit in Grund und Boden geschämt, als George mit einem Arzt zurückkehrte. Sie hörte, wie die Diener vor der Tür gedämpft miteinander tuschelten.

Kurz darauf wurde Alice von Krämpfen geschüttelt, und sie spürte, wie etwas zwischen ihren Oberschenkeln hervorglitt – das schmierige Etwas wurde in ein Laken gehüllt und der Putzmann gerufen, um es außer Sicht zu schaffen. Den Rest der Nacht über lag Alice wach, fassungslos über die plötzliche Fehlgeburt. George wusste nicht, wie er sie trösten sollte.

»Ich lasse dich jetzt schlafen, meine Liebste«, murmelte er und ging nach unten. Sie hörte ernste Männerstimmen leise reden – vielleicht wachte Sandy oder der Arzt mit ihm, um ihm bei einem steifen Brandy sein Mitgefühl auszusprechen.

Am nächsten Tag verlor George kein Wort über das Geschehene. Niemand kam zu Besuch. Warum auch? Keiner außer den Angehörigen des Haushalts wusste Bescheid, zudem war es ein Thema, das man in feiner Gesellschaft niemals ansprach. George bestand darauf, dass Alice für den Rest der Woche im Bett blieb. Alice fragte sich, ob er es einfacher fand, sie aus dem Weg zu haben, oder ob er sie vor peinlichen Gesprächen am Esstisch beschützen wollte.

Emily kam, um sich zu ihr zu setzen, aber Alice merkte, dass es ihr schwerfiel.

»Es passiert so vielen Frauen, sogar, wenn die Schwangerschaft schon so weit fortgeschritten ist«, sagte Emily, »aber du wirst später noch eines bekommen. Das Wichtigste ist, dass du es überlebt hast.«

Alice setzte eine tapfere Miene auf; Emily versuchte, sie zu trösten. Aber Alice ahnte, dass die Fehlgeburt die Besorgnis ihrer Freundin um die bevorstehende Geburt ihres eigenen Babys gesteigert hatte. Es war eine gefährliche Tortur für Mutter und Kind. Alice streckte den Arm aus und drückte Emilys Hand.

»Danke, aber du musst nicht bei mir bleiben. Geh dich ausruhen«, sagte sie.

Was sie ihrer Freundin nicht anvertrauen konnte, war, wie sehr sie unter dem Anblick von Emilys Schwangerschaftsbauch litt. Er stand für alles, was ihr so schlagartig entrissen worden war. Erst jetzt, als sie schwach und weinend dalag, wurde Alice klar, wie sehr sie ihr Baby gewollt hatte. Zu Beginn der Schwangerschaft war es ihr so schlecht gegangen und sie hatte sich so große Sorgen gemacht, ob sie eine geeignete Mutter sein würde, dass sie sich nicht erlaubt hatte, ihren Zustand zu genießen. Dann hatte sie den Schock erlitten, John wiederzusehen, und war todunglücklich über seine Abreise gewesen.

Hatte sie die Fehlgeburt durch ihr impulsives Verhalten selbst verschuldet? Wenn sie an dem Morgen nicht ausgeritten wäre, um sich mit John zu treffen, dann würde sie vielleicht immer noch ein Kind erwarten. George hatte sie vor jeglichem Reiten gewarnt. Oder hatte sie die Fehlgeburt ausgelöst, als sie den Kopf in der Nacht des Sturms aus dem Fenster gehalten und der Regen ihre Haare durchnässt hatte? Sie hatte belauscht, wie George zu dem Arzt gesagt hatte, dass sie sich verkühlt hatte, als sie das Fenster geöffnet hatte. Gab auch er ihr die Schuld an dem Verlust ihres gemeinsamen Kindes?

Alice quälte sich mit Selbstvorwürfen, bis sie es nicht länger ertragen konnte, im Schlafzimmer eingesperrt zu liegen. Sie ignorierte Georges Protest und begann, lange Spaziergänge auf den Bergpfaden und den Jakko Hill hinauf zu unternehmen, um zu den fernen Bergen hinüberzustarren und sich zu fragen, wo John war.

* * *

Mitte August brachte Emily einen kräftigen Jungen mit blondem Haarflaum und einer lauten, missmutigen Stimme zur Welt. Tag und Nacht tönte sein Geschrei durch das kleine Holzhaus. Eine *ayah* wurde eingestellt, um sich um ihn zu kümmern, wenn Emily ihn nicht gerade stillte. Er wurde nach Sandys und Emilys jeweiligem Vater auf die Namen Alexander Robert getauft, und die Aytons waren vernarrt in ihren neugeborenen Sohn.

»Er hat Sandys Haarfarbe«, verkündete Emily, »und meine Augen. Und die lange Nase meines Vaters. Sieh dir nur seine starken Beine an. Er wird ein hervorragender Reiter werden, genau wie sein Vater.«

Wenn der kleine Alexander nicht stolz in den Wohnzimmern von Simla präsentiert wurde, lag er in einer Wiege auf der Veranda und wurde von seiner *ayah* hin- und hergeschaukelt.

Alice tat ihr Bestes, Interesse an dem Neuankömmling und Freude über ihn zu zeigen, aber allein schon der Anblick seines schreienden roten Gesichts war ihr unerträglich. Seine Gegenwart erinnerte sie daran, wie ausgehöhlt sich ihr Inneres anfühlte. Sie versuchte, nicht zusammenzuzucken, wann immer Emily das Baby zum Stillen gereicht wurde. Das Haus roch nach Säugling, nach Milch und Babyspucke. Zur Wäsche, die zum Trocknen in der Umfriedung der Dienerquartiere hing, kamen nun noch Windeln und kleine Spitzenkleidchen hinzu. Sie zu sehen, zerriss Alice das trauernde Herz.

Emily versuchte nie, Alice Alexander zu reichen, weil sie spürte, dass es schwer für ihre Freundin war, das Baby im Haus zu haben. Dafür war Alice dankbar. Aber George war nicht so feinfühlig. Wenn das Baby schrie, hob er es aus seiner Wiege und spazierte über die Veranda, um den Kleinen zu schaukeln, bis das Gebrüll sich legte. Unter diesem Anblick litt Alice sogar noch mehr, als wenn Emily oder Sandy das Baby auf den Arm nahm. Sie verabscheute sich für ihren Groll wegen

Georges Entzücken über den Sohn der Aytons, konnte ihn aber nicht unterdrücken. Nur wenn sie sich mit ihrem Skizzenbuch zurückzog oder auf dem Ridge mit dem Pony unterwegs war – sie unternahm nun wieder frühmorgendliche Ausritte –, legte sich ihr Gefühl, versagt zu haben, für eine Weile.

* * *

Einen Monat lang schlief George in dem winzigen Ankleidezimmer neben dem Schlafzimmer und hielt sich nachts von Alice fern. Das tat ihr weh, aber sie machte ihm keine Vorwürfe deswegen. Vielleicht hatte er Angst davor, sie wieder zu schwängern, oder er bestrafte sie für ihre Fehlgeburt. Aber sie wusste, dass er sich genauso sehr wie sie Kinder wünschte.

Eines Nachts stand sie auf, nachdem sie stundenlang keinen Schlaf gefunden hatte, und tappte barfuß durch den vom Mondlicht beschienenen Raum, um die Tür zum Ankleidezimmer zu öffnen. George lag auf dem Rücken auf einem Armeefeldbett. Seine Arme und Beine hingen über den Rahmen hinaus. Alice betrachtete sein entspanntes Gesicht; so sah er jünger aus als tagsüber, wenn sein Gesicht sich in Sorgenfalten legte, wann immer er sie ansah.

Sie ging zu ihm und rüttelte ihn sanft wach. Erschrocken setzte er sich auf.

»Was ist? Geht es dir gut?«

Seine Besorgnis versetzte ihr einen Stich. »Ja.«

»Was ist denn dann?«

Alice sprach, bevor ihre Entschlossenheit sie verlassen konnte: »Ich will … Kommst du und legst dich zu mir, George?«

Er zögerte. Sie sah sein gewohntes Stirnrunzeln zurückkehren. Wann hatte ihr Mann angefangen, so oft die Stirn zu runzeln?

»Ich bin mir nicht sicher, ob wir es tun sollten. Ist es nicht zu bald nach …?«

Alice spürte eine Welle der Traurigkeit in sich aufsteigen. Zwischen ihnen tat sich eine tiefe Kluft auf. Sie senkte den Kopf. Tränen brannten ihr in den Augen.

»Ich bin so einsam, George«, flüsterte sie. »Ich will, dass du mich wieder liebst, wie du es früher getan hast.«

Er stieg aus dem Feldbett, kam zu ihr und legte ihr sanft die Arme um die Schultern. Sie umarmten einander.

»Es tut mir so leid, mein liebes Mädchen«, murmelte er. »Ich dachte, ich würde dir nichts mehr bedeuten.«

Tränen liefen ihr über die Wangen. »Doch. Und ich will, dass wir Eltern werden. Danach sehne ich mich mehr als nach allem anderen. Wenn ich dich Alexander so zärtlich halten sehe, bricht es mir das Herz.«

George küsste sie auf die Stirn. »Das will ich auch.«

»Dann sei mir ein Mann, George«, flehte Alice, »und schlaf wieder in unserem Bett.«

»Wenn es das ist, was du wirklich willst?«, fragte George.

Alice nickte. Dann nahm sie seine Hand und führte ihn zum Bett.

* * *

Emily hörte die Neuigkeit als Erste und kehrte eilig von einem Fest im Haus des Gouverneurs zurück, um sie zu verkünden. Es war Ende September, und die Leute bereiteten sich auf die lange Rückreise nach Kalkutta für die kalte Jahreszeit vor.

»Buckley ist aus Bashahr zurück.«

Alice sah von ihrem Buch auf. Ihr Herz begann verräterisch zu klopfen. »Ach?«

»Es gibt viel Aufruhr wegen des Pferdekaufs. Anscheinend hat er nicht einmal annähernd genug Ponys mitgebracht.«

Das war für Alice nur von geringem Interesse. »Sind denn alle Offiziere jetzt zurück?«

Emily schüttelte den Kopf. »Nein, und das hat zu Gerede geführt: Die schottischen Lieutenants sind nicht bei ihm. Buckley gibt ihnen sogar die Schuld an dem gescheiterten Pferdekauf. Behauptet, sie hätten das Geld für die Versuchungen verjubelt, die in Sanpur im Angebot waren, und wären dann auf die Jagd davongezogen.«

»Das glaube ich nicht.« Alice war empört.

»Na ja, das sagt er jedenfalls. Erzählt, dass er von seinem eigenen Geld dem Radscha tibetische Pferde abkaufen musste. Er ärgert sich sehr über alles.«

»Und die Leute glauben ihm?«, fragte Alice.

Emily zuckte die Schultern. »Sie beginnen, sich Fragen zu stellen. Von Sinclair und MacRae fehlt schließlich jede Spur, nicht wahr?«

Während man im Laufe der nächsten Tage packte und Gepäckträger anwarb, zerriss sich die ganze Stadt das Maul über die verschwundenen Offiziere.

»Es scheint gar nicht zu ihrem Charakter zu passen«, meinte George.

Auch Sandy verteidigte die beiden: »Buckleys Wort steht gegen ihres. Sobald sie von ihrem Jagdausflug zurück sind, wird sich alles schon aufklären.«

Alice machte sich Sorgen, was aus den beiden geworden war. Zudem beschlich sie ein leises Unbehagen. John war zutiefst verärgert und betroffen gewesen, als sie sich voneinander verabschiedet hatten. Was, wenn er in dem Versuch, die Vergangenheit hinter sich zu lassen, leichtsinnig und selbstsüchtig gehandelt hatte? Aber bestimmt hätte der vernünftige Colin MacRae ihm doch nicht erlaubt, das Geld der Company aus dem Fenster zu werfen?

Die Stadt schwirrte vor wilden Spekulationen wie ein Bienenstock. Sinclair war angeblich der Opiumsucht zum Opfer gefallen. Die beiden Offiziere waren nach Nordosten gezogen, um ins lukrative Paschmina-Geschäft einzusteigen und in die eigene Tasche zu wirtschaften. Sie waren noch in Sanpur und lebten wie Radschas mit einer *zenana* voller Mätressen. Sie hatten sich mit dem Geld der Company nach Tibet abgesetzt. Alice weigerte sich, derart haarsträubende Geschichten zu glauben. Buckley wirkte weit eher wie ein Mann, der sich fleischlichen Gelüsten hingab, als John oder Colin.

* * *

Mitte Oktober, am Vorabend der Abreise nach Kalkutta, wurde ein Paket für die Gillverays im Daisy Cottage abgegeben. George war gerade davon zurückgekehrt, die Überführung seiner kostbaren Pflanzenexemplare, insbesondere einiger Rhododendren, in den Botanischen Garten zu organisieren.

»Das Paket ist von Colin MacRae«, sagte George und ließ Alice das Geschenk auswickeln: ein wunderschöner Paschmina.

»Wie freundlich!« Sie drückte sich den weichen, beigefarbenen Stoff an die Wange. Er roch leicht nach würziger Bergluft.

George las das Begleitschreiben. »Er ist wieder bei seinem Regiment in Dehradun.«

»Gott sei Dank«, sagte Alice erleichtert. »Also sind die beiden doch nicht mit dem Geld der Company durchgebrannt.«

»Anscheinend ist er auf dem Rückweg auf einer anderen Route als über Simla gereist«, fuhr George fort.

»Und John Sinclair auch?« Alice spürte, wie sie errötete, als sie ihn erwähnte.

George bedachte sie mit einem Blick, den sie nicht recht zu deuten wusste. »Nein, leider nicht. Er ist noch in den Bergen geblieben. MacRae schreibt, Sinclair habe geplant, nach Leh in Ladakh weiterzureisen.«

»Aber das liegt doch außerhalb des von Briten kontrollierten Gebiets, nicht wahr?«

George nickte.

»Na, zumindest zeigt das, dass Buckley nicht die Wahrheit sagt und Sinclair kein Lotterleben in Sanpur führt«, hob Alice hervor.

George runzelte die Stirn. »Aber gut ist es nicht. Es macht mir Sorgen, dass er nicht mit MacRae zurückgekehrt ist.«

»Wie meinst du das?«, fragte Alice und spürte, wie die Angst sie packte.

»Nun ja, wenn Sinclair sich nicht bis Ende dieses Monats in Dehradun wieder zum Dienst meldet, wird das als Desertion gewertet.«

»Desertion?«, wiederholte Alice erschrocken.

»Man wird ihn vor ein Kriegsgericht stellen«, sagte George ernst.

»Aber das ist ja schrecklich!«, rief sie. »Das wäre das Ende seiner Armeekarriere, und die bedeutet ihm alles.«

»Hoffen wir, dass unsere Befürchtungen sich nicht bewahrheiten«, meinte er. »Aber es scheint mir ein Akt des Leichtsinns zu sein, so spät im Jahr tief in den Bergen zu bleiben. Nur ein Mann, der nichts mehr zu verlieren hat, würde das tun. Vielleicht ist also doch ein Fünkchen Wahrheit an dem, was Buckley behauptet.«

»Wie kannst du so etwas sagen?« Alice war empört. »John Sinclair ist ein ehrenhafter Mann.«

George warf ihr einen langen, prüfenden Blick zu, der sie noch tiefer erröten ließ. »Ich glaube, du hast recht, meine Liebe.« Er stand auf und reichte ihr den Brief, damit sie ihn lesen konnte. Als er zur Tür ging, drehte er sich um und sagte: »Dein Pashmina stammt übrigens nicht von MacRae. Er hat ihn nur weitergereicht. Es war Lieutenant Sinclair, der wollte, dass du den Stoff bekommst.«

* * *

Die Gillverays und die Aytons verließen Simla an einem sonnigen, wolkenlosen Oktobermorgen. Die Gipfel des Himalaja zeichneten sich klar und gleißend hell vor dem azurblauen Himmel ab. Alice warf einen letzten, sehnsüchtigen Blick darauf – ihre Pashmina-Berge, wie sie sie nun in Gedanken nannte – und fragte sich, was aus John geworden war. Vielleicht hatte auch er sich entschieden, auf einem anderen Weg zurück nach Dehradun zu reisen. Oder hatte er beschlossen, der Company eine lange Nase zu drehen und sein Glück anderswo zu suchen?

Auf alle Fälle war John Sinclair nicht nach Simla zurückgekehrt, als sie die Hill Station in den Ausläufern des Himalaja verließen.

Kapitel 18

Leh, Ladakh, September 1836

John war fasziniert von Leh. Als er zum ersten Mal in die Stadt gelangt war, indem er sein Pony über eine hohe Schwelle der umgebenden Steinmauer hatte steigen lassen, hatte er damit gerechnet, sich im Hof eines großen Hauses wiederzufinden. Stattdessen war er auf einer breiten Straße gelandet, gesäumt von Lehmhäusern und einem Basar mit Handwerkerläden, die metallene Töpfe, Pelze und Edelsteine verkauften. Die Klippen dahinter waren von der wuchtigen Festung des Königs und einem Kloster bekrönt, die wohlwollend über die Stadt und ihre Gärten wachten, die sich bis hinab in die sandige Ebene und zum Fluss erstreckten.

Lamas in roten Gewändern und Männer mit Zöpfen und Mänteln mit Gürteln mischten sich frei unter Frauen, die gegürtete Tuniken, Umhänge aus Schafspelz, weiche Wollstiefel und mit glänzenden Türkisen verzierte Mützen trugen. Männer wie Frauen hatten an ihren Kopfbedeckungen Ohrenklappen aus schwarzem Fell. Die Leute waren freundlich und hießen sie höflich mit Verneigungen und Begrüßungsformeln willkommen.

Rajban hatte für sie eine Unterkunft in einem Wohnhaus mit niedrigem Dach an einer Seitenstraße gefunden, wo es auch einen Stall für ihre Ponys gab. Die Träger waren ausgezahlt worden und mit ihren Yaks abgereist.

Sie hatten sich mehrere Tage lang ausgeruht. Dann hatte John Interesse am Handel in der Stadt entwickelt und war sich das Vieh ansehen gegangen. Wohin der hochgewachsene, kräftige Highlander auch ging, er zog eine Menge von Schaulustigen und neugierigen Kindern an. Es gab in Leh auch andere Menschen, die nicht aus Ladakh stammten: Kaufleute aus Gilgit und Afghanistan, deren Gesichtszüge und Kleidung sich von denen der Ortsansässigen unterschieden. John freundete sich mit einem Wollhändler aus Kaschmir an, der Wahid hieß und Hindustani sprach. Sie teilten sich eine Wasserpfeife und tauschten Reisegeschichten aus. Wahid wusste viel über den Pashmina-Handel zu berichten.

»Die Ziegen in Ladakh sind unseren in Kaschmir überlegen«, sagte Wahid. »Wegen der höheren Lage haben sie ein feineres Winterfell. Deshalb komme ich hierher, um Tauschhandel zu treiben und ihre Wolle zu erwerben.«

Eines Tages klopften königliche Wachen in gelben Umhängen und Mützen an Johns Tür. Rajban erklärte, dass man sie in den Königspalast bestellte. John ritt auf einem gedrungenen Pony aus Yarkant, sodass seine Füße fast über den Boden schleiften. Man eskortierte ihn die steile Bergflanke hinauf in die abweisend wirkende Burg. Zu seiner Überraschung war das Innere reich mit bemalten und mit Steinmetzarbeiten verzierten Säulen und Türdurchgängen geschmückt. Er wurde von einer Fanfare von Hörnern und Zimbeln empfangen und in einen großen Audienzsaal geführt. Der König, der in ein über und über besticktes Seidengewand in Grün, Blau und Rot gehüllt war, begrüßte ihn voller Wärme. John hatte den Eindruck, dass sie in ähnlichem Alter waren; das runde Gesicht und das liebenswürdige Lächeln des Monarchen erinnerten ihn an seinen Kindheitsfreund Donald.

Sie setzten sich auf niedrige Diwane, während Diener Teller voller Aprikosen, Schalen mit Quark und dicken, braunen Buttertee auftrugen. Der Audienzsaal roch angenehm nach aromatischem Weihrauch, der in den in die Wände eingelassenen Nischen verbrannt wurde. Rajban übersetzte.

Es war dem König eine Ehre, einen britischen Offizier in seiner Hauptstadt zu wissen. John stand es frei, in Leh zu gehen, wohin er wollte.

»Aber du musst erst um Erlaubnis fragen, wenn du über das Tal hinaus reisen willst«, sagte Rajban, »weil es böse Menschen gibt, die dir vielleicht schaden wollen.«

»Danke ihm für seine Besorgnis«, wies John ihn an. »Frag ihn, wer diese bösen Menschen sind.«

Rajban gab die Antwort wieder: »Gulab Singh und Zorawar Singh. Die angriffslustigen Sikhs aus dem Westen.«

John zog die Augenbrauen hoch. »Ranjit Singhs Schützlinge?«

»Seine Majestät sagt, dass sie in diesem Sommer schon Banden von Plünderern ausgesandt haben«, dolmetschte Rajban.

»Sag ihm, dass ich vorsichtig sein werde, aber gern mehr von seinem Land erkunden würde – dass ich ein paar Wochen lang auf die Jagd gehen möchte, bevor ich nach Indien zurückkehre.«

»Er sagt, dass er sich nicht sehr für die Jagd interessiert, dir aber gern eine Eskorte zur Verfügung stellen wird.«

John machte sich Sorgen um den jungen Herrscher. Nach seinem ersten Eindruck schien dies hier ein friedliches Land zu sein. Buddhisten waren bekannt für ihre Gewaltfreiheit und ihr Widerstreben, Konflikte handgreiflich auszutragen. Aber wenn sie bedroht wurden, dann würde der Priesterkönig keine Alternative haben.

Sie unterhielten sich weiter; der König war erpicht darauf, alles über Indien und die Welt jenseits seines Reichs zu hören. Er schien fasziniert von Johns Familie und seiner Herkunft zu sein.

»Also sind Sie auch der Sohn eines Herrschers!«, rief er. »Und sind Sie mit dem britischen König verwandt?«

John lachte. »Nein.«

»Aber Sie sind ein bedeutender Mann«, stellte sein Gastgeber fest. »Sie tragen die Farben der Garde Ihres Königs und kommen mit einem Brief, der sein Siegel trägt.«

»Ich bin nur ein Jäger, der sich für Pferde interessiert«, beharrte John.

Sie wurden von maskierten männlichen Tänzern unterhalten, und einer der Hofastrologen wurde herbeigerufen, um vorherzusagen, wann ein günstiger Tag für John sein würde, um auf die Jagd zu gehen. John übergab Geschenke, die er mitgebracht hatte, um sich mit Würdenträgern gut zu stellen: ein Bild von einem Segelschiff, eine Dose Sardinen und eine Taschenuhr. Der König war entzückt.

Bevor John und Rajban wieder gingen, wurden sie durch die Burg mit ihrem Labyrinth aus dunklen Gängen und Treppen geführt. In jedem der düsteren Räume hingen seidene Banner. Der König hatte eine Bibliothek, die mit Wandbehängen ausgekleidet war, die Götter und buddhistische Symbole zeigten. Auf tiefen Regalen lagerten uralte Texte und Schriftrollen. Das Herz dieses Felspalasts war der Altarraum, dessen dunkle Nischen kaum vom Licht der flackernden Butterlampen erhellt wurden. Der ranzige Geruch wurde vom Weihrauch überlagert, der vor einer großen Buddhastatue neben Opfergaben aus Mehl und Wasser in kleinen Messingschüsseln brannte.

Von hier aus geleitete man sie zum höchsten Punkt der Burg. Sie traten auf das Flachdach in die frische, klare Luft heraus. Das gleißende Tageslicht blendete sie nach dem Halbdunkel im

Burginnern. Die Aussicht war schwindelerregend. Weit unter ihnen lagen die Lehmhäuser der Stadt und die ockerfarbene, sandige Ebene, die sich bis zum grünen Streifen des Industals erstreckte. Ringsum ragten die leuchtend weißen Gipfel der unzähligen Bergketten auf, die am Horizont hinter purpurnen Schatten verschwanden.

Im Norden sah John einen ungepflasterten Pfad, der gewunden in die Berge führte.

»Wohin führt dieser Weg?«, fragte er.

»Nach Yarkant«, erwiderte der König, »und noch viel weiter.«

John und Rajban tauschten einen Blick. War das die alte Handelsroute nach Turkestan und China? Die Company würde sehr daran interessiert sein zu erfahren, ob es einen gangbaren Weg von Indien bis nach Yarkant gab.

* * *

Wann immer John und Rajban auf die Jagd ritten, wurden sie von den Wachen des Königs begleitet. John wollte Erkundungsritte über das Tal hinaus bis in die Berge unternehmen, aber er wurde immer höflich überredet, das nicht zu tun. Bären würden ihn töten oder böse Dämonen Krankheit bringen.

Da er es leid war, dass man ihm ständig folgte, beschloss John, dass es Zeit wurde, auf dem gleichen Weg nach Indien zurückzukehren, auf dem sie gekommen waren. Neuschnee lag schon auf den fernen Gipfeln und würde bis Ende Oktober auch in den tieferen Lagen bis zu den Bergpässen fallen. Rajban machte sich daran, neue Träger anzuheuern.

Als John zwei Tage vor der geplanten Abreise aus seinem Quartier trat, stellte er fest, dass Wachen an der Tür postiert waren.

»Was tun sie hier?«, fragte er Rajban.

Rajban führte einen erbitterten Streit mit einem der Wächter. Frustriert erklärte er John: »Sie sagen, dass wir nicht vor dem nächsten Vollmond abreisen dürfen. Der einflussreichste Astrologe des Königs behauptet, dass es im Moment Unglück bringt zu reisen.«

»Nicht vor dem nächsten Vollmond?«, wiederholte John verärgert. »Das ist ja erst in fast einem Monat. Bis dahin könnten die Pässe zugeschneit sein. Man muss uns gestatten, früher abzureisen. Sag ihm, dass ich mit dem König sprechen möchte.«

Aber ihm wurde keine Audienz gewährt. Botschaften aus dem Palast mit Vorhersagen des Astrologen und guten Wünschen des Königs wurden überbracht. Als die Tage vergingen und sich Wolken über den Bergen sammelten, riss John der Geduldsfaden.

»Wir müssen heute abreisen«, entschied er, »sonst werden wir über den Winter hier festsitzen, und mit meiner Karriere ist es vorbei.«

Rajban arrangierte alles für den Transport und kehrte mit bekümmerter Miene zurück. »Die Träger sind nicht mehr bereit, mitzukommen. Man hat sie angewiesen, deinen Befehlen nicht zu gehorchen.«

»Sagt wer?«

»Würdenträger im Palast.«

»Warum um alles in der Welt wollen sie uns hier festhalten?«

Rajban zuckte hilflos die Schultern.

Johns Unbehagen wuchs. Bald darauf wurden ihre Ponys beschlagnahmt, und die Wachen gestatteten ihm nicht mehr, die Stadt zu verlassen.

»Sie sagen, dass es nur zu deiner Sicherheit ist«, berichtete Rajban.

»Das ist untragbar!«, rief John. »Sie dürfen mich nicht als Geisel nehmen. Ich verlange, den König zu sehen.«

Am Ende wurde John doch eine Audienz auf der Burg gewährt. Er wurde mit derselben Höflichkeit wie zuvor und lächelnd empfangen. John flehte um seine Freilassung und darum, die Erlaubnis zur Weiterreise zu erhalten.

Der König wirkte verletzt. »Gefällt Ihnen mein Land nicht? Behandelt man Sie nicht respektvoll?«

»Ihr Land gefällt mir sehr wohl«, sagte John. »Alles, was ich verlange, ist, dass Sie mir gestatten, nach Indien zurückzukehren, bevor der Winter anbricht.«

»Es ist zu unsicher, um zu reisen«, erklärte der König. »Ich kann nicht zulassen, dass Sie Ihr Leben aufs Spiel setzen – Sie sind mein Gast.«

John versuchte es mit einer anderen Herangehensweise. »Ich habe weitere Geschenke, die ich Eurer Majestät geben kann, wenn Ihr mich gehen lasst.«

Der König lächelte. »Ich mache mir nichts aus irdischen Gütern.«

»Ich kann Ihnen die Freundschaft der Briten anbieten«, drängte John, obwohl Captain Smith ihm eingeschärft hatte, dass er niemandem ein politisches Bündnis versprechen durfte. Aber er konnte einen Handelsvertrag vorschlagen. »Wir können Ihnen einen Markt bieten, der nur auf Ihren Pashmina wartet. Sagen Sie mir nur, was es ist, das Sie wollen.«

»Meine Astrologen haben vorhergesagt, dass Sie kommen würden. Sie werden mein Königreich retten.«

John sah Rajban ungläubig an. »Wie das?«

»Die Sikhs werden uns nicht angreifen, wenn sie wissen, dass ein bedeutender Gesandter der Briten sich in Leh aufhält. Ich habe Boten ausgeschickt, um es ihnen mitzuteilen. Sie und Ihr britischer König werden uns beschützen.«

John war sprachlos. Wie konnte er diesem naiven jungen Monarchen erklären, dass sein Königreich viel zu abgelegen war, um außer als Handelsvorposten für die Company oder ihre Regierung von Interesse zu sein?

»Sie setzen zu viel Vertrauen in die Briten«, entgegnete John. »Wir werden nicht in Ihrem Auftrag gegen die Sikhs kämpfen. Wir sind mit dem Sikh-Herrscher Ranjit Singh verbündet.«

Der König breitete schicksalsergeben die Arme aus. »Aber wenn die Sikhs angreifen und Sie töten, dann wird Ihr britischer König Ihren Tod rächen. Ich habe gehört, dass die britische Armee an den Grundsatz *Auge um Auge* glaubt.«

»Ich bin der britischen Armee nicht wichtig«, protestierte John.

»Ich habe den Brief gesehen, den Sie bei sich tragen – mit dem Siegel Ihres Königs. Sie sind ein bedeutender Mann.«

John verfluchte stumm seine Entscheidung, sich auf Captain Smith' Machenschaften einzulassen. Er versuchte ein letztes Mal, den Herrscher umzustimmen: »Ich wäre Ihnen nützlicher, wenn Sie mir gestatten würden, nach Indien zurückzukehren. Dann kann ich meine Vorgesetzten über die Schwierigkeiten in Kenntnis setzen, die Sie mit den Sikhs haben. Ich könnte mich für Sie einsetzen.«

Der König überlegte und nickte nach einer Weile. Er würde über Johns Worte nachdenken und sich mit seinen Priestern und Astrologen beraten.

John ging voll neuer Hoffnung. Aber die Wachen blieben vor seiner Tür postiert und folgten ihm weiter durch die Stadt.

* * *

Ein Tag nach dem anderen verging, aber aus dem Palast kam keine Erlaubnis zur Abreise.

»Sie behalten mich als Faustpfand hier«, sagte er frustriert zu Rajban. »Es tut mir leid, mein Freund. Das heißt, dass du auch hier festsitzt.«

Rajban lächelte und scherzte: »Das ist das gemütlichste Gefängnis, das ich je gesehen habe.«

John setzte sich hin und schrieb drei Briefe, in denen er seine Notlage erklärte: einen an Colin, einen an Everest und einen an Captain Smith. In diesem letzten Brief warnte er den Agenten davor, dass sich eine Invasion zusammenbraute.

Der König von Ladakh ist ein friedliebender Herrscher, aber er lebt in großer Angst vor einer Invasion Gulab Singhs aus Kaschmir. Ich rate dringlich dazu, Druck auf die Sikhs auszuüben, keine Angriffe gegen ihre östlichen Nachbarn zu führen. Das würde große Instabilität in einer Region erzeugen, die reif für engere Handelsbeziehungen ist. Ich habe gute Kontakte zu den hiesigen Pashmina-Händlern geknüpft. Die Qualität der Wolle ihrer Ziegen ist der in Kaschmir weit überlegen. Ich habe auch mit eigenen Augen den Ausgangspunkt einer Route durch die Berge nach Yarkant gesehen.

Doch ich befürchte, dass man mich hier auf unbestimmte Zeit als Geisel festhalten wird – oder bis die Sikhs weitere Plünderungszüge unternehmen. Ich bleibe nicht freiwillig hier, und es schmerzt mich sehr, dass ich nicht zu meinem Regiment zurückkehren und meine Pflichten gegenüber der ehrenwerten Company erfüllen kann.

Ich bleibe Ihr ergebener Diener

Dann machte er sich auf die Suche nach Wahid. Der Kaschmiri bereitete sich auf die beschwerliche Heimreise vor. Die meisten Händler waren schon fort oder standen kurz vor dem Aufbruch.

»Mein Freund, nimmst du diese Briefe für mich mit und schickst sie weiter, wenn du nach Srinagar gelangst?«

»Natürlich«, erklärte Wahid sich bereit. »Es tut mir leid, dass man dich davon abhält, aufzubrechen. Aber die Ladakhi sind sanfte Menschen. Dir wird bei ihnen kein Leid geschehen.«

Sie umarmten sich, und John wünschte ihm eine sichere Reise.

»Ich halte nach dir Ausschau, wenn ich im Frühling zurückkehre«, sagte Wahid. »*Inschallah!*«

Ein paar Tage später sah John von seinem Flachdach aus zu, wie die letzte Karawane aus Lasttieren und Kaufleuten den gewundenen, sandigen Pfad hinabstieg und sich flussaufwärts wandte. Der Himmel war kristallklar. John konnte die Hufschläge der Tiere noch hören, als sie schon längst außer Sichtweite waren.

Frustriert dachte er an die Monate des Eingesperrtseins, die vor ihm lagen. Er hätte mit Colin umkehren sollen, als er Gelegenheit dazu gehabt hatte. Warum war er so leichtsinnig gewesen und hatte darauf bestanden, seine Erkundungsreise bis Ladakh fortzusetzen? Tief in seinem Innern befürchtete er, die Antwort zu kennen. In Indien würde er immer Gefahr laufen, in einer der Armeesiedlungen zufällig Alice zu begegnen; sein Leben dort würde ihn ständig daran erinnern, dass sie die Frau eines anderen Mannes war.

Hier in den Bergen war er frei von all den schmerzlichen Erinnerungen an den letzten Sommer und seinen wutentbrannten Abschied von Alice. Es gab keine Company, keinen Klatsch aus Simla, keine Vorgesetzten, die ihn herumkommandierten, sondern nur die Freiheit zu reiten, die Gegend zu erkunden und seine Kraft an den Elementen zu erproben. Vielleicht hatte er immer vorgehabt, zu flüchten und zu spät wieder aufzubrechen, um den Rückweg anzutreten.

John spottete über sich selbst. Leider hatte er jetzt nämlich weniger Freiheit als zuvor. Hier saß er nun in Leh als Gefangener eines gütigen Geiselnehmers, aber eben doch als Gefangener.

»Wir werden einfach abwarten müssen, was die Priester und Astrologen sich für uns einfallen lassen«, sagte er zu Rajban, als sie an ihrem rauchenden Ofen zusammensaßen und sich mit einem Schluck aus Johns kostbarem Brandyvorrat aufwärmten.

Eine Woche später kamen Schnee und Wind und verwandelten die Landschaft in eine eisige Wüste.

Kapitel 19

Kalkutta, April 1837

»Bitte, Mrs Gillveray, erzählen Sie uns noch einmal die Geschichte von Wellington, dem Schaf?«

Alice lächelte das Schulmädchen an, das so eine eifrige Miene machte. »Vielleicht an einem anderen Tag – wenn ihr fleißig eure Buchstaben übt. Aber jetzt wird es Zeit für euch, nach Hause zu gehen. Ich freue mich darauf, euch alle morgen früh zu sehen. Der Unterricht ist für heute beendet.«

Während sie ihre Schiefertafeln und Kreidestücke abgaben, durchströmte Alice eine Welle der Zuneigung zu ihren jungen bengalischen Schülerinnen, die sie im Lauf der letzten Monate gut kennengelernt hatte. Die Mädchen sagten ihr fröhlich im Chor auf Wiedersehen, bevor sie gingen. Sie lächelte in sich hinein, als sie die Schiefertafeln zurück in die Truhe in der Ecke des Klassenzimmers legte und sich die Kreide von den Fingern wischte. Die Schule und ihre Mädchen waren ihr über den Winter in Kalkutta zum Rettungsanker geworden.

Die kalte Jahreszeit war voller gesellschaftlicher Anlässe und Zerstreuungen im Governor's House gewesen, angeregt von Aucklands geselligen Schwestern. Emily hatte sich voller

Begeisterung in den Trubel gestürzt und darauf bestanden, dass auch Alice an allem teilnahm, von Picknicks im Barrackpore Park bis hin zu Maskenbällen in Fort William.

Alice tat tapfer so, als würde sie das gesellschaftliche Leben in Kalkutta genießen, weil sie wusste, dass ihre Freundin versuchte, sie von ihrem Leid angesichts des Verlusts ihres Babys abzulenken, aber mit dem Herzen war sie nicht bei der Sache. Georges Begeisterung hielt sich ebenso in Grenzen. Ihr Mann hatte noch nie viel Vergnügen an Bällen und Galadinnern gefunden. Ihm war es nach einem arbeitsreichen Tag im Botanischen Garten viel lieber, zu Hause zu bleiben, auf der Veranda einen Brandy zu trinken und im Lampenlicht zu lesen.

Ihre Zuneigung zu George war zurückgekehrt, und er hatte sich voller Besorgnis und Zärtlichkeit um sie gekümmert, als sie eine weitere Fehlgeburt erlitten hatte – diesmal nach nur wenigen Wochen. Das Wissen darum hatten sie für sich behalten.

Danach hatte Alice beschlossen, ihre Tage künftig sinnvoller zu verbringen. George ging vollkommen in seiner Arbeit auf; auch sie musste eine lohnenswerte Beschäftigung finden.

Alice hatte sich an ihre Freundinnen Miss Cook und Mrs Meadows gewandt und noch einmal ihre Hilfe in der Schule angeboten. Was als Hilfstätigkeit begann, in deren Rahmen sie Schiefertafeln austeilte und den jüngeren Schülerinnen zeigte, wie man Nadeln einfädelte, ging bald dazu über, dass sie ihre eigene Klasse im Lesen, Schreiben und Rechnen unterrichtete. Und mit Geschichten unterhielt. Alice lächelte. Die Mädchen liebten allesamt Geschichten.

Jetzt setzte das heiße Wetter wieder ein. Bald würden Auckland und sein Stab einschließlich der Aytons wieder die lange Reise zurück hinauf nach Simla antreten.

An dem Nachmittag kam Emily in ihrem Bungalow zum Tee zu Besuch. Sie brachte den kleinen Alexander mit. Alice' anfänglicher Schmerz in der Anwesenheit des Babys hatte sich bald in Zuneigung verwandelt. Alexander war ein kleiner Sonnenschein mit blondem Haarschopf und zahnlosem Lächeln. Sie legten ihn auf einen Teppich auf der Veranda und ließen ihn strampeln.

»Du kommst doch mit uns nach Simla, oder?«, fragte Emily. »Du weißt ja, wie krank du geworden bist, als du letzten Mai in Kalkutta geblieben bist.«

»Ich habe meine Pflichten an der Schule«, rief Alice ihrer Freundin ins Gedächtnis.

»Die Missionarinnen kommen doch bestimmt eine Weile ohne dich aus? Ihnen scheint die Hitze nichts auszumachen.«

»Das hängt ganz von George ab«, sagte Alice, setzte sich auf den Boden und ließ zu, dass Alexander sich ihren Finger in den Mund steckte.

»Du könntest mit uns schon vorwegfahren, und er könnte später zu dir stoßen, nicht wahr?«

»Was könnte ich tun?« George erschien auf den Stufen. »Heckt ihr Damen etwas aus?«

Alice lachte und stand auf, um ihn zu begrüßen. »Emily heckt ständig etwas aus. Ich habe dich gar nicht so früh zurückerwartet.«

»Ich dachte, wir könnten einen Ausritt unternehmen, bevor es dunkel wird«, schlug George vor und küsste sie auf die Stirn.

Alice lächelte. »Gern.«

»Ich flehe Alice gerade an«, sagte Emily, »mit uns nach Simla zu kommen. Findest du nicht auch, dass das eine gute Idee ist? Alexander und ich werden sie viel zu sehr vermissen, wenn sie es nicht tut. Und du könntest doch später zu ihr stoßen, oder?«

»Das könnte ich«, stimmte George zu. Alice sah ihm die Unentschlossenheit an. Kaum jemand konnte Emilys flehentlichen Bitten lange widerstehen. Sie wirkte so sanftmütig, gehörte aber zugleich zu den größten Überredungskünstlern, die Alice kannte. Gewöhnlich bekam Emily, was sie wollte.

»Wir sprechen auf unserem Ausritt darüber«, sagte Alice, weil sie nicht wollte, dass er sich zu einer übereilten Entscheidung breitschlagen ließ.

»Oh, kommt bitte mit!«, rief Emily. »Ohne euch wird Simla einfach nicht dasselbe sein.«

Alice kniete sich hin und kitzelte Alexander. »Deine Mama lässt ein Nein als Antwort einfach nicht gelten, oder?«

Das Baby gluckste und strampelte vergnügt.

* * *

Alice und George ritten über die Esplanade und beobachteten den Sonnenuntergang hinter dem Fort. Die Luft war erfüllt von dem Geschrei der Vögel und dem Gebetsruf von einer nahen Moschee. Sie stiegen ab und setzten sich an eines der Wasserbecken. Der orangefarbene Himmel spiegelte sich in der ruhigen Wasseroberfläche.

»Möchtest du wieder nach Simla?«, fragte George.

Alice dachte an das Vorjahr zurück und daran, wie sehr sie Kalkutta in der Hitze gehasst hatte – wie sie sich in eine Person verwandelt hatte, die sie nicht gemocht und die George nicht wiedererkannt hatte. Es machte ihr zwar Sorgen, dass sie in Simla vielleicht John über den Weg laufen würde – die Stadt würde voller Erinnerungen an ihn sein –, aber solch eine Begegnung war unwahrscheinlich. Sie hatte keine Gerüchte gehört, dass er je aus den Bergen zurückgekehrt war, und wenn doch, würde er zweifelsohne einen großen Bogen um Simla machen, für den Fall, dass sie sich dort aufhielt.

Sie hatte sich mit einem Leben ohne John abgefunden, und ihre Gedanken an ihn waren immer weniger geworden, bis sie nur noch den dumpfen Schmerz der Enttäuschung empfand, wenn er ihr in den Sinn kam. Alice hoffte, dass er in Sicherheit war, wo auch immer er sein mochte, aber ihr Leben war an der Seite von George, und sie würde sich alle erdenkliche Mühe geben, das Beste daraus zu machen.

»Ich möchte gern in die Berge«, antwortete sie, »aber nicht ohne dich.«

Vor allem wollte sie ein Kind bis zur vollen Reife austragen können, damit sie Eltern wurden. Aber das musste sie nicht laut aussprechen, weil sie wusste, dass George das ebenso herbeisehnte.

»Deine Gesundheit ist das Wichtigste«, sagte George und nahm ihre Hand in seine. »Ich will nicht wieder erleben, dass du krank wirst, und die Luft in Simla bekommt dir. Ich wäre glücklicher, wenn du mit den Aytons mitfahren würdest, statt länger hierzubleiben und auf mich zu warten. Ich habe noch Arbeit im Botanischen Garten zu beenden – die Teeversuche –, bevor ich zu dir stoßen kann.«

Alice wusste, dass es keinen Sinn hatte, wie im Vorjahr einzuwenden, dass er es nicht nötig hatte zu arbeiten und so viel Zeit in den Bergen verbringen konnte, wie er wollte. Denn sie hatte Verständnis dafür, dass Georges Arbeit das war, was seinem Dasein einen Zweck verlieh. Es wäre selbstsüchtig gewesen, darauf zu bestehen, dass er mit ihr reiste.

»Ich fahre mit, wenn du mir versprichst, dass du zu mir kommst, sobald du kannst«, erwiderte Alice.

Er nahm ihre Hand und küsste sie. »Natürlich verspreche ich dir das, meine Liebste.«

* * *

Am Vorabend von Alice' Abreise traf ein Brief ein. Er stammte von Colin MacRae. George war sichtlich erschüttert, als er ihn las.

»Sag mir, was darin steht«, bestürmte Alice ihn.

Er schaute auf. Seine Miene war verstört. »Es geht um Lieutenant Sinclair. MacRae hat die Nachricht erst vor Kurzem gehört, weil er mit seinem Regiment immer wieder verlegt worden ist.«

Alice' Herz begann zu hämmern. »Was für eine Nachricht? Ist sie schlecht?«

»Sinclair hat im letzten Oktober einen Brief geschickt, um mitzuteilen, dass man ihn gegen seinen Willen in Ladakh festhält.«

»Lieutenant Sinclair ist in Gefangenschaft?« Alice schnappte nach Luft und schlug sich die Hand vor den Mund.

»So scheint es.«

»Dann kann man ihn nicht der Desertion bezichtigen.«

George sah düster drein. »Er hat sich in irgendwelche politischen Ränkespiele zwischen den Ladakhi und den Sikhs mit hineinziehen lassen. Er hätte gar nicht dort sein sollen. Ich glaube nicht, dass die Company solchen Leichtsinn gutheißen wird, besonders, wenn er sie in Schwierigkeiten mit den Sikhs verwickelt hat.«

Alice wurde bei dem Gedanken übel, dass John gefangen gehalten wurde.

»Steht in dem Brief, unter welchen Bedingungen er festgehalten wird? Es wäre schrecklich, wenn er leiden müsste. Bestimmt wird die Company doch etwas unternehmen, um seine Freilassung zu erwirken!«

»Es tut mir sehr leid, meine Liebe.« George bedachte sie mit einem mitleidigen Blick. »Ich weiß, dass du große Stücke auf ihn hältst.«

Alice errötete. »Ich möchte nur nicht, dass er zu Schaden kommt.«

Sie sah seine Augen vor Kummer glänzen. »Alice«, sagte er leise, »ich weiß, wer John Sinclair ist.«

»Wie meinst du das?« Ihr Herz hämmerte unangenehm.

»Er ist der junge Mann, den du von der *Berwickshire* gerettet hast. Zuerst habe ich mich daran nicht erinnert. Aber als ich euch beide zusammen gesehen habe, wusste ich, dass ihr einander nicht fremd wart. Dann ist mir wieder eingefallen, mit welcher Zuneigung du von ihm gesprochen hast, wenn du von seiner Rettung erzählt hast – und davon, wie du ihn gepflegt hast, bis er außer Gefahr war.«

Alice spürte, wie ihr Inneres sich verkrampfte. Sie verbarg das Gesicht in den Händen, unfähig, etwas davon abzustreiten.

»Ich glaube, John Sinclair hält seinerseits große Stücke auf dich.«

»Nicht, George«, flüsterte Alice.

»Bestand zwischen euch beiden ein Einvernehmen, als ihr jünger wart?«

Alice wollte es erst leugnen, aber der mitfühlende Gesichtsausdruck ihres Mannes verlieh ihr den Mut, es zuzugeben. George hatte die Wahrheit verdient.

»Ja. Aber Thomasina und Danny haben die Briefe, die wir einander schrieben, zurückgehalten – vermutlich aus Bosheit und Geldgier –, und so haben wir das Schlimmste voneinander angenommen. Erst in Simla sind wir dahintergekommen, was geschehen sein muss.« Sie sah ihn unglücklich an. »Es tut mir so leid, George. Ich wollte dich nie verletzen. Und John hätte sich nie zwischen uns gedrängt – er bewundert dich und will mich nicht wiedersehen.«

»Ich mache keinem von euch Vorwürfe«, sagte er. »Wenn man jemanden liebt, kann man nichts gegen seine Gefühle ausrichten. Es muss euch beiden große Willenskraft abverlangt haben, eurer Zuneigung zueinander zu widerstehen. Dafür werde ich immer dankbar sein, Alice – dass du dich entschieden hast, bei mir zu bleiben.«

»Ich hätte dich nie verlassen!« Alice' Augen brannten vor Tränen. »Ich bin deine Frau, nicht seine.«

George fuhr fort: »Ich hoffe, er hat sich nicht Hals über Kopf in Gefahr gebracht, weil er herausgefunden hat, dass du mit mir verheiratet bist. Ich würde mich für seine Notlage verantwortlich fühlen, wenn es so wäre.«

»Oh, George!« Alice sah ihn gequält an. Sie streckte die Arme aus. Er zögerte, trat dann aber auf sie zu.

Er zog sie in seine drahtigen Arme. Sein Jackett roch tröstlich-vertraut nach Kampfer und Tabak.

»Warum hast du nicht früher gesagt, dass du weißt, wer John ist?«, fragte Alice.

»Ich konnte sehen, wie sehr du dich bemüht hast, deine Gefühle für ihn zu unterdrücken«, sagte George offen, »und ich habe dich dafür geliebt. Es ist genug, dass du mich magst. In meinem Lebensalter ist jeder Tag mit dir eine reine Freude und ein Geschenk, das ich nicht verdient habe.«

Alice sagte unter Tränen: »Ich habe *dich* nicht verdient. Ich hätte mir keinen besseren Mann wünschen können.« Sie sah in sein zerfurchtes Gesicht. »Du bedeutest mir wirklich sehr viel.«

Er lächelte. »Ich weiß.« Er küsste sie auf die Stirn und hielt sie sanft, während sie an seiner Schulter weinte.

Alice war sich nicht sicher, ob sie Tränen um ihre Ehe vergoss, die immer eher von Kameradschaft als von Leidenschaft geprägt sein würde, oder um John in der Fremde, den einzigen Mann, den sie je wirklich lieben würde.

* * *

»Es ist reizend!«, rief Alice, als Emily sie in Carrick Lodge herumführte, dem Haus, das Sandy für die Saison in Simla gemietet hatte. »Und die Aussicht auf die Berge von der Veranda aus …« Ihr stockte der Atem beim Anblick der schneebedeckten Gipfel, die aus den Wolken aufragten wie eine Märcheninsel aus einem schimmernden Meer.

»Viel besser als Daisy Cottage, nicht wahr?«, sagte Emily.

»Viel besser«, pflichtete Alice ihr bei.

Sie war dankbar, dass sie nicht in das beengte, feuchte Cottage vom Vorjahr zurückkehren mussten, mit dem sich für sie schmerzliche Erinnerungen verbanden. Daisy Cottage lag südlich des Ridge, während Carrick Lodge hoch oben auf dem Elysium Spur im Norden lag. Die Aussicht auf den Himalaja war von diesem Felssporn aus atemberaubend.

»Und es liegt so nahe bei Auckland House«, fuhr Emily fort, »sodass wir es nicht weit zu all den Festen der Edens haben.«

Es dauerte nicht lange, bevor das Karussell des gesellschaftlichen Lebens begann: Picknicks in Annandale, Bälle in den Assembly Rooms, musikalische Soireen und Abendessen in Auckland House.

Wohin sie auch ging, versuchte Alice, mehr über die Lage in Ladakh und Johns Schicksal herauszufinden. Sowohl Alice als auch die Aytons machten sich Sorgen um ihn. Sandy bemühte sich, durch seinen Posten in Aucklands Stab mehr Informationen zu bekommen.

»Colin MacRae hat ein gutes Wort für seinen Freund eingelegt«, berichtete Sandy, »aber Auckland ist nicht besonders verständnisvoll.«

»Warum um alles in der Welt denn nicht?«, rief Emily. »Sinclair sollte nicht einfach im Stich gelassen werden. Immer noch besser, er wird in Indien vors Kriegsgericht gestellt, als dass ihm in Tibet oder wo auch immer er festgehalten wird etwas Schlimmeres zustößt.«

»Es ist kompliziert, Liebes«, sagte Sandy.

»Bitte erklär es uns«, bat Alice.

Sandy runzelte die Stirn. »Unter den Afghanen braut sich wieder einmal Ärger zusammen – ihr Emir, Dost Mohammed, droht, gegen die Sikhs in einen Krieg um Peschawar zu ziehen. Die Afghanen wollen es zurück. Auckland möchte nichts unternehmen, was unsere guten Beziehungen zu den Sikhs gefährden könnte, aber er will auch die Kooperation des Emirs. Es gibt neue Gerüchte, dass die Russen hinter den Unruhen im Osten Afghanistans stecken, also brauchen wir auch die Afghanen als Verbündete.«

»Was hat all das mit Johns misslicher Lage zu tun?«, fragte Emily verwirrt.

Sandy seufzte. »Leider ist die Gefangennahme eines einzelnen Soldaten der Company, der dort, wo er war, ohnehin nichts zu suchen hatte, für den Generalgouverneur nur ein zusätzliches Ärgernis, da es viel dringendere Angelegenheiten gibt, die seine Aufmerksamkeit erfordern.«

Alice schluckte ihre Enttäuschung hinunter und versuchte, sich nicht anmerken zu lassen, wie viel Angst sie um John hatte. Wenn die Sikhs von den Afghanen bedroht wurden, würden sie ja vielleicht Abstand davon nehmen, Ladakh anzugreifen.

Da es nicht in ihrer Macht stand, irgendetwas für John zu tun, steckte Alice ihre ganze Energie wieder in die Förderung der Mädchenbildung. An den meisten Tagen ging sie zu dem behelfsmäßigen Schulhaus in der Nähe des Basars, das von ihrer Freundin, Miss Wallace, betrieben wurde, um den Mädchen Nähen und die Grundlagen des Lesens und Zählens beizubringen.

Sie schrieb an George, erzählte ihm alles über ihre Arbeit und genoss es, seine liebevollen Briefe zu erhalten. Wie immer schwärmte er von seinen Experimenten im Botanischen Garten. Sie war froh, dass zwischen ihnen nach ihrem offenen Gespräch über John kein böses Blut herrschte.

»Wann kommt er zu uns?«, wollte Emily wissen.

»Ende August, schreibt er«, sagte Alice, »wenn der schlimmste Regen vorbei ist.«

»Na, wenigstens kannst du dich über einen Mangel an Offizieren als Tanzpartner nicht beklagen«, meinte Emily. »George hat es sich nur selbst zuzuschreiben, wenn so viele gut aussehende Captains sich in dich verlieben, denn er hat dich schließlich zur Strohwitwe gemacht.«

Alice zuckte angesichts von Emilys unbeabsichtigter Spitze zusammen. Ihre Freundin wusste nichts von Georges Kummer über Alice' Liebe zu John.

»Was für ein Unsinn«, gab Alice zurück. »Ich habe niemanden ermuntert.«

»Nein, das hast du auch nicht.« Emily lachte. »Aber Sandy sagt, dass viele Männer aus Aucklands Stab über die hübsche Mrs Gillveray reden. Es kränkt sie, dass du mehr Zeit mit eingeborenen Straßenkindern verbringst als mit ihnen.«

Alice nahm Emilys Geplapper nicht weiter ernst, aber auch ihr war aufgefallen, dass Vernon Buckley sich bei gesellschaftlichen Anlässen besonders um sie bemühte. Alice behandelte ihn kühl, weil sie sich darüber ärgerte, dass er im Vorjahr dazu beigetragen hatte, Johns Ruf unter den Briten in Simla zu schädigen. Der Klatsch, dass John sich dem Trinken und Huren hingegeben hatte und dann mit dem Geld der Company geflüchtet war, machte auch ein Jahr später immer noch die Runde in der Stadt.

Wenn Vernon sie zum Tanz aufforderte, tat sie deshalb so, als wäre sie müde, und blieb sitzen. Es verschaffte ihr einen kleinen Hauch von Befriedigung, ein verärgertes Stirnrunzeln auf seinem hübschen, aristokratischen Gesicht zu sehen, wenn sie sich von anderen Offizieren zum Tanz führen ließ. Aber ihre Geringschätzung für ihn rief das genaue Gegenteil der erwünschten Wirkung hervor. Vernon gab nicht auf, sondern brachte ihr weiterhin Erfrischungen und machte ihr schmeichelhafte Komplimente.

»Ich bin voller Bewunderung für Ihre Arbeit mit den Eingeborenenkindern«, sagte er zu ihr.

»Wirklich?«, antwortete Alice ungläubig.

»Natürlich. Es ist sehr christlich und lobenswert von Ihnen.«

»Dann möchten Sie vielleicht etwas zur Finanzierung der Schule beisteuern?«, fragte Alice herausfordernd.

»Mit Vergnügen«, erwiderte Vernon.

Niemand war überraschter als Alice, als Miss Wallace ihr voller Freude berichtete, dass Captain Buckley seinen Schneider vorbeigeschickt hatte, um neue Hemden und Kleidchen für die Schülerinnen anzufertigen.

»Du solltest nicht so hart zu dem armen alten Vernon sein«, sagte Emily tadelnd. »Es liegt nun einmal in seiner Natur, gefallen zu wollen.«

»Es liegt in seiner Natur zu tändeln«, entgegnete Alice. »Er weiß, dass ich eine verheiratete Frau bin, aber das scheint für ihn keine Rolle zu spielen.«

»Hat er etwas Ungehöriges getan?«, fragte Emily.

»Nein«, gab Alice zu.

»Und er hat großzügig für die Schule gespendet, nicht wahr?«

»Ja.«

»Gibt es dann irgendeinen Grund, warum du ihm nicht dann und wann einen Tanz gestatten kannst?«

»Vermutlich nicht«, räumte Alice widerwillig ein.

Als Alice sich bei der nächsten Soiree bereit erklärte, Vernon auf ihre Tanzkarte zu setzen, errötete er wie ein aufgeregter Junge und freute sich so sehr, dass sie es schon fast liebenswert fand. Er tanzte außergewöhnlich gut, und Alice bemerkte die neidischen Blicke der jungen, unverheirateten Töchter der Stabsoffiziere. Die Mädchen hatten es darauf abgesehen, von dem begehrten Junggesellen auserkoren zu werden.

Aber Alice behandelte Vernon mit milder Gleichgültigkeit. Sie wollte keinen falschen Gerüchten Vorschub leisten, die George vielleicht in Verlegenheit bringen würden. Sie konnte sich nicht erklären, warum Vernon ihr überhaupt seine Aufmerksamkeit erwies.

Eines Tages, als sie die Schule verließ, um nach Carrick Lodge heimzukehren, wartete er draußen neben einem gemieteten *jampan*.

»Es ist solch ein schöner Nachmittag«, sagte er lächelnd, »dass ich dachte, Sie würden vielleicht gern einen Ausflug auf den Jakko Hill unternehmen, um die Aussicht zu genießen.«

Alice' Erstaunen wich rasch Verärgerung. Sie war bisher davor zurückgescheut, auf die bewaldete Hügelkuppe zurückzukehren, auf der sie sich so bitter von John getrennt hatte. Sie hatte ganz gewiss nicht die Absicht, Vernon dorthin zu begleiten.

»Nein danke, Captain Buckley«, erwiderte sie und ging an ihm vorbei. »Ich trinke jetzt Tee mit Emily und Alexander.«

»Bitte, Mrs Gillveray«, flehte Vernon und legte eine Hand auf ihren Arm, um sie aufzuhalten.

Sie warf ihm einen bösen Blick zu, und er ließ die Hand rasch sinken.

»Warum verabscheuen Sie mich so?«, fragte er verständnislos.

»Warum überschütten Sie die Frau eines anderen Mannes mit Aufmerksamkeiten?«, gab sie zurück.

»Es tut mir leid, wenn ich Sie kränke«, sagte Vernon, »aber ich kann nicht umhin, Sie zu bewundern. Sie sind ganz anders als all die anderen Frauen in Simla, die nur über Kleider und Klatsch reden. Sie haben so viel Temperament – Sie tun, was Sie wollen, und scheren sich nicht darum, was die Leute denken. Das gefällt mir an einer Frau.«

Seine kühnen Worte warfen Alice für einen Moment aus der Bahn.

Als er ihr Zögern sah, lächelte er. »Also gestatten Sie mir die Ehre, Sie auf den Jakko Hill zu begleiten?«

»Gewiss nicht«, wies Alice ihn barsch zurück.

»Ich bin nicht für das verantwortlich, was Sinclair zugestoßen ist«, verteidigte er sich. »Sandy hat mir erzählt, wie sehr Sie in Sorge um ihn sind.«

Alice sackte der Unterkiefer herunter. »D… das sind wir alle«, stammelte sie.

»Aber Sie vielleicht mehr als die meisten anderen.«

»Sie sind unverschämt«, entgegnete Alice und wurde rot.

»Ich habe Sie letztes Jahr mit ihm gesehen«, sagte Vernon mit gesenkter Stimme. »Auf dem Jakko Hill. Ich habe mir Gedanken gemacht. Er hat keinen guten Ruf, was Frauen angeht. Ich kenne ihn schon lange.«

»Manche sagen das Gleiche über Sie«, konterte Alice.

»Ich bewundere Frauen«, widersprach er. »Sinclair verliebt sich ständig und entliebt sich dann wieder – er macht Mädchen falsche Hoffnungen und wirft sie dann weg wie ein schmutziges Hemd. Er hat sonst mehr für das gemeine Volk übrig – Dienstmädchen in Addiscombe und Eingeborene …«

Alice wirbelte voller Wut zu ihm herum und ohrfeigte ihn. »Ich will Ihre abscheulichen Worte nicht hören! Bleiben Sie mir fern.«

Sie drehte sich um und floh den Weg hinauf, während Vernon zurückblieb und sich die brennende Wange rieb.

Kapitel 20

Ladakh, Frühjahr 1837

John wartete ungeduldig auf Wahids Rückkehr. Einen Großteil des Winters über eingesperrt und untätig in Leh zu sitzen, hatte ihn vor Frust fast wahnsinnig werden lassen. Um seine aufgestaute Energie auszutoben, hatte er an den wilden Reiterspielen teilgenommen, die die Ladakhi in der Stadtmitte veranstalteten: Sie machten mit Stöcken Jagd auf eine ausgestopfte Tierhaut.

Sobald das Tal durch die Schneestürme des Winters von der Außenwelt abgeriegelt worden war, hatte man sein Haus weniger streng bewacht. Ein paar Mal war es John und Rajban gelungen, Ausflüge außerhalb der Stadtmauern zu unternehmen. Der gleißend helle Schnee hatte sie geblendet, und John hatte noch nie solch durchdringende Kälte erlebt. Sie tauschten Zeltausrüstung gegen dicke, nahtlose tibetische Mäntel, die ihnen bis zu den Knöcheln reichten, Schaffelle und pelzgefütterte Stiefel ein. Johns Bart wuchs dicht, und sein Gesicht wurde in der unbarmherzigen Sonne so braun und wettergegerbt wie das eines Einheimischen.

»Man könnte dich mit einem Kaufmann aus Yarkant verwechseln«, lachte Rajban, »wenn du nicht solch eine lange Nase hättest! Vielleicht könnte man dich für einen Tadschiken oder einen Armenier halten.«

John lachte leise und musterte Rajban, der so dick in Schaffelle, eine Pelzmütze und Ohrenschützer eingemummelt war, dass sein Gesicht kaum dazwischen hervorlugte.

»Und du, mein Freund, siehst wie ein Bär aus dem Himalaja aus. Pass ja auf, dass sie dich nicht erschießen und dem König servieren.«

Ohne den fröhlichen Bergbewohner hätte John die Eintönigkeit und Beklommenheit der vergangenen Monate nicht ertragen können. Rajban war von Johns Diener zu seinem Vertrauten und Waffenbruder geworden. Während der König ihnen Speisen, Getränke und Brennmaterial geschickt hatte, war es ein entfernter Verwandter von Rajban gewesen, der sie mit Teppichen und Wolldecken ausgestattet hatte, damit sie es in ihrem Quartier warm hatten, und der ihnen eine Wasserpfeife für ihren Tabak überlassen hatte.

Sie hatten in Leh viele Freunde gefunden und wurden oft in die Häuser der gastfreundlichen Kaufleute eingeladen. Dort saßen sie dann auf Polstern in den großen Empfangszimmern im Obergeschoss zusammen, um Buttertee zu trinken und zu plaudern. John schnappte genug von der Sprache auf, um ansatzweise Gespräche führen zu können. Es herrschte die Sorge, dass ein sommerlicher Überfall Gulab und Zorawar Singhs den überaus wichtigen Pashmina-Handel arg schädigen würde.

»Ihr Ehrgeiz beschränkt sich nicht auf unser Königreich allein«, sagte ein Kaufmann düster. »Sie werden erst aufhören, wenn sie auch noch Tibet erobert haben – dann haben sie den ganzen Wollhandel für sich allein.«

* * *

Erst Ende Mai wich der Schnee zurück. Die Pässe waren wieder offen, und frisches Grün spross am Ufer der vom Schmelzwasser gespeisten tosenden Gletscherbäche. Binnen einer Woche erschien Wahids Karawane aus Yaks und Ponys unten im Tal. John ging hinaus, um ihn zu begrüßen und ihm zu helfen, die Tiere in die Umfriedung zu führen.

Später, nach Einbruch der Dunkelheit, kam Wahid in Johns Quartier. Sie setzten sich auf Teppiche, und Wahid erzählte ihm Neuigkeiten aus der Außenwelt.

»Es herrschen Spannungen in Kaschmir«, sagte er ernst. »Der Emir von Afghanistan lässt gegenüber den Sikhs die Muskeln spielen. Er will die Kontrolle über den Khaiberpass und Peschawar zurückerlangen. Es besteht Anlass zur Sorge, dass die Briten seine Ansprüche unterstützen werden.«

»Der Khaiberpass.« John lächelte, als er den Namen hörte. »Mein Onkel ist ein Afridi; er stammt aus dieser Gegend.«

»Dein *Onkel*?«, rief Wahid aus.

»Azlan hat meine Tante Morag geheiratet«, erklärte John. »Wenn seiner Einschätzung zu trauen ist, dann wird niemand außer den Afridi je über den Khaiberpass herrschen.«

Er holte das edelsteinbesetzte Jagdmesser hervor, das er immer bei sich trug, und gab es Wahid.

Der Wollhändler stieß einen bewundernden Pfiff aus und reichte ihm das Messer zurück. Er grinste. »Also bist du ein Afridi-Bruder.«

»Ich frage mich, was Azlan in meiner Lage tun würde«, sagte John nachdenklich.

»Fliehen«, antwortete Wahid sofort. »Ich habe auf meinen Reisen einige Männer vom Stamm der Afridi getroffen, und keiner von ihnen würde sich von irgendeinem kleinen Fürsten anbinden lassen wie ein Ziegenbock, der darauf wartet, geopfert zu werden.«

John ärgerte sich über den Vergleich. Aber er traf zu; er hatte keinen ernsthaften Versuch unternommen, das Tal zu verlassen. Wohin sollte er gehen, wenn es ihm gelang, den Wachen des Königs zu entkommen? Wieder nach Indien, um seinen Posten bei der Armee zurückzuerbetteln? Oder sollte er sein Glück anderswo suchen – vielleicht bei den Afridi?

Als hätte er seine Gedanken gelesen, sagte Wahid: »Das hier hilft dir vielleicht, eine Entscheidung zu fällen.« Er zog einen Brief tief aus seinem Mantel hervor. »Ich wollte nicht dabei gesehen werden, wie ich dir den hier am helllichten Tag überreiche. Er ist angekommen, unmittelbar bevor ich Srinagar verlassen habe.«

Johns Magen zog sich zusammen, als er die vertraute Handschrift erkannte: Colins. Der Brief war auf Gälisch geschrieben, um die Zensur zu unterlaufen. Nach kameradschaftlichen Grüßen folgten düstere Worte.

> *… als ich nach Dehradun zurückkam, waren volle sechs Monate vergangen, und unsere Vorgesetzten hatten eine härtere Gangart angeschlagen. Everest war fuchsteufelswild, dass Du seiner Großen Vermessung den Rücken gekehrt hast, und hat gesagt, dass er sich weigern würde, Dich je wieder für ihn arbeiten zu lassen. Hodgson ist befördert worden.*
>
> *Wade in Ludhiana beharrt stur darauf, dass Du keine Vollmacht hattest, über Britisch-Indien hinauszureisen. Ich tue mein Bestes, mich für Dich einzusetzen, John, aber die politische Situation wird allmählich schwierig. Wir stärken Ranjit Singh im Pandschab den Rücken, versuchen*

aber zugleich, unseren Einfluss in Afghanistan zu wahren. Erinnerst Du Dich an Lieutenant Burnes aus Montrose, der dieses reißerische Buch über seine Reisen nach Afghanistan und darüber hinaus geschrieben hat? Nun, der ist jedenfalls befördert worden. Man hat ihn als Mitglied einer Handelsdeputation nach Kabul entsandt, um sicherzustellen, dass Emir Dost Mohammed nicht in Versuchung gerät, sich mit den Russen statt mit uns anzufreunden.

Es gibt einige Männer in Aucklands Stab, die besessen von der Idee sind, dass die Russen vorhaben, durch Afghanistan zu marschieren und Indien ins Herz zu treffen – sie veranstalten ein richtiges Säbelrasseln. Es wundert mich nicht, dass Buckley zu ihnen gehört. Er ist genau der Richtige, zu waghalsigen militärischen Eskapaden aufzurufen, während er sicher unter den Fittichen des Generalgouverneurs in Simla oder Kalkutta bleibt.

Es tut mir leid, aber die nackte Wahrheit ist, dass niemand Truppen schicken wird, um Dich zu befreien. Buckley tut sogar sein Bestes, unseren Ruf zu schädigen, indem er Gerüchte in die Welt setzt, dass wir diejenigen waren, die sich auf Kosten der Company einem Lotterleben hingegeben haben. Ich tue, was ich kann, um unsere Ehre wiederherzustellen.

Viel Glück, mein Freund, und möge Gott mit Dir sein!

John saß lange da und starrte das Muster des Teppichs an. Sein Kiefer tat weh, weil er vor Wut die Zähne fletschte. Buckley, dieser Schuft! Er hatte getan, was er nur konnte, um Johns Karriere zu ruinieren. Warum hasste Vernon ihn nur so? Allerdings musste John zugeben, dass der arrogante Kavallerieoffizier ihn nicht ermuntert hatte, eine Expedition jenseits des Satluj zu unternehmen oder sich zu lange in Ladakh aufzuhalten. Daran trug nur er allein die Schuld. Nach seinem schmerzlichen Abschied von Alice in Simla war er viel zu erpicht darauf gewesen, die Herausforderung anzunehmen, vor die Captain Smith ihn gestellt hatte. Er war leichtsinnig gewesen, aber er hatte in den Bergen Trost gefunden – so wie früher immer als Junge auf Skye.

John las den Brief noch einmal genau und hielt vergeblich Ausschau nach einem Hinweis auf Alice oder einer Andeutung, was sie jetzt wohl machte. Colin erwähnte sie nicht. Warum auch? Sein Freund wusste von Johns unglücklicher Liebe und wollte ihn sicher nicht noch mehr betrüben, indem er ihm von Alice' Leben mit Gillveray erzählte. Die beiden mussten mittlerweile ein Kind haben. Er fragte sich, ob es ein Mädchen oder ein Junge war.

John schrie voller Pein auf. Warum sollte er sich selbst noch länger quälen?

»Mit einer Rückkehr nach Indien wäre nichts zu gewinnen«, sagte er bitter, »selbst wenn sie mir freistünde.«

»Willst du also hier herumsitzen und andere über dich entscheiden lassen?«, fragte Wahid. Seine dunklen Augen wirkten herausfordernd. »Oder willst du dein Schicksal selbst in die Hand nehmen wie ein Afridi?«

John war so gekränkt, dass er antwortete: »Ich will handeln! Hast du einen Vorschlag?«

* * *

Eine Woche später brach Wahids Karawane aus Lasttieren noch vor Sonnenaufgang den sandigen Hang hinab zum Indus auf.

Wahid ließ verkünden, dass er auf dem Weg nach Kaschmir war. Er nahm ein halbes Dutzend ungepflegter Träger mit, die in der Kälte vor Anbruch der Dämmerung die Enden ihrer Turbane um ihr Gesicht geschlungen hatten.

Ein paar Stunden später sah man zwei Männer aus der Stadt schleichen. Sie machten sich mit zwei Ponys aus der Umfriedung davon und ritten rasch nach Süden zu den hoch gelegenen Pässen, die nach Indien führten.

Zu dem Zeitpunkt, als entdeckt wurde, dass die Wachen von Johns Quartier betäubt und gefesselt in Johns und Rajbans Unterkunft lagen, waren die beiden Reiter längst über alle Berge. Der König schickte Männer aus, um sie zu verfolgen. Sie ritten den ganzen Tag, holten die Flüchtigen aber nicht ein. Drei Tage später wurden zwei Männer unten am Fluss Chanab gestellt, als sie ihre erschöpften Ponys gegen frische austauschten. Zur Bestürzung der Verfolger waren es aber nicht der flüchtige britische Offizier und sein Begleiter, mit denen sie gerechnet hatten, sondern Kaufleute aus Leh, die Verwandte in Spiti hatten und einen kranken Angehörigen besuchen wollten.

* * *

Von dem felsigen Pfad sah John noch einmal hinunter auf die große Karawanserei in Kargil, wo sie die vergangene Nacht unter Weidenbäumen neben grünen Feldern voll unreifem Korn verbracht hatten. Hinter ihnen erstreckte sich Ladakh. Vor ihnen lagen steile Klippen und ödes Grenzland, das von autonomen Stämmen bewohnt wurde, und dahinter Baltistan. Unten schlenderten Händler und Bauern über den Basar. Wahid hatte dort seine Vorräte aufgestockt und sich unter Umarmungen und Segenswünschen von John und Rajban getrennt. Wahid und seine Karawane zogen nach Kaschmir im Westen; John wollte nach Norden, nach Baltistan und zu dessen muslimischem

Herrscher in Skardu. Von dort aus plante er, nach Afghanistan zu reisen und seine Dienste vielleicht seinem eigenwilligen schottischen Landsmann Alexander Burnes in Kabul anzubieten. Er hatte vor, einen großen Bogen um Kaschmir und das Pandschab zu machen, wo er vielleicht wieder zur Spielfigur im Machtgerangel in dieser unruhigen Region werden würde.

Er wandte sich an Rajban. »Wie es scheint, haben deine Cousins ihre Sache gut gemacht und die Ladakhi-Wachen hinter sich hergelockt. Ich hoffe, ihnen erwächst kein Schaden daraus.«

»Die können sich aus allem herausreden«, meinte Rajban grinsend.

John schlug ihm auf den Rücken. »Danke. Eines Tages werde ich dich angemessen für deine Loyalität belohnen.«

Sie kehrten Ladakh den Rücken und ritten zügig weiter Richtung Baltistan.

Kapitel 21

Simla, Sommer 1837

»Kluger Junge!«, rief Alice und streckte Alexander die Hände hin. Er stolperte in ihre Arme. »Sieh nur, Emily, er kann schon fünf Schritte machen, ohne hinzufallen.« Sie zog ihn eng an sich, umarmte ihn und kitzelte ihn.

Alexander warf den Kopf in den Nacken und lachte entzückt. Alice fand, dass es kein fröhlicheres Geräusch als das Lachen eines Kindes gab.

Der Regen prasselte aufs Dach, und die Berge waren im Nebel verschwunden.

Emily seufzte. »Wann hört es nur endlich zu regnen auf?«

Vor einem Monat hätte Emily noch in die Hände geklatscht und viel Aufhebens um die Leistung ihres Sohnes gemacht. Aber Alice fiel auf, wie müde und blass Emily aussah und dass sie beim Geruch von Curry sichtlich würgen musste. Ihre Freundin war wieder schwanger, da war Alice sich sicher. Noch hatte Emily nichts davon verlauten lassen, aber Alice merkte es. Alexander war noch kein Jahr alt. Emily würde alle Hände voll zu tun haben, oder zumindest ihre *ayah*. Ein Hauch von Neid überfiel Alice, weil sie nicht diejenige war, die schwanger war.

Alice stellte den Jungen auf die Füße. »Komm, versuch es noch einmal.«

»Man soll sie nicht zu früh laufen lassen«, wandte Emily besorgt ein. »Lass ihn von Ayah wieder in sein Bettchen legen.«

Alice setzte eine übertrieben schockierte Miene auf. »Hörst du das, Alexander? Deine Mama will dich in dein Zimmer verbannen, statt dich hier Spaß mit deiner Tante Alice haben zu lassen. Was meinst du dazu?« Sie beugte sich vor und verharrte Wange an Wange mit dem Jungen. »Was sagst du da? Du willst weiterlaufen! Natürlich.« Sie lachte und küsste ihn auf die weiche, rundliche Wange.

Emily gab es auf, sich durchsetzen zu wollen. »Ich frage mich, ob es ihnen schon gelungen ist, nach den Erdrutschen das ganze Geröll und den Schlamm wegzuräumen«, sagte sie und starrte lustlos in den unablässigen Regen hinaus. »Wie viele Tage sitzen wir nun schon hier drinnen fest? Und da heißt es, dass es in Schottland viel regnet …«

Alice ließ von der Veranda aus den Blick in die Ferne schweifen. »Der Regen wird sicher bald aufhören«, sagte sie. »Dann kann George zu uns stoßen. Wahrscheinlich ist er schon längst in Kalkutta und dreht dort jetzt Däumchen, während er darauf wartet, dass die Bergstraßen wieder passierbar werden.«

Sie dachte voller Zuneigung und Sehnsucht an ihren Mann. So lange waren sie noch nie getrennt gewesen, seit sie verheiratet waren, und sie vermisste seine Gesellschaft. Sie hatte ihm so viel über die Schule zu erzählen, und er würde sehen, wie sehr Alexander sich verändert hatte. Sie wollte Neuigkeiten aus Kalkutta und von ihren Missionarsfreundinnen hören. Außerdem interessierte sie Georges Meinung darüber, ob Auckland die Sikhs oder die Afghanen unterstützen sollte.

Die Aytons wollten nie über Politik reden, aber Alice wusste, dass George eine vernünftige Ansicht vertreten würde. Unter den Männern der Company in Indien war er einer der wenigen, die sich noch an Elphinstones pompöse Handelsgesandtschaft 1808 erinnerten, um den früheren afghanischen Herrscher, Schah Schudscha, zu treffen. Laut George hatten die Briten damals mit Geschenken und Geld die Afghanen umworben, damit diese sich nicht mit den Franzosen verbündeten. Aber nachdem Napoleon besiegt worden war, hatte Afghanistan für die Briten an Bedeutung verloren.

Alice bestellte Tee und Ingwerkuchen. Als beides serviert wurde, hatte der Regen schon schlagartig aufgehört. Der Nebel lichtete sich allmählich. Binnen einer halben Stunde brach die Sonne durch, und Dampf stieg aus dem Garten auf.

»Siehst du, ich habe es dir doch gesagt«, meinte Alice. »Hier, iss etwas Ingwerkuchen. Dann fühlst du dich besser.«

»Ich will nichts essen«, protestierte Emily und verzog das Gesicht.

Alice musterte sie. »Nun mach schon. Ingwer lindert die Übelkeit.«

Emily errötete. »Du weißt …?«

Alice nickte.

»Ich habe es Sandy noch nicht gesagt«, gestand Emily. »Wie hast du es erraten?«

»Ich erinnere mich an die Übelkeit.«

Emily biss sich auf die Lippen. »Natürlich. Es tut mir leid.«

»Das muss es nicht«, versicherte Alice ihr.

»Du und George«, sagte Emily stockend. »Ihr werdet bestimmt auch bald mit Kindern gesegnet werden.«

Die vertraute Enttäuschung durchzuckte Alice. »Das hoffe ich«, sagte sie und erlaubte Alexander, über sie hinwegzukrabbeln. »Bis dahin bin ich glücklich darüber, dem Kleinen hier eine liebende Nenntante sein zu können.«

Sandy erschien am Gartentor und sah einen Augenblick lang in die Ferne, bevor er aufs Haus zuging.

»Warte nur, bis du siehst, wie viele Schritte dein Sohn gehen kann!«, rief Alice ihm zu. »Komm, Alexander, zeigen wir es Papa.«

Der Junge gluckste, als Alice aufstand und ihn auf die Füße zog. Er wankte über die Veranda, als wäre sie ein schwankendes Schiffsdeck, während er seinen Vater anlachte. Sandy beugte sich vor und nahm ihn auf den Arm. Er schmiegte sein Gesicht an den Hals des Jungen und stellte ihn dann schnell wieder hin.

»Ayah«, befahl er, »bring Alexander bitte in sein Zimmer.«

Ayah, die auf dem Boden gesessen hatte, erhob sich, ging barfuß auf den Jungen zu und hob ihn hoch. Alexander ließ ein Heulen der Empörung ertönen, als er davongetragen wurde.

»Das wäre doch nicht nötig gewesen«, sagte Alice enttäuscht. »Er will spielen.«

»Alice«, sagte Sandy und sah sie zum ersten Mal seit seiner Ankunft direkt an, »ich glaube, du solltest dich hinsetzen.«

Alice' Inneres verkrampfte sich, als sie seine ernste Miene sah. »Was ist denn?«

Sein rotwangiges Gesicht wirkte gequält. Er setzte zum Sprechen an und schloss den Mund dann wieder so fest, als könnte er nicht auf seine eigenen Worte vertrauen.

»Was ist denn nur, Sandy?«, fragte Emily. »Bitte sag es uns.«

Sandy räusperte sich und schluckte schwer. Er zog einen Brief aus seiner Brusttasche. »Der ist mit dem Büro-*dak* aus Kalkutta gekommen«, sagte er und hielt ihn Alice hin. »Es hat einen Choleraausbruch gegeben. Es tut mir leid. Sehr leid.«

Alice spürte, wie sich ihr vor Angst die Brust zuschnürte. »Ist es George?«, flüsterte sie.

Sandy nickte. Ihm stiegen die Tränen in die Augen. »Es … es ging schnell …«

»Wann?«

»Vor über einem Monat.«

»Das kann nicht sein.« Sie konnte nicht fassen, was er da sagte. »Erst vor einer Woche habe ich einen Brief bekommen, in dem er geschrieben hat, dass er dabei sei, sich reisefertig zu machen.« Aber schon als sie es aussprach, wurde ihr klar, dass der Brief im Juli geschrieben worden war, vor sechs Wochen.

»Er ist auf dem Friedhof der europäischen Siedlung begraben«, sagte Sandy. »Auch Miss Cook ist bei dem Ausbruch dahingerafft worden.«

Alice stieß einen gequälten Schrei aus. Emily sprang auf, warf die Arme um sie und brach in Tränen aus. Alice klammerte sich an ihre Freundin. Ihre Augen blieben vor Entsetzen trocken.

* * *

Das Schlimmste war, dass sie keine Beerdigung zu organisieren hatte. Welche hastige Zeremonie war bei Georges Beisetzung vollzogen worden? Waren überhaupt Trauergäste da gewesen? Oder war er ohne jede Feierlichkeit von überarbeiteten Totengräbern aus niederen Kasten unter die Erde gebracht worden, die ihre Schals um ihre Gesichter geschlungen trugen, um das tödliche Miasma fernzuhalten? Der Choleraausbruch hatte ganze Stadtviertel erfasst – insbesondere am Hafen hatte die Seuche gewütet – und hunderte Todesopfer gefordert. Darunter auch die arme Miss Cook! War George sie besuchen gegangen – etwa um Briefe abzuholen, die er für Alice mitnehmen sollte – und hatte sich angesteckt?

Alice quälte sich mit Schuldgefühlen. Sie hätte bei George bleiben und sich um ihn kümmern sollen, statt sich in Simla zu amüsieren. Oder sie hätte darauf bestehen sollen, dass er viel eher zu ihr kam. Warum hatte er das nicht getan? Seine Arbeit war ihm wichtiger gewesen als sie. Er war derjenige, der eigensüchtig gewesen war, als er in Kalkutta geblieben war. Er hatte sie nicht genug geliebt!

In ihrer Hilflosigkeit schwankte sie zwischen Selbstvorwürfen und Zorn. Sie hasste es, unfähig zu sein, etwas zu ändern. Aber bei all dem Wechselbad der Gefühle trauerte sie zutiefst um George und ihre kurze, zärtliche Ehe.

»Wir bringen dich früher zurück nach Kalkutta, wenn du möchtest«, bot Sandy an.

»Du musst zu uns kommen und eine Weile mit uns in Fort William leben«, sagte Emily. »Ich lasse nicht zu, dass du allein bleibst. Zumindest bis du dich entschieden hast …«

Wenn Alice an die Zukunft zu denken versuchte, konnte sie sich nichts vorstellen, das sie glücklich machen würde. Erwartete man von ihr, nach Großbritannien zurückzukehren? Tolland Park kam ihr wie eine andere Welt vor – ein fernes Leben, das eine viel jüngere Alice geführt hatte. Sie würde dort auf ihrem Witwensitz einsam sein und versuchen, die endlosen Stunden mit Ausritten, Stickerei und Tee mit dem Landadel zu füllen.

Aber wie lange konnte sie als Witwe in Kalkutta bleiben? Sie konnte den Gedanken kaum ertragen, ohne George dorthin zurückzukehren. Sie hatte die lange Reise nach Indien unternommen, um bei ihm zu sein. Kalkutta war seine Stadt, der Botanische Garten seine Leidenschaft. War ihr reizendes Haus ausgeräuchert und mit Brettern vernagelt worden? Schon die Vorstellung, dort allein zu wohnen, war unerträglich.

Würde man von ihr erwarten, rasch wieder zu heiraten? Offizierswitwen taten das oft, vor allem, wenn sie kleine Kinder hatten.

»Oh, George!«, weinte sie laut in ihrem Zimmer. »Wenn du mir doch nur ein Kind geschenkt hättest, das ich lieben könnte, dann könnte ich diese Leere besser ertragen.«

Nachts, wenn sie schlaflos und wie betäubt vor Trauer dalag, hüllte sie sich in ihren warmen, aber hauchdünnen Schal, der aus dem Pashmina gefertigt war, den John ihr geschickt hatte, und setzte sich auf die Veranda. Während sie auf die Gipfel des Himalaja hinausstarrte, gestattete Alice sich, an John zu denken. Nur im Dunkel der indischen Nacht gestand sie sich ein, dass es ihr jetzt freistand, ihn zu heiraten. Sie fühlte sich illoyal, weil sie so kurz nach Georges Tod auch nur daran dachte, aber der Gedanke quälte sie, wenn sie nicht schlafen konnte.

Doch wo war John? Vor einem Monat hatte in Simla das Gerücht die Runde gemacht, dass er sich nicht mehr in Ladakh aufhielt. Händler aus Kaschmir hatten die Neuigkeit gebracht, dass sie ihm zur Flucht verholfen hatten. Wenn das so war, warum war er dann noch nicht wieder hier in Indien? Wahrscheinlich stimmte es nicht, aber es spendete ihr Hoffnung. Sandy hatte Colin MacRae geschrieben, um ihn zu fragen, ob an dem Gerede etwas Wahres war, aber er hatte bisher keine Antwort erhalten.

Doch in Alice' Kopf regten sich Zweifel an John, seit Vernon damals diese schrecklichen Dinge über ihn geäußert hatte. Konnte es wirklich sein, dass John Frauen so lieblos behandelt hatte? Sie hatte Vernon gehasst, weil er so etwas behauptet hatte. Seitdem ging sie ihm aus dem Weg und hatte seine Blumen und sein Kondolenzschreiben ignoriert. Aber was, wenn an dem, was er gesagt hatte, ein Fünkchen Wahrheit war?

Wie gut kannte sie John wirklich? Sie hatte sich binnen zehn intensiver Tage in ihn verliebt, als sie ihn im Leuchtturm gepflegt hatte. Aber damals war sie erst siebzehn gewesen und völlig naiv, was Männer anging. Sie hatte sich aus einer romantischen Regung heraus impulsiv bereit erklärt, ihn zu heiraten, nicht, weil sie ihn gut gekannt hätte. Seitdem dachte sie ständig an ihn, aber sie hatte keine Ahnung, was für ein Leben er geführt hatte, bis sie einander in Simla wieder über den Weg gelaufen waren.

Sogar da hatten sie nicht offen miteinander reden können, sondern erst an dem letzten schmerzlichen Morgen, als John ihr noch einmal seine Liebe gestanden, aber dann entschieden hatte, dass sie einander nicht wiedersehen durften. Was, wenn er ihr und ihrem Vater nie wirklich Briefe geschrieben, sondern die Geschichte nur erfunden hatte, um sein Verhalten zu entschuldigen? Vielleicht hatte er ihre Briefe bekommen, aber ignoriert, weil er sich zu gut mit den Dienstmägden in Addiscombe amüsiert hatte. Und doch hatte er die Reise nach Tolland Park unternommen, um zu versuchen, sie zu sehen; die spanische Münze war der Beweis dafür.

Ruhelos ging Alice zu ihrem Schmuckkasten und zog die angelaufene Münze daraus hervor. Seit ihrem offenen Gespräch mit George vor ihrer Abreise aus Kalkutta hatte sie die Münze auf den Boden des Kästchens verbannt. Sie betastete die Münze und versuchte, ihre Zweifel an John abzuschütteln. Er liebte sie wirklich, da war sie sich sicher. Wenn John erfuhr, dass sie nicht länger die Frau eines anderen Mannes war, würde er dann nicht zurückeilen, um bei ihr zu sein? Sie würde selbst an Colin schreiben, um festzustellen, ob er ihr helfen konnte, John zu finden. Sie hängte sich die Kette um den Hals und schob die Münze unter ihr Nachthemd. Dann brach eine neue Welle der Schuldgefühle über Alice herein, weil ihre Gedanken nur John und nicht George galten.

* * *

»Ich kehre nicht mit euch nach Kalkutta zurück«, sagte Alice zu den Aytons. Es war Ende September, und ihre Freunde trafen Vorbereitungen für die lange Reise in die Ebenen hinab.

Beide starrten sie mit offenem Mund an.

»Aber das musst du«, sagte Emily.

»Wir können dich doch nicht allein hier zurücklassen, meine Liebe«, meinte Sandy.

»Ich werde nicht allein sein«, entgegnete Alice. »Ich ziehe zu Miss Wallace und arbeite weiter in der Schule. Das ist alles, was ich im Moment möchte. Ich habe das Gefühl, dass ich mich hier nützlich machen kann.«

»Aber du darfst nicht hierbleiben!«, rief Emily entsetzt. »Ich werde dich viel zu sehr vermissen, und Alexander auch.«

»Ich werde euch alle auch vermissen«, sagte Alice, »aber im nächsten Frühjahr kommt ihr doch zurück. Dann können wir da weitermachen, wo wir aufgehört haben.«

»Es geht doch nun wirklich nicht, dass wir dich hierlassen«, echauffierte Sandy sich. »Als junge Frau ganz allein …«

»Ich werde nicht allein sein«, hob Alice hervor, »sondern bei Miss Wallace. Wenn es in Simla für sie sicher ist, dann doch auch für mich.«

»Aber wie willst du finanziell über die Runden kommen?«, fragte Sandy.

»Ich bin gut versorgt«, antwortete Alice. »George hat sein Testament zu meinen Gunsten aufgesetzt. Er hat keine anderen Verwandten, die Anspruch auf sein Erbe erheben könnten.«

Sie fügte nicht hinzu, dass das Vermögen, das Tolland Park und Black Harbour House bildeten, zusammengenommen beträchtlich war. Sie war eine reiche Witwe und entschlossen, ihr Geld einzusetzen, um die Bildung von Mädchen so zu fördern, wie George die ihre gefördert hatte. Sie hatte schon alles arrangiert, um Mrs Meadows eine Spende zukommen zu lassen, damit sie die Missionsschule in Kalkutta weiterführen konnte.

Nichts, was die Aytons vorbrachten, würde sie umstimmen. Sie erkannte an ihren schockierten Blicken, dass sie Anstoß an ihrem eigenwilligen Wunsch nahmen, unabhängig zu leben und auf die Sicherheit der britischen Enklave zu verzichten. Aber es kümmerte Alice nicht, was die Leute dachten. In den Bergen bei der freundlichen Miss Wallace und den Schulkindern zu bleiben, würde ihrem Leben einen Sinn verleihen und ihr wundes Herz trösten.

In der Woche vor der Abreise der Aytons nach Kalkutta brachte Alice ihre Habseligkeiten in Miss Wallace' luftigen Bungalow auf dem Jakko Hill. Dann besuchte sie ein letztes Mal die Aytons, um sich von ihnen zu verabschieden.

»Diesen Jungen hier werde ich am meisten vermissen«, sagte Alice und drückte Alexander an sich.

»Wenn du es dir anders überlegst«, sagte Emily, »musst du zu uns kommen und bei uns einziehen.«

Alice lächelte. »Danke.« Sie küsste Alexander und reichte ihn an seine *ayah* weiter.

Sie blieb nicht, um die Abreise der Aytons zu beobachten. Es war ihr lieber, in die Schule zu gehen und sich beschäftigt zu halten. Plötzlich überkam sie Panik, ob es nicht vielleicht doch leichtsinnig von ihr war, zu bleiben. Wie isoliert würde sie in Simla während der langen Wintermonate sein! Georges Verlust brach von Neuem über sie herein.

Aber als sie die lächelnden Gesichter sah, die sie in der Schule begrüßten, keimte plötzlich Optimismus in ihr auf. Sie tat das Richtige. Es war das Beste, nicht zu weit vorauszuplanen. Das Leben in Indien war so ungewiss. Sie würde die Zukunft einen Tag nach dem anderen in Angriff nehmen.

Kapitel 22

Baltistan, Sommer 1837

John und Rajban folgten dem Fluss Indus nach Norden. Manchmal ritten sie oberhalb steil abfallender dunkler Klippen dahin, wenn die Schlucht zu eng wurde. Sie überquerten Felssporne zwischen dunklen Bergzinnen, die John an die Cuillins und ihr hartes Gneisgestein mit Felsspalten voller Eis erinnerten.

Als sie die nächste Hochebene erreichten, suchten sie Schutz vor dem grellen weißen Licht im Schatten der spärlichen Baumgruppen aus Weiden oder Aprikosenbäumen. Überall gab es nur wenig Vegetation, abgesehen von den Stellen, an denen Schwemmlandböden aus den Bergen dreieckige Fächer bildeten. John und Rajban stießen gelegentlich auf Gerstenfelder, die sich an Berghänge klammerten und von den abgehärteten Bauern bewässert wurden, die die Reisenden zur Rast einluden. Wenn sie fröstelnd im Halbdunkel von Lehmhäusern saßen, bot man John und Rajban einige Handvoll knusprig gerösteter Gerstenkörner an.

»Das erinnert mich an gerösteten Hafer«, sagte John. »Wir haben immer ganze Beutel voll davon mitgenommen, wenn wir im Sommer mit dem Vieh auf die Hochweiden hinaufgezogen sind.«

Aber sie hielten sich nie lange auf, sondern setzten lieber schnell ihre Reise nach Skardu fort, wo sie sich ausruhen und ihre Vorräte aufstocken wollten, bevor sie nach Afghanistan aufbrachen.

Bis auf die Bauern waren die einzigen anderen Menschen, denen sie begegneten, Nomadenscharen mit Schafherden, die auf der Suche nach Weideland umherstreiften.

Mit ihren schroffen Felsen, ihrem Sand in verschiedenen Farbtönen – von Rostrot bis hin zu Fahlweiß – und ihren tosenden graugrünen Gebirgsbächen, in die sich das Wasser von den schmelzenden Gletschern ergoss, war die Landschaft von einer herben Schönheit. John staunte über die Vielfalt von Vögeln, denen es gelang, in dieser rauen Umgebung zu überleben: Wiedehopfe, Bachstelzen, Hänflinge und Rotschwänze. Sie schossen Antilopen und nutzten den Dung ihrer beiden Ponys und ihres Yaks als Brennmaterial für ihr Feuer.

Sie standen vor dem Morgengrauen auf und reisten bis zum frühen Nachmittag, wenn die Sonne zu stechend wurde. Dann schlugen sie ihr Lager auf und schliefen mit um die Gesichter geschlungenen Turbanen, um sich vor Sonne und Wind zu schützen.

Solche Sandstürme hatte John noch nie erlebt. Der Wind peitschte ihnen unablässig Sand in die Augen und schürfte die Haut ihrer Gesichter auf. Wenn sie konnten, folgten sie Ziegensteigen oder Hirschwechseln höher die Hänge hinauf.

Schließlich gelangten sie über einen Pass und erspähten in der Ferne eine imposante Festung, die einen schillernden blauen See dominierte. John wusste, dass dies Skardu sein musste, die Hauptstadt von Baltistan. Was er über die Balti wusste, hatte er größtenteils von Wahid erfahren. Auch sie waren Muslime, die von dem alternden Ahmed Schah beherrscht wurden, der vehement die Unabhängigkeit seines Reiches verteidigte. Im Aussehen glichen die Balti ihren tibetischen Nachbarn.

»Skardu ist zu weit entfernt, um es noch heute zu erreichen«, entschied John. »Lass uns das Lager aufschlagen und dort morgen bei Tageslicht ankommen.«

Von ihrem Aussichtspunkt an der Hügelflanke über der breiten Ebene, die auf allen Seiten von Bergketten umgeben war, hatten sie jetzt einen guten Blick auf die Festung.

»Das sieht aus wie der Felsen von Gibraltar«, meinte John nachdenklich. Der Gedanke, dass er einer der sehr wenigen Europäer war, die hier jemals vorbeigekommen waren, bewegte ihn. »Glaubst du, dass es wirklich einen Weg von hier nach Yarkant gibt, wie Wahid gesagt hat?«

»Es muss einen geben«, erwiderte Rajban. »Wenn Wahid recht hat, wird er von afghanischen Händlern noch immer genutzt.«

Als das Licht schwächer wurde, wickelten sie sich in Wolldecken, tranken den auf Johns Spirituskocher zubereiteten Kaffee und aßen Aprikosen. Es war Rajban, der im Licht der untergehenden Sonne die Kamelkarawane entdeckte, die unter ihnen die Ebene durchquerte.

»Nomaden?«, fragte er.

»Sie haben keine Herden bei sich«, sagte John. »Das müssen Kaufleute sein.«

Sie beobachteten interessiert, wie die Reisenden haltmachten, um ihr Lager aufzuschlagen. John holte sein Teleskop hervor, um sich alles näher anzusehen.

»Sie haben Frauen bei sich«, stellte er überrascht fest. »Gerade steigt eine aus einer Art Kasten auf dem Kamel da.«

»Eine Balti-Frau?«

»Sieht mir eher nach einer Afghanin aus.« John reichte Rajban das Fernrohr.

»Vielleicht sind sie Pilger?«, spekulierte der Mann aus den Bergen. »Auf alle Fälle Anhänger Mohammeds. Einige von ihnen beten.«

Sie beobachteten weiter das Aufstellen der Zelte, das Wasserholen und das Anzünden der Feuer, die nicht nur zum Kochen dienten, sondern auch die wilden Tiere auf Distanz halten sollten. John empfand es als tröstlich, andere Menschen zu sehen, die friedlich in der klaren, trockenen Luft dieses entlegenen Tals rasteten. Wenn sie aus Afghanistan gekommen waren und nach Osten zogen, dann mussten sie eine Route durch den Himalaja kennen. Vielleicht lohnte es sich, mit ihnen zu reden, um herauszufinden, wie diese verlief. Er hatte lange nicht mehr Paschtu oder Persisch gesprochen, aber er war sich sicher, sich irgendwie mit ihnen verständigen zu können.

Die Sonne ging schnell unter, und ein heller Vollmond tauchte die felsige Ebene in silbernes Licht. John und Rajban zogen sich die Decken über die Köpfe und schliefen ein.

Schnelle Hufschläge weckten John. Der Mond war verschwunden, aber der Himmel war sternenübersät. Schüsse ertönten. Schreie von unten ließen ihn schnell auf die Beine kommen. Rajban war sofort an seiner Seite. Tiere brüllten, und die Menschen im Lager schrien fassungslos auf, als ein Dutzend Reiter plötzlich über sie herfiel.

John sah, wie Säbel gezogen wurden und im gespenstischen Licht aufblitzten. Ein Reiter preschte kreischend ins Lager vor und schlug um sich. Seine Kumpane folgten ihm. Die Leute versuchten, zu Fuß zu fliehen, wurden aber einfach niedergemäht. Ihre Schreie gellten durch die Nacht.

»Wir müssen ihnen helfen!«, rief John und griff nach seinem Gewehr.

Rajban tat das Gleiche. Sie nahmen auch ihre Degen und Messer an sich und schwangen sich auf ihre Ponys, die zwar nicht gerade Streitrösser waren, aber genügen mussten.

Die beiden Männer sahen sich an. Sie wussten, dass sie zu zweit gegen die Räuber dort unten bald ins Hintertreffen geraten würden. Der Blick, den sie tauschten, sagte alles: Sie würden bis zum letzten Atemzug Waffenbrüder sein.

»Feuere erst, wenn wir bis auf Schussweite herangekommen sind, nicht vorher!«, befahl John. »Es klingt nicht so, als ob sie viele Schusswaffen dabeihaben.«

Sie trieben ihre Ponys an und lenkten sie den Hang hinunter.

Die Plünderer hatten nicht mit einem Gegenangriff aus der Dunkelheit und auch noch aus dieser Richtung gerechnet und waren ziemlich überrumpelt. Johns und Rajbans Schüsse knallten ohrenbetäubend und hallten an den kahlen Felsen wider. Zwei Reiter fielen aus dem Sattel. Die anderen wendeten verwirrt ihre Pferde. John und Rajban streckten zwei weitere nieder, bevor die Plünderer dahinterkamen, von wo aus geschossen wurde. Einige der Reisenden wehrten sich jetzt und stachen mit ihren Messern auf die gefallenen Angreifer ein. Zwei der Räuber zogen Pistolen und begannen, wild um sich zu schießen. John und Rajban ritten mit gezogenen Degen auf sie zu. Beim Zusammenprall warf John einen der Reiter aus dem Sattel und schlitzte dem anderen den Arm auf.

Abrupt wirbelten die Angreifer herum und traten den Rückzug an. Einer packte eine Frau, die erstarrt am Lagerfeuer stand, und warf sie auf sein Pferd. Sie schrie vor Entsetzen, als er mit ihr davongaloppierte.

John wandte sich um und setzte ihnen nach. Er holte den ersten Reiter genau in dem Augenblick ein, als dieser den Zugang zu einer schmalen Schlucht erreichte. Der Räuber schlug mit seinem Säbel um sich und traf John am Arm. Sein dicker tibetischer Mantel fing das Schlimmste des Schlags ab, aber sein Degen fiel ihm aus der Hand und landete klirrend auf dem Boden. John zog Azlans Messer, machte einen Hechtsprung zum Pferd des Entführers hinüber und rammte dem Mann die Klinge in die Schulter.

Mit einem Schmerzensschrei stieß der Mann die Frau vom Pferd und trieb das Tier an. Er sprengte davon und ließ die Frau ausgestreckt auf dem Boden liegen. John stieg schnell ab und eilte ihr zu Hilfe. Sie war bewusstlos und hatte eine Wunde am Kopf; er spürte ihr Blut klebrig an seiner Hand. Er nahm seinen Turban ab und machte einen Verband daraus. So sanft er konnte, hob er die Frau auf sein Pony, stieg selbst auf und lenkte es von der engen Schlucht weg in den Schatten. Ein halbes Dutzend Reiter galoppierte vorbei. John wartete, bis die Hufschläge verklungen waren. Dann lenkte er sein Pferd zurück zum Lager und hielt die ohnmächtige Frau gut fest. Ihm bot sich ein Bild des Gemetzels. Menschen lagen tot oder sterbend im Feuerschein. Die Kamele waren in alle Richtungen davongestoben und nun überall auf der Ebene verteilt.

John fand Rajban damit beschäftigt, einen kleinen Jungen zu verarzten. »Er hat eine tiefe Schwertwunde am Bein«, erklärte sein Freund.

John sah sich um, wie betäubt angesichts der Brutalität, die so schnell über die friedvolle Nacht hereingebrochen war. Im selben Augenblick hörte er Pferde zurückkehren. Er packte sein Messer und wandte sich dem Feind zu. Er würde diese Frau und das Kind unter Einsatz seines Lebens verteidigen.

Die Reiter lösten sich aus der Dunkelheit und umzingelten sie rasch. Es waren nicht dieselben Männer wie eben; sie sahen wie Soldaten aus.

Bevor man Rajban und ihn noch für Angreifer halten konnte, rief John laut: »Salaam!«

Der vorderste Reiter erwiderte seinen Gruß, indem er die Hand aufs Herz legte. »Ahmed Schah schickt mich. Sagt mir, wer ihr seid!«

»Ich bin Lieutenant John Sinclair von der East India Company. Diese Leute hier sind schwer verwundet und brauchen eure Hilfe.«

* * *

Erst nach Sonnenaufgang waren die wenigen Überlebenden innerhalb der Mauern der Festung von Skardu in Sicherheit. Ahmed Schah, der Emir von Baltistan, hieß John und Rajban, die beide erschöpft waren, in seinem Speisesaal willkommen. Er wandte sich in der höfischen Sprache – auf Persisch – an sie.

»Essen Sie, essen Sie, Lieutenant!«, ermunterte er John. »Meine Männer werden Ihren Yak und Ihre Habseligkeiten holen. Später können Sie mir erzählen, was Sie in mein Königreich führt – aber erst müssen wir uns um die Verwundeten kümmern.«

John stellte fest, dass die Überlebenden Persisch sprachen. Von dem verzweifelten Jungen, Aziz, den Rajban gerettet hatte, erfuhr er, dass sie eine Gruppe Kazilbashi aus der Region Kohistan in Afghanistan waren. Aziz erzählte ihm, dass sie auf dem Weg nach Kaschmir gewesen waren, um Handel zu treiben und eine Hochzeit zu feiern. Die Schwester des Jungen, Sultana, die bewusstlose junge Frau, die im Nebenzimmer verarztet wurde, war die Braut. Abgesehen von einem verwundeten Onkel waren alle männlichen Verwandten, die Sultana begleitet hatten, ermordet worden, darunter ihr Vater und zwei weitere Onkel. Nur eine Handvoll Diener hatte überlebt.

Ahmed Schah versicherte dem Jungen, dass sie außer Gefahr waren und unter seinem Schutz standen, solange sie sich in Baltistan aufhielten.

Später sagte er zu John: »Ich habe Angst um den Jungen und seine Schwester. Ihr Onkel überlebt vielleicht seine Stichwunden nicht. Und die Räuber scheinen sich mit einem

Großteil der Mitgift und den Rosinen davongemacht zu haben, die die Reisenden mit sich geführt haben, um sie in Kaschmir zu verkaufen. Es ist eine schreckliche Angelegenheit. Dass so ein infamer Überfall auch noch direkt vor meiner Nase geschieht!«

»Wer waren die Männer, die sie angegriffen haben?«, fragte John. »Sie sahen nicht wie Balti aus.«

Der Emir sagte verächtlich: »Die Räuber sind böse Menschen aus dem benachbarten Kafiristan – sie hassen uns Muslime. Ihre größte Trophäe ist der abgeschlagene Kopf eines unserer Brüder. Oder eine unserer jungen Frauen, die sie entführen.« Er spuckte ins Feuer.

* * *

John schlief erschöpft in einem dunklen Zimmer, das einfach, aber gemütlich mit einer Polstermatratze und Kissen eingerichtet war. Als er erwachte, wusste er nicht, wo er sich befand oder welche Tageszeit es war.

Es war schon Abend.

Im Hauptsaal spielte Ahmed ein Brettspiel mit dem Kazilbashi-Jungen.

»Aziz ist ein geschickter Spieler«, sagte Ahmed augenzwinkernd. »Er kann schon einen König überlisten. Vielleicht wären Sie ein besserer Gegner für seinen scharfen jungen Verstand sein als ein alter Mann wie ich?«

John sah den geröteten Augen des Jungen an, dass seine Beinwunde ihm Schmerzen bereitete und dass er noch schwer unter Schock stand. Der gütige Herrscher versuchte, Aziz' Gedanken von den Schrecken des Überfalls in der letzten Nacht abzulenken.

»Ich kann es versuchen«, sagte John. »Früher habe ich immer meinen Häuptling beim Backgammon geschlagen. Das Spiel hier sieht ähnlich aus.«

Während sie eine neue Partie spielten, kam eine Dienerin der Kazilbashi hereingeeilt, die den Angriff überlebt hatte und nun bei Sultana wachte.

»Sie ist bei Bewusstsein!«, rief die Frau.

Aziz sprang auf und riss in seiner Hast ein paar Spielsteine mit sich, die auf den Boden fielen. Die Männer blieben zurück. Einige Minuten später kehrte Aziz zurück. Sein Gesicht war tränenverschmiert, aber er lächelte erleichtert.

»Sie kann sprechen – sie weiß, wer ich bin.«

* * *

Im Laufe der folgenden Tage kam Sultana wieder zu Kräften. Ihre Dienerin und Aziz beschützten sie sehr, und niemand sonst wurde ins Zimmer gelassen, um sie zu besuchen.

»Sie ist untröstlich über den Tod unseres Vaters«, sagte Aziz und bemühte sich, nicht in Tränen auszubrechen, »und weint um unsere lieben Onkel. Wie mir geht ihr einfach nicht aus dem Kopf, was geschehen ist …«

Man sandte den Kaschmiri eine Botschaft, um ihnen von dem Massaker an der Hochzeitsgesellschaft zu berichten und sie zu bitten, eine Eskorte für Sultana zu schicken. Ahmed Schah schob es hinaus, die Kazilbashi über den Vorfall in Kenntnis zu setzen; er wollte keiner Fehde vor seiner Tür Vorschub leisten.

Eine Woche später, während sie auf Nachricht aus Kaschmir warteten, starb der einzige verbliebene Onkel auch noch an seinen Wunden. Nachdem das Fieber ihn übermannt hatte, hatte er etwas Unzusammenhängendes über Sultana und Aziz gebrabbelt.

»Vielleicht will er Rache«, sagte John grimmig.

»Oder dass wir uns um seinen Neffen und seine Nichte kümmern«, gab Ahmed Schah zurück.

Der Onkel wurde auf dem Friedhof auf einem Hügel außerhalb der Festung beigesetzt. Der Emir fragte sich besorgt, was aus den jungen Kazilbashi in seiner Obhut werden sollte. Der zwölfjährige Aziz versuchte, tapfer zu sein und die Rolle des Beschützers seiner Schwester zu übernehmen, aber er folgte John überallhin und hinkte neben ihm her, weil er ihn nur ungern aus den Augen lassen wollte. Er erzählte John alles über sein Dorf in den Bergen des Hindukusch mit seinen Apfelgärten und Maulbeerbäumen, die in der heißen Sonne Schatten spendeten. Er berichtete auch, dass sein Vater ihn gelehrt hatte, mit einem Falken zu jagen.

»Ich habe einen Onkel, Azlan, der mir das auch beigebracht hat.« John lächelte. »Hast du auch einen Jagdhund?«

Aziz nickte.

»Erzähl mir von deinem Hund«, ermunterte John ihn.

Eines Tages nahm John Aziz mit auf ein hohes Dach der Festung und reichte ihm sein Fernrohr, damit er hindurchsehen konnte. Aziz war fasziniert.

»Ich sehe Vögel, die groß wie Hunde sind!«

»So groß sind sie nicht.« John lachte. »Es sind gewöhnliche Vögel. Du siehst sie nur vergrößert – so, als wären sie dichter bei dir.«

Der Junge gewöhnte es sich an, am Fuß von Johns Bett zu schlafen. Rajban grinste und behauptete, dass er selbst bald dazu degradiert werden würde, bei den Dienern am Küchenfeuer zu schlafen.

»Du bist sein Onkel geworden«, sagte Ahmed Schah zu John. Er meinte damit, wie sehr sich Aziz mittlerweile auf John verließ. »Das liegt daran, dass du ein Mann aus dem Hochland bist, wie wir.«

* * *

Vielleicht lag es an Aziz' grenzenlosem Vertrauen zu John oder daran, dass Sultana wusste, dass John derjenige war, der ihre Entführung durch die Räuber verhindert hatte. Jedenfalls bat sie ihn darum, sie zu besuchen.

Er ging nur widerstrebend hin, weil er nicht wusste, was er mit dieser zurückgezogenen und traumatisierten jungen Frau reden sollte.

Sie stand an dem schmalen Fenster und sah auf das Treiben unten im Hof hinab. Ihre Dienerin verbarg ihr Gesicht vor ihm, als er näher kam, aber als Sultana sich umdrehte, sah er, dass sie unverschleiert war. Sie hatte hellbraunes Haar mit einem leichten Rotstich und ein schlankes, blasses Gesicht unter ihrer bandagierten Stirn. Zu seiner Überraschung sah sie ihn unverwandt an und schlug die Augen nicht nieder. Er zuckte unter ihrem durchdringenden Blick zusammen; sie hatte berückend blaugraue Augen. Etwas an ihr erinnerte ihn an Alice – nicht an die weltläufige Frau, die mit Gillveray verheiratet war, sondern an die junge, arglose Alice, in die er sich vor all den Jahren so innig verliebt hatte.

Nachdem sie einander steif begrüßt hatten, fragte John: »Fühlst du dich besser?«

Sie nickte.

»Hast du noch Schmerzen?«

Sie schüttelte den Kopf. John fragte sich, ob sie überhaupt etwas sagen würde und ob er sich, wenn sie es nicht tat, schnell aus dem Zimmer zurückziehen sollte.

Unvermittelt sagte Sultana: »Ich will dir dafür danken, dass du mir das Leben gerettet hast. Ich kann es nicht ertragen, mir vorzustellen, was sonst geschehen wäre …«

»Ich bin froh, dass ich es getan habe«, entgegnete John. »Es tut mir nur leid, dass wir deinen Vater und deine Onkel nicht retten konnten.«

Er sah den Schmerz in ihren Augen, aber sie erwiderte würdevoll: »Du hast getan, was du konntest – dein Freund auch. Aziz hat mir erzählt, wie viel ihr geleistet habt. Ich weiß nicht, wie wir euch eure Tapferkeit und Güte vergelten können.«

»Da gibt es nichts zu vergelten«, versicherte John ihr, verblüfft über ihre Wortgewandtheit. »Es ist Lohns genug, dass du und dein Bruder in Sicherheit seid und bald weiterreisen könnt.«

Er sah einen Schatten über ihr hübsches Gesicht huschen. »Mein Onkel war derjenige, der die Ehe arrangiert hat. Er hat jahrelang in Kaschmir Handel getrieben. Mein Vater wollte, dass ich in Kohistan bleibe und einen Mann unseres Volkes heirate. Ich wünschte, das hätte ich getan.« Ihre Miene wirkte gequält.

»Oh!«, entfuhr es John, peinlich berührt von ihrer Offenheit. »Warum hast du es dann nicht getan?«

»Mein Onkel ist der Älteste – war der Älteste«, sagte sie erschauernd. »Er wollte unsere Verbindung zu den Kaufleuten in Kaschmir stärken.«

»Und was wolltest du?«, fragte John.

Sie sah ihn erschrocken an und riss die Augen auf. »Ich will das, was meine älteren Verwandten für das Beste halten«, antwortete sie rasch.

John fiel auf, dass ihre Wimpern das Blau ihrer Augen noch leuchtender wirken ließen. Für jemanden mit hellbraunem Haar hatte sie sehr dunkle Wimpern. Er sah, wie ihr die Röte in die Wangen stieg, und erkannte, dass er sie anstarrte. Schnell sah er beiseite.

»Was meinst du, was nun aus Aziz und mir wird?«, fragte sie.

»Ihr steht unter dem Schutz des Emirs«, sagte John, »also besteht kein Anlass, euch zu beunruhigen. Er wird dafür sorgen, dass ihr sicher nach Kaschmir gelangt – oder zurück nach Kohistan, falls es das ist, was beschlossen wird.«

Noch während er es aussprach, fragte John sich, wer diese Entscheidung für die beiden Kazilbashi fällen würde.

»Wir sind sehr dankbar«, antwortete sie.

Als er einen Blick auf sie warf, erkannte er, wie jung und vertrauensselig sie war. Wieder fühlte er sich an die siebzehnjährige Alice erinnert.

»Ich bin froh, dass du dich besser fühlst«, sagte er. Mit einer Verneigung eilte er aus dem Zimmer.

* * *

Vierzehn Tage später kam eine Nachricht aus Kaschmir. Die Hochzeit würde nicht stattfinden. Sultana sollte zu ihrer Familie zurückkehren.

Ahmed Schah kritisierte die Entscheidung scharf. »Diese Feiglinge! Sie denken nur an ihren Geldbeutel. Sie wollen kein Mädchen, das ohne Reichtümer und Handelsverträge kommt. Und sie zweifeln an ihrer Ehre«, schrie er. »Wie können sie es wagen, anzudeuten, ich könnte zugelassen haben, dass ihr etwas zustößt!«

John sagte: »Niemand kann daran zweifeln, dass Sie ihre Ehre wie die Ihrer eigenen Tochter verteidigen würden. Aber es sind keine Männer ihres Clans hier, die sich für sie einsetzen könnten. Das Wort von Aziz, der noch ein Junge ist, wird ihnen nicht genügen.«

Der Zorn des Emirs legte sich rasch. »Sie sprechen weise«, sagte er.

Im Laufe der letzten Wochen hatte John große Achtung vor dem Herrscher der Balti entwickelt. Ahmed Schah war ein friedliebender, gutmütiger Mann, der versuchte, seine Unabhängigkeit genauso zu bewahren wie der König von Ladakh. Der Sohn des Emirs, ein gut aussehender, herzlicher junger Mann, hatte John anvertraut, dass sie befürchteten, dass die Singhs aus Kaschmir es auch auf ihr Territorium abgesehen hatten. Die Neuigkeit entsetzte John; er wollte nicht, dass die Behandlung, die er in Ladakh erfahren hatte, sich hier in Baltistan wiederholte.

»Das Schicksal der Kazilbashi liegt in Allahs Hand«, erklärte Ahmed Schah. »Es wird sich schon erweisen, was zu tun ist.«

Während er darüber nachdachte, was er mit den jungen Leuten, die unter seinem Schutz standen, machen sollte, nahm der Herrscher seine anderen Gäste auf die Jagd mit. John und Rajban wollten sich unbedingt außerhalb der Festungsmauern umsehen.

»Warum nehmen wir nicht auch Aziz mit?«, schlug John vor. »Er kann trotz seines verletzten Beins immer noch reiten, und das wird ihn von seiner Trauer ablenken. Er hat mir erzählt, dass er sich gut mit der Falknerei auskennt.«

Der Emir stimmte sofort zu. »Da sehen Sie, wie schnell Sie sein Onkel geworden sind«, zog er John auf.

Sie alle genossen die morgendliche Jagd: Bei Tagesanbruch zogen sie los, bevor die Sonne zu stechend wurde. Sie schossen Steinböcke und Wasservögel.

Als sie zurückkehrten, vertraute Ahmed Schah John seine Gedanken an: »Es geht das Gerücht, dass in Afghanistan Krieg zwischen Dost Mohammed und verfeindeten Häuptlingen im Westen ausbrechen könnte, und auch mit den Sikhs. Sind Sie sich sicher, dass Sie dorthin reisen wollen? Sie dürfen gern hierbleiben, solange Sie wollen.«

John war gerührt von dem großzügigen Angebot, aber ihm war auch bewusst, dass der Emir ihn vielleicht als Faustpfand gegen einen Angriff der Sikhs bei sich behalten wollte.

»Ich kenne einen anderen schottischen Offizier in Kabul, Alexander Burnes, der mir vielleicht Arbeit geben könnte«, sagte John. »Da ich Paschtu und Persisch spreche, könnte ich ihm als Übersetzer nützlich sein. Und dank meines Onkels Azlan, von dem ich Ihnen erzählt habe, kenne ich mich gut mit den Sitten der Afridi aus.«

»Sie könnten gewiss als Afghane durchgehen.« Ahmed grinste. »Mit Ihrem dunklen Bart und Ihren hellen Augen sehen Sie wie einer der Brüder aus.«

John lachte. Während er zusah, wie Aziz den Arm für den zurückkehrenden Falken hochreckte, sagte er: »Vielleicht könnte ich ja Aziz und Sultana zurück nach Afghanistan begleiten, wenn ich abreise? Wenn das eine Hilfe wäre.«

»Das könnte es durchaus sein, mein Freund. Es ist besser, in einer kleinen Gruppe zu reisen und weniger Aufmerksamkeit auf sich zu ziehen, als mit einer Kamelkarawane voller Beute.«

* * *

John hörte das Geschrei am anderen Ende des dunklen Korridors. Aziz stritt sich mit seiner Schwester. John wollte schon eingreifen, als Rajban sagte: »Lass sie besser in Ruhe. Das ist die Sache des Emirs.«

Perplex zog John sich nach unten in den Saal zurück. Ahmed Schah wirkte abgelenkt. Erst viel später schickte er nach John und bestellte ihn in sein Privatgemach. Es hatte einen großen Balkon, der über die Kante der Klippe hinausragte, und die Fensterläden waren aufgerissen, um die kühle Abendluft einzulassen.

Sie standen gemeinsam da und sahen auf den feurigen Sonnenuntergang hinaus, der die umschatteten Berggipfel purpurn färbte. John hatte noch nie solch ein Feuerwerk von Farben am Himmel gesehen.

»Sultana hat Angst davor, zu ihren Leuten zurückzukehren«, vertraute der Emir ihm an. »Das sorgt für böses Blut zwischen ihr und Aziz. Er kann es gar nicht abwarten, dass Sie ihn und seine Schwester nach Hause bringen. Er will vor seinen Cousins mit Ihnen angeben.« Der Herrscher schenkte John ein schiefes Lächeln.

»Kein Wunder, dass sie sich vor der Reise fürchtet«, sagte John mitfühlend, »wenn man bedenkt, was geschehen ist.«

Der ältere Mann sah ihn unverwandt an. »Sie hat mehr Mut, als Sie ihr zutrauen«, erwiderte er. »Es ist nicht die Reise, die sie ängstigt, sondern der Empfang durch ihre Familie. Sie befürchtet, dass auch ihre Verwandten sie als entehrt verstoßen könnten – so, wie die Kaschmiri es getan haben.«

»Das tun sie doch gewiss nicht?« John war entsetzt. »Aziz würde sich für sie einsetzen.«

»Sie meint, dass sein Wort nicht genügend Gewicht hat, nicht einmal ihren eigenen Leuten gegenüber.«

John seufzte gereizt. »Haben sie sich deshalb gestritten?«

»Ja«, bestätigte der Emir mit einem Nicken.

»Nun, dann werde ich ihrer Familie alles erklären, wenn ich sie nach Hause bringe«, schlug John vor.

»Sie glaubt, dass das nicht ausreichen wird. Und ich habe Mitgefühl angesichts ihrer Notlage. Mir fällt nur eine einzige Lösung ein …«

»Welche denn?«, wollte John wissen.

»Dass sie als Ihre Ehefrau zurückkehrt.«

John starrte ihn mit offenem Mund an. Er glaubte, sich verhört zu haben.

»Das ist doch eine gute Lösung, nicht wahr?« Ahmed Schah lächelte. »Sie kehrt in Ehren nach Hause zurück, und Sie sichern sich eine hübsche junge Frau. Die Briten lassen sich immer zu viel Zeit mit dem Heiraten. Sie sollten den Trost einer Frau haben.«

John rief: »Das kann ich doch unmöglich tun!«

»Warum nicht? Sie wollen sich doch ohnehin in Afghanistan häuslich niederlassen. Eine Eheschließung mit Sultana hält Sie doch nicht davon ab, sich noch eine weitere Frau aus Ihrem eigenen Volk zu suchen, wenn die Notwendigkeit sich ergibt.«

»Ganz so sehen das unsere Frauen nicht«, entgegnete John. »Außerdem ist Sultana Mohammedanerin, während ich Christ bin. Die Kazilbashi würden mich nie akzeptieren.«

Ahmed Schah ließ sich nicht beirren. »Immerhin sind Sie beide Buchgläubige – aus meiner Sicht ist solch eine Ehe erlaubt. Und ich bin mir sicher, dass Sultana sich auch überzeugen lässt. Aziz sagt, dass sie Sie durchaus mag.«

John war verblüfft. »Aber … Warum … Wäre es nicht angemessener, wenn einer Ihrer eigenen Leute sie heiratet?«

Der Emir winkte ab. »Kein Balti würde das Leben hier gegen eines in Afghanistan eintauschen.« Er legte John die Hand auf die Schulter. »Das ist die einzige Lösung, die Sultana wieder mit ihrem Bruder versöhnen wird. Aziz wäre stolz auf Sie als Verwandten – und Sie kennen sich mit den Sitten der Afghanen doch schon aus.«

»Nur mit denen der Afridi, nicht mit denen der Kazilbashi.«

Der Emir winkte ab, als machte das keinen Unterschied. »Denken Sie zumindest darüber nach.«

John schluckte seinen Frust hinunter und nickte zustimmend.

* * *

John fand keinen Schlaf. Eine Ehe mit Sultana war eine lächerliche Vorstellung. Eine Heirat würde ihn an eine ganze Reihe neuer Verpflichtungen fesseln, dabei hatte er gerade seine alten der Armee der Company gegenüber abgeschüttelt. Sie kannten einander nicht. Sie war viel jünger als er; sie hatten nichts gemeinsam. Er fragte sich, was Azlan oder Hercules an seiner Stelle getan hätte. Er kam zu dem Schluss, dass die beiden einfach mitgespielt hätten.

War Azlan nicht vor Jahren in einer ganz ähnlichen Lage gewesen, als er als Fremder nach Ramanish, tausende Kilometer von seiner Heimat entfernt, gekommen war? Doch er hatte sich auf sein neues Leben eingelassen und eine ortsansässige Frau geheiratet, obwohl die beiden kaum ein Wort der Sprache des jeweils anderen verstanden hatten.

Er wusste, dass Azlan seine Tante Morag liebte und dass sie ihn vergötterte. Mit der Zeit konnte er Sultana vielleicht lieben lernen? Er konnte nicht leugnen, dass er sich bei seinem bisher einzigen Besuch bei ihr zu ihr hingezogen gefühlt hatte. Wieder verstörte es ihn, dass sie ihn an Alice erinnert hatte. Das Haar und die betörenden Augen …

Johns Inneres verkrampfte sich, als er an Alice dachte. Die Erinnerungen an sie überfielen ihn wie Fieberschübe. Würde er sie sich je aus dem Kopf schlagen können? Vielleicht würde er sein Verlangen nach Alice endlich ein für alle Mal loswerden, wenn er Sultana heiratete.

Ihm kam der Gedanke, dass er die Gesellschaft einer Frau genießen würde, mit der er sein Leben so teilen konnte, wie Azlan seines mit Tante Morag teilte. Er konnte sich mit ihr in Kohistan niederlassen. Mit der Zeit würden sie eine süße Tochter wie Ariana bekommen, oder einen Sohn, der den Namen Sinclair weitertrug. Vielleicht würde er sie auch nach Kabul mitnehmen. Dort würde sie dann den Haushalt führen, während er für Burnes am Hof Dost Mohammeds arbeitete. Dosts Mutter war eine Kazilbashi. Vielleicht würde er also die Gunst des Emirs von Afghanistan erringen, wenn er in denselben Clan einheiratete.

»Was soll ich tun?«, fragte John Rajban angesichts seiner widerstreitenden Gedanken.

Rajban zuckte die Schultern. »Das kannst nur du entscheiden. So oder so, ich bleibe bei dir.«

»Danke«, sagte John dankbar und fragte sich, was er ohne seinen treuen Freund getan hätte.

Am Morgen war John, nachdem er nur kurz geschlafen hatte, zu einem Entschluss gelangt. Er würde fest bleiben und Nein sagen. Er wollte sich nicht mit einer Frau belasten. Ein unstetes Leben als Dolmetscher, der Zentralasien durchstreifte, war nicht das Richtige für einen verheirateten Mann. Er würde Wort halten und Sultana und Aziz sicher heim nach Kohistan geleiten, aber danach würden seine Verpflichtungen ihnen gegenüber erfüllt sein.

Er fand Bruder und Schwester zusammen in Sultanas kleinem Zimmer. Die beiden sahen trostlos aus dem schmalen Fenster. Mitleid überkam John, als er daran dachte, wie sehr sie um ihren Vater und ihre Onkel trauern mussten.

Aziz' Gesicht hellte sich bei seinem Erscheinen auf.

»Onkel John, da bist du ja! Ist es nicht großartig, was der Emir vorgeschlagen hat? Bist du hier, um Ja zu sagen?«

John wurde das Herz schwer. Er machte sich auf die Enttäuschung des Jungen gefasst.

»Aziz«, sagte er, »könntest du bitte draußen auf mich warten? Ich möchte erst mit deiner Schwester sprechen.«

Aziz zögerte, unfähig einzuschätzen, ob das gut oder schlecht war. »Aber ich bin ihr einziger männlicher Verwandter hier, also musst du mit mir sprechen.«

»Nun, wenn ihr das möchtet …«

»Nein, Aziz«, meldete sich Sultana zu Wort. »Wir sollten tun, was der Lieutenant verlangt.«

Ihr Bruder schien nahe daran zu sein, zu protestieren, aber dann ging er doch, wenn auch mit sorgenvoller Miene.

John konnte Sultana nicht ansehen; er starrte über ihren Kopf hinweg eine schadhafte Fliese in dem Mosaik um den Fensterrahmen herum an. Er hatte seine Rede geübt; seine

Ablehnung würde von dem Versprechen gemildert werden, sich bei ihren Leuten für sie einzusetzen.

»Ich habe gründlich über den Vorschlag nachgedacht«, begann John, »aber ich denke, du wirst mir zustimmen, dass eine Ehe zwischen uns …«

»*Bitte*«, sagte Sultana.

Ihre Stimme ließ ihn innehalten. John sah Sultana an. In ihrem Blick lag eine Inbrunst, die ihm Herzklopfen bescherte. Sie hatte so schöne Augen. Was sollte *bitte* heißen? Dass er gar nicht hätte kommen sollen und dass seine Gegenwart sie quälte, oder dass sie ihn heiraten wollte?

Sie trat auf ihn zu. Es war ihm unmöglich, ihrem Blick auszuweichen. Sie hielt den Kopf stolz erhoben, aber ihre blassen Lippen zitterten, und ihre Augen glänzten vor Tränen.

»Bitte«, flüsterte sie, »verlass mich nicht. Mein Vater hätte gewollt, dass ich dich heirate, da bin ich mir sicher.«

Johns Entschlossenheit schmolz dahin. Sie sah so verloren und unglücklich aus und doch zugleich schön und tapfer.

Er streckte den Arm aus und nahm ihre Hand. Sie zuckte zusammen, als hätte sie sich an ihm verbrannt, aber sie zog ihre Hand nicht weg.

»Dann werde ich dich heiraten«, sagte John und traute seinen Ohren kaum.

Ihr gingen die Augen über. Tränen liefen ihr über die Wangen. Er neigte den Kopf über ihre Hand, küsste sie aber nicht. Dann ließ er schnell los, verstört angesichts der Wirkung, die es auf ihn ausübte, sie zu berühren. Als er aufschaute, schenkte sie ihm ein schwaches Lächeln.

Er verließ das Zimmer und fragte sich, was um alles in der Welt ihn nur geritten hatte, es sich anders zu überlegen.

* * *

John und Sultana wurden unverzüglich getraut, und eine Nachricht wurde an ihre Familie geschickt. John konnte kaum fassen, dass es erst Juli und nur zwei Monate her war, dass er aus Ladakh entkommen war. In der kurzen Zeit hatte sein Leben sich vollkommen verändert. Er musste aber zugeben, dass er schon seit Langem nicht mehr so glücklich gewesen war. Das ließ ihn erkennen, wie einsam er sich in all den Jahren als Junggeselle gefühlt hatte, in denen er Alice vermisst hatte und entschlossen gewesen war, allein zu bleiben. Alice in Simla wiederzufinden und zu erfahren, dass sie mit Gillveray verheiratet war, war eine süße Qual gewesen. Es hatte ihm klar vor Augen geführt, wie sehr er sich nach ihr gesehnt hatte, und ihn nur umso entschlossener gemacht, seine Zukunft nie wieder von seinen Gefühlen bestimmen zu lassen.

Aber Sultana hatte seine emotionale Abwehr mit ihrer Schönheit und ihrer vertrauensvollen Bewunderung durchbrochen. Voller Zärtlichkeit dachte er an ihre erste Nacht als Mann und Frau. Sie hatte ihr Haar gelöst, das ihr bis zu den Knien reichte, und er hatte nach Luft geschnappt, als die langen Strähnen im Lampenlicht wie Kupfer geglänzt hatten. John hatte verdrängt, wie sehr ihn das an Alice' Haar erinnerte. Zärtlich hatte er mit beiden Händen Sultanas Haar ergriffen und sein Gesicht in den rauchigen Duft geschmiegt.

Sultana war zu Anfang nervös und schüchtern gewesen, aber John war sanft und liebevoll mit ihr umgegangen. Jetzt konnte er es abends, nachdem er tagsüber mit dem Emir auf die Jagd gegangen war, immer kaum abwarten, zu seiner frisch angetrauten Frau zurückzukehren. Er genoss ihr Liebesspiel und ihre Gesellschaft. Sie wusste wenig über die Welt dort draußen, hatte aber einen wachen Verstand und staunte über die Geschichten, die er ihr erzählte. Sie wurde es nie müde, von Ramanish und seinen Leuten zu hören. John fühlte sich seiner

Heimat näher, weil er jemandem seine Familiengeschichten erzählen konnte.

Der Emir war so gastfreundlich, dass John es aufschob, Sultana und Aziz zurück nach Afghanistan zu bringen. Er genoss die Freiheit, auf die Jagd zu gehen und die Bergpässe zu erkunden, genauso wie sein Eheleben. Aber er wusste, dass er irgendwann gezwungen sein würde, sie zurückzubringen und ihrer Familie gegenüberzutreten. Er hoffte, dass sie ihn genauso bereitwillig akzeptieren würden, wie Sultana und Aziz es getan hatten.

Dann, im September, als die Balti Weizen, Gerste und Erbsen ernteten, teilte Sultana ihm die Neuigkeit mit.

»Ich erwarte ein Kind«, sagte sie errötend und konnte doch ein triumphierendes Lächeln nicht verbergen.

John hob sie hoch und wirbelte sie im Kreis herum. »Das ist wunderbar!«, rief er und küsste sie ohne Umschweife auf die Lippen.

»Ich werde dir einen Sohn schenken«, versprach sie.

»Darauf kommt es mir nicht an.« Er grinste. »Eine Tochter mit deiner Schönheit würde mir genauso viel Freude machen.«

»Bist du glücklich, John?«

»Du musst doch wissen, dass ich das bin«, antwortete er. »Und du, Sultana, bist du glücklich hier?«

»Ja, du machst mich sehr glücklich«, sagte sie, doch dann verblasste ihr Lächeln. »Aber …«

Er hob ihr Gesicht an, um ihr in die Augen zu sehen. »Aber was?«

»Ich vermisse meine Heimat«, gestand sie, und eine Tränenflut stieg ihr in die Augen. »Ich weiß, dass ich kein Recht habe, irgendetwas von dir zu verlangen – oder von dem Emir, der wie ein Vater zu Aziz und mir gewesen ist –, aber wenn unser Kind auf der Welt ist, möchte ich, dass es bei meinem Volk aufwächst.«

John wischte ihr mit den Daumen die Tränen von den Wangen. »Weine nicht. Ich verstehe das. Meine Mutter hat genauso empfunden. Sie wollte auch, dass ich bei ihren Verwandten aufwachse.« Er küsste ihre Stirn. »Wenn das Baby auf der Welt ist, bringe ich dich zurück nach Kohistan.«

Kapitel 23

Simla, Sommer 1838

»Wir werden doch nicht wirklich Krieg gegen die Afghanen führen, oder?«, fragte Emily besorgt.

»So weit wird es nicht kommen«, versicherte Sandy ihr. »Im alleräußersten Fall könnten wir helfen, einen Versuch des alten Emirs Schah Schudscha zu finanzieren, auf Kabul zu marschieren – wenn die Sikhs ihn unterstützen. Aber wir werden uns nicht militärisch einmischen.«

»Sei dir da nicht so sicher«, sagte Vernon. »Dost Mohammed muss abgesetzt werden. Er hat sich auf die Seite der Russen geschlagen – dem Mann ist nicht zu trauen. Wir müssen die Kontrolle darüber haben, wer über Afghanistan herrscht, und wenn Schah Schudscha probritisch ist, werden wir ihm alle Hilfe leisten, die er benötigt.«

Alice lauschte den Argumenten, die zwischen den beiden Männern am Esstisch der Aytons hin- und hergingen. Sie hatte sich über die Rückkehr ihrer Freunde in diesem Frühjahr gefreut. Sie hatten Sandys liebenswürdige jüngere Schwester Helen mitgebracht, die vor Kurzem aus Edinburgh gekommen war. Früher im Jahr war Alice sehr betroffen darüber gewesen, aus einem Brief zu erfahren, dass Emily kurz nach der Rückkehr der Aytons nach Kalkutta eine Fehlgeburt erlitten hatte. Ihre Freundin war vernarrter denn je in Alexander, und auch Helen leistete Emily fröhlich Gesellschaft. Seitdem die Aytons wieder in Simla waren, hatte Alice die meisten Tage damit verbracht, sich mit Emily, Helen und Alexander zu treffen.

Alexander war ein robuster und liebenswerter Junge. Er sauste auf kräftigen Beinen durch die Gegend und konnte schon ein bisschen sprechen. Alice liebte ihn heiß und innig und hatte Freude daran, ihn zu verwöhnen. Der Winter, in dem sie Kinder unterrichtet und zurückgezogen mit Miss Wallace in den tief verschneiten Bergen gelebt hatte, hatte ihr die Zeit und Ruhe geschenkt, die sie gebraucht hatte, um George zu betrauern. Anfang Mai, als Auckland mit seiner Entourage aus Kalkutta eintraf, war sie wieder bereit, gesellig zu werden.

Aber die Dinnerparty der Aytons erwies sich als schwierig. Colin MacRae und Vernon führten schon den ganzen Abend über Wortgefechte und mochten einander offensichtlich nicht; sie hatten sich heftig zerstritten, nachdem die Reise zum Pferdekauf im vorigen Sommer gescheitert war und Anschuldigungen wegen Johns Verschwinden laut geworden waren. Colin war erst vor Kurzem in Simla eingetroffen. Alice wollte ihn unbedingt allein zu fassen bekommen, um ihn nach John zu fragen. In dem einzigen Brief, den sie von Colin erhalten hatte, nachdem sie sich bei ihm nach John erkundigt hatte, hatte nur gestanden, dass er jetzt in Baltistan lebte und nicht vorhatte, nach Indien zurückzukehren. Sie lauschte ungeduldig dem Streitgespräch.

»Das sind aber nicht die Informationen, die Burnes uns aus Kabul zukommen lässt«, widersprach Colin MacRae Vernon. »Er sagt, dass Dost Mohammed lieber ein Bündnis mit den

Briten schließen würde und dass es dumm von uns wäre, ihm nicht den Rücken zu stärken. Burnes meint, dass er der fähigste Herrscher ist, den Afghanistan je hatte.«

»Burnes!« Vernon klang verächtlich. »Das sagt er nur, damit er in Kabul bei seinem Harem bleiben kann, um seine Gelüste zu st…«

»Buckley, du vergisst dich«, unterbrach Sandy ihn. »Es sind Damen anwesend.«

»Ich bitte um Verzeihung«, sagte Vernon sofort und warf Alice einen entschuldigenden Blick zu.

»Burnes hat Kabul schon verlassen«, sagte Colin. »Die Handelsmission war ein Fehlschlag, weil wir die Afghanen ständig in Verdacht hatten, es darauf abgesehen zu haben, hinter unserem Rücken Abmachungen mit den Russen zu treffen. Aber wie ich höre, will Dost Mohammed immer noch lieber einen Pakt mit uns als mit den Russen schließen.«

»Burnes ist diskreditiert«, erwiderte Vernon und winkte verächtlich ab.

»Ich habe das aus einer verlässlichen Quelle«, hielt Colin dagegen.

»Wirklich?«, fragte Sandy.

»Und wer sollte das sein?«, hakte Vernon nach.

»John Sinclair«, sagte Colin.

»Lieutenant Sinclair ist in Afghanistan?« Alice schnappte nach Luft. Ihr Herz hämmerte.

Alle am Tisch sahen sie an.

Alice errötete heftig. »Ich … ich bin nur überrascht, das zu hören«, stammelte sie.

»Das sind wir alle«, sagte Emily schnell. »Was macht der Lieutenant dort?«

»Er ist wohl kaum noch ein Lieutenant«, entgegnete Vernon, »da er doch von der Armee desertiert ist.«

»Er liefert den Briten Geheimdienstinformationen«, sagte Colin. »Burnes hat ihn empfohlen, weil er ein brillanter Sprachenkenner ist.«

»Zwei schottische Schurken, die unter einer Decke stecken, wie?«, spottete Vernon mit einem abfälligen Lachen.

»Zwei Männer, die sich gut mit den Sitten der Afghanen auskennen«, konterte Colin. »Johns Onkel ist ein Afridi.«

»Also ist er jetzt Geheimagent?«, sagte Sandy nachdenklich. »Vielleicht hat ihm die Company ja eine Amnestie dafür angeboten, dass er die Ohren für uns spitzt.«

»Wie lange ist er schon dort?«, fragte Alice und verschränkte die Hände im Schoß, um sie am Zittern zu hindern.

Colin warf ihr einen mitfühlenden Blick zu. »Ich weiß es nicht. Er hat eine Nachricht mit Burnes geschickt. Er glaubt, dass eine britische Invasion in Afghanistan ein Desaster wäre. Das wäre der sicherste Weg, die Russen dazu zu bringen, sich einzumischen – und afghanische Freunde in Todfeinde zu verwandeln.«

»Afghanische Freunde?« Vernon war fassungslos. »Keinem von denen ist über den Weg zu trauen. Es gibt nur zwei Möglichkeiten, mit ihnen fertigzuwerden: mit Schusswaffen – oder mit Säcken voll Geld, um sie zu bestechen.«

Emily stand auf. »Ich glaube, wir Damen haben nun genug Gerede über Schusswaffen und Afghanen gehört. Wir ziehen uns jetzt ins Wohnzimmer zum Kaffee zurück. Ihr Herren könnt euch gern nach eurem Portwein zum Kartenspiel zu uns gesellen.«

Alice folgte ihr widerwillig und warf Colin einen nervösen Blick zu. Sie wollte mehr hören; vor allem alle Neuigkeiten über John. Colin nickte leicht, um ihr zu signalisieren, dass er später mit ihr sprechen würde.

* * *

Alice saß da und hörte den Gesprächen ringsum nur mit halbem Ohr zu. Emily hatte neue Freundinnen unter den Ehefrauen der Offiziere aus Kalkutta gewonnen und genoss es, ihnen und ihrer unverheirateten Schwägerin Helen Ratschläge für das Leben in Simla zu geben.

Was hatte John nach Kabul geführt? Colin hatte ihn geradezu als Spion für die Briten bezeichnet. Hatte er sich darauf eingelassen, um eine Begnadigung zu erwirken und nach Indien zurückkehren zu können, wie Sandy glaubte? Hatte er Colins Nachricht erhalten, dass sie jetzt Witwe war? Sie konnte es kaum ertragen, hier zu sitzen und dem Gespräch über Diener und den nahenden Monsun zu lauschen – oder darüber, was die Eden-Schwestern auf dem bevorstehenden Ball in den Assembly Rooms tragen würden.

Sie war erleichtert, als die Männer zu ihnen stießen. Vernon versuchte, sie ins Gespräch zu ziehen. Er erwies ihr viel Aufmerksamkeit, seit er wieder in Simla war, und hatte ihr aus Kalkutta amüsante Briefe geschrieben, die sie ignoriert hatte. Aber je mehr sie versuchte, ihn abzuschrecken, desto mehr Komplimente machte er ihr.

»Es tut mir leid, Captain Buckley, aber ich bin zu müde, um Karten zu spielen. Ich werde bald aufbrechen.«

»Dann gestatten Sie, dass ich Sie zu Miss Wallace' Haus begleite«, bot er an.

»Danke, aber Lieutenant MacRae will in dieselbe Richtung und hat angeboten, mich in seinem *jampan* mitzunehmen.«

Alice warf Colin einen flehentlichen Blick zu.

»So ist es«, sagte Colin und kam rasch an ihre Seite. »Möchten Sie jetzt gern aufbrechen?«

Alice nickte. »Wenn es Ihnen nichts ausmacht?«

»Überhaupt nicht.«

Sie verabschiedeten sich schnell von ihren Gastgebern. Alice sah, dass Emily enttäuscht war, dass der gut aussehende

Lieutenant so früh ging. Emily hatte ihr anvertraut, dass sie glaubte, dass Colin eine hervorragende Partie für Helen wäre.

Als sie über den schmalen Gartenweg zu dem wartenden *jampan* gingen, sagte Alice: »Es tut mir leid, dass ich Sie von hier wegschleife. Das ist selbstsüchtig von mir.«

»Mir tut es nicht leid«, stieß Colin hervor. »Ich hätte nicht noch mehr von Buckleys unbedachten Bemerkungen ertragen können. Er behandelt dieses ganze afghanische Abenteuer so, als wäre es nicht gefährlicher als die Pferderennen in Annandale. Und da ist er nicht der Einzige. Auckland scheint von jungen Heißspornen umgeben zu sein, die ständig nur darüber reden, in Afghanistan einzufallen und Dost Mohammed die Nase blutig zu schlagen.« Er stieß einen gereizten Laut aus. »Sogar Fane, unser Oberkommandierender, spricht davon, eine große Armee zu schicken, um Schah Schudscha wieder auf den Thron zu setzen. Keine halben Sachen machen – das rät er Auckland.«

Sie blieben auf der Straße stehen. Die Kiefern wiegten sich ächzend in der auffrischenden Brise.

»Es tut mir leid«, sagte Colin. »Das ist nicht das, was Ihnen Sorgen macht, nicht wahr?«

Alice' Herz schlug schnell. »Es macht mir große Sorgen, dass wir in Erwägung ziehen, uns töricht und übereilt in einen Krieg zu stürzen – vor allem, wenn John in Kabul ist. Er wäre dann in großer Gefahr, nicht wahr?«

Colin nickte, aber er schien zu zögern, mehr zu sagen. Er half ihr in den *jampan* und stieg neben ihr ein. Schweigend ließen sie sich die kurze Strecke zum Jakko Hill hinauftragen. Als sie ausstiegen, führte Colin sie durch das Lattentor zu Miss Wallace' Veranda.

»Darf ich mich für einen Augenblick zu Ihnen setzen?«, fragte er.

»Natürlich«, sagte Alice, die vor Neugier fast platzte, weil sie unbedingt mehr über John erfahren wollte. Jede noch so kleine Neuigkeit sollte ihr recht sein. Sie setzten sich hin und sahen zum Himalaja hinüber. Lichtpünktchen schienen von den Bungalows herüber, die zwischen den Bäumen auf den benachbarten Hängen lagen. Die Berge dahinter waren nur eine undeutlich zu erkennende dunkle Masse.

»Beim Dinner haben Sie erwähnt, dass Sie durch Burnes einen Brief von John erhalten haben?«, hakte Alice nach. »Hat er mich überhaupt erwähnt? Weiß er von George?«

Colin bedachte sie mit einem mitleidigen Blick. »Nein, er hat nichts Persönliches geschrieben. Es ging allein um Geheimdienstinformationen. Er wollte, dass ich versuche, mit Auckland oder seinen Beratern darüber zu sprechen, was für ein Wahnsinn es wäre, Schah Schudscha zu unterstützen.«

»Also hat er Ihren Brief über mich vielleicht gar nicht erhalten?«, fragte Alice. »Aber jetzt, da ich weiß, dass er in Kabul ist, könnte ich ihm ja schreiben, nicht wahr?«

Etwas an Colins Blick ließ ihr Inneres bleischwer werden. Ihr war plötzlich kalt.

»Was ist es, das Sie wissen, Colin?«

Er ließ die Fingerknöchel knacken – ein Zeichen von Nervosität.

»Bitten sagen Sie es mir«, bestürmte Alice ihn. »Was auch immer Sie mir mitteilen, kann nicht schlimmer sein als diese Unwissenheit.«

»Ein Brief von John hat auf mich gewartet, als ich im April durch Dehradun gekommen bin«, begann er zögernd. »Er war über sechs Monate zuvor geschrieben worden.«

»Aus Baltistan?«

»Ja, damals war er noch dort. Er muss den Brief kurz nach demjenigen geschrieben haben, in dem er mir mitteilte, dass er der Gast des Emirs war.«

»Was gab es denn für Neuigkeiten bei ihm, dass er so schnell wieder geschrieben hat?«, bohrte Alice nach. Ihr Brustkorb war vor Angst zugeschnürt. Colin verschwieg ihr etwas, von dem er wusste, dass es ihr wehtun würde.

»Ich wollte es Ihnen nicht in einem Brief mitteilen«, sagte er, »weil ich wusste, dass ich Sie bald in Simla sehen würde.«

»Mir was mitteilen?« Alice' Herz hämmerte mittlerweile.

»Dass John geheiratet hat«, stieß Colin hervor. »Ein junges Kazilbashi-Mädchen.«

Alice rang nach Atem. »Kazilbashi?«

»Ein afghanischer Stamm aus Kohistan im Hindukusch«, erklärte er. »Anscheinend hat er ihr das Leben gerettet, als irgendwelche Räuber sie überfallen haben.«

Bei dem Gedanken durchfuhr Alice ein heftiger Schmerz. Was für eine Ironie, dass sie John das Leben gerettet hatte, nur damit er seinerseits einer anderen Frau das Leben rettete – einer Frau, die ihn ihr nun genommen hatte. Entsetzen brach über sie herein.

»Vielleicht hat er sich verpflichtet gefühlt, das zu tun«, sagte Alice, die krampfhaft nach einer Antwort suchte, »um ihre Ehre zu retten?«

Sie konnte den Blick kaum ertragen, den Colin ihr zuwarf. Er war voller Bedauern für sie.

»Vielleicht war es so. Aber es ist mehr daraus geworden. John schreibt, dass er sie liebt und …«

»Und?«, flüsterte Alice. »Sagen Sie es mir.«

»Und sie hat damals ein Kind von ihm erwartet. Er war überglücklich bei dem Gedanken, Vater zu werden. Es tut mir sehr leid, Alice, aber ich will nicht, dass Sie sich weiterhin falsche Hoffnungen auf meinen Freund machen.«

Alice war am Boden zerstört. Den ganzen Winter lang hatte sie sich Tagträumen darüber hingegeben, dass John die Nachricht von Georges Tod erhielt und zurückeilte, um bei ihr zu sein. Jetzt würde das nie mehr geschehen. Selbst wenn er erfahren hätte, dass es ihr jetzt freistand, wieder zu heiraten, wäre er nicht gekommen. Mit wie vielen anderen Frauen hatte er schon Umgang gepflegt, seit er sie untröstlich in Simla zurückgelassen hatte? Vernons Worte fielen ihr wieder ein und verhöhnten sie. John verliebte sich ständig und entliebte sich wieder; er war ein Schürzenjäger, der Frauen schmeichelte, um zu bekommen, was er wollte. Aber jetzt hatte er sich wirklich verliebt. Diesmal liebte er eine Frau genug, um sie zu heiraten und ein Kind mit ihr zu zeugen. Vor Eifersucht, die sie in dem Augenblick bis tief in ihre Eingeweide auf die Afghanin empfand, hätte sie gern laut geschrien.

Galle stieg ihr in die Kehle, als ihr noch etwas dämmerte. »Deshalb ist er nach Kabul gegangen, nicht wahr? Weil er mit einer Afghanin verheiratet ist.«

Colin streckte den Arm aus, legte seine Hand auf ihre und drückte sie tröstend. »Ich glaube, so ist es«, sagte er. »Es tut mir sehr leid, Alice. Ich weiß, dass er Ihnen am Herzen gelegen hat und umgekehrt ...«

»Sagen Sie das nicht!« Sie entzog ihm rasch ihre Hand. »Bitte entschuldigen Sie sein Verhalten nicht. Ich war solch eine Närrin. All die Jahre habe ich ihn geliebt, obwohl ich ihm nie wirklich etwas bedeutet habe.«

»Doch, das haben Sie«, hielt Colin dagegen. »Ich kannte ihn schon in Addiscombe. Er hat nie eine andere Frau angesehen. Sie waren immer diejenige, von der er gesprochen hat.«

»Vernon sagt etwas anderes«, erwiderte Alice in vernichtendem Ton.

»Sie wollen doch wohl kein Wort glauben, das dieser Mann von sich gibt«, entrüstete sich Colin. »Er hat die Moral eines Straßenköters.«

Alice stand auf. Sie konnte es nicht ertragen, mehr zu hören. »Bitte gehen Sie, Lieutenant.« Ihre Augen brannten vor Tränen des Zorns. »Es tut mir leid, dass ich Sie mit meinen lächerlichen Tagträumen behelligt habe. Ich empfinde nichts als Beschämung, weil ich Sie in solch eine heikle Lage gebracht habe. John ist Ihr Freund, und ich will nicht noch mehr sagen, das Sie kränken könnte, da Sie doch so rücksichtsvoll und freundlich zu mir waren.«

Colin stand auf und verneigte sich. »Ich bin derjenige, dem es leidtut«, sagte er. »Ich wünschte, ich hätte Ihnen die Nachricht überbringen können, die Sie hören wollten. Aber zur Ehre meines Freundes sei gesagt, dass er das Mädchen wahrscheinlich in dem Glauben geheiratet hat, Sie wären noch immer Gillverays Frau.«

Der sanfte Tadel traf Alice tief. Sie wandte sich Colin zu und ballte die Fäuste so fest, dass ihr die Fingernägel in die Handflächen drangen, um sich davon abzuhalten, vor ihm zusammenzubrechen. »Das spielt jetzt keine Rolle mehr, nicht wahr? Ich möchte jetzt nur noch vergessen, dass ich John Sinclair je gekannt habe, und das Beste aus dem Leben machen, das ich hier führe.«

Sie sah dem schottischen Offizier nach, als er zwischen den Bäumen davonging. Eine Eule rief; in der Ferne stieß ein Schakal ein bellendes Heulen aus. Alice schlang die Arme um ihren unfruchtbaren Bauch und biss die Zähne zusammen. Sie wartete, bis das Knarren des *jampan* und die dumpfen Schritte der Träger verklungen waren. Dann sank sie auf die Knie und weinte verzweifelt.

* * *

Es fühlte sich wie ein zweiter Trauerfall an, John nach George zu verlieren. Zwar war John noch am Leben, aber für sie unerreichbar. Und Alice litt darunter, dass er dieses Leben mit einer anderen Frau genoss und Vater wurde. Sie quälte sich mit der Vorstellung, wie diese afghanische Frau John ein Kind gebar. Wie sehr sehnte Alice sich danach, Mutter zu werden!

Ihre Wut darüber, dass er sich so schnell in eine andere verliebt hatte, verwandelte ihre Liebe zu ihm in bitteren Groll.

Manchmal, wenn sie sich im Bett hin- und herwälzte und hörte, wie wieder einmal einer der vielen Affen auf dem Dach herumpolterte, schrie sie laut: »Ich hasse dich!« Sie war sich nicht sicher, ob sie den Affenstörenfried oder John damit meinte.

Ein kleiner Teil von ihr tadelte sie für solche Gedanken. Hatte Colin nicht recht mit seiner Vermutung, dass John diese Afghanin in dem Glauben geheiratet hatte, dass Alice noch immer Georges Frau war? Das Letzte, was er von ihr erfahren hatte, war, dass sie ein Kind von George erwartete. Alice unterdrückte die schmerzliche Erinnerung an ihre Fehlgeburten. Aber sie war zu verzweifelt über Johns Heirat und Vaterschaft, um diese Entschuldigung gelten zu lassen. Vermutlich hatte er Colins Brief über ihre Witwenschaft erhalten und sich entschlossen, ihn zu ignorieren. Selbst wenn Vernon übertrieben hatte, was Johns Schwäche für Frauen betraf, musste Alice sich der harten Wahrheit stellen, dass John sie all die Jahre lang nicht so sehr geliebt haben konnte wie sie ihn.

Nach ihren nächtlichen Wutanfällen und Tränen fühlte Alice sich ausgelaugt. Sie war lustlos und wie betäubt. Emily, die sich Sorgen machte, weil Alice sich zurückgezogen hatte, kam sie besuchen.

»Miss Wallace ist sehr besorgt«, sagte ihre Freundin und kam geradewegs in Alice' Schlafzimmer marschiert. »Du warst die ganze Woche nicht in der Schule und hast auch keines meiner Schreiben beantwortet. Bist du krank?«

Alice versuchte, sich zusammenzureißen. »Es geht mir gut. Ich muss nur eine Weile allein sein.«

»Trauerst du um George?«, fragte Emily, setzte sich hin und hielt ihr die Hand. »Ich kann verstehen, dass es dich noch von Zeit zu Zeit bedrücken muss.«

Vor Schuldgefühlen, dass sie die ganze letzte Woche über kaum an George gedacht hatte, kamen Alice erneut die Tränen.

»Oh, Emily, ich war so töricht.«

»Erzähl es mir. Ist es etwas, das Colin MacRae getan hat? Vernon glaubt das. Er sagt, dass du nicht mehr in Simla ausgegangen bist, seit MacRae dich nach meiner Dinnerparty nach Hause gebracht hat. Hat er sich dir gegenüber ungalant verhalten?«

»Nein, natürlich nicht«, erwiderte Alice, fassungslos über die Unterstellung. »Colin ist ein guter Mann. Aber er hat mir in der Tat etwas Erschütterndes erzählt.«

»Was?«, fragte Emily und drückte ihr die Hand.

Alice redete sich ihrer Freundin gegenüber alles von der Seele. Es war eine Erleichterung, laut auszusprechen, wie sehr sie sich in John getäuscht hatte.

»Mit einer Afghanin verheiratet?«, entfuhr es Emily zutiefst schockiert. »Na, wer hätte das gedacht? Vernon hatte doch recht, was ihn betrifft; er hat ja gleich gesagt, dass Sinclair eine Schwäche für Eingeborenenmädchen hat.«

Alice wurde rot.

»Oje, Alice, es ist doch überhaupt nicht deine Schuld. Du hast dir nur von einem hübschen jungen Offizier den Kopf verdrehen lassen. Es war falsch von Sinclair, dir Avancen zu machen, als du noch mit Gillveray verheiratet warst.«

»So war es überhaupt nicht«, widersprach Alice verzweifelt. »Wir hatten einander schon Jahre, bevor ich nach Indien gekommen bin, kennengelernt. Wir hatten eine Abmachung …«

Emily riss die Augen auf. »Wie meinst du das?«

Alice erzählte ihr, wie sie John vom Wrack der *Berwickshire* gerettet und dann gesund gepflegt hatte. Emily war wie vom Donner gerührt.

»Du bist die Leuchtturmheldin?«, rief sie. »Ich erinnere mich noch, wie mein Papa den Artikel darüber aus der Zeitung vorgelesen hat. Warum hast du mir nie davon erzählt?«

»Ich habe es nie irgendjemandem in Indien erzählt«, gestand Alice. »George und ich hatten beschlossen, darüber zu schweigen. Es war mir zuwider, dass damals so viel Aufhebens darum gemacht wurde. Ich wollte hier draußen einfach nur als Alice Gillveray bekannt sein.«

»Du bist der beste Beweis, dass stille Wasser tief sind!«

»Bitte erzähl es nicht allen«, bat Alice, die es schon bereute, sich der redseligen Emily anvertraut zu haben.

»Natürlich nicht«, versicherte Emily. »Aber wenn ich du wäre, würde ich in ganz Simla damit prahlen. Nicht auszudenken, dass du Sinclair das Leben gerettet hast und zum Dank nichts bekommst als ein gebrochenes Herz.« Emily tätschelte ihr die Hand. »Na, wir werden es wieder heilen. Du kommst als unser Gast am Freitag mit auf den Ball in den Assembly Rooms. Ich lasse nicht zu, dass du allein vor dich hin schmollst und Trübsal bläst. Jetzt brauchst du deine wahren Freunde.«

Alice schenkte ihr unter Tränen ein Lächeln. »Danke.«

* * *

Nach Emilys Besuch bemühte Alice sich, am gesellschaftlichen Leben in Simla teilzunehmen. Ihre Freundin hatte es zu ihrer Mission erklärt, sie aufzuheitern. Alice ging auf den Ball und nahm sich einen Tag in der Schule frei, um die Pferderennen in Annandale zu besuchen. Sie folgte Einladungen zu Konzertabenden und Essen, bei denen Scharaden stattfanden. Colin war höflich, machte aber einen Bogen um Gruppen, in denen Alice sich gerade unterhielt. Vernon verdoppelte seine Anstrengungen, freundlich und beflissen zu sein.

Alice war kaum überrascht, als sich in Simla rasch die Geschichte von Johns skandalöser Heirat mit einem afghanischen Mädchen herumsprach. Sie wusste, dass Emily solch ein Geheimnis einfach nicht für sich behalten konnte. Vielleicht war das der Grund dafür, dass Colin auf Distanz ging: Er gab Alice die Schuld an dem Klatsch über seinen Freund.

Eines Nachmittags kam Vernon bei Miss Wallace' Bungalow vorbei und suchte Alice auf. »Ich organisiere ein nächtliches Picknick in Mahasu. Morgen ist Vollmond. Ich würde mich geehrt fühlen, wenn Sie sich bereit erklären würden zu kommen.«

Alice war überrascht. »Emily hat gar nichts von solch einem Ausflug erwähnt.«

Er schenkte ihr ein verschwörerisches Lächeln. »Das ist auch nichts für die Aytons. Ich schaffe es nie, mich ausführlich mit Ihnen zu unterhalten, wenn Emily dabei ist. Sie belegt Sie immer völlig mit Beschlag.«

»Wer wird denn dann dabei sein?«, fragte Alice misstrauisch. Aufgrund seiner beträchtlichen Körpergröße und seines Charmes war Vernon ein imposanter Mann. Sie wusste, dass er jemand war, der es gewohnt war zu bekommen, was er wollte. Aber sie würde sich nicht zu etwas zwingen lassen, das ihr nicht behagte.

»Ein paar Freunde aus dem Stab des Gouverneurs«, sagte er, »und natürlich auch Auckland und die Edens.«

Alice sah ihn mit offenem Mund an. »Bekleiden Sie wirklich solch eine hohe Stellung im Stab des Generalgouverneurs?«

Vernon lachte. »Ich gebe zu, dass ich sehr gut mit Auckland auskomme – und mit seinen reizenden Schwestern. Außerdem kenne ich die besten Stellen rund um Simla für romantische Picknicks. Mahasu ist bezaubernd – eine Wiese voller Wildblumen zwischen Zedern, von der aus man die Berge sehen kann.«

»Meinen Sie nicht *deodars*?«, fragte Alice. »George hat gesagt, das sei der indische Name für die Bäume.«

»Da muss ich wohl einen Fehler einräumen«, erwiderte er mit einer Verbeugung. »Sagen Sie also Ja? Es wird auch ein Feuerwerk geben.«

Alice lenkte mit einem zögerlichen Lächeln ein. »Na ja, wenn es ein Feuerwerk gibt, wie kann ich da Nein sagen?«

* * *

Als sie unter den Sternen saß und das Feuerwerk über sich beobachtete, hatte Alice den Eindruck, in einem magischen Land zu sein. Sie hatten im Kerzenschein auf einer lieblich duftenden Lichtung gegessen, begleitet von der bewegenden Musik eines Sitar-Spielers. Vernon war so aufmerksam wie eh und je. Anders als einige der übrigen Offiziere trank er nicht zu viel, sorgte aber dafür, dass Alice' Champagnerglas nie leer war.

Alice genoss es, leicht beschwipst zu sein. Ihre Gedanken waren angenehm betäubt und ihr Körper entspannt. Sie lachte und mischte sich häufiger ins Gespräch, als sie es in den letzten Monaten getan hatte. Auf dieser bezaubernden indischen Bergflanke im sanften, flackernden Licht hatte sie das Gefühl, dass sie mit der Zeit wieder glücklich werden konnte.

»Danke für den wunderschönen Abend, Captain Buckley«, sagte sie zu Vernon, als er sie wieder vor Miss Wallace' Bungalow absetzte.

Er zog ihre Hand an seine Lippen und drückte einen festen Kuss darauf. »Das Vergnügen war ganz auf meiner Seite, Mrs Gillveray«, sagte er und hielt ihre Hand noch länger fest.

Sie merkte, wie sich in ihr wohliges Begehren regte – eine Empfindung, die sie schon lange nicht mehr verspürt hatte.

»Darf ich Sie morgen besuchen?«, fragte er.

Sie zögerte. War es klug, diesen Mann zu ermuntern? Die Meinungen über Vernon schienen auseinanderzugehen. Manche sagten, dass er ein Hedonist sei, der zu Ausschweifungen neigte, andere, er sei galant und werde von Männern, die ihm nicht das Wasser reichen konnten, missverstanden, weil sie ihn um seinen kometenhaften Aufstieg im Stab des Generalgouverneurs beneideten. Alice hatte bemerkt, dass Auckland aufmerksam allem zuhörte, was Vernon zu sagen hatte. Was konnte es also schon schaden, den hübschen Captain häufiger zu sehen?

»Ich bin bis zum Nachmittag an der Schule«, sagte Alice. »Sie dürfen nach vier Uhr zum Tee kommen, wenn Sie möchten.«

»Sehr gern.« Er küsste ihr ein zweites Mal die Hand. Als Alice die Stufen zur Veranda hinaufstieg, wusste sie, dass er ihr nachsah. Ihr lief ein Schauer über den Rücken. Oben drehte sie sich um. Er lächelte, verneigte sich knapp und ging dann in die Dunkelheit davon.

* * *

Die folgenden zwei Wochen über traf Alice sich jeden Tag mit Vernon. Sie tranken Tee auf der Veranda und gingen auf dem Ridge spazieren, um die Bauarbeiten an der neogotischen Christ Church zu beobachten, die schon fast vollendet war. Vernon ging mit ihr zu Konzertabenden und Theaterstücken. Sie unternahmen gemeinsame Ausritte in der Kühle des Abends, und er organisierte nächtliche Picknicks mit ein paar handverlesenen Freunden.

Bald sprach sich in Simla herum, dass der schneidige Captain der eigenwilligen Witwe, die so auffallend schön war, den Hof machte. Einige waren empört darüber, dass sie ihn dazu ermunterte, obwohl sie noch kein ganzes Jahr in Trauer gewesen war. Aber die Aytons nahmen sie in Schutz.

»George hätte nicht gewollt, dass du den Rest deines Lebens als Einsiedlerin verbringst«, sagte Emily entschieden. »Lass sie doch reden, was sie wollen – mit dem Tratsch ist es schnell vorbei.«

Dennoch wurde Alice stutzig. Sie wusste, dass ihr Motiv dafür, Vernons Gesellschaft zu suchen, vor allem ihr Wunsch war, über ihren Zorn auf Johns Heirat hinwegzukommen. Wie verletzt war sie gewesen zu hören, dass John eine andere Frau liebte! Dem gut aussehenden, kultivierten Kavallerieoffizier zu gestatten, sie zu umwerben, war ihr Versuch, die Vergangenheit zu begraben und sich selbst zu beweisen, dass sie auch ohne John leben konnte. Aber was trieb Vernon an? Sie hatte eine bissige Bemerkung belauscht.

»Er hat es offensichtlich auf ihr Geld abgesehen. Gillveray hat sie als reiche Frau zurückgelassen.«

Alice war in Versuchung gewesen, den Klatschtanten, die sich hinter ihren Fächern versteckten, zu erzählen, dass ein Großteil ihres Vermögens ihr eigenes war. Es verstörte sie, dass das vielleicht der Grund dafür war, dass Vernon sie so unermüdlich umwarb.

»Warum möchten Sie so viel Zeit mit mir verbringen?«, fragte Alice ihn unumwunden, als sie eines Abends auf ihrer Veranda saßen und zusahen, wie sich jenseits der Bäume Gewitterwolken zusammenballten. Der Monsun stand unmittelbar bevor. »In dieser Saison gibt es hübschere und jüngere Frauen in Simla, die eine bessere Partie wären. Ich hoffe, es liegt nicht daran, dass Sie Mitleid mit mir haben.«

Vernon streckte den Arm aus, nahm ihre Hand und drückte sie in seiner großen. »Wie können Sie nur so etwas denken?«, protestierte er. »Die albernen Mädchen, die gerade erst aus England gekommen sind, bedeuten mir nichts. Sie sind die faszinierendste und begehrenswerteste Frau, die mir je begegnet ist.«

Alice konnte gar nicht anders, als sich geschmeichelt zu fühlen. Aber sie musste sicher sein.

»Sie wissen doch sicher, dass man diesen Sommer in den Wohnzimmern von ganz Simla über uns geredet hat?«, sagte sie. »Einige behaupten, dass Sie sich nur wegen meines Vermögens für mich interessieren.«

Er zuckte zusammen. Seine Reaktion erinnerte sie daran, wie sie ihn einmal dafür geohrfeigt hatte, dass er sich so unverschämt über John geäußert hatte.

»Meine liebe Mrs Gillveray«, entgegnete er mit gequälter Miene, »ich hoffe, das glauben Sie nicht?«

Sie zögerte. Entrüstet stand er auf. »Ich sehe schon, Sie glauben es sehr wohl. Ich dachte, wir würden einander besser kennen. Sie liegen mir sehr am Herzen – mehr als jede andere Frau, die ich je kennengelernt habe. Aber wenn Sie so wenig von mir und meinen Absichten halten, dann werde ich mich zurückziehen!«

Alice erschrak über seine Reaktion; sie stand schnell auf. »Bitte seien Sie nicht gekränkt«, sagte sie und streckte die Hand aus, um ihn aufzuhalten. »Das glaube ich nicht.«

»Aber Sie haben Zweifel«, sagte er. »Das sehe ich Ihren Augen an.«

»Ich genieße Ihre Gesellschaft, Captain Buckley. Ist das nicht erst einmal genug?«

»Nicht für mich«, erwiderte Vernon. »Sie bedeuten mir mehr als eine flüchtige Sommerliebelei. Ich brauche Ihr Vermögen nicht – mein Vater ist ein sehr reicher Mann, und zu gegebener Zeit werde ich alles erben.«

»Es tut mir leid«, entschuldigte sich Alice, »ich muss mir Ihrer Absichten nur sicher sein. Ich habe in der Vergangenheit schlechte Menschenkenntnis bewiesen.«

»Meinen Sie Sinclair?«

»Ja«, gestand sie und sah verlegen beiseite.

»Habe ich Sie nicht vor dem Halunken gewarnt?«

Alice biss sich auf die Lippen. Sie wollte nicht an ihre Torheit erinnert werden.

»Ich weiß, warum Sie ihm vertraut haben«, sagte Vernon in sanfterem Ton. »Er hat Ihnen Versprechungen gemacht, die er nicht eingehalten hat.«

»Woher wissen Sie das?« Alice war verärgert. »Emily hat es Ihnen erzählt, nicht wahr? Das hätte sie nicht tun sollen.«

»Urteilen Sie nicht zu hart über sie«, bat Vernon. »Sie hat mir nur aus Sorge um Sie davon erzählt.«

»Hat sie Ihnen alles verraten?«, fragte Alice erschrocken. »Auch, dass ich John schon vor Jahren kennengelernt habe?«

»Ja«, antwortete er. »Ich muss sagen, dass es ein Schock für mich war zu erfahren, dass Sie die Alice vom Leuchtturm sind – und Colonel Fairchilds Tochter.«

»Ich wollte nicht, dass sich das herumspricht …«

»Wofür ich Sie nur noch mehr bewundere«, beteuerte Vernon. »Und es macht mich umso wütender auf Sinclair. Die Dinge, die er über Sie gesagt hat …«

Alice' Inneres verkrampfte sich. »Was für Dinge?«

»Nein, die kann ich nicht wiederholen, sie waren zu kaltschnäuzig. Und er war nur ein dummer junger Grünschnabel, der seine Altersgenossen in Addiscombe beeindrucken wollte, indem er mit seinen Eroberungen geprahlt hat. Ihr Name war nur einer von vielen …«

»Hören Sie auf!«, unterbrach ihn Alice. Sie bekam kaum noch Luft. »Mehr will ich nicht hören.«

Sofort wirkte er betreten. »Bitte verzeihen Sie mir.« Er zog sie zu sich herum, sodass sie ihn ansah. »Ich würde Sie nie so schlecht behandeln. Das glauben Sie mir doch, oder?«

Sie schaute in sein hübsches, zerknirschtes Gesicht. Alice wollte ihm glauben. Sie hatte sich das letzte Jahr über so einsam gefühlt und wollte wieder einem Mann vertrauen können. »Ja, ich denke schon.«

»Dann heirate mich, Alice!«

Sie war verblüfft. »Heiraten?«

»Das ist die einzige Art, auf die ich dir beweisen kann, dass meine Absichten ehrenhaft sind – dass nur du mir wichtig bist«, beharrte er. »Willige ein, meine Frau zu werden.«

Sie wich zurück. »Ich finde, wir sollten einander erst besser kennenlernen.«

»Was gibt es da noch zu erfahren?«, gab er ungeduldig zurück. »Ich denke ständig an dich – ich begehre dich, Alice. Das muss doch offensichtlich sein.«

Seine Worte waren so verführerisch – und auch die Tatsache, dass er sie plötzlich beim Vornamen nannte. Sie spürte, wie sie schwach wurde.

»Ich kann solch eine Entscheidung nicht fällen, bevor mein Trauerjahr um ist«, sagte sie. »Frag mich in einem Monat noch einmal, wenn deine Gefühle für mich dann immer noch die gleichen sind.«

»Mein Gott, du treibst mich genauso zur Weißglut, wie du mich in Versuchung führst!«, rief er. Abrupt beugte er sich vor, legte die Hände um ihr Gesicht und führte seine Lippen so nahe an ihre heran, dass sie glaubte, er würde sie gleich küssen.

Ihr Herz hämmerte vor plötzlicher Erregung. Aber er löste sich wieder von ihr.

»Wenn es das ist, was du möchtest, respektiere ich es«, murmelte er, »so hart es für mich auch ist, von dir auf Abstand gehalten zu werden.«

Unvermittelt drehte er sich auf dem Absatz um und polterte die Verandastufen hinunter. Aufgewühlt sah sie ihn auf den Sonnenuntergang zugehen. Ihre Gefühle für ihn waren widerstreitend. Sie fühlte sich stark zu Vernon hingezogen und empfand das körperliche Begehren zu ihm, das er umgekehrt für sie zum Ausdruck brachte. Aber waren seine Worte nur Schmeichelei – Buckleys berühmter Charme – oder war sie ihm wirklich wichtig? Alice war tief verletzt, wenn sie daran dachte, dass John in derben Worten mit ihr als Eroberung geprahlt hatte. Stimmte das, oder sagte Vernon das nur, um sie dazu zu bringen, John noch mehr zu hassen? Colin hatte das genaue Gegenteil behauptet. Aber was für eine Rolle spielte das jetzt noch?

Donnergrollen ertönte in der Nähe. Alice lief in der zunehmenden Dunkelheit auf der Veranda auf und ab, froh, dass Miss Wallace zu einem Bibelkreis gegangen und deshalb nicht Zeugin von Vernons Ausbruch geworden war. Alice konnte John niemals bekommen, aber sie konnte sich ein neues Leben mit Vernon aufbauen. War er solch eine schlechte Partie? Sie hatten gemeinsame Interessen wie das Reiten und das Tanzen. Vernon war musikalisch, wenn es um mitreißende Lieder ging. Die Geduld für die Literatur und das Lesen allgemein fehlte ihm, aber er war eben ein Mann der Tat. Er sah sehr gut aus und sorgte dafür, dass sie sich sogar im Witwenlila der Halbtrauer begehrenswert fühlte.

Mit ihm zusammen zu sein, machte ihr bewusst, wie sehr sie die körperliche Seite der Ehe vermisste. Obwohl sie nette Freunde wie die Aytons hatte, sehnte Alice sich danach, wieder mit einem Mann intim zu werden, der ihr ein liebevoller Seelenverwandter sein konnte. Vor allem würde eine Ehe mit Vernon bedeuten, dass sie noch einmal die Chance bekam, Mutter zu werden.

Alice ging zum Verandageländer und reckte ihr Gesicht in die ersten dicken Regentropfen empor. Wie sehr sie sich doch ein Kind wünschte! Sie wusste, dass George ein guter Vater gewesen wäre. Ein Schmerz durchzuckte sie, als sie sich ausmalte, dass John seinem Kind ein hingebungsvoller Vater war. Würde Vernon das auch sein? Alice hatte ihn mit Alexander spielen sehen. Er hatte den Kleinen gekitzelt, bis er gekichert hatte, und ihm Süßigkeiten vom Basar mitgebracht.

Als ein Blitz die jähe Dunkelheit erhellte, gestattete Alice sich, sich vorzustellen, wie ein Kind von Vernon und ihr aussehen würde: ein Kind mit süßem Gesicht und goldenen Locken.

* * *

Vernon blieb fort. Alice vermisste seine täglichen Besuche am Nachmittag nach ihrer Arbeit an der Schule. Sie hielt bei gesellschaftlichen Anlässen nach ihm Ausschau, aber es war keine Spur von ihm zu entdecken.

»Hast du Captain Buckley gesehen?«, fragte Alice schließlich Emily.

»Sandy sagt, dass er nach Sanpur gereist ist, um den Radscha im Namen des Generalgouverneurs aufzusuchen. Habt ihr euch gestritten?«

»Nicht ganz«, antwortete Alice. »Aber ich weiß, dass du ihm von meiner Vergangenheit mit John Sinclair erzählt hast, obwohl ich dir das im Vertrauen gesagt hatte.«

»Nur, weil ich gemerkt habe, dass du dem Captain am Herzen liegst«, entgegnete Emily.

»Er glaubt, dass ich ihm nicht vertraue«, sagte Alice.

»Tust du es denn nicht?«

»Ich bin mir nicht ganz sicher.«

Emily erwiderte: »Du solltest nicht so hart über ihn urteilen. Nicht alle Männer sind so wankelmütig wie John Sinclair.«

Alice war in Versuchung, Emily von Vernons unverhofftem Heiratsantrag zu erzählen, aber sie hielt sich zurück. Sonst würde sich alles nur in ganz Simla herumsprechen, bevor sie zu einer Entscheidung gelangt war – oder vielleicht hatte Vernon es sich mittlerweile auch anders überlegt.

Der Monsun brach an, und die Schule wurde geschlossen. Alice verbrachte viele Stunden eingeengt in Miss Wallace' Haus und hatte zu viel Zeit, um nachzudenken. Vernon ging ihr einfach nicht aus dem Kopf. Seine Abwesenheit hatte ihr Verlangen nach ihm gesteigert. Sie vermisste seine aufmerksame Gegenwart. Sie versuchte zu malen, konnte sich aber nicht konzentrieren. Nur wenn sie mit Alexander spielte, gelang es ihr, nicht darüber nachzugrübeln, ob sie Vernon heiraten wollte oder nicht. Alice verbrachte so viel Zeit bei Emily, wie sie konnte, um den kleinen Jungen bei Laune zu halten.

Dann erhielt Alice eines Tages eine Nachricht.

Meine liebe Alice,
ich möchte Dich am kommenden Freitag zu einem Mittagessen in Mahasu einladen. Ich hole Dich um zwölf Uhr mittags an der Combermere Bridge ab, und wir reiten zusammen aus. Ich hoffe sehr, dass Du zusagst.
Dein ergebener Diener

Vernon

Alice war nervös und freudig erregt zugleich angesichts der knappen Einladung. Was hatte sie zu bedeuten? Sie war fast im Befehlston abgefasst und doch zugleich verbindlich. Die einzige Möglichkeit, herauszufinden, welche Absichten dahintersteckten, war die, anzunehmen und hinzugehen.

* * *

Es war ein Tag mit strahlendem Sonnenschein, einer jener klaren, frischen Tage nach den sintflutartigen Regenfällen. Die Berggipfel waren zum ersten Mal seit einer Woche zu sehen.

Georges Tod in Kalkutta lag ein Jahr und fünf Tage zurück. Zum ersten Mal, seit ihre Trauerzeit vorüber war, verzichtete Alice auf Kleidung in gedeckten Farben und zog stattdessen ein hellgrünes Reitkleid mit cremefarbenem Spitzenbesatz und passender Haube an. Gefolgt von einem Diener ritt sie zur Combermere Bridge.

Ihr Herz klopfte, als sie sah, dass Vernon schon auf sie wartete. Er war tadellos in seine Armeeuniform gekleidet und saß auf seinem Pferd. Sein hübsches Gesicht war frisch rasiert, und seine blonden Koteletten waren gestutzt. Er roch stark nach würzigem Eau de Cologne. Er lächelte entzückt, versuchte aber nicht, ihre Hand zu nehmen und zu küssen, wie sie es erwartet hatte. Es war einen Monat her, dass sie ihn zuletzt zu Gesicht bekommen hatte, und aus der Erregung, die sich in ihr zusammenballte, schloss sie, dass er ihr gefehlt hatte. Die Wucht ihrer Gefühle überraschte sie. Bis zu dem Moment war ihr gar nicht klar gewesen, wie abhängig sie mittlerweile von seiner Gesellschaft war.

Sie plauderten, während sie nach Mahasu ritten. Vernon ging nicht genauer auf seine Zeit in Sanpur ein.

»Größtenteils langweilige Verpflichtungen«, sagte er. »Endlose Dinners und Katzbuckeln vor dem Radscha. Aber sag mir, was hast du getan?«

»Sehr wenig«, gestand Alice, »seit der Monsun gekommen ist. Wenn Alexander mich nicht so gut unterhalten hätte, wäre ich verrückt geworden, weil der Regen mich am Ausgehen hinderte.«

»Wie geht es dem kleinen Schlingel?« Vernon lachte leise.

»Er wächst schnell. Mittlerweile kann er in ganzen Sätzen sprechen – auf Englisch und Hindustani, manchmal auch vermischt miteinander.«

»Du magst ihn sehr gern, nicht wahr?«

»Ja«, bestätigte Alice.

Als sie sich der Lichtung von Mahasu näherten, fragte er sie unvermittelt: »Hast du mich vermisst?«

Alice errötete. »Ich habe mir Sorgen gemacht, dass ich dich gekränkt hätte und dass du Simla deshalb verlassen hättest.«

»Danach habe ich dich nicht gefragt, Alice.«

»Ja«, räumte sie ein, »ich habe deine Gesellschaft vermisst.«

»Und ich deine«, erwiderte er lächelnd.

* * *

Als sie auf die Lichtung ritten, schnappte Alice nach Luft, als sie sah, dass ein Zeltpavillon, der mit Girlanden aus Blütenranken und Bändern geschmückt war, in ihrer Mitte aufgebaut worden war. Die Seiten des Pavillons waren mit hauchzartem Musselin behängt. Der Eingang war mit Teppichen ausgelegt und von Töpfen mit Farnen gesäumt. Ein kleines Ensemble aus drei Musikern stimmte eine Melodie an, als Vernon sie aus ihrem Damensattel hob.

»Wie schön!«, rief sie, als er ihr den Arm reichte. Sie gingen in den Pavillon.

Niedrige Tische waren mit Schalen voller Speisen gedeckt. Ringsum waren weiche Kissen arrangiert, auf denen man sitzen konnte. Während Alice sich noch fragte, wo die anderen Gäste waren, schnippte Vernon mit den Fingern, und ein Diener trat mit Champagner vor. Als zwei Gläser eingeschenkt waren, stieß Vernon mit Alice an.

Er lächelte. »Auf uns!«

»Hast du Geburtstag?«, fragte Alice verwirrt.

»Nein, es ist ein viel wichtigerer Tag.«

»Oh?« Alice war neugierig.

»Es ist ein Tag zum Feiern.« Er stürzte sein Glas Champagner hinunter. »Komm schon, trink aus!«

Alice nahm einen großen Mundvoll. Die Bläschen prickelten auf ihrer Zunge. Der Champagner ließ sie sofort entspannt werden. Sie trank noch einen Schluck, nachdem er den Diener angewiesen hatte, ihnen nachzuschenken.

»Warten wir, bis die anderen kommen, bevor du mir erzählst, worum es geht?«, erkundigte sich Alice.

Er rückte näher an sie heran. »Es gibt keine anderen Gäste. Dieses Mittagessen ist nur für dich.«

Alice errötete schon wieder. »Darüber wird sich ganz Simla das Maul zerreißen«, sagte sie trocken.

»Es gibt einen Weg, das zu verhindern«, erwiderte Vernon. »Und der besteht darin, dass du dich bereit erklärst, mich zu heiraten.«

Alice' Inneres schlug Purzelbäume. »Ist das ein Heiratsantrag?«

»Du hast doch gesagt, dass ich nach einem Monat noch einmal fragen sollte«, sagte Vernon. »Ich konnte es nur ertragen, die Finger von dir zu lassen, indem ich mich aus Simla entfernt habe. Deshalb habe ich mich freiwillig gemeldet, um nach Sanpur zu gehen. Jetzt ist der Monat um, und ich bin froh zu sehen, dass du nicht mehr in Trauer bist.«

Alice spürte, wie sie bei seinen unverblümten Worten noch tiefer errötete.

»Also gibt es jetzt nichts mehr, das uns daran hindert zu heiraten.« Vernon sah sie mit seinen blauen Augen unverwandt an. Aus der Nähe wirkten sie etwas blutunterlaufen. Sie fragte sich, ob sie ihn so viel Schlaf gekostet hatte wie er sie.

»All das hier«, sagte er mit einer ausladenden Handbewegung, »soll dir zeigen, wie ernst es mir damit ist, dir den Hof zu machen.«

Er nahm Alice ihr Glas ab und reichte beide Gläser dem Diener. Dann ließ Vernon sich auf ein Knie nieder und umfasste ihre Hand. »Alice, bitte sag, dass du meine Frau werden wirst.« Er küsste ihre Finger.

Sie war vollkommen überwältigt. Er hatte keine Kosten und Mühen gescheut, um ihr seine Liebe zu beweisen. Niemand hatte sie je so mit Aufmerksamkeit überhäuft; es war extravagant und großzügig und verlieh ihr das Gefühl, etwas Besonderes zu sein. Bis dahin war Alice sich noch unsicher gewesen, was Vernon betraf. Aber was konnte er noch tun, um ihr zu versichern, dass er es ernst meinte, sie zur Frau zu wollen? Zu oft im Leben hatte sie schon ihre Lieben verloren, und ihr Glück war ihr entrissen worden. Jetzt kniete vor ihr dieser eifrig um sie bemühte ehrgeizige Offizier voller Lebenslust und bot ihr eine Zukunft an. Warum sollte sie nicht zugreifen?

»Ja, Vernon. Ich will.« Sie lächelte.

Er riss überrascht die Augen auf. Dann sprang er auf und zog ihr Gesicht zu seinem hoch. Er drückte ihr einen kräftigen Kuss auf die Lippen.

»Das ist dann also abgemacht«, sagte er mit triumphierender Miene.

Er ergriff wieder die Champagnergläser und bat sie, noch etwas zu trinken.

»Lass uns unsere Hochzeit nicht lange hinauszögern«, sagte er hastig, als sie sich auf den Kissen niederließen. »Wir werden hier in Simla heiraten.«

»Wenn es das ist, was du willst«, erwiderte Alice, der vom Champagner und der Eile seiner Pläne schwindlig wurde.

»Die Lage in Afghanistan ist im Moment sehr unsicher«, erklärte Vernon. »Also sollten wir besser unser Leben genießen, solange wir noch können.«

Bei seinen ungenierten Worten empfand Alice einen Hauch von Unbehagen. Aber war es nicht genau das, was sie an Vernon mochte – seine Spontaneität und seine Fähigkeit, ganz im Augenblick zu leben?

Die Sonne ging schon unter, als das lange Mittagessen zu Ende war. Alice war fast zu betrunken, um nach Hause zu reiten. Sie hatte Vernons entdeckerfreudige Hände in Schach halten müssen, und er hatte gutmütig darüber gelacht.

»Für eine, die das Ehebett schon kennengelernt hat, bist du aber ganz schön schüchtern.«

Am nächsten Tag versuchte Alice, sich wenigstens an die Hälfte dessen zu erinnern, was Vernon gesagt hatte, aber nur diese kleine Spitze fiel ihr wieder ein. Er hatte es nicht böse gemeint; er war einfach nur erpicht darauf, mit ihr intim zu werden. Und war sie nicht ebenso ungeduldig? Als der Tag ihrer überstürzten Hochzeit näher rückte, konnte Alice an nichts anderes mehr denken als daran, das Ehebett mit dem vitalen Offizier zu teilen.

* * *

An einem schwülen Tag Ende Juli wurden Alice und Vernon in einer stillen Zeremonie getraut. Die Aytons und ein paar von Vernons Junggesellenfreunden waren zu Gast. Alice stockte der Atem, als sie den hochgewachsenen Vernon mit seinem blonden Lockenschopf in Galauniform auf sie warten sah. Obwohl Alice nicht viel Aufhebens wollte, kam ein Großteil der feinen Gesellschaft von Simla auf den Ridge heraus, um das Spektakel zu beobachten und Bemerkungen über Alice' Kleid aus rosafarbenem Taft und Spitze zu machen, als sie zu den Assembly Rooms hinübergingen.

Hier gab es ein üppiges Abendessen. Es wurde gefeiert und gezecht. Alice hatte das Gefühl gehabt, dass eine zu große Feier George gegenüber so kurz nach seinem Tod respektlos wäre, aber Vernon hatte empört auf den Vorschlag reagiert, sich auf einen einfachen Nachmittagstee zu beschränken. Alice hatte schnell nachgegeben. Das hier war auch sein großer Tag, und sie würde nichts tun, um ihn zu verderben.

Es war schon spät, als sie nach Arden House zurückkehrten, das Vernon als ihr erstes gemeinsames Heim gemietet hatte. Es war ein charmantes Haus aus Stein mit Terrassengarten und Blick auf die Berge. Vernon hatte ein kleines Vermögen dafür ausgegeben, es einzurichten und mit Dienern auszustatten. Er hatte darauf bestanden, dass Alice nur das Beste von allem bekam.

Captain Nairn und eine Gruppe von Vernons Kavalleriefreunden eskortierten sie den Weg entlang und machten zotige Bemerkungen über die bevorstehende Nacht. Die Männer leerten gemeinsam eine Flasche Brandy, bevor sie das frischgebackene Ehepaar allein ließen. Vernon goss sich noch einen weiteren großen Brandy ein und nahm ihn mit hinauf in ihr Schlafzimmer. Sein Diener zog ihm die Stiefel aus, während Vernon seinen Kragen lockerte. Seine Uniformjacke hatte er schon unten abgelegt.

Alice kam in den Sinn, dass er vielleicht nervös war. Es war das Ende seines Junggesellenlebens. Vielleicht war er mit Frauen nicht so vertraut, wie die Klatschtanten behauptet hatten. Sie versuchte, ihn zu beruhigen.

»Du musst dich meinetwegen nicht sinnlos betrinken. Lass uns einfach unsere erste gemeinsame Nacht genießen.«

Sie wollte ins Ankleidezimmer gehen, wo eine Zofe, die Vernon eingestellt hatte, wartete, um ihr beim Ausziehen zu helfen, aber er verstellte ihr den Weg.

»Bleib und zieh dich hier aus«, lallte er, »ich will dir zusehen.«

Er rief die Zofe herein, damit sie Alice half, sich zu entkleiden. Dann legte er sich aufs Bett, trank seinen Brandy und musterte Alice. Die Lampen leuchteten so grell, dass sie das Gefühl hatte, auf einer Bühne zu stehen.

»Sollen wir die Lampen herunterdrehen?«

»Nein. Ich habe lange hierauf gewartet.« Er lächelte. »Ich will dich in voller Pracht sehen.«

Alice fühlte sich unbehaglich, aber sie begann, ihr Hochzeitskleid auszuziehen. Die Zofe half ihr, das Korsett aufzuschnüren und mehrere Schichten Unterröcke zu entfernen. Alice war sich nur zu deutlich bewusst, dass Vernon sie beobachtete. Seine Atmung beschleunigte sich immer mehr, während sie sich ihrer Kleider entledigte.

»Reich mir mein Nachthemd«, bat sie das Mädchen.

»Nein, zieh alles aus«, sagte Vernon.

Das machte Alice sehr verlegen. »Du kannst gehen«, entließ sie die Zofe, »ich komme jetzt allein zurecht.«

Als das Mädchen sich zurückgezogen hatte, stieg Alice eilig aus ihrem Unterhemd. Schließlich stand sie nackt vor ihm. Er betrachtete sie und leerte dann sein Glas. Sie trat aufs Bett zu und schlug die Decke zurück.

»Nein«, stieß er heiser hervor, »leg dich darauf. Ich will jedes bisschen von dir sehen, während wir unsere Ehe vollziehen.«

Unbeholfen zog er seine eigenen Kleider aus. Alice sah sofort, dass er bereits erregt war. Er setzte sich rittlings auf sie.

»Bitte küss mich erst«, sagte sie.

Er bedeckte ihren Mund mit seinem und saugte an ihren Lippen. Er küsste sie und knabberte sich an ihrem Gesicht und dann an ihrem Hals hinab. Endlich spürte sie, wie Begehren in ihr aufkeimte. Dann biss er sie plötzlich in die Brust. Alice schrie vor Schmerz auf, aber er brachte sie rasch mit einem weiteren feuchten, erstickenden Kuss auf den Mund zum Schweigen. Er knetete ihre Brüste. Dann schob er sich zwischen ihre Oberschenkel und drang in sie ein. Alice stöhnte vor Schmerz auf. Gleich darauf war es vorbei. Mit einem Grunzen der Befriedigung wälzte Vernon sich von ihr, ließ sich auf den Rücken sinken und warf einen Arm über sie. Wenige Augenblicke später schnarchte er.

Sie lag schockiert da. Ihr Körper pochte. Sie spürte, wie sein klebriger Samen auf ihr gerann. Er lag wie ein griechischer Gott da, sein blondes Haar zerzaust, seine kräftigen Gliedmaßen breit auf dem Bett ausgestreckt. Alle Vorfreude, die sie seit Wochen darauf empfunden hatte, bei einem Mann zu liegen und wieder süße Intimität zu erleben, verwelkte in diesem Augenblick.

Alice stand auf und ging zum Waschtisch. Sie wusch sich, trocknete sich ab und zog ihr Nachthemd über. Dann schlüpfte sie zitternd unter die Bettdecke und bemühte sich, nicht zu weinen. Das hier war nur die erste Nacht; es würde besser werden. Alice kniff die Augen zu und versuchte, den Gedanken zu verscheuchen, dass sie einen schrecklichen Fehler begangen hatte, als sie ihre Freiheit für diesen Mann aufgegeben hatte.

Kapitel 24

»Ihr gebt die besten Partys in Simla«, sagte Emily zu Alice. »Es ist so schön zu sehen, dass du wieder Spaß hast.«

Sie tranken Tee im Garten von Arden House. Alexander saß auf einer Schaukel, die in einem Baum hing. Vernon hatte sie für den Jungen gebaut. Einer der vielen *malis*, die für sie arbeiteten, schob die Schaukel an.

»Hoch! Höher!«, rief Alexander immer wieder. »Mach du es, Tante Alice!«

Alice' Kopf pochte. Sie war zu erschöpft, um aufzustehen und mit dem Jungen zu spielen. Die letzte Dinnerparty hatte bis vier Uhr morgens gedauert. Bevor sie das Bewusstsein verloren hatte, hatte sie noch mitbekommen, wie Charlie Nairn und Vernon mit nacktem Oberkörper auf dem Tisch im Armdrücken gegeneinander angetreten waren. Zum Glück waren die Aytons und ihre anderen verheirateten Freunde zu dem Zeitpunkt schon längst fort gewesen.

»Gleich, Alexander«, sagte sie und lehnte sich in dem Korbsessel zurück.

»Du bekommst wohl nicht viel Schlaf?«, fragte Emily grinsend.

»Nein«, gestand Alice.

»Du Glückliche«, erwiderte Emily.

Alice schloss die Augen, während Emily über ein paar Neuankömmlinge aus den Ebenen tratschte und sich fragte, ob darunter wohl eine gute Partie für Helen sein würde. Colin MacRae war zu seinem Regiment zurückgekehrt, ohne auch nur das geringste Interesse an Sandys Schwester zu zeigen.

Alice fragte sich, wie viel länger sie noch in der Lage sein würde, so zu tun, als wäre sie glücklich mit Vernon verheiratet. Es war der seltsamste Monat ihres Lebens gewesen. Nach außen hin war Vernon immer noch derselbe charmante, gut aussehende Kavalleriecaptain, der sie umworben hatte. Sie waren bei seinesgleichen beliebt, besuchten so viele Feste, wie sie konnten, und nahmen immer alle Einladungen der Edens nach Auckland House ein.

Sie besuchten eine endlose Reihe von Dinnerpartys, Picknicks und Bällen; sie sahen sich Pferderennen und Wettbewerbe im Bogenschießen an. Wenn Alice sagte, dass sie zu müde war, um an einer Veranstaltung teilzunehmen, ging Vernon dennoch allein hin und kam betrunken zurückgewankt, wenn das Licht der Morgendämmerung über die Bäume drang. Die Dinnerpartys, vor denen Alice sich am meisten fürchtete, waren diejenigen, die sie selbst in Arden House gaben. Es waren lange, ausschweifende Feste, bei denen ganze Kisten Champagner und Wein getrunken wurden, dazu noch Portwein, Brandy und Whisky.

Manchmal, wenn nur noch ein paar von Vernons Junggesellenfreunden übrig waren, wurden Wasserpfeifen hervorgeholt. Dann rauchten sie etwas Starkes, das durchdringend roch und sie alle kichernd und enthemmt werden ließ. Vernon zwang auch Alice dazu, zu rauchen. Einmal endete die Feier mit einem Auftritt von Tänzerinnen, die Charlie Nairn irgendwie aus der Nacht herbeigezaubert hatte. Alice war gezwungen worden, sich auch das anzusehen.

Aber sie beklagte sich nicht. Verzögerungen und Rausch waren immer noch besser als das, was kam, nachdem ihre Gäste nach Hause getorkelt waren. Alice stellte fest, dass es ihr half, beschwipst zu sein oder unter Drogeneinfluss zu stehen, um die Tortur im Schlafzimmer zu ertragen.

Vernon hatte seine Rituale. Er mochte es, wenn Alice sich als *nautch*-Mädchen verkleidete, und kaufte ihr Schleier, Pluderhosen und Fußkettchen, damit sie darin tanzte, bevor sie sich vor ihm entkleidete. Sie tat das nur, wenn sie sehr betrunken war, und so drängte ihr Mann ihr den ganzen Abend über ständig Alkohol auf.

Er war beim Liebesspiel grob; sie war von Bisswunden und purpurroten Flecken übersät, weil er so stark an ihrer Haut gesaugt hatte, dass sie Blutergüsse bekam. Alice musste Kleider tragen, die ihre Brust und ihre Arme bedeckten. Manchmal trug sie ein Tuch um den Hals, um die Spuren zu verbergen, die er hinterließ.

Vernon hatte gelacht, als sie sich darüber beschwert hatte. »Die zeigen doch nur, wie leidenschaftlich ich dich liebe.«

Er war immer schnell erregt und genauso rasch befriedigt, während sie frustriert und den Tränen nah zurückblieb, weil er nicht einmal versuchte, ihr Lust zu schenken. Während sie wach lag und ihr Kopf und ihr Körper pochten, sehnte sie sich danach, dass er einfach die Arme um sie legen und sie liebevoll küssen würde.

Aber Vernon schien den Beischlaf als Wettstreit zu betrachten. Er feuerte sie an, ihn ihrerseits zu beißen und zu kratzen. Sie rangen auf dem Bett miteinander, während er schrie: »Du bist ein wahres Luder! Komm schon, meine Wildkatze!«

Einmal, als sie berauscht von dem war, was sie in der Wasserpfeife geraucht hatten, zerkratzte sie ihm das Gesicht und biss ihn so heftig in die Unterlippe, dass diese blutete. Aber es fühlte sich nicht an, als ob sie wirklich bei diesem Kampf mit Vernon dabei war. Es war, als würde sie sich selbst und Vernon von jenseits des Betts aus beobachten und sehen, wie ihre Wut auf ihn in Lust überging. In der Nacht überwältigte sie ihn, drückte ihn mit einer Kraft, von der sie nicht einmal geahnt hatte, dass sie darüber verfügte, aufs Bett, während er vor Alkohol und Drogen schon fast bewusstlos war. Alice warf ihm Kraftausdrücke an den Kopf und befahl ihm, sie zu befriedigen.

Am Morgen schämte sie sich zutiefst für ihr liederliches Verhalten und fragte sich, was die Diener wohl von dem Krach und Gebrüll gehalten hatten. Vernon berührte seine geschwollenen Lippen und seine zerkratzte Wange. Er lächelte, als trüge er Kriegsnarben. Alice war sich sicher, dass er seinen Junggesellenfreunden gegenüber mit seiner enthemmten Ehefrau prahlte, denn als sie ihnen das nächste Mal begegnete, bedachten sie sie mit wissenden Blicken.

Alice war dankbar, dass Miss Wallace' Schule über den Sommer geschlossen war. Sie hatte ganz gewiss nicht die Energie, jetzt zu unterrichten. Ihr Selbstekel und ihr Abscheu vor ihrem Mann waren den ganzen Monat über immer weiter gewachsen. Sie ging Miss Wallace und den Familien der Mädchen, die sie unterrichtet hatte, aus dem Weg und fragte sich, ob sie im September in der Lage sein würde, ihnen allen, ohne rot zu werden, ins Gesicht zu schauen. Sie war in Versuchung, Emily ihre unglückliche Situation anzuvertrauen, aber sie schämte sich zu sehr. Sie wollte es nicht riskieren, Emilys Freundschaft zu verlieren, und befürchtete, dass die freundlichen Aytons schlüpfrigen Klatsch über sie zu hören bekommen würden.

Alice staunte darüber, dass Vernon noch genügend Ausdauer für seine Arbeit im Stab des Generalgouverneurs hatte, obwohl er so wenig Schlaf fand und so viel trank, aber er schien damit blendend zurechtzukommen.

Wenn er nach Hause kam, redete er mehrfach aufgeregt davon, dass eine britische Invasion in Afghanistan immer wahrscheinlicher wurde.

»Ich glaube, Auckland ist fast schon überzeugt«, sagte Vernon. »Wir werden Dost Mohammed eine blutige Nase verpassen und Schah Schudscha wieder auf den Thron setzen.«

»Wollen die Afghanen das denn?«, fragte Alice.

Vernon sah sie überrascht an. »Genug von ihnen, die eine Rolle spielen, wollen es. Schah Schudscha verfügt im Land über starke Unterstützung. Auf alle Fälle«, setzte er angriffslustig hinzu, »kommt es doch vor allem darauf an, dass die Briten es wollen. Wir tun es für den Frieden und die Sicherheit der ganzen Region.«

Als der August sich dem Ende zuneigte, wurden die Rufe nach einem Krieg unter Aucklands jungen Stabsoffizieren immer lauter, bis die Sache unaufhaltsam ein Eigenleben zu entwickeln schien. Der Generalgouverneur schwankte aber immer noch und wirkte gelähmt vor Unentschlossenheit. Der Vorstand der East India Company schickte panische Nachrichten an Auckland, sich ja nicht auf ein solch riskantes und kostspieliges Abenteuer einzulassen.

»Sie sind ein Haufen Feiglinge«, sagte Vernon hämisch. »Alles, woran sie denken können, ist ihr kostbares Geld. Sie wollen nicht für die Invasion bezahlen, obwohl die im britischen Interesse liegt.«

»Nun, ich kann ihre Sichtweise nachvollziehen«, erwiderte Alice. »Eine Armee zu schicken, die groß genug ist, ein fremdes Land zu erobern, wird ein Vermögen kosten.«

»Das Säckel der Company ist prall gefüllt; sie kann es sich leisten.«

Alice verbiss sich die Antwort, dass ihr eigenes privates Säckel nicht mehr so prall gefüllt war. Vernon warf das Geld – ihr Geld – mit vollen Händen zum Fenster hinaus. All seine verschwenderischen Feiern musste sie bezahlen. Sie hatte geglaubt, er wäre selbst reich, aber es hatte sich herausgestellt, dass er bei Familie und Freunden schwer verschuldet war. Sein Vater, der seinen extravaganten Lebensstil nicht billigte, hatte sich geweigert, ihm mehr als ein geringes Taschengeld zu zahlen. Alice hatte ihr Eheleben damit begonnen, Vernons Schulden zu begleichen. Jetzt sprach Vernon schon davon, dass sie den Witwensitz in Tolland Park verkaufen sollten, um die kommende Saison in Kalkutta finanzieren zu können.

Insgeheim begann Alice zu hoffen, dass Vernon, falls die Invasion stattfand, dazu abkommandiert werden würde; dann würde er gezwungen sein, ein sparsameres Leben zu führen, und sie hätte für einige Zeit ihre Ruhe von ihm.

* * *

»Findest du also, dass ich Captain Nairn ermuntern sollte, Helen den Hof zu machen?«, fragte Emily.

Alice wurde klar, dass sie kein einziges Wort von dem mitbekommen hatte, was ihre Freundin in der letzten Viertelstunde gesagt hatte.

»Nein, das finde ich nicht«, antwortete Alice und setzte sich aufrechter hin. »Er ist ein fürchterlicher Schürzenjäger.« Sie presste sich die Finger an die pochenden Schläfen.

»Geht es dir gut?«, fragte Emily.

»Glaubst du, dass wir wirklich in Afghanistan einfallen werden?«, platzte Alice heraus.

»Wie kommst du denn jetzt darauf?«

»Die Männer reden über nichts anderes mehr«, erwiderte Alice.

Emilys hübsches Gesicht legte sich plötzlich in Sorgenfalten. »Sandy glaubt, dass wir es tun werden.«

»Das wäre doch gewiss der schiere Wahnsinn?«

»Du darfst dir keine Sorgen um Vernon machen«, sagte Emily. »Er und Sandy werden höchstwahrscheinlich nicht dorthin geschickt. Auckland wird die besten Männer bei seinem Stab hier in Indien behalten wollen.«

Alice seufzte. »Ja, das wird er bestimmt.«

* * *

Mitte September war schon allgemein bekannt, dass Auckland den Befehl zu einem Vorstoß nach Afghanistan erteilen würde. Fiebrige Erregung bemächtigte sich der Briten in Simla, während sie darauf warteten zu hören, welche Brigaden und Stabsoffiziere für den Feldzug ausgewählt werden würden. Die Information sickerte durch, dass drei Streitmächte gebildet werden sollten: eine bengalische Armee, eine Bombay-Armee und eine dritte Armee, die von dem alternden, im Exil lebenden Schah Schudscha angeführt werden würde.

Vernon gab zur Feier des Tages ein Fest und prahlte damit, dass er damit rechnete, unter den Elitesoldaten zu sein, die ausgewählt wurden. In Arden House und in seinem Garten wimmelte es von Offizieren, ihren Frauen und Angehörigen. Sie stießen auf den Erfolg des Feldzugs an. Es wurde geschlemmt und getanzt. Ein Feuerwerk wurde abgebrannt, und es wurde bis spät in die Nacht getrunken.

Niemand bemerkte, dass Alice sich an den Rand des Gartens zurückzog und sich unter einen *deodar*-Baum setzte, um das ausgelassene Fest von Weitem zu beobachten. Vernon schäkerte gerade mit einer Gruppe junger, unverheirateter Frauen, aber das machte ihr nichts aus. Sie sprach kaum noch mit ihm. Sie hatten sich die ganze Woche darüber gestritten, weil sie wieder an der Mädchenschule unterrichten wollte. Alice war schockiert über seine Verachtung gegenüber den Einheimischen gewesen.

»Warum willst du dich weiterhin mit diesen elenden Heidinnen abplagen?«

»Ich dachte, du bewunderst meine Arbeit an der Schule?«

»Für eine Witwe war es ja vielleicht ganz angemessen, so etwas zu tun. Aber jetzt bist du die Frau eines Kavallerieoffiziers, und solche Arbeit ist unter deiner Würde.«

»Sei nicht so eingebildet«, hatte Alice entgegnet.

Er hatte sie an den Armen gepackt und geschüttelt. »Wage es ja nicht, so mit mir zu sprechen! Du wirst in dieser Sache tun, was ich sage.«

Alice war entschlossen gewesen, nicht klein beizugeben, aber als sie trotzig doch zur Schule gegangen war, hatte Miss Wallace sie fortgeschickt.

»Captain Buckley hat deutlich gemacht, dass Sie nicht mehr hier unterrichten dürfen.«

Alice wusste nicht, ob die Situation ihr oder Miss Wallace peinlicher gewesen war. Sie fragte sich, welche Drohungen Vernon der gutherzigen Frau gegenüber ausgestoßen hatte.

»Ich werde eine Spende schicken«, hatte Alice versprochen.

Während sie jetzt im Schatten saß, wurde Alice bei der Erinnerung immer noch fuchsteufelswild. Sie betete um zwei Dinge: dass Vernon nach Afghanistan geschickt werden würde und dass sie schwanger werden würde, bevor er abreiste.

* * *

Am ersten Oktober gab Generalgouverneur Auckland in Simla eine Verlautbarung heraus: Die Macht Dost Mohammeds und seines Stammes, der Baraksai, in Afghanistan sollte gebrochen werden, und der rechtmäßige Emir, Schah Schudscha aus dem Königshaus der Sadozi, sollte den Thron seiner Ahnen zurückerhalten. Dost Mohammed hatte den Thron durch seinen unprovozierten Angriff auf Ranjit Singh und seine Sikhs 1836 und seine Intrigen mit den Russen und Persern verwirkt. Die Briten würden Schah Schudscha nach Kabul eskortieren und ihn mit seinen treuen Untertanen wiedervereinen. Die Perser, die Herat bedrohten, würden zurückgedrängt werden. Wenn die Einheit und der Wohlstand der afghanischen Völkerschaften wiederhergestellt waren, würden die Briten sich rasch aus Afghanistan zurückziehen und es seinen eigenen Leuten überlassen, darüber zu herrschen.

Der Generalgouverneur schob seine Rückkehr nach Kalkutta hinaus. Es ging das Gerücht, dass er nicht gern seinen älteren Ratgebern gegenübertreten wollte, die ihn vor einem militärischen Eingreifen warnten. Offiziell wurde der Grund angegeben, dass er näher am Kriegsschauplatz bleiben wollte, um Befehle an die Armee zu erteilen, die in den Ebenen unterhalb von Simla, an den Ufern der Flüsse Satluj und Indus zusammengezogen werden sollte.

Emily war in einem Zustand äußerster Besorgnis.

»Sandy hat den Befehl erhalten, sich Macnaghtens Stab anzuschließen«, erzählte sie Alice. »Erinnerst du dich aus der letzten Saison an ihn? Er ist ein liebenswürdiger Mensch, aber seine Frau ist etwas gewöhnlich.«

»Sei nicht so gemein«, tadelte Sandy Emily.

»Nun ja, sie stammt aus einfachen Verhältnissen, das ist alles, was ich meine«, sagte Emily, »aber sie trägt die Nase ziemlich hoch.«

»Was wird Macnaghten tun?«, fragte Alice.

»Er ist der neu ernannte Gesandte, der unterstützt von Lieutenant Colonel Burnes nach Kabul gehen soll«, erklärte Sandy. »Er soll den Weg für Schah Schudscha ebnen – so etwas in der Art. Eine rein diplomatische Angelegenheit, also besteht kein Anlass, sich Sorgen zu machen, dass ich in die Schusslinie gerate.« Er lächelte seine Frau in dem Versuch an, ihre Ängste zu zerstreuen.

»Bestimmt werden sie Macnaghten dafür, dass er dorthin geht, zum Ritter schlagen«, vermutete Emily. »Dann wird Mrs Macnaghten uns gegenüber noch herrischer auftreten.«

»Meintest du nicht Lady Macnaghten?«, sagte Alice augenzwinkernd.

* * *

Als Vernon an einem kühlen Oktobertag nach Hause kam, fand er Alice im Schlafzimmer, wo sie sich übergab.

»Warst du heute schon früh am Champagner?«, neckte er sie.

Alice richtete sich von der Porzellanwaschschüssel auf, über die sie sich gebeugt hatte, wischte sich den Mund ab und legte sich aufs Bett.

Er runzelte die Stirn. »Bist du krank?«

Alice sah ihn an. »Ich erwarte ein Kind.«

Er kam auf das Bett zu und musterte sie. »Bist du dir sicher?«

»Ja.«

Er ergriff ihre Hand und küsste sie. »Das ist wunderbar!«

»Freust du dich?«, fragte Alice.

»Natürlich.« Er lächelte. »Mein ganz eigener Sohn und Erbe!«

»Es ist noch früh«, warnte Alice ihn. »Ich habe schon Babys verloren …«

»Dieses hier nicht«, sagte Vernon und drückte ihre Hand. »Die Buckleys sind aus härterem Holz geschnitzt als die Gillverays.«

Er beugte sich vor und küsste sie auf die Stirn. Es war die erste zärtliche Geste, die er ihr seit Wochen erwies.

»Warte nur, bis mein Vater das erfährt. Dann wird er mich nicht mehr so abfällig behandeln, nicht wahr?«

Mitleid mit ihrem Mann überkam Alice. Was Vernon sich auf der Welt am meisten wünschte, war, dass sein strenger Vater ihm Anerkennung zollte. Wann immer er sie nicht bekam, benahm Vernon sich noch schlimmer als sonst.

Von da an verhielt sich Vernon rücksichtsvoller Alice gegenüber, fasste sie mit Samthandschuhen an und achtete darauf, dass sie sich ausruhte. Er zwang sie nicht mehr, an seinen ausgelassenen Feiern teilzunehmen. Zunächst fühlte sie sich so unwohl, dass sie kein Essen bei sich behalten konnte, aber nach und nach ließ die Übelkeit nach. Sie entwickelte einen Heißhunger auf Süßes, und so bestellte er für sie klebrige *jelabies* aus dem Basar und ließ den Koch zuckrigen Reispudding für sie zubereiten.

Zu ihrer großen Erleichterung ließ Vernon sie im Ehebett in Ruhe. Manchmal streckte er sich neben ihr aus und strich mit einer Hand sanft, fast ehrfürchtig an den Kurven ihres Körpers entlang. Aber er setzte sie nie unter Druck, mit ihm zu schlafen.

»Wir werden ihn Richard nennen, nach meinem Vater«, sagte Vernon. »Das sollte den alten Tyrannen freuen.«

»Und was, wenn es ein Mädchen ist?«, fragte Alice.

»Das wird es schon nicht.«

»Nur für alle Fälle sollten wir einen Namen auswählen. Wie heißt deine Mutter?«

»Charlotte.«

»Genau wie meine Mutter!«, rief Alice.

»Wage es nicht, die beiden in einem Atemzug zu nennen!« Vernon klang verächtlich. »Meine Mutter hat nicht mit einem ausländischen Seemann herumgehurt und ihr Gör im Stich gelassen.«

Alice zuckte angesichts seiner unerwarteten Grausamkeit zusammen. Wie sie es doch bereute, Vernon alles über ihre Geburt anvertraut zu haben, als sie betrunken gewesen war!

Sie hatte damit nur die Gerüchte bestätigt, die er schon gehört hatte.

»Aber du bist nicht wie deine Mutter«, fuhr Vernon fort, ohne zu bemerken, dass seine Worte sie zutiefst getroffen hatten. »Ich habe dich mit Alexander gesehen. Du wirst meinem Kind eine wunderbare und liebende Mutter sein.«

* * *

Die Ehe trat in eine ruhige Phase. Vernon verhielt sich Alice gegenüber liebevoll und besitzergreifend. In ihr regte sich Optimismus, dass ihre gemeinsame Zukunft glücklich sein könnte. Er würde ein liebender Vater sein und lernen, seine ausufernden Gelüste zu zügeln; er war ja jetzt schon ein rücksichtsvollerer Ehemann. Es ging das Gerücht, dass der ganze afghanische Feldzug vielleicht abgeblasen werden würde, weil die Perser, die eine Bedrohung im Westen dargestellt hatten, sich zurückgezogen hatten.

»Jetzt gibt es keinen militärischen Grund mehr für uns, in Afghanistan einzufallen«, sagte Sandy fröhlich.

»Das wäre ja solch eine Erleichterung!«, rief Emily.

Deshalb reagierte Alice erschrocken auf das, was Vernon ihr Anfang November verkündete.

»Ich bin doch noch in den Dienst an der Front berufen worden«, sagte er mit glänzenden Augen. »Kavalleriebrigade unter Colonel Arnold. Bengalische Armee. Ich muss mich spätestens Ende des Monats in Firozpur melden.«

»Aber ich dachte, die Invasion sollte abgeblasen werden?«, erwiderte Alice.

»Keineswegs«, sagte Vernon. »Vielleicht wird sie in etwas geringerem Umfang stattfinden, aber es ist immer noch nötig, dass wir in Kabul einen Herrscher auf den Thron setzen, der den Briten wohlgesonnen ist.«

»Aber warum musst du mit? Auckland braucht dich doch hier, nicht wahr?«

»Er lässt mich gehen«, sagte Vernon. »Er weiß, wie viel mir daran liegt, meinen Teil beizutragen.«

»Also hast du ihn um Erlaubnis angefleht? Wie konntest du das jetzt noch tun, da du doch von dem Baby weißt?«

Vernon wirkte ungeduldig. »Ich kann nicht aufhören, Soldat zu sein. Es ist meine Pflicht, mitzukämpfen.«

Eine Welle der Enttäuschung brach über Alice herein. Sie wusste, dass ihn nicht die Pflicht antrieb, sondern der Nervenkitzel, an einem Feldzug teilzunehmen. Er war voller Vorfreude, weil er dabei sein sollte. Das häusliche Leben war ihm zu langweilig.

»Ich will nicht, dass du gehst«, sagte Alice, und plötzlich stiegen ihr die Tränen in die Augen. Sie hatte derzeit nah am Wasser gebaut.

Vernon setzte sich neben sie und legte ihr einen Arm um die Schultern. »Und ich will dich nicht verlassen.« Er küsste sie von oben auf den Kopf. »Aber es wird alles bald vorbei sein. Sobald der Schnee schmilzt, marschieren wir auf Kabul. Dann wird bis zum Frühling alles unter Dach und Fach sein. Ich wette, ich werde rechtzeitig zur Geburt wieder zu Hause sein.«

* * *

Eine Woche später brachen Vernon und Sandy mit einem großen Tross aus Lasttieren und Trägern auf.

»Trockne deine Tränen und küss mich«, sagte Vernon am Morgen der Abreise zu Alice.

Er gab ihr einen ausgiebigen Kuss und berührte ihren Bauch. »Pass auf meinen Sohn auf. Ich habe Emily angewiesen, dich im Auge zu behalten und dich nichts tun zu lassen, was du nicht tun solltest.«

»Das muss man mir nicht erst sagen«, erwiderte Alice mit einem schiefen Lächeln. »Du musst aber auch auf dich aufpassen. Versprichst du mir, dass du nichts Leichtsinniges unternimmst? Ich will nicht, dass dieses Kind ohne Vater aufwächst.«

»Das wird der Kleine nicht. Das verspreche ich dir.« Vernon zog sie für einen letzten Kuss an sich – einen heftigeren, nach dem ihre Lippen sich anfühlten, als hätte sie Blutergüsse dort.

Emily und Alice winkten ihren Männern nach.

In den nächsten paar Tagen leisteten sie einander Gesellschaft und verwöhnten Alexander, während sie versuchten, ihre Beunruhigung und Traurigkeit zu verbergen. Sie hatten beschlossen, in Simla zu überwintern, falls es noch eine Gelegenheit gab, zu ihren Männern zu stoßen, bevor diese nach Afghanistan aufbrachen.

Alice war überrascht davon, wie sehr sie Vernon vermisste. Noch vor zwei Monaten hätte sie ihn gern von hinten gesehen. Aber er hatte eine liebevolle und fürsorgliche Seite erkennen lassen, seit er erfahren hatte, dass sie schwanger war. Als Familienvater zur Ruhe zu kommen, würde ihn heranreifen lassen; Vernon lernte gerade etwas über Verantwortung und die Liebe zu anderen Menschen als sich selbst.

Als Weihnachten kam, wartete Alice immer noch auf Post von Vernon. Emily bekam Briefe von Sandy über die außergewöhnlichen Sehenswürdigkeiten von Firozpur, den Pomp und die Prachtentfaltung, die ihr Verbündeter Ranjit Singh für die britische Armee an den Tag legte, die an seiner Grenze kampierte.

»*Purpurne und goldene Zelte*«, las Emily laut vor, »*Salutschüsse und Elefantenparaden. Wir haben den Fluss überquert, um die Sikhs bei Militärübungen zu beobachten. Sie trugen alle prächtige scharlachrote und gelbe Uniformen mit Kettenhemden und*

Stahlhelmen und ritten auf Hengsten. Sie haben von französischen Ausbildern sehr effektive Taktiken gelernt. Leider war die Abendunterhaltung weitaus ungehöriger. Der alte Ranjit Singh scheint zu viel für Tänzerinnen übrigzuhaben. Es gehört sich aber nicht, seine Vorlieben zu kritisieren, und so müssen wir diesbezüglich Stillschweigen wahren.«

Emily runzelte die Stirn. »Tänzerinnen – das hört sich nicht gut an, findest du nicht auch?«

Eine dunkle Ahnung beschlich Alice. Sie wünschte, sie könnte aus ihrem Gedächtnis löschen, wie sie damals gezwungen worden war, sich das Herumtollen der *nautch*-Mädchen mit Vernons Junggesellenfreunden anzusehen. Die Mädchen waren kaum älter gewesen als die Kinder, die sie unterrichtet hatte. Miss Wallace hatte die Schule gegründet, um den einheimischen Mädchen eine Alternative zu solch einer Ausbeutung zu bieten. Wie hatte Alice nur so etwas in ihrem eigenen Haus zulassen können? Eine Welle der Beschämung brach über sie herein. Und was sie nicht alles betrunken getan hatte, um ihrem genauso betrunkenen Mann eine Freude zu machen …

Alice versuchte, die Erinnerung daran zu verdrängen. Sie würde nie mehr zulassen, dass ihre Sinne so außer Kontrolle gerieten.

Als sie schon dachte, dass sie gar nichts mehr von Vernon hören würde, traf ein Paket mit einer Auswahl teurer Weihnachtsgeschenke ein: einem pfauenblauen Schal, einer goldenen Halskette mit einem Medaillon, einem Saphirring und einem Tigerfell als Kaminvorleger für das Wohnzimmer.

»Vernon weiß, wie man eine Frau verwöhnt«, stellte Emily neidisch fest. »Alles, was ich von Sandy bekommen habe, war ein grellbuntes Schmuckkästchen aus Pappmaschee.«

Alice behielt für sich, dass sie diejenige war, die für Vernons Verschwendungssucht aufkam.

»Aber er schreibt dir so reizende Briefe«, hob sie hervor. »Ich würde all diese Geschenke gegen richtige Neuigkeiten eintauschen.«

Eine Woche später spürte sie die ersten aufregenden Bewegungen in ihrem Bauch. Sie konnte nichts gegen die leichtfertige Art ihres Mannes unternehmen, aber wenigstens hatte Vernon ihr dieses Kind geschenkt, das sie in sich trug – und dafür würde sie ihm viel verzeihen.

Kapitel 25

Simla, Mai 1839

Alice' Baby drängte an einem warmen, sonnigen Tag im Mai auf die Welt und schrie durchdringend. Emily war bei ihr.

Alice versuchte, sich aufzusetzen. Sie keuchte und schwitzte vor Anstrengung. Die Geburt hatte die ganze Nacht gedauert.

»Lassen Sie es mich sehen! Geht es dem Kind gut?«

Der Arzt – Vernon hatte darauf bestanden, dass einer bei der Geburt dabei sein musste – lächelte und sagte: »Gut gemacht, Mrs Buckley. Dem Baby geht es hervorragend.«

Er schnitt die Nabelschnur durch, und das Baby wurde gewaschen und in ein Baumwolltuch gehüllt.

»Was für ein süßes Kind!«, sagte Emily unter Tränen und reichte ihrer Freundin das schreiende Bündel.

Alice hielt triumphierend und staunend zugleich ihr Baby fest. Noch nie hatte sie solch ein süßes rosiges Gesicht gesehen. Die glänzenden Augen waren geöffnet, und das Baby versuchte schon, sie auf sie zu richten.

»Hallo, mein hübscher Junge! Da wird dein Daddy sich aber freuen …«

»Es ist kein Junge«, korrigierte Emily. »Du hast eine Tochter. Was hast du doch für ein Glück! Sandy und ich wünschen uns so sehr ein Mädchen. Ich bin ganz eifersüchtig, dass du dieses entzückende kleine Ding bekommen hast.«

Alice starrte das Baby verwirrt an. Sie war sich so sicher gewesen, dass es ein Junge werden würde; Vernons Überzeugung, dass er einen Sohn haben würde, musste sie angesteckt haben. Die ganze Schwangerschaft hindurch war sie, wenn sie die ungestümen Tritte in ihrem Bauch gespürt hatte, überzeugt gewesen, dass es ein Junge war. Wie oft hatte sie Vernon geschrieben und ihm das gesagt? Die einzigen beiden Briefe, die sie in sechs Monaten von ihm erhalten hatte – zwei kurze Nachrichten –, waren ganz von seiner Vorfreude auf ihren Sohn erfüllt gewesen. Er hatte geschrieben, dass er dem Kleinen das Reiten beibringen würde, sobald er laufen konnte.

Alice kam nicht gegen ihre Enttäuschung an. Plötzlich war ihr übel. Sie hatte versagt. Vernon würde sich ärgern, wenn er erfuhr, dass es nur ein Mädchen war. Tränen quollen ihr aus den müden Augen.

»Vernon wollte unbedingt einen Jungen«, brachte sie hervor, vollkommen erschöpft.

Emily streichelte dem Baby die Wange. »Alice!«, sagte sie tadelnd. »Du weißt, wie es ist, ein Kind zu verlieren. Also weißt du doch auch, wie kostbar dieses hier ist. Es spielt keine Rolle, ob es ein Junge oder ein Mädchen ist. Sie ist am Leben und gesund. Darauf kommt es doch wohl an?«

Alice fühlte einen Anflug von Beschämung. Die arme Emily hatte auch erleben müssen, wie es war, eine Fehlgeburt zu haben und sich nach einer neuen Schwangerschaft zu sehnen. »Ja, du hast recht.« Sie sah sich das Baby genauer an. Es hatte zu weinen aufgehört. Jetzt öffnete es den kleinen, knospengleichen Mund und schloss ihn wieder, als wollte es sprechen.

»Sie will zum ersten Mal gestillt werden«, erklärte Emily lächelnd.

Alice fragte: »Zeigst du mir, wie man das macht?«

»Natürlich.«

»Danke«, sagte Alice dankbar. »Ich weiß nicht, was ich ohne dich täte, Emily Ayton.«

* * *

Mit jedem Tag liebte Alice ihre Tochter mehr. Sie nannte sie Charlotte nach den beiden Großmüttern des Babys und schrieb Vernons Eltern, um ihnen das mitzuteilen. Es ließ sie erkennen, wie sehr sie ihren eigenen Papa und die Mutter, die sie nie gekannt hatte, vermisste. Wie gut wäre es gewesen, ihnen die Nachricht mitteilen zu können. Ihr Papa wäre entzückt über seine neugeborene Enkelin gewesen, da war sie sich sicher.

Stattdessen schrieb Alice den Browns. Lange Zeit hatte sie ihnen gegrollt, weil sie die Wahrheit über ihre Geburt vor ihr geheim gehalten hatten; der Schock, davon zu erfahren, hatte dazu geführt, dass sie sich entfremdet hatten. Aber jetzt, da sie selbst Mutter war und innige Liebe und Beschützerdrang ihrem Kind gegenüber empfand, verstand Alice, wie sehr die Browns sie geliebt hatten. Effie hatte sich zwar oft aufgeregt und geschimpft, aber noch häufiger war sie freundlich gewesen. Wie oft musste Alice ihre Geduld auf die Probe gestellt haben! Arnold hatte in ihr die Liebe zum Lernen und zur Natur geweckt; er hatte sie seinen eigenen Söhnen gegenüber bevorzugt und ihr tiefe Zuneigung entgegengebracht.

Also schrieb Alice ihnen einen liebevollen Brief, erzählte ihnen von der kleinen Charlotte und schickte ihnen ein Löckchen vom blonden Haarflaum des Babys.

»Ich bin verrückt vor Liebe zu diesem winzigen Wesen«, sagte Alice zu Emily, während sie ihre Tochter bestaunte. »Alles, was sie tut, entzückt mich. Sogar die halbe Nacht von ihr wach gehalten zu werden, weil sie oft verlangt, gestillt zu werden, kommt mir nicht wie eine Zumutung vor.«

»So winzig ist sie gar nicht mehr.« Emily lachte. »Sieh doch, wie rundlich sie wird. Das blühende Leben.«

»Ich weiß. Ist sie nicht niedlich?« Alice lächelte, hob das Baby hoch und überschüttete sein Gesicht mit Küssen. Charlotte gluckste vor Vergnügen.

Alice seufzte. »Ich wünschte nur, ich wüsste, ob Vernon meine Nachricht erhalten hat. Lotty ist schon fast zwei Monate alt. Er hatte gehofft, bis zur Geburt zurück zu sein.«

»Dazu wäre es nie gekommen«, sagte Emily, »da doch alles durch den Winter derart in Verzug geraten ist. Aber wenigstens kommen sie jetzt voran. Du wirst bald von Vernon hören, da bin ich mir sicher.«

Kurz nach Charlottes Geburt war die Nachricht eingetroffen, dass die britischen Streitkräfte die Stadt Kandahar irgendwo im Süden von Afghanistan erreicht hatten. Sandys neuester Brief, den er im April geschrieben hatte, war von dort gekommen. Er hatte auf Widerstand an den Bergpässen zwischen Quetta und Kandahar angespielt, aber vor allem hatte er lustige Bemerkungen gemacht, etwa die, dass Schah Schudscha auf königliche Salutschüsse bestanden hatte, die Panik im Tross ausgelöst und Kamele in die Flucht geschlagen hatten.

Beide Frauen wussten, dass Sandy ihnen viel verschwieg, denn sie hatten die Gespräche in anderen Wohnzimmern in Simla gehört.

Mrs Macnaghten, die in diesem Frühjahr zusammen mit Lady Sale, der Frau eines Brevet-Colonels vom 13th Regiment of Foot, in Simla zu ihnen gestoßen war, schien bestens informiert zu sein. Die Ruhr hatte Sales Infanterie dezimiert, Diener waren desertiert, es gab nicht genug Kamele, um all die Luxusgüter zu transportieren, die manche Offiziere unbedingt mitnehmen wollten, und die Armee wurde von dem riesigen, weit auseinandergezogenen Tross behindert.

»Mein Mann sagt ja, das ist, als wäre eine ganze Stadt unterwegs«, berichtete Frances Macnaghten. »Es bereitet einem ganz schön Kopfzerbrechen, auf dem Marsch Proviant für so viele aufzutreiben. Das sind ja nicht nur die Soldaten, wissen Sie? Da sind auch noch Tausende von Dienern und Marketendern und ihre Angehörigen. Wer hätte gedacht, dass eine Armee so viel braucht?«

Alice dachte an das Geld, das in diesem Winter geflossen war, um Vernons Ausgaben im Firozpur zu bezahlen: kistenweise Champagner und Wein, Zigarrenkästchen, Dosen mit Feinkost aus Europa. Hinzugekommen waren noch Rechnungen von Schneidern, Fleischhändlern, Flickschustern, Schmieden, Barbieren und Sattlern. Sie wusste, dass er allein zehn Kamele für seine Zeltausrüstung und seinen Proviant gemietet hatte. Ihr war der Gedanke unangenehm, dass Vernons Liebe zu seinem Besitz dazu beigetragen haben mochte, das Vorrücken der Armee zu verlangsamen.

»Einige dieser jungen Offiziere glauben, dass sie zu einem Picknick gehen«, sagte Florentia Sale mit einem trockenen Auflachen. »Sie haben sich in Indien an viel zu viel Luxus gewöhnt. Die Afghanen werden ihnen zeigen, wie man es richtig macht – sie reiten mit nur einem Gewehr und schlafen in eine Decke gewickelt.«

Alice sah plötzlich John Sinclair vor sich. Er war die Art Soldat, die mit leichtem Gepäck reiste und keinen Wert auf Komfort legte. Es verschlug ihr den Atem, wie lebhaft er vor ihrem inneren Auge stand. Was um alles in der Welt hatte sie nur an ihn denken lassen? War es all dieses Gerede über Afghanistan? Sie fragte sich, ob er noch in Kabul war und ob er für die vorrückenden Briten arbeitete.

Colin hatte gesagt, dass John gegen eine Invasion gewesen war. Aber seit Alice mit Vernon verheiratet war, hatte sie nichts mehr von Colin gehört. Sie war über seine unverblümte Reaktion auf ihre Vermählung hin gekränkt gewesen: Er hatte ihr geschrieben, dass er ihr alles Gute wünschte und hoffte, dass sie wusste, auf was für einen Mann sie sich da einließ. Alice hatte keine Ahnung, ob Colin an dem Feldzug teilnahm oder nicht.

»Sehen Sie nicht so bekümmert drein, Mrs Buckley«, sagte Florentia und tätschelte ihr die Hand. »Unsere Männer sind immer noch die besten Soldaten auf der Welt – und die bestbewaffneten. Jetzt können wir jeden Tag mit der Nachricht rechnen, dass sie Kabul eingenommen haben.«

Alice lächelte und versuchte, die lang begrabene Sehnsucht zu unterdrücken, die der Gedanke an John tief in ihrem Innern neu entfacht hatte. Sie mochte die lebhafte Florentia Sale, die mit ihrer Meinung nie hinter dem Berg hielt. Lady Sales Mann war ein altgedienter Infanteriekommandeur, der für seine Heldentaten in Burma zum Ritter geschlagen worden war und von seinen Männern voller Zuneigung *Fighting Bob* genannt wurde. Alice hatte sich mit Lady Sales Tochter Dinah angefreundet, die mit einem britischen Offizier, Johnny Sturt, verlobt war. Sowohl Florentias Mann als auch Dinahs Verlobter nahmen an dem Feldzug nach Kabul teil.

»Und dann werden wir zu ihnen stoßen können«, sagte Dinah voller Vorfreude.

»Zu ihnen stoßen?«, wiederholte Alice bestürzt. »Aber werden sie denn nicht zurückkehren, sobald der alte Emir wieder auf dem Thron sitzt?«

Florentia schüttelte den Kopf. »Das könnte mindestens ein Jahr dauern. Unsere Männer werden nicht abziehen können, bis sie sicher sind, dass Schah Schudscha fest im Sattel sitzt und im Land Ruhe herrscht.«

»Man sagt, dass die Bergluft belebend ist«, begeisterte sich Dinah. Ihr schlankes, hübsches Gesicht strahlte. »Viel gesünder als die in Indien. Ich finde, es wäre sehr schön, wenn wir uns dort oben unseren Männern anschließen könnten.«

»Das hängt davon ab, ob die Männer uns wollen, das wissen Sie doch«, sagte Frances Macnaghten. »Wenn mein William nach mir schickt, reise ich hin – aber nur, wenn ich all meine Kleider mitnehmen und meine gewohnten Annehmlichkeiten haben kann. Im Zelt zu hausen, liegt mir gar nicht.«

»Na, ich wäre im Handumdrehen bei Sandy«, entgegnete Emily. »Er hat schon so viel von Alexanders Aufwachsen verpasst. Der Junge wird seinen Vater gar nicht wiedererkennen, wenn wir noch länger getrennt sind.«

»Du kannst es sicher auch gar nicht abwarten, deinen Mann wiederzusehen, Alice«, sagte Dinah lächelnd. »Und dass er die kleine Lotty kennenlernt.«

Alice errötete. »Natürlich.«

Aber es war nicht der Gedanke daran, Vernon wiederzusehen, bei dem sich ihr Puls beschleunigte, sondern der, dass sie in Kabul vielleicht John über den Weg laufen würde. Die Vorstellung erfüllte sie mit Angst und freudiger Erregung zugleich. Er hatte ihr so viel Leid beschert, und doch tat ihr Herz einen Sprung, wenn sie daran dachte, dass sie vielleicht Gelegenheit haben würde, ihn wiederzusehen. Sie durfte nicht an ihn denken! Um Lottys Willen musste sie sich stärker denn je bemühen, ihre Ehe mit Vernon gelingen zu lassen.

* * *

Erst im September erhielten die Frauen die freudige Nachricht, dass die britischen Streitkräfte triumphiert hatten. Sie waren im August in Kabul eingetroffen und hatten unterwegs die befestigte Stadt Ghazni eingenommen. Nach Jahren im Exil war

Schah Schudscha in seiner Hauptstadt eingezogen und jubelnd von seinen ergebenen Untertanen, die ihn zutiefst verehrten, willkommen geheißen worden. Zumindest war es das, was die britischen Zeitungen in Indien berichteten.

»Sandy hat geschrieben, es sei eher wie ein Leichenzug gewesen«, erzählte Emily Alice. »Eine Menschenmenge mit so ernsten Mienen hat er noch nie gesehen. Aber vielleicht sind die Afghanen weniger überschwänglich als die Inder.«

Gegen Ende des Monats, als die Frauen in Simla sich fragten, ob sie nach Kalkutta zurückkehren sollten oder nicht, erreichte sie die Nachricht, dass in Kabul alles ruhig war, aber dass es so aussah, als würden die Briten noch für ein paar Monate gebraucht, um den Machtwechsel zu unterstützen und Schah Schudschas Position zu festigen. Sie würden sich für den Winter dort niederlassen. Endlich erhielt Alice einen Brief von Vernon.

Die Erleichterung darüber, nach Monaten des Schweigens doch noch von ihrem Mann zu hören, ließ sie schwindlig werden. Mit zitternden Fingern öffnete sie den Brief.

»Daddy hat uns endlich geschrieben, Lotty«, erzählte sie dem Baby aufgeregt. Ihre Tochter schüttelte ihre Rassel und strahlte, als sie die Stimme ihrer Mutter hörte. Sie schenkte Alice ein zahnloses Lächeln und schob sich dann mit einem vergnügten Quietschen die Rassel in den Mund.

Alice' Vorfreude verwandelte sich in Bestürzung, als sie die kurze Nachricht sah, die kaum eine Seite umfasste. Die Neuigkeiten waren spärlich, und Vernons letzte Bemerkung ließ eine Tränenflut in ihre Augen schießen.

… die Afghanen sind ein undankbarer Haufen. Sie lächeln einem ins Gesicht, aber dann lügen sie und betrügen einen, sobald man ihnen den Rücken kehrt. Sogar die Unterstützer von Schah

Schudscha scheinen sich untereinander nicht einigen zu können. Kabul ist schmutzig und stinkt. Und das alles hat mir noch nicht einmal zu einer Beförderung verholfen, obwohl ich wie ein Löwe gekämpft und zahlreiche dieser Teufel erledigt *habe. Ich wollte, dass Du mit Emily gleichziehst und mit einem Major verheiratet bist. Aber da wirst Du noch warten müssen.*
Es tut mir leid zu erfahren, dass wir eine Tochter haben. Du weißt ja, wie sehr ich auf einen Sohn gehofft habe. Ich verstehe nicht, warum Du Dir die Mühe gemacht hast, meinen Eltern zu schreiben. Mein Vater wird das hier nur als weiteren Beweis für mein Versagen als Sohn sehen. Aber sei's drum – wir machen beim nächsten Mal einen Jungen. Erfreuliche Aussichten, wenn ich erst einmal wieder zu Hause bei Dir bin!

In Liebe

Vernon

Später am Tag ging Alice zu Emilys Bungalow. Ihr war noch immer übel von den gefühllosen Bemerkungen ihres Mannes über Charlotte; er hatte sie nicht einmal namentlich erwähnt.

»Ich habe von Vernon gehört«, platzte Alice heraus. Ihre Freundin fragte schon gar nicht mehr danach, um Alice nicht in Verlegenheit zu bringen.

»Das ist wunderbar!«, rief Emily. »Was schreibt er?«

»Er klingt nicht besonders gut gelaunt«, gestand Alice. »Er scheint bei den Beförderungen übergangen worden zu sein.«

»Er hat ja noch viel Zeit«, sagte Emily. »Fragt er denn nach Lotty?«

Alice spürte, wie ihr Inneres sich verkrampfte. Sie lachte freudlos auf. »Er nimmt zumindest ihre Existenz zur Kenntnis. Aber wie ich befürchtet habe, ist er enttäuscht, dass sie kein Junge ist.«

»Er wird anders empfinden, wenn er sie erst kennengelernt und sein eigenes Fleisch und Blut in den Armen gehalten hat«, tröstete Emily sie. »Du wirst schon sehen.«

»Ja, du hast bestimmt recht«, sagte Alice aufgemuntert. »Wer könnte sie nicht lieben?«

Sie beugte sich vor und hob Lotty vom Boden auf. Das Baby war mittlerweile in der Lage, sich aufzusetzen, und sein Haar wuchs in weichen Locken. Für Alice sah sie wie ein glückliches Engelchen aus.

Emily sagte: »Wie ich gehört habe, hat Frances Macnaghten sich bereit erklärt, zu ihrem Mann in Kabul zu ziehen. Er ermuntert sie dazu – sagt, es sei völlig ungefährlich.«

»Ja«, bestätigte Alice, »und Dinah sagt, dass sie und ihre Mutter mit dem Gedanken spielen, das Gleiche zu tun. Florentia meint, es wäre gut für die Moral der Männer, wenn wir uns die Mühe machen, ihnen ein Zuhause zu schaffen, damit sie wieder einen einigermaßen geregelten Alltag haben.«

»Die Männer müssen nach all der Zeit die schlichte Häuslichkeit vermissen, nicht wahr?«, sagte Emily. »Ich weiß, dass es Sandy so geht. Und er kann es gar nicht abwarten, Alexander wiederzusehen.«

Alice fühlte sich bleischwer. Sie bezweifelte, dass Vernon sie sehr vermisste, und er hatte es ganz bestimmt nicht eilig damit, seine neugeborene Tochter kennenzulernen.

»Also wirst du hinreisen?«, fragte Alice.

»Wenn es sicher ist und wir eine richtige Eskorte haben, um uns zu beschützen, solange wir unterwegs sind«, sagte Emily, »dann werde ich es tun, ja. Helen hat beschlossen, mit den Edens nach Kalkutta zurückzukehren – dort gibt es mehr gesellschaftliches Leben für sie.« Sie musterte ihre Freundin. »Was ist mit dir? Ich würde dir keine Vorwürfe machen, wenn du dich dagegen entscheiden würdest. Mit solch einem kleinen Säugling ist so eine Reise riskant.«

Alice saß da und wiegte Charlotte. »Wenn du gehst, halten mich keine zehn Pferde davon ab, mitzukommen«, erwiderte sie. »Ich könnte es nicht ertragen, ohne dich und Alexander hier zurückzubleiben.«

»Ich habe gehofft, dass du das sagen würdest.« Emily grinste. »Ach, unsere Männer werden sich ja so freuen, uns zu sehen!«

* * *

Es dauerte den ganzen Oktober und einen Großteil des Novembers, bis der Konvoi aus Frauen und Kindern Afghanistan erreichte. Einige, unter ihnen Alice, ritten auf Pferden, während andere, wie Emily, in großen Körben saßen, die an Kamele geschnallt waren. Charlotte und Alexander reisten in einem Korb auf einem Maultier, das neben Alice' Pony hertrottete. Die Bewegung schien das Baby einzulullen, denn es schlief viel, während mehreren der anderen Kinder vom Schwanken der Tiere übel wurde und sie sich unwohl fühlten. Manchmal ließ Alice Alexander vor sich im Sattel sitzen, um ihm etwas Abwechslung von der Eintönigkeit der Reise zu bieten, und sie plauderten über das, was sie unterwegs sahen. Der Junge war aufgeweckt und drückte sich für einen Dreijährigen gut aus. Alice genoss seine Gesellschaft sehr.

Sie reisten durch die alte Stadt Lahore und den Grenzort Peschawar mit seinen niedrigen Lehmhäusern und Karawansereien, in denen es von Kamelen und Händlern wimmelte. Im Basar hingen an offenen Ständen bluttriefende Tierkadaver, und jede Menge bunter Gewürze wurden aus Säcken heraus verkauft. Stammesangehörige in weiter

Kleidung mit riesigen weißen Turbanen auf dem Kopf und Luntenschlossgewehren über den Schultern stolzierten die staubigen Gassen entlang und musterten die Reisenden neugierig. Alice fragte sich, ob einige dieser Männer wohl Afridi waren wie der Onkel, von dem John immer mit solcher Bewunderung erzählt hatte.

Eskortiert von einem Kavallerieregiment unter dem Kommando von Captain Edward Connolly und unter dem Schutz von Afridi-Führern gelangten sie auf gewundenen Wegen durch schmale Schluchten zwischen hoch aufragenden Klippen über den Khaiberpass nach Afghanistan. An unglaublich steilen Bergflanken lagen Festungen, die Alice an die sogenannten *peel towers* in Northumberland, spätmittelalterliche Türme an der schottischen Grenze, erinnerten. Sie wusste, dass man sie beobachtete und ihnen folgte.

»Machen Sie sich keine Sorgen«, sagte Francis Macnaghten. »Wir bezahlen die Stämme gut, damit sie auf Abstand bleiben, wissen Sie? William berichtet, dass er ein kleines Vermögen für Bestechungsgelder und Führer ausgibt.«

»Wohl kaum sein Privatvermögen«, bemerkte Florentia Sale trocken.

»Einige von denen sehen doch aus, als ob sie einem für ein bisschen Kleingeld die Kehle durchschneiden würden«, sagte Frances.

»Oder für eine Kamelladung Kristallkronleuchter«, gab Florentia spitz zurück. Sie machte schon die ganze Zeit keinen Hehl daraus, dass sie wenig von Frances' sperriger Menge Gepäck hielt. »Wer könnte es ihnen zum Vorwurf machen, vom Ende des Kameltrosses Beute davonzuschleppen, wenn Sie sie so in Versuchung führen?«

»Ich kann nichts dafür, dass ich solch einen guten Einrichtungsgeschmack habe«, entgegnete Frances. Ihr Gesicht lief vor Empörung rot an.

Florentia zog eine Augenbraue hoch. »Den Geschmack des Serails«, flüsterte sie Dinah zu.

»Mama!«, sagte Dinah tadelnd und musste doch ein Kichern unterdrücken.

Alice hatte sich mittlerweile an den ständigen Zank zwischen den beiden Kommandeursfrauen gewöhnt. Sie waren schon zu lange gemeinsam unterwegs und verbrachten die Nächte auf engstem Raum. Die Ankunft in Kabul wurde von ihnen allen herbeigesehnt.

* * *

Anfang Dezember erreichten sie die befestigte afghanische Stadt Dschalalabad. Ein Meer von Armeezelten war vor den Mauern errichtet worden; ein großes Kontingent der bengalischen Armee befand sich auf dem Rückweg nach Indien. Dieses Zeichen dafür, dass es ruhig im Land war, machte Alice Mut. Sie hoffte, dass Vernon unter den Rückkehrern sein würde.

»Dann könnten Lotty und ich mit ihm zurückreisen, ohne erst nach Kabul zu müssen.«

Aber sie fanden bald heraus, dass vor allem Infanterie abgezogen wurde und Vernons Regiment noch in Kabul war.

Zu Frances Macnaghtens Entzücken war ihr Mann William da, um sie zu empfangen. Schah Schudscha hatte verfügt, dass er und sein Hof im milderen Dschalalabad überwintern würden. In Kabul war es um diese Jahreszeit so kalt, dass einem die Zähne klapperten.

»Er ist verweichlicht, weil er so lange in Indien gelebt hat«, sagte der Befehlshaber ihrer Eskorte, der fröhliche Captain Connolly.

Zu Emilys großer Begeisterung war Sandy mit dem Stab des Gesandten nach Süden gekommen. Die Aytons feierten ein emotionales Wiedersehen. Es schnürte Alice die Kehle zu, die

Freude in ihren Gesichtern zu sehen. Sandys Augen waren tränenfeucht, als er Alexander hochhob und ihn in einer festen Umarmung an sich drückte. Der Junge quietschte vor Aufregung und Schreck, weil er seinen Vater kaum wiedererkannte. Sandy war dünner, und die Haut seines hübschen Gesichts war vom unbarmherzigen Wind rau geworden und pellte ab.

»Wie geht es Vernon?«, fragte Alice. »Ist bei ihm alles gut?«

Sandy wirkte verlegen. »Es sind Hunderte von uns in Kabul – ich sehe ihn kaum. Er wohnt unweit des Bala Hissar, während ich im Lager lebe.«

»Des Bala Hissar?«

»Das ist die Festung des Emirs in der Stadt.«

»Warum lebt Vernon in ihrer Nähe?«, fragte Alice verwirrt.

»Das tun manche der jungen Offiziere. Burnes wohnt dort und sie … Nun ja … Ich vermute, es ist bequemer.«

»Warum lebst du denn dann nicht dort?«, fragte Emily. »Du gehörst schließlich zum Stab des Gesandten. Du bist derjenige, der komfortabel wohnen sollte.«

Sein Gesicht rötete sich vor Verlegenheit. »Nun ja, Macnaghten geht mit gutem Beispiel voran und lässt sich in der neuen Armeesiedlung häuslich nieder, also unterstütze ich ihn. Das zeigt den Afghanen, dass wir nicht vorhaben, die Zitadelle zu übernehmen – und außerdem haben wir dort mehr Platz.« Er lächelte seine Frau an. »Es wird dir dort besser gefallen als in der überfüllten Stadt.«

Alice beharrte: »Ich verstehe aber nicht, warum Vernon dann …«

»Darüber musst du dir keine Gedanken machen«, unterbrach Sandy sie hastig. »Ich bin mir sicher, dass er in die Armeesiedlung wird ziehen wollen, sobald du ankommst. Bestimmt versucht er nur, sich die Zeit mit seinen Junggesellenfreunden zu vertreiben, weil er sein häusliches Leben so vermisst.«

Seine Worte beruhigten Alice nicht. Bilder, wie ihr Mann sich mit seinen Offiziersfreunden betrank und ausschweifende Feste feierte, suchten ihre Gedanken heim. Je eher sie nach Kabul gelangte, desto besser.

Alexander grinste. »Ich will sofort nach Kabul!«

»Oh, ich auch«, sagte Alice.

Aber es wurde beschlossen, dass die Gruppe von Frauen und Kindern vorerst auch in Dschalalabad bleiben sollten, um nicht auf einem der Bergpässe, die sie von Kabul trennten, vom Schnee überrascht zu werden. Die Entscheidung enttäuschte Alice, aber sie richtete sich in ihrer vorläufigen Umgebung so gut ein, wie sie konnte.

* * *

Erst im April brach der Königshof seine Zelte ab und zog nach Kabul. Über den Winter hatte Alice erfahren, dass im Land mitnichten überall Frieden herrschte, wie Macnaghten es gern darstellte – und das Schah Schudscha auch nicht unbedingt beliebt war.

Dost Mohammed war nicht vollständig besiegt; er hatte sich in die Berge des Hindukusch zurückgezogen. Es ging das Gerücht, dass Macnaghten ihm eine Streitmacht nachschicken und die nördlichen Gebiete an der Grenze zu Russland annektieren wollte, um Schah Schudschas Macht zu konsolidieren. Aber Auckland in Indien wünschte den Rückzug von Truppen, statt weitere zu schicken.

Dinah hatte Briefe von ihrem Verlobten bekommen; Johnny Sturt war als Armeeingenieur in Kabul.

»Er sagt, wir hätten darauf bestehen sollen, dass die Armee in der Stadt stationiert bleibt«, sagte Dinah. »Man hatte schon begonnen, den unteren Teil des Bala Hissar instand zu setzen, um dort eine Kaserne einzurichten. Jetzt soll er an den Harem des Emirs übergeben werden.«

»Es wird für die Familien in der Armeesiedlung schöner sein«, sagte Emily fröhlich.

»Aber nicht unbedingt sicher«, wandte Dinah ein, »oder gut zu verteidigen.«

Ihre Mutter stimmte ihr zu. »Besonders, da Dost Mohammed und seine Söhne noch auf freiem Fuß sind«, gab Florentia zu bedenken.

»Nun, Sandy meint, sie hätten aus der Stadt abziehen müssen«, sagte Emily, »um den afghanischen Häuptlingen ihren guten Willen zu beweisen.«

»Ja«, fügte Alice hinzu, »er sagt, dass es aussehen muss, als hätte Schah Schudscha die Zügel in der Hand.«

Emily wechselte das Thema; sie hasste Schwarzseherei. »Was haltet ihr eigentlich davon, dass Auckland zum Earl ernannt worden ist? Das zeigt doch, dass die Regierung glaubt, dass die Befreiung von Afghanistan ein Erfolg war, oder?«

»Und Macnaghten ist zum Ritter geschlagen worden«, fügte Alice mit einem schiefen Lächeln hinzu, »also ist auch Frances glücklich.«

»Als wüssten wir das nicht alle.« Florentia rollte die Augen und lachte.

* * *

Eine Woche später erhaschte Alice ihren ersten Blick auf Kabul: eine braune Ansammlung von Gebäuden und Festungsmauern in einer beigefarbenen Ebene mit einem grauen Fluss, vor dem Hintergrund einer hohen Bergkette. Ganz oben lag die Festung Bala Hissar und beherrschte die Stadt. Rauch stieg in Spiralen in die dünne Luft auf. Der Himmel war strahlend blau.

Zur Linken lag die neue Armeesiedlung. Hier herrschte geschäftiges Treiben: Dutzende von Arbeitern stellten den Bau ordentlicher Reihen von niedrigen Häusern, Barracken, Ställen und Schuppen fertig, die sich auf der offenen Ebene erstreckten. Kulis schleppten in Körben, die sie an Stangen auf den Schultern trugen, Lehm vom Flussufer heran und luden ihn an den Ziegeleien ab. Sägen und Hämmern waren in der klaren Frühlingsluft weithin zu hören. Ein Lager aus Zelten und Lehmhütten war in der Nähe emporgewuchert und beherbergte die vielen Hundert Diener, Arbeiter und sonstigen Zivilisten samt ihren Familien, die die Armee versorgten.

Als sie näher kamen, ritten ihnen Reiter in scharlachroten Uniformen entgegen. Alice verspürte nervöse Vorfreude. Vernon würde doch bestimmt dabei sein? Sie hatte ihm aus Dschalalabad geschrieben, aber keine Antwort erhalten.

Dinah entdeckte ihren Verlobten und trieb ihr Pferd mit einem Jubelruf an. Colonel Sale war auch erschienen, um Florentia willkommen zu heißen. Alice suchte unter den Reitern, aber ihr wurde bald klar, dass Vernon nicht dabei war.

Auf dem ganzen Weg in die Stadt lächelte Alice tapfer, als teilte sie die allgemeine Freude. Sie schluckte Tränen hinunter. In ihr wuchs die Angst vor dem Gedanken, wieder mit Vernon zusammen zu sein. Er würde doch sicher froh sein, sie zu sehen? Sie hatte diese lange, beschwerliche Reise für ihn auf sich genommen.

Kapitel 26

Kabul, 1840

Der Einzug in die Armeesiedlung verlief chaotisch. Unterkünfte für die Neuankömmlinge wurden gesucht, und Sandy musste mit Macnaghten in die Stadt reiten, um Schah Schudscha mit all der Feierlichkeit, die einem zurückkehrenden Monarchen gebührte, zum Bala Hissar zu begleiten.

»Ich lasse Vernon wissen, dass du hier bist«, versprach Sandy.

»Du musst dir unser Haus mit uns teilen«, beharrte Emily, »bis Vernon euch ein eigenes gesichert hat. Unseres ist schon eingerichtet.«

Alice packte so viel von ihren Habseligkeiten aus, wie sich in dem kleinen zusätzlichen Schlafzimmer unterbringen ließ, und richtete es mit Teppichen, einer bunten Bettdecke und Musselinvorhängen wohnlich ein, damit sie etwas Privatsphäre hatten. Lotty war über den Winter zu groß für ihre Wiege geworden, und so hatte Alice in Dschalalabad ein Bettchen anfertigen lassen, das einer der Diener jetzt aufbaute. Als der Abend kam, saßen Alice und Emily mit ihren Kindern zusammen, aßen und warteten darauf, dass die Männer eintrafen. Sogar aus über sechs Kilometern Entfernung hörten sie die Salutschüsse und das Feuerwerk zur Feier der Rückkehr des Emirs.

»Wahrscheinlich werden sie sich nicht so schnell loseisen können«, meinte Emily. »So, wie es klingt, werden sie die ganze Nacht feiern.«

Alice wusste, dass ihre Freundin ihre Nervosität zu beschwichtigen versuchte, aber sie konnte das Warten kaum aushalten. Sie wollte unbedingt den Moment hinter sich haben, in dem sie ihren Mann nach anderthalb Jahren Trennung wiedersah.

Der erschöpfte Sandy kam spät in der Nacht nach Hause und riss die Frauen aus dem Schlaf.

»Ich konnte Vernon nicht finden – durch die Rückkehr des Hofstaats hat überall in der Stadt ein großes Durcheinander geherrscht. Ich habe ihm eine Nachricht hinterlassen. Bestimmt kommt er morgen.«

Er konnte Alice kaum in die Augen sehen. Sie hatte den Verdacht, dass er ihr nicht die Wahrheit sagte, aber sie nickte zustimmend.

»Danke«, sagte sie und zog sich wieder ins Bett zurück.

Sie hörte, wie die Aytons im Schlafzimmer nebenan aufgeregt miteinander redeten. Emily bombardierte Sandy mit Fragen, und er reagierte abwehrend. Alice wusste, dass sie über Vernon sprachen, konnte aber nichts Genaues verstehen. Sie würde sich nicht so weit erniedrigen, dass sie ein Ohr an die Wand presste, um zu lauschen.

Am nächsten Tag sagte Alice zu Sandy: »Nimmst du mich mit in die Stadt, um Vernon zu suchen? Ich glaube nicht, dass ich es ertragen kann, noch länger zu warten.«

Angesichts des Vorschlags blickte er erschrocken drein. »Ich glaube nicht, dass das eine gute Idee ist. Die Stadt ist nicht unbedingt sicher für ausländische Frauen – du würdest auffallen …«

»Sandy wird Vernon holen«, sagte Emily mit Nachdruck. »Nicht wahr, mein Schatz?« Sie sah ihren Mann unverwandt an.

»Ich werde mein Bestes tun«, versprach Sandy und versuchte, seine Verlegenheit mit einem Lächeln zu überspielen.

* * *

Als die Sonne als feuriger Ball jenseits der Ebene unterging, kam Vernon in das Haus in der Armeesiedlung. Emily nahm rasch Alexander an die Hand.

»Wir gehen und helfen dabei, die Pferde zu füttern«, sagte sie zu dem Jungen. Sie wandte sich kurz an Alice: »Damit ihr ungestört seid.«

Alice' Herz hämmerte, als sie ihren Mann ansah. Sie war schockiert über seinen Zustand. Er hatte Gewicht verloren. Seine Jacke hing locker um seine Schultern, und sein Gesicht war eingefallen und um den Mund herum von Falten durchzogen. Seine Augen waren glasig und blutunterlaufen, die Partie darunter sah aus, als hätte er dort Blutergüsse. Sein welliges blondes Haar war dünn geworden. Es wirkte trocken und ungekämmt.

»Vernon«, keuchte Alice auf und breitete die Arme aus.

Einen Moment lang zögerte er und wirkte orientierungslos; dann lächelte er und kam auf sie zu.

»Alice«, sagte er heiser. »Du siehst gut aus.«

Sie umarmten sich kurz und standen danach da und hielten sich an den Händen; seine zitterten. Sein ganzer Körper bebte, und sein Atem roch säuerlich.

»Warst du krank?«, fragte sie besorgt.

Er murmelte: »Dieser Ort macht mich krank.« Er starrte sie an. »Ich kann nicht fassen, dass du die weite Reise auf dich genommen hast.«

»Ich wollte bei dir sein«, sagte sie, »damit wir eine Familie sind. Ich kann es gar nicht abwarten, dass du Lotty kennenlernst. Sie feiert bald ihren ersten Geburtstag und du hast sie noch nie gesehen …«

»Du hast sie mitgebracht?«, rief Vernon.

»Natürlich.« Alice lächelte. »Hast du meine Briefe denn nicht gelesen? Sie liegt in ihrem Bettchen. Komm.« Alice nahm ihn an die Hand und führte ihn ins Schlafzimmer.

Lotty lag auf dem Rücken, die Arme über dem Kopf hochgereckt, wie um zu kapitulieren. Ihr Gesicht wirkte im Schlaf rosig.

»Ist deine Tochter nicht schön?«, flüsterte Alice.

Vernon war plötzlich überwältigt. Er nickte, und ihm kamen die Tränen. Alice ging zu ihm und legte den Arm um ihn, aber er schüttelte sie ab.

»Du hättest sie nicht herbringen sollen!«, zischte er.

Alice zuckte angesichts seines jähen Stimmungsumschwungs zusammen.

»Es ist ein gottverlassener Ort. Hier gibt es Fieber und vielerlei Gefahren – das Land ist voller Schurken, die begeistert die Gelegenheit ergreifen würden, ein kleines *feringhi*-Mädchen zu entführen und in die Sklaverei zu verkaufen – vor allem ein blondes.«

»Hör auf, Vernon«, bat Alice. »Du machst mir Angst.«

»Darüber hättest du nachdenken sollen, bevor du unser Kind hergeschleppt hast – ihr hättet unterwegs massakriert werden können. Guter Gott, du dumme Frau! Wie soll ich euch denn beide beschützen?«

Seine laute Stimme weckte das Baby. Lotty riss erschrocken die Augen auf. Ihr Mund begann zu zittern, und dann schrie sie. Alice hob sie schnell hoch.

»Psst. Alles ist gut«, beruhigte sie ihre Tochter sanft. »Das hier ist dein Daddy. Er wollte dich nicht wecken.«

Aber bei Vernons Anblick heulte Lotty nur noch lauter.

»Sag Hallo zu ihr«, drängte sie ihren Mann.

Er stand da und zitterte vor Wut – oder vor Furcht? Alice war sich nicht sicher.

»Ich kann den Lärm nicht ertragen«, brüllte er, hielt sich die Ohren zu, wirbelte herum und stürmte aus dem Zimmer.

* * *

In den nächsten zwei Tagen kehrte Vernon nicht wieder. Alice hatte keine Ahnung, wohin er verschwunden war, aber am dritten Tag tauchte er wieder auf und sah vorzeigbarer aus: Sein Hemd war sauber, sein Gesicht gewaschen und frisch rasiert. Alice war sicher, dass Sandy ihn sich zur Brust genommen und ihm zugeredet hatte, dass er seine Frau und sein Kind besuchen sollte.

Vernon wirkte erst kleinlaut, lebte aber auf, als er sah, wie Lotty sich an den Möbeln hochzuziehen und zu stehen versuchte. Er bückte sich, hob sie hoch und führte sein Gesicht nah an ihres heran.

»So hübsch wie deine Mutter.« Er grinste und küsste sie auf die Nase.

Alice hielt den Atem an, aber Lotty quietschte vergnügt und griff ihrerseits nach seiner Nase.

Er spielte ein oder zwei Minuten lang mit ihr. Dann langweilte er sich und setzte sie schlagartig wieder ab. Sie protestierte und versuchte, nach seinen Beinen zu greifen. Er wich zurück und wirkte gereizt.

»Ich habe unsere Sachen in das Haus am Ende der Straße bringen lassen«, erzählte Alice ihm. »Komm mit und sieh es dir an.«

Sie hatte gedacht, dass er protestieren würde, aber er nickte zustimmend. Alice hob Lotty vom Boden auf und verließ das Haus der Aytons.

Vernon kritisierte sofort die bescheidene Einrichtung und die beiden Bilder, die Alice in Dschalalabad gemalt hatte.

»Ich werde bessere Stühle bestellen, und wir brauchen einen größeren Esstisch – mehr als sechs Leute können wir an dem hier wohl kaum unterbringen. Und prächtigere Bilder für die Wände. Auf den Basaren von Kabul verkaufen und fertigen sie alles, was man sich nur wünschen kann – das ist das einzig Gute an dieser Stadt.«

Alice wurde das Herz schwer. »Wir müssen doch wohl kaum aufwendige Dinnerpartys geben. Das hier ist nicht gerade Simla.«

»Natürlich müssen wir das«, blaffte er. »Das ist das Einzige, was die Moral stärkt. Wenigstens werde ich dann fern der verdammten Zitadelle sein, wo man ständig vor diesem Emporkömmling von einem Emir und seiner Familie katzbuckeln muss. Wenn er nicht solch ein Nichtsnutz wäre, würden wir hier nicht Gott weiß wie lange festsitzen.«

»Wenn es so unangenehm in der Stadt ist, warum verbringst du dann so viel Zeit dort?«, gab Alice zurück.

Er schenkte ihr ein freudloses Lächeln. »Weil ich Freunde dort habe – Leute, die mich gut unterhalten. Jetzt kann ich sie hierher einladen.«

Er ging ins Schlafzimmer und sah das Kinderbettchen neben dem Bett stehen. »Ich schlafe nicht im selben Zimmer wie ein Baby«, sagte Vernon. »Dann werden wir nie unsere Ruhe haben.«

»Lotty schläft schon gut durch«, versicherte Alice ihm, »und ich muss sie in der Nähe haben, falls sie mich braucht.«

»Stillst du sie noch?«

»Nein«, räumte sie ein.

»Dann kann sich die *ayah* nachts um sie kümmern.«

»Sie hat keine *ayah*.«

Vernon sah schockiert drein. »Dann muss sie eine bekommen. Ich lasse nicht zu, dass meine Frau sich wie ein gewöhnliches Kindermädchen aufführt.«

Alice raffte all ihre Geduld zusammen; sie wollte nicht, dass sie sich so stritten.

»Lass uns morgen zusammen auf den Basar gehen und ein paar neue Sachen für das Haus aussuchen«, schlug sie vor. »Ich würde die Stadt gern sehen.«

»Kommt nicht infrage«, entgegnete Vernon brüsk. »Das ist kein Ort für eine weiße Frau.«

»Ich bin als weiße Frau durch Indien und durch Stammesgebiete gereist«, hob Alice hervor, »ohne dass mir etwas zugestoßen wäre. Ich habe keine Angst davor, in einem Basar einzukaufen – ich kaufe sogar *gern* in Basaren ein.«

Er bedachte sie mit einem kalten Blick. »Nicht als meine Frau – das verbiete ich dir. Du bleibst in Sicherheit in der Armeesiedlung. Hier gibt es auch Läden. Alles, was du aus der Stadt willst, bringe ich dir mit.«

Alice widersprach nicht. Sie würde auf den richtigen Zeitpunkt warten. Wenn sie einander erst wieder kennengelernt hatten, würde er schon einlenken. Sie sah, was für einen Tribut die Zeit, die sie getrennt verbracht hatten – der lange Feldzug, Krankheit, Kampfhandlungen und Märsche unter der sengenden Sonne –, von der Gesundheit ihres Mannes gefordert hatten. Für sie war offensichtlich, dass er krank war. Er hatte seinen Charme und seinen Humor völlig verloren. Sie musste ihm helfen. Sie fragte sich, ob er nicht nur an Erschöpfung, sondern auch an Melancholie litt. Wenn ja, an wen konnte sie sich wenden, um Hilfe zu finden?

An dem Abend aßen sie bei den Aytons. Vernon trank viel Wein und Portwein. Alice war ganz mit dem Gedanken beschäftigt, dass sie bald zum ersten Mal, seit Vernon Simla verlassen hatte, wieder gemeinsam ins Bett gehen würden. Alice konnte kaum glauben, dass er immer noch derselbe Mensch wie der gut aussehende, ehrgeizige Offizier war, der sie voller Zuneigung zum Abschied geküsst hatte und in sein Abenteuer aufgebrochen war. Es war schon länger her, dass sie miteinander intim geworden waren; ihre Schwangerschaft hatte dem ein Ende gesetzt. Wie würde es für sie sein, mit ihm zu schlafen, nachdem sie Lotty zur Welt gebracht hatte? Sie fürchtete die Rückkehr zu dem alten, kämpferischen Liebesspiel zu Beginn ihrer Ehe. Wenn sie Vernon davon abhielt, unmäßig zu trinken, würde er sie vielleicht weniger grob behandeln.

»Sollen wir diese guten Leute jetzt nicht verlassen und nach Hause gehen?«, schlug Alice vor, eine Hand auf Vernons Arm gelegt. »Es ist spät, und ich bin müde.«

Er entzog sich ihr und goss sich noch ein Glas Portwein ein. »Du kannst gehen, wenn du möchtest. Ayton und ich leeren erst noch diese Flasche – und brechen vielleicht noch die nächste an, was, Sandy?«

Alice sah, wie die Aytons besorgte Blicke tauschten.

»Trink aus, Buckley«, sagte Sandy, »und dann ab ins Bett mit dir. Du musst dich doch auf die erste Nacht, die du wieder bei deiner Familie verbringst, freuen. Und ich muss morgen wegen einer Besprechung bei Macnaghten früh auf den Beinen sein.«

Mit angriffslustiger Miene leerte Vernon sein Glas, schob seinen Stuhl zurück und kam schwankend auf die Beine. Alice dankte den Aytons, folgte Vernon zur Tür und nahm seinen Arm, um ihn zu stützen.

»Ich schaffe das schon«, entgegnete er gereizt und schüttelte ihren Griff ab.

»Sag einfach Bescheid, wenn du irgendetwas brauchst«, sagte Sandy mit einem wissenden Blick zu Alice.

Ihr Magen verkrampfte sich. Befürchteten die Aytons etwa, dass Vernon gewalttätig werden würde? Sie hatte keine Ahnung, wie ihr Mann sich verhalten würde, wenn sie ihn nach Hause gebracht hatte. Er war für sie wie ein Fremder. Sie nickte und setzte ein tapferes Lächeln auf.

Zurück in ihrem Haus ging Vernon geradewegs zum Wandschrank und holte eine Flasche Brandy daraus hervor. Er öffnete sie und trank einen großen Schluck direkt aus der Flasche. Alice machte sich auf seinen Zorn gefasst und nahm ihm die Flasche ab.

»Das ist genug für einen Abend. Bewahr den Rest für die Gäste auf, die wir haben werden.« Sie stellte die Flasche wieder zurück in den Schrank.

Zu ihrem Erstaunen protestierte er nicht, sondern stand einfach schwankend mit verwirrtem Blick da. Sie führte ihn ins Schlafzimmer. Lottys Bettchen war in die kleine zweite Schlafkammer geräumt worden, das zugleich als Ankleidezimmer diente. Alice half Vernon, sich auszuziehen. Sie versuchte, ihr Erschrecken über seinen ausgemergelten Körper zu verbergen; seine Rippen traten hervor, und sein früher so breiter Brustkorb wirkte eingesunken. Seine Haut hatte im Lampenlicht eine gelbliche Färbung. Sein Gesicht glänzte vor Schweiß.

Er legte sich aufs Bett und erschauerte, obwohl die Nacht milde war. Alice wickelte eine Decke um ihn und streichelte seine Stirn. Sie fühlte sich klamm an, und Alice' Berührung ließ ihn zusammenzucken, obwohl ihre Finger warm waren. Als sie sich ausgezogen und ihr Nachthemd übergestreift hatte und neben ihm ins Bett stieg, schlief Vernon schon.

* * *

Im Lauf der folgenden Tage konnte Alice Vernon nichts recht machen. Er kritisierte die Speisenfolgen, die sie auf den Tisch brachte, die Kleidung, die sie trug, ihre Frisur und die Diener, die sie einstellte. Letztere kamen und gingen, weil sie nicht bereit waren, sich mit Vernons jähzornigen Ausbrüchen abzufinden und mit Geschirr und Messern beworfen zu werden.

Zum Glück duldete die *ayah*, die sie eingestellt hatte, Vernons Grobheiten mit einer Gelassenheit, um die Alice sie beneidete. Gita war die Frau eines der Hindu-*syces* in der Armeesiedlung. Gita und Ravi waren mit der Indusarmee den ganzen weiten Weg aus Ludhiana hergekommen. Ihre beiden kleinen Söhnen, Adeep und Bali, hatten Arbeit als Grasschneider gefunden und schafften Futter für die Pferde heran.

Alice beugte sich Vernons Wunsch nach aufwendigen Vergnügungen und ermunterte ihn, seine Freunde zum Abendessen einzuladen. Wenn andere dabei waren, benahm er sich besser. Es gelang ihm, sich seinen Offizierskameraden und ihren Frauen gegenüber jovial zu geben. Aber danach, wenn Alice mit ihm allein war, schrie er Obszönitäten und schlug Türen zu.

Sein Verhalten im Schlafzimmer war sogar noch verwirrender. Sie hatte damit gerechnet, dass seine sexuellen Begierden unvermindert sein würden. Sie wusste, dass er sich sehnlichst einen Sohn wünschte – wenn er betrunken war, wiederholte er seine Forderung danach und machte ihr Vorwürfe, weil sie nur ein Mädchen zu Welt gebracht hatte –, aber das Trinken dämpfte seine Leidenschaft.

Vernon schien impotent zu sein. Als das heiße Wetter anbrach, lagen sie nackt unter Musselinvorhängen, um die Fliegen und Moskitos fernzuhalten, aber Alice' Körper zu sehen oder zu berühren, erregte ihn nicht mehr. Während er unruhig schlief, lag sie wach und fragte sich, ob sie je wieder mit einem Mann intim werden würde. Sie empfand eine Mischung aus Einsamkeit und Erleichterung.

Obwohl Vernon sich beklagte, dass er sich langweilte und ständig um den Emir herumscharwenzeln musste, verbrachte er einen Großteil seiner Zeit in Kabul. Während er unter dem

Vorwand unbestimmter Verpflichtungen verschwand, richtete Alice ihre Energie darauf, einen Garten anzulegen.

Auf den Rat von Florentia und Dinah hin, die genauso gartenbegeistert waren, pflanzte Alice viel Gemüse, aber auch Blumen, um Farbe in den Garten zu bringen. Lotty krabbelte darin herum und aß Erde, während Alexander Alice mit den Pflanzen half. Am Ende waren beide Kinder oft tropfnass und voller Schlamm, aber sie kicherten nur darüber und wirkten glücklich.

Die Frauen tauschten Neuigkeiten aus. Emily hasste es, über Politik zu reden, aber Alice fand bereitwillige Gesprächspartnerinnen in Florentia und Dinah. Sie unterhielten sich über die Unruhen, die sich im Westen des Landes zusammenbrauten; der Häuptling in Kandahar war jetzt wieder mit den Persern verbündet und intrigierte gegen Schah Schudscha.

»Und ich wette, der Häuptling der Kandahari nimmt dennoch gleichzeitig unsere Bestechungsgelder an«, empörte sich Florentia.

»Laut Sandy ja«, bestätigte Alice. »Macnaghten will eine Streitmacht dorthin schicken, um sich mit dem Unruhestifter zu befassen, aber Auckland sagt nur, dass man ihm mehr Geld geben soll. Der Generalgouverneur weigert sich, zusätzliche Truppen zu entsenden.«

»Wie ich höre, ist es jetzt zu gefährlich, Reisen zwischen Kandahar und Kabul zu unternehmen«, sagte Florentia.

»Das habe ich auch gehört«, bekräftigte Alice. »Es gibt Unruhen unter den Ghilzai.«

»Ich dachte, man bezahlt sie, damit sie die Landstraßen offen halten?«, wandte Dinah ein.

»Ja«, erwiderte Alice, »aber einige von ihnen hassen es derart, sich von Ausländern herumkommandieren zu lassen, dass keine Geldsumme sie je zufriedenstellen wird.«

»Sagt das dein Mann?«, fragte Dinah.

Alice errötete. »Nein, Vernon interessiert sich nicht für das, was die Afghanen tun. Sandy Ayton sagt das – und Sir William auch. Emily und ich sind manchmal zum Tee im Haus der Macnaghtens. Ich spitze dort immer die Ohren, um Neuigkeiten aufzuschnappen.«

»Und wie geht es Lady Macnaghten?«, erkundigte sich Florentia. »Sonnt sie sich in ihrer eigenen Erhabenheit?«

»Sei nicht so gemein, Mama«, mahnte Dinah.

»Ich frage doch nur«, sagte ihre Mutter augenzwinkernd.

»Finden eure Männer es eigentlich schwierig, so viel freie Zeit zu haben?«, wechselte Alice das Thema.

»Was meinst du damit?«, fragte Florentia.

Alice verspürte plötzlich den Drang, sich ihre Sorgen um ihren Mann von der Seele zu reden. »Vernon wird verrückt vor Langeweile und sagt, dass seine Pflichten im Bala Hissar eintönig sind. Er verschwindet stundenlang und durchstreift die Stadt. Und er gibt viel Geld aus – aber selbst das scheint ihm keine Freude zu bereiten. Und wenn er zu Hause ist, ist er lustlos und weiß nichts mit sich anzufangen. Nie zeigt er auch nur das geringste Interesse an Lotty.«

Dinah und Florentia tauschten unsichere Blicke. »Johnny und seine Ingenieure sind immer sehr beschäftigt«, meinte Dinah. »Es gibt schon die ganze Zeit so viel zu organisieren, um die Armeesiedlung zu bauen. Und Papa hat alle Hände voll zu tun, um den Bedürfnissen seiner Männer gerecht zu werden, nicht wahr, Mama?«

»Ja«, bestätigte Florentia.

»Vielleicht haben die Kavalleristen weniger zu tun«, sagte Dinah und sah sie mitfühlend an.

Florentia entschied sich, direkt zu sein. »Hör zu, es ist nicht gut, die Männer einfach in der Stadt herumlungern und Däumchen drehen zu lassen. Burnes führt sie auf Abwege – er lebt wie ein Pascha in der alten Zitadelle und bringt unsere Männer mit seinen Frauengeschichten in Verruf. Das gefällt den Afghanen nicht – besonders dann nicht, wenn es um ihre Frauen geht.«

Alice wurde rot. »Wollt ihr damit sagen, dass Vernon dorthin geht?«

»Ich weiß es nicht sicher, meine Liebe«, sagte Florentia, »aber es gibt Gerüchte.«

»Was für Gerüchte?« Alice' Herz begann zu hämmern. Als Florentia zögerte, mehr preiszugeben, bestürmte Alice sie: »Bitte sagt es mir. Wenn meine Freundinnen nicht ehrlich zu mir sein können, habe ich niemanden, an den ich mich wenden kann.«

»Wir haben gehört, dass Vernon in der alten Zitadelle ein Haus in der Nähe von Burnes hat und viel Zeit mit diesem Mann und seinem, sagen wir, Haushalt verbringt.«

»Ihr meint, mit anderen Frauen?«, fragte Alice. Ihr Magen verkrampfte sich.

»Manche Männer«, sagte Florentia, »scheinen solche Dinge für akzeptabel zu halten, wenn sie auf einem Feldzug weit weg von ihren Ehefrauen sind. Dein Mann ist vielleicht in solche Gewohnheiten verfallen.«

»Und die Kavallerie hatte es auf dem Marsch sehr schwer«, warf Dinah in dem Versuch ein, Entschuldigungen zu finden. »Johnny sagt, dass sie in einige blutige Zusammenstöße geraten sind – im Kampf Mann gegen Mann mit Stammesangehörigen, die keine Gefangenen machen. Er meinte auch, dass deshalb einige der Kavalleristen Opium rauchen, um zu vergessen.«

»Opium?« Alice schnappte nach Luft.

Die Frauen sahen sie mitleidig an.

Florentia sagte: »Es ist doch sicher offensichtlich für dich, dass Captain Buckley es raucht?«

Alice war wie vor den Kopf geschlagen. »Ich ... ich wusste es nicht. Ich nehme an, ich hätte ahnen sollen, dass ...«

Warum war sie nicht von selbst darauf gekommen? Sie dachte an seinen ausgemergelten Körper, seine Rastlosigkeit und seine Stimmungsschwankungen. Alle Anzeichen waren vorhanden. Sie hatte in Simla Opiumsüchtige gesehen – manche der Kinder, die sie unterrichtet hatte, waren wegen der Droge vaterlos gewesen. Vielleicht hatte sie sogar selbst schon Opium geraucht, auf den nächtelangen Feiern, die Vernon in Simla gegeben hatte? Alice wurde flau.

»Es tut mir leid«, sagte Dinah. »Wir dachten, du hättest es schon erraten.«

Die resolute Florentia hatte sofort einen Vorschlag: »Man darf ihm keine Vorwürfe dafür machen. Captain Buckley muss etwas Gesundes tun. Er ist Reiter. Bring ihn dazu, auszureiten. Erinnere ihn an das, was er am liebsten tut.«

Die Frauen brachen auf und ließen Alice erschüttert über ihre offenen Worte zurück. Kein Wunder, dass Vernon nicht wollte, dass sie auch nur in die Nähe der Stadt kam – er hatte überhaupt nicht gewollt, dass sie nach Afghanistan reiste. Er hatte ihr Vorwürfe gemacht, dass sie Lottys Leben auf Spiel gesetzt hätte, indem sie sie nach Kabul gebracht hatte, aber in Wirklichkeit hatte er sie beide aus einem anderen Grund nicht dort haben wollen. Vernon hatte sich seinen Ausschweifungen hingegeben und wollte nicht damit aufhören.

Wie lange ging das schon so? Erst seit die Armee in Kabul eingetroffen war und er durch die Strapazen des Feldzugs dazu getrieben worden war, weil er sich ohne seine Frau einsam gefühlt hatte? Oder hatte Vernon schon begonnen, ihr untreu zu sein, sobald er Simla verlassen hatte? Ihre Zweifel an ihm sorgten dafür, dass sie sich völlig niedergeschlagen fühlte.

Vielleicht hatte er schon immer mit anderen Frauen geschlafen, auch als sie frisch verheiratet gewesen waren.

Eine undeutliche Erinnerung drängte an die Oberfläche: Sie hatte gesehen, wie Vernon eines der *nautch*-Mädchen geküsst hatte, die Charlie Nairn auf ihre Dinnerparty mitgebracht hatte. Alice hatte kurz darauf das Bewusstsein verloren und die Erinnerung später als Albtraum abgetan. Sie hatte sich geweigert, ihn für so skrupellos zu halten, eine andere Frau in ihrer Gegenwart zu verführen.

Dann dachte sie an das Vermögen, das er ausgab, und zwar nicht nur für ihre Unterkunft in der Armeesiedlung. Er hatte ein Haus in der Stadt. Wer lebte sonst noch dort mit ihm? Hatte er eine Geliebte? Vielleicht hielt er sich, wie Burnes, einen ganzen Harem? Alice versuchte, die Übelkeit zu unterdrücken, die in ihr aufstieg. Er widerte sie an. Sie hob Lotty hoch und drückte sie eng an sich. Aber was sollte sie tun? Sie saß in Afghanistan fest; das hier war ihr Zuhause. Sie war Vernons Frau. Um Lottys willen würde sie das Beste daraus machen müssen. Alice küsste die weiche, rosige Wange des Mädchens. Sie würde sich mit fast allem abfinden, solange sie nur ihre Tochter hatte.

* * *

Alice unterdrückte ihren Groll und ihren Abscheu angesichts des Verhaltens ihres Mannes und beschloss zu versuchen, ihm zu helfen. Eine Zeit lang funktionierte Florentias Vorschlag. Alice beschwatzte Vernon, in der Kühle des frühen Morgens gemeinsam auszureiten, und ließ Lotty solange in Gitas Obhut.

Seine Gesichtsfarbe und sein Appetit verbesserten sich. Vernon begann wieder zuzunehmen. Alice genoss die Ausritte in der Morgendämmerung in vollen Zügen: Die schroffen Berge sahen am schönsten aus, wenn das rosafarbene Licht ihre Gipfel traf und das Tal von goldenen Sonnenstrahlen überflutet wurde.

Es gefiel ihr, die Dörfer und deren Obstgärten aus der Dunkelheit emportauchen zu sehen – grüne Inseln in der fahlen, staubigen Ebene – und die Rufe zum Gebet zu hören oder das Knarzen, wenn Eimer aus Brunnen hochgezogen wurden.

Eines Morgens sagte sie auf dem Rückweg von ihrem Ausritt: »Ich finde, diese Gegend ist von einer wilden Schönheit, meinst du nicht auch?«

Er brummte: »Nein, das finde ich nicht.« Dann berührte er kurz ihre Hand. »Du bist die einzige wilde Schönheit weit und breit.«

Alice lachte. Die Bemerkung kam so unerwartet. Das war das erste Kompliment, das er ihr seit ihrer Ankunft machte; ein Aufblitzen des alten Vernon. Dann dachte sie daran, dass er immer noch die Hälfte seiner Zeit in der Altstadt verbrachte, und spürte, wie ihr Abscheu zurückkehrte. Ihr Verdacht, was er dort tat, vergiftete ihre Ehe. Sie konnte ihm nicht vertrauen. Aber sie hatte auch nicht den Mut, ihn zur Rede zu stellen. Nur wenn sie es nicht sicher wusste, konnte sie überhaupt daran denken, diese Farce von einer Ehe weiterzuführen. Alice ging auf Abstand zu ihm.

»Lass uns ein Wettrennen zum Fluss machen!«, forderte sie ihn heraus. Sie trieb ihr Pony in den Galopp.

Hinter sich hörte sie Vernon lachen, als er die Verfolgung aufnahm.

* * *

Im Hochsommer begannen verstörende Gerüchte die Runde zu machen, dass Dost Mohammed im Hindukusch, unterstützt von Usbeken, eine riesige Streitmacht zusammenzog. Die

Atmosphäre in Kabul heizte sich auf, und in der Armeesiedlung breitete sich Panik aus, als die Nachricht bestätigt wurde.

Rasch wurde eine britische Streitmacht aus einheimischer Infanterie, berittener Artillerie und Kavallerie aufgestellt. Vernon gehörte dazu.

Alice beobachtete die Vorbereitungen voller Nervosität, aber sobald die Entscheidung zum Aufbruch gefallen war, wirkte ihr Mann fast erleichtert. Vielleicht waren Kampfhandlungen immer noch besser als das selbstzerstörerische Leben, das er jetzt führte. Sie konnte nicht leugnen, dass sie bei der Vorstellung, dass er eine Weile nicht da sein würde, Erleichterung empfand.

Zu ihrem Ärger hörte er mit ihren frühmorgendlichen Ausritten auf. Als sie protestierte, wurde er wütend.

»Es ist nicht mehr sicher da draußen, und nur ich allein als Begleiter kann dich nicht ausreichend schützen. Ich traue all diesen Afghanen nicht – noch nicht einmal denen, die so tun, als wären sie unsere Freunde. Und ich verbiete dir auch, in meiner Abwesenheit außerhalb der Armeesiedlung reiten zu gehen. Sie könnten dich angreifen, nur um sich an mir zu rächen.«

»Und warum sollten sie das tun wollen?«, fragte Alice. In ihr regte sich Unmut.

»Weil sie uns genauso sehr verabscheuen wie wir sie.«

Alice war drauf und dran, ihn zu fragen, ob der Grund dafür, dass er bei den Afghanen so unbeliebt war, darin bestand, dass er ihre Frauen missbrauchte. Aber sie wollte am Vorabend seiner Abreise keinen Streit vom Zaun brechen. Mühsam schluckte sie ihren Vorwurf hinunter. Sollte er doch für den Augenblick seinen Willen bekommen. Wenn er erst fort war, würde er nicht kontrollieren können, was sie zu tun beschloss.

Ende August brach die britische Streitmacht aus der Armeesiedlung auf und zog in die Berge des Hindukusch. Alice stand mit den anderen Frauen auf der Umfassungsmauer, um den Soldaten nachzuwinken.

»Gott steh uns bei, wenn sie nicht siegreich sind!«, rief Frances Macnaghten und umklammerte den Arm ihres Mannes.

»Natürlich werden sie siegen!«, behauptete Emily.

Sie standen stundenlang da und schauten, bis ihnen der Rücken wehtat – und der Konvoi uniformierter Soldaten nur noch ein roter Strich in der Ferne war.

Kapitel 27

Kabul, Herbst 1840

Ende September erreichte sie die Nachricht von der Schlacht von Bamiyan im Hindukusch. Die überlegene Feuerkraft der Briten hatte Dost Mohammeds Männer überwältigt, und seine usbekischen Verbündeten waren vom Schlachtfeld geflohen.

»Die Kavallerie hat sie verfolgt«, berichtete Sandy. »Es war eine vernichtende Niederlage für sie. Dafür wird Vernon zum Major befördert. Du solltest stolz auf ihn sein.«

Alice nickte, aber ihre Gefühle waren gemischt. Ihr spukten immer noch düstere Gedanken über ihn im Kopf herum; ein kleiner Teil von ihr hoffte heimlich, dass er nicht zurückkehren würde. Schuldgefühle hatten sie im Griff. Wie konnte sie dem Vater ihres geliebten Kindes den Tod wünschen?

Später erfuhren sie, dass es Dost Mohammed und seinen Söhnen geglückt war, ihren britischen Verfolgern zu entkommen, weil sie auf schnelleren Pferden geflohen waren. Der flüchtige Emir schien über magische Kräfte zu verfügen, wenn es darum ging, zu entwischen.

Sandy war optimistisch. »Nun, da seine Armee besiegt ist, kann er nicht mehr viel Schaden anrichten. Ein einziger Mann mit seinen Söhnen ist der britischen Armee kaum gewachsen. Und die Häuptlinge von Kohistan im Hindukusch haben sich bereit erklärt, ihm künftig keine Zuflucht mehr zu gewähren – natürlich nur gegen ein hübsches Sümmchen.«

»Meine Güte«, sagte Emily. »Bei den Unmengen von Geld, die wir diesen Stammesleuten schon gezahlt haben, sollten sie aber nun wirklich unsere Freunde sein.«

»John Sinclair hat in unserem Namen verhandelt«, erklärte Sandy. »Er scheint die Leute aus Kohistan gut zu kennen.«

Bei der plötzlichen Erwähnung von Johns Namen setzte Alice' Herz einen Schlag aus. Röte schoss ihr ins Gesicht.

»John Sinclair? Hast … hast du … Stehst du in Kontakt mit ihm?«, stammelte sie.

»Nicht persönlich«, sagte Sandy, »aber er schickt schon die ganze Zeit Berichte an Macnaghten.«

»Ist er in Kabul?«

»Ich glaube, er ist schon seit einer Weile nicht mehr hier gewesen. Ich habe ihn nie gesehen. Er durchstreift die Berge und sammelt Informationen für den Geheimdienst. Ich vermute, es war Sinclair, der uns als Erster vor Dost Mohammeds Gegenangriff gewarnt hat.«

»Das war tapfer von ihm«, sagte Emily und warf Alice einen verlegenen Blick zu. »Es klingt sehr gefährlich. Aber er kennt diese Leute ja wohl auch recht gut, nicht wahr, da er doch mit einer Afghanin verheiratet ist?«

»Deshalb ist er ja so nützlich für Macnaghten«, meinte Sandy. »Er kann als Eingeborener durchgehen – er kleidet sich wie einer und führt nach allem, was ich gehört habe, auch das entsprechende Leben.«

Alice schlug das Herz bis zum Halse. Sie hatte mit aller Macht versucht, sich John aus dem Kopf zu schlagen. Aber viele Male, wenn sie nach Kabul, das für sie eine verbotene Stadt war, hinübergesehen hatte, hatte sie sich gefragt, ob er dort lebte und täglich durch die Straßen schritt. Wohnte seine Familie mit ihm zusammen, oder war sie draußen auf dem Land? Vielleicht stammte seine Frau aus Kohistan, und John konnte deshalb als Vermittler zwischen den dortigen Häuptlingen und den Briten fungieren.

Sie stellte sich vor, dass er in den Bergen ein einfaches Leben führte. Dort oben bei einem Hirtenvolk, wie er es aus seiner Heimat kannte, musste er in seinem Element sein. Eine Welle bitterer Sehnsucht brach über Alice herein. Was, wenn Vernon sie über John belogen hatte? Was, wenn seine giftigen Worte über Johns Frauengeschichten und Geringschätzung für sie gar nicht wahr gewesen waren? Die beiden Männer verabscheuten einander offensichtlich und waren seit Addiscombe Rivalen. Hatte Vernon diese Dinge nur gesagt, um sicherzugehen, dass sie alle verbliebenen liebevollen Gedanken an John verbannte? Wenn den Gerüchten zu trauen war, dann war eher Vernon der Weiberheld.

Plötzlich musste Alice Gewissheit haben. Sie konnte die Zweifel, die ihre Krallen in sie schlugen und ihr den Schlaf raubten, nicht weiter ignorieren. Der Gedanke, die Stadt zu besuchen, während Vernon fort war, hatte sie schon den ganzen Monat lang beschäftigt. Jetzt, da er auf dem Rückweg sein mochte, war sie entschlossener denn je, es zu tun, bevor er wiederkam und sie höchstwahrscheinlich daran hinderte. Sie hatte ihm nicht getrotzt, indem sie frühmorgens ausgeritten war; auch die Aytons waren entsetzt von der Vorstellung gewesen. Aber sie würde sich nicht davon abhalten lassen, nach Kabul zu gehen. Sie musste Bala Hissar und die Orte, an denen Vernon sich häufiger aufhielt, mit eigenen Augen sehen. Sie musste die Wahrheit über sein Leben dort herausfinden.

Emily hatte das Thema gewechselt; sie redete jetzt über ein geplantes Feuerwerk in der Armeesiedlung. Aber Alice hatte nur mit halbem Ohr zugehört.

»Was meint ihr, ist es ungefährlich, in die Stadt zu gehen?«, unterbrach sie Emily jetzt.

»Warum möchtest du das denn?«, fragte Emily.

»Wir sind von so weit hergekommen, können Kabul aber nur aus der Ferne betrachten«, sagte Alice. »Bist du nicht auch neugierig darauf, die Stadt zu sehen?«

»Wie ich höre, soll sie übervölkert und schmutzig sein«, erwiderte Emily, »also eigentlich nicht.«

»Ich würde gern etwas kaufen, um es Vernon bei seiner Rückkehr zu schenken«, erfand Alice schnell einen Grund. »Etwas, das Lotty ihm geben kann. Und auch warme Winterkleidung. Es heißt, dass es hier bitterkalt werden kann.«

»Na ja, das wäre vielleicht eine gute Idee«, sagte Emily. »Was meinst du, Sandy?«

»Würdest du uns Kabul zeigen?«, bestürmte Alice ihn. »Du kennst die Stadt von deinen Besuchen bei Schah Schudscha doch gut.«

Sandy ließ sich leicht überreden, als er bemerkte, dass auch seine Frau gern nach Kabul wollte.

* * *

Am folgenden Tag überquerten sie, begleitet von Sandy und dreien seiner Männer, die hölzerne Brücke, die die Briten über den Fluss gebaut hatten, und ritten nach Kabul. Alice fiel auf, dass auf dem felsigen Hang jenseits der Stadt Verteidigungsmauern aufragten. Auf einem Wehrgang mit Zinnen standen Wachen auf Posten. Die Hauptstadt wurde gut bewacht.

Als sie durchs Tor ritten, fanden sie sich in einem Labyrinth aus Gässchen mit offenen Verkaufsständen wieder. Die Straßen wurden immer enger, je tiefer sie sich hineinwagten. Alles war so von Menschen, Tieren und Karren überfüllt, dass sie auf ihren Ponys nur langsam vorankamen. Zwei der Männer ritten vor den Frauen, zwei hinter ihnen.

Um sie herum schien sich ein Gewirr aus unterschiedlich hohen Häusern mit Flachdächern über die Gassen zu lehnen und den Herbstsonnenschein auszusperren. Sie ritten bergauf, auf die Zitadelle zu. Alice war erstaunt über die Größe der Stadt. Sie kamen auch an mehreren Basaren vorbei.

»Warten Sie, bis Sie erst den Großen Basar sehen«, sagte Jamieson, der junge Lieutenant, der sie begleitete. »Er ist riesig. Die Einheimischen nennen ihn Char Chouk.«

Sie stiegen ab, als sie den Hauptbasar erreichten. Sandy führte sie hinein. Es war ein gewaltiger überdachter Markt, der aus vier miteinander verbundenen, in Dämmerlicht getauchten Bogengängen bestand. Die Wände waren mit bunt bemalten Paneelen verziert. Ladenbesitzer saßen vor großen Warenauslagen: Unmengen von Früchten, Gewürzen und Gemüse; zur Schau gestellte Rüstungen, Waffen, Besteckteile und Tongefäße; Stapel von Schaffellen und Stoffballen; Haufen von totem, ungerupftem Geflügel; Hirsche, die mit starren, blicklosen Augen an Haken hingen.

Für Lotty kaufte Alice einen Steppmantel, eine Schaffellmütze, Fäustlinge und bunte Wollsocken mit Ledersohlen. Für sich selbst besorgte sie einen Pelzmantel und eine Mütze. Da sie sich nicht entscheiden konnte, was sie für Vernon wählen sollte, bat sie Sandy, etwas auszusuchen.

»Wie wäre es mit einer dieser feinen Wollwesten?«, schlug er vor. »Er kann sie unter seiner Uniform oder im Haus tragen.«

»Danke«, sagte Alice. »Das ist eine gute Wahl. Schöne Kleidung mochte er schon immer.«

Auch Emily kaufte begeistert ein. »Ich kann nicht fassen, dass du uns diesen Basar bisher vorenthalten hast, Sandy – er ist faszinierend.«

Sie ließen ihre Einkäufe einwickeln und gaben die Anweisung, sie in die Armeesiedlung liefern zu lassen.

»Ich bin erschöpft«, verkündete Emily. »Können wir irgendwo eine Erfrischung zu uns nehmen, bevor wir nach Hause reiten?«

Sandy führte sie zu einem Teehaus; der Besitzer winkte sie herein und forderte sie auf, sich auf seinen Teppich zu setzen.

Alice zögerte.

»In der verbleibenden Zeit würde ich mir lieber das Bala Hissar ansehen«, sagte sie. »Vielleicht kann Lieutenant Jamieson mir die Zitadelle zeigen?«

Sandy waren seine Zweifel anzumerken, aber der junge Lieutenant war nur zu gern dazu bereit. Er freute sich, mit seiner Ortskenntnis prahlen zu können. Sie einigten sich darauf, sich eine halbe Stunde später am Teehaus wiederzutreffen.

Alice und ihr Begleiter ritten höher hinauf, bis sie innerhalb der Mauern der unteren Zitadelle waren, in der die Frauen des Emirs untergebracht waren.

»Hier hätten wir Quartier nehmen sollen, wenn wir die Armeesiedlung nicht gebaut hätten«, berichtete Jamieson. »Ich wette, Sie sind froh darüber, dass Sie nicht hier wohnen müssen.«

»Nein, im Gegenteil, ich finde, dass dieser Ort einen gewissen Charme hat«, erwiderte Alice nachdenklich.

Die Häuser bestanden überwiegend aus den gleichen ungebrannten Ziegeln und Lehmdächern wie auch anderswo, aber einige hatten kunstvoll geschnitzte Holzeingänge. Durch sie erhaschte Alice Blicke auf geschützte Höfe mit Wasserbecken und Obstbäumen. Die Häuser hatten in den oberen Geschossen umlaufende Balkone, die mit Fensterläden abgeschirmt waren. Alice bewunderte ihr filigranes Gitterwerk. Einige der Fensterläden wurden aufgestoßen, und verschleierte Frauen beugten sich heraus und beobachteten sie beim Vorbeigehen.

Je weiter sie kamen, desto angespannter wurde Alice; wohnte Vernon in einem dieser Häuser? Sie gelangten in das eigentliche Zentrum von Bala Hissar: die Festung, die über der Stadt thronte und in der Schah Schudscha seinen Palast hatte. Sie war schwer von Gurkhas und afghanischen Truppen bewacht, die die Besucher aber passieren ließen.

Jamieson führte sie zum höchsten Punkt der Zitadelle hinauf. Alice verschlug es angesichts des Ausblicks den Atem. Sie konnte nicht nur die ganze Stadt mit ihrem Flickwerk aus Lehmdächern, Balkonen und kuppelbekrönten Moscheen sehen, sondern auch die in der Ferne liegenden Forts an der Straße nach Dschalalabad. In der anderen Richtung – zum Hindukusch hin – war die Armeesiedlung im Sonnenschein gut zu erkennen. Auf die Entfernung erschienen die in ordentlichen Reihen errichteten Unterkünfte wie Bauklötzchen. Alice entdeckte sogar ihr eigenes Haus. Kabul wirkte uneinnehmbar; die Armeesiedlung dagegen sah aus, als könnte ein launisches Kind sie mit einer Handbewegung wegfegen.

Das war natürlich ein lächerlicher Gedanke, wie Alice klar wurde. Die Armeesiedlung wurde genauso schwer bewacht wie die Stadt.

»Ich möchte gern, dass Sie mir zeigen, wo Lieutenant General Burnes wohnt«, bat Alice ihren Führer.

Er wirkte verblüfft. »Ich bin mir nicht sicher …«

»Aus reiner Neugier.« Sie lächelte. »Man hört so viel über ihn. Was kann es schon schaden, einen Blick auf sein Haus zu werfen?«

Widerwillig erklärte der junge Offizier sich dazu bereit. Sie kehrten auf dem Weg zurück, auf dem sie gekommen waren, aber in der unteren Zitadelle bogen sie rechts ab in eine Straße, die auf der einen Seite von massiven Häusern gesäumt wurde, die von kleinen, üppig gedeihenden Gärten umgeben waren. Die Eingänge waren Torbögen – im »türkischen Stil«, wie

Jamieson hervorhob. Balkone ragten über die Straße. Auf der anderen Seite befanden sich Teehäuser und Werkstätten. Das Viertel machte einen wohlhabenden Eindruck.

»Das ist es«, sagte Jamieson und nickte zu einem der Häuser hinüber. Alice verspürte ein leichtes Ziehen in ihrer Stirn, als sie zu den Fenstern hochschaute und sich fragte, wie oft ihr Mann sich hinter dieser Fassade vergnügt hatte.

Sie sah sich die Häuser links und rechts davon an. War darunter das, in dem Vernon wohnte? Hatte er ein ganzes Haus oder nur einen Teil davon gemietet? Zwei Frauen erschienen auf Burnes' Balkon. Sie waren unverschleiert, aber als sie bemerkten, dass Alice zu ihnen hinaufstarrte, zogen sie sich ihre Schals übers Gesicht und duckten sich weg, sodass sie nicht mehr zu sehen waren.

»Sind Sie je dort drinnen gewesen, Lieutenant?«, fragte Alice. »Sie können offen mit mir reden – ich werde es niemandem verraten.«

Er errötete leicht. »Nur ein- oder zweimal. Burnes ist sehr gastfreundlich uns jungen Offizieren gegenüber. Und er weiß viel über Afghanistan – viel mehr als die Männer, die den Befehl über unsere Expedition führen.«

Alice war erstaunt, dass er sich so unverblümt äußerte. »Also glauben Sie, dass er recht hatte, als er gesagt hat, man hätte lieber Dost Mohammed an der Macht bleiben lassen sollen?«

Jamieson wirkte verlegen und bereute vielleicht seine Offenheit. Er senkte die Stimme. »Schah Schudscha scheint nicht den gleichen Respekt zu genießen wie der frühere Emir. Aber wir sind hier, um unser Bestes zu tun.«

»Kennen Sie meinen Mann? Captain Buckley?«

Er warf ihr einen misstrauischen Blick zu. »Ja, er ist ein guter Kavallerieoffizier.«

»Und ein Freund von Burnes?«, fragte Alice.

»Ja, ich glaube schon.«

»Welches Haus ist seines?«

Jamieson wurde jetzt sehr rot. »Ich bin mir nicht sicher, ob ich richtig verstehe …«

»Ich glaube, das tun Sie. Mein Mann verbringt mehr Zeit hier als in der Armeesiedlung. Ich möchte gern wissen, welches Haus er hier unterhält. Sie werden keinen Ärger bekommen, wenn Sie es mir erzählen, versprochen.«

Alice' Herz hämmerte angesichts ihrer eigenen Kühnheit. Sie empfand es als demütigend, fragen zu müssen, aber sie würde erst wieder gehen, wenn sie Bescheid wusste.

Jamieson zögerte und zeigte dann auf ein schmales Gebäude drei Häuser weiter die Straße hinunter. Es hatte eine hohe, hölzerne Tür, die halb offen stand. Alice stieg aus dem Sattel und eilte darauf zu.

»Warten Sie!«, rief Jamieson. »Sie dürfen nicht hineingehen!«

Alice stieß die Tür auf und fand sich in einem kleinen Hof mit einem Springbrunnen in der Mitte wieder. Unter einem Mandelbaum war ein Teppich ausgebreitet. Ein kleines Baby lag nackt und strampelnd darauf, halb im Schatten, halb im warmen Sonnenschein. Alice stürmte vorwärts. Ihr Puls dröhnte in ihren Ohren. Die weichen, blonden Locken des Babys glänzten im Sonnenlicht. Es war ein Junge.

Der Wachmann, der im Türdurchgang gedöst hatte, schrie auf. Eine Frau kam aus dem Haus. Sie wirkte panisch. Mit offenem Mund starrte sie Alice an. Ihr Schal rutschte ihr vom Kopf. Sie war schön, mit schmalem Gesicht und großen dunklen Augen. Ihre Brüste waren prall vor Milch. Sie sah sehr jung aus.

Das Mädchen riss das Baby hoch und versuchte, Alice wegzuscheuchen.

Hinter sich hörte Alice, wie Jamieson den Wachmann zu beschwichtigen versuchte.

»Ist das Vernons Baby?«, fragte Alice und sah der jungen Frau in die Augen. »Ist das Captain Buckleys Baby?«

Die junge Frau starrte Alice voller Furcht und Unverständnis an. Alice wiederholte ihre Frage auf Hindustani, aber die junge Mutter stieß zur Antwort etwas in einer Sprache hervor, die Alice nicht kannte.

»Sie spricht Paschtu«, sagte Jamieson und drängte sich an dem alten Mann vorbei.

»Fragen Sie sie für mich«, verlangte Alice. »Fragen Sie sie, ob das hier das Kind meines Mannes ist!«

Jamieson sprach in stockenden Worten zu ihr. Dem afghanischen Mädchen kamen die Tränen. Sie antwortete voller Aufregung, zog dann ihren Schleier über sich und das Baby und floh mit dem Kleinen ins Haus.

Alice packte Jamieson am Arm. »Was hat sie geantwortet? Sagen Sie es mir!«

»Sie hat gesagt, dass Captain Buckley der Vater ist.«

Alice stieg die Galle in die Kehle. Sie hatte das Gefühl, sich noch an Ort und Stelle übergeben zu müssen. Sie konnte den Ausdruck des Mitleids im Gesicht des jungen Offiziers nicht ertragen. Sie drängte sich an ihm vorbei und rannte aus dem Hof, zurück auf die staubige Straße.

Kapitel 28

Alice verbrachte die nächsten Tage in einem Zustand der Benommenheit. Sie konnte nicht über das sprechen, was sie erlebt hatte – nicht einmal mit Emily –, und erzählte niemandem, dass sie Vernons Geliebte und sein Baby entdeckt hatte. Sie wollte nicht, dass Lieutenant Jamieson Ärger bekam, weil er sie hingeführt hatte, aber sie hätte ohnehin nicht die richtigen Worte finden können; sie fühlte sich, als ob es ihr die Sprache verschlagen hätte.

Jedes Mal, wenn sie Lotty ansah und ihre blonden Locken berührte, erinnerte Alice sich an den Säugling, der auf dem afghanischen Teppich im Halbschatten gelegen hatte, seine langen Gliedmaßen, sein honigblondes Haar und sein rundes, zufriedenes Gesicht. Sein Haar und seine Haut waren einen Hauch dunkler gewesen als die ihrer Tochter und seine Augen braun, aber er und Lotty sahen aus wie Geschwister – und *waren* auch Geschwister!

Wie hieß das Baby? Wie alt war es? Wenn Alice hätte raten müssen, hätte sie gesagt, dass der Kleine wohl etwa drei Monate alt war – nicht mehr als vier. Er musste im Früh- bis Hochsommer geboren worden sein, zu der Zeit, als Alice an Vernons angeschlagener Gesundheit und seiner trüben Stimmung schier verzweifelt war. Vielleicht war Vernon doch nicht impotent; er wollte nur mit ihr nicht intim werden. Hatte er in ihrem Bett gelegen und an seine afghanische Geliebte gedacht, sich danach gesehnt, stattdessen bei ihr zu sein?

Liebte Vernon diese Frau – dieses Mädchen, das nicht älter als sechzehn oder siebzehn sein konnte? Oder war sie nur eine von mehreren Mätressen? War er wie Burnes, der sich einen Harem von ihm abhängiger Frauen hielt? Und wenn ja, konnte es sein, dass es weitere uneheliche Kinder gab, die entweder schon zur Welt gekommen oder unterwegs waren? Alice schwankte zwischen einem Übelkeit erregenden Gefühl der Demütigung und brodelndem Zorn. Wie wenig Achtung musste Vernon vor ihr – und vor ihrer Tochter – haben, wenn er sich so gefühllos verhielt. Nach zwei Jahren Ehe musste Alice sich eingestehen, dass ihr Mann ihr mindestens die Hälfte der Zeit untreu gewesen war.

Wer sonst noch wusste über Vernons anderen Haushalt Bescheid? War es unter den britischen Offizieren allgemein bekannt, oder wussten es nur die wenigen, die selbst solche Häuser in der Stadt hatten? Bestimmt billigten doch Sandy Ayton und andere aus Macnaghtens politischem Stab ein solches Verhalten nicht? Das würde ein schlechtes Licht auf die britische Administration werfen, genau wie Burnes' Harem. Die Briten in der Armeesiedlung duldeten Vernons Opiumrauchen und sein erratisches Benehmen, wenn er betrunken war, weil er ein guter Kavallerieoffizier war. Würden sie weiterhin so nachsichtig sein, wenn sie von seiner afghanischen Geliebten und ihrem Kind erfuhren? Hatte Jamieson seinen Offizierskameraden schon erzählt, was sie entdeckt hatten? Vielleicht war es den Männern gleichgültig, und sie betrachteten so etwas gewissermaßen als Kriegsbeute, solange die Ehefrauen und Familien nichts davon erfuhren.

Aber jetzt wusste Alice Bescheid. Das Wissen um das, was Vernon getan hatte, brannte wie Säure in ihrem Magen, Übelkeit erregend und zerfressend. Es fiel ihr schwer, zu schlafen oder zu essen. Alice sah immer wieder vor sich, wie die junge Mutter ihren Sohn hochgehoben und schützend an ihre geschwollenen Brüste gedrückt hatte. Hatte sie etwa befürchtet, dass Alice gekommen war, um ihr ihren Halb-*feringhi*-Jungen wegzunehmen? Das afghanische Mädchen war schreckensstarr gewesen und doch zugleich wild entschlossen, ihr Kind zu verteidigen.

Zuerst war Alice voller Groll und Zorn auf die andere Frau gewesen; Vernon verbrachte seine Zeit lieber mit ihr und ihrem Kind als mit Alice und Lotty. Aber je mehr Alice über den Haushalt in Kabul nachdachte, desto mehr Mitgefühl hatte sie mit dem Paschtu sprechenden Mädchen. Womit hatte Vernon sie bestochen, um sie zu sich zu locken – mit welchen süßen Versprechungen und Geschenken? Sie musste ihm gegen den Wunsch ihrer Familie zu Willen gewesen sein, denn die Afghanen waren bekannt dafür, die Ehre ihrer Frauen zu verteidigen und diejenigen zu bestrafen, die Fehltritte begingen.

Aber was würde aus dem Mädchen und ihrem Bastardbaby werden, wenn die Briten Kabul verließen – und so würde es ja früher oder später kommen? Würde Vernon seine Geliebte so leichthin im Stich lassen, wie er etwas mit ihr angefangen hatte? Alice vermutete, dass er das tun würde. Allmählich hatte sie Mitleid mit der jungen Frau und ihrem Kind. Sie verabscheute Vernon für das, was er tat. Wann immer Alice jetzt an ihren Mann dachte, war sie angewidert. Sie hatte sich sehr bemüht, ihn zu lieben und ihn glücklich zu machen, aber was hatte sie damit erreicht? Vernon hatte sie dazu überlistet, ihn zu heiraten, indem er sie nach Georges Tod so unermüdlich umworben hatte. Warum hatte er sich die Mühe gemacht?

Dann wurde ihr klar, dass der Hauptgrund ihr Reichtum gewesen sein musste. Vernon brauchte ständig Geld, um seinen hedonistischen Lebensstil zu finanzieren. Alice' Vermögen ermöglichte ihm seine Ausschweifungen in Kabul.

* * *

Die Männer kehrten im Oktober aus dem Hindukusch zurück, aber es gab kaum Jubel darüber. So weit hergeholt es auch schien: Dost Mohammed hatte Gerüchten zufolge eine neue Armee für seine Sache gewonnen, vor allem hartgesottene Ghilzai, und beschwor sie nun, ihr Land ein für alle Mal von den verhassten, gottlosen *feringhi* zu befreien.

»Es ist zu unsicher für Schah Schudscha, seinen Hof diesen Winter nach Dschalalabad zu verlegen«, vertraute Sandy Alice an. Emily war nicht bereit, sich schlechte Nachrichten anzuhören, und so schüttete er oft Alice sein Herz aus, wenn er Sorgen hatte. »Aber es fällt uns höllisch schwer, ihn davon zu überzeugen.«

In Kabul brach offene Panik aus, als sich herumsprach, dass Dost Mohammed nur noch gut sechzig Kilometer von der Stadt entfernt war, und viele von Schah Schudschas Soldaten desertierten, um zu dem abgesetzten Emir überzulaufen. Hastig wurden Verteidigungspläne für die Zitadelle geschmiedet. Sogar Emily konnte die allgemeine Anspannung nicht ignorieren. Als Alice sie das nächste Mal besuchte, fragte Emily ihren Mann ängstlich: »Werden wir ins Bala Hissar ziehen müssen?«

»So weit wird es nicht kommen«, versicherte Sandy. »Es ist verstörend für alle, das gebe ich zu – und es lässt uns Briten schwach wirken, dass Dost Mohammed wie ein Wadenbeißer direkt vor den Toren Kabuls nach uns schnappt. Aber er ist der britischen Armee nicht gewachsen, meine Liebe.«

»Sandy hat recht«, beruhigte Alice Emily. »Sir Robert wird sich wehren. Florentia setzt vollstes Vertrauen in die Fähigkeit ihres Mannes, unsere Sicherheit zu gewährleisten.«

Alice wusste von Florentia, dass ihr Mann Vorstöße ins Territorium der Ghilzai anführte, um diese in Schach zu halten. Aber bald darauf erhielt Alice' Optimismus durch die Nachricht einen Dämpfer, dass Captain Edward Connolly, der die Frauen im Vorjahr sicher nach Afghanistan gebracht hatte, in einem Scharmützel mit den Ghilzai gefallen war. Das riss sie aus ihrer Lethargie.

»Er war solch ein netter Mann«, sagte Alice unter Tränen. Sie saß da und hatte ihren Stickrahmen unberührt auf ihrem Schoß liegen.

Vernon, der ihr die Neuigkeit mitgeteilt hatte, reagierte gereizt auf ihre Bemerkung. »Warum vergießt du Tränen um einen Mann, den du kaum gekannt hast? Ich war in einer blutigen Schlacht, aber du redest kaum noch ein Wort mit mir, seit ich zurück bin.«

Er wirkte stärker als bei seinem Aufbruch vor einem Monat, und ein Teil seiner alten Angriffslust war zurückgekehrt. Alice musste zugeben, dass Feldzüge Vernon gut bekamen, obwohl sie es kaum ertragen konnte, ihn anzusehen.

»Der arme Captain ist tot«, entgegnete Alice. »Du hattest das Glück, unversehrt zurückzukehren.« Sie legte ihre Handarbeitssachen beiseite und stand auf. »Ich sehe jetzt nach, ob Lotty aus ihrem Mittagsschlaf aufgewacht ist.«

Er packte sie am Arm, als sie versuchte, das Zimmer zu verlassen. »Ich hätte erwartet, dass meine Frau sich mehr freut, mich zu sehen«, sagte er mit zusammengekniffenen Augen. »Vergiss Connolly; ich bin der Mann, an den du denken solltest.«

»Das tue ich auch«, erwiderte Alice. Ekel überkam sie.

»Dann zeig es auch, Frau«, forderte er, hielt ihre Arme fest und küsste sie schwungvoll auf den Mund. Es stieß sie ab, dass sein Verlangen, mit ihr zu schlafen, zurückkehrte. Bisher hatte die Ausrede, dass sie ihre Monatsblutung hatte, ihn davon abgehalten, sie im Bett anzurühren. Aber sie wusste, dass Vernon jetzt jeden Tag seine Forderungen erneuern würde.

Alice entzog sich ihm voller Abscheu. Er sah es ihren Augen wohl an, denn er hielt sie fest, packte sie bei den Haaren und zog so heftig daran, dass sie ihm ins Gesicht sehen musste.

»Ich dachte, du magst meine Küsse«, zischte er. »Früher hast du dich nach ihnen gesehnt.«

Alice knirschte mit den Zähnen. »Das war, bevor ich wusste, dass du mich nicht liebst«, stieß sie hervor. »Bevor ich wusste, wie wenig du von deiner Frau und Tochter hältst.«

»Was meinst du damit?«, fragte er.

Etwas in Alice zerbrach. Sie würde es sich nicht länger bieten lassen, von ihm betrogen zu werden.

»Ich meine, dass ich von deiner Geliebten in Kabul weiß«, sagte sie anklagend. »Von dem *Mädchen*, mit dem du öfter schläfst als jemals mit mir.«

Vor Überraschung riss er den Mund weit auf.

»Leugne es nicht.« Alice sah ihn trotzig an. »Ich habe sie kennengelernt.«

»Das ist unmöglich«, stieß er hervor.

»Nicht unmöglich«, sagte sie und versuchte, ihn von sich wegzuschieben. »Ich war in deinem Haus in Kabul. Also weiß ich über sie Bescheid – und ich habe deinen Bastardsohn gesehen!«

Sein Erstaunen verwandelte sich in Wut. Er lockerte seinen Griff um ihr Haar und ohrfeigte sie. Alice war einen Moment lang wie betäubt. Vernon schrie sie an, aber ihre Ohren tönten so laut, dass sie nicht hörte, was er sagte. Er wirkte fuchsteufelswild. Sie streckte die Hand aus, um sich an der Rückenlehne eines Stuhls abzustützen. Allmählich hörte sie wieder etwas, obwohl ihr Ohr vor Schmerz pochte.

»… hätte ich das gar nicht nötig gehabt, wenn du mir einen Sohn geschenkt hättest wie eine pflichtbewusste Ehefrau.«

»Rede dich ja nicht damit heraus«, fauchte Alice ihn an und hielt sich mit einer Hand den pochenden Kopf. »Du lebst mit dem Mädchen schon zusammen, seit du hergekommen bist. Du hast zugelassen, dass Lotty und ich herkommen ...«

»Ich habe dich nie ermuntert, herzukommen«, sagte Vernon verächtlich. »Du bist mir hier nichts als ein Klotz am Bein. Ihr Frauen und Kinder hättet allesamt nicht kommen sollen – ihr setzt die Armee einem zusätzlichen Risiko aus. Jetzt sind wir vom Feind umzingelt. Wie sollen wir denn auch noch diese verdammte Armeesiedlung verteidigen? Hier sind wir doch eine leichte Beute. Wenn Macnaghten seine alberne Frau nicht ermutigt hätte, herzukommen, wären wir Männer alle sicher im Bala Hissar und würden tun, was Soldaten nun einmal tun müssen, um einen Krieg zu überstehen.«

Alice sah ihn voller Verachtung an. »Gib nicht uns Frauen die Schuld an dieser Situation«, sagte sie, »und entschuldige dich nicht damit, dass es bei der Armee normales Verhalten ist, seine Frau zu hintergehen. Gute Männer wie Sandy Ayton betrügen ihre Frauen nicht, wie du es tust.«

»Das muss er ja auch nicht.« Vernon grinste hämisch. »Er hat eine fügsame Frau, die alles tut, was er verlangt. Ich erinnere mich noch an die Tage, an denen auch du im Schlafzimmer alles getan hast, was ich wollte.«

Alice wurde übel. »Jetzt nicht mehr«, entgegnete sie.

»Das werden wir ja sehen.« Sein Tonfall war drohend.

»Geh zu deiner afghanischen Geliebten«, sagte Alice mit trotzigem Blick. »In meinem Bett bist du nicht mehr willkommen.«

Sie dachte, er würde sie noch einmal schlagen, aber stattdessen marschierte er abrupt zur Tür. »Ich werde in dein Bett kommen, wann immer es mir gefällt«, erklärte er. »Bis dahin schlafe ich lieber mit einer Frau, die Vergnügen daran findet – und meine Bedürfnisse besser befriedigt, als du es je tun wirst.«

Vernon stolzierte hinaus, schlug die Tür zu und ließ Alice vor Angst und Erleichterung zitternd zurück.

* * *

Alice sah Vernon tagelang nicht wieder. Er kam kurz nach Hause, um seinen Dienern zu befehlen, seine Ausrüstung für einen neuerlichen Marsch gegen Dost Mohammed vorzubereiten. Diesmal würden die britischen Streitkräfte unter Sales Kommando im Parwan-Tal nördlich von Kabul einen Frontalangriff gegen ihn führen, bevor er die Stadt erreichen konnte. Es war Anfang November, und eine erste dünne Schneeschicht lag auf den umgebenden Bergen.

Alice verbrachte angespannte Tage mit Emily. Die beiden Mütter versuchten, ihre Kinder zu beschäftigen, während sie im Haus festsaßen. Sandy wollte sie nicht draußen herumspazieren lassen, damit sie nicht in Versuchung gerieten, von den Mauern Ausschau zu halten, wo sie Scharfschützen der Ghilzai hätten zum Opfer fallen können. Alice fühlte sich an Vernons vorwurfsvolle Worte erinnert, dass die Anwesenheit der Frauen eine zusätzliche Belastung für die Männer bedeutete. Vielleicht hatte er recht und sie hätten nie kommen sollen. Setzte sie nicht ihre Tochter einem unnötigen Risiko aus?

Nach und nach erreichten düstere Neuigkeiten die Armeesiedlung: Die britische Kavallerie sollte von Dost Mohammeds Truppen in Stücke gehauen worden sein. Der afghanische Rebellenführer hatte seine blaue Standarte erhoben und seinen Turban abgenommen, um die Ausländer herauszufordern, bevor er seine Männer angefeuert hatte, die Ungläubigen von ihrem Boden zu vertreiben.

Florentia und Dinah warteten nervös auf Nachrichten von den Männern.

»Du musst dir ja auch solche Sorgen um Captain Buckley machen«, meinte Dinah mitfühlend.

Alice nickte knapp und wandte sich ab, bevor ihr Gesicht ihre wahren Gefühle verraten konnte.

Dann schlugen die gedrückte Stimmung und die Angst plötzlich ins Gegenteil um. Die Truppen kehrten allmählich mit der erstaunlichen Neuigkeit zurück, dass Dost Mohammed, obwohl er die Oberhand gewonnen hatte, angesichts der britischen Kanonen plötzlich haltgemacht hatte, um stolz sein Banner flattern zu lassen und dann den Rückzug anzutreten. In den Jubel mischte sich Unbehagen: Mehrere Offiziere waren getötet worden. Sale hatte einen Schwerthieb ins Gesicht bekommen.

Eine Nachricht an Alice traf ein.

»Leider ist es keine gute«, sagte Sandy, der es auf sich genommen hatte, ihr die Neuigkeit beizubringen.

Alice' Herz begann zu hämmern, und ihre Kehle wurde trocken. »Ist Vernon tot?«, flüsterte sie.

»Nein, das glücklicherweise nicht. Tut mir leid, ich wollte dir keine unnötigen Sorgen bereiten«, sagte Sandy, »aber er ist schwer verwundet. Schwerthiebe in Bein und Arm. Sie bringen ihn aus dem Lager ins Lazarett der Armeesiedlung. Ich arrangiere alles, damit du ihn so bald wie möglich besuchen kannst.«

»Danke«, brachte Alice hervor. Vor Erleichterung und Bedauern zugleich drehte sich ihr der Magen um.

Sie wartete angespannt darauf, ihren Mann besuchen zu dürfen, aber er wurde operiert und war danach in einem kritischen Zustand. Am folgenden Abend wurden ihr ein paar Minuten bei Vernon gestattet.

»Er hat eine hohe Dosis Laudanum erhalten«, warnte der Militärarzt sie vor. »Wahrscheinlich wird er Sie nicht erkennen, aber es könnte seine Moral dennoch stärken.«

Vernon lag auf einem Feldbett aus Leinwand. Einer seiner Arme war dick verbunden. Sein Gesicht wirkte wächsern, seine Augen glänzten fiebrig. Er sah so verletzlich aus, dass Alice Mitleid mit ihm bekam und Schuldgefühle empfand. Sie hatte gebetet, dass er nicht zurückkehren würde und dass sie ihn nie würde wiedersehen müssen. Was für ein Mensch war sie, einem anderen so etwas Böses zu wünschen – und sei es auch einem Mann, der ihr so viel Leid zugefügt hatte wie Vernon? Sie setzte sich ans Bett und nahm seine Hand; sie war kalt und schlaff. Ein Mann im Bett nebenan stöhnte vor Schmerz, aber Vernon war stumm.

»Du wirst wieder gesund«, redete sie beruhigend auf ihn sein. »Du wirst dich erholen. Sie entlassen dich bald nach Hause, und ich werde helfen, dich zu pflegen, das verspreche ich dir.«

Er sah sie an. In seinen blauen Augen stand Verwirrung. Nach ein paar Minuten kehrte der Arzt zurück und bedeutete ihr, wieder zu gehen. Als sie aufstand, umklammerte Vernon schwach ihre Hand. Er versuchte, etwas zu sagen. Sie beugte sich näher heran.

»Bitte«, flüsterte er, »lass mich nicht sterben. Ich will nicht sterben.«

Ihr Magen verkrampfte sich. »Du wirst nicht sterben.« Sie drückte ihm die Hand. »Lotty braucht ihren Vater.« Sie zwang sich zu einem Lächeln.

»Lotty?« Er runzelte die Stirn.

»Deine Tochter.«

»Ach ja.« Er seufzte und schloss die Augen.

Sie ließ ihn schweren Herzens allein. Die Verantwortung, Vernons Frau zu sein, lastete wie Blei auf Alice. Sie liebte ihn nicht – in letzter Zeit hasste sie ihn sogar leidenschaftlich –, aber sie waren durch Lotty verbunden. Sie würde alles tun, was in ihrer Macht stand, um ihre Tochter zu beschützen und

Vernon klarzumachen, wie viel Freude das kleine Mädchen ihm bereiten konnte.

Verstört von ihrem Besuch im Lazarett unternahm Alice einen Spaziergang durch die Armeesiedlung, als der Abend sich herabsenkte. Sie stieg die Stufen der Mauer hinauf, die das Anwesen des Gesandten umgab, und sah nach Kabul hinüber. Lichter wurden dort entzündet und glommen in der beginnenden Dunkelheit wie Glühwürmchen. Die Sonne ging hinter den westlichen Bergen unter und hüllte sie in prachtvolles Orange und Rosa. Es war so still, dass sie das Blöken von Schafen in einem über anderthalb Kilometer entfernten Dorf hören konnte. Wie konnte dieser ruhige Ort einem anderen so nah sein, an dem vor zwei Tagen noch eine blutige Schlacht getobt hatte?

Alice sah noch einmal hinüber zur Stadt. Wartete Vernons Geliebte angstvoll auf Nachricht von ihm? Wer würde zu ihr kommen und ihr mitteilen, dass er die Schlacht zwar überlebt hatte, aber schwer verwundet war? Sie fragte sich einen Moment lang, ob sie versuchen sollte, das Mädchen darüber zu unterrichten, und seufzte dann gereizt. Sie hatte diese unerträgliche Situation nicht verschuldet, sondern Vernon. Wenn er durchkam – *falls* er durchkam –, würde er den Schlamassel selbst bereinigen müssen.

Sie wollte sich schon umdrehen und wieder in die Armeesiedlung hinabsteigen, als sie Hufschläge von der Ebene hörte, aus der Richtung, in der die Schlacht stattgefunden hatte. Ein kleiner Trupp Reiter näherte sich im Trab. Bald konnte Alice Macnaghten und Sandy ausmachen; sie wusste von Emily, dass sie unterwegs gewesen waren, um die Männer zu besuchen, die aus der Schlacht zurückgekehrt waren, aber noch ein paar Kilometer entfernt lagerten.

Bei ihnen waren zwei Afghanen, die weiße Turbane, die sich im Licht der untergehenden Sonne hell von ihren dunklen

Gesichtern abhoben, um die Köpfe geschlungen trugen. Sie ritten ohne Sattel und wirkten staubig von der Reise. Alice stand da und beobachtete sie, während sie sich dem Tor unter ihr näherten. Sandy rief den Wachen zu, sie einzulassen. Alice war neugierig. Vielleicht waren es Gesandte von einem der kriegführenden Häuptlinge, die gekommen waren, um Frieden zu erbitten. Sie trugen Waffen, also schienen es keine Geiseln zu sein.

Sie sah ihnen nach, bis sie innerhalb der Umfriedung waren und *syces* angelaufen kamen, um ihnen die Pferde abzunehmen. Die Afghanen wurden eilig in Macnaghtens Haus geführt. Alice kehrte nach Hause zurück, entschlossen, Sandy zu fragen, wer die geheimnisvollen Besucher waren.

* * *

Am nächsten Tag hatte die schockierende Neuigkeit sich schon in der ganzen Armeesiedlung herumgesprochen.

»Nun stell dir vor, wer die Dreistigkeit besessen hat, hier aufzutauchen!«, rief Emily, als Alice vor ihrer Tür erschien. Sie zog Alice ins Haus. »Dost Mohammed höchstpersönlich!«

»Was?« Alice schnappte nach Luft.

»Gestern Abend«, sagte Emily und konnte vor Aufregung kaum sprechen. »Hat sich gestellt. Hat seinen Unterhändler geschickt, um mit Macnaghten zu sprechen. Dann hat er sich ergeben. Sandy hat sie einfach mitgebracht, als wären sie alle zusammen auf einem Ausritt gewesen.«

»Ich habe sie gesehen«, platzte Alice heraus.

»Wirklich?« Emily machte große Augen.

»Ich dachte, es wären irgendwelche Boten im Auftrag eines Häuptlings.« Alice schüttelte ungläubig den Kopf. »Aber ich muss den berüchtigten Emir gesehen haben. Er ist ein großes Risiko eingegangen, wenn er mit nur einem einzigen

Leibwächter hergekommen ist. Sie hätten die beiden ja auch an Ort und Stelle erschießen können.«

»Das hätten sie tun sollen«, meinte Emily, »nach all dem Ärger, den er angerichtet hat.«

»Was werden sie mit ihm machen?«

»Sandy sagt, dass Macnaghten sehr angetan von ihm ist. Eigentlich sollen sie über die Bedingungen seiner Kapitulation verhandeln, aber der Gesandte plaudert stundenlang auf Persisch mit dem Mann. Weiß der Himmel, worüber.«

Im Laufe der nächsten paar Tage standen die Bewohner der Armeesiedlung Schlange, um zu Besuch bei dem abgesetzten Emir vorgelassen zu werden. Es hatte sich schnell herumgesprochen, wie intelligent er Konversation machte und was für vollendete höfische Manieren er hatte. Alle wollten erzählen können, dass sie mit ihm auf dem Boden gesessen, Tee getrunken und geredet hatten.

Sandy erstattete täglich Bericht. »Er macht sich Gedanken um die Sicherheit seiner großen Familie. Das Einzige, wovor er Angst hat, ist, dass sie alle als Gefangene nach London gebracht werden könnten. Das ist ihre größte Sorge. Afghanen verabscheuen ohnehin die Vorstellung, ins Exil gehen zu müssen, aber übers Meer ins Land der *feringhi* geschickt zu werden, ist für einen frommen Mohammedaner die schlimmstmögliche Demütigung.«

»Ist das denn wahrscheinlich?«, fragte Alice.

»Nicht, wenn Macnaghten es verhindern kann. Er empfiehlt Auckland, Dost Mohammed und seine Familie in Indien unterzubringen. Er schlägt vor, dem Emir ein Landgut in Masuri in den Ausläufern des Himalaja zur Verfügung zu stellen, sodass er beschäftigt ist.«

»Dem ehemaligen Emir«, rief Emily ihrem Mann ins Gedächtnis. »Ich verstehe nicht, warum Macnaghten ihm gegenüber so zuvorkommend ist.«

»Nun ja«, sagte Sandy, »er ist wirklich ein ziemlich beeindruckender Mann. Ich glaube, wir haben alle zu schnell das Schlimmste von ihm angenommen und Vertrauen in Schah Schudscha gesetzt. Wie es scheint, war Dost Mohammed der weitaus fähigere Herrscher.«

»Burnes und John Sinclair haben versucht, Auckland davon zu überzeugen«, erinnerte Alice ihn. »Wenn man doch nur auf sie gehört hätte!«

Sandy warf ihr einen verlegenen Blick zu. »Nun, einige Männer aus Aucklands Stab waren allzu sehr darauf aus, in den Krieg zu ziehen.«

»Wie Vernon, meinst du?«, sagte Alice und verkrampfte sich.

»Was geschehen ist, ist geschehen«, meinte Emily, »und wir müssen jetzt aus allem hier das Beste machen. Ich hoffe doch, dass es Vernon allmählich besser geht?«

»Ja, heute ein wenig, vielen Dank«, erwiderte Alice.

»Komisch, dass du Sinclair erwähnst«, sagte Sandy.

»Warum?« Alice spürte, dass ihr warm wurde, wie immer, wenn Johns Name fiel.

»Na, er war der Mann, der Dost Mohammed gefangen genommen hat.«

Alice und Emily starrten ihn mit offenem Mund an.

»Warum hast du uns das bisher nicht erzählt?«, fragte Emily.

»Die Verhandlungen waren heikel, und Sinclair wollte keinen Ruhm dafür«, sagte Sandy. »›Gefangen genommen‹ ist vielleicht auch zu viel gesagt, aber Sinclair war der Mann, der ihn gebracht hat. Ist bei Sonnenuntergang auf uns zugeritten und hat gesagt, er würde uns den Emir übergeben, wenn wir zusichern würden, ihm nichts zu tun.«

»Meine Güte!«, rief Emily. »Auf wessen Seite steht er?«

»Natürlich auf unserer«, versicherte Sandy. »Es ist ihm gelungen, dass unser Erzfeind ohne weiteres Blutvergießen kapituliert hat. Jetzt sitzt der Emir lammfromm da und beantwortet Fragen über sein Land und seinen Glauben, als würde er bei der Asiatic Society einen Vortrag halten. Das ist größtenteils Sinclair zu verdanken.«

Alice' Herz begann schmerzhaft zu pochen. »Also war Lieutenant Sinclair der andere Afghane, der an dem Abend hergeritten ist?«

Sandy nickte. »Er sieht jedenfalls aus wie einer. Ich hätte ihn nicht erkannt, wenn er uns keinen Gruß zugerufen hätte.«

»Ist er noch hier?«, fragte Alice.

»Ja, er wohnt bei den Macnaghtens, solange der Emir ihr Gefangener ist.«

»Er scheint eher ihr Gast als ihr Gefangener zu sein«, sagte Emily missbilligend.

»Du solltest dankbar sein, meine Liebe«, gab Sandy tadelnd zurück. »Im Land herrscht endlich Frieden. Es hat sich schon herumgesprochen, dass der Anführer der Baraksai in unserer Hand ist. Jetzt schwören die feindlichen Häuptlinge Schah Schudscha Gefolgschaft. Macnaghten wird dem Emir sogar gestatten, in Dschalalabad zu überwintern, wie er es gewünscht hat. Alles hat sich verändert, da Dost Mohammed sich jetzt mit seiner Niederlage abgefunden hat.«

* * *

Alice konnte sich auf nichts konzentrieren, weil sie wusste, dass John sich nur einen Steinwurf von ihrem Haus entfernt auf dem Anwesen des Gesandten aufhielt. In der Hoffnung, ihm zu begegnen, unternahm sie mit Lotty Spaziergänge in der kalten Novemberluft. Aber es gab nie auch nur eine Spur von ihm. Der Drang, John zu sehen, wurde mit jedem Tag stärker. Sie dachte an den Turban tragenden, bärtigen Reiter, der den gefangenen ehemaligen Emir ein paar Abende zuvor begleitet hatte. Wenn sie gewusst hätte, dass es John war, hätte sie genauer auf ihn geachtet. Wusste er, dass sie in der Armeesiedlung war? Oder dass sie mit Vernon verheiratet war?

Der Gedanke war schmerzlich für sie. Wie würde er sie dafür verabscheuen. Aber vielleicht würde es ihm auch gleichgültig sein. Er hatte sich hier in Afghanistan ein eigenes Leben aufgebaut und verschwendete höchstwahrscheinlich nie auch nur einen Gedanken an sie.

Alice hörte von den Aytons, dass die Pläne, Dost Mohammed außer Landes zu bringen, rasch voranschritten. Seine Familie war schon auf dem Weg nach Peschawar und ins Exil. Jetzt, da die Gefahr, dass Schah Schudscha gestürzt werden würde, nicht mehr bestand, zog General Cotton weitere Truppen aus Kabul ab, um den Gefangenen nach Süden zu eskortieren. Sale sollte das Kommando führen, bis der neue Befehlshaber es übernahm.

»Gerüchten zufolge plant General Nott in Kandahar, den militärischen Posten zu erhalten«, erzählte Sandy ihnen. »Ich bin mir nicht sicher, ob das eine gute Idee ist – er ist streitsüchtig und bekannt dafür, keine hohe Meinung von den Afghanen zu haben.«

Sandy sollte Macnaghten ins Winterquartier des Hofs in Dschalalabad begleiten, und so hatte Emily beschlossen, auch dorthin zu reisen.

»Ich wünschte, du könntest mitkommen«, sagte sie zu Alice. »Ich werde dich und Lotty sehr vermissen. Aber ich habe Verständnis dafür, dass du Vernon nicht allein lassen kannst.«

»Ich werde euch Aytons auch vermissen«, erwiderte Alice, zog Alexander in eine Umarmung und kitzelte ihn am Bauch. Der Junge quietschte, dass er losgelassen werden wollte, und kam dann doch noch einmal zurück, um sich erneut kitzeln zu lassen.

* * *

Am Vorabend des Umzugs nach Dschalalabad kehrte Alice tief in Gedanken über Vernon aus dem Lazarett der Armeesiedlung zurück. Sie wusste, dass er große Schmerzen litt, aber er wurde mit jedem Besuch nörglerischer und fordernder, befahl ihr, ihm Brandy zu bringen, und kritisierte sie dafür, dass sie nicht länger an seinem Krankenbett weilte. Kein einziges Mal fragte er nach Lotty.

Seine Armwunde heilte gut, aber sein Bein bereitete den Ärzten Sorgen. Die Wunde nässte, und sie kämpften darum, sicherzustellen, dass kein Wundbrand einsetzte. Außer Hörweite ihres Mannes sprachen sie über eine Amputation. Alice wusste, dass Vernon als Invalide nie zurechtkommen würde; er war stolz auf seine Mannhaftigkeit und darauf, Soldat zu sein.

Als sie in die Nähe des Gesandtschaftsgeländes kam, ließen der Klang einer bekannten Stimme und ein vertrautes Lachen im Halbdunkel Alice stutzen.

»Colin MacRae, sind Sie das?«, rief sie erstaunt.

Der uniformierte Lieutenant trat aus einem schattigen Bogengang hervor. »Ich bin es in der Tat.« Er grinste, kam auf sie zu und küsste ihr die Hand.

»Ich wusste gar nicht, dass Sie in Afghanistan sind«, sagte Alice freudig überrascht.

»Ich bin erst vor ein paar Tagen angekommen. Ich war mit der berittenen Artillerie in den Bergen – wir sind im Sommer von Kandahar dorthin beordert worden.« Er lächelte. »Sie sehen gut aus. Die Ehe mit Buckley muss Ihnen wohl doch bekommen.«

Alice errötete. Sie erinnerte sich daran, wie Colin sie vor Vernon gewarnt und die Verbindung missbilligt hatte. Wie recht er doch gehabt hatte!

»Mein Mann ist schwer verwundet«, gab Alice zur Antwort. »Ich komme gerade aus dem Lazarett.«

»Es tut mir leid, das zu hören«, sagte er. Sein Lächeln verflog.

Alice nahm plötzlich eine Bewegung im Schatten wahr. Eine hochgewachsene Gestalt mit Turban ragte in der Dunkelheit auf. Ein Messer funkelte am Gürtel des Mannes. Alice keuchte auf. »Colin, Vorsicht!«

Colin drehte sich halb um. »Keine Sorge«, beschwichtigte er sie. »Diesen Stammeskrieger kenne ich gut.«

Der Afghane trat ins Dämmerlicht. »Alice«, sagte er und verneigte sich kurz.

Sie sah in sein dunkles, bärtiges Gesicht und erkannte ihn sofort. Die vertrauten grünen Augen ließen ihr Herz ins Stolpern geraten. Nun konnte sie sich sicher sein, dass er von ihrer zweiten Ehe wusste.

»John«, sagte sie. Ihr Mund wurde trocken.

Einen Moment lang standen sie alle in angespanntem Schweigen da. Es schienen so viele Fragen zwischen ihnen in der Luft zu hängen, dass niemand wusste, was er sagen sollte.

»Ich … ich habe gesehen, wie du mit Dost Mohammed hier durchs Tor geritten bist«, platzte Alice heraus.

John riss überrascht die Augen auf. »Ja?«

»Ich wusste natürlich nicht, dass du es warst, da du ja so gekleidet warst wie jetzt. Aber ich habe eure Ankunft mit Sandy und Macnaghten beobachtet. Ich habe von der Mauer aus zugesehen.«

»Sie wäre als Spionin noch besser als du, John«, zog Colin ihn auf.

John entfuhr ein leises Lachen. »Bestimmt.« Er musterte sie prüfend. »Hast du es dir zur Gewohnheit gemacht, nach Einbruch der Dunkelheit durch die Siedlung zu spazieren? Es überrascht mich, dass dein Mann dir das erlaubt.«

Die Bemerkung verletzte Alice. Sie fragte sich, wie viel John über Vernons Doppelleben wusste – wahrscheinlich eine ganze Menge.

»Derzeit ist er gar nicht in der Lage, mir zu sagen, was ich tun soll«, erwiderte Alice. »Wie gesagt – er ringt im Lazarett um sein Leben.«

John wandte den Blick ab. »Es tut mir leid. Ich wollte mich nicht über seine Verletzungen lustig machen. Und ich wollte dich nicht kränken.«

Alice' Brust war wie zugeschnürt. Seine förmliche Höflichkeit war schlimmer als sein Spott. Sie hatte von dem Moment geträumt, in dem sie ihn wiedersehen und etwas über sein neues Leben erfahren würde, aber jetzt beäugten sie einander misstrauisch wie Fremde. Zu viel war seit ihrer letzten Begegnung geschehen. Ihr emotionaler Abschied voneinander in Simla schien ein ganzes Leben lang her zu sein.

»Darf ich euch beiden eine Erfrischung anbieten?«, fragte sie, weil sie plötzlich unbedingt diesen gemeinsamen Augenblick in die Länge ziehen wollte.

»Das ist sehr freundlich«, erwiderte Colin, »aber ich bin auf dem Weg zu einem Abendessen mit Sturt und Jamieson.«

Alice spürte, wie sie angesichts der Erwähnung von Jamieson noch tiefer errötete. Sie hatte den jungen Offizier damals gezwungen, ihr zu verraten, wo Vernons Haus in Kabul war.

»Und ich muss zurück in die Stadt«, sagte John. »Es ist noch viel zu tun, bevor wir morgen aufbrechen.«

»Gehst du auch nach Dschalalabad?«, fragte Alice, unfähig, ihre Enttäuschung aus ihrem Tonfall herauszuhalten.

»Ich soll uns den Weg bei den renitenten Eingeborenen ebnen«, entgegnete er trocken.

»Wann kommst du zurück?«, fragte sie.

Er warf ihr einen scharfen Blick zu. »Das ist nicht meine Entscheidung. Vielleicht im Frühling.«

Alice schluckte einen Kloß in ihrem Hals hinunter. Sie fühlte sich plötzlich sehr allein.

»Das ist eine sehr lange Zeit, um von deiner Familie getrennt zu sein«, bemerkte sie. »Bestimmt vermisst du sie.«

Er sah sie so wütend und verletzt an, dass Alice sich wünschte, seine Familie nie erwähnt zu haben. Natürlich musste er sie vermissen; sie war diejenige, die unglücklich verheiratet war, nicht er.

»Vielleicht kommt ihr mich – uns beide – einmal zum Abendessen besuchen, wenn ihr das nächste Mal in der Armeesiedlung seid?«, schlug sie vor.

»Ich bezweifle, dass Captain Buckley das gutheißen würde«, gab John eisig zurück.

Alice ignorierte die Bemerkung und sah stattdessen Colin an. »Werden Sie jetzt hier stationiert, Lieutenant MacRae?«

»Vorerst«, antwortete er.

»Dann freue ich mich darauf, Sie häufiger zu sehen. Sie müssen mich besuchen kommen und meine Tochter Lotty kennenlernen. Wenn sie den kleinen Alex Ayton nicht mehr zum Spielen hat, wird sie ganz verloren sein, also wäre jede Ablenkung über den Winter eine Hilfe.«

Colin lächelte. »Mit Vergnügen.«

Die beiden Männer verneigten sich vor ihr, als sie sich zum Gehen wandte. »Viel Glück, John«, murmelte sie.

Als sie weiter zu ihrem Haus ging, spürte sie, dass die beiden sie beobachteten. Sie hörte sie schnell in einer Sprache miteinander reden, die sie nicht verstand – wahrscheinlich Gälisch. Johns Stimme klang ärgerlich, Colins beschwichtigend. Sie konnte sich gut vorstellen, dass John eine verächtliche Bemerkung darüber machte, dass sie Vernons Frau geworden war, und dass Colin sie verteidigte. Alice konnte ihre Tür gar nicht schnell genug erreichen. Sie eilte ins Haus und machte sich auf die Suche nach Lotty, um Trost zu finden.

Das Mädchen war gewaschen und bereit fürs Bett. Gita sang Lotty Schlaflieder vor, während sie das Kind auf dem Knie hielt und ihr die Haare bürstete. Die Lieder und das rhythmische Bürsten ließen Alice' rastlose Tochter zur Ruhe kommen. Sie lutschte an ihrem Daumen und sah schläfrig verträumt ins Leere.

Dann erblickte Lotty ihre Mutter und sprang von Gitas Schoß. Alice streckte die Arme aus und zog Lotty in eine liebevolle Umarmung.

»Du riechst so gut! Zum Anbeißen!«, sagte Alice und küsste sie auf die Wangen.

Lotty kicherte, schob die Finger in Alice' locker aufgesteckte Haare und zog daran. Mit ihren achtzehn Monaten wiederholte sie gern, was ihre Mutter sagte.

»Zum Anbeißen!« Sie lachte und nuckelte an den Haaren ihrer Mutter.

Alice schmiegte die Nase an den Hals ihrer Tochter und sog ihren Duft tief ein. Warum hatte sie Lotty Colin gegenüber erwähnt? Weil sie wollte, dass John erfuhr, dass nicht nur er ein Kind hatte – und dass sie wenigstens als Mutter, wenn schon nicht als Ehefrau, glücklich war? Er hatte nichts dazu gesagt. Vielleicht war es ihm gleichgültig. In dem kurzen Gespräch hatte nichts darauf hingedeutet, dass er auch nur das geringste Interesse an ihrem Leben hatte. Und warum auch? Sie waren beide mit anderen Partnern verheiratet, und ihre Leben hatten sich so vollkommen auseinanderentwickelt, dass auch keine gemeinsamen Interessen mehr bestanden.

Wie kam es also, dass ihr Herz sich jetzt wieder schmerzlich nach John sehnte? Ihn wiederzusehen – und in seine lebhaften grünen Augen zu schauen – hatte ausgereicht, ihre tief begrabene Sehnsucht hervorbrechen zu lassen wie heiße Lava. Wie konnte sie es ertragen, ihn wiederzusehen? Und wie konnte sie es ertragen, ihn nicht wiederzusehen? Während sie ihre Tochter eng an sich drückte, dachte Alice, dass es das Beste war, dass John mit Anbruch der Morgendämmerung nach Dschalalabad abreiste. Wenn es sie in solch einen Aufruhr der Gefühle stürzte, ihn zu treffen, würde sie zumindest davon für die nächsten paar Monate verschont bleiben.

Kapitel 29

Kabul, Frühjahr 1841

Lotty lernte in dem Winter auf dem gefrorenen Fluss Schlittschuhlaufen. Sie konnte es schon bald ganz gut und hatte Freude daran, von Alice und Dinah Sale rechts und links festgehalten über das Eis zu schlittern. Dinah war voller Aufregung wegen ihrer geplanten Hochzeit. Johnny Sturt hatte ihr versprochen, dass sie in diesem Sommer stattfinden sollte.

»So früh wie möglich«, sagte Dinah. »Ich kann es gar nicht erwarten, dass er aus Dschalalabad zurückkehrt.« Sie warf Alice einen verschämten Blick zu. »Und wir wollen beide eine Familie gründen. Ich hätte gern so ein wunderhübsches Kind wie du.«

Alice lächelte. »Ihr werdet wunderbare Eltern abgeben. Lieutenant Sturt ist so ein netter junger Mann.«

Alice war in den Wintermonaten dankbar für Dinahs Gesellschaft und die ihrer Mutter gewesen. Sie waren bei vielen Veranstaltungen der Armeesiedlung dabei gewesen, ob nun als Zuschauerinnen oder als Teilnehmerinnen: Ausritte, Pferderennen, Entenjagd und abendliche Scharaden. Zweimal die Woche half Alice in der Schule der Armeesiedlung aus und unterrichtete die Kinder der Unteroffiziere. Sie hielt sich so viel beschäftigt, wie sie konnte, und war so oft wie möglich von zu Hause fort, wo Vernon übellaunig von einem Feldbett am Feuer aus Befehle blaffte.

Die Ärzte hatten sein Bein vor der Amputation bewahrt, aber Vernon konnte nicht verhehlen, dass es ihm ständig Schmerzen bereitete. Er hatte sich angewöhnt, Brandy zu trinken, um den Schmerz zu betäuben. Davon war er gealtert. Er wirkte verhärmt und hatte ein hageres Gesicht bekommen. Unter den eingesunkenen Augen hatte er dunkle Ringe. Sein gesundes Bein war verkümmert, weil er es so wenig gebrauchte, und er war auf die Hilfe der Diener angewiesen, um aufzustehen und auf den Toilettenstuhl zu gehen.

Vor Kurzem hatte die Nachricht, dass Major-General Elphinstone – der Sohn jenes Elphinstone, der vor einer Generation die Afghanen zu einem Bündnis überredet hatte – der neue Kommandant in Kabul werden sollte, ihren Mann angespornt, das Bett zu verlassen und wieder laufen zu lernen. Es war überraschend, dass der alte Elphinstone den Posten bekam; er war zwar ein Held von Waterloo, hatte aber bisher nicht in Indien gedient.

»Er versteht nichts von Indien, geschweige denn Afghanistan«, wetterte Vernon. »Was denken sich diese Taugenichtse von Politikern in London nur? Ich wette, es liegt bloß daran, dass sein Vater einer der Direktoren der Company war. Man sagt, dass er an Gicht leidet und sich kaum bewegen kann.«

Das schien der Anstoß zu sein, den Vernon brauchte, um zu beweisen, dass in ihm immer noch ein Soldat steckte. »Ich kann es nicht abwarten, wieder im Sattel zu sitzen«, verkündete er und warf Alice einen lüsternen Blick zu.

Sie ignorierte seine Doppeldeutigkeiten, dankbar, dass seinen anzüglichen Bemerkungen bisher noch keine Taten gefolgt waren.

Alice war traurig gewesen, dass Colin MacRae nie zu Besuch gekommen war. Entweder war er dem Haus ferngeblieben, weil Vernon sich ständig dort aufhielt, oder er tat anderswo Dienst, denn sie hatte ihn den ganzen Winter über nicht gesehen.

Alice' Leben beschränkte sich überwiegend auf die Armeesiedlung, aber als der Schnee allmählich schmolz und die Frühlingsblumen die Flussufer in einen Blütenteppich verwandelten, begann sie, Lotty zu Picknicks mit anderen jungen Offiziersfrauen und ihren Familien mitzunehmen. Einige der Offiziere nahmen auch daran teil; ein- oder zweimal kam Vernon mit. Als seine Kraft zurückkehrte und er wieder reiten konnte, genoss er es, mit den anderen Frauen zu tändeln und ihren kleinen Söhnen Cricket beizubringen. Er hinkte leicht, was ihm das Mitgefühl der Frauen einbrachte, während er sich mit seinen Kriegsgeschichten die Bewunderung der Jungen sicherte.

Vor Dritten zog Vernon eine große Schau damit ab, liebevoll mit Alice und Lotty umzugehen, während er sie hinter den geschlossenen Türen ihres Hauses entweder ignorierte oder an ihnen herummäkelte.

Lotty war immer außer sich vor Freude, wenn ihr Vater ihr so viel Aufmerksamkeit schenkte, kicherte, wenn er sie hochhob, um sie vor sich in den Sattel zu setzen, oder wenn er ihr einen Bissen von seinem Essen abgab.

»Will auch 'ricket spielen, Daddy! Ich auch!«, quengelte sie und wollte unbedingt bei den Spielen der älteren Kinder dabei sein.

»Mädchen spielen nicht Cricket, Lotty«, sagte Vernon dann mit einem nachsichtigen Lächeln. »Sei ein braves Mädchen und schau einfach zu.« Wenn seine Tochter zu viel im Weg stand, sah Vernon Alice scharf an. »Behalt sie im Auge – wir wollen doch nicht, dass ihr etwas passiert, oder?«

Es tat Alice in der Seele weh zu sehen, wie ihre Tochter unter Vernons Verhalten litt; dem kleinen Mädchen waren die Launen seines Vaters unverständlich, die zwischen Zuneigung, Gereiztheit und Gleichgültigkeit schwankten.

* * *

Im Mai wurde Lotty zwei. Alice hielt ein Geburtstagspicknick ab, auf dem Vernon verschwenderisch Geschenke an die anderen Kinder verteilte und viel Aufhebens um seine Tochter machte. Lotty war so aufgeregt, dass ihr schlecht wurde. Hinterher gab Vernon dem üppigen Essen an Lottys Übelkeit die Schuld und machte Alice deswegen Vorhaltungen. Danach verschwand er für den Rest der Woche wieder in der Zitadelle.

Er kam und ging, wie es ihm beliebte. Sein neuer Kommandant Elphinstone ließ die Zügel schleifen; der freundliche, aber alternde Major-General war aufgrund seines rheumatischen Fiebers meist ans Haus gefesselt, und sein Stellvertreter, Brigadier Shelton, widerrief seine Befehle oft. Das erzählte jedenfalls Florentia Alice. Colonel Sale war offensichtlich verärgert darüber, zwischen allen Stühlen zu sitzen.

Als die Sommerhitze heftig wurde, nahm Alice ihre Ausritte bei Tagesanbruch wieder auf, zum Teil, um die kühle Morgenluft zu genießen, zum Teil aber auch, um ihren Ärger darüber zu lindern, in der Armeesiedlung festzusitzen. Sie fühlte sich vom Leben auf dem Gesandtschaftsgelände eingeengt. Sie beschloss zu tun, was sie wollte, solange Vernon in Kabul war und sich seinem Vergnügen hingab. Ihr *syce*, Ravi, ritt zu ihrem Schutz mit ihr aus.

Alice genoss es, über die Ebene zu galoppieren, wenn das Licht der Morgendämmerung sich über die Berggipfel im Osten ergoss. Es erinnerte sie an ihr sorgloses Leben vor langer Zeit in Tolland Park, als sie mit ihrem Papa vor dem Frühstück ausgeritten war. Sie ritt bis zum Bagh-e Babur, einem schönen Garten voller Bäume und Wasserbecken, der zwischen der Armeesiedlung und der Stadt eine wahre Oase bildete, bevor sie umkehrte. Sie konnte immer noch die einfachen Dinge des Lebens genießen, wie den Wind in ihrem Gesicht oder den Anblick eines reißenden Stroms, und dafür war sie dankbar.

Als sie früh an einem Morgen zurückkehrte, hörte Alice Hufschläge hinter sich. Sie sah sich um und entdeckte einen einsamen Reiter mit Turban, der sie einzuholen versuchte. Sie trieb ihr Pferd in den Galopp, und Ravi tat es ihr nach. Aber bevor sie die Sicherheit des Gesandtschaftsgeländes erreichten, schloss der fremde Reiter zu ihnen auf. Ravi wirbelte herum, um seine Herrin zu verteidigen, und hob sein Schwert.

»Ich will dir nichts tun, Alice!«, rief der Mann auf Hindustani.

Ein Ruck ging durch Alice. Sie zügelte ihr Pferd. »John?«

»Ja«, antwortete er und hielt neben ihr an. »Was machst du hier draußen mit nur einem einzigen Diener zu deinem Schutz?«

Überrumpelt von seiner plötzlichen Nähe konnte sie kaum atmen, geschweige denn sprechen.

Er runzelte die Stirn. »Es ist zu riskant. Was hält dein Mann davon?«

Alice war gekränkt. »Was ich tue, könnte meinen Mann gar nicht weniger kümmern, und er ist nicht hier, um mich daran zu hindern.«

Sie bereute ihre Worte sofort. Seine besorgte Miene wich einer mitleidigen.

»Es sollte ihn aber kümmern«, sagte John. »Im Land herrscht viel Unruhe. Du könntest Opfer einer Entführung werden, um Lösegeld zu erpressen, oder etwas Schlimmeres könnte dir widerfahren. Du verhältst dich sehr töricht, Alice.«

Mit einem Mal konnte sie seinen Tadel nicht mehr ertragen. Es war schlimm genug, ständig von Vernon kritisiert und heruntergeputzt zu werden, aber John hatte kein Recht, ihr zu sagen, was sie zu tun oder zu lassen hatte.

»Du übertreibst meine Bedeutung«, gab sie zurück und warf ihm einen trotzigen Blick zu. »Aber es ist ein Risiko, das ich einzugehen bereit bin. Ich kann es nur aushalten, den Rest des Tages über in der beengenden Armeesiedlung zu verbringen, wenn ich in der Morgendämmerung eine frische Brise im Gesicht spüre. Nicht, dass es dich etwas anginge.«

Das brachte ihn für einen Moment zum Schweigen. Er hielt ihrem Blick stand und sagte schließlich: »Es geht mich überhaupt nichts an. Aber du hast eine Tochter. Schon um ihretwillen solltest du keine solchen Risiken eingehen.«

Der Vorwurf traf Alice tief, besonders, weil sie tatsächlich ein schlechtes Gewissen hatte, wenn sie Lotty allein ließ, um Reiten zu gehen. Was würde aus ihrer Tochter werden, wenn Alice einen Unfall hatte? Würde Vernon das Mädchen an eine andere Familie weiterreichen oder nach England zu Verwandten schicken, die Lotty nie kennengelernt hatte? Es bedrückte Alice, sich diese Schicksale für Lotty auszumalen.

Sie antwortete hitzig: »Halt mir keine Vorträge darüber, wie ich auf meine Tochter aufpassen soll. Sie ist der einzige Mensch auf der Welt, für den ich durchs Feuer gehen würde. Ich werde niemals zulassen, dass ihr etwas zustößt, und ich habe nicht vor, sie mutterlos zurückzulassen.« Sie sah ihn zusammenzucken, fuhr aber fort, mit ihm zu schimpfen: »Kümmere dich lieber um deine eigene Familie und ihr Wohlergehen – aber wage es nicht, mir eine Strafpredigt über meine zu halten!«

Sie zog an den Zügeln, um ihr Pferd zu wenden, aber er packte ihre behandschuhte Hand. »Warte! Verzeih mir. Ich wollte dir keine Vorträge halten. Es macht mir nur Angst, dich ganz allein hier draußen zu sehen.«

»Nicht allein«, hob Alice hervor. »Ravi ist bei mir.«

John nahm den *syce* mit einem Nicken zur Kenntnis. »Das ist wahr, aber ein einziger Knecht ist kaum ein ausreichender Schutz gegen marodierende Ghilzai.«

Ihre Hand im Handschuh wurde unter seiner Berührung heiß. Er beugte sich so nahe zu ihr, dass sie den Pulsschlag an seinem Hals sehen konnte. Das Grün seiner Augen hob sich von seiner sonnengebräunten Haut umso leuchtender ab. Alice schluckte.

»Bestimmt übertreibst du doch die Gefahr? Ich habe gehört, dass Macnaghten solches Gerede als düstere Unkenrufe abtut. Er sagt, dass die einzigen Unruhen im Land Kämpfe zwischen den einzelnen Stämmen sind – sie brechen immer in der heißen Jahreszeit aus und gelten nicht den Briten.«

»Und ich bin hier, um ihn zu warnen. Er irrt sich«, entgegnete John grimmig. »Die Ressentiments gegen die Briten wachsen.«

»Aber warum?«, fragte Alice.

»Dafür gibt es so viele Gründe, wie es Stämme gibt.« John seufzte. »Die Ghilzai waren grundlosen Angriffen ausgesetzt, und jetzt müssen sie zusehen, wie ihre uralten Festungen von fremden Invasoren übernommen und umgebaut werden. Die Durrani-Häuptlinge rund um Kandahar sehen nicht ein, warum sie dem König zusätzlichen Tribut zahlen sollen, obwohl sie ihm schon treu ergeben sind. Die Kazilbashi sind fuchsteufelswild; man hat ihnen gesagt, dass sie dafür bezahlt werden würden, sich am Kampf gegen Dost Mohammed zu beteiligen, aber all diese Versprechen sind gebrochen worden.«

»Ich dachte, wir hätten ihnen ein hübsches Sümmchen gezahlt? Sandy hat das jedenfalls behauptet.«

»Aber ich wette, er hat nicht erwähnt, dass die Stämme in Kohistan die Steuern bei ihren eigenen Leuten erhöhen mussten, um diese Zahlungen zu finanzieren«, gab John bissig zurück.

Alice errötete. »Das erscheint mir nicht gerecht.«

»Das ist es auch nicht«, bestätigte John. »Und es wird Zeit, dass die Briten aufwachen und sich ihre Beschwerden anhören – wenn sie denn Afghanistan jemals verlassen wollen. Einige der Häuptlinge glauben mittlerweile, dass die Briten gar nicht vorhaben, abzuziehen.«

»Du redest über die Briten, als würdest du nicht mehr zu uns gehören«, sagte Alice. »Empfindest du es so?«

»Ich bin zuallererst Highlander«, antwortete er mit der Andeutung eines ironischen Lächelns, »und dann Soldat der East India Company. Ihr gilt meine Loyalität.«

»Gilt sie nicht deiner afghanischen Familie? Mir kommt es so vor, als ob du sehr viel Verständnis für die afghanische Sicht der Dinge hast.«

Abrupt rückte er von ihr ab. Sein Lächeln verflog.

»Es tut mir leid«, sagte sie schnell. »Ich habe kein Recht zu solch einer Annahme.«

»Ich sorge dafür, dass du unbeschadet zurückkommst«, erwiderte er knapp.

Sie trabten schweigend zur Armeesiedlung. Alice machte sich Vorwürfe, dass sie John auf seine Familie angesprochen hatte. Er ärgerte sich offensichtlich über ihre Neugier, aber sie wollte unbedingt mehr über seine Familie herausfinden. Ravi folgte ihnen. Alice fragte sich, wie viel Gitas Mann von ihrem Gespräch verstanden hatte. Aber sie vertraute darauf, dass er Vernon nicht von der Begegnung erzählen würde. Ravi war ihr treu ergeben, denn sie war für ihn und Gita eine bessere Arbeitgeberin als Vernon mit seinen unberechenbaren Launen.

Kurz hinter dem Tor hielt John an. »Ich verlasse dich hier, Alice.«

Es verletzte Alice, wie kühl er sie plötzlich behandelte. »Ich hoffe, wir sehen uns wieder, John. Vielleicht hättest du ja Lust, Lotty und mich zu besuchen?«

»Vielleicht«, sagte er und wandte sich ab.

Im nächsten Moment war er auch schon in den Schatten der Armeesiedlung verschwunden. Alice fühlte sich, als hätte sie einen Verlust erlitten, und eilte nach Hause, um mit ihrer Tochter zu frühstücken.

* * *

Da Vernon noch in Kabul war, ritt Alice am folgenden Morgen wieder früh aus. Ihre Enttäuschung, John nicht anzutreffen, war überwältigend. Aber warum hätte er sie auch aufsuchen sollen? Er empfand nicht so tiefe Gefühle für sie wie sie für ihn.

Am dritten Morgen wartete er im Schatten des Tors auf sie. Alice konnte ihre Freude darüber nicht verbergen.

»Du bist gekommen.« Sie lächelte und bereute dann sofort ihre Annahme, dass er ihretwegen da war.

Erleichtert sah sie, dass er ihr Lächeln erwiderte. »Wie ich sehe, bist du entschlossen, deine morgendlichen Ausritte fortzusetzen. Deshalb dachte ich, es ist besser, eine Eskorte bereitzustellen.«

»Danke.«

Ihr Herz hämmerte schneller als die Hufe ihrer Pferde im Galopp, als sie zum Fluss ritten und seinem Lauf zu einem geschützten Obstgarten am Rande des Bagh-e Babur folgten. Sie war sich nicht sicher, was seine Anwesenheit zu bedeuten hatte, und freute sich doch darüber. Sie wusste, dass nie mehr als eine Freundschaft daraus werden konnte, aber sie sehnte sich sehr nach allen kleinen Gesten und Anzeichen dafür, dass sie noch Freunde waren.

Am Obstgarten machten sie halt und stiegen ab. John bat Ravi, sich um ihre Pferde zu kümmern, während er sich mit Alice ein Stück entfernte.

»Das, was ich neulich gesagt habe, tut mir leid«, begann Alice. »Ich hatte kein Recht, mich so neugierig nach deinem Familienleben zu erkundigen, und ich habe ja gesehen, dass es dich verärgert hat. Ich werde nicht wieder fragen. Ist es möglich, dass wir trotz allem, was zwischen uns vorgefallen ist, Freunde bleiben?«

John blieb stehen und sah auf den Fluss hinaus, auf dessen Oberfläche das Morgenlicht glitzerte. Er drehte sich um und sah sie an. Seine Augen flackerten so wild, wie sie es bei ihrer letzten Begegnung gesehen hatte. Ihr Inneres verkrampfte sich; sie hatte die Lage schon wieder falsch beurteilt.

»Ich gebe zu, dass ich wütend auf dich war«, sagte er. »Als ich dich zum ersten Mal wiedergesehen habe – als ich in Colins Begleitung war –, dachte ich, du müsstest Bescheid wissen. Ich dachte, du wolltest mich absichtlich verletzen – es mir heimzahlen, dass ich nicht da war, um dich vor Vernon zu retten. Die Art, wie du über deine Tochter geredet und mich mit Bemerkungen darüber provoziert hast, dass meine Familie mich vermissen müsste …«

»Ich weiß nicht, was du meinst«, erwiderte Alice erstaunt. »Ich würde nie versuchen, dich zu verletzen oder respektlos über deine Familie zu sprechen …«

»Das hat Colin gleich angenommen«, unterbrach John sie. »Und nachdem du vor zwei Tagen noch einmal so etwas gesagt hast, ist mir klar geworden, dass du nicht Bescheid weißt. Ich dachte, Vernon hätte es dir erzählt.«

»Vernon?«, fragte Alice. »Was soll er mir erzählt haben?«

Sie sah, wie sein Kiefer sich verkrampfte, als er zu sprechen versuchte. Er stieß die Worte mit zusammengebissenen Zähnen hervor.

»Ich habe keine Familie«, sagte er. »Nicht mehr. Meine Frau und mein Kind sind tot. Sie sind ermordet worden. In Baltistan. Deshalb führe ich das Leben, das ich nun einmal führe, und wage mich dorthin, wohin andere nicht gehen wollen. Meine eigene Sicherheit ist mir gleichgültig, weil ich nichts mehr zu verlieren haben.«

Alice war entsetzt. Sie sah, dass Tränen der Trauer in seinen Augen glänzten.

»John«, flüsterte sie, »das ist schrecklich. Es tut mir so leid. Du armer, armer Mann.«

Mit beiden Händen griff sie nach seiner Hand und drückte sie, aber er stand stocksteif da und reagierte nicht auf ihre Geste.

»Wann ist das passiert? Erzählst du es mir?«, ermunterte sie ihn.

Zunächst sagte er nichts, aber sie hielt seine Hand fest, bis er seine Stimme wiederfand. Er begann von seiner Ankunft in Baltistan zu sprechen, davon, wie er Sultana, ein Kazilbashi-Mädchen, und ihren Bruder Aziz vor Räubern gerettet hatte; wie man ihn dazu aufgefordert hatte, Sultana zu heiraten, um ihre Ehre zu retten, und wie sie ihm einen Sohn geschenkt hatte. Aber dann, eines Tages, als er mit dem König auf der Jagd gewesen war, waren die Verwandten der Räuber zurückgekehrt, um Rache zu nehmen.

John wirkte gequält, als er ihr davon erzählte. »Ich hatte Sultana und das Baby in ein Haus im Dorf umziehen lassen, wo sie einen Garten haben konnte, der sie an ihre Heimat in Kohistan erinnern sollte – ich hätte sie in der Sicherheit der Festung zurücklassen oder sie früher zurück nach Afghanistan bringen sollen, wie ich es ihr immer wieder versprochen habe.«

Alice' mitfühlender Blick und ihr verständnisvolles Schweigen halfen ihm, fortzufahren.

»Danach konnte ich es nicht mehr ertragen, in Skardu zu bleiben«, sagte er schaudernd. »Ich bin abgereist und habe Aziz zurück zu seinen Leuten in Kohistan gebracht. Bei ihnen habe ich eine Weile gelebt – sie waren freundlich zu mir, obwohl es mir nicht gelungen war, ihre Tochter zu beschützen, oder ihr Enkelkind …« John brach ab und knirschte mit den Zähnen.

»Wie hieß er denn, dein Sohn?«, fragte Alice sanft.

»Azlan Hercules Sinclair«, antwortete John mit der Andeutung eines Lächelns, »nach den beiden Männern, die mich in Ramanish großgezogen haben.«

»Ein guter Name«, befand sie.

Er löste sich von ihr, fuhr sich dann mit der Hand über die Augen und vergoss bittere Tränen.

»Du hast sie geliebt«, murmelte Alice. »Deine Sultana.«

Er warf ihr einen intensiven Blick zu. »Ich habe sie aus Mitleid geheiratet, aber sie ist mir ans Herz gewachsen. Und als sie meinen Sohn zur Welt gebracht hat, dachte ich, dass ich nie glücklicher gewesen war.«

Alice nickte. Ihr Herz schmerzte um seinetwillen. »Du wärst ein guter Vater geworden.«

»Danke«, brachte er, heiser vor Rührung, mühsam hervor.

Alice wandte den Blick ab, unfähig, das ungeschminkte Leid zu ertragen, das sie in seinem Gesicht sah.

»Hast du … hast du je die Nachricht erhalten, die ich dir durch Colin geschickt habe?«, fragte sie. »Um dir zu sagen, dass George gestorben war?«

»Ja, die habe ich bekommen«, sagte John.

Eine Welle der Enttäuschung brach über Alice herein. Also hatte es keinen Unterschied gemacht, dass sie verwitwet gewesen war; er hätte Sultana so oder so geheiratet.

Er packte sie am Arm und drehte sie zu sich herum. »Aber erst, als ich schon längst verheiratet war. Azlan war gerade geboren worden, als Colins Brief mich endlich erreicht hat.«

Alice versuchte, seinen Gesichtsausdruck zu deuten.

»Ich bin nach Kabul gegangen, um für Burnes zu arbeiten, weil ich gehofft habe, dann zurück nach Indien zu dürfen, aber ich habe bald gehört, dass du wieder geheiratet hattest.« Johns Blick war intensiv. »Ich konnte es fast nicht glauben. Kaum dass Buckley in der Stadt war, hat er mir gegenüber geprahlt, wie mühelos er dich überzeugt hätte.«

Alice brannte vor Scham, als sie sich ausmalte, was Vernon John wohl über sie erzählt hatte. Ihr abscheulicher Ehemann hatte nie erwähnt, dass er seinem alten Rivalen begegnet war, aber sie konnte sich gut vorstellen, wie Vernon sich vor John damit gebrüstet hatte, dass er sie erobert hatte.

»Er hat mir Lügen über dich erzählt«, empörte sich Alice, »und über sich selbst.«

»Wie konntest du nur auf solch einen Mann hereinfallen?« John wirkte fassungslos. »Colin hat gesagt, dass er dich gewarnt hat, wie Buckley ist – dass er Frauen misshandelt. Ausgerechnet du …«

»Ich hatte gehört, dass du mit einer Afghanin verheiratet warst und dass ein Kind unterwegs war«, schrie Alice. »Was hätte ich denn tun sollen? Du warst für immer außer Reichweite für mich – und Vernon hat so schreckliche Dinge über dich gesagt, dass ich begonnen habe, daran zu zweifeln, dass du mich je geliebt hattest.«

»Ich habe dich immer geliebt«, sagte John heftig. Sein Griff verstärkte sich. »Weißt du, warum ich mich bereit erklärt habe, Sultana zu heiraten? Weil sie mich an dich erinnert hat! Ihr langes rötlich schimmerndes Haar und die Grübchen in ihren Wangen – wenn ich mich sehr angestrengt habe, konnte ich mir vorstellen, du wärst es …«

Alice keuchte auf. »Oh, John!«

»Aber du und Vernon«, fuhr er fort, und sein Ton wurde schärfer. »Es ist für mich wie ein Schlag ins Gesicht, mir euch beide zusammen vorzustellen. Von allen Männern ausgerechnet er!«

»Ich wollte ein Kind«, sagte Alice und zitterte in seinem Griff. »Ich habe mir sehnlichst eines gewünscht. In meiner Zeit mit George hatte ich zwei Fehlgeburten erlitten. Das hat Vernon mir geboten – die Gelegenheit, Mutter zu werden. Ist das so furchtbar falsch?«

John ließ sie los und seufzte gequält. »Natürlich nicht. Es tut mir leid, Alice; ich habe kein Recht, ein Urteil über dich zu fällen. Ich kann es nur nicht ertragen, dich mit diesem Teufel zu sehen. So, wie er dich behandelt …«

»Ich weiß, wie er ist«, sagte sie angewidert. »Ich weiß, was er in Kabul treibt – mit wem er zusammenlebt. Ich habe seine Geliebte gesehen – sie ist noch ein Mädchen – und auch den Sohn, den sie ihm geschenkt hat. Den Sohn, den er unbedingt haben wollte und den ich ihm nicht liefern konnte. Du kannst mir nichts über meinen Mann erzählen, was ich nicht schon weiß – nichts, was mich noch schockieren könnte.«

Unvermittelt zog er sie in seine Arme und drückte sie fest an sich.

»Ich könnte ihn für das, was er dir angetan hat, umbringen«, verkündete er.

Alice konnte kaum glauben, dass sie im Schatten eines Maulbeerbaums, gehalten von Johns starken Armen, stand. Sie hätte nie damit gerechnet, je wieder seine Umarmung zu spüren.

Sie schaute in seine leuchtend grünen Augen und flüsterte: »Küss mich. Es kümmert mich nicht, was danach geschieht. Ich weiß nur, dass ich nicht gehen kann, ohne deine Lippen auf meinen gespürt zu haben. Ich sehne mich schon so lange danach.«

Sie sah, wie das Erstaunen in seinen Augen sich rasch in Leidenschaft verwandelte. Er beugte sich vor und küsste sie mit festem Mund, wie ein Mann, der auch lange nach diesem Moment gehungert hatte. Er bedeckte ihr Gesicht mit Küssen, kehrte dann zu ihren Lippen zurück und umarmte sie, bis ihr schwindlig vor Begehren war.

Ravi kam zu ihnen und warnte sie, dass die Grasschneider aus der Armeesiedlung sich näherten. Alice und John hatten ihre Umgebung vergessen und auf nichts mehr außer sich geachtet. Mit der Morgendämmerung erwachte alles zum Leben. Alice riss sich widerwillig von John los.

»Du darfst nicht mit mir gesehen werden«, mahnte John sie zur Vorsicht. »Du solltest mit Ravi als Erste zurückkehren, bevor die Sonne ganz aufgegangen ist.«

»Kann ich dich morgen wiedersehen?«, flehte Alice. »Ich reite auch früher als sonst los.«

Er nahm ihre Hand und drückte sie für einen letzten, langen Kuss an seine Lippen.

»Komm nur, wenn es ungefährlich ist«, beschwor er sie.

Daraus schloss sie, dass er meinte, dass sie nur kommen sollte, wenn Vernon weiterhin nicht zu Hause war.

Alice ritt zurück. Sie fühlte sich tollkühn und zum ersten Mal seit einer Ewigkeit vollkommen lebendig. John liebte sie noch; sie spürte mit jeder Faser ihres Wesens, dass es so war. Und die Liebe, die sie zu ihm empfand, war wie ein Buschbrand, der sie durchtoste und außer Kontrolle zu geraten drohte. In dem Moment, im orangefarbenen Lodern des Sonnenaufgangs, war ihr nach Jubeln zumute. Sie würde nicht weiter in die Zukunft denken als bis zu ihrem nächsten Treffen mit John.

Kapitel 30

Kabul, August 1841

John ließ sich von einem Barbier im Basar für Johnny Sturts Hochzeit mit Dinah Sale den Bart abrasieren. Sein Kinn fühlte sich wund von dem halsabschneiderischen Rasiermesser an, und der fröhliche indische Barbier beruhigte seine Haut, indem er sie mit einem nach Moschus duftenden Öl einrieb. Zurück in dem kleinen Haus, das er sich mit Rajban und dessen Familie teilte – Johns Diener hatte in Kabul die Tochter eines Hindu-Kaufmanns geheiratet und mittlerweile zwei Söhne –, zog John sich aus und wusch sich mit kaltem Wasser. Dann schlüpfte er in die Uniform, die Rajban für ihn herausgelegt hatte.

»Meinst du, dass die Jacke noch passt?«, fragte John seinen Freund. Das letzte Mal hatte er seine beste Galauniform vor zwei Jahren zur Feier von Schah Schudschas Ankunft in Kabul getragen.

»Sie wird passen«, antwortete Rajban, »wie eine zweite Haut – und dementsprechend auch hauteng anliegen.«

John lachte. »Du glaubst also, dass ich dick geworden bin, weil ich faul in Kabul herumsitze und zu viel vom Curry deiner Frau esse?«

»Nicht dick.« Rajban grinste. »Aber seit du Memsahib Alice wiedergesehen hast, hast du einen gesunden Appetit.«

John errötete. »Ist das so offensichtlich?«

»Für mich ja«, sagte Rajban. »Für die Außenwelt bist du diskret. Nicht wie ihr Taugenichts von einem Ehemann, der mit seinen Frauen prahlt und …«

»Das reicht«, befahl John. Es machte ihm nichts aus, dass Rajban kein Blatt vor den Mund nahm – er war für John seit Jahren eher Kamerad als Diener –, aber er wollte nicht an Alice' Mann denken.

Sein Magen verkrampfte sich, wie immer, wenn Vernon erwähnt wurde. Der Mann war verabscheuungswürdig. Alice' Ausritte vor Anbruch der Morgendämmerung hatten im Juni ein jähes Ende genommen. John hatte den Verdacht, dass jemand sie beide beobachtet oder zumindest davon erzählt hatte, dass Alice morgens die Armeesiedlung verlassen hatte. Vernon musste davon Wind bekommen haben, denn seit zwei Monaten konnte Alice sich jetzt schon nicht mehr allein mit John treffen.

Sie ließen sich etwas einfallen, um einander im Vorübergehen zu sehen, wenn John die Macnaghtens besuchte, um Geheimdienstinformationen weiterzugeben, oder bei Sonntagsgottesdiensten in der Kirche der Armeesiedlung. Aber sie konnten nur kleine Höflichkeiten und sehnsüchtige Blicke austauschen. Er ging im Geist immer wieder die wenigen kostbaren heimlichen Treffen durch, die sie im Bagh-e Babur gehabt hatten. Dort hatten sie geredet, unter den Maulbeerbäumen gesessen und leidenschaftliche Küsse ausgetauscht.

Wie sehr hatte er sich danach gesehnt, mit Alice zu schlafen! Aber es war zu riskant, und ihre Zusammenkünfte im Bagh-e Babur waren zu kurz gewesen. Sie war besorgt, dass Vernon von ihren Schäferstündchen erfahren könnte, und John hatte sich im Zaum gehalten. Er hatte den Verdacht, dass sich

Alice, obwohl Vernon sie so schlecht behandelte, immer noch verpflichtet fühlte, nicht gegen ihr Ehegelübde zu verstoßen. Es machte John rasend vor Zorn, dass Vernon auch nur die geringste Macht über Alice hatte. Aber für den Augenblick war alles, was John tun konnte, die wenigen Begegnungen mit ihr in der Armeesiedlung zu genießen.

Heute würden sie einander auf Sturts Hochzeit in der Kirche sehen. John mochte den jungen Ingenieur; er war ein mutiger, aber besonnener Offizier, und John war gerührt gewesen, dass Sturt ihn gebeten hatte, sein Trauzeuge zu sein.

»Als Ingenieurskamerad und so«, hatte Johnny Sturt verlegen hinzugefügt.

In den frühen Tagen, als die britischen Streitkräfte gerade in Kabul angekommen waren, hatte Sturt John unterstützt, als dieser Macnaghten geraten hatte, die untere Zitadelle zu renovieren, um die Briten dort unterzubringen. Sie hatten es beide für leichtsinnig gehalten, die Sicherheit der befestigten Stadt zu verlassen, um eine Siedlung in der Ebene zu bauen, als wären sie in einem friedlichen Teil Indiens. Aber Macnaghten hatte ihre Warnungen in den Wind geschlagen.

»Das würde es doch so aussehen lassen, als ob wir unseren afghanischen Verbündeten nicht vertrauen«, hatte der Gesandte gesagt. »Und sie werden uns bloß vorwerfen, dass wir darauf aus sind, den Emir zu manipulieren, wenn wir im Bala Hissar bleiben.«

»Sir, sie werden uns mehr respektieren, wenn wir unsere Kasernen in der Zitadelle befestigen und zeigen, dass wir uns nicht herumstoßen lassen.«

»Hören Sie zu, Sinclair«, hatte Macnaghten erwidert und ihm höflich auf die Schulter geklopft, »Sie verstehen diese Leute gut, aber ich kenne Schah Schudscha besser als die meisten. Er glaubt, dass er schwach wirkt, wenn wir all unsere Truppen hier in der Stadt behalten. Er will, dass seine eigene Garde ihn beschützt, keine Ausländer. Also werden wir uns eine komfortable Bleibe vor den Stadtmauern bauen, was?«

John machte sich immer noch Sorgen darüber, dass eine Mehrzahl der Briten in der glühend heißen Ebene untergebracht war, gut zu sehen von allen Forts und Hügelkuppen in der Umgebung aus. Vor Kurzem hatten er und Sturt in einer sternklaren Nacht in Johns kleinem Hof gesessen und über solche Dinge gesprochen, währen Rajban ihr Zusammensein mit Gitarrenmusik begleitet hatte.

»Es ist schierer Wahnsinn, dass unsere Kornvorräte und Waffenarsenale außerhalb der Armeesiedlung in diesen alten Forts lagern«, hatte Sturt gesagt. »Elphinstone konnte es nicht fassen, als er hier angekommen ist. Nicht, dass der alte Junge seither etwas unternommen hat, um die Lage zu ändern.«

»Er ist zu krank für die Aufgabe«, hatte John erwidert.

»Vielleicht könntest du versuchen, mit ihm zu sprechen?«, hatte Sturt vorgeschlagen.

»Ich bin hier, um den Gesandten zu beraten, nicht den Kommandanten«, hatte John geseufzt. »Es wäre schön, wenn sie dann und wann miteinander sprechen würden, aber ich bezweifle, dass meine Informationen weitergegeben werden. Macnaghten kehrt schlechte Nachrichten gern unter den Teppich.«

Sturt hatte so verdrossen dreingesehen, dass John schnell das Thema gewechselt hatte.

»Lass uns auf deine bevorstehende Heirat mit der reizenden Miss Sale trinken«, hatte er lächelnd gesagt. »Mögen euch viele glückliche Jahre miteinander beschieden sein – ihr passt gut zusammen.«

Johnny Sturt hatte gegrinst. »Dinah ist ein wunderbares Mädchen – sie hat den Mut ihres Vaters und die gesellige Art ihrer Mutter. Ich kann es gar nicht abwarten, mit ihr verheiratet zu sein.«

Darauf hatten sie getrunken.

* * *

Lotty war fast so aufgeregt wie Alice. Die Kleine wusste, dass etwas ganz Besonderes vorgehen musste, weil sie ihr bestes Kleid trug und Ayah Gita ihr blaue Bänder ins Haar gebunden und ihr eine Sonnenhaube aufgesetzt hatte. Sie überredete ihre *ayah*, auch ein Band um den Zopf ihrer Stoffpuppe zu binden und ihr ein neues Stück Musselin als Sari umzulegen. Die Puppe hieß ebenfalls Gita.

»Hübsche Gita.« Lotty grinste, hielt ihre Puppe hoch und winkte damit ihrer Mutter zu. Alice trug ein weißes Musselinkleid mit pfirsichfarbenem Besatz und passender Haube. Um die Schultern hatte sie den weichen, federleichten Pashminaschal aus dem Wollstoff gelegt, den John ihr vor fünf Jahren aus den Bergen geschickt hatte.

»Sehr hübsch.« Alice küsste Lotty auf die Nase. »Und du bist ganz süß.«

»Komm, Daddy, jetzt«, sagte Lotty, rannte zu ihrem Vater und zupfte an seinen Hosenträgern, die über seine Knie herabbaumelten.

Vernon verzog verärgert das Gesicht. Alice sah ihm an, dass er einen Kater hatte.

»Komm, Lotty«, sagte sie und zog das Mädchen schnell weg. »Wir lassen Daddy in Ruhe, damit er sich fertig machen kann. Lass uns nachsehen, ob Alexander draußen ist.«

»Geht ja nicht ohne mich los«, blaffte Vernon ihnen hinterher. »Hört ihr?«

Alice kümmerte es nicht, wie gereizt ihr Mann war; sie freute sich schon seit Wochen auf diesen Tag, besonders, weil

John Sturts Trauzeuge sein sollte. Draußen gesellten sich die Aytons zu ihnen, die im April nach Kabul zurückgekehrt waren. Emily war hochschwanger und klammerte sich an Sandys Arm. Alexander ritt auf einem Steckenpferd, und Lotty rannte ihm nach, sodass Alice ihr durch das Gewimmel auf der Straße folgen musste. Sie kam mit ihren Freunden an der Kirche an, ohne auf Vernon gewartet zu haben.

John stand am Eingang, tadellos in seine Uniform gekleidet, den Säbel schon bereit, um das zeremonielle Ehrenspalier für die Braut zu bilden. Er drehte sich um, entdeckte Alice und lächelte.

Alice spürte, wie ihr Inneres dahinschmolz. Sein dunkles Haar war gekämmt und sein Gesicht frisch rasiert. Seine Augen leuchteten vor Verlangen nach ihr. Sie hatte ihn nie schöner gesehen. Es war der John, in den sie sich damals auf der Leuchtturminsel verliebt hatte – älter und rauer, aber mit dem gleichen offenen, amüsierten Gesichtsausdruck.

Ihr Herz hämmerte, als sie und die Aytons an ihm vorbeigingen und er erst Emilys Hand und dann ihre küsste.

»Alice«, murmelte er und hielt ihre Hand länger als nötig fest.

»John«, antwortete sie atemlos. »Was für ein besonderer Tag für unsere Freunde.«

»In der Tat«, sagte er und senkte die Stimme. »Und du drohst die Braut mit deiner Schönheit in den Schatten zu stellen.«

Alice spürte, wie die Röte ihr in die Wangen stieg. Lotty zog an ihrer freien Hand. John ging in die Hocke, um mit dem Mädchen zu reden.

»Hallo, Lotty. Und wer ist das da?«, fragte er und zeigte auf die Stoffpuppe.

»Gita«, antwortete Lotty.

»Hallo, Gita.« John grinste, schüttelte der Puppe die Hand und kitzelte Lotty unterm Kinn. Lotty kicherte und zog den Kopf ein. Plötzlich entdeckte sie ihren Vater. »Daddy, Daddy!«

Alice trat schnell einen Schritt von John weg.

Vernon drängte sich zu ihnen durch und legte besitzergreifend eine Hand auf Lottys Kopf.

»Ich dachte, ich hätte dich gebeten, dass du auf mich warten sollst, meine Liebe«, sagte er mit einem kalten Lächeln zu Alice.

Er ignorierte Johns höfliches Nicken, legte Alice eine Hand auf den Rücken und führte sie in die Kirche. Als sie im relativ kühlen Inneren saßen, kniff Vernon sie in den Arm. »Ich hoffe, du hast dich nicht wegen Sinclair zur Närrin gemacht«, zischte er.

Sie antwortete nicht. Er würde ihr die Freude an diesem Tag nicht verderben. Heute war es das Beste, Vernon reden zu lassen und nicht zu widersprechen, dann würde er das Thema fallen lassen. Zu oft hatte sie ihm zornig geantwortet und damit den Streit eskalieren lassen. Sie setzte sich nie durch, und oft endete es mit Gewalt – damit, dass er ihr den Arm verdrehte, bis ihre Haut brannte, oder ihr den Finger in die Brust rammte, was doppelt schmerzhaft war.

Aber Vernons Launen waren unberechenbar. Manchmal machte ihn ihre stumme Verachtung noch wütender als ihre Widerworte. Dann versuchte er, sie zu einer Reaktion zu provozieren, aber sie ging nicht darauf ein. Alice musste ihre Gedanken nur zu John schweifen lassen, und schon wurde sie immun gegen die Angriffe und Grausamkeit ihres Mannes. Das hinderte ihn nicht daran, ihr kleine Verletzungen zuzufügen – blaue Flecken, die unter ihrer Kleidung unsichtbar waren –, aber sie konnte alles ertragen, solange sie wusste, dass John in der Nähe war.

Jetzt sah sie zu, wie er mit seinem Freund Sturt in die Kirche einzog. Das Herz ging ihr vor Liebe zu ihm auf. Wie sehr sie sich doch wünschte, John und sie wären diejenigen, die heute heirateten. Aber sie freute sich für ihre Freundin Dinah, die vor Glück strahlte. Dinah trug ein elfenbeinfarbenes Musselinkleid und hatte die dunklen Haare hübsch im Stil der jungen Königin Victoria hochgesteckt. Ein Bild der Monarchin hing im Wohnzimmer der Macnaghtens, und Dinah war sehr angetan davon.

Später fand die Hochzeitsfeier im Haus der Sales statt, und die Gäste verteilten sich bis in den schönen Garten hinaus. Es waren afghanische Freunde da: der ältere Zemaun und sein Neffe Osman, Häuptlinge der Baraksai, die höflich und großzügig zu den britischen Offizieren in Kabul waren. Zemaun liebte den Garten der Sales und hatte ihnen Pflanzen als Geschenke gesandt, als die Armeesiedlung gebaut worden war. Osman war ein freundlicher junger Mann; er führte Lotty, Alexander und den anderen Kindern Zaubertricks mit einer Münze vor.

Als Alice sah, dass ihre Tochter beschäftigt war, schlich sie sich in dem Wissen, dass Vernon drinnen mit den anderen Offizieren Champagner hinunterstürzte, ans andere Ende des Gartens davon, wo eine Fülle rosafarbener Duftrosen von einem Rankgitter hing und eine versteckte Laube bildete.

Ein paar Minuten später kam John um das Rankgitter herum. Er nahm sie bei den Händen und zog sie an sich, um sie leichtsinnig zu küssen. Alice' Herz hämmerte, und das Lachen blieb ihr in der Kehle stecken.

»Das sollten wir nicht tun«, flüsterte sie.

»Ich kann nicht anders«, sagte John grinsend. »Es treibt mich in den Wahnsinn, dich zu sehen und dich nicht im Arm halten zu können.«

Sie küssten sich schnell noch einmal und lösten sich dann voneinander.

»Was sollen wir nur machen, John?«, fragte Alice. »Ich bin mir nicht sicher, wie viel länger ich diese gestohlenen Augenblicke ertragen kann.«

Er ergriff ihre Hand. »Wenn die Lage im Land sich beruhigt hat, bringe ich euch weg von hier – dich und Lotty –, und ihr werdet nie mehr mit diesem Mann zusammenleben müssen.«

»Wohin sollen wir gehen?«, fragte Alice aufgeregt.

»Wohin du willst. Wir könnten in den Bergen in der Nähe von Simla leben. Mein Diener Rajban stammt aus Bashahr. Das ist eine Gegend voller Wälder, Wiesen und rauschender Flüsse. Wir könnten dort einfach, aber gut leben.«

»Kann man von dort aus die Berggipfel sehen?«, erkundigte sich Alice träumerisch.

»Wir werden uns jeden Morgen ansehen, wie die Sonne hinter ihnen aufgeht«, versprach er und streckte die Hand aus, um ihren Schal zu lockern und mit einem Finger über ihre Brust zu streichen. »Ich bringe dich dorthin, wo die Kaschmirziegen grasen.«

Ein wohliger Schauer durchlief Alice bei seiner Berührung. »Meine Pashmina-Berge«, sagte sie mit einem Lächeln. »Früher habe ich immer von Simla aus zu ihnen hinübergesehen und mir ausgemalt, wie du bei einer Wasserpfeife Tauschhandel um Wolle betreibst.«

»Bei einer Wasserpfeife?« John lachte leise.

Alice' Tagtraum wurde plötzlich von der Erinnerung daran verdorben, wie Vernon sie gezwungen hatte, auf einer seiner ausgelassenen Dinnerpartys in Simla etwas Berauschendes aus einer Wasserpfeife zu rauchen. Ihr Gesicht verdüsterte sich.

»Aber Vernon würde mich suchen kommen; ich weiß, dass er das täte«, gab Alice nervös zu bedenken, »besonders, wenn ich ausgerechnet mit dir durchbrennen würde.«

»Dann kehren wir nach Großbritannien zurück – nach Northumberland oder Skye. In Ramanish wärst du sicher.« Er hob ihre Hand und drückte sie an seine Lippen. »Nur Mut, meine Liebste. Wir finden bald einen Weg, zusammen zu sein.«

Alice' Herz tat einen Sprung. In Johns Gegenwart fühlte sie sich immer tapfer wie ein Löwe, und alles schien möglich zu sein. Bevor sie noch mehr sagen konnten, hörten sie jemanden näher kommen und lösten sich voneinander, um so zu tun, als würden sie die Rosen bewundern.

Es war Florentia. Alice wusste, dass sie rot im Gesicht war und schuldbewusst dreinsah.

»Habe ich mir doch gedacht, dass ich dich im Garten finde, Alice«, sagte die Mutter der Braut. Sie musterte John prüfend, als er sich vor ihr verneigte. »Es tut mir leid, dich aus deinem Gespräch über den Gartenbau zu reißen«, meinte sie trocken zu Alice, »aber deine Freundin Mrs Ayton braucht dich.«

»Geht es ihr nicht gut?«, fragte Alice voll plötzlicher Besorgnis.

»Ich glaube, es war alles ein bisschen viel für sie. Anscheinend hat ihr Baby beschlossen, ausgerechnet am Hochzeitstag meiner Tochter zur Welt zu kommen.«

»Meine Güte«, keuchte Alice. »Ich gehe sofort zu ihr.«

* * *

Emilys zweites Kind wurde in den frühen Morgenstunden des folgenden Tages geboren: ein Junge, den sie Walter nannten. Alice war die ganze Nacht wach geblieben, um zu helfen. Ihre Freundin war erschöpft von der Geburt, aber sie war unkompliziert verlaufen, und Mutter und Kind hatten die Tortur beide überlebt. Sandy war überglücklich über seinen zweiten Sohn, und Alexander konnte es nicht abwarten, seinen neugeborenen Bruder zu sehen.

»Ich habe mir eigentlich ein süßes kleines Mädchen gewünscht«, gestand Emily Alice, »wie deine Lotty. Aber Sandy ist glücklich.«

»Walter ist doch so süß wie nur irgendetwas«, antwortete Alice und wiegte den Neugeborenen in ihren Armen, bevor sie ihn hinausbrachte, um ihn seinem Vater zu zeigen. Von dem Moment an, als sie es zwischen Emilys Beinen hatte hervorkommen sehen, hatte sie eine besondere Verbindung zu diesem Baby gespürt. Was für ein Wunder die Geburt doch war! Sie sprach ein stummes Dankgebet, als das Baby seinen ersten missmutigen Schrei ausstieß.

Müde, aber überglücklich ging Alice in der Morgendämmerung die Straße hinauf und blieb stehen, um den lachsfarbenen Himmel über den Bergen zu betrachten. Die Zitadelle von Kabul dräute düster auf ihrem Felsen. Alice dachte an John, der auf einem *charpoy* unter freiem Himmel lag – er hatte ihr erzählt, dass er nur in den kältesten Wochen des Winters drinnen schlief –, und wünschte, sie könnte sich neben ihn legen. *Nur Mut, meine Liebste. Wir finden bald einen Weg, zusammen zu sein.* Würde das jemals möglich sein, oder gaben sie sich nur einer Fantasievorstellung hin?

Als sie das Haus betrat, hoffte Alice, dass Vernon nach der Hochzeit nach Kabul zurückgekehrt war. Ihr wurde das Herz schwer, als sie ihn in einem Sessel vor dem Kamin, in dem kein Feuer brannte, lümmeln sah. Zwei leere Brandyflaschen lagen umgestürzt zu seinen Füßen. Sie schlich sich auf Zehenspitzen an ihm vorbei, aber er konnte nicht geschlafen haben, da die Bewegung ihn hochschrecken ließ. Er streckte die Hand aus und packte sie am Kleid.

»Versuch ja nicht, dich an mir vorbeizuschleichen«, knurrte er. »Wo warst du die ganze Zeit?«

»Du weißt, wo – ich habe geholfen, Emilys Baby auf die Welt zu holen«, sagte Alice. »Sie hat noch einen Jungen bekommen. Er heißt Walter.«

»Der verdammte Ayton! Jetzt wird er sich mit seinen zwei Söhnen vor mir großtun.«

»Das wird er bestimmt nicht.« Alice seufzte. »Kannst du dich denn nicht einmal nur für sie freuen?«

»Warum kannst du mir keinen Sohn und Erben schenken, hm?«, fuhr Vernon sie an.

»Ich bin müde und gehe jetzt ins Bett.«

Er verstärkte seinen Griff um ihr Kleid. »Beantworte meine Frage. Warum bin ich der einzige verheiratete Offizier, dessen Frau ihm keinen Jungen zur Welt bringen kann? Die anderen Frauen werfen sie wie die Karnickel.«

Alice riss der Geduldsfaden. »Du hast einen Sohn, schon vergessen?«

»Einen Bastard-Halbblut-Sohn«, antwortete er. »Mein Vater wird ihn nie anerkennen, sodass er den Namen Buckley weitertragen könnte.«

Alice empfand nichts bis auf äußerste Verachtung für diesen Mann. Sie entriss ihr Kleid seinem Griff. Vernon kam auf die Beine.

»Du wirst dich nicht länger von meinem Bett fernhalten. Ich verbiete dir, im Zimmer des Mädchens zu schlafen. Du hast die Pflicht, mir einen Erben zu schenken.«

Alice wirbelte zu ihm herum. »Ich werde nie mehr mit dir schlafen«, schrie sie. »Nie mehr!«

Er folgte ihr, aber sein lahmes Bein war noch steif vom Sitzen, und er konnte nur humpeln. Alice eilte schnell in Lottys Zimmer und verriegelte die Tür. Vernon hämmerte dagegen.

»Du wirst tun, was ich dir sage! Lass mich rein. Du bist nichts als eine Hure! Ich habe das von dir und dem verdammten

Sinclair gehört – du triffst dich hinter meinem Rücken mit ihm. Ich wette, für diesen schottischen Wilden machst du nur zu gern die Beine breit!«

Lotty wachte auf und begann, angesichts des Lärms zu weinen. Alice zog ihre Tochter in ihre Arme und versuchte, ihr die Ohren zuzuhalten.

»Schon gut, mein Liebling«, sagte Alice sanft, »Daddy spielt ein Spiel.«

»D… das mag ich nicht«, schluchzte Lotty.

»Nein, er hört auch bald auf.«

Alice legte sich hin, hielt Lotty in den Armen und kuschelte mit ihr. Sie streichelte ihr übers Haar, während Vernon weiter an die Tür hämmerte und Unflätiges brüllte. Ihr Herz raste vor Angst, dass er einbrechen und ihr eine Tracht Prügel verpassen oder, schlimmer noch, Lotty etwas antun würde. Vernon hatte dem Mädchen bis jetzt kein Haar gekrümmt, aber jetzt klang er so wütend, dass Alice nicht mehr darauf vertraute.

Sie schloss die Augen und versuchte, ihre Atmung zu beruhigen. Sie hatte das Gefühl, dass ihr vor Angst schlecht werden würde.

»Du wirst mich nicht abweisen«, wütete Vernon. »Du bist meine Frau und wirst tun, was ich dir sage.«

Am Ende wurde er müde und gab auf. Sie hörte ihn davonhinken und dann, wie die Tür seines Schlafzimmers zuschlug. In Alice' Erleichterung mischte sich Demütigung. Gita und die anderen im Haushalt hatten diesen peinlichen Aufruhr bestimmt mitbekommen. Der Klatsch würde sich bald unter den Dienern in der ganzen Armeesiedlung herumsprechen. Von ihnen würde er zu den Offiziersfrauen weitergetragen werden. Aber vielleicht war bereits allgemein bekannt, dass Vernon ein rüpelhafter Ehemann war und dass Alice ihm seine Rechte im Ehebett vorenthielt. Einige in der britischen Gemeinde würden ihre Weigerung, ihre ehelichen Pflichten zu erfüllen, als die größere Sünde betrachten.

Gerede über sie selbst war Alice gleichgültig, aber sie wollte nicht, dass Johns Name fiel, wenn es um den Grund des Zerwürfnisses ging. Er war zehnmal so sehr ein Mann, wie Vernon es je zu sein hoffen konnte, und sie würde nicht zulassen, dass man ihm die Schuld an ihrer gescheiterten Ehe gab.

Kapitel 31

Kabul, Herbst 1841

Es brachte John vor Sorge fast um den Verstand, dass er Alice seit Wochen nicht gesehen hatte. Kurz nach Sturts Hochzeit war John in den Südwesten gegangen, um Geheimdienstinformationen weiterzugeben. Rund um Kandahar waren Kämpfe ausgebrochen, deshalb waren General Notts Truppen von der südlichen Zitadelle aufgebrochen und hatten jenseits des Flusses Helmand in die Kampfhandlungen eingegriffen. Der Durrani-Häuptling, der die Rebellion angeführt hatte, war geflohen, und die anderen Häuptlinge waren gezwungen worden, nach Kabul in den Königspalast zu kommen, um Schah Schudscha Treue zu schwören oder – im Fall einer Weigerung – in die Verbannung geschickt zu werden. John hatte als Dolmetscher für die Anführer fungiert, die Paschtu sprachen.

Im September herrschte im Land ein angespannter Waffenstillstand, und Macnaghten sandte optimistische Briefe an Auckland, dass überall Ruhe und Frieden herrschten, obwohl er sich insgeheim Sorgen um Schah Schudschas Gesundheitszustand machte. Der Emir neigte zu Fieberanfällen und Melancholie. Mittlerweile plapperte er denjenigen

Häuptlingen in seinem Umfeld alles nach, die ihren wachsenden Ressentiments gegen die Briten Ausdruck verliehen.

John hatte es sich zur Aufgabe gemacht, herauszufinden, worüber sie hinter den dicken Holztüren des Bala Hissar sprachen. Im vergangenen Monat war er auch bei den Ghilzai herumgereist und hatte einen Abstecher nach Kohistan gemacht, um die Familie seiner verstorbenen Frau zu besuchen. Dort hatte er die erschreckendsten Neuigkeiten aufgeschnappt.

Anfang Oktober stellte er Macnaghten zur Rede. Der Gesandte ging ihm schon eine Weile aus dem Weg und sagte immer wieder Treffen ab. Eines Abends schlich John sich spät in die Armeesiedlung und traf Macnaghten auf dem Weg ins Bett an.

»Das hier kann nicht warten, Sir«, beharrte John.

Der Gesandte führte ihn widerwillig in sein Arbeitszimmer. Wie alle Räume im Gesandtschaftshaus war es üppig mit Teppichen und auf Hochglanz polierten Möbeln ausgestattet. In den Bücherregalen standen dicke Bände über orientalische Geschichte und Sprachen. Macnaghten war ein kultivierter und intelligenter Mann, der immer das Beste von anderen Menschen dachte. John musste ihn überzeugen, dass die Briten nicht einmal ansatzweise so beliebt waren, wie der Gesandte annahm.

John kam sofort auf die besorgniserregendste Nachricht zu sprechen.

»Dost Mohammeds Sohn, der Sirdar Akbar, ist wieder auf afghanischem Boden. Er ist im Hindukusch und schart Unterstützer um sich.«

»Unsinn.« Macnaghten lachte. »Sirdar Akbar ist im Exil.«

»Er ist in Bamiyan«, sagte John ohne Umschweife.

»Das ist doch bestimmt nur Klatsch vom Basar?«

»Ich habe es direkt von Khan Schirin Khan, dem Häuptling der Kazilbashi. Er ist ein guter Freund der Briten und wollte uns warnen.«

Macnaghten wirkte wie vor den Kopf geschlagen. »Selbst wenn das stimmt … Akbar hat keine Anhänger. Das Land ist jetzt in Loyalität zu Schah Schudscha vereint.«

»Die Einheit im Land mag wachsen«, erwiderte John, »aber was die Afghanen vereint, ist eine Konföderation gegen die Briten. Akbar beobachtet alles und wartet ab, wie andere Aufstände verlaufen, bevor er sich in Marsch setzt.«

»Andere Aufstände?«, wiederholte Macnaghten spöttisch. »Es gibt keine anderen Aufstände. General Nott hat dafür gesorgt, dass alle Revolten im Westen niedergeschlagen worden sind.«

»Dem ist nicht so«, hielt John dagegen. »Es ist die Rede von einer Invasion aus Herat mit persischer Unterstützung. Im östlichen Ghilzai bricht Unruhe aus, und das ermutigt die Rebellen in Kohistan. Stämme in beiden Gebieten sind wütend, dass das Geld, das man ihnen versprochen hat, damit sie den Frieden wahren, nicht gezahlt worden ist.«

»Geld!«, schrie der Gesandte. »Reden Sie mir nicht von Geld. Ich habe schon ein Vermögen für diese Leute ausgegeben.«

»Nicht so viel, wie wir zugesichert haben.«

»Nun, es ist jedenfalls nichts mehr da, was ich verteilen könnte«, blaffte Macnaghten. »Ich habe um mehr gebeten, und Auckland auch. Aber unsere neuen Tory-Gebieter in London haben uns mitgeteilt, dass wir sparen müssen. Afghanistan kostet zu viel. Einige dieser Zahlungen an die Häuptlinge müssen enden, und auch der königliche Haushalt muss den Gürtel enger schnallen.« Er seufzte laut. »Noch so ein schwieriges Gespräch, das ich mit dem Emir werde führen müssen.«

John war entsetzt. »Sie müssen wenigstens den Ghilzai gegenüber Wort halten«, forderte er, »wenn Sie die Pässe zwischen hier und Indien offen halten wollen. Wenn die Ghilzai unsere Versorgungslinien kappen, könnten sie das Leben hier für uns unmöglich machen.«

»Sie übertreiben in dieser Angelegenheit, da bin ich mir sicher. Seit die Briten gekommen sind, sind die Ghilzai viel reicher als jemals zuvor – sie werden die Hand nicht beißen wollen, die sie füttert.«

»Aber wir füttern sie nicht mehr, Sir«, hob John frustriert hervor. »Ich habe gehört, was sie planen – die Häuptlinge der Ghilzai, meine ich. Sie werden nicht länger in Kabul herumsitzen und Schah Schudscha nach dem Mund reden. Sie haben einen Plan ausgeheckt, die Pässe nach Dschalalabad zu besetzen und die Kamelkarawanen zu plündern, die aus Indien heraufkommen. Wenn wir sie nicht bezahlen, holen sie sich das, was wir ihnen schulden, auf die Art, auf die sie sich am besten verstehen – mit Gewalt.«

Macnaghten rieb sich mit einer Hand das müde Gesicht. »Mein Gott, ich kann es gar nicht abwarten, diesen Posten los zu sein.«

Mitgefühl überkam John. Der Gesandte war ein guter Mann und arbeitete seit drei Jahren unermüdlich daran, die übereilte Invasion zum Erfolg zu machen und Schah Schudscha bei Laune zu halten.

»Wir freuen uns alle auf den Tag, an dem wir von hier abziehen können«, sagte John, »aber das wird nicht ohne ein Blutbad vonstattengehen, es sei denn, wir nehmen die Beschwerden der Häuptlinge ernst.«

Macnaghten sah ihn mit traurigen Augen an. »Ich hoffe, Sie irren sich, Lieutenant. Was mich und Lady Macnaghten angeht, ist die Tortur jedenfalls fast vorbei.«

»Sir?« John runzelte fragend die Stirn.

»Ich soll der nächste Gouverneur von Bombay werden – ich habe es gerade erfahren.« Er schnaufte. »Das ist meine Belohnung für unsere *glorreiche Wiedereinsetzung des rechtmäßigen afghanischen Königs auf seinen Thron.*«

John wurde schwer ums Herz. Kein Wunder, dass Macnaghten seine düstere Botschaft nicht hören wollte; der Mann sah sich schon die üppig grüne Umgebung des Gouverneursanwesens am türkisfarbenen Arabischen Meer genießen.

»Herzlichen Glückwunsch, Sir«, sagte John mit einer knappen Verneigung. »Wer wird Ihr Amt hier übernehmen?«

»Natürlich Lieutenant Colonel Burnes. Es juckt ihm schon in den Fingern, meinen Posten zu erhalten, seit ich hergekommen bin. Vielleicht wird er sich besser darauf verstehen, was diese Stammesangehörigen wollen.«

Im Stillen pflichtete John ihm bei. Burnes hatte mehr Freunde unter den Afghanen als irgendjemand sonst. Er war mit ihnen vertraut – mit einigen auch zu vertraut, und darin bestand seine Schwäche. John hatte gehört, wie hinter Burnes' Rücken Rachedrohungen ausgestoßen wurden; einige Afghanen hätten dem *feringhi*-Soldaten für sein liederliches Treiben mit ihren Frauen gern die Kehle durchgeschnitten.

Als John das Gesandtschaftshaus niedergeschlagen verließ, dachte er grimmig an Vernon, der auch ein hohes Risiko einging, indem er sich in der Stadt eine afghanische Geliebte hielt, mit der er sogar ein Kind gezeugt hat. Gerüchten zufolge war das Ghilzai-Mädchen wieder schwanger. Ihr Bruder, Häuptling Abdullah, drohte damit, Vernon dafür die Augen auszustechen, dass er seine Schwester entehrt hatte. Aber Vernon war kein Dummkopf; er stellte sicher, dass er gut bewacht war, wenn er sich in der Stadt aufhielt. Deshalb wusste John auch, dass Buckley diese Nacht in Kabul war, denn zwei Sepoys hatten früher am Abend an seinem Tor Wache gestanden.

Das war Johns anderer Grund dafür, das Gesandtschaftsgelände zu besuchen; er machte sich Sorgen um Alice. Vernon hatte ihn eines Tages auf dem Basar betrunken angepöbelt.

»Lass deine schottischen Dreckfinger von meiner Frau, Sinclair«, hatte er gelallt. »Sie ist fertig mit dir. Will dich nie wiedersehen, hörst du? Sie gehört mir – und das wird auch immer so bleiben.«

John hielt sich im Schatten, als er zu Alice' Haus ging. Dort war alles dunkel. Er klopfte sacht an die Tür.

»Alice«, rief er leise. »Ich bin es, John. Lass mich herein!«

Er bekam keine Antwort, und doch wusste er, dass sie drinnen sein musste. Er konnte Holzrauch aus dem Kamin riechen.

»Alice, bitte sag etwas. Ich mache mir Sorgen um dich.«

John fragte sich, ob er sich ums Haus herum in die Dienerquartiere schleichen und dort darum bitte sollte, hereingelassen zu werden. Aber er wollte Alice nicht in Schwierigkeiten bringen. Unschlüssig stand er da. Es war nicht möglich, dass Alice es sich anders überlegt hatte. Dank ihrer Küsse und leidenschaftlichen Worte wusste er, dass sie ihn liebte – und in all der Zeit, die sie getrennt gewesen waren, nie aufgehört hatte, ihn zu lieben. Der Gedanke erregte ihn und ließ ihn in Momenten der Gefahr durchhalten, wenn er allein über die öden Bergpässe ritt, Informationen aufschnappte oder sich in eine Decke wickelte, um unter den Sternen zu schlafen.

Aber er hatte sie seit fast zwei Monaten nicht mehr gesehen. Hatte sie ihre Meinung geändert oder die Hoffnung auf eine gemeinsame Zukunft aufgegeben? Er weigerte sich, daran zu glauben. Es war viel wahrscheinlicher, dass Vernon sie genug drangsaliert hatte, um sie unterwürfig zu machen. Er wusste, dass Alice eigentlich eine tapfere Frau war, die sich gegen ihren Mann zu behaupten verstand, aber was, wenn er ihr Leben bedroht hatte? John überfiel bei der Vorstellung ohnmächtigen Zorn. Vielleicht war sie zu dem Schluss gekommen, dass der einzige Weg, ein friedliches Leben zu führen, darin bestand zu tun, was Vernon sagte – zumindest vorerst. War das der Grund dafür, dass Alice auf sein Klopfen nicht reagierte?

Wenn Colin noch in der Armeesiedlung gewesen wäre, hätte John seinen Freund vorbeigeschickt, um zu erfahren, wie es Alice ging. Aber der Artillerieoffizier war in ein Fort am Khurd Kabul versetzt worden, dem ersten der vielen Gebirgspässe auf dem Weg nach Dschalalabad.

Er versuchte es ein letztes Mal. »Alice«, flüsterte er, »ich weiß, dass du da bist. Wenn du mich je brauchst, musst du mir durch Ravi eine Nachricht schicken. Wo auch immer ich bin, ich werde zu dir kommen, meine Liebste.«

Bekümmert wandte John sich ab und machte sich auf den Rückweg in die Stadt.

* * *

Alice stand starr vor Verzweiflung da und lauschte, wie Johns Schritte in der Nacht verklangen. Wie sehr hatte sie sich doch danach gesehnt, die Tür zu öffnen und ihn einzulassen! Seine liebevollen Worte waren Balsam für ihren geprügelten Körper.

Die Angriffe hatten am Tag nach Dinahs Hochzeit begonnen, als sie Vernon aus Lottys Zimmer ausgesperrt hatte. Er hatte abgewartet, bis sie herausgetreten war, und hatte sie dann an ihren Haaren in sein Schlafzimmer geschleift und der schreienden Lotty die Tür vor der Nase zugeknallt. Vernon hatte Alice geschlagen und gebissen, bis sie auf dem Boden zusammengebrochen war, aber die schlimmste Tortur waren die Schreie ihrer Tochter gewesen.

»Mummy, Mummy, Mummy!«

Am Ende musste es Ayah Gita gelungen sein, das Mädchen fortzuziehen und zu beruhigen, denn Lottys verzweifeltes Weinen war verklungen, bevor Alice ohnmächtig geworden war. Sie war von Blutergüssen übersät gewesen, auch im Gesicht. Alice konnte nicht ausgehen. Sie schickte Emily eine Nachricht, um ihr zu sagen, dass sie Fieber hatte und nicht riskieren wollte, in der Nähe des kleinen Walter zu sein.

»Sieh doch nur, wozu du mich getrieben hast«, hatte Vernon, der angesichts ihres geschwollenen Gesichts blass geworden war, anklagend gesagt. »Wenn du doch nur eine pflichtergebene Ehefrau wärst …«

Alice' aufgeplatzte Lippen machten es zu schmerzhaft, zu antworten.

»Du weißt, dass ich dich nicht züchtigen will«, hatte er sich weiter gerechtfertigt, »aber ich hatte keine Wahl. Allein schon der Gedanke, dass du mit Sinclair zusammen bist, hat mich fuchsteufelswild gemacht.«

Er ging beschämt und kehrte zwei Tage lang nicht zurück. Alice fragte sich, ob er auch Raiza gegenüber gewalttätig wurde. Sie kannte mittlerweile den Namen des Mädchens; sie hatte John dazu gebracht, ihn ihr zu nennen. Und sie wusste, dass Raizas Junge Ali hieß. Gita hatte Alice' Verletzungen verarztet, sie gewaschen und Salbe auf ihre Blutergüsse und Wunden aufgetragen. Die Sanftheit der *ayah* hatte Alice viel mehr zum Weinen gebracht als vorher der Schmerz.

Sie hatte ihre Angst vor Vernon unterdrückt und war entschlossen gewesen, ihm bei seiner Rückkehr zu trotzen. Aber er hatte sich auf eine Art gerächt, die sie ihm nicht zugetraut hatte. Er hatte Lotty gepackt und auf seinen Schoß gehoben. »Mama war sehr ungezogen«, hatte er zu dem Mädchen gesagt. »Was sollen wir mit ihr machen?«

»Setz sie wieder ab«, hatte Alice gefleht, als sie das erschrockene Gesicht ihrer Tochter gesehen hatte.

»Nicht bevor du mir versprochen hast, dich zu benehmen«, sagte Vernon. »Sonst muss ich Lotty einen Klaps geben. So.«

Unvermittelt hatte er das Mädchen übers Knie gelegt und ihr einen Schlag auf den Hintern versetzt. Lotty hatte schockiert aufgeheult.

»Hör sofort auf!« Alice war zu Vernon geeilt, um einzugreifen, und hatte seine Hand gepackt. »Ich tue, was du willst – rühr bloß Lotty nicht an.«

Von da an hatte Alice sich Vernon unterworfen. Die wenigen Male, die er beschloss, zu Hause zu bleiben, teilte sie das Bett mit ihm und ließ ihn gewähren. Sie kniff die Augen fest zu und stellte sich vor, an einem anderen Ort zu sein. Es quälte sie zu sehr, an John zu denken, und so ging Alice in ihrem Verstand weit zurück an einen sicheren Ort: in den Leuchtturm. Sie leerte ihre Gedanken von allem außer der Lampenkammer mit der Aussicht auf die ruhelose See und die zerklüfteten Felsen am fernen Horizont, wo die rosige Morgendämmerung den silbrigen Himmel vom Wasser trennte.

Es war nie jemand anders in der Lampenkammer – in solch einer Situation an die Browns und ihre Güte zu denken, war zu schmerzlich –, sondern nur die helle, zischende Lampe und die blendenden Linsen. So ertrug sie Vernons abscheuliche Gegenwart.

Wenn er in Kabul war, überkam Alice Selbstekel dafür, dass sie ihm erlaubte, über sie zu bestimmen und sie zu erniedrigen. Was war aus der eigensinnigen Alice Fairchild geworden? Sie hätte sich nie von einem Mann so behandeln lassen. Aber sie war nicht mehr die Alice von damals; sie war eine ängstliche Mutter, die in der Furcht lebte, dass das unberechenbare Monster, das ihr Leben beherrschte, ihrer Tochter Schaden zufügen würde.

Lotty reagierte verwirrt auf ihren Vater. Sie hatte Angst vor ihm und wollte ihm doch gefallen – wollte seine Liebe.

Alice war zwei Wochen im Haus geblieben, bis alle noch verbliebenen Blutergüsse sich durch Puder überdecken ließen. Sie nahm ihre Besuche bei Emily und dem Baby wieder auf, aber das schien Vernon zu verärgern. Er begann, sie für eingebildete Kränkungen zu schlagen, wenn sie auch nur eine Frage stellte oder die Augen verdrehte. Nach dem letzten Angriff auf seine Frau achtete er darauf, sie nicht wieder im Gesicht zu verletzen.

Aber sie lebte in der Übelkeit erregenden Furcht, dass er sie bewusstlos schlagen würde und dass dieses Mal keine Ayah Gita zur Stelle sein würde, um auf Lotty aufzupassen. Sie konnte sich nicht vorstellen, wie sie je etwas für diesen Mann hatte empfinden können – oder er für sie. Aber sie sah, dass er immer noch Frauen bezaubern und umschmeicheln konnte; ihre Freundinnen hatten kaum eine Ahnung, wie er wirklich war. Sie wussten, dass er eifersüchtig war, aber sie hatte niemandem anvertraut, dass er ihr gegenüber plötzlich immer mehr Gewalt anwandte. Alice schämte sich zu sehr, um zuzugeben, dass sie mit ihrer zweiten Ehe solch einen Fehler begangen hatte. In ihrem tiefsten Innern fühlte sie sich sogar schuldig dafür, Vernons Zorn herausgefordert zu haben, indem sie sich hinter seinem Rücken mit John getroffen hatte.

Alice weigerte sich, ihre Treffen mit Emily und den Jungen einzustellen, aber ihre Besuche im Haus der Sales wurden seltener. Vernon war wider alle Vernunft davon überzeugt, dass sie sich dort heimlich mit John getroffen hatte. Einmal waren Florentia und Dinah unangemeldet vorbeigekommen, um sich nach ihrem Befinden zu erkundigen, was Alice in große Angst versetzt hatte, weil sie befürchtet hatte, dass Vernon zurückkehren würde, während sie da waren. Er würde ihre Besorgnis als Kritik an ihm und als Illoyalität von Alice empfinden. Sie war den ganzen Besuch über äußerst angespannt gewesen und hatte behauptet, dass es ihr gut ging, aber Lotty hatte sich an ihre Röcke geklammert und sich geweigert, mit den Gästen zu sprechen.

Verwirrt über Alice' Verhalten waren sie gegangen, hatten sie aber bestürmt, zu Besuch zu kommen, wenn sie konnte. Von ihnen hatte sie erfahren, dass die sich verschlechternde Situation bei den Ghilzai-Stämmen Sir Robert Sorgen bereitete.

Das Militär drängte auf einen Schlag gegen die Ghilzai, falls sie die Handelsrouten von und nach Indien bedrohten.

Bald nach dem Abend, an dem John sie vergeblich aufgesucht hatte, hörte Alice von Vernon, dass *Fighting Bob* Sale sich darauf vorbereitete, mit dem 13th Regiment of Foot aus Kabul abzumarschieren.

»Sie sollen die Pässe nach Dschalalabad von den lästigen Ghilzai säubern«, erklärte Vernon. »Ich wünsche ihnen viel Glück.«

Alice dachte an Florentia und daran, wie besorgt sie um ihren Mann sein musste – und Dinah um ihren Vater. Alice beschloss, sie zu besuchen, um ihnen Mut zuzusprechen. Als sie sich bereitmachte, aufzubrechen, überkam Alice Panik, und sie musste sich hinsetzen. Gita brachte ihr Ingwertee, der sie beruhigte, aber sie hatte plötzlich Angst vor der eigenen Courage. Mit zitternden Händen nahm Alice ihre Haube und ihren Mantel wieder ab und ging nicht aus.

* * *

John ahnte, dass sich in Kabul Ärger zusammenbraute, als er sah, dass die Händler aus dem Char Chouk ihre wertvollen Waren wegräumten. Es war spät am Abend des ersten November. Er war noch nicht lange zu Hause, als sein Freund Khan Schirin Khan, der Kazilbashi-Häuptling, persönlich an seinem Tor erschien.

»Du musst die Stadt sofort verlassen«, drängte er. »Britische Offiziere sollen angegriffen werden. Burnes ist das hauptsächliche Ziel, aber ich kann auch nicht für deine Sicherheit garantieren.«

John erschrak darüber, dass der Häuptling nicht seinen *chaprassi* mit der Botschaft geschickt hatte; die Lage musste äußerst ernst sein.

»Wo hast du das gehört?«, fragte John.

»Mein Bruder war bei einem Treffen im Haus des Ghilzai Abdullah«, sagte Khan Schirin Khan. »Es herrscht Wut darüber, dass die Häuptlinge in Kabul wie Geiseln festgehalten werden. Sie geben den Briten daran die Schuld und wollen auch für andere Missstände Rache nehmen …«

John wusste, dass sein Freund von der Entehrung ihrer Frauen sprach. Ihm kam der Gedanke, dass auch Vernon in Gefahr sein würde. Er verspürte einen Hauch von Genugtuung, als er daran dachte, dass Vernon bekommen würde, was er verdiente. Aber er unterdrückte seinen Rachedurst rasch. Wenn Vernon angegriffen wurde, würde wohl auch sein Haushalt bedroht sein, und es würde unschuldige Opfer geben.

»Die Briten müssen sich umgehend ins Bala Hissar oder in die Armeesiedlung zurückziehen«, trieb ihn sein Freund zur Eile an. »Es ist nicht sicher, in der Stadt zu bleiben.«

»Danke, mein Bruder«, sagte John und umarmte ihn voller Dankbarkeit. »Gewährst du heute Nacht meinem Diener und seiner Familie Zuflucht, während ich Burnes warne?«

»Natürlich«, versprach der Häuptling.

John ging, um Rajban und seine Familie zu wecken, und sagte ihnen, dass sie sich sofort in das Haus des Khans begeben sollten.

»Ich bleibe bei dir«, widersprach Rajban.

»Nein, du musst zuallererst auf deine Familie aufpassen«, befahl John. »Ich stoße zu euch, sobald ich die anderen Offiziere gewarnt habe.«

Als John sich Burnes' Haus näherte, konnte er durch den offenen Balkon den Lärm eines Zechgelages hören. Die Straße war nicht wie sonst zu dieser späten Stunde verlassen. Stattdessen stand ungefähr ein Dutzend Gestalten im Schatten und tuschelte aufgeregt miteinander.

John schlüpfte in den Garten und die Hintertreppe hinauf. Burnes und eine Handvoll anderer Offiziere saßen auf Kissen, tranken und rauchten.

»Ah, Sinclair!«, begrüßte Burnes ihn. »Gesellen Sie sich zu uns. Wir feiern meine Ernennung zum Gesandten.«

»Macht es dir immer noch Spaß, dich als Wilder zu verkleiden, Sinclair?«, höhnte Vernon. Er lag ausgestreckt auf einem Diwan und hatte einen Arm um eine junge Dienerin gelegt.

John zügelte seinen Zorn und ignorierte die Spitze.

»Ich weiß aus sehr guter Quelle, dass Sie heute Nacht alle in großer Gefahr sind«, sagte John. »Besonders Sie, Sir.« Er wandte sich eindringlich an Burnes. »Man hat sich verschworen, Sie zu töten. Unten auf der Straße rotten sich schon Männer zusammen.«

»In dieser Stadt gibt es doch ständig Verschwörungen.« Burnes lächelte. »Ich danke Ihnen für Ihre Besorgnis, aber ich glaube nicht, dass ich in Gefahr bin. Ich habe zu viele Freunde hier – sie werden mich beschützen.«

»Sie haben Ihnen diese Nachricht geschickt, um Sie zu warnen«, sagte John. »Auf die Weise versuchen sie, Sie zu beschützen.«

Burnes' jüngerer Bruder Charles ging auf den Balkon und spähte nach draußen. Jemand auf der Straße rief bei seinem Anblick etwas. Als er zurückkehrte, wirkte er nervös.

»Es scheinen tatsächlich Männer da draußen zu sein.«

»Und sie haben vor, Ihnen etwas anzutun«, sagte John. »Sie sollten sofort in die Armeesiedlung aufbrechen, Sir. Hierzubleiben bringt Ihren gesamten Haushalt in Gefahr.« John sah sich im Zimmer um. »Das Gleiche gilt für alle hier.« Er sah Vernon in die Augen. »Alle müssen Vorkehrungen treffen, um ihre Familien und Diener in Sicherheit zu bringen, bis die Lage sich entspannt.«

»Wie reizend«, sagte Vernon gedehnt, »dass der wilde Schotte sich so viele Gedanken um uns macht.«

John wandte sich voller Verachtung von ihm ab und drängte Burnes zu handeln. »Begeben Sie sich wenigstens für diese Nacht in die Armeesiedlung, Sir. Das Gesandtschaftshaus gehört ohnehin praktisch schon Ihnen. Die Macnaghtens haben gepackt und sind zur Abreise bereit. Und es sind keine leeren Drohungen – sie kommen von Abdullah, dem Ghilzai.«

Burnes wirkte zum ersten Mal verstört. Die anderen verstummten und warteten auf seine Entscheidung.

Er seufzte. »Ich kann nichts unternehmen, um die Probleme der Häuptlinge zu lösen, solange ich nicht offiziell mein Amt als Gesandter angetreten habe. Wenn ich mich beim ersten Anzeichen einer Intrige gegen mich in die Armeesiedlung davonmache, wird man mir das als Schwäche auslegen.« Er zuckte fatalistisch die Schultern. »Und ich kann nicht glauben, dass meine afghanischen Freunde versuchen würden, mir etwas anzutun – sie wissen, dass sie von den Briten bekommen werden, was sie wollen, sobald ich hier Gesandter bin.« Er legte einen Arm um John. »Vielen Dank für Ihre Besorgnis, Lieutenant. Aber ich werde nirgendwohin gehen.«

Frustriert sagte John: »Unterrichten Sie wenigstens Macnaghten über die Drohungen. Fordern Sie zusätzliche Wachen für Ihr Haus an.«

»Ich bin mir sicher, dass das nicht nötig sein wird«, erwiderte Burnes großspurig. »Bleiben Sie und trinken Sie etwas mit uns?«

»Nein danke«, sagte John. Als er ging, setzte er hinzu: »Wenn Sie mich brauchen: Ich bin in Khan Schirin Khans Haus.«

Zu seiner Überraschung folgte Vernon ihm ins Freie.

»Sinclair, ist es wahr, dass wir in Gefahr schweben?«, fragte er und klang nicht mehr spöttisch.

»Ja, deshalb bin ich gekommen, um euch zu warnen«, antwortete John. »Allermindestens müsst ihr zusätzliche Wachen aufstellen.«

Vernon nickte ihm knapp zu. Als John die Tür öffnete, um wieder auf die Straße zu gehen, sah er Vernon Richtung Stall hinken.

Kapitel 32

Alice wurde in den frühen Morgenstunden von Vernons Rückkehr aus der Stadt geweckt. Er sah zerzaust aus und war gereizt. Er befahl Gitas Sohn Bali, ihm die Reitstiefel auszuziehen. Seine Kleidung stank nach Rauch.

»Was ist geschehen?«, fragte Alice.

»Ich muss mich waschen«, blaffte Vernon, bestellte ein heißes Bad und ging ins Wohnzimmer. Dort goss er sich einen großen Brandy ein und stürzte ihn in einem Zug hinunter.

Nachdem er gebadet und sich seine schmuckste Uniform angezogen hatte, sagte er: »Ich werde Elphinstone aufsuchen. In der Stadt gibt es Ärger.«

»Was für Ärger?«, fragte Alice ängstlich. Ihr erster Gedanke galt Johns Sicherheit.

Vernon warf ihr einen wütenden Blick zu und ging ohne ein weiteres Wort. Als die Armeesiedlung allmählich zum Leben erwachte, berichtete Ravi von Gerüchten, dass in der Stadt Brände ausgebrochen waren und ein Mob das Haus von Lieutenant Colonel Burnes angegriffen hatte.

Als Vernon nicht zurückkehrte, mummelte Alice Lotty in ihren Wintermantel ein und ging mit ihr zu den Aytons. Emily begrüßte sie geistesabwesend.

»Sandy ist nicht hier – er ist im Haus des Gesandten.«

Lotty lebte auf, als sie Alexander sah, und der Junge half ihr, einen Turm aus Bauklötzen zu errichten. Alice nahm den kleinen Walter seiner besorgten Mutter ab und küsste ihn auf die rundliche Wange.

»Sandy ist sehr beunruhigt«, sagte Emily und verzog angstvoll das hübsche Gesicht. »Er drängt Macnaghten, Elphinstone zu befehlen, Truppen in die Stadt zu schicken. Ist Vernon dort?«

»Nein, er ist vor ein paar Stunden nach Hause gekommen. Was geht da vor sich?«, fragte Alice. »Vernon ist davongestürmt, um Elphinstone aufzusuchen, ohne mir irgendetwas zu erzählen.«

»Nun, dann ist er zumindest in Sicherheit«, meinte Emily.

»Wovor?«, fragte Alice. Ihr Magen verkrampfte sich.

»Es heißt, dass es einen Angriff auf Burnes' Haus gegeben hat – dass die Afghanen randalieren. Über der Stadt steht Rauch.«

Alice war fassungslos. »Warum sollten sie Burnes angreifen?«

»Sandy sagt, dass wir Briten nicht so beliebt sind, wie Macnaghten es sich einbildet. John Sinclair hat versucht, ihn zu warnen, aber Macnaghten denkt an nichts anderes mehr als an seine Abreise nach Bombay.«

»Hast du John gesehen?«, fragte Alice nervös.

»Nein, aber Sandy hat ihn gesehen. Er macht sich große Sorgen um die anderen Offiziere in der Stadt.«

»Ist John in Gefahr?«

Emily wich ihrem Blick aus. »Elphinstone wird Truppen schicken, um alle Unruhen niederzuschlagen, da ist Sandy sich sicher. Es gibt nichts, was wir Frauen tun können.«

»Es muss doch etwas geben«, widersprach Alice und wandte sich frustriert ab.

* * *

Den ganzen Tag über waren Gerüchte im Umlauf. Alice ließ Lotty bei Emily und machte sich auf, um herauszufinden, was los war. Sie traf auf Florentia und Dinah, die von den niedrigen Wällen der unzureichenden Befestigung der Armeesiedlung Ausschau hielten. Zu Alice' Erschrecken wimmelte es auf der Straße zwischen der Stadt und der Siedlung von lärmenden Menschen.

»Wer ist das alles?«, fragte Alice.

»Wer weiß?«, erwiderte Florentia. »Stammesangehörige aus den umliegenden Dörfern, nehme ich an.«

»Sie strömen schon den ganzen Morgen über aus den Bergen her«, ergänzte Dinah mit weit aufgerissenen Augen.

»Warum unternimmt denn niemand etwas?«, schimpfte Florentia.

»Wenn Papa doch nicht schon nach Dschalalabad aufgebrochen wäre«, sagte Dinah ängstlich. »Er hätte längst gehandelt.«

»Macnaghten ist ein verschrecktes Mäuschen«, rief ihre Mutter »Er tut nichts ohne die Erlaubnis des Emirs. Und Elphinstone ist nicht besser. Er kann sich nicht einmal entscheiden, welche Kleidung er morgens anziehen soll.«

»Sei still, Mutter!«, bat Dinah und sah sich um, ob jemand in der Nähe Florentias Bemerkung mitbekommen hatte. »Du übertreibst es wieder einmal damit, kein Blatt vor den Mund zu nehmen.«

Später am Tag wurde ein Trupp Infanterie ausgeschickt und marschierte zur Stadt, aber die Tore waren geschlossen, und es spielten sich chaotische Szenen ab. Alice hörte Schüsse und sah die schwere Rauchwolke über Kabul hängen.

Sie kehrte zu den Aytons zurück, um Lotty abzuholen, und fand Sandy damit beschäftigt, Emily zu beruhigen.

»Es heißt, dass Burnes und sein ganzer Haushalt niedergemetzelt worden sind!«, schrie Emily verzweifelt. »Auch andere Offiziere. Wie konnte man das nur zulassen?«

»Die Ordnung wird bald wiederhergestellt sein«, sagte Sandy.

»Welche Offiziere?«, fragte Alice angstvoll.

Sandy zuckte die Schultern. »Bisher sind es nur Gerüchte. Solange wir keine konkreten Nachrichten erhalten …«

»Was ist mit uns?«, fragte Emily, den Tränen nah. »Sind wir hier in Gefahr?«

»Natürlich nicht«, beteuerte Sandy. Aber sein verhärmtes Gesicht strafte seine Worte Lügen, und Alice sah, dass Emily nahe daran war, hysterisch zu werden. Alexander hatte mit dem Spielen aufgehört, um die Erwachsenen mit verängstigten Augen zu beobachten.

»Das war bestimmt nur ein vereinzelter Vorfall«, sagte Alice, »also lasst uns den Kindern keine Angst machen.« Sie nahm Lotty an die Hand. »Wenn ich von Vernon etwas Neues höre, lasse ich es euch wissen.«

Ihr Mann kam erst am späten Abend durch die Tür gestürmt, fuchsteufelswild über die Ereignisse des Tages und die Tatsache, dass die britische Armee keine Strafmaßnahmen gegen die randalierenden Afghanen ergriff.

»Sie ermorden britische Offiziere in ihren Betten, und wir sitzen hier und drehen Däumchen«, wetterte er. »Wir sollten die verdammte Stadt in Brand stecken!«

»Also ist es wahr, dass Burnes ermordet worden ist?« Alice schnappte nach Luft.

»Ja«, knurrte er. »Ich habe gesehen, wie die Wilden angegriffen haben …« Abrupt brach er ab.

»Du hast es gesehen?« Alice war wie vom Donner gerührt. »Du warst *da*?«

Vernon wurde rot. »Es gab nichts, was ich hätte tun können, um sie aufzuhalten – sie waren wie wilde Tiere. Ich hatte Glück, dass ich entkommen bin.«

»Wer war sonst noch da?«, fragte sie und fühlte sich einer Ohnmacht nahe.

Er zeigte ein grausames Lächeln. »Dein Liebhaber, Sinclair, war da. Aber er ist nicht geblieben, um seinen schottischen Landsmann zu retten. Zuletzt habe ich ihn dabei gesehen, wie er weggelaufen ist.«

»Wie du?«, fragte Alice herausfordernd.

Er stürmte an ihr vorbei aus dem Haus. Alice blieb zitternd und verstörter denn je zurück. Was hatte John in Burnes' Haus gemacht? War er überhaupt da gewesen? Mittlerweile glaubte sie kaum noch ein Wort von dem, was Vernon sagte. War John in Sicherheit? Und was war mit Raiza und dem kleinen Ali? Hatte Vernon sie einfach im Stich gelassen? Sie ging ins Bett, aber ihre Gedanken waren so in Aufruhr, dass sie nicht schlafen konnte.

* * *

Die folgenden Tage entwickelten sich zu einem Albtraum, aus dem es kein Erwachen gab. Bald sprach sich herum, dass die Briten ihren angehenden Gesandten seinem Schicksal überlassen hatten – gemeinsam mit anderen Offizieren, unter denen auch sein Bruder, Charles Burnes, gewesen war – und dann auch noch gezögert hatten, die Mörder zur Rechenschaft zu ziehen. Die Ängstlichkeit der Ausländer machte die Afghanen mutig. Sie strömten in die Stadt – ihre Zahl wuchs täglich – und tobten ihren Zorn über die Herrschaft der *feringhi* aus, indem sie Häuser in Brand steckten, Läden plünderten und alle umbrachten, die mit den Briten Umgang gehabt hatten.

Es wurden vergebliche Versuche unternommen, Truppen aus der Armeesiedlung auszuschicken, um die Autorität der Briten in der Stadt wiederherzustellen, aber es waren zu wenige, und sie kamen zu spät: Ihre Gegner waren in der Überzahl, und die Stadt war uneinnehmbar. Der Emir wurde im Bala Hissar belagert, beschützt von seinen eigenen Truppen und einer Handvoll britischer Offiziere, darunter John Sinclair.

Alice konnte sich nur aus zusammengestückelten Informationen ein Bild von der Lage machen: Berichten von Sandy, Gerüchten von den Dienern und wütenden Bemerkungen von Vernon. Selbst wurde sie aus der Ferne Zeugin von Bränden und Explosionen. Wenigstens hörte sie, dass John noch am Leben war.

Der Aufstand wütete wie ein Flächenbrand. Binnen weniger Tage wurden die umliegenden Forts, in denen die Kornvorräte und Waffen für die Armeesiedlung aufbewahrt wurden, von feindlichen Stammeskriegern eingenommen und die britischen Garnisonssoldaten getötet. Alice sorgte sich um Colin MacRae, der, wie sie wusste, in einem weiter entfernt gelegenen Fort die Stellung hielt, da düstere Neuigkeiten sie erreichten, dass überall im Land Unruhen losbrachen.

Scharfschützen mit tödlichen *jezails* nahmen die Grasschneider ins Visier, wenn sie versuchten, Futter für die Tiere zu sammeln. Gita lebte täglich in der Furcht, dass ihre Söhne zur Zielscheibe werden würden. Kornlieferungen wurden aufgehalten und geraubt, bevor sie die Armeesiedlung erreichen konnten, und Dorfbewohner, die etwas an die Briten verkauften, wurden eingeschüchtert und attackiert.

»Eine Katze könnte über die Mauern der Armeesiedlung springen«, tobte Vernon, »und wir sitzen hier und machen uns klein wie erbärmliche Mäuse! Elphinstone sollte Shelton freie Hand geben, die Stadt anzugreifen, aber Elphinstone kann sich ja nie entscheiden, was er will.«

Eine Rationierung wurde eingeführt. Die Truppen standen ständig auf den Mauern Wache und bekamen nur noch halbe Rationen. Bald wurden Soldaten und Diener vor Übermüdung und Unterernährung krank. Es tat Alice in der Seele weh zu sehen, wie schnell die Kinder in der Armeesiedlung niedergeschlagen und lustlos wurden. Unter Vernons Druck hatte sie es aufgegeben, in der Garnisonsschule zu unterrichten, aber jetzt war sie entschlossen, in irgendeiner Form zu helfen, und so meldete sie sich freiwillig im Lazarett. Darüber konnte Vernon sich wohl kaum beschweren. Sie war entsetzt, wie überfüllt es mit verwundeten Soldaten war. Die Sepoys starben zu Dutzenden an Lungenentzündung. Die große Not der Männer lenkte Alice davon ab, sich in ihre eigenen Ängste hineinzusteigern.

Dennoch waren Alice' Nerven vor Schlafmangel und von der ständigen Sorge darum, Lotty und die anderen Kinder zu beschützen, bis zum Zerreißen gespannt. Emily weigerte sich, aus dem Haus zu gehen oder Alexander und das Baby aus den Augen zu lassen. Sie begann, gegen ihre Nervosität Laudanum einzunehmen.

Ihre Tage wurden von Schüssen unterbrochen, und in den Nächten herrschte die Angst, dass die Armeesiedlung von wütenden Rebellen überrannt werden würde. Die Obrigkeit schien angesichts der Schnelligkeit und Barbarei der afghanischen Gegenreaktion wie gelähmt zu sein; niemand schien einen Plan zu haben, wie man die Briten retten sollte.

Was hätte John in ihrer Situation getan? Alice fragte sich das, als sie erschöpft, aber schlaflos vor Anspannung wach lag. Was ging im Bala Hissar vor? Boten waren ausgeschickt worden, um Neuigkeiten in Erfahrung zu bringen, aber nie zurückgekehrt. Sie hatte keine Ahnung, ob John in Sicherheit war, und die Ungewissheit zerfraß sie innerlich wie ein Parasit.

In der Armeesiedlung herrschte ständig Uneinigkeit zwischen Macnaghten und den Militärs. Macnaghten versuchte noch einmal, bestimmte Häuptlinge zu kaufen und gegeneinander aufzuhetzen. Als das nicht funktionierte, bestürmte er Elphinstone, einen Militärschlag gegen die Stadt zu führen – oder wenigstens ein paar der umliegenden Forts wieder einzunehmen, von wo aus feindliche Scharfschützen die britischen Wachtposten auf den Mauern der Armeesiedlung unter Beschuss nahmen. Als er nicht mehr darauf zu hoffen wagte, dass Elphinstone überhaupt noch tätig werden würde, schickte Macnaghten immer verzweifeltere Bitten an Sale, seinen Marsch nach Dschalalabad abzubrechen, umzukehren und ihnen zu Hilfe zu kommen.

Am Ende, fast zwei Wochen nach dem brutalen Mord an Burnes, wurde eine Streitmacht unter Shelton ausgesandt, um Geschütze zu erobern, mit denen sie von den nahen Hügeln aus beschossen wurden. Den ganzen Tag über kam es zu Verzögerungen und widersprüchlichen Befehlen, sodass es schon fast dunkel war, als die Infanteristen und Kavalleristen – unter ihnen Vernon – zum Abmarsch bereit waren.

Alice sah angespannt mit Florentia und Dinah von den Mauern aus zu. Eines der von Pferden gezogenen Artilleriegeschütze blieb im Kanal stecken, als man ihn überquerte, um zu den Hügeln zu gelangen. Die Frauen spähten in die Dämmerung, um das Chaos, das sich daraus ergab, zu beobachten. Die Infanterie stürmte den Hügel hinauf, aber zum Entsetzen der Frauen erschienen oben afghanische Reiter wie ein wütender Bienenschwarm und fielen über die Fußsoldaten her, feuerten auf sie und töteten sie im Vorbeireiten. Alice schlug sich eine Hand vor den Mund, um sich nicht zu übergeben. Sie war dankbar, dass die Schlacht zu weit entfernt war, um alles ganz genau zu erkennen.

»Unsere Männer fliehen!«, schrie Florentia ungläubig.

Es war Panik ausgebrochen, und die britischen Truppen rannten völlig ungeordnet den Hang wieder hinab. Offiziere auf den Mauern der Armeesiedlung schrien ihren Kameraden hilflos zu, dass sie kehrtmachen und kämpfen sollten. Als alles schon verloren schien, konnten die Frauen im immer schwächer werdenden Licht gerade noch ausmachen, dass die

Kavallerie sich in der Ebene neu formierte. Unter fieberhaften Anfeuerungsrufen aus der Armeesiedlung ritt die britische Reiterei zum Gegenangriff bergauf.

Es war schwer zu erkennen, wie genau er vonstattenging, weil die Dunkelheit sich herabsenkte, aber gegen acht Uhr abends war die afghanische Streitmacht vom Hügel vertrieben worden, und ihre Geschütze waren entweder erobert oder vernagelt. Die erschöpften Männer wurden mit wilden Jubelrufen der Erleichterung in der Armeesiedlung begrüßt.

Aber Vernon frohlockte nicht. »Sie hätten uns diesen Wilden nachsenden sollen – um sie abzuschlachten, wie sie es mit uns tun würden, wenn sie auch nur ansatzweise Gelegenheit dazu hätten.«

Die ganze Nacht hindurch trank er den letzten Rest von seinem Brandy und schäumte vor Wut, während sie den Fackelschein beobachteten, der auf der Hügelflanke flackerte. »Sieh dir nur die Wilden an – sie kommen zurück, um ihre Toten zu begraben, und niemand hält sie auf.«

Der kleine Sieg bedeutete, dass dringend benötigter Nachschub an Korn und Waffen aus dem wiedereroberten Fort auf dem Hügel geholt werden konnte. Es würde noch ein paar Tage lang frisches Brot geben. Aber das Lazarett der Armeesiedlung quoll jetzt vor Verwundeten aus der Schlacht und vor Kranken und Fiebernden über.

Alice half weiter dabei, die Bettlägerigen zu waschen und ihre Verbände zu wechseln, wobei sie versuchte, sich nicht anmerken zu lassen, wie sehr ihre Verletzungen sie entsetzten. Wenigstens gab es frisches Wasser aus den Brunnen auf dem Gelände, aber der Winter begann sich anzukündigen, und im Lazarett war es kalt. Genug Brennstoff zu sammeln, um die Feuer zum Kochen und Heizen am Brennen zu halten, war ein täglicher Kampf ums Überleben. Alice unterdrückte ihre Panik, indem sie sich so beschäftigt wie möglich hielt und nur nach

Hause zurückkehrte, um Lotty ins Bett zu bringen und ihr Gutenachtgeschichten zu erzählen. Zu ihrer Erleichterung blieb auch Vernon ihrem Heim so häufig wie möglich fern, da er auf der Suche nach Alkohol in die Häuser seiner Offizierskameraden ging und um Elphinstone herumscharwenzelte.

Es gab Nächte, in denen er gar nicht nach Hause kam. Alice wusste, dass er nicht länger in seinen anderen Haushalt in Kabul gehen konnte, aber es war ihr vollkommen gleichgültig, wo er schlief; sie war nur dankbar, dass er nicht bei ihr war. Sie hatte sich wieder angewöhnt, neben Lotty zu schlafen.

»Sie hat Albträume«, hatte Alice zu Vernon gesagt, »und muss getröstet werden. Ich will nicht, dass sie dich aufweckt.«

Zu ihrem Erstaunen hatte Vernon keine Einwände erhoben. Er war mit anderen Gedanken beschäftigt und von kalter Distanziertheit. Alice wurde klar, dass ihr Mann angesichts ihrer gefährdeten Lage genauso nervös wie alle anderen war. Also lag sie wach, mehr als erschöpft, und sorgte sich um John. Würde sie ihn je wieder zu Gesicht bekommen?

* * *

Im Schutz der Dunkelheit kletterte John auf die Mauer der Armeesiedlung. Er trug die Gewänder eines Afridi-Kriegers. Azlans Messer funkelte an seinem Gürtel. Der junge, ausgemergelte Sepoy, der auf der Mauer Wache halten sollte, war auf seinem Posten eingeschlafen. John sprach schnell auf Hindustani zu den Wachen in der Gasse unter ihm. Zwei von ihnen geleiteten ihn zu Macnaghtens Haus.

General Elphinstone war dort. Er ruhte auf einem Sofa. Seit er zu Beginn der jüngsten Unruhen von seinem Pferd gestürzt war, konnte er kaum noch stehen. Er wirkte, als hätte er große Schmerzen. Zu Johns Erschrecken war Vernon ebenfalls da. Er schien Gehör bei dem bedrängten General zu finden. Eine

Stunde später war John immer noch mit dem Versuch beschäftigt, den Ernst der Lage in und um Kabul zu erklären. Der Raum war verqualmt von Pfeifenrauch und doch kalt, weil kein anständiges Feuer brannte. Sie saßen alle zusammengekauert in ihren Mänteln da.

»Aber Sie müssen eine Abmachung mit Sirdar Akbar schließen, bevor er Kabul erreicht«, drängte John. Er sah sich in der Runde ängstlicher, erschöpfter Gesichter in Macnaghtens Arbeitszimmer um.

»Vielleicht hat Sinclair recht, und wir sollten das tun …?«, murmelte Elphinstone. Aufgrund der ständigen rheumatischen Schmerzen, unter denen er litt, wirkte er verhärmt.

»Es darf nicht so aussehen, als ob wir Schah Schudscha untergraben«, hielt Macnaghten dagegen.

»Das hier ist Zeitverschwendung«, sagte Vernon. »Wir sollten uns gar nicht mit diesem Wilden abgeben – zudem ist nicht bewiesen, dass Akbar auch nur in der Nähe von Kabul ist.«

»Er ist ein afghanischer Prinz und Dost Mohammeds Lieblingssohn«, erklärte John mit einem vernichtenden Blick auf seinen Rivalen, »und er ist nur noch wenige Tagesreisen entfernt. Sobald er hier ist, wird er die Macht ergreifen, und Schah Schudscha wird dabei nichts zu sagen haben. Akbar ist viel beliebter als der Emir.«

»Wie kommt es, dass du so viel über ihn weißt?«, fragte Vernon hämisch.

»Ich bin ihm am Hof begegnet, als sein Vater noch an der Macht war – und dann wieder, als ich verhandelt habe, damit sein Vater sich den Briten auslieferte«, erwiderte John. Er würde sich von Vernon nicht provozieren lassen. Die Entscheidungen, die gefällt werden mussten, waren zu wichtig – überlebenswichtig für ihre Leute. »Er ist ein gebildeter und charmanter Mann. Aber er ist zugleich jung und ungestüm. Wenn er seinen Willen nicht bekommt, neigt er zum Jähzorn.« Er wandte sich an Macnaghten und bat flehentlich: »Machen Sie sich Akbar nicht zum Feind – befassen Sie sich sofort mit ihm, und bringen Sie ihn auf unsere Seite.«

»Auf unsere Seite!«, wiederholte Vernon spöttisch. »Er ist jetzt schon unser Feind. Du scheinst diesem Rebellen viel zu nahe zu stehen. Manchmal frage ich mich, auf wessen Seite *du* stehst, Sinclair.«

John sprang auf. »Wage es ja nicht, an meiner Loyalität zu zweifeln! Ich habe mein Leben riskiert, um mit diesen Informationen herzukommen. In der Nacht von Burnes' Tod bin ich nicht aus der Stadt geflüchtet wie so ein …«

»Es reicht«, blaffte Macnaghten. »Ihr Gezänk hilft uns nicht weiter.«

John setzte sich wieder und starrte böse vor sich hin. Vernon bedachte ihn mit einem selbstgefälligen Lächeln.

Macnaghten fuhr fort: »Selbst wenn Akbar tatsächlich nach Kabul kommt, wird er uns Briten nicht bedrohen. Wir haben seinen Vater, Dost Mohammed, und seine Familie in Indien in der Hand. Akbar wird doch wohl nichts unternehmen, was sie in Gefahr bringt?«

»Genau«, sagte Vernon. »Und wir sollten solchen Aufrührern nicht auch noch entgegenkommen.«

Sandy ergriff das Wort. »Sinclair sagt ja auch gar nicht, dass wir das tun sollen.«

»Für mich klingt es aber so«, gab Vernon zurück.

»Wie ich sehe, reißt uns allen bald der Geduldsfaden«, stellte Elphinstone fest und rutschte unbehaglich hin und her. »Sollen wir ein Glas Sherry trinken, um uns zu beruhigen? Ich habe noch welchen.«

»Sherry?« Macnaghten seufzte. »Guter Gott, Mann! Wir müssen einen klaren Kopf bewahren und Entscheidungen treffen.«

Elphinstone reagierte mit einem mitfühlenden Lächeln auf diese Abfuhr, befahl aber dennoch, Sherry aus seinem Quartier zu holen.

John versuchte noch einmal, seine Vorgesetzten zu überzeugen. »Schah Schudscha möchte, dass Sie zu Ihrer eigenen Sicherheit wieder ins Bala Hissar ziehen. Nicht nur eine kleine Streitmacht, sondern alle aus der Armeesiedlung – Familien und Diener eingeschlossen. Er kann für die Sicherheit der Briten hier draußen in der Ebene nicht garantieren.«

»Sind Sie sicher, dass es das ist, was der Emir will?«, fragte Macnaghten.

»Ja«, erwiderte John. »Das würde seinen Rivalen die unmissverständliche Botschaft senden, dass sie in der Stadt nicht schalten und walten können, wie sie wollen. Er sagt, dass wir zusammenhalten müssen – er fürchtet sich vor Akbars Ankunft.«

»Nun, wenn wir seine Erlaubnis haben …« Macnaghtens Gesicht hellte sich auf.

Brigadier Shelton mischte sich ein. »Unmöglich! Wir haben über siebenhundert Kranke und Verwundete. Wenn wir versuchen, so viele zu verlegen, wird man uns angreifen und in Stücke hauen.«

»Warum sollten wir dem alten Jungen überhaupt zu Hilfe eilen?«, fragte Vernon. »Er hat doch schließlich zugelassen, dass wir seit einem Monat belagert werden und von Hungerrationen leben müssen. Ihr da in der Stadt habt ja keine Ahnung, welche Entbehrungen unsere Familien erdulden.«

John zuckte bei der Spitze zusammen. Er quälte sich seit Wochen mit Sorgen um Alice' Wohlergehen und fragte sich, wie sie mit der Belastung zurechtkam.

»Und der Winter naht«, fügte Shelton hinzu. »Unsere Situation wird nur noch schlimmer werden. Wenn wir glaubten, dass auch nur die geringste Aussicht auf das Anrücken einer Entsatztruppe bestünde, könnten wir vielleicht durchhalten.«

Macnaghten schüttelte den Kopf. Seine Miene war wieder grimmig. »Sale wird in Dschalalabad belagert. Ich habe General Nott befohlen, Truppen aus Kandahar zu schicken, aber bisher hat er diesbezüglich nichts unternommen.«

»Die Ghilzai machen ihm dort unten Schwierigkeiten«, erklärte John. »Wir können uns nicht auf Hilfe aus der Richtung verlassen. Ins Bala Hissar zu ziehen, ist die einzige Möglichkeit. Wenn wir hierbleiben, ist das Leben all unserer Leute in Gefahr.«

»Da bin ich Ihrer Meinung, Lieutenant«, sagte Macnaghten. »Was meinen Sie?« Der Gesandte wandte sich an Elphinstone.

Der General saß mit geschlossenen Augen da. John dachte erst, dass er vielleicht eingeschlafen war, aber dann öffnete Elphinstone die Augen und sagte: »Unsere Truppen sind entmutigt. Sie sind ausgehungert und wollen nicht mehr kämpfen. Hier in der Armeesiedlung haben wir Tausende von Leuten, die sich auf uns verlassen. Ins Bala Hissar zu ziehen, kann bestenfalls eine Maßnahme auf Zeit sein – und vielleicht ist der richtige Augenblick dafür schon vorüber. Wie Shelton sagt, riskieren wir, von jenen Häuptlingen angegriffen zu werden, die uns nicht in der Stadt haben wollen. Der Emir hat schon die Kontrolle verloren. Und London und Kalkutta werden uns keine Verstärkung mehr schicken. Also …«

Um den Tisch herum herrschte angespanntes Schweigen.

»Also?«, hakte Macnaghten nach.

»Also müssen wir Afghanistan verlassen. Sobald wie möglich. Sie müssen unseren Rückzug aushandeln – einen sicheren Rückzug nach Indien.«

»Aber was ist mit Schah Schudscha?«, fragte Macnaghten. »Wir können ihn nicht einfach im Stich lassen. Wir haben ihn ermuntert, auf den Thron zurückzukehren. Ein Rückzug jetzt wäre in den Augen der Welt unehrenhaft.«

»Die Welt hat die Geduld mit uns verloren«, entgegnete Elphinstone. »Ich will nicht noch mehr britische Leben riskieren. Sie müssen versuchen, die besten Bedingungen zu erreichen – ehrenvolle Bedingungen –, und dann verschwinden wir.«

»Der Meinung bin ich auch«, sagte Vernon. »Wir haben in diesem gottverlassenen Loch schon zu viel gutes britisches Blut vergossen. Überlassen wir sie ihren Kämpfen untereinander.«

»Da spricht der Mann«, sagte John, »der Auckland unter Druck gesetzt hat, Schah Schudscha zu unterstützen, und auf die Invasion gedrängt hat.«

Vernon wurde rot. »Das war, bevor ich wusste, dass man keinem Afghanen trauen kann. Auch nicht den Leuten, die zu engen Umgang mit ihnen pflegen.«

»Genug«, sagte Elphinstone und hob die Hand. »Wir haben unter den Afghanen viele gute und ehrenhafte Freunde. Das sind die Männer, an die wir jetzt appellieren müssen. Ein sicherer Abzug für uns; Autonomie für sie. Wir nehmen Schah Schudscha mit zurück, wenn er das wünscht.«

»Dann war ja alles vergebens!«, schrie Macnaghten.

»Und was ist mit Akbar?«, rief John ihnen ins Gedächtnis. »Sie müssen sich jetzt mit ihm befassen. Unterstützen Sie Schah Schudscha, indem Sie eine Streitmacht ins Bala Hissar einrücken lassen, und bieten Sie sodann Akbar eine Stellung unter Schah Schudscha an, bevor er hier eintrifft. Wer auch immer Kabul hält, hat die Macht. Lassen Sie Akbar nicht einfach so hereinspazieren und die Stadt übernehmen. Wenn Sie in die Zitadelle ziehen, können wir dort bis zum Frühjahr durchhalten und dann nach und nach abziehen. Es wäre Wahnsinn, einen Rückzug zu versuchen, während der Winter anbricht.«

»Ich kann mir nicht länger anhören, wie du dich für diesen Wilden starkmachst«, sagte Vernon hitzig.

Streitigkeiten brachen rings um den Tisch aus. Macnaghten war felsenfest davon überzeugt, dass ein rascher Abzug schwach und unehrenhaft wirken würde. Die Generäle weigerten sich mit der Begründung, es sei zu riskant, ins Bala Hissar umzuziehen. John gab auf und verließ die Runde ohne klare Antworten für den Emir.

Er lungerte in der Dunkelheit herum und wartete auf Sandy. Sein schottischer Landsmann war einen Großteil des Treffens über still gewesen und hatte nur gelegentlich Macnaghtens Ansicht unterstützt, dass ein sofortiger Abzug katastrophal wäre.

»Danke, dass Sie sich für mich eingesetzt haben, Ayton«, sagte John.

»Buckley mag Sie nicht besonders, oder?«, fragte Sandy, entzündete einen Zigarettenstummel und bot ihn John an.

»Buckleys Meinung kümmert mich nicht«, stieß John hervor. Er zog an der Zigarette und reichte sie zurück. »Wie kommen die Frauen zurecht?«

Sandy seufzte. »Emily ist fast verrückt vor Sorge. Nichts, was ich sagen kann, beruhigt sie – und wer kann es ihr verdenken? Wenn Alice nicht wäre, dann wäre meine Frau wohl schon längst zusammengebrochen. Sie ist für uns alle ein Fels in der Brandung. Und sie hilft auch noch im Lazarett aus. Ich wünschte, Emily wäre wie Alice und würde sich selbst mehr beschäftigen, statt … O Gott, wo soll das alles enden?«

Johns Brust schnürte sich vor Schmerz zu, als er an Alice dachte. Er hätte alles darum gegeben, sie in den Armen zu halten und ihr zu versichern, dass alles gut werden würde. Aber das glaubte er selbst nicht. Ihre Vorgesetzten lagen sich in den Haaren und konnten sich über nichts einigen. Die Folgen der übereilten Invasion und der schlecht durchgeführten Besatzung würden nur noch schlimmer werden. Zum Teufel mit Männern wie Buckley, die diese Eskapade verklärt hatten! Auch nur daran zu denken, dass Alice an den widerwärtigen Vernon gekettet war, war mehr, als er ertragen konnte.

Er holte tief Luft und legte Sandy eine Hand auf die Schulter. »Grüßen Sie Mrs Ayton von mir. Und bitten sagen Sie Mrs Buckley, dass ich mich nach ihr erkundigt habe – und nach Lotty. Ich wünschte, ich könnte mehr tun.«

»Ja«, sagte Sandy, »wünschen wir uns das nicht alle?«

* * *

Später am selben Abend, als er sich gegen den Frost in seine Wolldecke wickelte, spürte John, wie sein Zorn auf Vernons verheerenden Einfluss bei dem Treffen wiederaufflammte. Er glaubte nicht, dass der Kavallerieoffizier in seiner Achtung noch tiefer sinken konnte. Die Nacht von Burnes' Ermordung hatte den Ausschlag gegeben. John war empört über Vernons feige Handlungsweise gewesen. Buckley war aus der Stadt geflohen und hatte sein Haus im Stich gelassen, das geplündert und niedergebrannt worden war. Seine Wachen und die Angehörigen seines Haushalts waren massakriert worden. Er war nie zurückgekehrt. John hatte sich bei Tageslicht trotz der Gefahr, die von dem blutrünstigen Mob gedroht hatte, mit Rajban noch einmal dorthin gewagt, um festzustellen, ob sie helfen konnten. Der Anblick des Blutbads hatte ihm übel werden lassen, hatte er doch von Neuem das Schreckensbild heraufbeschworen, wie seine eigene Frau und sein Kind in Baltistan niedergemetzelt worden waren – Erinnerungen, die er mit aller Macht zu begraben versucht hatte. Vernons Sepoys waren geköpft worden, und Raiza hatte mit aufgeschlitztem Bauch und durchgeschnittener Kehle im Schlamm gelegen. John hatte nach dem kleinen Ali gesucht, aber von ihm war keine Spur zu finden gewesen; wahrscheinlich war das Kind in seinem Bett verbrannt.

John versuchte, die grauenvollen Bilder zu verdrängen. Wenn Vernon so herzlos gewesen war, seiner Geliebten und seinem Kind den Rücken zu kehren, wie viel Hoffnung bestand dann, dass Alice' und Lottys Wohlergehen für ihn an erster Stelle stehen würde? Der Kavallerist war selbstsüchtig bis ins Mark. Er würde erst seine eigene Haut retten, bevor er irgendjemand anderem half, daran hegte John keinerlei Zweifel.

Kapitel 33

Kabul, Winter 1841/1842

Keine Woche später ritt Akbar Khan unter dem Jubel der Menge in Kabul ein. Die Briten taten nichts, um ihn aufzuhalten. Schah Schudscha, der in der Zitadelle isoliert war, versank tiefer in seiner Verdrossenheit, weil er wusste, dass er kaum etwas dagegen ausrichten konnte, dass die öffentliche Meinung sich gegen ihn wandte. John konnte nicht umhin, den ekstatischen Empfang, den man dem gut aussehenden jungen Akbar bereitete, mit dem missgünstigen Schweigen zu vergleichen, das vor über zwei Jahren Schah Schudschas Rückkehr auf den Thron begleitet hatte.

Die Stammeshäuptlinge zollten Akbar Tribut, als wäre er ihr Herrscher. Bald machte sich der junge Anführer der Baraksai den Zorn der anderen Stämme auf die fremden Besatzer zunutze und umgarnte gleichzeitig den Emir. John konnte gar nicht anders, als Bewunderung für den jungen Prinzen zu empfinden: Er schien in der Lage zu sein, beide Seiten mit zu bestricken. Den britischen Offizieren gegenüber, die im Bala Hissar eingepfercht waren, gab Akbar sich versöhnlich.

»Ich will die Situation in der Armeesiedlung verbessern«, sagte er mit besorgter Miene. »Wir werden Versorgungsgüter schicken.«

Aber John schnappte auch die Information auf, dass Akbar zugleich den Häuptlingen, die eine unnachgiebige Haltung vertraten, das Gegenteil versprach. Sein Kazilbashi-Freund Khan Schirin Khan warnte John.

»Akbar sagt, dass die schnellste Art, die *feringhi* loszuwerden, darin besteht, sie auszuhungern. Vertrau ihm nicht.«

Aber als John versuchte, Macnaghten eine Nachricht zukommen zu lassen, hinderte man ihn daran, die Zitadelle zu verlassen. Akbar schmeichelte den Offizieren und sagte, dass er ihre Gesellschaft genoss, aber mittlerweile war es unmöglich, auch nur in die Unterstadt zu gehen. Sie waren Gefangene – nur nicht dem Namen nach.

Als der Dezember voranschritt und der erste Schnee auf den Hügelkuppen erschien, wusste John, dass ihnen die Optionen ausgingen. Akbar erzählte Schah Schudscha voller Schadenfreude, dass eine Brigade von *feringhi*, die aus Kandahar zum Entsatz der Armeesiedlung abmarschiert war, wegen des schlechten Wetters hatte umkehren müssen. Dann kam der Tag, an dem John an den Fluss bestellt wurde, um bei einem Treffen mit den Briten als Dolmetscher für Akbar und die Häuptlinge zu fungieren.

John zog seine Offiziersuniform an und ritt hinaus. Es glückte ihm, schnell ein paar Worte mit Sandy zu wechseln. Die Garnison hatte ihre letzten Vorräte angebrochen und konnte nicht länger durchhalten; sie musste mit den Häuptlingen Bedingungen aushandeln. John wurde klar, dass Akbar seine Versprechen, Nahrungsmittel und Brennstoff zu liefern, nicht gehalten hatte – es sei denn, der Nachschub war von Dritten abgefangen worden.

Die Briten erklärten sich bereit, aus Afghanistan abzuziehen, sobald der Frühling kam. Aber die Atmosphäre bei den Verhandlungen war gereizt.

»Wir müssen Nahrungsmittel und Tierfutter haben«, forderte Macnaghten. »Unsere Schafherden sind von unterhalb der Mauern der Armeesiedlung gestohlen worden. Unsere Leute werden ausgehungert.«

»Sie werden alles bekommen, was Sie brauchen, sobald Sie Ihre Geschütze ausliefern und die Forts aufgeben, die Sie immer noch besetzt halten«, gab Akbar zurück.

Unter den Briten herrschte große Uneinigkeit. Elphinstone war geneigt, einzulenken, aber Shelton sagte, es sei Wahnsinn, ihre Waffen abzugeben.

»Wir wollen lebendig von hier wegkommen«, murmelte er.

»Irgendwie müssen wir ihnen aber entgegenkommen«, meinte Elphinstone.

Doch selbst dem gutmütigen General ging die Forderung zu weit, dass die Frauen und Kinder als Faustpfand zurückbleiben sollten, um zu garantieren, dass Dost Mohammed und seine Familie wohlbehalten aus Indien zurückkehren würden.

»Das kommt nicht infrage!«

»Dann wollen wir einen hochrangigen Offizier«, forderte Akbar. »Shelton wäre uns recht.«

Shelton weigerte sich. Am Ende bot Macnaghten seinen eigenen Neffen, Lieutenant John Connolly, als Geisel an.

»Na gut«, lenkte Akbar ein, »und ich werde die Offiziere behalten, die jetzt schon im Bala Hissar leben.«

John fing Sandys erschrockenen Blick auf. John zuckte schicksalsergeben die Schultern; er war bereits Akbars Gefangener. Als sie nach Kabul zurückkehrten, schossen die Häuptlinge mit ihren *jezails* in die Luft, freudig erregt über die Kapitulation der Briten. John empfand seine Situation als hoffnungslos, aber wenigstens wurde ein Vertrag aufgesetzt, der von den Anführern aller großen Stämme unterzeichnet werden würde. Es sollte eine zeitweise Erleichterung für die Armeesiedlung und, sobald der Frühling kam, freies Geleit außer Landes geben – solange Akbar die anderen Häuptlinge unter Kontrolle hatte.

Aber bald schnappte John Gerüchte von einem Verrat der Briten und einem doppelten Spiel auf; die *feringhi* versuchten angeblich, einen Keil zwischen die Baraksai, Ghilzai und Kazilbashi zu treiben. John glaubte das nicht, aber selbst Khan Schirin Khan war misstrauisch.

»Akbar will sich allein mit Macnaghten treffen und eine eigene Abmachung schließen«, erzählte der Kazilbashi-Häuptling John. »Er verspricht, Schah Schudscha König bleiben zu lassen, wenn ihm gestattet wird, leitender Minister zu werden – und die Briten ihm vierhunderttausend Rupien im Jahr zahlen.«

»Ist das eine Falle?«, fragte John alarmiert.

Sein Freund zuckte die Schultern. »Ich würde mich nicht mit Akbar treffen, wenn ich nicht gut bewaffnet wäre – und ganz bestimmt nicht allein.«

John meldete sich freiwillig als Dolmetscher für das Treffen. Es war ein nasskalter Dezembertag – zwei Tage vor Weihnachten –, als sie losritten, um sich mit dem Gesandten und einer Handvoll Offiziere zu treffen. John hatte von Anfang an kein gutes Gefühl. Obwohl das Treffen privat sein sollte, hatte sich eine große, leicht erregbare Menschenmenge am Flussufer versammelt. Dort waren auf mit einer dünnen Schneeschicht überzogenen, kleinen Hügeln Decken für die Männer, die verhandeln sollten, ausgebreitet worden. Die Stammeskrieger waren schwer bewaffnet und schienen alle über das Treffen Bescheid zu wissen.

»Wir können nicht sprechen, solange diese Männer uns bedrohen«, beschwerte sich Macnaghten.

Akbar geriet in Wut. Er begann, mit einer Peitsche auf die Menge einzudreschen. John sah die plötzliche Raserei in seinen Augen und ahnte, dass sie die Kontrolle über die Situation verlieren würden.

»Steigen Sie auf Ihr Pferd, Sir«, befahl John, »und kehren Sie sofort in die Garnison zurück!«

Der Gesandte versuchte, die Lage zu beruhigen. »Nun seien wir doch vernünftig! Wir sind hergekommen, um mit dem Sirdar zu sprechen.«

»Ayton!«, appellierte John an Sandy. »Bring den Gesandten sofort weg – ich glaube, er ist verraten worden. Das hier ist ein Hinterhalt.«

Als die Offiziere sich eilig bemühten, ihre Pferde zu holen, drängte die Menge auf sie ein. John stieg auf und schoss mit seiner Pistole in die Luft über dem Mob, um die Leute von Macnaghten abzulenken. Aber als die anderen ihre Pferde wendeten, um davonzureiten, packte Akbar den Gesandten und riss ihn zu Boden.

»Wie können Sie es wagen, mir den Rücken zuzuwenden!«, schrie der Sirdar. »Verrat! Sie wollten, dass ich umkomme, nicht wahr?«

Macnaghten lag ausgestreckt auf dem Boden. »Natürlich nicht …«

John wirbelte herum, um ihm zu Hilfe zu eilen. Akbar zog wütend eine silberne Pistole. Er zielte auf seinen Gegner.

»Nein!«, brüllte John.

»Um Gottes willen!«, flehte Macnaghten.

Akbar schoss aus nächster Nähe auf die Brust des Gesandten. Binnen weniger Sekunden versammelten sich afghanische Kämpfer um den tödlich verwundeten Macnaghten und zogen ihre langen Messer. John sah wie betäubt zu, als sie ihre Klingen in Macnaghten rammten und ihn in Stücke hackten. John trieb sein Pferd vorwärts und zog sein Messer. Er schlug damit um sich, während er die anderen Offiziere bestürmte, sich zurückzuziehen. Vielleicht lag es am Anblick von Azlans Afridi-Messer, aber die Angreifer wichen für einen Moment verwirrt zurück.

Dann umzingelten ihn andere Afghanen, packten seine Zügel und zwangen ihn, in die Stadt zurückzukehren. Erst später ging John auf, dass es Kazilbashi waren, die von ihrem Häuptling geschickt worden waren, um ihn im Auge zu behalten und ihn vor Schaden zu bewahren.

Zu dem Zeitpunkt hatte der Blutrausch sich schon auf die Stadt ausgeweitet, und Macnaghtens zerfetzter Körper war als grauenvolle Trophäe am Char Chouk aufgehängt worden. Bei dem Anblick erstarrten die Leute auf dem Großen Basar vor Entsetzen, aber es rückten keine Truppen an, um den brutalen Mord zu rächen. Das zeigte mehr als alles andere, dass die vermeintlich mächtigen Briten nur Papiertiger waren.

John hatte keine Ahnung, was aus Sandy und den anderen Offizieren geworden war. Er war mit den anderen Geiseln in der Zitadelle eingesperrt – nur zu ihrer eigenen Sicherheit, wie Akbar behauptete – und konnte nichts tun, um seinen Kameraden zu helfen. Akbar schien mittlerweile zu bereuen, dass er Macnaghten kaltblütig erschossen hatte.

»Ich wollte nur mit ihm sprechen«, behauptete er. »Sie müssen mir glauben.«

Aber die Tat war nun einmal geschehen. John konnte sich lebhaft vorstellen, welche Bestürzung und Betroffenheit der Tod des Gesandten in der Armeesiedlung ausgelöst haben musste. Ihr Verhandlungsführer – und zugleich der einzige Mann in der Garnison, der über ein gewisses Maß an Führungsqualitäten verfügt zu haben schien – war tot. Was würde nun aus Alice und den anderen, die ihm am Herzen lagen, werden? Frust und Angst schlugen ihre Krallen in John, wenn er an das dachte, was ihnen bevorstand.

* * *

Am Weihnachtstag bestand Alice darauf, dass die Aytons zu ihnen kamen, um das Fest mit ihnen zu verbringen. Der entsetzliche Mord an Macnaghten lag erst zwei Tage zurück, und alle in der Armeesiedlung waren noch wie betäubt. Es hatte erbitterte Streitigkeiten zwischen Macnaghtens Stab und dem Militär gegeben, weil niemand etwas unternommen hatte, um den Gesandten zu retten. Es waren ihm keine Truppen zu Hilfe geschickt worden, und man hatte auch keinen Vergeltungsschlag gegen die Stadt geführt. Nur dank des Eingreifens zweier afghanischer Häuptlinge waren Sandy und ein paar andere britische Offiziere gerettet worden und lebend in die Armeesiedlung zurückgekehrt.

Captain Trevor hatte nicht so viel Glück gehabt: Die Menge hatte auch ihn in Stücke gehauen. Er hinterließ eine Witwe und sieben Kinder. Florentia hatte Alice gebeten, sie zu begleiten, um Mrs Trevor und Lady Macnaghten die schrecklichen Neuigkeiten beizubringen. Alice' Herz zog sich immer noch zusammen, wenn sie sich an das Klagegeheul der beiden und das Weinen der Kinder erinnerte.

»Wir haben selbst kaum etwas zu essen«, beschwerte Vernon sich, »auch wenn wir keine anderen einladen.«

»Unsere Freunde werden mitbringen, was sie haben«, sagte Alice. »Emily ist in einer fürchterlichen Verfassung. Sandy wäre um Haaresbreite auch ums Leben gekommen. Das Mindeste, was wir tun können, ist, gemeinsam mit ihnen zu essen – und die Jungen werden Lotty Gesellschaft leisten.«

Die Aytons waren dankbar für die Ablenkung, aber das Gespräch bei dem mageren Essen aus gebratenen Tauben und Grünkohl verlief angespannt. Es war Gitas Sohn Adeep gelungen, an den Toren der Armeesiedlung ein paar Süßigkeiten einzutauschen, und so hatten die Kinder etwas zu naschen.

Vernon zog eine große Schau ab, als er Lotty ein Puppenhaus schenkte, das er im Basar hatte anfertigen lassen, bevölkert von Miniaturfiguren und mit winzigen Möbeln eingerichtet. Er war immer noch gut darin, ihr Geld zum Fenster hinauszuwerfen, dachte Alice, aber es störte sie nicht, wenn es für die Kinder ausgegeben wurde. Alexander und Lotty spielten glücklich den ganzen Nachmittag mit dem Puppenhaus. Alice fand den Anblick herzerwärmend.

Da die beiden größeren Kinder abgelenkt waren und der kleine Walter erschöpft auf dem Schoß seiner Mutter eingeschlafen war, unterhielten die Erwachsenen sich mit gesenkten Stimmen über die Zukunft.

»Major Pottinger springt als Gesandter ein«, berichtete Sandy.

»Ich dachte, er sei nach der Schlacht in Kohistan noch schwer verwundet?«, fragte Alice.

Sandy seufzte. »Das ist er auch, aber er ist unser erfahrenster politischer Offizier und quält sich vom Krankenbett hoch, um zu helfen.«

»Bald wird alles vorbei sein«, meinte Vernon und stürzte den billigen Fusel hinunter, den er auf dem Basar gekauft hatte. »Pottinger wird nur einen Vertrag unterschreiben müssen, der uns freies Geleit beim Verlassen dieses barbarischen Landes zusichert.«

»Meinst du damit, dass wir mitten im Winter nach Indien hinuntermarschieren müssen?«, fragte Emily erschrocken. »Was ist mit den Kindern?«

»Es wird nicht vor dem Frühling so weit sein«, beruhigte Sandy sie.

Alice behielt ihre Zweifel für sich. Sie sah keine Anzeichen dafür, dass Akbar und seine Häuptlinge ihr Versprechen hielten, Nachschub in die Armeesiedlung durchzulassen. Die Händler und Soldaten wurden jeden Tag bei ihren Versuchen belästigt,

Nahrungsmittel und Futter in die Siedlung zu bringen. Aber Emily sprach ihre Ängste laut aus.

»Wie können wir diesem Akbar trauen«, sagte Emily, »wenn er kaltblütig den armen Macnaghten getötet hat?«

Walter wachte auf, schniefte vor Kälte und wurde unruhig, und die Frage blieb unbeantwortet.

* * *

Gegen Ende des Jahres brachte bitterkalter Wind Schnee bis zum Talboden. Er lag dreißig Zentimeter hoch in den Straßen der Armeesiedlung. Die letzten Obstbäume in den Gärten des Geländes wurden gefällt, um Brennstoff zu haben. Danach würde es nichts mehr geben, womit man die Feuer am Brennen halten konnte. In der Nacht fiel die Temperatur unter den Gefrierpunkt. Sepoy-Wachen wurden regelmäßig vor Kälte ohnmächtig, und die Zahl derjenigen, die an Lungenentzündung starben, stieg ständig. Die Frauen warteten nervös auf die täglichen Neuigkeiten über Pottingers Verhandlungen mit Akbar und den Häuptlingen.

Der ursprüngliche Vorschlag des Majors, sich ins Bala Hissar vorzukämpfen und es bis zum Frühling zu halten, wurde von den führenden Militärs rundheraus abgelehnt. Also versuchte er, Bedingungen auszuhandeln, die den Briten gestatten würden, bis zum Frühling in der Armeesiedlung zu bleiben, und Garantien zu erhalten, dass man sie mit Lebensmitteln, Brennstoff und Medikamenten versorgen würde. Die Afghanen erklärten sich dazu bereit, sofern die noch ausstehenden Zahlungen geleistet wurden, die man ihnen schuldete, und die Briten ihre Geschütze abgaben. Zunächst weigerte Pottinger sich.

Florentia kam Alice besuchen. Sie stampfte sich an der Tür den Schnee von den Stiefeln. Vor Empörung war sie rosarot angelaufen.

»Die Afghanen verlangen, dass wir Frauen und Kinder in Kabul als Geiseln gehalten werden, bis Dost Mohammed und seine Familie aus Indien zurückgeholt worden sind. Kennt ihre Unverschämtheit denn gar keine Grenzen?«

»Du meinst, dass sie nur unseren Männern erlauben, abzumarschieren, und dass wir zurückgelassen werden?«, fragte Alice erschrocken.

»Das sagen sie zumindest«, bestätigte Florentia. »Aber ich habe dem Major unmissverständlich klargemacht, dass wir uns nicht opfern lassen. Ich habe gesagt: ›Ihr Männer könnt tun, was ihr wollt, aber niemand wird uns Frauen herumkommandieren.‹«

Alice lachte trotz ihrer Angst. »Oh, ich wünschte, ich wäre dabei gewesen, um sein Gesicht zu sehen!«

Florentia lächelte. »Ich nehme an, ich war um unser allen willen ein wenig anmaßend.«

»Gut gemacht«, lobte Alice sie.

Florentia sagte: »Ich schäme mich zutiefst, dass unsere Kommandeure so wenig Rückgrat zeigen. Die afghanischen Krieger stellen uns in den Schatten. Wir wären nicht in dieser Situation, wenn unsere Anführer schon vor Monaten tatkräftiger gehandelt hätten. Mein eigenes Wohlergehen ist mir gleichgültig, aber ich mache mir Sorgen um euch junge Frauen mit kleinen Kindern, die ihr am Leben und bei guter Gesundheit zu halten versucht. Und jetzt auch noch Dinah …«

»Was ist mit Dinah?«, fragte Alice beunruhigt. »Ist sie krank?«

Florentia schenkte ihr ein freudloses Lächeln. »Nein, sie erwartet ein Kind. Das sollte eine gute Nachricht sein, aber angesichts der Lage mache ich mir nur noch mehr Sorgen.«

Alice drückte der älteren Frau die Hand. »Es ist eine gute Nachricht. Captain Sturt muss überglücklich sein.«

Florentia seufzte. »Dinah hat es ihm noch nicht gesagt. Er macht sich schon so viele Gedanken um ihre Sicherheit, dass sie ihn nicht mit noch mehr belasten möchte.«

»Der arme Sturt«, sagte Alice mitfühlend. »Er ist so ein netter Mann.«

Alice wurde klar, dass das der eigentliche Grund für Florentias Besuch war: Sie musste ihre Besorgnis um ihre Tochter mit irgendjemandem teilen.

»Wir werden uns gut um Dinah kümmern«, versicherte Alice ihrer Freundin, »und um dein künftiges Enkelkind.«

* * *

Anstelle der Frauen wurden mehrere Offiziere als Geiseln angeboten. Zu Emilys großer Erleichterung war Sandy nicht darunter. Alice wusste, dass John bereits ein Gefangener war, laut Sandy noch dazu ein wertvoller wegen seiner Sprachkenntnisse. Es war ihr ein kleiner Trost zu denken, dass Johns Leben nicht in Gefahr war, solange er Akbar und seinen Aufständischen von Nutzen war.

Am Neujahrstag 1842 wurde ein Vertrag zwischen den Briten und den Afghanen ratifiziert und von achtzehn Häuptlingen aus allen größeren Stämmen unterzeichnet.

»Das heißt wenigstens, dass die Häuptlinge ihre Stammesangehörigen in Zaum halten werden«, sagte Sandy hoffnungsvoll, »und wir sollten es bald erleben, dass Nachschub in die Armeesiedlung gelangt.«

Aber das kurze Aufflackern von Optimismus auf dem britischen Garnisonsgelände erlosch bald wieder. Es kam kein Nachschub. Die Afghanen forderten, dass die Briten zunächst ihre Geschütze abliefern sollten. Voller Verzweiflung befahl Pottinger, nur zwei Gewehre pro Tag zu übergeben, um ihre Entwaffnung hinauszuzögern. Hinter den Kulissen drängte er die führenden Militärs, einen Gewaltmarsch nach Dschalalabad zu unternehmen, den gesamten Tross zurückzulassen und schnell loszuziehen, bevor die Pässe durch den Schnee unpassierbar wurden. Zu bleiben würde ein sicheres Todesurteil bedeuten.

Es war Vernon, der Alice von diesem verzweifelten Schritt berichtete.

»Was das betrifft, bin ich einer Meinung mit Pottinger«, sagte ihr Mann. »Wir könnten viel schneller marschieren, wenn wir nicht von den ganzen Packtieren und Zivilisten belastet wären.«

Alice sah ihn entsetzt an. »Aber was geschieht dann mit diesen Menschen? Es sind Tausende von Dienern und Händlern – und ihre Familien.«

»Genau das meine ich ja«, sagte Vernon. »Sie sind dreimal so viele wie wir Soldaten. Sie werden uns nur aufhalten und uns angreifbarer machen.«

Seine Gefühllosigkeit widerte Alice an. »Wir können sie nicht einfach zurücklassen – sie werden verhungern oder niedergemetzelt werden, wenn niemand mehr da ist, um sie zu beschützen.«

»Das wissen wir nicht sicher. Wahrscheinlich finden sie in der Stadt Arbeit und können sich dann im Frühjahr auf eigene Faust nach Süden durchschlagen.« Vernon runzelte die Stirn. »Sieh mich nicht so an, Frau. Die armen Leute tun mir leid, aber wenn ich vor der Wahl stünde, entweder sie zu retten oder meine Kameraden und meine Familie, dann würde ich nicht zögern, sie zurückzulassen.«

Alice wandte sich ab. Seine Kaltherzigkeit ließ ihr übel werden.

Am Ende untersagte Elphinstone einen schnellen Gewaltmarsch nach Dschalalabad. Es standen zu viele Menschenleben auf dem Spiel, und er sorgte sich um die wachsende Anzahl von Kranken, die nicht reisefähig waren. Es wurde die Abmachung getroffen, den Kranken und Verwundeten zu erlauben, ins Bala Hissar eskortiert zu werden, zusammen mit zwei Militärärzten, Berwick und Campbell, die in der Zitadelle bleiben würden, um sie zu betreuen.

Die Situation verschärfte sich schnell. Binnen weniger Tage waren Gewehre, Munition, Geld, Versorgungsforts und Geiseln an die Afghanen übergeben worden, aber im Gegenzug hatte man nichts bekommen. Die Briten standen nun unter Druck, den Rückzug anzutreten. Wenn sie sofort aufbrachen, würde Akbar ihnen eine Eskorte stellen, um sie in den Hochgebirgspässen auf dem Weg nach Dschalalabad vor Angriffen zu beschützen. Die Geiseln würden in Kabul festgehalten werden, bis die Nachricht eintraf, dass die britische Garnison unter Sale sich nach Indien zurückgezogen hatte.

Plötzlich machten Befehle die Runde, sich auf den Abzug aus der Armeesiedlung vorzubereiten. Sandy kam vorbei, um ihnen davon zu erzählen, und stieß die Neuigkeit atemlos hervor: »Alle müssen mit so wenig Gepäck wie möglich reisen und ihre Habseligkeiten zurücklassen.«

»Gott sei Dank«, meinte Vernon, »es wird ja auch Zeit.«

»Sobald Akbar eine Eskorte schickt, marschieren wir los«, sagte Sandy.

Alice wusste nicht, ob seine aufgeregte Miene von Nervosität oder Erleichterung zeugte.

»Lass es mich wissen, wenn Emily Hilfe braucht«, bot sie an.

»Deine erste Sorge sollte uns gelten. Mach dich lieber hier ans Packen«, hielt Vernon dagegen. »Ayton kann sich bestimmt selbst um seinen Haushalt kümmern.«

Sandy nickte knapp und ging.

Bald stellte sich heraus, dass Vernon all seine persönlichen Möbel – sein Feldbett, sein Zelt, seine tragbare Badewanne, seinen Sessel und den Esstisch – mitnehmen wollte, dazu noch seinen ganzen Schrank voller Kleidung, Bürsten und Tinkturen.

Alice riss die Geduld. »Das ist alles nicht so wichtig. Du kannst von Ravi und den Jungen nicht erwarten, so viel mitzuschleppen. Alles, was wir brauchen, sind unsere Winterkleidung und so viel Essen, wie wir auftreiben können.«

Vernon ließ sich nicht umstimmen. »Wenn wir mit unserem ganzen Anhang reisen müssen, kann er sich genauso gut nützlich machen. Ich habe viel für meinen Besitz bezahlt, und du bist die Erste, die mir danken wird, wenn wir ein Zeltdach über dem Kopf haben, wenn die Temperaturen unter den Gefrierpunkt fallen.«

»Es ist wichtiger, dass wir Sachen mitnehmen, um Lotty warm zu halten«, entgegnete Alice. »Was nützen uns all diese Möbel? Man hat uns doch angewiesen, dass wir mit leichtem Gepäck reisen sollen.«

Vernon zögerte und rief dann nach Ravi. »Achte darauf, dass auch Charlottes Puppenhaus abgebaut und eingepackt wird. Es hat mich bei den Halsabschneidern im Basar ein kleines Vermögen gekostet.«

Frustriert gab Alice auf und ging im Lazarett helfen, wo man die Verlegung der Kranken und Verwundeten nach Kabul vorbereitete.

* * *

Gerüchte von Verrat verbreiteten sich wie ein Lauffeuer in der Armeesiedlung. Akbar hatte nicht vor, bewaffnete Reiter zu schicken, um ihnen sicheres Geleit zu geben; er plante, die Frauen und Kinder in seine Gewalt zu bringen und alle britischen Soldaten zu töten, bis auf einen, dem man erlauben würde, Dschalalabad zu erreichen, um dort von dem Massaker zu berichten. Pottinger und seine politischen Offiziere versuchten vergeblich, die Ängste der Leute zu beschwichtigen.

»Diese Geschichten sind der reinste Unsinn«, sagte Sandy mit Nachdruck. »Wir müssen auf die Eskorte warten. Zemaun hat versprochen, dass sie kommen wird, und ich vertraue ihm mehr als all den anderen Häuptlingen. Er sagt, dass wir ohne afghanische Wachen nicht abmarschieren dürfen. Es wäre schierer Wahnsinn, die Armeesiedlung ohne sie zu verlassen. Akbar braucht Zeit, um mit den Häuptlingen zu verhandeln, die die Bergpässe besetzt halten.«

»Ich vertraue keinem von ihnen – und Akbar am allerwenigsten«, erwiderte Vernon und wiederholte damit die Einschätzung der Militärkommandeure. »Wir müssen sofort aufbrechen und uns darauf verlassen, dass unsere eigenen Streitkräfte uns unterwegs beschützen.«

Elphinstone und Shelton setzten sich gegen den verwundeten und viel geplagten politischen Offizier Pottinger durch. In der Nacht des fünften Januar erhielten Sturt und seine Ingenieurskameraden den Befehl, die niedrigen Befestigungen der Armeesiedlung zu durchbrechen, um es dem Strom der Truppen zu ermöglichen, mit den sechs großen Kanonen abzuziehen, die die Briten noch hatten behalten dürfen.

»Wir marschieren bei Mondaufgang ab«, verkündete Vernon, »also hat es keinen Zweck, ins Bett zu gehen.« Er saß in seinen Mantel eingemummelt neben dem leeren Kamingitter und trank aus einer Flasche den örtlichen Fusel.

Alice blieb angekleidet und legte sich neben Lotty hin. Sie rollte sich unter dem kalten Bettzeug zusammen und hielt ihre Tochter eng an sich gedrückt.

»Machen wir morgen einen großen Ausflug?«, fragte Lotty.

»Ja, meine Süße«, sagte Alice und küsste sie auf die Stirn. Sie streichelte die Wange des Mädchens und staunte darüber, wie weich sie war. Es tröstete Alice und machte sie doch zugleich überaus ängstlich. Wie viel verletzlicher würde ihre Tochter sein, wenn sie erst die – wenn auch geringe – Sicherheit der Armeesiedlung verlassen hatten?

»Kommt Gita auch mit?«

»Ja.«

»Und Ravi und Adeep und Bali?«

Alice nickte.

»Und Zander?«

»Ja, Alexander natürlich auch.«

»Und Daddy?«

Alice schluckte. »Und Daddy.«

»Dann wird es der beste Ausflug aller Zeiten.« Lotty lächelte.

Sie steckte sich den Daumen in den Mund und nuckelte zufrieden daran. Alice hielt sie im Arm und sah zu, wie sie einschlief. Dabei betete sie inbrünstig, dass Lotty verschont werden und das sichere Dschalalabad lebend erreichen würde.

Kapitel 34

Sie hätten bei Mondschein aufbrechen sollen, aber es war acht Uhr morgens, als die ersten Lasttiere durch die Bresche in der Mauer zogen. Alice und die anderen Familien beobachteten angespannt, wie die schnaubenden, wiehernden Tiere und ihre Treiber durch den glitzernden Schnee pflügten; sie kamen nur schwerfällig voran.

»Von den armen Treibern hat ja kaum einer einen Mantel«, bemerkte Alice besorgt und stampfte mit den Füßen, um sich in der frostigen, kristallklaren Morgenluft aufzuwärmen.

Auf den ersten Gepäcktross folgte die Vorhut aus Kavallerie und berittener Artillerie, die Sechspfünder-Kanonen zog, zusammen mit den Sappeuren und Mineuren des Gebirgstrains. Dann wurde es für die Entourage des Gesandten und die Offiziersfamilien Zeit aufzubrechen, bevor die Hauptmacht der Armee sich in Marsch setzte.

»Es ist der sicherste Platz im Zug«, versicherte Sandy der schreckensstarren Emily. »Die Vorhut mit Vernon ist vor euch, und Shelton und seine Infanterie schützen euch von hinten.«

Er schenkte seiner Frau ein aufmunterndes Lächeln, als er ihr in einen Korb half, der an ein Kamel geschnallt war, und ihr das Baby reichte. Alexander wollte wie Alice und Lotty auf einem Pony reiten, ließ sich aber überreden, sich in den zweiten Korb zu setzen. Emily suchte weiter mit Blicken die Hügelkuppen nach Anzeichen von Stammeskriegern ab, die bereit zum Angriff waren. Alice dachte daran, dass die sich dahinschleppende Armee aus Lasttieren und Soldaten in scharlachroten Jacken meilenweit zu sehen sein würde. Sie merkte, dass Emily sich in ihre Furcht hineinsteigerte.

»Warum setzen wir uns nicht in Bewegung?«

»Heute Abend werden wir schon den Khurd-Kabul-Pass hinter uns haben und in Tezin sein«, sagte Alice. »Danach haben wir den Schnee hinter uns und können den Abstieg nach Dschalalabad beginnen. Dort wird es dir gefallen. Es ist viel wärmer als hier, und Alexander wird wieder draußen spielen können.«

»Ich auch!«, meldete sich Lotty zu Wort und grinste zu ihrer Mutter hoch. Alice küsste sie auf die kalte Wange und staunte darüber, wie verständig ihre Tochter schon war.

Sie brauchten den ganzen Morgen, um sich durch die Mauerbresche zu drängen. Alice versuchte, Lotty von Emilys panischen Bemerkungen abzulenken, indem sie ihr zeigte, wo Vernon vor ihnen ritt.

»Und da drüben liegt Kabul, die große Stadt, in der der König lebt und aus der dein schöner, dicker Mantel stammt.«

»Wohnt der freundliche Mann auch dort?«, fragte Lotty.

»Welcher freundliche Mann?«

»Lieutenant John.«

Alice' Herz zog sich zusammen. Wie sehr sie sich doch wünschte, dass John bei ihnen wäre!

»Ja, Lieutenant John wohnt auch dort.«

»Können wir ihm auf Wiedersehen sagen?«

Alice' Augen wurden feucht. »Leider nein. Lieutenant John muss in der Stadt bleiben.«

»Dann winke ich«, meinte Lotty. »Vielleicht schaut er ja hin.«

Alice küsste ihre Tochter auf den Kopf. Nur mit Mühe konnte sie ihre Tränen im Zaum halten, als Lotty eine Hand hob und zur fernen Zitadelle hinüberwinkte.

* * *

Am frühen Nachmittag wartete noch die halbe Streitmacht in der Armeesiedlung darauf, aufzubrechen. Am Fluss Kabul kam es zu einem langen Stau. Es sprach sich herum, dass die Geschützlafetten, die als Brücke für die Infanterie genutzt werden sollten, nicht früh genug losgeschickt worden waren.

»Elphinstone war zu sehr mit seinem Frühstück beschäftigt, um rechtzeitig den Befehl zu geben«, sagte Sturt frustriert im Vorüberreiten. »Hat Shelton heruntergeputzt, weil der ihn unterbrochen hat.«

Alice fand, dass es Sturt gar nicht ähnlich sah, seine Vorgesetzten zu kritisieren. Sie schloss daraus, dass er unter hoher Belastung stand. Aber die lange Verzögerung sorgte allmählich für Unruhe. Zivilisten, die angewiesen worden waren, sich hinten mit einzureihen, strömten nach und nach aus ihren Lagern und überholten die gestrandeten Soldaten, weil sie große Angst davor hatten, zurückgelassen zu werden. Bald herrschte am Fluss Chaos, weil Tausende versuchten, zugleich hinüberzugelangen. Der Lärm war ohrenbetäubend. Kamele brüllten vor Angst, wütende Männer schimpften laut, Kinder schrien und Soldaten versuchten, Befehle rufend für Ordnung zu sorgen.

Alice sah aufgeregt zu. Um sie herum trieben Offiziere die Familien vorwärts. Emily wimmerte vor Furcht, und die verängstigte Lotty begann zu weinen. Alice versuchte, die beiden zu beruhigen, sperrte sich aber gegen die Anweisung, den Fluss zu überqueren.

»Ich gehe nicht ohne meine Diener«, verkündete sie, wirbelte herum und griff nach dem Pony, auf dem Gita und die Jungen saßen. Sie konnte Ravi und seine Maultiere nicht sehen, die mit Vernons Hab und Gut schwer beladen waren, wusste aber, dass er sein Bestes geben würde, ihnen zu folgen.

Unter lautem Getöse, das wahrscheinlich noch in der Stadt zu hören war, klapperten sie über die behelfsmäßigen Brücken. Einige stürzten sich sogar ins eisige Wasser und versuchten mitzuhalten.

Den ganzen Nachmittag schleppte der Konvoi sich weiter. Die überladenen Lasttiere kämpften sich durch frischen Schnee und behinderten das Vorankommen. Hinter sich konnte Alice sehen, dass Hunderte von Soldaten noch auf den Mauern auf ihren Abmarsch warteten. Der ganze Rückzug war ein unorganisiertes Desaster.

Vielleicht lag es am Anblick des derart langsamen Vorankommens oder an der Versuchung, welche die schon von Weitem sichtbare reiche Beute darstellte, aber bevor sie auch nur ein paar Kilometer hinter sich gebracht hatten, war die Luft plötzlich vom Gebrüll plündernder Stammesangehöriger erfüllt.

Sie kamen aus den umliegenden Hügeln und Obstgärten. Der Schnee dämpfte das Donnern der Pferdehufe, und die Männer stürzten sich auf die erschrockenen Kameltreiber und Sepoys. Die Schreie ihrer Opfer waren weithin zu hören.

Die Kavallerie, die die Entourage des Gesandten schützte, scharte sich um die Frauen und zwang ihre Reittiere in den Galopp. Als Alice einen Blick zurückwarf, sah sie entsetzt, dass der Schnee vom Blut rot gefärbt war. Sie zog ihren Umhang über Lottys Kopf, damit das Mädchen nicht Zeugin des Gemetzels wurde.

Die Armeereihen lösten sich auf, und die Truppen wurden bis zum Dorf Begrami und dem Weg zum Khurd-Kabul-Pass versprengt. Als die Nacht sich herabsenkte, waren sie nur knapp zehn Kilometer statt der geplanten fünfzig vorangekommen. Es gelang Vernon, sie zu finden, als sie im Schnee ihr Lager aufschlugen. Sie starrten voller Entsetzen zurück zu den Flammen, die in der frostigen Dunkelheit wie ein greller Sonnenuntergang über der verlassenen Armeesiedlung loderten.

»Die Barbaren stecken unsere Häuser in Brand«, sagte Vernon voller Zorn. »Jetzt gibt es kein Zurück mehr.«

Die Zerstörung ließ Alice übel werden: die Häuser und die liebevoll gepflegten Gärten, die ihre afghanischen Freunde bewundert hatten, das Lazarett und die Schule, der Basar und die Lager der Einheimischen … Eine einst blühende Ortschaft war binnen weniger Stunden in Schutt und Asche gelegt geworden.

»Wenigstens sind wir am Leben«, sagte Alice. Ihr brannten die Augen vor Tränen, als sie an die Männer dachte, die im Schnee sterbend zurückgelassen worden waren. »Dafür danke ich Gott.«

Am nächsten Morgen gab es ein böses Erwachen. Die Nachhut hatte die Hauptarmee in den frühen Morgenstunden eingeholt und berichtete von Plünderung und Brandstiftung während ihrer Flucht aus der Armeesiedlung. Aber noch Schlimmeres wurde vom Tageslicht enthüllt. Gruppen von Sepoys und Marketendern, die in der Dunkelheit eng zusammengerückt waren, um sich zu wärmen, lagen tot im Schnee oder waren von Erfrierungen verkrüppelt.

Alice und Gita, die völlig außer sich war, machten sich auf die Suche nach Ravi. Sie fanden ihn weinend vor Schmerzen, wie er seine Maultiere bewachte. Sie umwickelten seine von Frostbeulen übersäten Füße und Knöchel mit Streifen der Pferdedecke von Alice' Pony, aber der Mann konnte kaum gehen. Alice wies ihn an, die Möbel zurückzulassen und selbst auf einem der Maultiere zu reiten.

Bevor das Hornsignal oder ein Marschbefehl gegeben werden konnte, setzte die Menschenmasse sich schon in der gleichen Unordnung wie am Vortag in Bewegung. Einige der Marketender drängten sich um die Truppen ganz vorn, weil sie panische Angst davor hatten, nicht mitgenommen zu werden. Lotty weinte vor Kälte und Alexander vor Hunger. Florentia goss Sherry in ein Glas und reichte es herum, um die Kinder davon trinken zu lassen.

»Der wärmt sie und betäubt den Hunger«, erklärte sie, bevor die Kinder in Körbe gesetzt und auf Ponys gehoben wurden.

Dann begann der Schrecken von Neuem. Der Gepäcktross wurde wieder von Scharfschützen aus den umliegenden Hügeln ins Visier genommen, und Alice beobachtete in hilfloser Verzweiflung, wie Rinder weggetrieben und ihre Treiber niedergemetzelt wurden. Einige von ihnen desertierten lieber, als darauf zu warten, dass sie von den tödlichen Schüssen getroffen wurden. Panik brach aus. Die Nachhut versuchte, den verletzlichsten Teil der Marschsäule zu decken, aber die Disziplin brach zusammen, und die Kanonen mussten vernagelt und zurückgelassen werden. Einige der Soldaten waren aufgrund von Erfrierungen in so schlechtem Zustand, dass sie ihre Luntenschlossgewehre nicht abfeuern konnten und hilflos zusahen, wie Plünderer sich auf sie stürzten und sie ihnen aus den halb erfrorenen Händen rissen.

Alice hielt die verängstigte Lotty gut fest und versuchte, sie mit nichtssagenden Worten zu trösten, als sie, bewacht von Sandy und anderen aus Pottingers Entourage, weiterzogen. Sie glaubte ihr eigenes Gebrabbel nicht, aber laut ermutigende Worte auszusprechen, war der einzige Weg, ihre Angst, die ihr den Magen umdrehte, in Schach zu halten.

Bis zum Nachmittag hatten sie nur weitere sechseinhalb Kilometer zurückgelegt und waren gerade mal am Fuße des Khurd-Kabul-Passes angelangt. Erstaunlicherweise erteilte

Elphinstone den Befehl, haltzumachen. Alice machte sich Sorgen, dass sie in diesem Tempo mindestens eine Woche anstelle der geplanten drei Tage brauchen würden, um Dschalalabad zu erreichen. Vernon tauchte auf; er wirkte angespannt und reichte eine Flasche Brandy herum. Alice hatte nicht gewusst, dass er noch welchen hatte, trank sich aber mit einem großen Schluck Mut an.

Sandy erschien mit Neuigkeiten. »Zemaun hat uns die Nachricht geschickt, dass wir hier abwarten sollen, bis sie die fanatischen Stammeskrieger vom Pass vertrieben haben. Es ist zu gefährlich, weiterzureisen.«

»Es ist mindestens genauso gefährlich, hierzubleiben!«, widersprach Vernon. »Wir müssen schnell weitermarschieren und all dieses Gesindel zurücklassen. Übrigens«, fuhr er fort und wandte sich an Alice, »wo sind eigentlich meine Sachen?«

»Ich habe Ravi angewiesen, sie abzuladen«, erwiderte sie mit einem trotzigen Blick. »Sie haben uns langsamer gemacht. Wir haben aber noch das Zelt und die Decken.«

»Wie kannst du es wagen …«

Da ertönte ein Schrei und unterbrach Vernons Tirade. Eine schnell vorrückende Phalanx aus afghanischen Reitern, die aus Richtung Kabul kam, war gesichtet worden. Niemand wusste, ob es die versprochene Eskorte oder ein feindlicher Trupp war. Aber ihr Erscheinen hatte die Wirkung, die Plündererbanden zu zerstreuen, die wieder in den Hügeln verschwanden. Während die Offiziere und ihre Familien versuchten, Lagerfeuer in Gang zu bringen, schickte Pottinger Sandy los, um sich mit dem Boten zu treffen, den der afghanische Trupp vorausgeschickt hatte. Er kehrte freudig erregt zurück. Alice drängte sich nach vorn durch, um zu hören, was der Gesandte und die führenden Militärs zu Sandys Nachricht sagen würden.

»Ich habe mit Lieutenant Sinclair gesprochen!«, verkündete Sandy. »Er sagt, dass Akbar uns sechshundert Reiter anbietet, um uns sicher über den Pass zu geleiten. Der Sirdar wird persönlich voranreiten, um die hitzköpfigeren Ghilzai zu zügeln, damit sie uns abziehen lassen.«

»Was für eine gute Neuigkeit!«, sagte Alice. Ihr Herz hämmerte, als sie daran dachte, dass John ganz in der Nähe war.

Vernon reagierte abfällig. »Noch eine Falle. Warum sollten wir auf irgendetwas vertrauen, das Akbar und seine Hofschranzen sagen?«

»Sinclair würde sich nicht an einem Verrat beteiligen«, gab Sandy zurück. »Er glaubt, dass Akbar es aufrichtig damit meint, uns sicher abziehen zu lassen. Der Sirdar weiß, dass das die einzige Möglichkeit ist, seinen Vater, Dost Mohammed, und seine Familie wohlbehalten in Afghanistan wiederzusehen. Aber Akbar will ein Faustpfand, um besser verhandeln zu können, wenn er sich mit den Ghilzai befasst.«

»Guter Gott!« Vernon fluchte. »Er hat sich doch schon alles geholt.«

Pottinger hob ungeduldig die Hand. »Lassen Sie den Mann ausreden, Buckley.«

»Akbar will vier weitere Geiseln – angesehene, vor denen die Häuptlinge Respekt haben werden.« Sandy richtete seinen Blick auf Shelton. »Sie wollen, dass Sie eine davon sind, Sir.«

»Kommt nicht infrage«, protestierte Shelton. »Ich würde lieber sterben, als meine Männer im Stich zu lassen. Akbar versucht nur, unsere Armee zu enthaupten.«

Sandy sagte: »Sinclair hat mir erzählt, dass Zemaun keine Mühen gescheut hat, um Akbar zu überreden, uns Schutz zu gewähren. Wir müssen dem Sirdar im Gegenzug etwas bieten, damit er sein Gesicht wahren kann und nicht schwach wirkt.«

»Nun, ich werde seine hinterhältigen kleinen Spielchen jedenfalls nicht mitspielen«, antwortete Shelton. »Wenn auch nur einer der Kommandeure sich ihm ausliefert, werden wir alle umkommen. Die Disziplin geht ohnehin schon vor die Hunde.«

»Der Meinung bin ich auch«, sagte Vernon. »Wenn überhaupt Geiseln geopfert werden müssen, dann lieber aus dem politischen Stab.«

Pottinger sah grau vor Erschöpfung aus. Alice wusste, dass er aufgrund seiner Verwundung immer noch Schmerzen litt. Er fragte Elphinstone, was dieser meinte. Der General saß auf einem Klappstuhl; er wirkte kränker denn je.

»Ich glaube, wir sollten Akbar vertrauen, ihm aber vielleicht nicht ganz so viele Geiseln stellen?«

Ein Streit brach darüber aus, wer den Afghanen ausgeliefert werden sollte. Pottinger setzte dem Gerangel ein Ende.

»Lassen Sie die Militärkommandeure bleiben. Ich bin verletzt und für den Heereszug ohnehin ein Klotz am Bein. Ich gehe.« Er sah Sandy an. »Ayton, kommen Sie mit?«

Alice sah, dass Sandy versuchte, sein Erschrecken zu verbergen. Sie wusste, dass er vor allem für Emilys Sicherheit und die der Jungen sorgen wollte, aber es war seine Pflicht, seinem Vorgesetzten zu folgen. Er zögerte nur einen Augenblick lang.

»Natürlich, Sir«, sagte Sandy mit einem Nicken.

* * *

Emily brach angesichts der Nachricht zusammen. »Wie soll ich ohne dich zurechtkommen?«, schluchzte sie. »Bitte lass die Jungen und mich nicht allein.«

»Ihr werdet gut beschützt sein«, sagte Sandy und legte einen Arm um sie. »Wenn ich gehe, wird es sicherer für euch alle.«

»Ich werde dich nie wiedersehen!«, klagte sie.

»Bitte, meine Liebste, sei um der Jungen willen tapfer.«

Alice griff ein. »Wir werden alle zusammenhalten und einander helfen.«

Florentia mischte sich ebenfalls ins Gespräch. »Komm schon, Emily, du willst doch dem kleinen Alexander keine Angst machen, oder? Wir Frauen müssen stark bleiben und den Männern beweisen, dass wir genauso viel Mut haben wie sie.«

Die Worte der Respekt einflößenden Generalsgattin schienen Emily zu beruhigen. Sie nickte und wischte sich die Tränen von den Wangen. Sandy warf Alice und Florentia einen dankbaren Blick zu. Keine Stunde später waren die politischen Offiziere schon in die Gefangenschaft davongeritten.

»Du wünschst dir, du wärst dabei, nicht wahr?«, sagte Vernon vorwurfsvoll zu Alice. »Du würdest doch am liebsten davonreiten, um bei Sinclair und seinen barbarischen Freunden zu sein.«

»Mach dich nicht lächerlich«, fuhr Alice ihn an und wandte sich rasch ab. Sie errötete, als sie daran dachte, wie mühelos ihr abscheulicher Mann ihre Gedanken lesen konnte.

In der Nacht teilten die Offiziersfamilien sich die letzten Lebensmittel – kaltes Geflügel und Fladenbrote, die Zemaun ihnen bei ihrer Abreise geschickt hatte. Sie versuchten, die Kinder unter den von Raureif überzogenen Decken warm zu halten. Aber Alice bekam kaum etwas hinunter. Ihr schnürte sich vor Schuldgefühlen die Kehle zu, als sie im Mondschein die Tausenden von Sepoys und Dienern – darunter Frauen und Kinder – sah, die vor Schmerzen stöhnten, während sie sich im Schnee eng zusammendrängten, um am Leben zu bleiben. Sie hatten weder Nahrung noch Feuer. In dem verzweifelten Versuch, sich zu wärmen, verbrannten die indischen Soldaten ihre Mützen und Pistolenholster und rückten um die kurzfristige Hitze der Glut zusammen.

Eine böse Vorahnung lastete schwer auf Alice. Wie sollte auch nur einer von ihnen noch eine Nacht, geschweige denn mehrere Nächte überleben? Sie hätten längst den Pass hinter sich bringen und unterhalb der Schneegrenze sein sollen, wo vielleicht auch leichter Nachschub an Lebensmitteln zu erhalten war. Die Angst drohte sie zu ersticken. Alice drückte Lotty noch enger an sich. Das Mädchen wimmerte unruhig im Schlaf. Wenigstens waren Gita und die Jungen mit ihnen hier drinnen unter der Zeltplane – darauf hatte Alice bestanden –, und Vernon war aus Protest zu seinen Offizierskameraden aus der Kavallerie gegangen, um bei ihnen zu lagern.

* * *

Der dritte Morgen des Marsches begann so chaotisch wie die beiden vorhergehenden. Diesmal waren Hunderte schlecht ausgerüsteter Soldaten und Marketender in der eiskalten Nacht gestorben. Alice würgte, als sie die halb vom Schnee begrabenen steifen Leichen sah.

»Schlafen diese Leute noch?«, fragte Lotty.

»Ja«, behauptete Alice und hasste sich selbst dafür, dass sie log. Aber wie konnte sie beim besten Willen solche Dinge einer noch nicht ganz Dreijährigen erklären? Sie drehte Lotty von dem Anblick weg. Sie brachen eilig auf. Alice war entsetzt über den erbärmlichen Zustand ihrer Ponys. Sie litten unter der Kälte und wieherten nach Futter. Alice sammelte Hände voll Schnee und fütterte ihr Pony damit. Dann legte sie ihm die Arme um den Hals, um es kurz zu wärmen.

Da so viele verzweifelte und halb wahnsinnige Männer an die Spitze der Kolonne drängten, kamen sie nur langsam und ungeordnet voran. Die Soldaten konnten kaum ihre Formation aufrechterhalten oder auch nur die Befehle hören, die frustrierte Offiziere ihnen entgegenblafften.

Bald kämpfte die Kolonne sich auf den Khurd-Kabul-Pass. Der Weg wurde immer schmaler. Die schwarzen, eisigen Klippen der Schlucht ragten eng um sie auf. Kein Sonnenlicht drang nach hier unten und schmolz die gefrorenen Hänge.

Immer wieder mussten sie Bergbäche überqueren. Die Tiere rutschten an den Ufern aus und drohten, ihre Reiter ins eisige Wasser abzuwerfen. Dinah Sturts Pony lahmte. Alexander gab nur zu gern seinen Korb für die Frau des Ingenieurs auf und schwang sich hinter Alice' aufs Pony. Vorhin hatte er schon mit dem jungen Häuptling Osman reiten wollen, aber das hatte seine Mutter ihm verboten.

»Halt dich gut fest«, wies Alice ihn an.

Gerade als Alice glaubte, dass sie ohne besondere Vorkommnisse über den düsteren Pass gelangen würden, begannen die Angriffe. Scharfschützen tauchten über ihnen auf und erschossen aus der Entfernung Soldaten und Zivilisten mit ihren *jezails*. Schreie hallten von den dunklen Felsen wider. Kugeln schienen von den Steinblöcken abzuprallen. Tiere schlugen erschrocken aus, warfen ihre Reiter ab und trampelten Infanteristen nieder.

Entsetzt umklammerte Alice die kreischende Lotty und versuchte, sie und Alexander abzuschirmen, während sie ihr Pony zügelte. Dann kamen Dutzende von Stammeskriegern die Hänge herabgestürmt, um das Ende des Zugs anzugreifen und Beute davonzuschleppen.

Die britischen Offiziere unternahmen verzweifelte Versuche, die Kolonne zu schützen und einen Gegenangriff auf die Beine zu stellen, aber sie hatten es mit einer gespenstischen Armee zu tun, die hinter jedem vorspringenden Felsen und jeder Biegung der Schlucht im Hinterhalt lag. Sie konnten nichts tun, als so schnell wie möglich vorwärtszudrängen und zu versuchen, dem Angriff zu entkommen.

Die Frauen ritten durch einen Hagel von Musketenkugeln weiter. Ihre Pferde und Kamele gerieten ins Straucheln. Florentia schrie auf. Alice drehte sich um und sah ihr schmerzverzerrtes Gesicht. Ihre Freundin war angeschossen worden und hielt sich den Arm.

»Reit weiter!«, schrie sie Alice zu. »Es geht mir gut.«

Während sie alle zu fliehen versuchten, verlor Alice im Gewühl Emilys Kamel aus den Augen. Im nächsten Moment spürte Alice, wie eine Kugel ihr Handgelenk streifte – und dann noch eine. Ihr Pony bäumte sich auf. Es war in den Hals getroffen worden. Alice empfand keinen Schmerz, als Blut auf ihrer Hand erschien. Sie hatte nur Angst, weil Lotty beinahe angeschossen worden wäre. Alice schrie um Hilfe. Sie verlor die Zügel aus dem Griff, als ihr Handgelenk doch noch vor Schmerz zu pochen begann. Sie glaubte, sie würde ohnmächtig werden. Sie presste die Knie in die Flanken des gequälten Tiers, um zu verhindern, dass sie zu Boden stürzte.

Ein Reiter hielt neben ihr und packte die Zügel. Osman.

»Gott sei Dank«, keuchte sie. Ihr Herz hämmerte.

Sie spürte, wie Alexanders Griff um ihre Taille sich lockerte. Der Junge schrie nach seiner Mutter. Alice drehte sich halb um und sah, wie ein Reiter mit Turban den Jungen packte und ihn im Galopp auf sein Pferd zog.

»Nein! Lass ihn los!«

Dann wurde ihr Pony vorwärtsgezerrt, und sie konnte sich kaum mehr im Sattel halten. Alice umklammerte die hysterische Lotty und richtete sich auf. Erst jetzt sah sie, dass nicht Osman ihr Pony weiterzog, sondern ein Ghilzai-Bandit.

Alice schlug mit der verwundeten Hand nach ihm. Unbeschreiblicher Schmerz durchzuckte sie. Das verletzte Pony bockte und machte in panischer Angst einen Satz. Der Angreifer ließ die Zügel los, packte Lotty an den Haaren und entriss sie Alice' schlaffem Griff. Alice sah den entsetzten Gesichtsausdruck ihrer Tochter. Sie war zu schockiert, auch nur einen Laut hervorzubringen. Die Schreie ihrer Tochter gellten durch die Luft. Dann war das Mädchen verschwunden, verschlungen vom Chaos der kämpfenden und fliehenden Menschen.

Kapitel 35

Khurd-Kabul-Pass, Ostafghanistan, Januar 1842

Alice erinnerte sich kaum, wie sie nach Khurd Kabul gelangte. Später erfuhr sie, dass Osman sie hysterisch neben ihrem sterbenden Pony gefunden hatte. Er hatte sie in Sicherheit gebracht und war mit ihr ins Lager geritten. Die britischen Offiziere und ihre Familien suchten in einer Ansammlung überfüllter Zelte Schutz, die im Schnee neben einem düsteren, halb verfallenen Fort aufgeschlagen waren, das Akbar Gerüchten zufolge vor Kurzem besetzt hatte.

Ein Armeearzt zog einen Kugelsplitter aus ihrem Handgelenk und verband es, so gut er konnte. Von ihm erfuhr sie, dass noch weitere Frauen und Kinder entführt worden waren.

»Alexander!«, klagte Alice, als sie sich an das erinnerte, was geschehen war. »Sie haben ihn mir weggenommen. Es war meine Schuld.« Sie vergrub ihr Gesicht in den Händen und weinte untröstlich. Wie konnte sie Emily nur gegenübertreten?

Vernon fand sie und zwang sie, den letzten Rest seines Brandys zu trinken.

»Lotty«, stöhnte Alice. »Wir müssen sie finden. Ein Ghilzai hat sie geraubt.«

Vernon presste die Lippen aufeinander und erwiderte nichts.

Alice' Aufregung wuchs. »Ich muss gehen und sie suchen …«

»Du gehst nirgendwohin. Ich habe meine Männer schon auf die Suche geschickt«, gab er barsch zurück.

Aber Alice ließ sich nicht beruhigen. Sie lief in die raue Abenddämmerung hinaus – es schneite schon wieder, und die Sicht war schlecht – und rief wieder und wieder nach ihrer Tochter.

Am Ende zog Vernon sie mithilfe von Gita und Bali wieder in das spärlichen Schutz bietende feuchte Zelt. »Hör auf, solch ein Theater zu machen!«, zischte Vernon. »Du bist nicht die Einzige, die leidet. Ich habe Dutzende meiner Männer verloren. Da draußen hat ein Gemetzel stattgefunden. So viel zu deinem teuren Sinclair, seinen barbarischen Freunden und ihren Versprechen, uns sicheres Geleit zu geben.«

Alice zuckte bei seinen harschen Worten zusammen. »Ist dir *Lotty* denn gar nicht wichtig?«, begehrte sie auf.

»Doch, natürlich! Wenn ich die Männer finde, die sie entführt haben, puste ich ihnen das verdammte Gehirn weg! Ich kann es nicht ertragen, an ihre schmutzigen Hände auf ihr zu denken. Aber sie werden damit nicht durchkommen – niemand behandelt eine Buckley so.«

Wütend marschierte Vernon davon, um bei seinen Männern zu sein, und ließ Alice vor Verzweiflung und Schuldgefühlen weinend zurück. Gita setzte sich still zu ihr und drückte ihr etwas in die Hand. Alice sah, dass es Lottys Lieblingspuppe aus Stoff war. Verlustgefühl überwältigte sie, als sie sich die Puppe ans Gesicht presste und den Geruch ihrer Tochter einatmete. Das verschaffte ihr kurz einen gewissen Trost.

Alice hob den Kopf und sah Gita zum ersten Mal richtig an. Bali hockte dicht neben seiner Mutter, das sonst so fröhliche Gesicht vor Kälte und Angst verkniffen.

»Wo ist Adeep?«, fragte Alice.

Gita senkte den Blick und schüttelte den Kopf. »Ich weiß es nicht. Er ist auf dem Pass zurückgeblieben, um seinem Vater zu helfen. Bali hat nach den beiden gesucht, aber nichts …«

Alice streckte die Arme aus und zog Gita und Bali an sich. Die Frauen, die beide einen Verlust erlitten hatten, umarmten einander zum Trost, und Bali weinte leise. Nach ein paar Minuten fasste Alice sich und machte sich auf die Suche nach Emily und Walter. Sie fand sie mit Lady Macnaghten und der verwitweten Mrs Trevor und ihren sieben Kindern in ein enges Zelt gezwängt.

»Das mit Alexander tut mir so leid«, sagte Alice unter Tränen.

Emily war sprachlos vor Entsetzen. Sie drückte sich den wimmernden Walter an die Brust.

»Unsere Kinder werden uns zurückgebracht werden«, sprach Alice der Freundin und sich selbst Mut zu. »Dafür werden die Männer schon sorgen.«

Emily sah sie mit vom Weinen verquollenen Augen an. »Ich hätte Alexander erlauben sollen, mit Osman zu reiten, nicht wahr?«, flüsterte sie. »Dann wäre er noch hier bei mir.«

* * *

Alice konnte vor Schmerzen im Handgelenk und vor Furcht kaum schlafen, weil sie sich fragte, was aus ihrer Tochter geworden war. Ihre Gedanken waren in Aufruhr, wenn sie sich vorstellte, dass Lotty in der Hand eines grausamen Feindes war. Sie musste solche Ängste ausstehen und sich fragen, warum ihre Mutter so etwas zugelassen hatte. Ob man sie wohl in die Obhut einer afghanischen Mutter gegeben hatte? Vielleicht war sie als Geisel genommen worden, um als Faustpfand in Verhandlungen zu dienen. Alice hätte *alles* bezahlt, um ihre geliebte Tochter zurückzubekommen. Eine Entführung, bei der es um Lösegeld ging, war das Beste, worauf sie hoffen konnte. Alles Schlimmere war unvorstellbar. Entsetzen überfiel sie bei dem Gedanken, dass Lotty vielleicht schon tot war.

Das Stöhnen der Verletzten unterbrach immer wieder die Stille der Nacht. Menschen schrien nach Wasser. Die tapfere Florentia war am Arm verwundet worden, aber sie und ihre Tochter pflegten Johnny Sturt, der einen Schuss in den Bauch bekommen hatte. Im matten Schein einer flackernden Lampe hatte der Arzt seine Wunden verbunden, aber Sturt lag fiebernd und zitternd vor Kälte da.

Dinah küsste ihren Mann auf die Stirn und flüsterte ihm etwas ins Ohr. Alice schluckte Tränen hinunter, als sie Dinahs Zärtlichkeit und den liebevollen Blick, den Johnny ihr zur Antwort schenkte, sah. Ob Dinah ihm wohl gerade von dem Baby erzählt hatte, das sie erwartete? Angesichts seiner Leichenblässe bezweifelte Alice, dass er lange genug leben würde, um sein Kind zu sehen. Sie wandte den Blick ab. Das Schicksal des liebenden Paares tat ihr in der Seele weh. War es wirklich erst fünf kurze Monate her, dass die beiden in ihr gemeinsames Eheleben aufgebrochen waren? Alice dachte an den goldenen Sommertag, an dem sie und John verstohlene Küsse im Garten der Sales getauscht hatten. Es war das letzte Mal gewesen, dass sie einander so nah gewesen waren. Wenn sie John nur eine Botschaft hätte schicken können, dann hätte er sicher getan, was er konnte, um Lotty zu finden und sie wohlbehalten zurück in Alice' leere Arme zu bringen, davon war sie überzeugt. Der Gedanke verlieh ihr einen Hauch von Kraft.

Alice stand auf und ging los, um den Offizieren zu helfen, die zum Bach hinunterstapften, um Wasser für die durstigen und fiebernden Verwundeten zu holen.

* * *

Früh am nächsten Morgen, am neunten Januar, erlag Johnny Sturt seinen Verletzungen. Sie begruben ihn unter Steinen, sangen Psalmen in der bitterkalten Luft und beteten für seine Seele.

Dinahs Verzweiflung schockierte Alice so sehr, dass sie sie aus ihrer eigenen Sorge um Lotty riss. Sie ging zu ihrer Freundin, um sie zu trösten.

»Du musst für dein Baby stark bleiben«, flüsterte Alice. »Tu es für Johnny. Die beste Art, ihm die letzte Ehre zu erweisen, besteht darin, weiterzuleben und sein Kind zur Welt zu bringen.«

Als die Sonne aufging, warteten sie auf das Hornsignal, eine Marschkolonne zu bilden, aber es ertönte nicht. Der Schnee war mit den frischen Leichen derjenigen übersät, denen es nicht gelungen war, einen Unterschlupf zu finden, sodass sie in der Nacht erfroren waren. Auch diejenigen Tiere, die noch nicht gestohlen worden waren, waren in großer Zahl erfroren. Seit dem Abmarsch aus der Armeesiedlung vor drei Tagen war kein Futter mehr aufzutreiben gewesen, das man ihnen hätte geben können. Alice hatte nun kein Pony mehr, und auch die meisten Kamele waren auf dem Pass umgekommen.

Alice fühlte sich wie betäubt, aber dennoch glaubte sie, dass ihr der entsetzliche Anblick der Toten im Schnee nie mehr aus dem Kopf gehen würde. Sie sah sich im Kreise ihrer Gefährten um: ausgelaugte Frauen und verhärmte Offiziere. Mindestens ein Dutzend Soldatenehefrauen waren am Vortag entführt worden, und ein halbes Dutzend Kinder war verschwunden. Wie konnten sie noch mehr Herzeleid ertragen? Wäre es nicht besser für sie alle, sich in den Schnee zu legen und um einen raschen Tod zu beten?

Plötzlich gerieten alle in Aufregung: Ein Bote kam ins Lager geritten. Er war in eine Decke gehüllt, trug darunter aber eine britische Uniformjacke.

»Es sitzt ein Kind bei ihm im Sattel!«, rief jemand.

Alice und die anderen Mütter rafften ihre Röcke und stolperten in ihrer Hast, mehr zu erfahren, durch den Schnee.

»Es ist Lieutenant Sinclair!«, schrie Florentia.

Alice spürte, wie ihre Knie unter ihr nachgaben. Wenn Dinah sie nicht aufgefangen hätte, wäre sie vor Schock im Schnee zusammengebrochen. John sah hager und unrasiert aus, als er seine Decke abwarf und abstieg, aber ihr Herz füllte sich mit Freude darüber, ihn zu sehen. Sie drängte vorwärts. Konnte er womöglich Lotty mitgebracht haben?

Eine andere Mutter schrie vor Erleichterung auf, als John einen kleinen Jungen vom Pferd in ihre Arme hob. Es war der Sohn von Captain Boyd. Alice wurde übel vor Enttäuschung. John entdeckte sie und fing für einen Moment ihren Blick auf. Seine Augen waren voller Mitgefühl, und ihre niedergeschlagene Stimmung hellte sich ein wenig auf. Aber er wurde sofort in Elphinstones Zelt geführt, ohne Gelegenheit zu haben, mit ihr zu sprechen.

* * *

»Der Sirdar hat sich überreden lassen, die britischen Frauen und Kinder unter seinen Schutz zu nehmen«, erzählte John ihnen. »Wenn Sie zustimmen, sollen sie noch heute ins Fort gebracht werden. Er hat versprochen, für ihre Sicherheit zu sorgen und sie zurückzugeben, wenn unsere Garnison aus Dschalalabad abzieht.«

»Versprochen?« Vernon klang vernichtend. »Du erwartest von uns, auch nur ein Wort zu glauben, das dieser Barbar sagt?«

»Ich glaube, dass sie nur so eine Überlebenschance haben«, antwortete John. »Das ist doch sicher das, was du willst, Buckley?«

»Natürlich«, blaffte Vernon. »Aber ich traue ihm nicht über den Weg. Er hat dieses barbarische Gemetzel gestern zugelassen.«

»Er hat versucht, es zu verhindern«, hielt John dagegen. »Akbar war derjenige, der den Boyd-Jungen befreit hat – außerdem noch die Frau eines Infanteristen und einen einfachen Soldaten vom 44th Regiment.«

»Aber er hat mein Kind nicht davor bewahrt, von einem Wilden geraubt zu werden!«, schrie Vernon.

Es verschlug John den Atem. »Lotty ist entführt worden? Mein Gott! Das tut mir leid, Buckley.«

»Ich brauche dein Mitgefühl nicht …«

»Meine Herren«, mischte Elphinstone sich ein, »wir sind alle in großer Sorge um unsere Familien. Streiten wir doch nicht untereinander. Wir sollten in Erwägung ziehen, was der Sirdar anbietet.«

Vernon blieb hart. »Wir sollten unsere Frauen nicht in die Hände dieser Leute fallen lassen, ohne dass britische Männer sie beschützen.«

»Akbar hat sich bereit erklärt, auch einige der am schwersten verwundeten Offiziere aufzunehmen«, sagte John. »Osman hat erzählt, dass Johnny Sturt einen Schuss in den Bauch bekommen hat. Er kann gerettet werden.«

»Zu spät«, meinte Shelton. »Sturt ist vor ein paar Stunden gestorben.«

John war entsetzt. Der arme Johnny Sturt war tot? Der junge Ingenieur war einer der tapfersten und aufopferungsvollsten Soldaten gewesen, die er gekannt hatte. Was für ein Verlust.

Wie kam seine reizende junge Frau mit allem zurecht? Und Alice? Sie musste wahnsinnig vor Sorge um Lotty sein.

»Was sollen eine Handvoll schwer verwundeter Offiziere unseren Frauen schon nützen?«, fragte Vernon. »Wir müssen darauf bestehen, dass ihre Ehemänner mitkommen. Nur wir können sicherstellen, dass ihnen kein Leid geschieht.«

John warf ihm einen verächtlichen Blick zu. Er wusste, wie wenig Alice Vernon am Herzen lag. Dem Kavallerieoffizier ging es nur darum, seine eigene Haut zu retten.

»Ich glaube nicht, dass Akbar damit einverstanden sein wird«, sagte John.

»Dann sollten wir ablehnen«, gab Vernon mit einem herausfordernden Blick zurück.

Vernons kaltschnäuzige Art widerte John an; er war bereit, die Frauen als Druckmittel zu gebrauchen, um sein eigenes Überleben zu sichern.

»Wenn Sie das Angebot zurückweisen«, sagte John ungeduldig, »dann verurteilen Sie Frauen und Kinder zum Tode.«

Shelton sagte: »Ich stimme Sinclair zu. Wir sollten dem Sirdar unsere Familienangehörigen übergeben. Sie sind auf dem Marsch eine zusätzliche Belastung und Sorge.«

»Sir«, appellierte Vernon an Elphinstone, »Sie dürfen nicht zulassen, dass die Frauen und Kinder ohne ihre Ehemänner gehen. Das wäre unehrenhaft – und unsere Frauen würden es nicht wollen.«

John sah, dass der General vor Unentschlossenheit schwankte. Elphinstone wirkte, als wäre er in der kurzen Zeit, seit John ihn zuletzt gesehen hatte, um weitere zehn Jahre gealtert.

»Ich glaube, Buckley hat recht«, sagte Shelton. »Sosehr es mir widerstrebt, noch mehr Offiziere zu verlieren: Wir reden nur von etwa einem halben Dutzend Männern und ein paar Verwundeten. Wir müssen an die Ehre der Frauen denken.«

»Na gut«, entschied Elphinstone. »Sinclair, kehren Sie zum Sirdar zurück und sagen Sie, dass wir darauf bestehen, dass die Ehemänner die Familien begleiten. Beten wir zu Gott, dass er zustimmt.«

* * *

Später an dem Tag suchte Vernon Alice auf.

»Dank mir«, erzählte er ihr, »sollen die britischen Familien unter dem Schutz ihrer Männer in die Sicherheit des Forts gebracht werden.«

»Wir alle?« Alice schnappte nach Luft. »In Akbars Fort?«

»Nur auf Zeit«, sagte er. »Wir werden nach Dschalalabad verlegt werden, sobald es sicher ist.«

Alice schlug die Hände vors Gesicht und schluckte ein Aufschluchzen der Erleichterung hinunter. »Oh, Gott sei Dank!«

»*Mir* sei Dank, Frau«, prahlte Vernon. »Sie wollten alle Frauen entführen, aber ich habe darauf bestanden, dass sich auch die Ehemänner in Gefangenschaft begeben. So können wir euch wenigstens schützend im Auge behalten.«

»Und wir können um die Rückgabe unserer Kinder flehen«, sagte Alice in einer Aufwallung von Hoffnung. »Lotty und Alexander.«

»Wir werden ihre Rückgabe *fordern*«, antwortete Vernon.

»Aber was ist mit den anderen?«, fragte Alice. »Mit unseren Dienern?«

»Du wirst einfach für eine Weile ohne solchen Luxus leben müssen«, sagte er.

»Mein Komfort ist mir gleichgültig«, gab Alice zurück. »Ich denke an ihre Sicherheit.«

»Die kümmert mich nicht.«

»Ohne Gita und Bali gehe ich jedenfalls nirgendwohin«, verkündete Alice.

* * *

Man schickte Kamele, um die Familien ins Fort zu transportieren – elf Frauen, sechzehn Kinder und acht Männer, darunter zwei verwundete Offiziere –, dazu noch ein halbes Dutzend Diener. Alice setzte ihren Willen durch: Gita und Bali waren unter Letzteren. Alice hörte sich Florentias Empörung über Frances Macnaghtens überladenes Kamel an. Irgendwie war es der Witwe des ermordeten Gesandten gelungen, ganze Körbe voller Habseligkeiten zu retten: Kleidung, Möbel und Bettzeug. Sogar ihr Kater Nabob war dabei.

»Und ein Kasten voller Schmuck!«, murmelte Florentia.

»Nun, der könnte sich als nützlich erweisen«, flüsterte Alice und dachte daran, dass Frances' Schatz vielleicht gegen die vermissten Kinder eingetauscht werden konnte. Beim Gedanken an ihre verlorene Tochter durchfuhr Alice ein quälender Schmerz, der hundertmal schlimmer war als das Pochen in ihrem Handgelenk.

Als sie höher in die Berge gelangten, verdeckte das Schneegestöber den Blick nach unten. Als es sich auflöste, hatte die Armeekolonne sich schon wieder in Marsch gesetzt. Alice betete um ihre Sicherheit und ihr Überleben.

Sie erreichten einen Kreis runder, afghanischer Zelte, die aus dickem, dunklem Wollstoff gefertigt waren, und wurden hereingebeten, um eine Erfrischung zu sich zu nehmen. Alice wurde vor Erleichterung fast ohnmächtig, als sie geschützt vor der Kälte dasaß, süßen schwarzen Tee trank und getrocknete Aprikosen aß. Sie ermunterte die apathische Emily, auch etwas zu trinken.

»Lass mich Walter für ein paar Minuten nehmen, während du dich ausruhst«, schlug Alice vor.

Emily schüttelte den Kopf und drückte ihr Baby enger an sich. Walter wimmerte. Alice berührte seine Stirn; sie war kalt und klamm. *Lieber Gott, mach, dass sie nicht auch noch Walter verliert!* Sie nahm die schwere afghanische Decke ab, die ihr jemand um die Schultern gelegt hatte.

»Dann leg dich hin«, sagte Alice und drückte Emily sanft auf eine Matratze. Sie steckte die zusätzliche Decke um Mutter und Kind fest und ließ die beiden schlafen.

Als das Licht vom Himmel verschwand, ging Alice nach draußen in der Hoffnung, auf John zu stoßen. Der Gedanke, ihn wiederzusehen und mit ihm zu sprechen, hatte sie den Tag überstehen lassen. Aber bald erfuhr sie, dass er von Akbar mitgenommen worden war, um auf Paschtu mit den kriegerischen Häuptlingen entlang der Strecke zu verhandeln.

»Sinclair und Akbar halten zusammen wie Pech und Schwefel«, murmelte Vernon. »Der Schotte wird schon sichergehen, dass er überlebt, was auch immer uns zustößt.«

Alice konnte seine spitze Bemerkung nicht ertragen. »Ich habe gehört, dass es Sinclair war, der Akbar überredet hat, uns Frauen zu retten, also sollten wir froh sein, dass der Sirdar ihm Gehör schenkt.«

Sie zog sich ins Zelt zurück, bevor er antworten konnte.

In der Nacht überließen die Afghanen ihre Zelte den Frauen und schliefen in Decken gewickelt unter freiem Himmel. Am nächsten Tag bestand Vernon darauf, dass man sie im Fort unterbrachte und ihnen warme Speisen gab. Alice wünschte sich bald, sie wären in den Zelten geblieben. Die zellenartigen Räume in der verfallenen Festung waren dunkel und schmutzig, und das Essen, das man ihnen servierte, war eine dünne Suppe aus Hammelknochen und fettigem Reis. Aber sie wusste, dass es im Vergleich zu den Hungerrationen, die die Armee auf dem Marsch bekommen würde, ein wahres Festmahl war.

* * *

Die Gefangenen verbrachten einen weiteren Tag im Fort und fragten sich, was aus ihnen werden sollte. Am folgenden Morgen wurden sie von der Ankunft von Reitern geweckt. Alice' Herz raste bei dem Gedanken, dass vielleicht der zurückkehrende John unter ihnen war. Aber sie erfuhren bald, dass es Sultan Jan war, ein Cousin von Akbar, der gekommen war, um sie weiterzueskortieren. Man sagte ihnen nicht, wohin sie gebracht werden sollten.

Sie brachen auf und schwankten in Kamelkörben vor sich hin. Die verwundeten Offiziere litten unter dem Ruckeln und Holpern auf den vereisten Felspfaden. Vernon und die anderen gesunden Männer ritten auf Pferden neben der afghanischen Eskorte und hielten ihre Waffen bereit, um gegebenenfalls den kleinen Zug zu verteidigen.

Zuerst dachte Alice, dass die seltsamen Erhebungen unter dem Schnee Felsen sein mussten, aber dann wurde ihr bewusst, worum es sich dabei tatsächlich handelte. Unter dem frischen Schnee türmten sich Haufen von Leichen, wie sie an den blutigen Gliedmaßen und Uniformen, die teils hervorschauten, erkennen konnte – inmitten zurückgelassener Schusswaffen und toter Lasttiere. Sie folgten der Spur der Armee auf dem Rückzug. Vor zwei Tagen, als die britischen Familien untätig, aber sicher im Fort gesessen hatten, musste es ein Gemetzel entsetzlichen Ausmaßes gegeben haben. Einige der Gesichter mussten für diejenigen, die sie gekannt hatten, noch zu identifizieren sein; andere waren verstümmelt oder von Aasfressern angepickt worden.

Alice beugte sich aus ihrem Korb und übergab sich. Ein seltsames Schweigen senkte sich über die Gruppe hinab. Es gab keine Worte, um zu beschreiben, was sie sahen. Jeder von ihnen wusste, dass, wäre Akbars Eingreifen nicht gewesen, auch sie diejenigen hätten sein können, die tot und unbegraben an der kalten Bergflanke lagen.

An diesem Tag und am nächsten folgten sie der grauenvollen Spur der dem Untergang geweihten Armee. Alice stumpfte gegen die albtraumhaften Anblicke ab. Ein Teil von ihr war dankbar, dass Lotty nicht Zeugin solch eines Mordens wurde, aber der andere Teil schauderte bei dem Gedanken, was ihrer Tochter vielleicht gerade zustieß. Wenn die Stammeskrieger die *feringhi* so hassten, dass sie sich einem solchen Blutrausch hingaben, welche Hoffnung bestand dann, dass sie ihr Kind verschonen würden? Und was war mit John? Trotz allem, was Vernon behauptete, war John in höchster Gefahr, von den feindlichen Stämmen gefangen genommen und getötet zu werden; nur Akbar konnte das verhindern, und bisher schien der junge Anführer der Baraksai nur geringen Einfluss auf die rachsüchtigen Häuptlinge zu haben.

Bei einem Weiler namens Seh Baba, der nur aus einer kleinen Ansammlung von Hütten bestand, wichen sie vom Weg ab und folgten einem Flussbett. In der Nacht schneite es, und sie suchten Schutz in einem Kornspeicher; sie zwängten sich alle in einen einzigen Raum, in dem eine ortsansässige Frau *chapattis* für sie zubereitete. Am folgenden Morgen, steif und müde von einer schlaflosen Nacht, setzten sie ihren Weg durch den Schnee fort und erklommen steile Bergpässe. Die Kamele rutschten aus und beschwerten sich brüllend. Wind peitschte auf die Gesichter der Gefangenen ein, und die Sonne, die vom Schnee reflektiert wurde, verbrannte ihre Haut. Sie wickelten sich in Schals ein und versuchten, ihre Augen gegen die gleißende Helligkeit der weißen Landschaft zu beschirmen. Einige der Kinder weinten über den Schmerz in ihren Augen und schrien, sie seien blind geworden. Ihre Mütter versuchten ihnen zu versichern, dass es vorübergehen würde, und wiesen sie an, nicht auf den Schnee zu schauen.

»Es ist besser, wenn sie nichts sehen«, meinte Florentia mit zitternder Stimme. »Das werden sie ihr Leben lang nicht wieder los.«

Als sie den nächsten Hang hinabritten, tauchten sie wieder in den Schatten ein. Ihre Augen gewöhnten sich gerade daran, als jemand rief: »Dort unten sind Armeezelte!«

Alice konnte sie erst nicht erkennen, aber als sie näher herankamen, erkannte sie ein paar Zelte und eine Handvoll Männer in scharlachroten Uniformen, die dort herumliefen. Von der Hauptstreitmacht war nichts zu sehen. Bald wurde offensichtlich, dass diese Soldaten – Männer vom 44th – in den Händen von Akbars Wachen waren. Sultan Jan wurde von seinen afghanischen Landsleuten begrüßt.

Schreie der Erleichterung wurden laut, als die Soldaten die Familien zu Gesicht bekamen. Zum Erstaunen der Neuankömmlinge fanden sie Elphinstone und Shelton in einem der Zelte. Lieutenant Jamieson kümmerte sich um sie. Alice begrüßte den jungen Offizier überschwänglich, weil sie erleichtert war, ihn lebendig anzutreffen. Ihre ursprüngliche Euphorie darüber, ihre Kommandeure zu sehen, wich aber bald Empörung und Unglauben. Sie waren gefangen genommen wurden, und Elphinstone war schwer am Bein verwundet.

»Aber wo sind denn alle anderen?«, fragte Vernon.

Elphinstone war zu erschüttert, um zu sprechen.

»Niedergemetzelt«, sagte Shelton, das Gesicht vor Übermüdung verzerrt, »oder zum Feind übergelaufen.«

»Das kann doch nicht wahr sein!« Florentia war empört.

»Einige von Schah Schudschas afghanischen Soldaten sind desertiert«, sagte Shelton in erschöpftem Ton. »Manche Sepoys sind geflohen. Aber ein Großteil unserer Armee ist ausgelöscht worden.«

Alice schlug sich eine Hand vor den Mund, um einen Aufschrei des Entsetzens zu unterdrücken.

Elphinstone fand seine Stimme wieder. »Brigadier Anquetil hat das Kommando über den Rest – ein paar Dutzend Mann – übernommen. Gestern haben sie sich aus Jegdalek hervorgekämpft.« Er nickte in die entsprechende Richtung. »Da unten auf dem Pass.«

»Man hat uns gebeten, zu einer Besprechung mit Akbar zu kommen«, sagte Shelton zornig. »Das war eine List, um uns gefangen zu nehmen.«

»Ich wollte bei den Männern bleiben«, erklärte Elphinstone mit schuldbewusster Miene.

»Vielleicht kommen sie ja doch noch nach Dschalalabad durch«, sagte Florentia. »Wenn sie uns nicht dabeihaben, werden sie schneller vorankommen.«

Elphinstone nickte und schloss die Augen. Alice konnte das Ausmaß der Verluste kaum fassen. Die Armeesiedlung hatte viertausend Soldaten und dreimal so viele Diener und sonstige Zivilisten beherbergt. Wo waren sie alle? Es musste doch wohl mehr Überlebende geben? Vielleicht hatten die Generäle in ihrer Erschöpfung und im Chaos des Rückzugs die Zahl derjenigen unterschätzt, die entkommen waren. Dann dachte Alice an die unzähligen Leichenhaufen im Schnee, und ihr wurde das Herz schwer.

* * *

Bei Tagesanbruch wurden sie geweckt, und der anstrengende Marsch ging weiter. Die Tatsache, dass sie in die Richtung von Dschalalabad unterwegs zu sein schienen, spendete ihnen einen Hauch von Trost. Wenn sie nur die Garnisonsstadt erreichen konnten, bestand die Aussicht, dass sie alle überleben würden. Elphinstone wurde auf eine behelfsmäßige Sänfte gehoben und von seinen treuen Soldaten getragen. Trotz ihrer verletzten Hand ritt Alice auf einem Maultier, damit sie die Umgebung besser überblicken konnte. Wenn sie in einem Kamelkorb festsaß, würde sie kaum eine Chance haben, Lotty zu entdecken.

Den ganzen Tag über ritten sie gefährliche Hänge hinauf und auf der anderen Seite wieder hinunter. Alice suchte die öden Bergflanken nach Lebenszeichen ab. Wann immer sie an einer einsam gelegenen Behausung vorbeikamen, machte sie sich trotz der geringen Wahrscheinlichkeit Hoffnungen, dass sie wundersamerweise Lotty sehen würde, die den Pfad heruntergelaufen kam, um sie zu begrüßen.

Aber je tiefer sie sich in die Berge schleppten, desto feindseliger wurden die fremden Gefangenen empfangen. An jenem Abend wurden die Frauen angespuckt, und man verweigerte ihnen auf einem befestigen Bauernhof die Unterkunft. Die Eskorte überredete die Bewohner, wenigstens die verwundeten Offiziere in einem Kuhstall unterzubringen.

Florentia riss die Frauen aus ihrer Erstarrung: »Lasst uns keinen Ärger machen. Wir können draußen schlafen – das wird gesünder sein, als sich im Mist zu suhlen.«

Also biwakierten sie im schneidenden Wind und benutzten Sättel als Kopfkissen. Alice lag eng an Emily geschmiegt. Sie nahmen Walter zwischen sich in die Mitte, um ihn zu wärmen und zu beschützen.

Bei Tagesanbruch waren sie wach und abmarschbereit. Die anstrengende Tortur aus Auf- und Abstiegen begann von Neuem. Alice' Wangen schälten sich und waren von der gleißenden Sonne und den eisigen Winden wund und rot. Ihr linker Arm pochte aufgrund der Wunde an ihrem Handgelenk unablässig. Aber bei dem Anblick, der sich ihnen während dieser Tagesreise bot, schämte sie sich ihres Selbstmitleids.

Als sie an einem steilen Hohlweg einen schneebedeckten Pass entlangritten, sahen sie Dutzende skelettartiger Gestalten, die sich unter den Felsvorsprüngen zusammendrängten, um Schutz zu finden. Sie schienen vor Kälte erstarrt zu sein. Aber als die Kolonne der Briten näher kam, begannen einige der Gestalten sich zu regen und stolperten den Hohlweg herab auf sie zu. Alice konnte kaum fassen, was sie sah: Hunderte von Marketendern und Dienern aus dem Lager hatten das Gemetzel der letzten zehn Tage irgendwie überlebt.

Sie waren halb nackt und hatten Erfrierungen – manche hatten geschwärzte Gliedmaßen, andere waren in blutverschmierte Lumpen gekleidet. Fäulnisgestank lag in der Luft, und auch der nach verbranntem Fleisch, was Alice Rätsel aufgab.

»Hindustani«, keuchte Florentia.

»Mein Gott, die armen Schweine«, entfuhr es Elphinstone.

Einige kämpften sich über den zu Eis verdichteten Schnee vor und versuchten, die Kamelkarawane zu erreichen. Andere, die zu schwach waren, um zu gehen, streckten ausgemergelte Arme aus und bettelten um Hilfe. Die Eskorte und die Offiziere zogen ihre Waffen, um sie zu vertreiben.

»Halt!«, schrie Alice. »Nicht schießen!«

»Wir können nicht haltmachen«, zischte Vernon. »Sie wären zu viel für uns.« Er hob seine Pistole hoch in die Luft und schoss über ihre Köpfe hinweg.

Die Welle verzweifelter Menschen kam für einen Moment erschrocken und verwirrt zum Stillstand. Dann drängten die Leute wieder vorwärts.

»Niemand darf auf sie feuern!«, befahl Elphinstone.

Aber diejenigen, die die Karawane erreichten, waren so schwach, dass sie sich nicht einmal an den vorüberkommenden Tieren festhalten konnten. Alice beobachtete alles verzweifelt, und Beschämung übermannte sie. Die flehenden Stimmen trafen sie bis ins Mark, aber die Briten waren drauf und dran, diese

Menschen noch einmal im Stich zu lassen. Es waren so viele. Wie konnte man entscheiden, wen man retten sollte?

Plötzlich begann Gita zu schreien: »Adeep? Adeep!«

Alice sah einen dunkelhaarigen Jungen, der bis auf eine zerlumpte Decke nackt war, auf das Maultier zustolpern, das Gita und Bali trug.

»Wartet!«, rief Alice. »Das ist einer unserer Diener!«

Gita sprang von ihrem Maultier und lief, schluchzend vor Erleichterung, zu ihrem Sohn. Alice stieg ebenfalls ab, um ihr zu helfen. Adeep zitterte in den Armen seiner Mutter und blickte verstört. Er schien sie kaum wiederzuerkennen. Alice nahm ihren Wollschal ab und legte ihn dem Jungen um. Vernon wendete sein Pferd.

»Schnell, Frau, steig wieder in den Sattel!«

Er wehrte andere verzweifelte Männer ab, während Lieutenant Jamieson den Frauen half, Adeep auf Gitas Maultier zu heben.

»Bali kann mit mir reiten«, bot Alice an und ermunterte den Jungen, vor ihr aufzusitzen.

Binnen weniger Minuten entfernte sich die Kolonne von dem Hohlweg und überließ die Mehrzahl der verzweifelten und sterbenden Inder ihrem Schicksal.

* * *

Am nächsten Tag überquerten sie den Fluss Pandschschir, der Hochwasser führte. Mehrere Afghanen aus der Eskorte kamen in dem tiefen, schnell fließenden Eiswasser ums Leben, als sie versuchten, dem Konvoi hinüberzuhelfen.

»Kein großer Verlust«, murmelte Vernon.

Alice war angewidert. »Wie kannst du nur so herzlos sein? Diese Männer haben ihr Leben für uns riskiert«, sagte sie unter Tränen.

»Woher willst du wissen, dass es keiner von ihnen war, der unsere Tochter entführt hat?«, fragte Vernon vorwurfsvoll. »Ich traue keinem Einzigen von ihnen.«

Danach gelangten sie unter die Schneefallgrenze. Zur Erleichterung aller sahen sie ein fruchtbares Tal, das sich unter ihnen erstreckte. Als sie an einem Bach rasteten, um etwas zu trinken, begann Emily, die seit dem ganzen Unglück kaum mehr ein Wort verloren hatte, unerwartet zu sprechen.

»Das Laghman-Tal. Ich erinnere mich aus dem letzten Jahr daran. Wir haben in einem hübschen kleinen Städtchen auf dem Weg nach Dschalalabad haltgemacht. Sandy hat mir da den blauen Schal gekauft …« Emily kamen die Tränen. »Oh, Sandy! Glaubst du, dass ich ihn oder Alexander je wiedersehen werde?«

Alice legte den Arm um ihre Freundin. »Wir dürfen die Hoffnung nicht verlieren«, sprach sie Emily Mut zu. »Wenn ich nicht glaubte, dass es noch eine Aussicht gäbe, Lotty wiederzusehen, hätte ich mich schon längst im Schnee zusammengerollt und aufgegeben. Denk daran, dass Gitas Sohn Adeep gegen alle Wahrscheinlichkeit überlebt hat.«

Emilys Gesichtsausdruck änderte sich; in ihren matten Augen blitzte ein Funke von Widerstandsgeist auf. »Ja, er hat überlebt, nicht wahr? Das war ein kleines Wunder.«

»Deshalb müssen wir daran glauben, dass auch unsere Lieben zu uns zurückkehren werden«, sagte Alice.

Mit frischem Mut setzten sie die Reise bis zu der befestigten Stadt Tajgari fort. Optimismus machte sich breit, als sich herumsprach, dass sie nur vierzig Kilometer von Dschalalabad und damit von der Zuflucht entfernt waren, die Sir Robert Sales' Garnison bot.

Kapitel 36

Alice war erstaunt zu erfahren, dass es Sonntag war. Sie hatte völlig den Überblick über die Wochentage verloren; alles war zu einem unablässigen Albtraum aus schrecklichen Vorfällen verschmolzen. Aber nun waren sie hier, ruhten sich in einem mehr oder weniger komfortablen Fort aus, wurden von ihren afghanischen Bewachern freundlich behandelt und durften einen Gottesdienst abhalten. Florentia organisierte ihn, indem sie das Gebetbuch eines der Offiziere mit Beschlag belegte und die Gebetslesungen delegierte. Sie sangen mehr schlecht als recht ein paar Choräle, die sie auswendig konnten, und die Kinder hatten Freude daran, mit einzustimmen.

Dinah brach beim Singen schluchzend zusammen, aber die anderen Frauen – vor allem die couragierte Mrs Trevor – kümmerten sich rührend um sie und trösteten sie. Am Ende schöpften alle wieder neuen Mut. Alice war der unerschrockenen Generalsfrau dankbar dafür, dass sie irgendwie gewusst hatte, was gegen seelisches Leid half.

Obwohl sie eingesperrt waren, bekam Vernon billigen Alkohol von einem Hindu-Händler, indem er eine der Wachen bestach. Alice hatte den Verdacht, dass ihr Mann dazu eines ihrer Schmuckstücke verwendet hatte, da er darauf bestanden hatte, ihre wertvollsten Juwelen selbst zu verwahren. Er war schnell betrunken, schlief ein und schnarchte so laut, dass er mehrere andere wach hielt.

Ihre Nachtruhe wurde auch von Schüssen vor den Mauern des Forts gestört. Am frühen Morgen wurden sie von einer Wache geweckt und erhielten die Anweisung, binnen einer Stunde bereit zum Aufbruch zu sein.

»Reisen wir heute nach Dschalalabad?«, fragte Florentia. Alice wusste, dass Florentia sich danach sehnte, wieder mit ihrem Mann, Sir Robert, vereint zu sein, und dass sie glaubte, dass es auch Dinahs Trauer lindern würde, ihren Vater wiederzusehen.

Aber der Afghane zuckte nur die Schultern.

Draußen hagelte es. Statt ins Tal hinabzureiten, befahl Sultan Jan der Gruppe, in die entgegengesetzte Richtung zu ziehen. Shelton protestierte.

»Sie haben uns versprochen, dass wir nach Dschalalabad gebracht werden würden. Das war ein Teil der Abmachung, damit wir Ihr Land verlassen.«

»Es ist nicht sicher«, antwortete Akbars Cousin. »Böse Stämme haben gestern Nacht angegriffen. Meine Befehle lauten, Sie nach Badi Abad zu bringen.«

»Wo in Gottes Namen ist das?«, fragte Shelton.

»Das werden Sie sehen.« Sultan Jan wandte sich ab und trieb sein Pferd in den Trab.

Vernon zischte: »Sir. Warum machen wir uns nicht einfach sofort davon? Es sind zu wenige von ihnen, um uns alle aufzuhalten.«

Shelton warf ihm einen vernichtenden Blick zu. »Sollen wir etwa unseren Kommandanten und die anderen Verwundeten im Stich lassen?«

Vernon wurde rot. »Nein, natürlich nicht. Ich meinte ja nur, dass wir erfolgreich gegen unsere Wachen kämpfen und alle mitnehmen könnten.«

»Ein Pfiff genügt, und ihre Kameraden strömen bis an die Zähne bewaffnet aus den Bergen herbei. Wir müssen einfach abwarten, Buckley.«

Bald ritt die Gruppe wieder die steilen Hänge des Tals hinauf und wandte sich nach Nordosten, zurück in die Berge. Alice empfand widerstreitende Gefühle: Angst davor, dass man ihnen noch einmal solche Strapazen zumuten würde, und doch zugleich Hoffnung, dass sie, wenn sie umkehrten, bessere Aussichten haben würde, Lotty zu finden.

* * *

Nach zwei weiteren Marschtagen erreichten die erschöpften Reisenden Badi Abad, ein uneinnehmbares Fort oberhalb eines entlegenen Tals. Es wirkte bis auf ein paar Diener und Wachen seltsam verlassen. Sultan Jan erzählte ihnen, dass die Festung Akbars Schwiegervater, Mohammed Schah, gehörte und dass er sie für seine Lieblingsfrau instand setzen ließ. Das Fort war von Gräben und hohen Mauern umgeben.

Sie richteten sich, so gut es ging, in einer Ansammlung von Räumen um einen zentralen Hof ein. Mohammed Schah sorgte dafür, dass jeder eine Matratze und eine Decke gegen die Kälte bekam, und sie teilten sich die saubere Kleidung aus dem geretteten Gepäck. Alice wusch sich und zog sich zum ersten Mal seit zwei Wochen um. Sie teilte sich ein Zimmer mit Emily, Florentia, Dinah, Mrs Trevor und deren sieben Kindern. Alice war voll des Mitgefühls, als sie erfuhr, dass Trevors Witwe, genau wie Dinah, ein Baby erwartete, das seinen Vater nie kennenlernen würde. Wie sollte die arme Frau ganz allein mit einem achten Kind zurechtkommen? Vernon war der einzige Mann in ihrem überfüllten Quartier. Alice war dankbar, dass er sich als ihr Beschützer quer vor die Tür statt neben seine Frau legte. Er würde kaum Gelegenheit haben, in diesen beengten Wohnverhältnissen seine ehelichen Rechte auszuüben.

Zwei Türen weiter befand sich das Zimmer, das ihrer Handvoll Diener zugewiesen worden war. Dort verarztete Gita Adeeps Frostbeulen an den Füßen und hielt sich beschäftigt, indem sie den Afghanen zeigte, wie man *chapattis* zubereitete und eine Art Kaffee aus getrockneten Reis- und Gerstenkörnern kochte.

Bei einigen der Frauen sorgte es für anhaltenden Groll, dass es Lady Macnaghten gelungen war, einen Großteil ihrer Habseligkeiten mitzuführen, darunter Stoffe, Schmuck und ihren geliebten Kater Nabob, während andere nur die Kleider hatten, die sie am Leib trugen. Alice, die unter den ständigen Streitereien litt, gab Lieutenant Jamieson ihr Medaillon. Ihm war die Verantwortung übertragen worden, alles Notwendige einzutauschen. Erst nahm sie aber die kostbare Locke von Lottys Haar heraus und wickelte sie sorgfältig in ein Stoffstück ein.

»Bitte tauschen Sie das hier gegen etwas Stoff, Faden und Nadeln ein. Gita wird mir helfen, neue Kleidung zu nähen – zumindest für die Damen und die Kinder.«

Binnen einer Woche hatte Gita ihnen bequeme Kleidung geschneidert: Hosen, die man an der Taille zuschnüren konnte, und lange Tuniken. Wolldecken dienten ihnen als Umhänge. Einige der Männer – darunter Vernon – waren empört, dass ihre Frauen Eingeborenengewänder trugen, aber Alice und ihre Freundinnen ignorierten die Kritik.

»Wir kehren in unsere Korsetts zurück«, verkündete Florentia, »wenn wir die Zivilisation erreichen und ihr Männer euch wieder die Mühe macht, euch zum Abendessen umzuziehen.«

Die Kinder beklagten sich nicht, begannen sich aber in der Gefangenschaft bald zu langweilen. Alice und die anderen Frauen versuchten, sie mit Hüpfen – die Himmel-und-Hölle-Felder ließen sich in den Schnee zeichnen – und mit Blinde-Kuh-Spielen aufzumuntern. Aber das größte Problem war nicht die Monotonie, sondern die Angst, weil sie nicht wussten, was aus ihnen werden sollte.

Alice lag nachts wach, lauschte den Seufzern der anderen schlaflosen Frauen und dem Gebrabbel derjenigen, die in unruhigem Schlummer lagen. Nur selten sahen sie ihren Anführer, Elphinstone, der ans Bett gefesselt war und ständig unter Schmerzen litt. Wenigstens hielten die Kinder sie auf Trab und verhinderten, dass ihre Gedanken endlos um die ungewisse Zukunft kreisten.

Eines Tages, als eine große Anzahl von ihnen draußen im hellen Wintersonnenschein saß, erschien Jamieson in bester Laune.

»Wir haben tausend Rupien, die wir für Lebensmittel und Kleidung ausgeben können. Ich habe sie von Sultan Jan in einer Wette gewonnen«, erklärte Jamieson augenzwinkernd. »Vor zwei Tagen hat er mit mir gewettet, dass Dost Mohammed bis spätestens heute freigelassen werden würde.«

»Was für ein Dummkopf«, sagte Vernon verächtlich. »Hier würden wir davon doch nichts hören, selbst wenn es so wäre.«

»Ich glaube, genau darum ging es«, erwiderte Jamieson. »Er lässt uns Geldmittel zukommen, ohne dass jemand dabei das Gesicht verliert.«

»Wie freundlich von ihm«, meinte Alice und lächelte den Offizier an.

»Freundlich?«, blaffte Vernon. »Du nennst es eine Freundlichkeit, zu einem Gewaltmarsch gezwungen und eingekerkert zu werden? Was für eine lächerliche Frau du doch bist!«

Alice errötete angesichts dieses öffentlichen Tadels. »Ich meine ja nur, dass in dieser Situation …«

»Wie oft muss ich dir denn noch sagen, dass man nicht unachtsam werden und diesen Leuten vertrauen darf?«, fiel

Vernon ihr ins Wort. »Genau das hat uns diesen Schlamassel eingebrockt – dass wir den leeren Versprechungen der Afghanen geglaubt haben.«

»Sie gehen zu weit, Major«, entgegnete Shelton scharf.

»Ich wollte Sie nicht kritisieren, Sir«, beeilte Vernon sich zu sagen. »Aber meine Frau hat eine Schwäche für diese Heiden und verzeiht ihnen alles.«

Florentia bedachte ihn mit einem vernichtenden Blick. »Manche sagen, dass eher Sie es sind, Major Buckley, der eine Schwäche für die Afghanen hat«, sagte sie.

Bei der spitzen Bemerkung lief Vernon hochrot an. »Was soll das heißen?«

»Ich glaube, Sie wissen ganz genau, was ich meine.«

Jamieson mischte sich ein. »Besser, Sie streiten sich nicht darüber.«

Vernon stand auf und stapfte in die Richtung der Soldatenquartiere davon. Alice wusste, dass er immer häufiger Zuflucht beim Kartenspiel und beim Rauchen von Hanfblättern mit Männern suchte, die ihm nicht widersprachen. Seine Offizierskameraden wurden seiner Nörgelei und seiner finsteren Launen allmählich überdrüssig.

* * *

Zwei Tage später, an einem feuchtkalten Februarnachmittag, als Alice sich mit der Frage quälte, ob sie es wagen sollte, einen Brief an John zu schreiben, ertönte plötzlich der Ruf: »Es kommen Reiter das Tal herauf!«

Alice eilte nach draußen, wo die anderen sich bereits im Schneeregen versammelten.

»Wer ist es?«, fragte Shelton.

»Afghanen«, antwortete der Offizier, der auf dem Aussichtsposten stand. Es wurde nervös spekuliert, was das zu bedeuten hatte. Andere stiegen eilig die steinernen Stufen hinauf, um auch etwas zu sehen. Jemand hatte ein Fernrohr – ramponiert, aber noch benutzbar –, und das wurde herumgereicht.

»Es sind Europäer bei ihnen, da bin ich mir sicher!«, rief Jamieson.

Alice' Herz machte einen Sprung. Stattete Akbar ihnen einen Besuch ab? Wenn ja, dann würde John bei ihm sein.

Eine halbe Stunde später, nach fieberhaften Spekulationen, traf Sultan Jan mit drei heruntergekommenen Gefangenen ein. Sie erkannte Major Pottinger, der voranging und sofort von seinen Offizierskameraden umringt wurde; aber es war der Mann hinter ihm, der Alice' Aufmerksamkeit erregte.

»Lieutenant MacRae!« Alice schnappte nach Luft und rannte auf den schottischen Offizier zu. »Ich dachte, Sie wären …«

Sie schluckte plötzliche Tränen hinunter. Sie freute sich unglaublich, ihn zu sehen. Er war für sie ein kostbares Bindeglied zu John.

Er lächelte sie an. Sein Gesicht war wettergegerbt und von Erschöpfung gezeichnet.

»Mrs Buckley«, sagte er, »was für ein erfreulicher Anblick.«

Plötzlich schrie Emily hinter ihr auf. Alice wirbelte erschrocken herum. Ihre Freundin stolperte auf zitternden Beinen vorwärts und streckte die Arme aus.

»Sandy? Sandy!«

Ihr Mann, der kaum wiederzuerkennen war, da sein hübsches Gesicht von der Sonne verbrannt war und die Haut abpellte, eilte beim Klang ihrer Stimme auf sie zu.

»Meine liebe Frau!«, stieß er heiser hervor, als er die Arme um sie schlang. »Bist du es?«

Seine Augen waren zugeschwollen. Emily begann unzusammenhängend über Alexander zu reden und brach dann schluchzend zusammen. Sandy hielt sie fest, unfähig zu sprechen. Alice' Herz zog sich zusammen, als sie die schiere Liebe in den tränenüberströmten Gesichtern der beiden sah. Wie glücklich sie doch war, sie wiedervereint zu sehen!

Später, als die Neuankömmlinge ihre Stiefel von ihren geschwollenen Füßen gezogen und zu essen und zu trinken bekommen hatten, versammelten sich alle in Elphinstones Zimmer, um ihren Neuigkeiten zu lauschen. Colin MacRae war entkommen, als sein Fort in Brand gesetzt und seine Kameraden getötet worden waren. Zwei Wochen lang hatte er sich in einer Höhle versteckt, von Vögeln gelebt und Schnee gegessen. Pottinger und Sandy waren von Akbar weitergereicht worden, um hier sicher verwahrt zu werden; der fußkranke Pottinger und der schneeblinde Sandy waren als Geiseln eine Bürde. Sie hatten den Verdacht, dass Akbar einen Angriff auf Dschalalabad plante. Er hatte ungehalten auf Sales' Weigerung reagiert, schnell aus der Garnisonsstadt abzuziehen.

»Der Sirdar behält Sinclair die ganze Zeit an seiner Seite«, sagte Pottinger.

Vernon rief angewidert aus: »Der erledigt wohl die Drecksarbeit für ihn, was?«

Sandy nahm John in Schutz: »Wenn Sinclair nicht wäre, hätten wir nicht die leiseste Ahnung, was vorgeht. Er unternimmt große Anstrengungen, um Informationen zu bekommen, und geht dabei ein beträchtliches persönliches Risiko ein. Er scheint Freunde unter den Afridi zwischen Dschalalabad und Peschawar zu haben, die ihn mit Nachrichten versorgen.«

»Was für eine Überraschung«, murmelte Vernon.

»Was gibt es denn Neues in Dschalalabad?«, fragte Shelton neugierig.

»Wird man uns bald befreien?«, erkundigte sich Frances in ihrem ewigen Jammerton.

Die Neuankömmlinge verstummten. Alice bemerkte ihre angespannten Blicke.

»Nun sagen Sie es uns schon, um Gottes willen!«, rief Vernon.

Pottinger sprach mit völlig ausdrucksloser Stimme: »Nur einer von uns hat den Marsch nach Dschalalabad überlebt – Dr. Brydon, ein Assistenzchirurg bei der bengalischen Armee. Nach allem, was man hört, ist der Mann halb tot mit einer Kopfwunde dort angekommen.«

In Elphinstones Zimmer herrschte betretenes Schweigen. »Nur ein Einziger?«, keuchte der kranke Elphinstone. »Das ist nicht möglich! Es sind doch sicher noch andere durchgekommen? Anquetil – andere aus dem 44th Regiment – die Kanoniere …?«

Pottinger schüttelte den Kopf. »Niemand.«

Elphinstone stieß ein gequältes Stöhnen aus.

»Also kommt auch niemand, um uns zu befreien?«, fragte Frances unter Tränen.

»Sir Robert ist nicht in der Lage, das zu tun«, erwiderte Pottinger. »Sinclair berichtet, dass er die Kasernen so gut befestigt, wie er irgend kann, damit die Armee in Afghanistan einen Fuß in der Tür behält und zu einem späteren Zeitpunkt ihre Rettung organisieren kann. Wenigstens weiß Sale dank Sinclair, dass Sie alle überlebt haben.«

»Aber Sie glauben, dass Akbar vorhat, Sale anzugreifen?«, fragte Shelton. »Deutet irgendetwas darauf hin, dass vor solch einem Angriff Verstärkung aus Indien geschickt werden könnte?«

Pottinger seufzte und schüttelte den Kopf.

Sandy versuchte, ihnen Hoffnung zu spenden. »Wir wissen nicht sicher, ob Akbar vorhat, die Garnison mit Gewalt einzunehmen. Ihm wäre es lieber, wenn die Briten kampflos abziehen würden.«

»Natürlich wäre ihm das lieber«, schnaubte Vernon verächtlich, »aber den Gefallen werden wir ihm nicht tun.«

Alice empfand Angst, wenn sie daran dachte, dass John bei etwaigen Kampfhandlungen zwischen die Fronten geraten könnte. »Aber wir haben doch sicher die größten Überlebenschancen, wenn die Briten sich bereit erklären, Dschalalabad zu verlassen«, sagte sie, »und wir gegen Akbars Familie in Indien eingetauscht werden?«

»Wir lassen nicht länger zu, dass dieser Wilde der britischen Armee Bedingungen diktiert«, keifte Vernon. »Sogar die Regierung in London wird den Tod unserer Kameraden rächen wollen, wenn sie von dem hört, was geschehen ist. Auge um Auge – das ist die einzige Sprache, die diese Barbaren verstehen.«

Beim Gedanken an weiteres Blutvergießen wurde Alice übel. Sie klammerte sich an die Hoffnung, dass es zu einem Geiselaustausch kommen und man ihnen ihre entführten Kinder zurückgeben würde, ohne dass noch mehr Menschen getötet wurden. Aber tief in ihrem Innern wusste sie, dass das bloßes Wunschdenken war.

Elphinstone missdeutete ihre gequälte Miene als Ausdruck von Furcht. »Nur Mut, meine Liebe. Sobald der Generalgouverneur hört, dass die Frauen und Kinder überlebt haben, wird man Truppen schicken, um uns aus unserer Gefangenschaft zu befreien.«

Ein lautes Schluchzen ertönte in dem verräucherten Zimmer. »Oh, Alexander!«, weinte Emily. »Wo ist mein süßer Junge?«

* * *

Für kurze Zeit wurden die Gefangenen durch das Eintreffen von Briefen von General Sale und anderen Freunden in Dschalalabad aufgemuntert; sie erhielten auch Leckerbissen wie Tee und Zucker, Bücher zum Lesen und sogar Chintz, aus dem man Kleider und Einrichtungsgegenstände fertigen konnte.

Alice fand, dass das Leben fast erträglich gewesen wäre, wenn sie nur hätte erfahren können, wo Lotty und Alexander sich befanden.

Dann wurde unverhofft eines Morgens das ganze Lager aufgescheucht, und ihre Zimmer wurden durchsucht.

»Sie müssen all Ihre Waffen abgeben«, teilte Sultan Jan ihnen knapp mit.

Die Offiziere protestierten.

»Aber der Sirdar hat doch versprochen, dass man uns nicht entwaffnen würde«, widersetzte sich Shelton wütend, »solange unsere Frauen Schutz benötigen.«

»Er hat es sich anders überlegt«, entgegnete der Häuptling brüsk.

»Das ist ein Skandal!«, knurrte Vernon. »Eine Kränkung der Briten. Kein Afghane würde sich solch eine Demütigung bieten lassen.«

Sultan Jan wirbelte zu ihm herum. »Dann hätten Sie darüber nachdenken sollen, bevor Sie den Sirdar beleidigt haben.«

»Was um alles in der Welt meinen Sie damit?«, fragte Vernon.

»Ihr Brief an Sale ist abgefangen worden«, erwiderte der Afghane. »Sie haben ihm geraten, Akbar nicht zu trauen und auch seinen Versprechen nicht zu glauben, dass die Frauen und Kinder wohlbehalten übergeben werden. Sie haben ihn aufgefordert, Gewalt gegen uns anzuwenden.«

Vernon lief rot an. »Sie haben kein Recht, meine Briefe zu lesen«, wetterte er.

Die Frauen sahen erschrocken zu, und die Männer fluchten, als die Wachen die Pistolen und Degen einsammelten. Plötzlich begann Dinah zu schreien.

»Bitte nehmen Sie den nicht!«, flehte sie und rannte einem Wachsoldaten nach. Er trug einen Degen weg. »Der hat meinem

Mann gehört. Es ist alles, was ich von seinen Sachen noch habe. Bitte lassen Sie mich ihn behalten. *Bitte*!«

Sie wurde hysterisch, warf sich auf den Boden und drosch mit den Fäusten auf die Erde ein. Florentia eilte zu ihrer Tochter. »Liebes, reg dich nicht auf.«

Alice folgte Sultan Jan. »Bitte lassen Sie sie den Degen behalten. Sie wird diesen Sommer Captain Sturts Kind zur Welt bringen, aber nichts haben, was sie ihm von seinem Vater geben kann.«

»Das kann ich nicht«, sagte der Häuptling. »Der Sirdar hat das hier befohlen – er vertraut den Briten nicht länger.«

»Dann sagen Sie dem Sirdar, dass er persönlich den Degen verwahren soll«, bat Alice. »Dann kann ich Mrs Sturt mitteilen, dass er in sicherer Obhut ist und dass der Sirdar ihn zurückgeben wird, wenn wir Afghanistan verlassen.«

Sultan Jan zögerte und nickte schließlich zustimmend. Alice eilte zu Dinah, um ihr zu versichern, dass der Degen sicher aufgehoben werden würde.

»Du glaubst ihm doch nicht etwa, oder?«, fragte Vernon vernichtend. »Wahrscheinlich behält er den Degen für sich selbst.«

Alice warf ihm einen verächtlichen Blick zu. »Dein Mangel an Vertrauen hat unsere Lage verschlimmert. Du hättest keinen solchen Brief schreiben sollen.«

»Wenigstens unternehme ich etwas, um zu erreichen, dass man uns freilässt«, fuhr Vernon sie an.

Colin meldete sich zu Wort. »Wie es aussieht, hatte der Brief genau die gegenteilige Wirkung, Buckley«, bemerkte er und ging zu der verzweifelten Dinah, um sie zu trösten.

* * *

Es kamen keine Briefe mehr, und die Gefangenen wurden angesichts der ausbleibenden Neuigkeiten ängstlich und niedergeschlagen. Sultan Jan reiste ab. An seine Stelle trat ein Ghilzai namens Mirza, der ihr oberster Kerkermeister wurde. Er war geiziger mit ihren Rationen. Eines Tages brachte er einige alte Zeitungen mit, die Akbar geschickt hatte.

»Das ist doch ein gutes Zeichen, nicht wahr?«, meinte Sandy. »Vielleicht wird der Sirdar nachgiebig, und wir dürfen bald wieder korrespondieren.«

»Die Zeitungen sind mehrere Monate alt«, sagte Vernon abfällig. »Schnee von gestern. Völlig nutzlos.«

Da sie kaum etwas zu tun hatten, begannen Sandy und Colin, die Zeitungen durchzublättern. Nach ein paar Minuten sah Colin mit seltsamer Miene von seiner Zeitung auf.

»Was ist?«, fragte Alice.

Er winkte sie zu sich heran. »Sehen Sie sich das an.« Er zeigte auf ein Wort und dann auf ein anderes in der Zeile darunter.

Alice war verblüfft. »Wonach soll ich suchen?«

Colin sah sich wachsam auf dem Hof um. Die Wachen hockten beieinander und rauchten, ohne den Gefangenen Aufmerksamkeit zu schenken. Colin zeigte noch einmal auf die Seite.

»Nach Punkten«, sagte er leise, »unter den Buchstaben.« Er zog einen Bleistiftstummel hervor und riss ein Stück von der Zeitung ab, um die durch Punkte markierten Buchstaben abzuschreiben.

Alice unterdrückte ein Aufkeuchen. »Ist das ein Code?«

Colin machte weiter. Nach ein paar Minuten hatte er eine Botschaft entziffert: *Pollock sammelt Armee in Peschawar.* Sie sahen einander an. Alice spürte, dass ihr Herz zu rasen begann.

»Von wem ist das?«, flüsterte sie.

»Es kann nur von John sein«, antwortete Colin leise. »Er muss Akbar überzeugt haben, dass es nichts schaden könnte, ein paar alte Zeitungen zu schicken.«

Alice grinste. »Oh, dieser schlaue, wunderbare Mann!«

Colin lächelte, hielt sich aber einen Finger an die Lippen. »Lassen Sie uns nachsehen, ob da noch weitere Botschaften sind.«

Eifrig sahen sie die Zeitung durch, fanden aber keine Markierungen mehr. Colin tauschte seine Zeitung mit Sandy. In der zweiten Zeitung gab es noch ein paar Punkte – nicht größer als Nadelstiche –, und Alice staunte darüber, dass Colin alle entdeckt hatte.

»Nun?«, fragte Alice, die ihre Ungeduld kaum zügeln konnte.

Er schaute auf. Ein seltsamer, intensiver Ausdruck lag auf seinem ausgemergelten Gesicht.

»Was ist?« Alice spürte, wie ihr Magen sich zusammenzog. Sie machte sich auf schlimme Neuigkeiten gefasst.

Colin legte ihr den Papierfetzen in die Hand. »Lesen Sie das.«

Alice sah sich die Botschaft an. *Blondes Kind bei den Afridi gesehen. Gut behandelt. Werde um Rückgabe verhandeln.*

Tränen brannten ihr in den Augen. »Lotty«, flüsterte sie. »Glauben Sie, dass John Lotty gefunden hat?«

Colin legte seine Hand auf ihre und drückte sie aufmunternd. »Beten wir, dass es so ist.«

Alice spürte, dass ein Schluchzen in ihrer Brust aufstieg. Sie schlug sich eine Hand vor den Mund, um zu verhindern, dass ihr vor Aufregung ein Aufschrei entschlüpfte.

* * *

Alice half Gita gerade, die Wäsche auf dem Dach auszubreiten, damit sie im Sonnenschein des späten Februars trocknen konnte, als sie das Donnergrollen hörte. Sie schaute verwirrt zum wolkenlosen blauen Himmel auf. Ein paar Augenblicke später hörte sie es noch einmal, aber diesmal klang es eher wie das Rumpeln schwerer Fuhrwerke. Alice beschirmte sich die Augen und spähte erschrocken ins Tal. Der Schnee ging zurück, und der Fluss schien vom geschmolzenen Eis angeschwollen zu sein, aber sie konnte keine anrückende Streitmacht erkennen.

Plötzlich begann das Lehmdach unter ihren Füßen zu zittern. Alice sah einen entsetzten Ausdruck auf Gitas Gesicht treten. Die *ayah* packte Alice am Arm und zog sie zur Treppe. Leute erschienen an den Türen ihrer Zimmer, und die Kinder unterbrachen ihre Spiele, um die Ohren zu spitzen.

Es klang, als würde in der Ferne eine Mine explodieren.

»Was ist das?«, rief eines der Trevor-Kinder. »Ist das der Feind?«

Alice, die am oberen Ende der Treppe stand, sah eine Staubwolke aus dem Talgrund aufsteigen. Im selben Moment begannen die Mauern des Forts zu beben und sich zu wölben, als würden sie in der Sommerhitze flirren. Dann zog Gita sie die Stufen hinunter.

Kapitel 37

Ein Schrei zerriss die Luft, als die Menschen ins Freie stolperten.

Jemand brüllte: »Es ist ein Erdbeben!«

»Weg von den Mauern!«, rief Colin.

Leute rannten hin und her, packten ihre Kinder und versuchten, das Gleichgewicht zu halten, während die Erde wogte und aufriss und die Mauern hin- und herschwankten.

»In die Blockhütte!«, befahl Jamieson und schob sie auf das kleine Holzhaus in der Mitte des Hofs zu. »Sie ist am weitesten von den Mauern entfernt.«

Die Luft war von Gebrüll und ängstlichen Rufen erfüllt, während Wände einstürzten und Dächer rings um den Hof nachgaben. Dicker Staub hüllte sie alle ein, sodass sie würgen mussten und nach Luft rangen.

Emily schrie: »Wo ist Walter? Ich habe Walter nicht bei mir!«

Alice folgte dem Klang ihrer Stimme und stolperte auf sie zu. »Wo hast du ihn gelassen?«

»In seinem Bettchen«, jammerte Emily und hielt Alice fest. »Er schläft in seinem Bettchen.«

»Bleiben Sie, wo Sie sind!«, ertönte Colins Stimme durch die dichte Staubwolke. »Ich hole ihn.«

Die Frauen klammerten sich aneinander. Alice glaubte, dass die Welt untergehen würde. Sie konnte nur daran denken, dass Lotty irgendwo dort draußen war und sie nichts tun konnte, um sie zu beschützen. Wie weit reichte das Erdbeben? Von Entsetzen erfüllt, ließ sie ihren Tränen freien Lauf.

Dann hörte das Beben schlagartig auf. Die Erde schien vor Schmerz zu stöhnen und wurde dann still. Mit einem Mal durchbrach das Schreien eines Babys die Stille. Colin kam staubbedeckt durch die herabsinkende Wolke gestapft und hielt den brüllenden Walter an sich gedrückt.

Sandy eilte auf ihn zu, um ihm seinen Sohn abzunehmen. »Danke, MacRae!«, keuchte er. In der staubigen Luft tränten seine Augen.

Alice half Emily, vorsichtig zu ihrem Mann hinüberzugehen. Die beiden umarmten einander, den Säugling in ihrer Mitte. Ihre Erleichterung war mit Händen zu greifen.

Als die Luft klarer wurde, übernahm Colin das Kommando, zählte alle durch und verschaffte sich einen Überblick über die Schäden. Es war ein Wunder, dass offenbar alle überlebt hatten. Sogar der ans Bett gefesselte Elphinstone war von einem seiner ergebenen Männer aus seinem Zimmer geschleppt worden. Der General lag hustend und grau im Gesicht auf einem fremden Mantel.

Das Dach des Raums, den Alice sich mit ihren Freundinnen und der Familie Trevor geteilt hatte, war eingestürzt und die Hütte vollkommen zerstört. Wenn Gita nicht so schnell gehandelt hätte, wäre Alice von den Trümmern erschlagen worden.

Frances begann zu schreien: »Wo ist Nabob? Ich kann ihn nicht finden!«

Colin versuchte, sie zu beruhigen: »Katzen haben sieben Leben. Er wird sich mit einem Sprung in Sicherheit gebracht haben.«

Aber sie ließ sich nicht trösten. »Ich kann diesen schrecklichen Ort nicht mehr ertragen! Ich muss ihn suchen. Bitte helfen Sie mir, Lieutenant. Das Leben wäre ohne meinen Nabob nicht mehr lebenswert!«

Colin ging daran, die Soldaten einzuteilen, um den Hof von Schutt zu befreien.

»Am besten bleiben wir im Freien. Es könnte Nachbeben geben. Wir bringen das Bettzeug heraus und spannen ein paar Zeltplanen auf.«

Vernon, der bis jetzt sprachlos gewesen war, sagte: »Gut gemacht, MacRae. Es tut gut, die Artillerie einmal etwas Arbeit erledigen zu sehen.«

Colin brummte: »Du kannst gern mit anpacken, Buckley. Es sei denn, du möchtest dir die hübschen Kavalleristenhände nicht schmutzig machen?«

Als Vernon Colin nicht anfuhr, dass das mangelnder Respekt vor einem höheren Offizier sei, wurde Alice klar, wie sehr ihr Mann unter Schock stand.

Wie Colin vorhergesagt hatte, kam es im Laufe des Tages zu weiteren Erdbeben. Die oberen Festungsmauern waren in den äußeren Graben gestürzt und gaben den Blick ins Tal frei. Es war immer noch in Staub gehüllt. Das Erdbeben schien ein großes Gebiet betroffen zu haben: Ferne Forts, an denen sie vor einem Monat vorbeigeritten waren, waren nicht länger am Horizont zu sehen. Der schockierte Mirza und die anderen afghanischen Wachen konnten ihnen auch nicht mehr sagen. Sie wirkten nervös und tuschelten miteinander.

In der Nacht schliefen die meisten Gefangenen draußen, aber die unverheirateten Männer traten ihr Zimmer an Florentia und Dinah ab, die sich entschlossen, drinnen zu bleiben. Florentia war trotzig: »Hier draußen ist es ja wie in einer Kasernenstube. Ich lasse mich doch nicht von einem Erdbeben aus meinem Bett verscheuchen.«

Alice wurde in den frühen Morgenstunden von einem Aufschrei von Frances geweckt: »Nabob! Du bist am Leben!«

Der Kater saß auf seiner Herrin und putzte sich die Pfoten, als wäre er nur von einem nächtlichen Ausflug zurückgekehrt. Alice legte sich wieder hin, lauschte Frances' übersprudelnden Koseworten und lächelte. Da alles andere so trostlos wirkte, war sie froh, dass die arme, verwirrte Lady Macnaghten Trost in der unbeschadeten Rückkehr eines vermissten Katers finden konnte.

* * *

Die folgenden Tage waren immer wieder von besorgniserregenden Erschütterungen durchsetzt, als würde ein großes Tier vor Schmerz erschauern. Keines dieser Beben war so schlimm wie das ursprüngliche, aber sie machten alle nervös. Mohammed Schah kam, um die Schäden an seinem Fort zu begutachten und dafür zu sorgen, dass sie hatten, was sie zum Überleben brauchten. Er schickte Männer, um dabei zu helfen, die gröbsten Trümmerteile wegzuräumen, und stellte zusätzliche Decken zur Verfügung, denn die Nächte waren immer noch bitterkalt, und wenn die Gefangenen morgens erwachten, waren ihre Decken immer vom Tau durchtränkt.

Der alte Häuptling erzählte ihnen, dass es in anderen Teilen des Tals weit schlimmere Verwüstungen gegeben hatte: Ganze Forts waren verschwunden, und Dutzende von Menschen waren gestorben. Mohammed Schah wirkte so bedrückt, dass Alice sich fragte, ob er nahe Familienangehörige verloren hatte. Das Erdbeben hatte die Berge bis nach Dschalalabad erschüttert. Es ging das Gerücht, dass die Garnisonsstadt in sich zusammengestürzt war.

Dinah war bei dem Gedanken, dass ihr Vater verletzt oder gar tot sein könnte, in einem beinahe panischen Zustand. Sie konnte es nicht ertragen, nach ihrem Mann auch noch ihn zu verlieren. Florentia versuchte, sie zu beruhigen, aber Alice spürte, dass die ältere Frau genauso beunruhigt war. Was Alice selbst betraf, so war ihr Verstand von düsteren Gedanken erfüllt. War Lotty nur von den Afridi gerettet worden, um vom Erdbeben verschlungen zu werden? Was war aus John geworden? War er noch am Leben? Wenn das Undenkbare geschehen war und er nicht mehr lebte, wer würde dann in der Lage sein, ihre Tochter zu retten?

Trotz seiner eigenen Sorgen machte Mohammed Schah sich Gedanken um Elphinstone, als er sah, wie gebrechlich und krank der Kommandant geworden war.

»Unter diesen Bedingungen werden Sie nicht überleben, mein Freund«, sagte er mit feierlichem Ernst. »Ich sorge dafür, dass man Sie den Berg hinab an einen Ort bringt, an dem man Sie angemessen pflegen kann. Ich will nicht, dass es heißt, ein britischer Sirdar sei gestorben, während er in meinem Haus zu Gast war.«

Lady Macnaghten stürzte sich auf diesen Vorschlag. »Sie müssen auch mich mitnehmen, Mr Schah«, forderte sie. »Ich habe zu sehr gelitten. Auch mein Mann war ein Sirdar, wissen Sie? Und er ist von Ihrem Schwiegersohn ermordet worden. Sie müssen mir helfen. Ich bin nicht wie die anderen Damen – anders als sie habe ich keinen Mann, der auf mich aufpasst. Das ist für mich unerträglich.«

Als sie Florentias verärgerten Gesichtsausdruck sah, griff Alice schnell ein, bevor die Generalsfrau, die nie ein Blatt vor den Mund nahm, Frances daran erinnern konnte, dass sie nicht die einzige Frau ohne Ehemann hier war.

»Ich bin mir sicher, dass der Häuptling für Sie tun wird, was er kann, Lady Macnaghten«, sagte Alice. »Aber wird es jetzt nicht Zeit, Nabob zu füttern?«

Angstvolle Tage vergingen. Die Furcht und die Ungewissheit, was aus Lotty und John geworden war, zehrten Alice' Tatkraft auf. Es trafen keine Neuigkeiten ein, noch nicht einmal kostbare alte Zeitungen mit optimistischen, codierten Botschaften. Es war die ruhige, vernünftige Gita, die verhinderte, dass sie vollends die Hoffnung verlor. Sie saß neben Alice und überredete sie sanft, Kleidung zu flicken, um sie durch diese Beschäftigung abzulenken. Ihre Jungen halfen beim Aufräumen und beim Bau behelfsmäßiger Unterkünfte. Alice begriff, dass die einzige Möglichkeit, die Melancholie fernzuhalten, darin bestand, einfache, sich wiederholende Aufgaben zu erledigen und immer ganz im Augenblick zu leben. Kleine Freuden bewahrten sie davor, wahnsinnig zu werden: die Wärme der Mittagssonne und Balis und Adeeps Gelächter, wenn sie miteinander herumalberten.

* * *

Der März brach an, und die Nachbeben gingen weiter. Die afghanischen Wachen, die freundlich zu den Kindern waren und ihnen oft kleine Leckerbissen zusteckten, begannen, Neuigkeiten an die Gefangenen weiterzugeben. Es hatte Gefechte im Süden in der Umgebung von Dschalalabad gegeben, und ihr Häuptling, Mohammed Schah, war daran beteiligt. Vielleicht war das der Grund dafür, dass Elphinstone, der sich nie beklagte, noch nicht verlegt worden war; die Lage war zu unsicher. Die vereinzelten Nachrichten, die zum Fort durchdrangen, waren alarmierend. Akbar hatte einen Rückzug vorgetäuscht, einige von Sales Männern in einen Hinterhalt gelockt und sie niedergemetzelt.

»Nun, das beweist immerhin, dass mein Mann noch am Leben ist und gegen die Afghanen kämpft«, sagte Florentia unverdrossen.

Aber gegen Mitte des Monats ließen die Berichte Florentias abgemagertes Gesicht aschfahl werden. Sale war besiegt worden, und die Garnison in Dschalalabad war Akbar in die Hände gefallen. Die Gefangenen begannen, sich darüber zu streiten, ob das wahr sein könnte oder nicht.

»Man darf kein Wort davon glauben«, verkündete Vernon.

»Aber was ist mit der verschlüsselten Nachricht, dass General Pollock auf dem Weg von Peschawar hierher ist?«, fragte Emily. »Wird er Dschalalabad nicht retten können?«

»Vielleicht ist das der Grund dafür, dass Akbar jetzt angegriffen hat«, vermutete Shelton, »bevor Verstärkung eintrifft.«

»Wir wissen nicht sicher, ob er überhaupt angegriffen hat«, hob Colin hervor. »Es gibt nur Gerüchte und Spekulationen. Es ist das Beste, wenn wir unsere Einschätzung für uns behalten, bis die Lage klarer ist.«

Aber Vernon hatte es auf eine Auseinandersetzung abgesehen. An dem Abend provozierte er, enthemmt vom Schnaps, ihren Kerkermeister Mirza.

»Warum bist du nicht fort und kämpfst im gerechten Krieg gegen die Ungläubigen? Hast du zu viel Angst? Versteckst dich lieber hinter Weiberröcken, was?«

Mirza verstand nicht all seine Worte, aber er bekam mit, dass er beleidigt wurde. Colin und Sandy versuchten, Vernon wegzuziehen. Vernon wehrte sich und brüllte weiter Beschimpfungen.

»Lass uns in einem fairen Kampf auf dem Schlachtfeld gegeneinander antreten, dann werden wir Briten immer gewinnen! Alles, was ihr Wilden könnt, ist doch, hinter Felsen zu lauern und uns wie Feiglinge in den Rücken zu schießen.«

»Halt den Mund, Buckley!«, befahl Colin.

»Sprich nicht so mit einem vorgesetzten Offizier«, knurrte Vernon. »Ich lasse dich auspeitschen.«

Es kam zu einem schnellen Wortwechsel zwischen Mirza und einem Wachsoldaten, der das Wichtigste von dem verstand, was Vernon sagte. Plötzlich zog Mirza ein langes Messer und stürzte sich auf Vernon. Colin warf sich instinktiv zwischen den Angreifer und Vernon. Das Messer schlitzte ihm den Arm auf. Colin krümmte sich mit schmerzverzerrtem Gesicht.

Schnell griffen die anderen Offiziere ein, drängten Vernon gewaltsam aus dem Weg und kamen Colin zu Hilfe. Mirza stand da und wirkte erschrocken. Er gab seinen Wachen die knappe Anweisung, dem verwundeten Offizier zu helfen, und stürmte davon.

Danach wurde Vernon von den anderen Offizieren gemieden, weil er ihrer aller Leben grundlos in Gefahr gebracht hatte. Er versank in einem missmutigen Zustand, trank und rauchte alles, was er in die Finger bekam.

Ein paar Tage später trafen nach und nach vereinzelte afghanische Kämpfer im Fort ein – Gefolgsleute von Mohammed Schah. Zunächst schien das die Befürchtungen der Gefangenen zu bestätigen, dass die Briten wieder von den Afghanen geschlagen worden waren. Aber die Wachen ließen durchsickern, dass Dschalalabad gar nicht von Akbar zurückerobert worden war und dass Sales Männer noch alles im Griff hatten.

Eines Tages kam Mirza zu ihnen und verlangte von ihnen, ein Stück Papier zu unterschreiben.

»Daraus geht hervor, dass Sie hier gut behandelt worden sind«, sagte er. »Ich habe Sie mit allem Komfort ausgestattet, und meine Männer haben sich um Sie gekümmert, nicht wahr?«

Das löste unter den Briten fieberhafte Spekulationen aus. Hieß das etwa, das Sale einen Sieg über Akbar errungen hatte oder dass Pollock endlich aus Peschawar abmarschiert war und die Grenze überschritten hatte? Deutete Mirzas versöhnlicher Tonfall darauf hin, dass man sie bald an Sale übergeben würde? Sie begannen, sich Hoffnungen zu machen.

»Das habe ich ja gleich gesagt«, behauptete Vernon, dessen Laune sich besserte. »Ich wette, Akbar ist auf der Flucht.«

* * *

Ein paar Tage später trafen weitere Afghanen ein. Nach ihrer Aufregung zu urteilen, war etwas Entscheidendes geschehen. Es war der empörte Mirza, der ihnen die Neuigkeiten mitteilte. Mit seiner Beflissenheit war es vorbei. Akbar war schwer verwundet worden. Einer seiner eigenen Gardisten hatte auf ihn geschossen, als er vom Pferd abgestiegen war. Der Angreifer war sofort ergriffen und bei lebendigem Leib verbrannt worden. Mirza war äußerst aufgebracht über das Attentat.

»Es heißt, dass dieser Mordanschlag ein Komplott der *feringhi* in Peschawar war. Wenn dem so ist, dann werden wir Rache nehmen. Wenn unser Sirdar stirbt«, drohte er und zog einen Finger in einer Geste des Schneidens über seine Kehle, »werden auch Sie alle sterben.«

Alice befand sich, wie alle übrigen Gefangenen, in einem Zustand akuter Verzweiflung, als ein Tag nach dem anderen verging, ohne dass weitere Nachrichten von Akbar eintrafen. Ihr Schicksal stand auf Messers Schneide. Was um alles in der Welt war mit John? Alice war außer sich vor Sorge. Entsetzt darüber, dass man mit Akbars Attentäter kurzen Prozess gemacht hatte, nur weil der Hauch eines Verdachts bestanden hatte, dass die Briten hinter dem Anschlag stecken könnten, quälte Alice sich mit der Frage, ob John etwas zugestoßen sein mochte.

Colin schien ihre Ängste zu erraten, denn er versuchte, sie zu beschwichtigen. »Wenn Akbar überlebt, ist John in Sicherheit«, sagte er leise zu ihr. »Der Sirdar vertraut ihm – und wenn die Gerüchte zutreffen, dass Sale die Oberhand über ihn gewinnt, dann wird Akbar John mehr denn je brauchen, um einen Waffenstillstand auszuhandeln.«

Aber gegen Ende des Monats gab es immer noch nichts Neues über Akbars Schicksal.

»Wir hätten es gehört, wenn er tot wäre«, sagte Shelton. »Die Tatsache, dass wir noch am Leben sind, heißt, dass er es auch ist.«

Jeder Tag brachte ein neues Gerücht: Eine riesige britische Streitmacht, die Sale hatte helfen wollen, war am Khaiberpass vernichtend geschlagen worden, und Tausende waren umgekommen; Akbar war siegreich, oder Akbar war tot; ihre Pferde sollten zu Akbar geschickt werden, um die zu ersetzen, die er im Kampf verloren hatte. Das erschreckendste Gerücht von allen war das, dass die Gefangenen weiter fort, nach Kafiristan, geschickt werden sollten – ein kaum erforschtes Land, über das sie nur wussten, dass man dort allen Fremden gegenüber äußerst feindselig eingestellt war. Von dort würden sie wahrscheinlich nie zurückkehren.

Am Ostersonntag versuchten sie, einander aufzumuntern, indem sie sangen und Gebete sprachen. Colin fand ein paar wilde Narzissen, die im Graben des Forts wuchsen, und schenkte jeder Frau eine davon. Alice klammerte sich an ihre wie an einen Talisman; bestimmt war die Blume doch ein Zeichen der Hoffnung? Am Abend zeigte der Sonnenuntergang grelle Farben, und ein Donnerschlag ließ alle in die Mitte des Hofs rennen, weil sie befürchteten, dass es ein weiteres Erdbeben geben würde. Stattdessen ging prasselnd ein nächtlicher Wolkenbruch nieder.

Anfang April stieg die Anspannung. Sie hörten, dass afghanische Frauen – Ehefrauen und Verwandte von Mohammed Schah und Angehörigen seiner Großfamilie – aus dem Tal in Sicherheit gebracht wurden. Verwundete Afghanen, die direkt aus dem Kampf kamen, wurden täglich ins Fort transportiert. Es gelang Colin, den Wachen weitere Neuigkeiten aus der Nase zu ziehen. Es hatte eine große Schlacht auf der Ebene vor Dschalalabad gegeben. Die Briten hatten gesiegt. Unter den

Stammeskriegern herrschte Bestürzung darüber, dass ihr ruhmreicher Anführer, Mohammed Schah, getötet worden war.

Die Freude der Gefangenen währte nur kurz. Wenn es denn stimmte, konnte der Tod von Akbars Schwiegervater für diejenigen, die in seinem Fort festgehalten wurden, nichts Gutes bedeuten.

Darüber machte Colin sich mehr Sorgen als über alles andere. Alice belauschte, wie er sich flüsternd mit Sandy darüber austauschte.

»Wenn ihr Häuptling von der Hand der Briten gestorben ist, werden sie Rache an uns nehmen.«

»Und wir sind dank Buckleys unbesonnenem Brief vollkommen wehrlos«, schimpfte Sandy.

Alice beobachtete die Wachen, um Anzeichen dafür zu erkennen, dass sie irgendeine Tat planten. Die Afghanen versammelten sich in Grüppchen und tuschelten hinter vorgehaltener Hand miteinander, aber geschah das häufiger als üblich? Am nächsten Tag wurden die Wachen verstärkt; dreizehn zusätzliche Männer wurden um das Fort herum aufgestellt. Sie verbrachten den Tag damit, ihre Waffen zu polieren und Kugeln zu gießen. Mirza befahl, die Pferde zu beschlagen.

»Vielleicht werden wir ja doch noch verlegt?«, sagte Jamieson.

»Oder sie bereiten die Pferde für sich selbst vor«, wandte Shelton ein.

Gegen Mittag erfuhren sie die niederschmetternde Neuigkeit. Einer der Wächter hatte gehört, dass sie bei Sonnenuntergang alle hingerichtet werden sollten. Es machte ihm kein Vergnügen, ihnen das zu erzählen.

»Sie sind in Allahs Hand«, sagte er, seine Augen voller Trauer, als er zusah, wie die Kinder in einem improvisierten Spiel über Steine sprangen.

Frances wurde hysterisch. »Warum?«, schluchzte sie. »Was haben wir getan, um den Tod zu verdienen?«

Niemand wusste eine Antwort darauf. Alles, was sie tun konnten, war zu warten und zu beten, dass es nicht geschehen würde. Alice zog sich in eine stille Ecke zwischen den Trümmern zurück und schrieb einen Brief an John auf eine leere Seite, die sie aus einem Buch gerissen hatte, das Sale ins Fort heraufgeschickt hatte, als Sultan Jan noch den Befehl geführt hatte. Sie dachte an all die Kosenamen, mit denen sie ihn ansprechen wollte, und die Liste all der Dinge, die sie bereute und die ihr das Herz schwer werden ließen: ihre Missverständnisse und die verpassten Chancen. Am Ende schrieb sie das, was ihr am wichtigsten war.

Mein Herzallerliebster,
Du weißt, wie innig ich Dich liebe – und Dich immer geliebt habe, schon seit dem Augenblick, in dem ich Dich zum ersten Mal gesehen habe. Es war mir vorherbestimmt, Dein Leben zu retten, weil es uns – Dir und mir – vorherbestimmt war, für immer zusammen zu sein. Wenn ich Dich nie wiedersehe, werde ich in dem Wissen sterben, dass Du mich auch geliebt hast, und das wird mir in meinen letzten Stunden den größten Trost spenden. Geliebter John, wenn Du dieses Martyrium überleben solltest und ich es nicht tue, darf ich Dich dann um eine letzte gute Tat bitten? Wirst Du alles tun, was in Deiner Macht steht, um meine Lotty zu finden und zu retten? Das ist der einzige Schmerz, den ich nicht ertragen kann – mir vorzustellen, dass sie in einer Welt ohne ihre Mutter lebt, die sie liebt und beschützt. Pass auf sie auf. Ist es zu viel

verlangt, wenn ich Dich darum bitte, sie in die Obhut Deiner Leute auf Skye zu geben, die Dich so freundlich und liebevoll großgezogen haben? Das wäre mir viel lieber, als dass mein geliebtes Kind zu den Buckleys geschickt wird, die Lotty nicht kennen und kein Interesse an ihr haben. Möge Gott Dich schützen, mein Herzallerliebster. Ich werde Dich weiter verehren, bis ich meinen letzten Atemzug auf dieser Erde tue.

Adieu!

Deine Dich liebende Alice

Alice faltete den Brief zusammen, schrieb Johns Namen darauf und schob ihn in ihre Tunika neben die spanische Münze, die sie immer bei sich trug. Sie fühlte, wie sich Ruhe über sie herabsenkte, als sie die Sonne hinter den Gipfeln im Westen versinken sah. Irgendwo in der Richtung hielt sich John auf. Womöglich war auch Lotty dort. Ihr Herzschmerz wurde von dem Gedanken gelindert, dass John ihre Tochter vielleicht finden und die beiden einander in den kommenden Jahren ein Trost sein würden. John würde ihre Tochter viel mehr lieben, als Vernon es je können würde.

Ein Warnruf von Jamieson riss sie aus ihrer Träumerei.

»Da kommen afghanische Krieger! Viele.«

Die Gefangenen versammelten sich auf dem Hof und hielten einander fest und redeten sich gegenseitig gut zu. Einige der Kinder weinten. Ihre Eltern trösteten sie und schimpften sie zugleich aus, da ihre Nerven bis zum Zerreißen gespannt waren. Andere beteten laut. Einer begann zu pfeifen, um den Mut nicht zu verlieren.

Im Tordurchgang ertönten Lärm und Rufe. Jemand feuerte eine Muskete ab. Die erschrockenen Briten schrien auf. Wenige

Augenblicke später strömten Stammeskrieger auf den Hof und schwenkten ihre Gewehre. Mohammed Schah drängte sich durch die aufgeregte Menge und stellte sich vor die Gefangenen.

Alice' erster Gedanke war Erleichterung darüber, dass der Mann am Leben war. Vielleicht konnten sie ihn um Gnade anflehen? Er ging auf Shelton zu und streckte ihm die Hand hin. Der verblüffte General zögerte und schüttelte dann die dargebotene Hand. Mohammed Schah ging weiter und reichte anderen Offizieren die Hand: Sandy, Pottinger, Colin und Jamieson. War das eine letzte Geste des Respekts, bevor er sie alle hinrichten ließ? Das quälend lange Warten in Ungewissheit ließ Alice beinahe ohnmächtig werden.

Dann breitete der Häuptling die Arme aus und lud sie alle ein, sich hinzusetzen. Er hockte sich auf eine Decke, die von einem seiner Gefolgsleute für ihn ausgebreitet wurde, und beobachtete, wie seine Gefangenen es sich mühsam auf dem Boden bequem zu machen versuchten.

»Am Morgen werden Sie Badi Abad verlassen«, sagte er auf Paschtu zu Colin.

»Verlassen?«, wiederholte Colin.

Der Häuptling nickte. »Sie sind hier nicht länger sicher.«

»Wohin bringt man uns?«, fragte Colin.

»Das muss der Sirdar noch entscheiden.«

»Also ist der Sirdar noch am Leben?«

»Zu Ihrem Glück, ja.«

»Was sagt er?«, mischte Shelton sich ein.

Colin übersetzte es ihm. Ausrufe der Erleichterung wurden laut. Mohammed Schah erhob sich mit einer schnellen Bewegung.

»Sie müssen bei Tagesanbruch bereit sein«, sagte er, »und ohne Gepäck reisen. Ich habe zu wenige Pferde und kann Ihnen keine Maultiere zur Verfügung stellen, um Ihre Sachen zu tragen. Ihre Habseligkeiten werden sicher aufbewahrt und Ihnen später wieder ausgehändigt.«

Er befahl eine seiner Wachen zu sich. Er nahm dem Mann einen Degen ab, ging zu Dinah hinüber, legte sich eine Hand aufs Herz und reichte ihr mit der anderen die Waffe.

»Der Sirdar möchte Ihnen das hier zurückgeben.« Mit einem leichten Nicken zu der erstaunten Dinah wandte er sich um und ging.

Die junge Frau drückte sich den Degen an die Brust und brach in Tränen aus.

Sobald der Häuptling fort war, erklärte Colin den anderen, was mit ihrem Hab und Gut geschehen sollte. Es herrschte Empörung, dass sie ihre wenigen Wertsachen nicht mitnehmen durften. Am meisten litt die unglückliche Lady Macnaghten darunter, die die ganze Nacht weinte, weil sie ihre vielen schönen Schals und ihren Schmuckkasten zurücklassen musste.

Aber alles, was Alice empfand, war eine Welle der Dankbarkeit dafür, dass sie verschont wurden und endlich ihr verfallenes Berggefängnis verließen. In jener Nacht lag sie ruhelos da. Sie konnte den kommenden Tag kaum abwarten und war doch nervös, weil sie nicht wusste, wohin man sie als Nächstes bringen würde. Zum Trost berührte sie ihren an John gerichteten Liebesbrief, der warm an ihrem Herzen lag. Es machte ihr Hoffnung, dass sie eine zweite Chance bekam, zu leben und ihre Tochter zu finden.

Kapitel 38

Fort Noor in der Nähe von Kabul, Ende Juli 1842

Das Schreien von Dinahs neugeborenem Baby erfüllte das stickige Zimmer und übertönte fast das Gebrabbel der fiebernden Kranken in der heißen Nacht. Das Greinen des Kindes schnitt Alice ins wunde Herz, weil es sie an die glücklichen Tage in Simla erinnerte, als Lotty noch ein Baby gewesen war. Hätte sie doch nur nie die Sicherheit dieses Paradieses verlassen!

»Noch eine Gefangene«, hatte Florentias zynischer Kommentar zur Geburt ihrer Enkelin Julia zwei Tage zuvor gelautet.

»Sie ist schön«, hatte Alice, die bei der Geburt geholfen hatte, unter Tränen gesagt, »und Julia ist so ein hübscher Name.«

Dinah war dankbar gewesen, aber die Erschöpfung hatte sie bald übermannt, und es fiel ihr schwer, ihr forderndes Baby zu stillen. Sie waren alle von den mageren Rationen und von Krankheit geschwächt, zudem auch niedergeschlagen von dieser Gefangenschaft, die endlos zu dauern schien. Trotz aller Gerüchte, dass General Pollocks Armee in Dschalalabad sei, lag ihre Befreiung offenbar noch in weiter Ferne.

»Können Sie denn nichts unternehmen, um sie am Schreien zu hindern?«, fragte Frances nervös. »Davon bekomme ich Kopfschmerzen, wissen Sie?«

Alice rechnete damit, dass Florentia ihre Tochter in Schutz nehmen würde, aber stattdessen seufzte sie nur gequält. Frances und Florentia litten beide an dem Sommerfieber, das sich im Fort rasend schnell verbreitete. Mrs Trevor und eines ihrer Kinder waren ebenfalls krank. Unter den Dienerinnen hatte sich eine Amme gefunden, die das neueste Trevor-Baby stillte, das kurz nach ihrem Eintreffen in Fort Noor vor zwei Monaten zur Welt gekommen war.

Colin rang in einem Nebenzimmer mit dem Delirium, und Vernon war ebenfalls erkrankt. Alice vermutete allerdings, dass es bei ihrem Mann eher an der Leber als am Fieber lag – seine Haut hatte einen gelblichen Ton –, und seine alte Beinwunde schmerzte wieder und bescherte ihm schlaflose Nächte. Das war zumindest seine Ausrede dafür, einen Großteil des Weins zu trinken, der den Gefangenen von ihrem alten Freund Zemaun in Kabul geschickt wurde.

Alice sann trostlos darüber nach, dass sie jetzt wieder in Sichtweite der Stadt und der zerstörten Armeesiedlung waren, die sie im tiefsten Winter verlassen hatten. Jetzt war es so heiß, und die Mücken brachten sie derart um den Verstand, dass sie sich schon fast nach dem Schnee und dem bitterkalten Wind in Badi Abad zurücksehnte.

Sie stand auf und ging zum Fenster, dessen Läden geöffnet worden waren, um zu versuchen, zumindest einen Hauch der nächtlichen Brise einzufangen. Alice sah auf den Garten mit den Obstbäumen unter sich hinab – das einzig Gute an dem von Fliegen geplagten Fort – und dann hinüber zum murmelnden Fluss. Dort durften sie sich gelegentlich waschen. Sie senkte den Kopf unter der vertrauten Last der Verzweiflung. Wozu war das alles gut gewesen?

Nachdem sie zwei Monate lang durch die öden Berge marschiert waren – was für den lieben, kranken Elphinstone zu viel gewesen war, der unterwegs gestorben war –, hatten sich schließlich ihre Hoffnungen zerschlagen, nach Dschalalabad gebracht und gegen Akbars Familie eingetauscht zu werden. Sie waren jetzt wieder unweit von Kabul und verschiedenen Gruppierungen der zerstrittenen Afghanen auf Gedeih und Verderb ausgeliefert. Bei ihrer Ankunft in Noor hatte man ihnen erzählt, dass Schah Schudscha ermordet worden und Schudschas Sohn Fath Dschang zum Emir ausgerufen worden war.

Aber die Diener brachten Nachrichten über interne Streitigkeiten zwischen den Häuptlingen in Kabul und Akbars immer verzweifeltere Versuche, ihr Bündnis zusammenzuhalten. Die Gerüchte über das, was mit den Gefangenen geschehen sollte, breiteten sich wie ein giftiger Pesthauch aus. Zemaun wollte, dass man sie nach Dschalalabad schickte und als Faustpfand bei den Verhandlungen mit der britischen Armee einsetzte. Die Ghilzai verkündeten, dass sie alle Geiseln töten würden, wenn jemand versuchte, sie zu verlegen. Akbar schwankte ständig – mal versprach er ihnen Milde, mal drohte er ihnen mit der Verbannung nach Buchara oder Turkestan.

Sogar Colin und Vernon waren davon demoralisiert; es war durchgesickert, dass der sadistische Herrscher von Buchara zwei britische Gesandte monatelang in einem ungezieferverseuchten Verlies eingekerkert hatte. Niemand wusste, ob sie noch am Leben waren. In letzter Zeit waren die Nachrichten sogar noch erschreckender geworden: Um die britischen Streitkräfte zu retten, die noch in Dschalalabad und Kandahar waren, zogen die Truppen jetzt aus diesen Garnisonsstädten ab und machten sich auf den Rückweg nach Indien.

»Das können sie nicht tun«, hatte Emily geweint. »Sie würden uns doch nicht unserem Schicksal überlassen, nicht wahr, Sandy?«

Aber Sandy hatte längst aufgehört, Emily mit falschen Worten der Hoffnung zu beruhigen, und zuckte nur die Schultern. Der Versuch, sie zu trösten, blieb Colin mit seinem hager gewordenen Gesicht überlassen.

»Man wird uns nicht im Stich lassen – das wäre ein Schandfleck auf der Ehre der britischen Armee. Wir wissen, dass Pollock schon mit frischen Truppen in Afghanistan eingetroffen ist – er wird jetzt nicht haltmachen und die Flucht ergreifen. Fassen Sie deshalb Mut, Mrs Ayton. Wir sind nicht vergessen.«

Aber später hatte Alice belauscht, wie die Männer sich nervös über die Angelegenheit unterhalten hatten.

»Selbst wenn Pollock vorhat, sich bis Kabul durchzukämpfen«, hatte Sandy gesagt, »hat man uns vielleicht schon lange, bevor er hier ankommt, außer Reichweite verlegt.«

»Oder uns die Kehlen durchgeschnitten«, hatte Vernon gemeint.

»Lass die Damen so etwas nicht hören!«, hatte Colin ihn gereizt ermahnt.

»Na, wenn ich Pollock wäre, würde ich nicht riskieren, wegen einer Handvoll Frauen und kranker Offiziere hierher zurückzukommen. Man hätte es den Ehefrauen von Anfang an nicht gestatten sollen, herzukommen – das war der blanke Wahnsinn.«

Sandy hatte geseufzt. »Was geschehen ist, ist geschehen.«

»Nun, ihre Anwesenheit hier ist jedenfalls die Ursache all unserer Probleme. Deswegen ist unsere Armee ausgelöscht und unser Land gedemütigt worden«, hatte Vernon bitter gesagt.

Colin hatte geringschätzig geschnauft. »Ich kann mich nicht erinnern, dass du dich über die Frauen beschwert hast, als sie dich vor dem Rückzug und dem sicheren Tod bewahrt haben.«

»Wenigstens bin ich nicht davongelaufen und habe mich in einer Höhle versteckt wie du«, hatte Vernon zurückgegeben.

»Um Himmels willen!«, hatte Sandy geschrien. »Was nützt es, sich zu streiten? Es hilft uns weder hier noch bringt es uns unsere vermissten Kinder zurück.«

Alice hatte sich davongeschlichen. Mehr hatte sie nicht hören wollen. Ihr Herz war bei der Erwähnung der geraubten Kinder bleischwer geworden. Die Prüfung, die von allen am schwersten zu ertragen war, war die Ungewissheit, was aus Lotty geworden war. Der dritte Geburtstag ihrer Tochter war gekommen und vorübergegangen, aber Alice wusste nicht, ob das Mädchen am Leben war. Sie hatten erfahren, dass John noch lebte und unter Akbars Befehl stand, aber es waren keine weiteren Neuigkeiten über die Kinder, die von den Ghilzai entführt worden waren, zu ihnen gedrungen – bis auf das Gerücht, dass ein blondes Kind bei den Afridi gesehen worden war. Den ganzen langen, drückend heißen, angstvollen Sommer hindurch warteten Alice und die Aytons vergeblich darauf, etwas über Alexander oder Lotty zu hören.

* * *

Der August kam; die Hälfte der Gefangenen lag im Fieberdelirium. Gita erkrankte, und Alice pflegte sie in der sengenden Hitze, so gut sie konnte. Sie bemühte sich, Gitas besorgte Söhne zu trösten. Colin erholte sich, aber Jamieson starb. Sein plötzlicher Tod war ein schwerer Schlag für die Moral der Gefangenen. Wenn ein robuster junger Offizier wie Jamieson binnen zweier Tage vom Fieber dahingerafft werden konnte, dann war niemand dagegen gefeit.

Am Abend, nachdem man ihn begraben hatte, setzte Alice sich unter einen nahen Maulbeerbaum und trauerte um den jungen Offizier, dem sie zum ersten Mal vor zwei Jahren begegnet war, als er sie auf dem schicksalhaften Ausflug nach Kabul begleitet hatte. Durch den staubigen Sonnenuntergang hallten Gewehrschüsse aus der Stadt. Alice hatte keine Ahnung, wer dort im Moment das Sagen hatte oder wer gegen wen kämpfte. Sie fühlte sich vollkommen machtlos. Einer nach dem anderen wurden die Menschen, die sie liebte, ihr genommen. Sie rollte sich unter dem Baum zusammen, zog sich ihren Pashminaschal über den Kopf und weinte.

Rufe am Tor weckten sie. Alice musste unter dem Baum eingeschlafen sein, denn die Morgendämmerung brach über den Mauern des Forts an. Sie setzte sich auf, noch ganz steif von der Nacht auf dem harten Boden, und rieb sich die schmerzenden Glieder. Plötzlich hörte sie Lärm. Ihr Magen verkrampfte sich vor Angst. War das ein Überfall? Vielleicht rückten die Häuptlinge, die ihnen mit dem Tod gedroht hatten, an, um ihren Worten Taten folgen zu lassen. Sie ging zurück und stellte sich neben die anderen Gefangenen, die sich auf einer erhöht gelegenen Terrasse versammelt hatten, und spähte auf den inneren Hof hinunter. Die Tore wurden geöffnet, und ein Dutzend in Decken gewickelter Männer stapften hindurch.

»Ich sehe scharlachrote Jacken«, rief Dinah.

»Das sind Briten.« Sandy schnappte nach Luft.

»Ist das Lieutenant Sinclair?«, fragte Emily und packte Alice' Arm.

Alice hatte Mühe, auf dem schattigen Hof etwas zu erkennen. Ihr Herz hämmerte. Die Männer wurden von bewaffneten Afghanen vorwärtsgestoßen. Auch sie schienen Gefangene zu sein.

»Ich bin mir nicht sicher …«

Der größte der Männer, der in eine dicke Decke gehüllt war, schaute auf, und sie erkannte Johns wettergegerbtes Gesicht. Sie unterdrückte einen Freudenschrei.

»Er trägt ein Kind!«, quietschte Dinah. »Seht nur!«

Alice schaute genauer hin. Die Decke war in der Tat so um ein Kind gelegt, dass nur ein blonder Haarschopf daraus hervorsah. Alice schrie auf und rannte zur Treppe. Sie polterte die Stufen so schnell hinunter, wie ihre zitternden Beine es zuließen. Die anderen folgten ihr und riefen den Neuankömmlingen etwas zu. Alice raste auf den Hof, streckte die Arme aus und stürmte in dem Gewirr aus Gefangenen, Maultieren und Wachen auf John zu.

Sie sah seinen erleichterten Gesichtsausdruck, als er sie erblickte.

»Alice!«, stieß er heiser hervor.

»Lotty!«, schrie sie. »Du hast sie gefunden!«

Die Freude verschwand aus seinem Gesicht. Als sie ihn erreichte und die Decke wegzog, wurde ihr klar, dass sie sich geirrt hatte. Ein dünner Junge sah sie aus großen Augen erschrocken an. Sie starrte ihn verwirrt an, ohne ihn zu erkennen.

»Es ist Alexander«, sagte John. Seine Miene war voller Mitleid.

Alice stand reglos da. Sie war sich so sicher gewesen, dass es Lotty war. Neben sich hörte sie Emily aufschreien. Wenige Augenblicke später wurde Alexander von seinen Eltern umarmt, vor Liebe fast erdrückt und mit Küssen und Tränen der Erleichterung willkommen geheißen. John führte Alice beiseite und legte einen Arm um ihre Schultern. Sie schmiegte sich in seine Umarmung und unterdrückte ein Aufschluchzen.

»Ich hatte auch gehofft, dass es Lotty sein würde«, murmelte John in ihr Haar.

Sie löste sich von ihm. »Aber du hast doch gesagt, du hättest ein blondes Kind bei den Afridi gefunden. Ich habe deine

Nachricht bekommen. Das hat mich all die schrecklichen Monate über davor bewahrt aufzugeben.«

»Es tut mir leid, wenn ich dir falsche Hoffnungen gemacht habe, aber es war Alexander, den sie gerettet hatten.«

»Wo ist denn dann meine Lotty?«, schrie Alice. Sie zitterte von Kopf bis Fuß; die Enttäuschung war ein schwerer Schock für sie.

»Ich weiß es nicht.«

»Du musst doch irgendetwas gehört haben«, beharrte Alice. »In all der Zeit bei Akbar und den Afghanen musst du Gerüchte aufgeschnappt haben. Kannst du mir denn *gar nichts* sagen?« Sie sah das Zögern in seinem Gesicht. »Du weißt etwas, nicht wahr? Sag es mir! Es ist mir gleich, wie schlimm es ist – nichts ist schlimmer als dieses Fegefeuer der Ungewissheit.«

Alice' erhobene Stimme brachte die anderen dazu, sich umzudrehen und zu ihnen herüberzusehen. Es war ihr egal. John durfte ihr nichts vorenthalten. Er sah sie mit solchem Mitgefühl in seinen grünen Augen an, dass sie in Tränen ausbrechen wollte. Aber wenn sie zu weinen anfing, würde sie vielleicht nie mehr aufhören.

»Sag es mir«, befahl sie erneut und grub die Fingernägel in ihre Handflächen.

John nickte. »Es ist ziemlich sicher, dass die Ghilzai sie eine Weile hatten«, sagte er. »Ich habe herausgefunden, dass man sie nach Kabul gebracht hatte.«

Alice' Herz machte einen Sprung. »Ist sie jetzt noch dort?«

John schüttelte den Kopf. »Zemaun hat nach ihr gesucht – mein Kazilbashi-Freund Khan Schirin Khan auch –, aber sie glauben, dass sie weitergereicht worden ist.«

»Weitergereicht?« Alice wurde übel. »Was meinst du damit?«

John schluckte. »Weiterverkauft.«

Alice' Kehle füllte sich mit Galle. Die anderen Frauen scharten sich nach und nach um sie, tätschelten ihr die Arme und streichelten sie tröstend. Aber sie musste die ganze schreckliche Wahrheit erfahren. Sie packte Johns Arme und fragte: »An wen verkauft?«

»Sie wissen es nicht mit letzter Sicherheit.«

»Aber sie haben einen Verdacht?«, drängte Alice ihn. »Verschweig mir die Wahrheit nicht, um mich zu schonen.«

»Es geht das Gerücht, dass Sklavenhändler in der Stadt waren«, sagte John widerwillig. »Auch viele Hindus sind zusammengetrieben und mitgenommen worden.«

»Mitgenommen wohin?« Es war Sandy, der die Frage stellte.

»Auf die Märkte in Turkestan.«

Ein Stöhnen erhob sich aus dem Grüppchen um Alice.

»Aber das ist nur ein Gerücht«, setzte John eilig hinzu. »Es besteht keine Gewissheit.«

»Doch du glaubst es, nicht wahr?«, sagte Alice. Sie fühlte sich schwach.

»Ich glaube, dass sie noch am Leben ist«, sagte John und versuchte, ihr mit seinem Blick Mut einzuflößen.

Alice wandte sich von ihm ab und löste sich von den anderen. Sie ging zu den Aytons und streckte eine Hand aus, um Alexanders verfilztes Haar zu berühren. Sandy hielt den Jungen eng in den Armen.

»Lieber Zander«, flüsterte sie. »Ich bin so froh, dich zu sehen.«

Der Junge erwiderte ihren Blick benommen, vollkommen überwältigt von allem. Emily legte ihren Arm um Alice und zog sie an sich. Alice senkte den Kopf und weinte an die Schulter ihrer Freundin gelehnt.

* * *

Die folgenden Tage verliefen für die Geiseln angespannt. Die Neuankömmlinge berichteten, dass in Kabul Gesetzlosigkeit herrschte. Die Läden waren geschlossen, und man hatte die Frauen des königlichen Haushalts zu ihrer Sicherheit aus der Zitadelle in die umliegenden Forts gebracht. John erzählte, dass die Kazilbashi-Häuptlinge sich nach Kohistan zurückgezogen hatten, weil sie nicht in die jüngsten Machtkämpfe mit hineingezogen werden wollten. Es war Akbar nicht gelungen, mit den britischen Streitkräften in Dschalalabad einen Waffenstillstand auszuhandeln. Er war wütend über ihre Weigerung, sich nach Indien zurückzuziehen. Stattdessen war die britische Armee auf dem Vormarsch über die Pässe nach Kabul.

Aber John zerschlug sofort die Hoffnungen, die er geweckt hatte.

»Akbar ist nicht in der Laune, uns gut zu behandeln«, erklärte John grimmig. »Er droht, uns alle nach Bamiyan zu schicken und uns zur Vergeltung an die Häuptlinge im Norden zu verkaufen. Er ist wieder in Kabul, um ein neues Heer gegen die Briten zusammenzuziehen. Er will nicht mehr mit Sale oder Pollock verhandeln. Deshalb bin ich auch nicht mehr als Dolmetscher gefragt.«

»Also bist du jetzt bloß ein gewöhnlicher Gefangener wie wir alle, hm?«, bemerkte Vernon herausfordernd.

»So scheint es«, antwortete John gemessen, ohne sich provozieren zu lassen.

Alice konnte es nicht ertragen, in der Nähe ihres Mannes zu sein. Er hatte keine Gefühlsregung angesichts der Nachricht erkennen lassen, dass ihre Tochter wahrscheinlich in den Händen von Sklavenhändlern war und sich womöglich in Buchara im Haushalt des Despoten wiederfinden würde, der seine britischen Gefangenen folterte. Alles, was er tat, war, sich darüber zu beklagen, wie krank er sich fühlte und dass Alice zu viel Zeit damit verbrachte, ihre eingeborene Dienerin und nicht ihn zu umsorgen. Seit Johns Ankunft war er sogar noch fordernder und verdrossener, und so ging Alice John um des lieben Friedens mit ihrem reizbaren Ehemann willen aus dem Weg.

Sie sah die Wut in Johns Gesicht und seine geballten Fäuste, wenn Vernon unverschämt mit ihr sprach, aber es hatte keinen Zweck, einen Streit vom Zaun zu brechen. Die Gefangenen saßen nun schon so lange miteinander fest, dass Alice wusste, dass schon das kleinste böse Wort oder eine einzige spitze Bemerkung zu Reibereien führen konnten. Es war das Beste, Vernons Nörgeleien einfach zu ignorieren. Sie spürte, wie frustriert John darüber war, dass sie nicht unter vier Augen reden oder auch nur einen Moment lang miteinander allein sein konnten, aber Alice' Herz war gebrochen, seit sie von Lottys Schicksal gehört hatte. Nichts, was John sagen konnte, würde sie jetzt trösten.

Das Wetter schlug um. Grelle Blitze erhellten den Nachthimmel, gefolgt von dröhnendem Donner und sintflutartigen Regenfällen, die die Höfe in Schlamm verwandelten. Zwei Tage später kamen ihre Bewacher, um ihnen zu sagen, dass sie verlegt werden sollten. Ponys wurden gebracht, und Dr. Campbell, der mit den Geiseln aus Kabul eingetroffen war, erhielt den Befehl zu entscheiden, wer gesund genug war, eine Reise durchs Gebirge anzutreten.

Das rief panische Reaktionen bei den Kranken und Fiebernden hervor. Mehrere der Frauen, darunter Mrs Trevor, wurden als zu krank eingestuft, um zu reisen. Florentia dagegen hatte sich erholt und war entschlossen, bei Dinah und der kleinen Julia zu bleiben, komme, was da wolle. Campbell versuchte, so viele wie möglich auf die Liste derjenigen zu setzen, die nicht verlegt werden sollten, weil die Gefangenen Gerüchten zufolge nach Bamiyan und dann nach Turkestan gebracht werden sollten. Der rachsüchtige Akbar wollte die Geiseln jenseits der Grenzen Afghanistans wissen, weil sich die Briten dorthin nicht wagen würden. Alle wussten, dass diejenigen, die gezwungen wurden, aufzubrechen, höchstwahrscheinlich nie zurückkehren würden.

Emily überraschte Alice durch ihre stoische Schicksalsergebenheit. Seit Alexanders Rückkehr hatte ihre Freundin einen Teil ihres einstigen Optimismus zurückgewonnen.

»Solange ich Sandy und meine Jungs bei mir habe«, sagte Emily, »fühle ich mich allem gewachsen.«

Aber Vernon behauptete steif und fest, nicht in der Verfassung zu sein, um den Marsch anzutreten. Alice war sprachlos vor Abscheu angesichts des erfolgreichen Flehens ihres Mannes darum, bei den Kranken bleiben zu dürfen. Er zeigte kein bisschen der Loyalität, die er auf dem Rückzug aus Kabul zum Ausdruck gebracht hatte, als er gefordert hatte, dass die Ehemänner bei ihren Frauen und Kindern bleiben sollten, um sie zu beschützen. John konnte seine Verachtung nicht zurückhalten. Er marschierte an Alice vorbei in das stinkende Zimmer, in dem Vernon auf einem *charpoy* lag und rauchte.

»Zeig etwas Mumm, Buckley!«, forderte John. »Die Frauen und Kinder brauchen alle Männer, die aufgeboten werden können, um sie auf dem Weg durch den Hindukusch zu beschützen.«

Vernon starrte John aus blutunterlaufenen Augen böse an. »Du machst mir nichts vor, Sinclair. Ich weiß, dass es dich in den Fingern juckt, eine Ausrede zu haben, um dich mit meiner Frau davonzumachen. Nun, du kannst sie gern haben. In meinen Augen ist sie besudelt, seit du sie hattest.«

»Du Bastard, Buckley!« John stürzte sich auf ihn und schlug ihm die Wasserpfeife aus der Hand. Vernon schrie auf. John zerrte ihn von dem niedrigen Bett hoch und versetzte ihm einen

Fausthieb gegen den Kiefer. Colin und Sandy stürmten ins Zimmer und zogen John von dem benommenen Vernon weg.

»Ihr habt es gesehen!«, keuchte Vernon. »Er hat seinen vorgesetzten Offizier angegriffen. Ich sorge dafür, dass du aufgehängt wirst, du schottischer Wilder!«

Während Colin den wutentbrannten John gewaltsam aus dem Raum entfernte, half Sandy Vernon wieder auf das Bett mit der Seilbespannung.

»Du bist mein Zeuge, Ayton«, sagte Vernon sichtlich erschüttert.

Sandys Blick war voller Verachtung. »Ich habe gesehen, dass du zu Boden gestürzt bist, Buckley. Das ist alles. Außerdem sieht Sinclair wahrscheinlich einem schlimmeren Schicksal entgegen – und deine Frau auch. Du tätest gut daran, dir deine verachtenswürdigen Worte zu sparen und stattdessen etwas Tröstliches zu Alice zu sagen, bevor ihr voneinander getrennt werdet.«

Sandy stolzierte aus dem Zimmer und warf Alice, die in der Tür stand, einen mitleidigen Blick zu. Sie wartete darauf, dass ihr Mann sich für die Gemeinheiten entschuldigen würde, die er über sie gesagt hatte; bestimmt würde doch sogar Vernon angesichts dessen, dass sie bald, vielleicht für immer, voneinander getrennt sein würden, zerknirscht reagieren?

Stattdessen ging Vernon zum Gegenangriff über. »Du hast Sinclair dazu angestiftet, oder? Du wolltest sehen, wie dieser Bandit einen kranken und wehrlosen Mann verprügelt.«

»Mach dich nicht lächerlich, Vernon.«

»Ich weiß, dass du es nicht abwarten kannst, mit ihm zusammen zu sein. Aber deine Pflicht ist es, mir zur Seite zu stehen. Ich bin dein Mann und Gebieter, nicht der Schotte. Ich verlange, dass du hierbleibst und mich pflegst. Campbell lässt sich sicher überreden.«

Es verschlug Alice vor Empörung fast den Atem. »Du kannst hierbleiben, wenn du möchtest, aber die Reise, die vor uns liegt, macht mir keine Angst. Ich freue mich sogar darauf«, sagte sie mit funkelnden Augen, »und das nicht wegen John Sinclair. Wenn man uns nach Turkestan bringt, habe ich eine Chance, Lotty wiederzusehen. Davon könnten mich keine zehn Pferde abhalten.«

»Sei doch nicht albern, Frau! Du wirst sie nicht finden. Höchstwahrscheinlich ist sie tot. Sinclair versucht nur, deine Hoffnungen mit seinen reißerischen Geschichten über Sklavenhändler zu schüren, damit du mit ihm kommst und seine Hure wirst.«

»Nur ein Mann, dessen Verstand eine Jauchegrube ist, kann so etwas denken«, zischte Alice. »Dir ist unsere Tochter offensichtlich gleichgültig, aber Sinclairs Worte machen wenigstens mir Hoffnung. Und Hoffnung ist alles, was ich habe.«

Unfähig, seine Gegenwart auch nur einen Augenblick länger zu ertragen, eilte sie aus dem Zimmer.

* * *

Man sagte den Gefangenen, dass sie nachts reisen würden, um die Hitze des Tages zu vermeiden. Bei Mondaufgang am fünfundzwanzigsten August gab es viele emotionale Abschiede von den Kranken und Verwundeten, die in der Obhut von Dr. Campbell zurückbleiben sollten. Vernon versuchte noch bis zum letzten Augenblick, Alice unter Druck zu setzen.

»Du wirst es bereuen, mich im Stich gelassen zu haben«, prophezeite er anklagend, »wenn du hörst, dass ich am Fieber gestorben bin.«

»Leb wohl, Vernon«, war alles, was sie hervorbringen konnte. Alice wusste nicht, ob ihr Herz vor Angst vor der bevorstehenden Reise so heftig klopfte – oder vor Erleichterung, dass sie endlich von dem Mann getrennt wurde, der sie schon so lange tyrannisierte und demütigte.

Die Karawane aus Kamelen und Ponys, die die vierzig gesunden Geiseln trugen, brach mit einer bewaffneten Eskorte aus Fort Noor auf. Sie machten einen großen Umweg um Kabul, überquerten dann den Fluss Lugar und brachen in die Berge um Paghman auf.

Seit Johns Ankunft mit Alexander hatte Alice sich in ihrem Innersten wie betäubt gefühlt. Sogar Gitas Genesung hatte sie nicht so aufgemuntert, wie sie es hätte tun sollen – und Johns Gegenwart auch nicht.

Sie hatte sich so lange nach ihm gesehnt, und doch waren ihre Gefühle für ihn jetzt wie erloschen. Ihr Herz fühlte sich steinhart an, und sie glaubte nicht mehr, dass die Menschen im Grunde genommen gut waren. Wie konnten sie es sein, wenn sie zuließen, dass ein dreijähriges Mädchen seiner Mutter entrissen und meistbietend verkauft wurde? All das Leid und Blutvergießen, das Massaker auf dem Rückzug und die Monate der Gefangenschaft hatten zu nichts geführt. Sie alle waren nur Figuren in den Machtspielen blutrünstiger Männer – der Politiker, die in Kalkutta und im fernen London saßen, aber auch der mörderischen Gesellen, die sie gefangen hielten.

In Alice' trostlosen Gedanken war auch John nicht ohne Makel. Sie konnte einfach nicht anders, als ihm die Schuld an der grausamen Enttäuschung zu geben, dass er ihr Lotty nicht zurückgebracht hatte. Sie wusste, dass das ungerecht und unlogisch war, aber sie konnte nichts gegen die Verbitterung tun, die ihr Herz mit jedem Tag mehr zerfraß.

Wenigstens war sie nun unterwegs, fort aus der höllischen Hitze des Forts und fort von Vernon. Sie konnte in der Nachtluft unter dem kühlen, sternklaren Himmel wieder atmen. Zu reisen war alles, worauf sie sich konzentrieren konnte, und es fühlte sich gut an, wieder im Sattel zu sitzen. Mit jedem Schritt über die felsige Ebene kam sie vielleicht ihrer verschollenen Tochter näher. Sie klammerte sich inbrünstig an den Gedanken und hielt den Blick fest auf die Berge vor sich gerichtet.

Kapitel 39

Zwei Nächte lang reisten sie durch die heiße Ebene und in die Ausläufer der Berge hinein. Sie brachen jedes Mal um Mitternacht auf. Die Karawane aus Kamelen und Ponys kam etwas über drei Kilometer pro Stunde voran. Die Tiere rüttelten ihre Reiter durch, von denen viele noch vom Sommerfieber geschwächt waren.

John machte es sich zur Aufgabe, höflich zu den Wachen und freundlich zu ihrem Anführer, General Saleh Mohammed, zu sein. Der General – ein Krieger aus der Gegend um den Khaiberpass – wusste Johns Verwandtschaft mit den Afridi zu schätzen und gestattete ihm, das Jagdmesser seines Onkels Azlan zu tragen, um ihnen zu helfen, unterwegs Nahrung aufzutreiben. John hoffte auch, dass seine engen Verbindungen zu den Kazilbashi-Familien den Gefangenen von Nutzen sein würden, wenn sie durch den Hindukusch reisten.

Es verletzte ihn, dass Alice ihn immer wieder zurückwies, aber er verstand ihre Angst um Lotty und litt mit ihr. Wenigstens war sie jetzt der bösartigen Kontrolle durch ihren abscheulichen Mann entzogen, dachte er voll grimmiger Befriedigung.

Was auch geschah, er würde tun, was er konnte, um Alice zu beschützen, und bis zum Ende bei ihr bleiben.

Als sie tiefer in die Berge gelangten, freute sich John, gerade nach den schlammigen rotbraunen Wassern des Kabul-Flusses, wieder einmal über die klarere Luft und den Anblick von Pappeln, die liebliche, rauschende Bäche säumten. Die bewaffnete Eskorte beschlagnahmte Proviant von vorbeiziehenden Kamelkarawanen, um ihre Gefangenen zu ernähren. Tagsüber kampierten sie an jedem schattigen Plätzchen, das sie finden konnten.

Nach zwei weiteren Tagen im Hindukusch traf die Gruppe von Gefangenen in Istalif mit seinen üppigen Obstgärten ein. Istalif war das Fort von Johns angeheirateten Kazilbashi-Verwandten. Aziz kam heraus, um sie zu begrüßen, aber sein Entzücken darüber, John zu sehen, wich Bestürzung, als er erfuhr, dass sein Schwager keine Wache, sondern eine Geisel war.

»Das dürfen wir nicht zulassen«, verkündete Aziz. »Wir werden bezahlen, damit man dich freilässt.«

»Mein lieber Aziz«, sagte John, einen Arm um den hochgewachsenen jungen Mann gelegt, »dann würdet ihr uns allen die Freiheit erkaufen müssen. Ich werde meine Kameraden und Freunde nicht im Stich lassen.«

Zutiefst verstört befahl Aziz, den Geiseln Speisen bringen zu lassen – Naan-Brot mit Aprikosenpaste, Pilaw, gebratenes Geflügel, Fisch, Weintrauben und Birnen –, die sie im Schatten von Weiden am Ufer eines murmelnden Flusses verzehrten.

In der Nacht reisten sie nicht weiter, sondern kampierten in den Obstgärten der Kazilbashi. Aziz lud General Saleh Mohammed und John zusammen mit den hochrangigen Offizieren Pottinger, Shelton und Lawrence zu sich ein. John sorgte dafür, dass der afghanische General reichlich bewirtet wurde, und achtete auch darauf, dass Aziz Lebensmittel für die Weiterreise zur Verfügung stellte, um ihrem obersten Bewacher das Leben einfacher zu machen. Aus Gesprächen mit Saleh Mohammed wusste John, dass dem General sein Auftrag widerstrebte, die Briten nach Bamiyan und darüber hinaus transportieren zu müssen. Er fand es besonders abstoßend, dass er die Verantwortung dafür trug, Frauen und Kinder an feindliche Stammeskrieger auszuliefern – womöglich an Sklavenhändler. Der General war ein Glücksritter, der in den frühen Tagen an der Seite der britischen Kavallerie gekämpft hatte, bevor er Partei für Dost Mohammed ergriffen hatte. Er sagte, es wären die Beleidigungen durch die Unteroffiziere gewesen, die ihn dazu gebracht hätten, die Seiten zu wechseln.

In jener Nacht brachte John in Anwesenheit des Generals zur Sprache, dass Lotty vermisst wurde, und fragte Aziz, ob er irgendwelche Händler mit einem blonden britischen Kind hatte vorbeikommen sehen.

Aziz schüttelte den Kopf. »Aber in den letzten Monaten sind viele bewaffnete Banden durch die Berge gezogen«, sagte er. »Es ist nicht unmöglich, dass das Mädchen hier entlanggereist ist.«

General Saleh Mohammed war empört. »Kein wahrer Afghane würde so etwas Unehrenhaftes tun! Sie muss Usbeken oder Händlern aus einem anderen Turkvolk in die Hände gefallen sein. Die würden noch ihre eigenen Großmütter für eine Handvoll Rupien verkaufen.«

»Werden Sie uns dann also helfen, das vermisste Mädchen aufzuspüren?«, fragte John.

»Sobald wir Bamiyan erreichen, werde ich meine Kundschafter ausschicken«, verkündete der General. »Wenn sie noch am Leben ist, werde ich sie höchstpersönlich retten!«

* * *

Alice wachte davon auf, dass sich Männerstimmen gedämpft vor ihrem behelfsmäßigen Zelt unter den Apfelbäumen unterhielten. Sie setzte sich auf. Was sie überraschte, war das leise Gelächter. Worüber konnte auch nur einer von ihnen fröhlich sein?

Sie stand auf, trat hinter der Zeltleinwand hervor und spähte ins Mondlicht. Zwei Männer – einer mit Turban, der andere barhäuptig – lagen auf dem Bauch am Rand des Flusses, wo das Wasser sich in einem tiefen Teich sammelte.

Sie griffen ins Wasser. Mit einem Schlag wurde Alice bewusst, dass es John mit dem jungen Kazilbashi Aziz war, der ihnen am Abend ein Festmahl serviert hatte. Sandy hatte gesagt, dass der hübsche junge Mann mit dem schmalen Gesicht Johns Schwager war.

Mit einem unterdrückten Jubelruf zog Aziz einen Fisch aus dem Teich und warf ihn neben sich auf den Boden. Alice sah das Aufblitzen der silbrigen Schuppen, als der Fisch nach Atem rang und sich wand. John schlug Aziz auf die Schulter und sagte etwas in einer Sprache, die Alice nicht kannte. Die Bedeutung war aber offensichtlich: John lobte Aziz. Die Zuneigung in seiner Stimme ließ Alice' Augen vor Tränen brennen.

Wie hatte sie nur vergessen können, was John durchlitten hatte, als er seine Frau und seinen neugeborenen Sohn verloren hatte? Mit Aziz zusammen zu sein, musste ihm ein Trost sein – und zugleich eine schmerzliche Erinnerung. Aber John ließ sich nicht von bitterem Hass zerfressen. Er tat, was er nur konnte, um die anderen Geiseln zu beschützen. Sandy hatte davon gesprochen, dass John große Anstrengungen unternahm, Freundschaft mit ihrem Bewacher Saleh Mohammed zu schließen.

»Sinclair könnte schon ein freier Mann sein«, hatte Sandy erklärt, »aber er hat sich dafür entschieden, bei uns zu bleiben.«

Alice hatte darüber nachgedacht. Warum ergriff John nicht die Gelegenheit, sich dem Stamm seiner verstorbenen Frau anzuschließen, wenn er es konnte? Aber der Gedanke schmerzte sie. Zum ersten Mal seit einem Monat spürte sie eine Gefühlsregung in ihrem tiefsten Innern. Sie wollte nicht, dass John sie verließ. Als sie ihn jetzt mit Aziz beobachtete, schnürte sich ihr plötzlich die Brust zu. Sie seufzte tief. John drehte sich um. »Wer da?«, fragte er.

»Alice«, flüsterte sie.

Schnell kam er auf die Beine und streckte eine Hand aus. »Kannst du auch nicht schlafen?«

Sie schüttelte den Kopf. John führte sie ans Flussufer und stellte sie Aziz vor. Die Männer wechselten rasch ein paar Worte. Aziz legte die Hand aufs Herz und sagte etwas zu ihr.

John dolmetschte: »Es tut ihm leid, von deiner vermissten Tochter zu hören. Die Kazilbashi werden nach ihr Ausschau halten, für den Fall, dass sie hier vorbeikommt.«

Alice verschwamm alles vor den Augen. »Du hast ihm davon erzählt …?«

»Ja«, sagte John. »Er weiß von Lotty.«

Als der Name ihrer geliebten Tochter fiel, schluchzte Alice gequält auf. Sofort zog John sie in seine Arme. All das Leid und die Trauer der vergangenen Monate, seit Lotty geraubt worden war, strömten als unkontrollierbare Tränenflut aus Alice hervor. Sie hatte fast schon die Hoffnung aufgegeben, ihre Tochter je wiederzusehen, weil sie allmählich an Vernons Worte geglaubt hatte, dass Lotty wahrscheinlich tot war. Aber John hatte nicht aufgegeben. Er hatte anderen gesagt, dass sie nach Lotty Ausschau halten sollten. Dieser junge Kazilbashi war bereit, auch nach dem Mädchen zu suchen – und vielleicht gab es noch andere wie ihn.

Wie falsch war es doch von ihr gewesen, alle Afghanen als Diebe und Mörder abzutun. Engländer wie Vernon wollten, dass sie genau das glaubte. Es war so viel einfacher zu hassen, aber zugleich war es zerstörerisch für den Geist. Alice weinte an Johns Schulter, bis sie erschöpft war. Er hielt sie einfach nur fest und ließ sie sich ausweinen.

Als ihre Tränen versiegt waren und sie aufschaute, war Aziz gegangen. John wischte ihr die Tränen aus dem Gesicht.

»Bitte verzeih mir, dass ich so unfreundlich zu dir war«, flüsterte sie.

»Es gibt nichts zu verzeihen«, antwortete er.

»O doch«, sagte Alice. »Seit du Alexander gerettet hast, habe ich nichts anderes getan, als dich von mir zu stoßen. Ich war so in meinem eigenen Elend gefangen, dass ich nicht gesehen habe, wie schwer alles für dich war. Du hast all die Monate lang dein Leben riskiert, indem du Akbars Bote warst und versucht hast, unsere Sicherheit zu gewährleisten – und du tust es immer noch. Ich staune über deinen Mut, John.«

»Es ist nichts Erstaunliches an dem, was ich tue«, erwiderte er. »Ich tue es für dich, meine Liebste.«

»O John, ich könnte es nicht ertragen, nach Lotty auch noch dich zu verlieren.«

Zärtlich küsste er sie auf die Stirn. »Ich werde dich bis zu meinem letzten Atemzug nicht verlassen.«

Alice griff in die Tasche ihrer Tunika, zog einen kleinen Stoffbeutel daraus hervor und drückte ihn John in die Hand. »Darin ist ein Brief – ich habe ihn dir in Badi Abad geschrieben, als ich dachte, dass man uns hinrichten würde. Darin steht alles, was es zwischen uns zu sagen gibt, mein liebster John.«

Sie sah seinen funkelnden grünen Augen die Rührung an, die er angesichts ihrer Worte empfand. Er schob den Beutel in seine Jacke. Dann hob er ihr Kinn an, beugte sich vor und küsste sie sanft auf die Lippen. Es schien ein ganzes Leben her zu sein, dass sie sich zuletzt hatten umarmen können. Alice spürte, dass Liebe sie wieder durchströmte und wie Wärme die Kälte in ihrem Innern vertrieb.

Sie wäre gern bei ihm geblieben, aber als ein Wachtposten etwas rief und einen Warnschuss in die Luft abfeuerte, führte er sie zurück zum Lager.

Kapitel 40

Bamiyan, Zentralafghanistan, September 1842

Die Bergpfade wurden rauer, und die nächsten paar Tage waren eine endlose Quälerei felsige Hohlwege hinauf, über hohe Pässe und in steile Schluchten hinab, nur um mit dem gefährlichen Aufstieg wieder von vorn zu beginnen. Von der Höhe des Kalu-Passes aus erblickte Alice weitere kahle Berge, die sich wie die Wellen eines versteinerten Meeres bis an den fernen Horizont erstreckten. Die einzige Vegetation bestand aus Stechginster, den die Tiere fraßen. Der Landstrich schien sogar noch öder und entlegener zu sein als alle anderen, die sie zuvor gesehen hatte, und es schlug ihr aufs Gemüt, daran zu denken, dass diese Wildnis zum neuen Ort ihrer Gefangenschaft werden sollte. War es überhaupt möglich, dass britische Soldaten sich je so weit vorwagen würden, um eine Handvoll unglückseliger Landsleute zu befreien? Man würde sie jetzt doch bestimmt ihrem Schicksal überlassen.

Nur Johns Gegenwart und seine Stärke verhinderten, dass Alice vollkommen den Mut verlor. Schon ein zärtlicher Blick oder ein aufmunterndes Wort bei einem flüchtigen Austausch reichte aus, ihre Moral für den Rest des Tages zu heben. Dann war sie ihrerseits in der Lage, den anderen Frauen und Kindern eine Stütze zu sein. Sie teilte sich mit Sandy die Aufgabe, mit Alexander zu reiten. Der Junge war im Vergleich zu seiner früher so ausgelassenen Art nervös und unselbstständig geworden. Er klammerte sich an seinen Vater und wimmerte, bis Sandy die Geduld verlor. Dann griff Alice immer ein und lockte den Jungen auf ihr Pony, um ihn damit abzulenken, spielerisch Ausschau nach Vögeln zu halten oder Lieder zu singen.

Anfang September trafen sie schließlich im wilden Hochtal von Bamiyan ein, das von Hazara-Stämmen bevölkert war. Mit ihren breiten, sonnengebräunten Gesichtern sahen die Hazara ganz anders aus als die Afghanen, denen Alice bisher begegnet war. Überraschenderweise war das über anderthalb Kilometer breite Tal eine fruchtbare Oase inmitten der graubraunen kargen Berge. Glitzernde Bewässerungskanäle durchzogen unter einem leuchtend blauen Himmel Felder mit goldenem Weizen und Gärten voll grüner Erbsen und Bohnen. Dickschwänzige Schafe grasten im Schatten von im Wind raschelnden Tamarisken und Pappeln.

Am außergewöhnlichsten von allem war aber, dass aus der Felswand, die sich an einer Seite des Tals wie eine schützende Mauer erhob, zwei gewaltige Buddha-Statuen herausgehauen waren. Die Klippen um die riesigen Skulpturen herum waren von Höhlen durchsetzt.

»Jahrhundertealt«, erzählte Pottinger ihnen. »Das waren die Zellen buddhistischer Mönche. Natürlich sind die Buddhisten längst fort.«

»Ich wünschte, ich könnte sie skizzieren«, sagte Alice staunend.

John lachte leise. »Ach, unsere Gastgeber werden mit Freuden Ausflüge organisieren, damit wir die Sehenswürdigkeiten bewundern können, solange wir hier sind.«

Alice erwiderte sein Lächeln.

»Ich verstehe nicht, warum ihr beide so fröhlich seid«, wunderte sich Emily. »Ich glaube, die dünne Bergluft ist euch zu Kopf gestiegen.«

John grinste. »Da könntest du recht haben.«

Bei dem Blick, den er Alice zuwarf, wurde ihr vor Sehnsucht flau im Magen.

Aber ihre Unbeschwertheit war von kurzer Dauer. Sie erfuhren, dass sie in der Festung auf dem Hügel keine Aufnahme finden würden, also kampierten sie vor ihren Mauern. Als sie die Zelte gerade aufgestellt und die Kinder beruhigt hatten, teilten die Wachen ihnen mit, dass sie zu einem anderen Fort weitergebracht werden sollten. Alle beschwerten sich, aber sie mussten den Marsch noch für anderthalb Kilometer fortsetzen, vorbei an verfallenen Höhlenwohnungen und Türmen, bis sie ein primitives Lehmfort erreichten.

»Hier können wir Sie besser beschützen«, erklärte der übermüdete Saleh Mohammed ihnen.

»Uns besser gefangen halten, meint er«, murmelte Florentia trotz ihrer Erschöpfung in trotzigem Ton.

Die Zimmer, die man ihnen zuwies, waren kaum mehr als eine Reihe von Kuhställen – schlecht belüftet und dunkel –, die um einen Hof mit hohen Mauern lagen.

»Der Ruß an den Wänden ist so dick, dass man seinen Namen hineinschreiben könnte«, beklagte Florentia sich.

»Wenn wir genug sehen könnten, um zu schreiben«, witzelte Alice.

Sie verbrachten eine schlaflose Nacht, in der sie von Läusen gebissen, vom Scharren der Ratten und vom Umherhuschen der Kakerlaken wach gehalten wurden. Am Morgen gab man ihnen nach Protesten der Frauen die Erlaubnis, Zelte im Tordurchgang aufzuschlagen.

Die nächsten paar Tage lang lebten die Gefangenen in Ungewissheit darüber, was weiter mit ihnen geschehen würde.

Zwar durften sie unter Bewachung das Fort verlassen, um die buddhistischen Höhlen zu erkunden, und erhielten erfrischenden Quark von den vielen Kühen im Fort zu essen. Aber es herrschte eine angespannte Atmosphäre. Alice bemerkte, dass John intensive Gespräche mit Pottinger und Sandy führte. Sie spürte, dass ihr Schicksal auf der Kippe stand. Jeden Tag würde man sie nun weiterverlegen – aber wohin und wie viele von ihnen? Es ging das Gerücht, dass man sie vielleicht voneinander trennen würde.

Alice sehnte sich danach, im Vertrauen mit John sprechen zu können, aber sie hatten nie Gelegenheit, allein miteinander zu sein. Die Wachen behielten sie genau im Auge und wirkten beunruhigt. Außerdem wurden die Frauen von den Männern getrennt gehalten.

* * *

Johns schlimmste Befürchtungen für die Gefangenen sollten sich erfüllen. Saleh Mohammed hatte den Befehl, mit ihnen weiter nach Cholm zu marschieren und sie an den usbekischen Häuptling Amin Khan zu übergeben. Er hatte John in sein Zelt gerufen, um ihn vorzuwarnen.

»Der Wali von Cholm?«, fragte John fassungslos. »Um Gottes willen, der ist doch ein Sklavenhändler!«

»So lauten meine Befehle vom Sirdar.« Der General wirkte gequält.

»Die Frauen und Kinder sind erschöpft«, wandte John ein. »Sie werden keinen weiteren Marsch über die Berge überstehen. Er wird sie umbringen.«

Etwas am Gesichtsausdruck des Afghanen ließ John das Herz schwer werden. »Was hat man Ihnen sonst noch befohlen?«, fragte er.

Der General zögerte. Als er sprach, war sein Tonfall düster. »Diejenigen, die nicht reisefähig sind, sollen hingerichtet werden.«

John war entsetzt. Sein lieber Freund Colin würde unter ihnen sein. Der Artillerieoffizier war von der Reise geschwächt und hatte wieder Fieber bekommen. Er verbrachte die Tage damit, im Zelt zu liegen, und brauchte Hilfe dabei, sich aufzurichten, um sich zu waschen oder zu essen.

»Das dürfen Sie nicht zulassen!«, schrie John.

Saleh Mohammed erwiderte seinen Blick unverwandt. »Dann sagen Sie mir, wie ich es vermeiden soll!«

John war erschüttert über die Neuigkeiten. Es war ein Anzeichen von Verzweiflung, dass Akbar solch einen schrecklichen Befehl gegeben haben sollte. Vielleicht verlor der Sirdar endlich gegen die Briten und hatte Kabul nicht mehr unter Kontrolle. Aber selbst wenn Pollocks Armee oder Notts Streitmacht aus Kandahar an Boden gewann, waren beide zu weit entfernt, um den Gefangenen in Bamiyan zu Hilfe zu kommen. Wenn die Soldaten hier eintrafen, würden die Gefangenen entweder bereits niedergemetzelt oder in die Sklaverei verkauft worden sein.

John ballte vor Wut die Fäuste. Es musste etwas geben, das er tun konnte, um die Geiseln zu retten. Während er im hellen Septembersonnenschein stand, hörte er Kinderlachen unten am Bach; Alexander spielte mit einigen Hazara-Jungen. Der Sohn der Aytons verlor allmählich seine Furcht und genoss das Leben wieder. John fühlte sich an seine Zeit als kleiner Junge in Ramanish erinnert, als er mit Donald und Duncan herumgetobt war. Man musste irgendetwas unternehmen, um Alexander und die anderen Unschuldigen vor einem brutalen Tod oder einem Leben in Gefangenschaft zu retten.

Plötzlich fiel John etwas wieder ein, das Aziz gesagt hatte. Sein Herzschlag beschleunigte sich. Vielleicht gab es ja doch einen Weg, diese furchtbare Untat zu verhindern. Womöglich hatte der afghanische General ihn deshalb vorgewarnt. John drehte sich auf dem Absatz um und machte sich auf die Suche nach Pottinger.

* * *

Später am Abend fand in einem der schäbigen Räume des Forts eine geheime Besprechung statt. Sie saßen im Schneidersitz da: John, Sandy, Pottinger und Lawrence auf einer Seite, Saleh Mohammed und sein Stellvertreter auf der anderen.

»Eine Pension von eintausend Rupien jeden Monat auf Lebenszeit im Austausch gegen unsere Freilassung«, bot Pottinger an, »und eine schriftliche Schuldverschreibung, die Zahlungen auch wirklich zu leisten – unterzeichnet von allen Offizieren hier im Fort.«

Es war Johns Idee gewesen. Aziz' Vorschlag, seine Freiheit von seinen Bewachern zu erkaufen, hatte ihn darauf gebracht. Das verschaffte dem General einen Ausweg, ohne sie töten oder in die Hände von Sklavenhändlern geben zu müssen – Optionen, die der Afghane entsetzlich fand. Es war ein Glücksspiel – vielleicht würde der General Akbar sofort über ihren Bestechungsversuch in Kenntnis setzen –, aber John wusste, dass Saleh Mohammed den Befehl des Baraksai-Anführers nur mit Widerwillen befolgte. Die Loyalität des Generals würde immer zuallererst seinem Stamm gelten, nicht irgendeinem Herrscher von Afghanistan, und so setzte John ihr Leben in der Hoffnung aufs Spiel, dass der Eigennutz des Generals und seine Sorge um seine Verwandtschaft den Ausschlag geben würden.

»Das ist ja alles sehr schön für uns«, sagte Saleh Mohammed, »aber selbst wenn wir zustimmen, können wir Sie nicht gegen Akbars Verbündete verteidigen. Es geht das Gerücht, dass Sultan Jans Männer sich in der Gegend aufhalten – und die

Usbeken werden eine Streitmacht schicken, wenn sie Wind davon bekommen, dass die Gefangenen ihnen doch nicht ausgeliefert werden sollen.«

»Was brauchen Sie«, fragte Pottinger, »um unsere Sicherheit zu garantieren?«

»Die Kooperation der örtlichen Häuptlinge hier in Bamiyan«, antwortete er. »Die hat ihren Preis.«

John hatte Pottinger im Voraus gesagt, dass der General wahrscheinlich auf die Strategie setzen würde, Tribut an die örtlichen Hazara-Häuptlinge zu zahlen und eine Allianz um seine eigene abtrünnige Streitmacht herum zu schmieden. John hielt den Atem an. Pottinger ging voll ruhiger Entschiedenheit mit der Situation um; John hatte recht daran getan, seinen Plan dem politischen Offizier und nicht dem angriffslustigen Shelton vorzutragen.

»Dann lassen Sie uns eine Zahlung von zehntausend Rupien arrangieren«, sagte Pottinger, »die Sie so verteilen können, wie es Ihnen richtig erscheint.«

»Zwanzigtausend«, konterte der General.

Pottinger tat so, als würde er sich mit den anderen Offizieren beraten. Aber sie hatten sich schon im Voraus darauf geeinigt, dass sie dem Afghanen geben würden, was auch immer er forderte. Gedanken darüber, wie sie alles bezahlen sollten, konnten sie sich später noch machen.

»Zwanzigtausend«, sagte Pottinger mit einem zustimmenden Nicken, »und ein Erlass der von den Briten erhobenen Steuern.«

Der General nickte beifällig. »Aber Sie müssen mir einen Beweis dafür liefern, dass Sie solche Zahlungen auch tatsächlich leisten können«, sagte Saleh Mohammed, »sonst werden die Häuptlinge uns nicht glauben.«

In dem Moment zog Pottinger eine Schatulle hervor und öffnete sie. Darin lagen alle Schmuck- und Erinnerungsstücke, die John bei den nervösen Frauen hatte einsammeln können: Broschen, Haarnadeln, Medaillons, Eheringe und alle aufzutreibenden Papierfetzen, die offiziell und rechtsgültig anmuteten, sogar Speisekarten. Von den Männern hatte er Taschenuhren, Ketten, Orden und Messingknöpfe eingefordert.

»All das hier soll Ihnen gehören, bis wir wieder mit der britischen Armee vereint sind und Sie mit Geld bezahlen können«, versprach Pottinger.

Der General sah zufrieden drein. »Dann sind wir uns einig«, sagte er und lächelte zum ersten Mal.

»Ich lasse am Morgen eine Urkunde aufsetzen«, antwortete Pottinger, »und von allen Offizieren unterschreiben.«

Saleh Mohammed grinste. »Und wir werden unsere Hazara-Brüder auf Ihre Seite ziehen.«

* * *

Statt auf einen Gewaltmarsch nach Cholm geschickt zu werden, stellten die britischen Gefangenen am nächsten Tag fest, dass sie nicht mehr von Bewaffneten bewacht wurden. Der afghanische General ließ sein Banner auf dem Turm des Forts hissen – eine herausfordernd flatternde Fahne mit scharlachrotem Rand und grünen Fransen –, um die benachbarten Festungen auf seine Anwesenheit aufmerksam zu machen. Bald sprach sich herum, dass ein Handel geschlossen worden war, um die britischen Gefangenen zu retten, und dass ihr einstiger Bewacher Kämpfer um sich scharte, um Akbar zu trotzen. Noch am selben Tag kamen zwei Hazara-Häuptlinge – Karim Beg und Mir Hassan – und schworen dem General und den Briten Unterstützung. Bis zum nächsten Tag hatten sich schon weitere Häuptlinge auf die Seite der Rebellenstreitmacht geschlagen.

»Sie haben alle die Zukunft im Blick«, erklärte Pottinger. »Sie müssen aus dem Süden gehört haben, dass die Briten auf dem Vormarsch und Akbars Tage gezählt sind.«

Aber niemand konnte sich sicher sein. Es gab immer noch Gerüchte, dass Männer, die Akbar treu ergeben waren, sich in Schlagdistanz von Bamiyan aufhielten. John suchte Sandy auf, um dafür zu sorgen, dass Vorräte angelegt wurden, falls sie eine Belagerung überstehen mussten.

»Lasst mich euch begleiten«, bat Alice. »Ich kann doch wenigstens ein oder zwei Maultiere führen.«

»Abseits des Forts ist es nach wie vor gefährlich«, warnte Sandy sie. »Du solltest nicht mitkommen, meine Liebe.«

»Lass sie doch«, sagte John lächelnd. »Alice Brown dürfte jedem kriegerischen Afghanen mehr als gewachsen sein.«

Alice lachte bitter auf. Sandy musterte sie beide zweifelnd, erhob aber keine weiteren Einwände. Mit einem Armvoll Kleidung und einem Beutel Münzen, die sie von ihren fast mittellosen Landsleuten eingesammelt hatten, machten sie sich auf die Suche nach Korn, Speiseöl, Früchten und Nüssen, die sie von den einheimischen Bauern kaufen konnten. Ein Häuptling, der in einem befestigten Gutshaus unweit des Forts lebte, lud sie ein, im Schatten seines Hofs zu rasten. Seine Frau servierte ihnen salzigen Buttertee und Quark mit Rosinen.

Alice wurde fast schwindlig vor Glück, mit John und Sandy in dieser idyllischen Umgebung zu sitzen. Bis auf ländliche Geräusche wie das Plätschern eines Bachs und das Blöken der Schafe störte nichts die Ruhe. Sie konnte immer noch nicht fassen, dass sie verschont werden sollten. Wie hatte Pottinger solch ein Wunder bewirkt? Sandy hatte ihr gesagt, John sei dafür verantwortlich, aber der hatte behauptet, es sei nicht sein Verdienst.

Der Häuptling bot ihnen, wie John erklärte, eine Unterkunft im Gutshaus an. »Er weiß, dass es im Fort wenig komfortabel ist«, sagte er mit einem schiefen Lächeln, »also möchte er uns ein paar Zimmer, die auf die Innenhöfe hinausgehen, zur Verfügung stellen.«

»Wie freundlich«, sagte Alice.

»Ich bin mir nicht sicher, ob Emily sich dazu überreden lässt«, meinte Sandy. »Im Fort ist es zwar nicht sehr bequem, aber sie fühlt sich dort sicherer – und sie kann die Jungs besser im Auge behalten.«

»Nun, dann sag ihm, dass ich gern hier wohnen würde«, erwiderte Alice, »und dass ich sehr dankbar bin. Ich finde, wir sollten auch Colin herbringen. Hier ist es viel sauberer, und die Luft ist deutlich besser als im Fort.«

»Eine hervorragende Idee«, stimmte John zu. »Aber beim kleinsten Anzeichen von Ärger ziehen wir uns ins Fort zurück.«

Später am Tag wurde Colin ins Gutshaus gebracht und auf ein *charpoy* neben der offenen Tür eines an einen Hof grenzenden Zimmers gelegt, sodass er die frische Brise genießen konnte. Der Häuptling schickte nach einem örtlichen Arzt, der Colin mit Umschlägen und einem seltsam riechenden Gebräu behandelte. Florentia entschied sich, ebenfalls aus dem Fort herunterzukommen, und brachte Dinah, die kleine Julia und deren *ayah* mit. Alice nahm Gita und die Jungen mit. Wie sie gehofft hatte, teilte sich John mit Colin das Zimmer auf der gegenüberliegenden Seite des Hofs; neben ihnen bezogen drei andere Offiziere Quartier.

Am Abend saßen sie auf Strohsäcken unter freiem Himmel und aßen. Die Männer rauchten und plauderten mit dem Häuptling. Obwohl die Frauen des Haushalts in einem versteckt liegenden inneren Hof verborgen blieben, lud man die britischen Frauen ein, mit den Männern zu essen. Alice war sich nur zu deutlich bewusst, wie oft John einen Blick zu ihr herüberwarf. Von dem Begehren, das sie in sich aufsteigen fühlte, bekam sie Herzklopfen. Sie erkannte an seinem Gesichtsausdruck, dass er das Gleiche empfand.

Mitten in der Nacht, als der Mond tief am Himmel stand und alle zu Bett gegangen waren, tappte Alice, die nicht schlafen konnte, auf den Hof hinaus. Ein Hund lag schlummernd quer vor dem Hauseingang. Die Maulbeerbäume, die den Hof säumten, tauchten die Ecken in einen tintenschwarzen Schatten. Sie atmete den süßen Duft der Bäume ein und spürte, wie die kühlende, nächtliche Brise ihre Haut liebkoste.

»Alice.« Johns klangvolle tiefe Stimme ließ sie wohlig erschauern. Sie wandte sich in seine Richtung. Er war nur als dunkler Umriss unter einem der Bäume zu erkennen. Dort stand er und wartete auf sie. Er streckte die Hand aus. Alice ging leise auf ihn zu und legte ihre zitternde Hand in seine. John zog sie in den Schatten des Baumes. Einen Moment lang standen sie so da, hielten einander fest und schauten sich in die Augen. Trotz der Dunkelheit sah Alice das Funkeln in seinen. Vor Verlangen wurde ihr flau im Magen. Sie legte eine Hand an sein Gesicht, stellte sich auf die Zehenspitzen und berührte sacht seine Lippen mit den ihren.

»Mein Schatz«, flüsterte sie.

Alice spürte die Anspannung in ihm. Er fragte sich, was es zu bedeuten hatte, dass sie zu ihm gekommen war. Sie nahm Johns Hand, schob sie unter ihre lockere Tunika und presste sie auf ihre Brust. Unter seiner Hand pochte ihr Herz wie wild.

»Schlaf mit mir, bitte«, drängte sie ihn.

John beugte sich vor und küsste sie bereitwillig. Ohne Zögern zog er sie auf die Decke hinab, die er als seine Bettstatt unter dem Baum ausgebreitet hatte. Sie hatte gewusst, dass er draußen sein und unter freiem Himmel nächtigen würde. Sie küssten einander, als sie sich hinlegten. Ihre Hände stellten Erkundungen unter der Kleidung des jeweils anderen an. Alice zog ihm das Hemd aus; sie wollte seine Haut, sein Haar und seinen Schweiß auf sich spüren. Sie hatte seinen Körper nicht mehr berührt, seit sie ihn vor so vielen Jahren im Leuchtturm während seines Fiebers gepflegt und gewaschen hatte. Jetzt hatte er den harten, muskulösen Körper eines Soldaten, aber er war immer noch so zärtlich und sanft wie der junge Mann, in den sie sich damals verliebt hatte.

John überschüttete sie fieberhaft mit Küssen; sie musste ihr erregtes Aufstöhnen unterdrücken, als er sie berührte. Sich bemühen zu müssen, still zu bleiben, während er ihr Lust schenkte, war eine süße Qual. Sie zog an seinen Haaren und wand sich in Ekstase, während sie ihre Beine und Arme um ihn schlang. Mit ihm zu schlafen, war sogar noch köstlicher, als sie es sich immer vorgestellt hatte. Auch wenn sie keinen weiteren Tag mehr erleben würde, würde Alice zumindest in dem Wissen sterben, wie wahre Liebe sich anfühlte. Sie wusste, dass sie nie bereuen würde, in der Wärme einer afghanischen Nacht zu ihm gekommen zu sein. Sie liebte John voll und ganz, und er liebte sie.

Während sie in seinen Armen lag, streichelte John ihr Haar und flüsterte ihr leidenschaftliche Worte ins Ohr, die das Begehren von Neuem in ihr pulsieren ließen. Sie schliefen noch ein zweites Mal miteinander, bevor sie ihre Tunika und ihre weite Hose überstreifte und sich über den Hof zurückschlich.

Am nächsten Tag konnte Alice nicht aufhören zu lächeln. Jedes Mal, wenn sie Johns Blick auffing, sah sie, wie sich ein Grinsen auf seinem Gesicht ausbreitete. Sie waren wie Verschwörer, die ihr Geheimnis voll auskosteten. Alice hätte gern in die Welt hinausgerufen, wie sehr sie ihn verehrte und jeden Zentimeter von ihm begehrte, aber stattdessen half sie Dinah mit Julia, die an Koliken litt, während sie ungeduldig darauf wartete, dass die Nacht wieder anbrechen würde.

In dieser Nacht schlief Alice in Johns Armen ein, nachdem sie sich geliebt hatten. Erst der Ruf zum Gebet kurz vor

Anbruch der Morgendämmerung weckte sie, und sie streiften sich eilig ihre Kleidung über. Sie musste lächeln, als sie John unterdrückt lachen hörte, während sie zurück in ihr Zimmer eilte.

In der dritten Nacht verlief ihr Liebesspiel gemächlicher. Der Nachthimmel war von Wolken bedeckt, und Nebel war vom Fluss her aufgezogen, der sie in ihrer ganz eigenen Welt einhüllte.

»Lass uns für immer hierbleiben«, flüsterte John, »und bei den Hazara leben. Ich gehe auf die Jagd, und du unternimmst Spaziergänge mit deinem Skizzenpapier und zeichnest bezaubernde Bilder von den Leuten.«

»Und was ist mit unseren Freunden?«

»Die können gern auch hierbleiben. Colin ist bestimmt begeistert von der Idee. Und die Aytons lassen sich wahrscheinlich auch davon überzeugen. Würde dir das gefallen?«

»Sehr.« Alice lächelte. »Und Dinah muss auch bleiben. Ich gewinne Julia allmählich sehr lieb.«

»Dann werden wir auch eigene Kinder haben«, murmelte John, »unseren eigenen Stamm gründen.«

Plötzliche Trauer um Lotty überfiel Alice. Tränen schossen ihr in die Augen. John war sofort zerknirscht.

»Das war dumm von mir. Ich wollte dich nicht traurig machen. Es ist nur so, dass ich nichts lieber täte, als eine Familie mit dir zu gründen, meine süße Alice.«

Sie drehte sich um und küsste ihn auf den Mund. »Das geht mir auch so.«

Aber danach war sie bekümmert, und am Morgen spürte Alice die Last der Realität auf ihrem Herzen. Lotty war für sie verloren, und bald würde sie Vernon gegenübertreten und zu ihm zurückkehren müssen. Dieser flüchtige Blick ins Paradies, den sie mit John erhascht hatte, indem sie spielten, sie wären Mann und Frau, konnte nie mehr als das sein. Oder etwa doch? Sie hatten nicht darüber gesprochen, was die Zukunft für sie bereithalten mochte, wenn es ihnen glückte, lebendig zurück nach Kabul zu gelangen; ihre Situation war trotz Saleh Mohammeds Unterstützung immer noch sehr gefährlich.

Alice spürte, wie neue Entschlossenheit in ihr aufstieg, getrieben von dem Wissen, wie sehr John sie liebte. Sie würde nie wieder mit Vernon zusammenleben. Es war ihr gleichgültig, was für einen Skandal sie damit auslösen würde, dass sie Vernon verließ; Alice würde es einfach tun. Sie würde mit John davonlaufen und nie einen Blick zurückwerfen.

An dem Tag trafen überraschende Neuigkeiten von jenseits des Tals ein. Es hatte einen Aufstand in Kabul gegeben; die Kazilbashi hatten sich gegen Akbar erhoben, und er war zu den Ghilzai in den Bergen unweit von Kandahar geflohen. Pollocks Armee war auf halbem Weg nach Kabul, und Notts Streitmacht war schon fast dort. Die größte Begeisterung aber löste der Bericht aus, dass eine Truppenabteilung den freigekauften britischen Geiseln zu Hilfe geschickt wurde.

Die Aufregung der ehemaligen Gefangenen erreichte einen Siedepunkt. Pottinger und Shelton begannen sofort, Pläne zu schmieden, aufzubrechen und dem Heer entgegenzuziehen.

»Es hat keinen Zweck, länger als nötig hierzubleiben«, sagte Pottinger. »Es könnte immer noch geschehen, dass die Usbeken aus Cholm kommen, um uns wieder gefangen zu nehmen.«

»Aber werden Akbars Anhänger denn nicht zur Gefahr für uns werden, wenn wir das Tal verlassen?«, fragte Alice.

»Ja«, pflichtete Sandy ihr bei, »es könnte eine weitere Falle sein – ein Versuch von Akbar, uns aus unserem sicheren Adlerhorst zu locken.«

»Ach, ich finde, wir sollten mehr Mut unter Beweis stellen«, sagte Florentia voller Ungeduld. »Unsere Männer sind unterwegs, um uns zu retten. Wir sollten aufbrechen und ihnen die Aufgabe leichter machen.«

Florentia und die hochrangigen Offiziere setzten sich durch. Alice konnte ihren Widerwillen nicht verbergen. Ihre paar Tage der Glückseligkeit sollten ein abruptes Ende nehmen. Diese Nacht würde ihre letzte Gelegenheit sein, unter dem Sternenhimmel mit John zu schlafen; morgen würden sie wieder auf dem Marsch sein. Alice konnte es nicht abwarten, mit ihm allein zu sein, damit sie ihre Zukunftspläne besprechen konnten. Sie wusste, dass ihr das helfen würde, Vernon gegenüber nicht klein beizugeben, und das verlieh ihr Zuversicht.

Aber John erschien an diesem Abend nicht beim Essen, und als sie sich mitten in der Nacht auf die Suche nach ihm machte, war unter dem Maulbeerbaum keine Spur von ihm oder seiner Decke zu finden.

»Alice.« Eine Frauenstimme ließ sie zusammenschrecken. Sie wirbelte herum und sah Florentia in eine Decke gehüllt auf dem Hof stehen. »Kannst du nicht schlafen, meine Liebe?«

»Nein«, erwiderte Alice und rückte schuldbewusst von Johns Baum ab.

Die ältere Frau seufzte. »Ich auch nicht. Ich kann es gar nicht abwarten, wieder unterwegs zu sein. Ich hoffe, es ist mein Mann, der uns zu Hilfe eilt. Ich nehme an, dir geht es auch so? Getrennt voneinander zu sein, ist immer schwierig, nicht wahr?«

Alice' Herz pochte dumpf. Sie entschloss sich, ehrlich zu sein. Sie und Florentia hatten gemeinsam so viele gefahrvolle Situationen und Entbehrungen überstanden.

»Ich finde es nicht schwierig«, erwiderte Alice leise. »Es war eine Erleichterung für mich, Vernon nicht bei mir zu haben.«

»Aha«, sagte Florentia. »Es tut mir leid, das zu hören.« Florentia stand da und schaute in den Himmel hoch. Dann wandte sie sich Alice zu und sah sie unverwandt an. »Mir ist bewusst, dass du und Captain Sinclair ein enges Verhältnis entwickelt habt«, bemerkte sie und nickte zu dem Maulbeerbaum hinüber.

Alice errötete. »Ja, das stimmt. John und ich lieben einander schon, seit ich siebzehn war und er kurz vor seinem Antritt in der Militärakademie stand. Wenn mein Bruder uns nicht hintergangen hätte, dann hätten wir schon vor vielen Jahren geheiratet.«

»Oh, meine Liebe, das ist traurig«, sagte Florentia und streckte die Hand aus, um Alice' Arm zu drücken. »Ich werde nichts von dem verraten, was ich zwischen dir und Captain Sinclair in Bamiyan beobachtet habe – und ich habe Mitgefühl mit dir, Alice. Du hast viel durchgemacht, und man kann es dir nicht vorwerfen, wenn du Trost suchst, wo auch immer du ihn finden kannst. Aber wenn wir nach Kabul und zu unseren Männern zurückkehren, wird das anders aussehen. Als Ehefrauen haben wir Verpflichtungen.«

Alice ärgerte sich über die unverblümte Zurechtweisung ihrer Freundin und entzog sich ihr. »Und mein Mann?«, fragte sie voller Abscheu. »Hat der keine Verpflichtungen?«

»Natürlich …«

»Nun, er hat jedenfalls all seine Schwüre mir gegenüber schon längst gebrochen«, zischte Alice. »Er ist ein Ehebrecher und ein Tyrann. Weder liebt er mich, noch erweist er mir Respekt. Er hat mich nur wegen meines Reichtums geheiratet, und mittlerweile hat er einen Großteil davon verschleudert. Ich habe lange genug unter seiner grausamen Knute gelebt und werde nicht zu ihm zurückkehren.«

Florentia starrte Alice mit offenem Mund an. Alice rechnete damit, dass ihre Freundin sie für ihren Ausbruch tadeln würde. Aber dann seufzte Florentia nur müde. »Das wusste ich nicht«, sagte sie. »Natürlich hatte ich Gerüchte über seine Liebschaften in Kabul gehört, und ich kann die Art nicht billigen, wie er manchmal während unserer Gefangenschaft mit dir gesprochen hat – aber das habe ich auf seine Krankheit und auf die große Belastung, unter der er stand, zurückgeführt. Ich wusste nie, wie unglücklich er dich gemacht hat.« Florentia bedachte sie mit einem mitleidigen Blick. »Du musst tun, was du für das Beste hältst. Ich wünsche dir Glück, mein liebes Mädchen.«

»Danke«, sagte Alice und empfand plötzlich wirklich Dankbarkeit. Sie sprachen nichts mehr, während sie auf leisen Sohlen in ihre Zimmer zurückkehrten.

Kapitel 41

Bis zur Morgendämmerung packten die ehemaligen Geiseln ihre spärlichen Habseligkeiten zusammen und machten sich zum Aufbruch bereit. Alice war besorgt, weil es immer noch keine Spur von John gab.

»Vielleicht ist er mit Saleh Mohammed vorausgeritten«, vermutete Sandy, »um sicherzugehen, dass die Route ungefährlich ist. Wir treffen ihn bestimmt später am Tag wieder.«

Es gab den Offizieren Auftrieb, dass der afghanische General beschlossen hatte, ihnen allen Musketen auszuhändigen, damit sie die Gruppe auf der Reise beschützen konnten. Sie würden ihren Kameraden auf Augenhöhe und nicht als Gefangene begegnen.

Alice wurde das Herz schwer, als sie Abschied von dem Hirtenvolk nahmen, das ihnen so großzügig Gastfreundschaft gewährt und sich um sie gekümmert hatte. Das Einzige, was sie aufmunterte, war, dass Colin sich endlich von dem Fieber erholte, das ihn den ganzen Sommer über immer wieder in Schüben heimgesucht hatte. Er war dünn und blass, bestand aber darauf, auf einem Pony zu reiten, um Dinah den Platz in seinem Kamelkorb abzutreten, wo sie Julia halten konnte.

Bald verließ ihre Karawane aus Kamelen und Maultieren auf gewundenen Pfaden das Tal und kehrte zum Kalu-Pass zurück. Mit jedem Schritt ihres Maultiers näherte sich Alice ein Stück weiter Kabul und einer Auseinandersetzung mit Vernon. Sie warf einen Blick zurück auf das Tal von Bamiyan, das golden im Sonnenschein lag, und sorgte sich um John. Wo war er? Warum hatte er ihr nicht gesagt, dass er getrennt von den anderen reisen würde? Sie würde die Zukunft nur ertragen können, wenn sie wusste, dass er an ihrer Seite sein würde. Sie bezweifelte, dass sie sich allein gegen Vernon durchsetzen konnte.

Gegen Mittag machten sie halt und suchten unter riesigen Felsvorsprüngen Schutz vor der heißen Sonne. Naan-Brot und Obst wurden herumgereicht, während Gitas Söhne halfen, Wasser von einem nahen Bach zu holen. Man sagte ihnen, dass sie sich nicht lange aufhalten würden. Ihre afghanische Eskorte wirkte angespannt. Alice hatte den Verdacht, dass die Männer befürchteten, unterwegs Akbars rachsüchtigen Truppen zu begegnen. Doch in der Hitze dösten Alice und die anderen Frauen ein. Plötzlich waren sie wieder hellwach: Die Erde begann unter ihnen zu zittern. Alice sah Emilys erschrockenem Gesicht an, dass ihre Freundin dasselbe befürchtete wie sie. Ein Erdbeben.

Aber bald wurde klar, dass das dumpfe, hämmernde Geräusch kein Erdbeben anzeigte, sondern von Pferdehufen stammte. Die Reiter mussten erst noch in Sicht kommen, aber den Hufschlägen nach zu urteilen, näherten sie sich schnell aus Richtung Bamiyan. Die Frauen kämpften sich hastig auf die Beine und riefen nach ihren Kindern, während die Männer zu ihren Musketen griffen.

»Usbeken?«, rief Pottinger zu dem Wächter hinauf, der über ihnen Ausschau hielt.

»Höchstens ein Dutzend«, rief der Soldat nach unten.

»Damit werden wir fertig«, meinte Shelton kampflustig und lud sein Gewehr.

Sofort befahl Saleh Mohammed seinen Männern, eine Verteidigungsstellung auf den Felsen über ihnen zu beziehen.

»Bildet eine Linie«, wies er sie an, »dann werden sie glauben, dass es noch mehr von uns gibt.«

Die Frauen und Kinder wurden eilig hinter Felsen versteckt. Sie kauerten sich zusammen. Alice hielt Alexander fest, Emily den protestierenden, strampelnden Walter. Mit klopfendem Herzen kniff Alice die Augen zu und betete, dass ihr Leben nicht an dieser kahlen Bergflanke enden würde und man sie wie Schafe abschlachtete.

In der Ferne ertönte ein Schuss in der klaren Luft. Oben wurden Rufe laut. Die afghanischen Soldaten stritten sich mit den britischen Offizieren. Ihre Stimmen klangen verärgert. Emily begann zu weinen.

»Nicht schießen!«, brüllte Pottinger. »Der General hat recht – es sind Hazara.«

»Das ist Karim Beg!«, schrie Sandy.

»Und der verdammte Sinclair!«, rief Shelton. »Was zum Teufel …?«

Alice schob Alexander in die Arme seiner Mutter und eilte unter dem Felsvorsprung hervor. Eine Gruppe von Reitern kam in einer Staubwolke auf sie zu. Sie brauchte einen Moment, um John unter ihnen zu entdecken. Er ritt neben dem Hazara-Häuptling Karim Beg. Erleichterung durchströmte sie. Was hatte ihn aufgehalten?

Saleh Mohammed ging ihnen entgegen, um sie zu begrüßen. Erst als sie näher kamen und langsamer wurden, erkannte Alice, dass John etwas vor sich im Sattel hielt. Ihr stockte der Atem. Sie stürmte vorwärts und ignorierte Sheltons Protest, dass sie zurückbleiben sollte.

Sie sah, dass John sich umschaute, nach ihr suchte. Ihre Blicke trafen sich, und er grinste triumphierend. Er neigte den Kopf und sagte etwas zu dem Kind in seinen Armen – einem Kind mit goldenen Haaren, das sich an der Pferdemähne festhielt.

»Lotty?« Alice schnappte nach Luft. Ihre Beine gaben fast unter ihr nach.

John schwang sich mit dem Mädchen aus dem Sattel. Alice stolperte auf sie zu. »Lotty!«

Das Mädchen sah sie. Sofort riss die Kleine die Augen auf. Sie streckte die Arme nach ihrer Mutter aus.

»Mummy!«

Der Klang der Stimme ihrer Tochter war wie die süßeste Musik, die sie je gehört hatte.

»Mein Liebling!« Alice streckte die Arme aus. Ihr kamen die Tränen.

John trug Lotty zu ihr und legte sie vorsichtig in Alice' Arme. Lotty barg den Kopf am Hals ihrer Mutter. Alice drückte sie eng an sich und konnte es immer noch nicht fassen, dass sie ihre Tochter im Arm hielt. Sie küsste sie innig und streichelte ihr zerzaustes Haar.

Um sie herum begannen Alice' Freunde zu klatschen. Sandy brachte drei Hurrarufe auf sie aus.

»Hipp, hipp, hurra!«

Alice lachte und weinte zugleich. Lotty schien plötzlich überwältigt von all der Aufmerksamkeit zu sein und versteckte das Gesicht an der Schulter ihrer Mutter. Alice fing Johns Blick auf.

»Wie hast du …?«

»Saleh Mohammed hatte ein Gerücht gehört«, sagte John. »Karim Beg hat Männer geschickt, um das Dorf auszukundschaften, in dem sie festgehalten wurde. Gestern Nacht sind wir hingeritten, um sie zu holen. Ich wollte dir keine Hoffnungen machen, nur für den Fall, dass es sich doch nicht um Lotty gehandelt hätte.«

Alice wusste, dass es nicht so einfach gewesen sein konnte, wie es aus seinem Mund klang. Diese Männer hatten ihr Leben riskiert, um ihre Tochter zu retten.

»Ich kann dir niemals genug danken«, sagte Alice unter Tränen. »Und Ihnen allen.« Sie sah sich in der Runde um und lächelte den afghanischen General und den Hazara-Häuptling an.

Plötzlich erschien Alexander an Alice' Seite. Er zupfte an ihrem Arm.

»Hallo, Lotty«, sagte er und grinste seine einstige Spielgefährtin an.

Beim Klang seiner Stimme hob das Mädchen den Kopf von Alice' Schulter und sah zu ihm hinunter. Lotty starrte Alexander verwirrt an.

»Das ist Alexander«, sagte Alice. »Du erinnerst dich doch an ihn, nicht wahr?«

Urplötzlich lächelte Lotty, ihr Lächeln mit den Grübchen, von dem Alice geglaubt hatte, sie würde es nie wieder sehen. Die Rührung schnürte Alice die Kehle zu.

»Zander«, sagte Lotty.

Alice küsste sie entzückt. »Ja, Zander!«

Die Kinder kicherten einander an. Die Freude ließ Alice leicht ums Herz werden. Das Wunder, um das sie die letzten neun Monate lang gebetet hatte, war endlich geschehen.

* * *

Die Hazara brachten auch die erschreckende Nachricht, dass Dutzende von Reitern aus Cholm die Verfolgung der flüchtenden Briten aufgenommen hatten. Sie brachen sofort wieder auf. Lotty saß vor Alice im Sattel. Sie konnte jetzt nachvollziehen, wie es Emily seit Alexanders Rückkehr erging; sie wollte Lotty keine Sekunde lang aus den Augen lassen.

Das Mädchen wirkte bemerkenswert unberührt von dem, was es durchgemacht hatte. Alice schauderte bei dem Gedanken, was alles geschehen sein mochte. Wahrscheinlich würde sie es nie erfahren. Aber Lotty schien zufrieden damit zu sein, im Sattel zu sitzen und sich umzuschauen. Sie zeigte mit dem Finger auf alles, was ihr Interesse erweckte, und plapperte in einer Mischung aus Englisch und Worten, die Alice nicht verstand. Vielleicht hatte es unter ihren Entführern einige gegeben, die freundlich zu ihr gewesen waren. Alice betete, dass das der Fall gewesen war. Sie schwor sich stumm, dass nichts sie je wieder von ihrer innig geliebten Tochter trennen würde. Sie würde den Rest ihres Lebens damit verbringen, Lotty gegenüber alles wiedergutzumachen und sie wissen zu lassen, wie sehr sie sie liebte.

Die bewaffnete Karawane zog bis nach Einbruch der Dunkelheit weiter. Wenn es ihnen gelang, den Kalu-Pass zu überqueren, war es unwahrscheinlicher, dass die Usbeken sie weiter verfolgen würden. Dann würde die Gefahr von Stammeskriegern ausgehen, die loyal zu Akbar standen.

Sie kampierten im Freien unmittelbar unterhalb des Passes, machten sich nicht die Mühe, Zelte zu errichten, sondern legten sich einfach auf den steinigen Boden, falls sie schnell fliehen mussten. Die Nachtluft war kalt, und Alice wickelte sich und Lotty in dieselbe Decke. Trotz der Nervosität, die sich der Reisenden bemächtigt hatte, schwelgte Alice darin, die Wärme ihrer Tochter, ihren Herzschlag und den Duft ihrer weichen Haut wahrzunehmen. Lottys Haare rochen nach Rauch und Heu.

Im Mondschein beobachtete Alice, wie John auf dem Boden saß und sich eine Wasserpfeife mit dem afghanischen

Wächter teilte. Mit seinem Bart und seiner einheimischen Kleidung hätte man ihn selbst für einen Afghanen halten können. Die meisten britischen Offiziere waren dazu übergegangen, lockere afghanische Kleidung zu tragen, und hatten sich Bart und Haare wachsen lassen. Alice fragte sich amüsiert, was ihre Offizierskameraden der ihnen zu Hilfe kommenden Truppenabteilung von ihrem Aussehen halten würden. Sie betrachtete Johns breite Schultern und sein markantes Profil. Ihr Herz floss vor Dankbarkeit über. Sie hatte alles, was sie wollte, hier draußen auf dieser windigen, afghanischen Bergflanke: ihre geliebte Tochter und ihre große Liebe. Sehnsucht nach John regte sich in ihr und hielt sie wach. Bald würden sie – so Gott wollte – ihr neues gemeinsames Leben beginnen können.

* * *

Im ersten Licht der Morgendämmerung erschien ein Bote. Er brachte Nachrichten aus dem britischen Lager. Hilfe war nur einen Tagesmarsch entfernt. Sir Campbell Shakespear, General Pollocks militärischer Berater, war mit sechshundert Kazilbashi-Reitern unterwegs, um sie zu beschützen.

Das ganze Lager wurde geweckt. Wenn sie den Pass überqueren und zum nächsten Fort, das achtzehn Kilometer entfernt war, gelangen konnten, würden sie nicht mehr in so großer Gefahr sein, angegriffen zu werden. Sultan Jans Truppen, die sich im Hindukusch neu formierten, planten einen Vergeltungsakt.

Sie brachen das Lager ab und zogen in großer Eile weiter. Der Kalu-Pass in über viertausend Metern Höhe ließ sie nach Luft ringen und verlangte ihnen in der Morgensonne große Anstrengungen ab, aber sie beschlossen, keine Pause zu machen oder gar zum Essen zu rasten, bis sie hinunter zum Fort gelangt waren. Am Nachmittag, als sie erschöpft im Schatten der Mauern des Forts saßen, waren sie überglücklich, als sie Campbell Shakespear sahen, der mit einer Truppe afghanischer Reiter eintraf.

John und Pottinger ritten ihnen entgegen, um sie zu empfangen – John begrüßte seine Freunde von den Kazilbashi –, und die beiden kehrten mit Campbell Shakespear ins Fort zurück. Der Neuankömmling war bald von aufgeregten Frauen und Offizieren umgeben, die alle Neuigkeiten von ihm hören wollten.

Pollocks Armee, die sich den Khurd-Kabul-Pass hinaufgekämpft hatte, hatte Akbars Ghilzai-Streitmacht besiegt und Kabul vor drei Tagen erreicht. Die britische Flagge wehte über dem Bala Hissar. General Nott war schon mehrere Tage zuvor in die Ebene von Kabul gelangt.

»Warum hat er dann keine Truppen geschickt, um uns zu befreien?«, fragte Pottinger.

Pollocks Berater sah verlegen drein. »Er hat sich entschieden, das Leben seiner Männer nicht aufs Spiel zu setzen.«

»Das Leben seiner Männer nicht aufs Spiel zu setzen?«, rief Florentia empört. »Also überlässt er es Afghanen, uns zu retten? Was ist er denn nur für ein Kommandant?«

»Einige seiner Offiziere haben protestiert, dass sie gern ausgeschickt werden wollten, aber er hat das entschieden abgelehnt. Deshalb habe ich mich freiwillig gemeldet, sofort zu kommen«, sagte Shakespear, »und General Pollock war einverstanden. Ich habe ihn gebeten, so bald wie möglich eine Brigade zu schicken, um uns auf dem Weg durch Kohistan zu beschützen und die Pässe auf dem Rückweg nach Kabul zu halten. Bis dahin kann ich Ihnen einige meiner Pferde leihen, damit Sie schneller vorankommen.«

* * *

In den folgenden Tagen reisten die ehemaligen Gefangenen und ihre afghanische Eskorte rasch weiter durch die Berge, biwakierten bei Nacht und verließen sich, was ihre Versorgung betraf, auf die Großzügigkeit der einheimischen Kazilbashi. Als sie wieder in Istalif eintrafen, gab Aziz abermals ein Festmahl für sie. Als er hörte, dass Alice' Tochter gefunden worden und mit ihrer Mutter wiedervereint worden war, ließ Aziz Süßigkeiten für alle Kinder und einen besonderen Kuchen für Lotty auftragen. Das Mädchen schien über all die Aufmerksamkeit etwas verwirrt zu sein, aß den Kuchen aber mit Genuss. Alice war dankbar zu sehen, dass der Appetit und die Gesundheit ihrer Tochter während ihrer Gefangenschaft nicht gelitten hatten, wenn man von den Läusen in ihrem Haar absah.

Zwei Tage später hatte der Konvoi der ehemaligen Gefangenen die Berge verlassen und überquerte die Ebene. In der Mittagshitze kam die Vorhut aus Offizieren, die als Kundschafter vorausgeritten waren, mit Neuigkeiten zurück. Eine Staubwolke am Horizont entpuppte sich als Kolonne britischer Soldaten, die auf sie zuzog.

Binnen einer Stunde waren sie von jubelnden Männern des 13th Regiment of Foot umgeben, das von Sir Robert Sale befehligt wurde.

Dinah fiel ihrem Vater als Erste um den Hals und weinte vor Erleichterung. Dann umarmte der hartgesottene Kommandant seine Frau und wurde seiner neugeborenen Enkelin vorgestellt.

Alice konnte nicht verhindern, dass ihr Tränen der Rührung über die Wangen liefen, als sie das Wiedersehen von Florentia und ihrem Mann beobachtete. Sein Entzücken darüber, seine Familie wohlauf wiederzufinden, war unverkennbar. Wie sehr hatten sie nach diesen schrecklichen Monaten der Trennung und Gefahr ihr Glück verdient!

In Sales Lager wurden sie von königlichen Salutschüssen begrüßt, die von den Kanonen eines Zugs Gebirgsartillerie abgefeuert wurden. Alle Offiziere eilten heraus, um die Befreiten willkommen zu heißen und ihnen zu gratulieren. In der Nacht biwakierten sie unter den Bäumen. Alice hörte, wie einige der Offiziere über sie sprachen; sie fragten sich, warum ihr Mann nicht gekommen war, um sie wiederzusehen. Sie fühlte sich gedemütigt, weil die Offiziere sie bemitleideten, aber sie war sehr erleichtert, dass Vernon nicht hier war. Nach allem, was sie gehört hatte, hatte er sich sehr plötzlich von seiner Krankheit erholt und war nun Notts Lager zugeordnet, seit er aus dem Fort in Noor befreit worden war. Bei dem Gedanken, ihm wieder gegenübertreten zu müssen, empfand sie wachsende Panik.

John erschien am Rande der aufgespannten Zeltplane und bedeutete ihr mit einer Kopfbewegung, zu ihm zu kommen. Alice hüllte Lotty zum Schlafen in ihre Decke und bat Emily, das Mädchen für ein paar Minuten im Auge zu behalten. Im Dunkeln folgte sie John hinter einen Baum.

»Was tun wir als Nächstes?«, fragte Alice ihn.

»Ich soll mich bei Pollock melden, wenn wir morgen im Hauptlager eintreffen«, sagte John.

»Warum so bald?«, fragte Alice erschrocken.

»Sale sagt, dass Pollock sich Sorgen macht, dass es in Kabul Ärger geben könnte – er glaubt, dass Nott zu Racheakten und Plünderungen ermuntert«, erklärte John ihr. »Einige von Notts eigenen Offizieren beschweren sich, dass er Dörfer in Brand steckt und bei Übergriffen auf die einheimischen Frauen ein Auge zudrückt.«

Alice seufzte gereizt. »Hat es denn nicht schon genug Barbarei gegeben? Sollten wir nicht mit gutem Beispiel vorangehen?«

»Das meint Pollock auch«, erwiderte John. »Er will eine Reaktion, die den begangenen Taten angemessen ist. Er will den Char Chouk, an dem Macnaghtens Leichnam aufgehängt wurde, abreißen lassen. Aber er möchte nicht, dass jeder gemeine

Soldat Amok laufen darf. Er wird mich in Kabul haben wollen, damit ich dafür sorge, dass unseren Kazilbashi-Verbündeten nichts geschieht. Und ich möchte mich vergewissern, ob Rajban und seine Familie in Sicherheit sind. Ich habe sie in der Obhut von Khan Schirin Khan zurückgelassen.«

Alice versuchte, ihre Furcht zu unterdrücken. »Ich hatte gehofft, du könntest bei mir bleiben, um mit mir gemeinsam Vernon gegenüberzutreten.«

»Ich auch«, sagte John und runzelte besorgt die Stirn. »Bleib bei den Aytons, bis ich wieder bei dir sein kann. Nach allem, was ich in Erfahrung bringen konnte, ist Buckley in Notts Lager, seit die Gefangenen in Noor letzte Woche befreit worden sind. Achte darauf, vorerst in Pollocks Lager zu bleiben.« Er umfasste ihre Hände und versuchte, ihr Mut einzuflößen. »Wir *werden* zusammen sein«, versprach John. »Du, ich und Lotty. Das willst du doch immer noch, nicht wahr?«

»Natürlich«, antwortete Alice. »Mehr als alles andere.«

Er zog sie schnell an sich und küsste sie kräftig auf die Lippen.

»Dieser Albtraum wird bald vorbei sein«, sagte er, »und dann können wir unser gemeinsames Leben beginnen – ganz so, wie wir es vor langer Zeit hätten tun sollen.«

Alice konnte es kaum ertragen, ihn loszulassen. Widerwillig tat sie es doch. Sie tauschten ein liebevolles Lächeln. Dann eilte sie zu Lotty zurück.

* * *

Am folgenden Tag marschierten sie an einem seltsam stillen Kabul vorbei. Es war kein Lärm von Handel oder dem üblichen geschäftigen Treiben zu hören, sondern es herrschte eine lastende, Unheil verkündende Stille, als würde die Stadt den Atem anhalten.

Ganz im Gegensatz dazu verlief der Empfang der befreiten Gefangenen in Pollocks Lager an den Hängen der Siah-Sang-Hügel gegenüber von Kabul. Sie wurden von einem Salut aus einundzwanzig Kanonen begrüßt und gefeiert wie Helden und Heldinnen, die von den Toten auferstanden waren.

Alice und Lotty teilten sich ein Zelt mit den Aytons. Umgeben von einer großen Zahl wohlbewaffneter Soldaten mit reichlich Proviant schlief Alice an dem Abend mit dem Gefühl ein, dass ihre Tochter sicherer war als zu irgendeinem Zeitpunkt während ihrer gefahrvollen Reise. Aber am nächsten Tag konnte sie keine Spur von John entdecken, und Sandy bestätigte ihre Befürchtungen, dass man ihn nach Kabul geschickt hatte, um dem angeschlagenen Emir Fath Dschang zu helfen, gegen die letzten von Akbars Anhängern zu kämpfen und die Ordnung aufrechtzuerhalten.

Abrupt und ohne Vorwarnung erschien Vernon fünf Tage später im Lager. Alice und Emily ruhten sich von der Mittagshitze aus, als er in ihr Zelt marschiert kam. Emily rappelte sich auf, begrüßte ihn nervös und ließ sie schnell allein. Alice bekam kaum Luft, so heftig hämmerte ihr Herz; allein schon Vernons Anblick sorgte dafür, dass sich ihr der Brustkorb vor Angst zuschnürte. Er wirkte viel gesünder als damals, als sie ihn zuletzt gesehen hatte – sein Gesicht war voller, und er stolzierte wieder selbstgefällig herum. Sie konnte sich vorstellen, dass er es genoss, wieder Soldat zu sein, und fragte sich, ob er sich einer der Racheorgien hingegeben hatte, die Notts Männer angeblich veranstalteten.

»Meine Liebe, du siehst schrecklich aus«, stellte er mit einem erschrockenen Stirnrunzeln fest und machte keine Anstalten, sie zu berühren. »Dein Teint ist völlig ruiniert, und ich erkenne dich in diesen exotischen Kleidern kaum wieder. Ich dachte ja fast, ich wäre in irgendeinen Eingeborenenunterschlupf geraten.«

»Etwas anderes haben wir nicht anzuziehen«, brachte Alice heiser hervor. Ihr Mund war trocken. Wie typisch für Vernon, eine verächtliche Bemerkung zu machen, statt seine unbeschadet zurückgekehrte Frau willkommen zu heißen. Aber sein offenkundiger Mangel an Sympathie für sie ließ sie hoffen; wenn er so wenig von ihr hielt, würde er sie kampflos gehen lassen.

»Nun, das müssen wir ändern«, fuhr Vernon fort. »Ich werde einem der *durzis* in Notts Lager befehlen, dir etwas Angemessenes zu schneidern, sobald du dich dort eingerichtet hast.«

»In Notts Lager?«

»Natürlich«, sagte Vernon. »Wir können doch nicht von den Aytons erwarten, dich weiterhin zu beherbergen – es muss hier sehr beengt sein.«

»Ich würde lieber hierbleiben, wenn es Emily und Sandy nichts ausmacht …«

»Aber es macht mir etwas aus.« Sein Blick war schneidend. »Es erweckt den Eindruck, als wäre ich nicht in der Lage, mich um meine Familie zu kümmern. Wo ist überhaupt meine Tochter?«

»Sie schläft«, sagte Alice und ging zu Lotty hinüber, die auf einer Matratze neben Alice' lag, um sie zu beschützen.

Vernon starrte auf das Mädchen hinab. Lotty hatte rote Wangen, und ihre feuchten blonden Locken klebten an ihren Schläfen. Sie hatte im Schlaf den Mund leicht geöffnet. Alice fragte sich, ob Vernon das gleiche besitzergreifende Gefühl wie sie selbst empfand.

Plötzlich schlug Lotty die Lider auf und machte große Augen, als sie den Mann sah, der sich über sie beugte. Alice streckte die Arme aus, weil sie befürchtete, dass das Mädchen schreien würde. Aber Vernon war schneller. Er nahm das Kind auf die Arme und drückte ihm einen Kuss auf die Stirn.

»Meine liebe Charlotte!« Seine Stimme klang rau. »Wie dein Papa dich doch vermisst hat!«

»Papa?«, wiederholte Lotty verwirrt.

»Ja, meine kleine Prinzessin. Papa ist gekommen, um dich zu beschützen. Deine ungezogene Mutter hat zugelassen, dass die bösen Männer dich mitgenommen haben, aber das wird nie wieder passieren, ja? Papa wird sehr gut auf dich aufpassen.«

»Vernon, sag so etwas nicht«, protestierte Alice.

Er warf ihr einen abfälligen Blick zu. »Aber es stimmt doch, oder? Du warst nicht in der Lage zu verhindern, dass unsere geliebte Tochter entführt wurde.«

Alice war zutiefst verletzt. »Wenn du sie so sehr liebst, warum hast du dann keinen Versuch unternommen, nach ihr zu suchen und sie zu retten? Das hast du anderen überlassen.«

Sein Blick wurde eisig. »Oh, ich habe gehört, dass Sinclair behauptet, es sei sein Verdienst, Charlotte gerettet zu haben – seines und das seiner heidnischen Freunde.«

»Er hat sein Leben für Lotty riskiert«, zischte Alice. Ihr Zorn flammte auf.

»Und ich frage mich, warum?«, blaffte Vernon. »Zweifelsohne hast du ihn großzügig mit deiner Gunst entlohnt.«

Alice zuckte zusammen.

»Habe ich es mir doch gedacht«, sagte Vernon hämisch »Aber ich lasse nicht zu, dass du vor meiner Nase im britischen Lager mit diesem Mann herumhurst. Du wirst dich von ihm fernhalten.«

Alice raffte all ihren Mut zusammen. »John und ich lieben einander – das haben wir immer getan. Ich habe vor, dich zu verlassen, wenn dieser Albtraum vorbei ist und wir wieder in Indien sind.«

Sie hatte den Eindruck, einen Hauch von Überraschung über sein Gesicht huschen zu sehen, aber der wich bald seinem gewohnten boshaften Lächeln.

»Wohl kaum«, entgegnete er.

»Ich will, dass wir getrennte Leben führen«, sagte Alice entschlossen. »Du liebst mich nicht, Vernon, und ich glaube nicht, dass du es je getan hast. Du behandelst mich jedenfalls nicht mit der Freundlichkeit und dem Respekt, die man von einem Ehemann erwarten kann. Ich weiß jetzt, dass du mich nur meines Geldes wegen geheiratet hast.«

Er lachte freudlos auf. »Was für eine erbärmliche Romantikerin du doch bist, Alice. Die Ehe hat nichts mit Liebe zu tun. Sie ist immer nur ein Vertrag, bei dem es um Reichtum geht und darum, die nächste Generation zu zeugen.«

»Dann wirst du dir beides anderswo suchen müssen. Du hast schon einen Großteil meines Vermögens ausgegeben – und ich lasse mich nicht wieder in dein Bett zwingen.«

»An deiner Stelle wäre ich vorsichtig, solche Drohungen auszustoßen«, sagte er in stahlhartem Ton, »es sei denn, du willst Charlotte für immer verlieren.«

Ein eiskalter Schrecken durchfuhr Alice. »Was meinst du damit?«

Vernon drückte das Mädchen enger an sich und sah Alice mit hasserfülltem Blick an. »Wenn du mit Sinclair davonläufst, verwirkst du dein Recht auf sie als Mutter.«

»Sag das nicht.« Alice wurde schwindlig vor Angst. »Lotty braucht mich.«

»Was Charlotte braucht, ist mein Schutz«, sagte er. »Du hast dich als unfähig erwiesen, sie zu beschützen. Erst riskierst du ihr Leben, indem du sie an diesen gottverlassenen Ort bringst, und dann lässt du auch noch zu, dass barbarische Stammeskrieger sie rauben.«

»Du weißt, dass ich das nicht hätte verhindern können!«, schrie Alice.

»Meine Tochter wird nie wieder in solch eine Gefahr gebracht werden. Sie ist eine Buckley, und von nun an wird sie auch so behandelt werden. Sie wird nicht länger angezogen wie ein eingeborenes Straßengör herumlaufen und deiner lockeren Moral ausgesetzt sein. Also glaub nicht einmal einen Augenblick lang, dass ich dir gestatten würde, sie mir zu nehmen und Sinclair in meine Fußstapfen als ihr Vater treten zu lassen.«

»Du hast nie auch nur das geringste Interesse an Lotty gezeigt«, warf Alice ihm vor. »Du hast sie zurückgewiesen, weil sie ein Mädchen ist, und sehr deutlich gemacht, dass du nichts mit ihr zu tun haben wolltest. Jetzt geht es dir nur darum, mich für meine Liebe zu John zu bestrafen, nicht wahr? Aber wenn du Lotty ihre Mutter vorenthältst, ist sie diejenige, die leiden wird.«

»Es ist deine Entscheidung, Alice. Wenn du Charlotte so sehr liebst, wie du sagst, dann wirst du bei ihr bleiben – und bei mir. Denn eines schwöre ich dir: Wenn du mich verlässt, wirst du sie nie wieder zu Gesicht bekommen.«

Alice trat auf Lotty zu und streckte die Arme aus. Sie sah, dass das Kinn des Mädchens zitterte. Lotty war verwirrt über ihren Streit und litt darunter.

»Bitte, Vernon, gib sie mir.«

Aber er hielt das Kind weiter fest. Lotty begann zu wimmern. »Erst musst du mir versprechen, mitzukommen und kein Theater zu machen«, forderte er.

Alice war entsetzt über seine Drohungen; sie wusste, dass er es ernst meinte. In dem Moment wurde ihr klar, dass Vernon alles tun würde, um zu verhindern, dass sie und John zusammenfanden, nur um sie beide leiden zu lassen, und er wusste, dass der einzige Weg, sie zum Mitspielen zu zwingen, darin bestand, ihr ein Leben mit ihrer heiß geliebten Tochter zu versagen. Selbst wenn John hier gewesen wäre, um sie zu verteidigen, hätte er nichts unternehmen können, um Lotty zu schützen. Das Mädchen gehörte Vernon und den Buckleys.

Wenn Alice ihren Mann verließ, dann hatte sie vor dem Gesetz nicht das Recht, Lotty mitzunehmen, das war ihr klar. Was für ein törichter Wunschtraum war es doch gewesen, darauf zu hoffen, dass Vernon das Mädchen so wenig am Herzen lag, dass er froh sein würde, Alice und seine Tochter beide von hinten zu sehen. Hier ging es um den Buckley-Stolz – und um Rache an John.

Nach dem Trauma von Lottys Entführung konnte Alice noch nicht einmal den Gedanken ertragen, je wieder von ihrer Tochter getrennt zu werden; ihr Leben würde ohne Lotty nicht mehr lebenswert sein. Die Wahrheit traf sie wie ein Schlag in die Magengrube. Sie würde *alles* tun, um ihr Kind zu behalten – sogar bei Vernon bleiben –, und ihr abscheulicher Mann wusste, dass das ihre einzige Schwäche war.

Alice schluckte ihren Ekel hinunter. »Ich verspreche dir, mit dir in Notts Lager zu kommen«, stieß sie hervor. »Jetzt gib sie mir.«

»Geh vor mir hinaus und verabschiede dich von deinen Freunden«, befahl Vernon, »dann kannst du sie haben.«

Alice' Augen brannten vor Tränen des Zorns und der Demütigung, als sie sich umdrehte und tat, was ihr befohlen wurde.

Emily versuchte, gegen Alice' Weggang zu protestierten. »Wäre es nicht besser, die Kinder zusammenzulassen? Alexander und Lotty sind so gute Freunde.«

»Es ist ja nicht für lange«, behauptete Vernon mit einem beruhigenden Lächeln. »Aber du verstehst doch sicher, dass ich nach der langen Zeit der Trennung meine Tochter bei mir haben möchte.«

»Aber, Alice …?« Emily sah sie besorgt an.

»Meine Frau ist vollkommen einer Meinung mit mir«, fiel Vernon ihr ins Wort. »Nicht wahr, meine Liebe?« Er warf Alice einen warnenden Blick zu.

Alice schluckte Widerworte hinunter. Alles, was sie wollte, war, Lotty wieder sicher in den Armen zu halten.

»Ja«, sagte Alice. Sie versuchte, Emily durch ihren Gesichtsausdruck mitzuteilen, dass sie nur unter Zwang ging, aber ihre Freundin sah bloß ratlos drein.

Alice bat Gita, ihre wenigen Habseligkeiten einzusammeln. Dann folgte sie Vernon aus dem Lager.

Kapitel 42

General Notts Lager, außerhalb von Kabul, Oktober 1842

Von ihren Freunden abgeschnitten und jeder Möglichkeit beraubt, eine Nachricht an John zu senden, beugte Alice sich Vernons Wünschen. Ihr und Lotty wurden neue Unterröcke, Kleider und Schuhe nach Maß angefertigt. Alice fand die Gewänder im Vergleich zu der lockeren afghanischen Kleidung einengend, und die Schuhe drückten. Sie war dankbar, dass die schlimmste Sommerhitze vorbei war. Ihre einzige trotzige Geste bestand darin, Johns spanische Münze stets bei sich zu tragen und oft als Talisman der Hoffnung zu berühren.

Es war Anfang Oktober, und zu ihrer Erleichterung war Vernon oft auf Vorstößen mit seiner neuen Kavallerieeinheit unterwegs, auf denen der letzte Widerstand von Akbars Streitkräften gebrochen wurde. Die kurzen, brutalen Vergeltungsmaßnahmen trieben Akbars Unterstützer schnell in den Rückzug.

Vernon kehrte mit Kriegsbeute zurück – Schmuck und Seidenstoffe. Er erwartete von Alice, dafür dankbar zu sein. Alice weigerte sich, die Sachen auch nur zu berühren, weil sie wusste, dass sie von den Ehefrauen und anderen Verwandten ausgeplünderter Häuptlinge stammen mussten. Sie steckte Gita eine Halskette zu – Alice hatte darauf bestanden, dass Lottys *ayah* und ihre Söhne mit ihr Pollocks Lager verließen – und sagte ihrer treuen Dienerin, dass sie den Schmuck behalten und verkaufen sollte, falls sie je in Not geriet.

»Dieser mordlüsterne Ghilzai-Wilde, Abdullah, ist tot«, erzählte Vernon Alice schadenfroh. »Es heißt, seine Frau führe jetzt den Widerstand weiter. Als ob wir Briten uns von irgendeinem verschleierten jungen Frauenzimmer einschüchtern ließen!«

Alice wusste, dass Vernon sich über den Tod dieses Häuptlings ganz besonders freute, weil Abdullah der Bruder von Vernons ermordeter Geliebter Raiza gewesen war. Vielleicht hatte ihr Mann befürchtet, dass Abdullah erscheinen würde, um Rache dafür zu nehmen, dass Vernon seine Schwester verführt und ihren Stamm entehrt hatte. Jetzt, nachdem der kriegerische Häuptling erschlagen worden war, konnte Vernon ruhiger schlafen.

Alice hatte den Verdacht, dass Vernon die Frauen, die er beraubte, auch vergewaltigte. Der Gedanke daran widerte sie bis ins Mark an, aber anders als sie befürchtet hatte, hatte er sie noch nicht in sein Bett befohlen. Er ließ zu, dass sie bei Lotty schlief, und zeigte kein sexuelles Interesse an ihr. Alice fragte sich, ob der Gedanke, dass sie und John ein Liebespaar waren, Vernon so sehr anekelte wie seine ständige Untreue sie ihrerseits. Sie betete nur, dass sein Abscheu ihr gegenüber anhalten würde.

»Alles, was jetzt noch geschehen muss«, sagte Vernon, »ist, Kabul in Schutt und Asche zu legen. Dann können wir alle hocherhobenen Hauptes nach Hause zurückkehren.«

»Aber Pollock will nicht, dass das passiert«, wandte Alice ein.

Er warf ihr einen verächtlichen Blick zu. »Woher willst du das wissen?«

Alice wandte die Augen ab. Sie musste lernen, nicht auszusprechen, was ihr in den Sinn kam. Sie würde auf Zeit spielen und Vernon gestatten zu glauben, dass sie sich von ihm einschüchtern ließ. Wenn sie erst fort aus Afghanistan waren, würde sie sich etwas einfallen lassen, um ihre und Lottys Situation zu verbessern.

»Auf alle Fälle geht es dich nichts an«, sagte Vernon und winkte verächtlich ab. »Morgen werden wir den Großen Basar sprengen, und dann werden wir etwas Spaß haben.«

Alice' Inneres verkrampfte sich. Soweit sie wusste, war John noch in Kabul und versuchte, den Frieden zu erhalten und zu verhindern, dass seine Kazilbashi-Freunde von feindlichen Häuptlingen oder von übereifrigen britischen Soldaten angegriffen wurden. Es ging das Gerücht, dass Fath Dschangs Bruder Schapur mit britischer Unterstützung auf den Thron gesetzt werden sollte, weil der junge Prinz in Kabul mehr Anhänger hatte als sein älterer Bruder.

Am folgenden Nachmittag hörte Alice die Explosion. Sie durfte das Zelt verlassen, um sich die Zerstörung des berühmtesten Basars der Stadt anzusehen. Als eine schwarze Rauchsäule spiralförmig in den herbstlichen blauen Himmel aufstieg und sich dann wie eine Gewitterwolke über die Zitadelle herabsenkte, dachte sie zurück an ihren Besuch dort mit den Aytons und dem freundlichen Lieutenant Jamieson. Wie lange schien das alles jetzt doch her zu sein! Seitdem hatte es so viel Zerstörung und Leid gegeben.

Vernon verließ mit einem Trupp Reiter das Lager, um an dem Spektakel teilzunehmen. Alice dachte verzweifelt daran, dass ihre Zukunft mit John jetzt mehr denn je außer Reichweite für sie lag.

Am nächsten Tag wurde unverhofft der Befehl gegeben, dass die Briten sich aus Afghanistan zurückziehen sollten. Notts Truppen sollten zur selben Zeit wie die Pollocks abmarschieren. Alice hörte die missmutigen Bemerkungen einiger Soldaten; man vertraute ihnen nicht genug, um sie auch nur einen Moment länger zurückzulassen, nachdem die Hauptarmee ihre Zelte abgebrochen hatte. Die Geschichten über Plünderungen und Brandschatzungen durch Truppen unter Notts Kommando hatten sich mittlerweile überall herumgesprochen.

Alice staunte darüber, wie schnell das Lager abgebrochen wurde und der Gepäcktross beladen war. Von dem Chaos und der Angst, die ihren Rückzug im letzten Winter geprägt hatten, war nichts zu spüren. Aber sie beobachtete entsetzt, wie die Zivilisten, die sich der Armee angeschlossen hatten, darunter viele Flüchtlinge aus dem brennenden Kabul, aus dem Lager vertrieben wurden.

»Was wird aus diesen Leuten?«, fragte Alice bedrückt.

»Man kann nicht von uns erwarten, sie mitzunehmen«, erwiderte Vernon. »Denk doch daran, was beim letzten Mal passiert ist – die verdammten Eingeborenen haben unser aller Leben in Gefahr gebracht.«

»Aber was wird nun aus ihnen?«, fragte Alice.

Vernon zuckte die Schultern und entfernte sich, um weitere Befehle zu erteilen.

Zwei Tage später wurden Alice und Lotty in einen Kamelkorb in einem schwer bewachten Teil des Trosses gesetzt, als der Marsch begann. Pollocks Lager und damit auch ihre Freunde waren als Vorhut viel weiter vorn im Zug.

Als sie an Kabul vorbeizogen, konnten sie das Donnern von Kanonen aus dem Bala Hissar hören, die Salut für den neu eingesetzten Emir schossen. Alice reckte den Hals, um etwas zu sehen. Tat John noch Dienst in der Stadt, oder war er mit Pollocks Männern abgezogen? Vielleicht würden sie Gelegenheit haben, sich auf dem Marsch nach Dschalalabad miteinander zu treffen. Aber zu welchem Zweck?

Alice hatte Angst vor dem Moment, in dem John und Vernon sich von Angesicht zu Angesicht gegenüberstehen würden. Sie befürchtete, dass John etwas Törichtes tun könnte, falls Vernon ihn provozierte. Sie hing mörderischen Racheträumen nach, in denen ihr Ehemann in einem Duell starb, aber das würde ihr das Herz nur noch mehr brechen. Sie würde nicht zulassen, dass John ihretwegen am Galgen endete, ganz gleich, wie sehr sie sich danach sehnte, von Vernon erlöst zu sein.

Nachts weinte Lotty viel und nässte sich ein. Alice wusste, dass die Erinnerungen an die Schrecken des letzten Jahres und ihre Entführung im kindlichen Verstand ihrer Tochter desto stärker geweckt wurden, je weiter sie durch die Hochgebirgspässe vorankamen. Sogar die Haufen ausgeblichener Knochen von Elphinstones niedergemetzelter Armee waren neben den staubigen Pfaden noch zu sehen. Alice würgte bei dem Anblick.

Es kam zu ein paar nächtlichen Scharmützeln beim Tross, der die Nachhut bildete, aber es gab keinen organisierten Widerstand. Die Armee marschierte schnell, und wenn Tiere lahm wurden, erschoss man sie und steckte die Last, die sie trugen, in Brand, um dem Feind keine Beute zu hinterlassen.

Als sie Dschalalabad erreichten, war Pollocks Armee schon vor ihnen Richtung Khaiberpass und Peschawar weitergezogen. Alice' Hoffnung auf ein Wiedersehen mit den Aytons und den Sales zerschlug sich. Sie machten so lange halt, dass die Briten auf dem Rückzug die Verteidigungsanlagen ihrer einstigen Garnison zerstören konnten. Dann, als der November anbrach, folgten sie eilig der Vorhut.

Die einheimischen Stämme setzten ihnen stärker zu, als die Armee über den öden Pass zog, aber wieder fanden die Angriffe nur nachts statt, und ihr einziger Zweck schien darin zu bestehen, Vieh aus dem Tross zu rauben, da nie Kanonen gestohlen wurden. Der gnadenlose, organisierte Widerstand gegen die Briten, den die verbündeten Stämme vor weniger als einem Jahr geleistet hatten, war in sich zusammengebrochen.

Vielleicht waren sie einfach froh, die Briten abziehen zu sehen, dachte Alice. Ihre Nerven waren immer noch bis zum Zerreißen gespannt, als sie endlich Afghanistan verließen und Peschawar in Sicht kam. Sie hatte erwartet, angesichts ihres lang ersehnten Entkommens Euphorie zu empfinden – aber sie fühlte sich alles andere als frei.

Die Bürde, an Vernon gefesselt zu sein, lastete schwer auf ihrer Seele. Hatte sie noch die Willenskraft, sich gegen ihn zu wehren? Sie spürte, wie die Energie, aufzubegehren, mehr und mehr verpuffte, während sie, durchgerüttelt und unter den Angriffen von Plünderern, das wilde Bergkönigreich hinter sich ließen. Sie widmete sich voller Hingabe Lotty. Seit sie wieder unter Vernons Knute standen, war das Mädchen immer ängstlicher geworden und benahm sich nun wieder wie ein Baby. Lotty nuckelte an ihrem Daumen, nässte ins Bett und brach bei jedem plötzlichen Geräusch oder Geschrei in Tränen aus. Sie klammerte sich die meiste Zeit über an Alice – und an ihre abgenutzte Stoffpuppe, die ihre *ayah* die ganze Zeit über hatte aufbewahren können. Vernon reagierte schnell gereizt auf Lottys Weinen und ihre Trotzanfälle. Er warf Alice vor, das Mädchen zu verhätscheln.

Alice tat, was sie konnte, um ihre Tochter zu trösten und zu beruhigen, obwohl ihre eigene Stimmung niedergeschlagen war und die gemeinsame Zukunft, die sie für sich und ihre Tochter sah, trostlos wirkte. Irgendwie musste sie sich aufraffen, Vernon die Stirn zu bieten. Sie würde nicht zulassen, dass er auch das seelische Feuer ihrer Tochter auslöschte. Sie wollte, dass Lotty als glückliches und geistig unabhängiges Mädchen voller Lebensdurst aufwuchs, so wie Alice selbst damals auf Black Harbour Island.

Alice wusste, dass ihr mit Vernon ein Kampf bevorstand, in dem es ausschließlich auf ihre Willenskraft ankam, und sie würde ihn allein durchstehen müssen, ohne sich auf John verlassen zu können. Es war die Zukunft ihrer Tochter, für die sie kämpfen musste. Der Gedanke verlieh ihr neue Entschlossenheit, Vernon gegenüber nicht klein beizugeben. Als sie sich Peschawar und dem Pandschab näherten, schwor Alice sich, nicht zuzulassen, dass sie und Lotty wieder so von ihren Freunden abgeschnitten wurden.

* * *

Aber Vernon schien es darauf anzulegen, all ihre Versuche zu durchkreuzen, Kontakt zu den Aytons oder Sales aufzunehmen. Im Chaos der Wüstengarnisonsstadt Peschawar, in der es von noch mehr Soldaten als sonst wimmelte, suchte Vernon ihnen ein Quartier auf Zeit abseits der Militärlager und ihrer Freunde. In der Karawanserei der Stadt mietete er ein paar Zimmer, die sich sicher bewachen ließen. Er war bester Laune. Aus Simla und von dem neuen Generalgouverneur Ellenborough war die Nachricht eingetroffen, dass zahlreiche Ehrungen und Beförderungen für die Veteranen des Afghanistankriegs bevorstanden.

Es war, als hätte es die törichte Invasion und den desaströsen ersten Rückzug nicht gegeben. Sale, Pollock und Nott sollten Großkreuzritter des Ordens vom Bade werden. Alice dachte voller Zuneigung an ihre Freundin Florentia und daran, wie sehr diese sich für ihren Mann freuen würde. Ungeduld, die Sales und die Aytons wiederzusehen, flammte erneut in ihr auf. Wenn sie ein paar Tage lang in Peschawar sein sollten, würde sie sie aufsuchen, ganz gleich, was Vernon sagte. Wie sehr sehnte sie sich auch danach, etwas von John zu hören!

»Ich werde zum Lieutenant Colonel befördert«, frohlockte Vernon, »das wird ja auch verdammt noch mal Zeit. Ich habe genug von diesen Barbaren getötet, um es zu verdienen, zum Ritter geschlagen zu werden, aber ich nehme an, das wird warten müssen. Ich würde gern den Gesichtsausdruck meines alten Herrn sehen, wenn er von meinen Heldentaten hört.«

Und er beeilte sich, ihr zu erzählen, dass John keinen Ruhm zu erwarten hatte.

»Ellenborough hält nichts von den politischen Offizieren«, verkündete Vernon hämisch. »Er sagt sehr zu Recht, dass sie diejenigen sind, die an dem ganzen Schlamassel schuld sind – sie haben viel Geld zum Fenster hinausgeworfen und sich bei den Afghanen angebiedert. Was Sinclair getan hat, zählt fast schon als Überlaufen zum Feind – er und Akbar waren doch wie Pech und Schwefel. Es heißt, dass Leute wie er und Pottinger vielleicht vor ein Kriegsgericht gestellt werden.«

»Das wäre höchst ungerecht!«, rief Alice. »Wenn sie nicht gewesen wären, dann wären wir alle inzwischen tot. Du verdankst ihnen dein Leben so sehr wie jeder andere.«

Vernon blaffte: »Das ist Unsinn! Mich haben schlicht und einfach gutes Kriegshandwerk und Mut am Leben gehalten.« Er warf ihr einen boshaften Blick zu. »Aber du musst dir keine Sorgen um Sinclair machen. Ich habe gehört, dass er den Dienst quittiert – wahrscheinlich ist das seine Art, die Schande einer öffentlichen Demütigung zu vermeiden. Er läuft davon. Darin war er schon immer gut, nicht wahr, meine Liebe?«

Alice musste das Zimmer verlassen, bevor sie sich ihre Wut und Kränkung angesichts seiner Worte anmerken lassen konnte. John wusste mittlerweile bestimmt, dass sie zu Vernon zurückgekehrt war. Sie hatte sich damit abgefunden, dass sie sich, als sie vor der Wahl zwischen John und Lotty gestanden hatte, für Lotty entschieden hatte. Aber wenn John die Company endgültig verließ, würde sie vielleicht nie mehr Gelegenheit haben, ihn wiederzusehen, und ihm ihre Entscheidung nicht erklären können. Der Gedanke ließ sie verzweifeln.

Zwei Tage vergingen, aber zu Alice' Enttäuschung hielt Vernon sie in ihrem Quartier eingesperrt. Er behauptete, die Stadt sei zu voll von Dieben und Mördern, sodass Lotty dort nicht sicher wäre. Er dagegen war in beschwingter Stimmung. Er prahlte damit, dass seine Beförderung ihm eine Einladung zu einem Festbankett eingebracht hatte. General Avitabile, ein italienischer Söldner im Dienst der Sikhs, der als großzügiger Gastgeber bekannt war, gab in seinem mit allen Annehmlichkeiten ausgestatteten Palast ein Fest für einige der Offiziere.

Während Gita Lotty auf dem Innenhof badete, sah Alice zu, wie Vernon sich fertig machte, um auszugehen. Jetzt war der Zeitpunkt gekommen, seine gute Laune auszunutzen.

»Ich würde mich gern mit Emily treffen«, sagte Alice und machte sich auf Vernons Missbilligung gefasst. »Lotty vermisst Alexander, und es würde sie unglaublich aufmuntern. Ich dachte, wir könnten den Abend zusammen verbringen, während ihr Männer unterwegs seid.«

»Du gehst nirgendwohin«, sagte Vernon. »Das ist nicht die Art von Essen und Unterhaltung, an der Ayton gewöhnlich teilnimmt. Aber falls er doch anwesend sein sollte, richte ich ihm von dir aus, dass er Emily schön grüßen soll.«

Alice vertraute ihm nicht. Sie war sicher, dass er ihr Botschaften ihrer Freunde vorenthalten hatte. Vernon hatte es abgestritten, aber Alice konnte nicht glauben, dass Emily in den vergangenen Wochen, die sie voneinander getrennt gewesen waren, nicht versucht hätte, Kontakt zu ihr aufzunehmen.

»Wir können Bali mit einer Nachricht zu den Aytons schicken, um festzustellen, ob Sandy am Bankett teilnimmt«, schlug Alice vor. »Wenn er zu Hause bleibt, wären Lotty und ich dort gut beschützt.« Sie versuchte, den Sarkasmus aus ihrer Stimme herauszuhalten.

Vernon sah sie gereizt an.

»Zu welchem Zweck? Charlotte wird sich ohnehin daran gewöhnen müssen, bald auf Alexander als Spielkameraden zu verzichten.«

»Warum?«, fragte Alice und spannte sich an. »Früher oder später kehren wir doch alle nach Simla oder Kalkutta zurück – sobald all die geplanten Siegesparaden und das Großtun vor dem Generalgouverneur in Firozpur vorbei sind.«

Vernon hielt im Haarebürsten inne. Das Duftöl, das er benutzte, um seiner Frisur Halt zu verleihen, ließ Alice übel werden. Sein verächtlicher Gesichtsausdruck verriet ihr, dass es ihn ärgerte, dass sie so abfällig über die geplante triumphale Heimkehr redete.

»Ich wollte es dir erst in Kalkutta sagen, aber du kannst es genauso gut gleich erfahren. Ich habe beschlossen, Charlotte nach Hause nach England zu schicken.«

Alice sah ihn fassungslos an. »Nach England?«

»Ja, damit meine Eltern dafür sorgen können, dass sie wie eine englische Adlige aufwächst. Sie war hier draußen zu vielen schlechten Einflüssen ausgesetzt – sie hat sogar die Sprache dieser Wilden aufgeschnappt. Gott weiß, was der kleine Quälgeist die Hälfte der Zeit über plappert.«

Alice war wie vor den Kopf geschlagen. »Habe ich denn nicht ein Wörtchen mitzureden, was aus unserer Tochter wird?«, fragte sie empört.

»Meine Liebe, ich bin zu dem Schluss gekommen, dass meine Mama und mein Papa sich weitaus besser dabei anstellen werden, Charlotte zu erziehen, als du es kannst – dir fehlt die nötige Kinderstube. Aber wir werden sie gemeinsam nach England bringen.« Vernon widmete sich wieder seinem Haar. »Nach den Siegesfeiern steht mir ein bisschen Urlaub zu. Wenn wir in Buckley Hall sind, werden wir sehen, ob ich dir genug vertrauen kann, um dich bei meiner Tochter bleiben zu lassen, oder ob du besser mit mir nach Indien zurückkehrst.« Er drehte sich um und warf ihr einen warnenden Blick zu.

»Vertrauen?«, stammelte Alice.

»Ja«, sagte Vernon. »Wenn du dich dieses eine Mal als fügsame Ehefrau erweist und mich nicht wieder so in Verlegenheit bringst wie mit Sinclair, gestatte ich dir, in Buckley Hall bei Charlotte zu bleiben.«

Alice spürte, wie Wut in ihr aufflammte. Nach allem, was sie durchgemacht hatte, und nachdem er sie gezwungen hatte, sich ihm zu unterwerfen, drohte er ihr immer noch damit, sie von Lotty zu trennen!

»Ich bin nicht bereit, mich so von dir schikanieren zu lassen«, protestierte Alice. »Du hast kein Recht, mir meine Tochter wegzunehmen und sie zu deinen Eltern zu geben. Du hast nie auch nur ein gutes Wort über deine Mutter und deinen Vater verloren, und doch würdest du ihnen mit Freuden deine eigene Tochter anvertrauen, damit sie so in Furcht versetzt und gezüchtigt wird wie du?«

»Wie kannst du es wagen, so von meinen Eltern zu reden!« Vernon schmetterte seine Bürste hin. »Sie haben Wert auf Disziplin gelegt – das hat mich zu einem besseren Mann gemacht.«

»Nun, ich lasse jedenfalls nicht zu, dass sie meiner Tochter Angst machen«, gab Alice zurück. »Ich bin in einem liebevollen Haushalt aufgewachsen, ganz gleich, wie einfach unsere Verhältnisse waren, und das will ich auch für Lotty. Dir ist gleich, was mit ihr geschieht, nicht wahr? Du lebst erst sechs Wochen lang wieder mit ihr zusammen und kannst es schon nicht mehr ertragen, sie in deiner Nähe zu haben. Du schickst sie fort nach England, nur damit du dir nicht die Mühe machen musst, ihr ein Vater zu sein!«

Vernon stürzte sich auf Alice und packte sie an den Haaren. Bei der Berührung erstarrte sie vor Schreck. Er hatte sie kaum angefasst, seit er sie gezwungen hatte, wieder mit ihm zusammenzuleben.

»Nein, das Mädchen ist mir gleichgültig!«, knurrte er. »Ich will einen Jungen. Schenk mir einen Sohn, dann lasse ich dich in Ruhe! Es ist mein Recht als dein Mann.«

Alice sah den Hass in seinem verzerrten Gesicht, aber sie ließ sich nicht einschüchtern. Sie hatte seine Drohungen und seine feige Tyrannei lange genug ertragen.

»Du kannst mich wie eine Sklavin eingesperrt halten«, zischte sie, »aber ich werde nie dir gehören! Auch wenn du dich mir aufzwingst, Vernon, wird das Baby trotzdem nicht deines sein – sondern Johns. Ich erwarte ein Kind von ihm.«

Er riss ungläubig die Augen auf. »Du lügst!«

»Es ist die Wahrheit«, sagte Alice trotzig. »Na, was willst du jetzt tun? Mich halb tot prügeln? Du kannst mir nichts antun, das du nicht schon getan hast – und ich werde dir dennoch nicht gehören. Und wenn du Lotty auch nur ein Haar krümmst, dann ramme ich dir eigenhändig ein Messer in den Leib, das schwöre ich dir!«

Einen Moment lang schien Vernon so schockiert von ihrem Ausbruch zu sein, dass er seinen Griff lockerte.

»Du Hure!«, brüllte er dann. Mit aller Kraft stieß er sie gewaltsam von sich.

Alice verlor das Gleichgewicht, stürzte gegen die Seite seiner Kleidertruhe und stieß sich die Hüfte. Als der Schmerz sie durchzuckte, machte sie sich auf den nächsten Schlag gefasst. Aber in dem Augenblick erschien Gitas ältester Sohn, Adeep, in der Tür.

»Buckley Sahib, Ihr *doolie* ist bereit.«

Vernon zögerte. Alice sah ihm an, dass es ihn in den Fingern juckte, sie zu züchtigen. Stattdessen bedachte er sie nur mit einem wütenden Blick.

»Ich befasse mich später mit dir«, drohte er. »Du wirst mir den Spaß heute Abend nicht verderben. Avitabile lässt für uns die besten Tänzerinnen der Provinz kommen. Ich werde mir mein Vergnügen suchen, wo garantiert ist, dass ich eine willige Frau bekomme. Ich kann mir nicht vorstellen, was Sinclair in dir sieht – oder was ich je in dir gesehen habe.«

Damit stolzierte er aus dem Zimmer und ließ Alice zitternd vor Erleichterung zurück. Sie wusste, dass Adeep eingegriffen hatte, um sie vor einer Tracht Prügel zu bewahren, und sie empfand eine Welle der Dankbarkeit dem tapferen jungen Diener gegenüber. Mit pochender Hüfte richtete sie sich auf.

Was hatte sie geritten, Vernon zu sagen, dass sie schwanger war? Sie hatte selbst erst seit Kurzem den Verdacht. Es war ein Hauch von einem Gedanken gewesen, der ihr in den letzten beiden Wochen immer wieder durch den Kopf gegangen war, aber sie wusste, dass ihre wachsende Geruchsempfindlichkeit und der metallische Geschmack in ihrem Mund nur eines bedeuten konnten. John und sie hatten in einer ihrer wenigen leidenschaftlichen Liebesnächte unter den Sternen und Maulbeerbäumen auf dem Hof im fernen Bamiyan ein Kind gezeugt. Die Erkenntnis weckte freudige Erregung in ihr, aber zugleich hatte sie Angst um das Baby, das in ihr heranwuchs.

Als Alice auf den Hof hinkte, um Lotty zu suchen, fragte sie sich, ob Adeep oder Bali mutig genug sein würde, eine Nachricht für sie zu überbringen und John zu suchen. Ganz gleich, welche Pläne er hatte, er hatte ein Recht, von ihrem Kind zu erfahren.

Gita bedachte sie mit einem besorgten Blick; ihre Augen waren so voller Mitgefühl, dass Alice plötzlich den Tränen nah war. Sie wusste, dass Gita den Streit mit Vernon mit angehört haben musste.

»Mir geht es gut«, versicherte Alice mit einem zittrigen Lächeln und setzte sich auf einen Hocker. Lotty kletterte eilig auf ihren Schoß. Alice hielt das Mädchen fest, vergrub ihr

Gesicht in Lottys weichem Haar und schluckte die Tränen hinunter.

Alice wurde klar, dass es ein Fehler gewesen war zu glauben, dass bei Vernon zu bleiben der einzige Weg war, ihre Tochter zu schützen und dafür zu sorgen, dass man sie nicht voneinander trennte. Sie sah jetzt ein, dass sie sich beide niemals sicher fühlen würden, solange sie unter Vernons Kontrolle blieben.

Sie würde nicht angstvoll darauf warten, dass Vernon zurückkehrte. Das wollte er ja gerade – dass sie gelähmt von dem Gedanken, was er ihr Schreckliches antun könnte, tatenlos ausharrte. Sie würde jetzt auf die Suche nach den Aytons gehen und sich ihnen auf Gedeih und Verderb anvertrauen, in der Hoffnung, dass ihre Freunde sie und Lotty aufnehmen würden – und auch Gita und die Jungen. Von dort aus würden sie eine Nachricht an John schicken können.

Mit neuem Mut sagte sie zu Gita: »Kannst du bitte Bali holen? Ich habe eine Aufgabe für ihn.«

Die *ayah* erwiderte ihren Blick unverwandt und schüttelte den Kopf. »Es tut mir leid, Memsahib; der Junge überbringt gerade eine Nachricht.«

Alice spürte eine Welle der Panik in sich aufsteigen. Sie musste heute Abend handeln. »Wenn er zurückkommt, schickst du ihn dann bitte sofort zu mir? Oder Adeep, falls er eher wieder da ist.«

Gita nickte. Alice erschauerte, als die Kühle des frühen Novemberabends sich herabsenkte, und eilte mit Lotty ins Haus.

Kapitel 43

Alice hatte gedacht, dass sie unmöglich Schlaf finden würde, aber sie musste eingedöst sein. Plötzlich war sie hellwach, als sie Lärm am Tor hörte. Ein Mann rief etwas, und die Sepoy-Wachen protestierten. Alice setzte sich sofort auf. Ihr wurde flau im Magen bei dem Gedanken, dass Vernon vielleicht betrunken zurückkehrte. Dann wurde ihr klar, dass die Stimmen sich auf Hindustani stritten. Die Sprache hatte Vernon nie richtig gelernt.

Alice kam eilig auf die Beine, ließ Lotty schlafend auf der Matratze neben ihrer liegen und eilte barfuß zur Tür.

Ein hochgewachsener Afghane mit Turban drängte sich an den Wachen vorbei. Dann sah sie unter seinem Umhang eine rote Uniform aufblitzen.

»John?«, keuchte sie.

Er ging über den Hof auf sie zu. Beim Anblick seines besorgten Gesichts gaben ihre Knie unter ihr nach. Er fing sie auf und hielt sie fest.

»Alice! Ich bin gerade erst aus Dschalalabad eingetroffen. Emily hat mir erzählt, dass Vernon dich wie eine Gefangene behandelt. Warum hast du nicht nach mir geschickt?«

Alice begann vor Verzweiflung und Erleichterung zugleich zu zittern. »Ich k… konnte nicht. Er hat nicht zugelassen, dass ich Nachrichten schicke.«

Sie sah, wie er die Zähne bleckte. »Dieser Bastard!«, knurrte er.

»Er hat mich vor die Wahl gestellt«, sagte Alice unter Tränen. »Hat mir damit gedroht, dass ich Lotty nie wiedersehen würde, wenn ich mit dir davonliefe. Das konnte ich nicht zulassen.«

John zog sie in seine Arme. »Natürlich nicht. Und er wird dich nicht mehr bedrohen. Ich nehme dich und Lotty jetzt von hier mit, und Buckley wird mich nicht aufhalten.«

»Aber Vernon hat gesagt, dass du aufgibst und gehst – dass du den Dienst quittierst. Ich dachte, ich würde dich nie wiedersehen.«

»Da hat Buckley leeres Geschwätz weitergetratscht. Ich war wochenlang in Kabul von allem abgeschnitten, weil ich Prinz Schapur und die gemäßigten Häuptlinge unterstützt habe. Aber die Situation dort ist hoffnungslos. Es ist nur eine Frage der Zeit, bevor Dost Mohammed zurückkehrt und mit Akbar an seiner Seite den Thron zurückerobert. Der ganze Feldzug war für nichts und wieder nichts. Khan Schirin Khan hat mich angefleht, abzureisen und Rajban und seine Familie mit zurück nach Indien zu nehmen, bevor es zu weiterem Blutvergießen kommt.«

Alice schluckte. »Ich kann noch gar nicht glauben, dass du hier bist.«

»Ich bin geradewegs zu den Aytons gegangen, nachdem ich hier angekommen war, weil ich dachte, ich würde dich dort finden. Emily hat mir gesagt, dass Sandy bei Avitabiles Bankett ist. Bestimmt ist auch Buckley dort?«

Alice nickte. »Wir hatten einen schrecklichen Streit, bevor er aufgebrochen ist. Ich habe ihm gesagt, dass ich mich ihm nie unterwerfen würde, ganz gleich, was er mir antäte. Und ich habe ihm etwas über uns erzählt, das ihn wütend auf mich gemacht hat.«

John sah ihr in die Augen. »Was hast du gesagt?«

»Dass ich ein Kind erwarte – dein Kind.«

»Mein Kind?« Es lag Staunen in seiner Stimme.

Alice nickte. Ihre Augen brannten vor Tränen der Rührung angesichts der Liebe in Johns Gesicht. Er zog sie eng an sich und küsste sie auf die Stirn.

»O mein Schatz, du Tapfere! Ich liebe dich so sehr. Ich kann es nicht ertragen, daran zu denken, dass du die letzten Wochen über all die Erniedrigungen durch Buckley aushalten musstest. Wenn ich davon gewusst hätte, wäre ich aus Kabul gekommen und hätte dich befreit.«

»Das hätte alles nur noch schlimmer gemacht«, erwiderte Alice. »Solange wir in Afghanistan waren, bestand keine Aussicht auf Entkommen. Aber jetzt ist es anders. Ich bleibe keinen Moment länger bei ihm. Alles, was ich will, ist, dass Lotty und ich bei dir sind.«

»Das sollt ihr auch sein«, sagte John inbrünstig. »Ich gehe nicht von hier weg, ohne euch mitzunehmen.«

Alice ging das Herz auf. Sie fühlte sich wieder tapfer. »Woher wusstest du, wo ich bin?«

»Bali hat mich bei den Aytons gefunden«, sagte John. »Gita hatte ihn geschickt. Sie muss sich Sorgen um dich gemacht haben.«

»Die liebe Gita!«, hauchte Alice.

»Komm jetzt«, drängte John sie, »wir müssen los. Gita und die Jungen können ein paar Sachen einpacken. Ich trage Lotty.«

Alice ging mit John ins Haus. Lotty schlief zusammengerollt und hatte den Daumen halb im Mund. Zärtlich beugte John sich zu dem Mädchen hinab und hob es hoch. Lotty murmelte etwas im Schlaf, beruhigte sich aber sofort in seinem starken Griff. Wenige Minuten später waren sie zum Aufbruch bereit.

Als sie sich dem Tor näherten, verkrampfte Alice sich. Was, wenn die Wachen versuchten, sie aufzuhalten? John rief etwas in seiner Muttersprache Gälisch, und ein Ruf ertönte zur Antwort. Als sie durchs Tor trat, sah Alice Colin und Rajban bewaffnet draußen warten. Colin lächelte ihr aufmunternd zu.

»Wir gehen in MacRaes Quartier«, erklärte John ihr. »Wenn Buckley wieder nüchtern ist, wird er eine Weile brauchen, dahinterzukommen, wohin du verschwunden bist. Aber dann muss er erst einmal an uns Highlandern vorbeikommen.«

Alice drehte sich der Magen um, als sie sich vorstellte, wie erzürnt und rachsüchtig Vernon sein würde, wenn er feststellte, dass sie nicht mehr da war. Hätten sie doch nur Peschawar sofort verlassen können! Aber John war noch Soldat der Company, und jetzt zu fliehen, würde als Desertion gewertet werden. Alice hatte schon ein schlechtes Gewissen gehabt und sich für seinen Ungehorsam der Company gegenüber verantwortlich gefühlt, als er sich nach Ladakh davongemacht hatte. Sie würde nicht der Grund dafür sein, dass es mit seiner Karriere endgültig vorbei war.

Sie zog den Pashminaschal um ihre Schultern – er wirkte schon etwas fadenscheinig, aber er war aus dem Stoff gefertigt, den John ihr geschickt hatte, und sie würde sich nie davon trennen. Der Schal fühlte sich an wie eine tröstliche Umarmung, die ihr Mut einflößte.

* * *

Alice und Lotty verbrachten den Rest der Nacht mit Gita und ihrer Familie in einem engen Raum im Obergeschoss eines Flachdachhauses, in dem einige der Artillerieoffiziere wohnten. Es waren alles schottische Landsleute, wie Colin ihr erzählte, die ihren Aufenthaltsort nicht an Vernon verraten würden. Ein paar von ihnen erinnerten sich, wie arrogant sich ihr heutiger Mann in Addiscombe ihnen gegenüber verhalten hatte.

Alice wurde vom Ruf zum Gebet unmittelbar vor Anbruch der Morgendämmerung geweckt. Sie setzte sich auf. Ihr Inneres verkrampfte sich. War Vernon schon zu Hause? War er etwa schon dabei, ihnen einen Suchtrupp nachzuschicken? Als sie sich im schwachen Licht umsah, sah sie das Glimmen einer Zigarette. John stand in der Tür und hielt Wache. Er spürte, dass sie ihn beobachtete, und wandte sich ihr zu. Sogar im Halbdunkel erkannte sie, dass er lächelte. Wärme breitete sich in ihr aus.

Sie stand auf und stieg, um zu ihm zu gelangen, über Adeep und Bali hinweg, die in ihre Decken gewickelt schliefen.

»Was passiert heute?«, flüsterte Alice und legte ihre Arme um seine Taille.

Er drückte seine Zigarette aus, zog sie an sich und küsste sie von oben auf den Kopf. »Du bleibst hier. Nicht lange«, versprach John. »Colin sagt, dass Pollock das Pandschab schnell durchqueren möchte. Wir werden mit der Vorhut reisen. Sobald wir den Satluj überquert haben, können wir mit Rajban in einen der Fürstenstaaten um Simla aufbrechen – oder wohin auch immer du willst.«

Alice lächelte ihn zärtlich an. »Mir ist es gleich. Ich gehe überallhin, solange ich bei dir und Lotty bin. An irgendeinen Ort, wo wir sicher sind vor …«

Sie konnte es nicht einmal über sich bringen, Vernons Namen auszusprechen, als könnte allein das ihn irgendwie herbeizaubern. Sie standen gemeinsam da und sahen zu, wie die Morgendämmerung über den dunklen Mauern der Stadt rosafarben wurde. Leute, noch in Decken gehüllt, regten sich allmählich im Basar unter ihnen. Der Geruch der Dungfeuer lag in der kalten Luft. Alice spürte, wie sich Anspannung quer über ihre Stirn legte, als sie daran dachte, dass Vernon dort draußen war, mit schwerem Kopf und rachsüchtig auf der Suche nach ihr.

John schien ihre Sorgen zu erraten. »Er wird dich nie wieder anrühren«, flüsterte er ihr ins Ohr. »Das verspreche ich dir.«

Im selben Augenblick streifte etwas Weiches ihre Beine. Alice warf einen Blick nach unten und sah die schlaftrunkene Lotty vor ihnen stehen.

»Lieutenant John?«, fragte sie und schaute zu dem großen Mann hoch, der ihre Mutter im Arm hielt.

John ging sofort in die Hocke und lächelte das Mädchen an. »Der bin ich. Wie geht es dir und Gita-Püppchen? Hat sie gut geschlafen?«

Lotty drückte die zerlumpten Überreste ihrer heiß geliebten Puppe an ihre Brust. Sie hatte sich seit ihrem Wiedersehen mit Alice nicht von der Puppe getrennt. Jetzt nickte sie.

»Gut«, sagte John. »Möchte sie jetzt vielleicht etwas zum Frühstück?«

Lotty flüsterte der Puppe etwas zu und nickte dann John zu. »Sie möchte *chapattis* und Quark mit Honig.«

John grinste. »Dann soll sie auch genau das bekommen.«

Alice legte Lotty zärtlich die Hand auf den Kopf und lächelte John an. »Du weißt, wie sehr ich dich liebe, nicht wahr?«, fragte sie leise.

Das Lächeln, das John ihr zur Antwort schenkte, ließ ihr Herz vor Liebe erglühen.

* * *

Alice konnte es kaum ertragen, John gehen zu sehen.

»Ich klopfe zweimal laut an, wenn ich zurückkomme, damit du weißt, dass ich es bin«, sagte er zu ihr. Mit einem schnellen Kuss auf die Lippen ließ er sie allein. Sie und Gita verriegelten die Tür hinter ihm. Alice hörte ihn die Außentreppe hinunterpoltern und nach Colin rufen. Dann waren sie fort.

Den ganzen Tag über versuchte Alice, sich von ihren angstvollen Gedanken an Vernon abzulenken, indem sie mit Lotty spielte. Ein- oder zweimal schlich sie sich auf die abgeschirmte Veranda und spähte durch das Gitterwerk auf die Straße unter sich. Fast rechnete sie damit, ihren Mann zu sehen, wie er eine Szene machte. Es herrschte geschäftiges Treiben, und der Anblick uniformierter Soldaten ließ ihr Herz vor Angst rasen, aber kein Einziger von ihnen entpuppte sich als Vernon.

Was, wenn er John gefunden hatte und die beiden einen schrecklichen Kampf ausgefochten hatten? Was, wenn John verletzt war – oder noch schlimmer? Das Warten und die Ungewissheit waren eine einzige Qual.

Als das doppelte Klopfen ertönte, zuckte Alice vor Schreck zusammen. Sie tauschte einen besorgten Blick mit Gita, aber John rief durch die Tür nach ihr.

»Alice, mach auf. Ich bin es – du hast nichts zu befürchten.«

Die Frauen beeilten sich, die Tür zu entriegeln. John stand im Türrahmen. Sein hochgewachsener Körper sperrte fast das Licht aus. Da sein Gesicht im Schatten lag, konnte Alice seine Miene nicht sehen, aber sie spürte Anspannung in seinen breiten Schultern.

»Was ist?«, fragte Alice ängstlich. »Hat er dir etwas getan?«

John schüttelte den Kopf. »Gita, behalt Lotty bitte für ein paar Minuten hier bei dir«, sagte er zu der *ayah*. Dann nahm er Alice an die Hand und zog sie auf die Außentreppe, die seitlich am Haus heraufführte. Als sie aus dem Halbdunkel drinnen trat, kniff sie die Augen gegen das plötzliche grelle Licht zusammen.

»Was ist?«, wiederholte sie. »Es ist doch etwas passiert, nicht wahr?«

John sah ihr in die Augen. »Buckley ist tot.«

Alice schnappte ungläubig nach Luft. »Vernon ist tot?«

John nickte mit grimmigem Blick. Schon als die erste Welle der Erleichterung sie durchströmte, hatte Alice eine schreckliche Vorahnung.

»Hast … hast du …?«

John packte sie. »Nein, Alice. Man hat ihn vor ein paar Stunden ermordet in Avitabiles Haus gefunden, aber ich hatte nichts damit zu tun.«

»O Gott! Ermordet?«

»Sandy sucht schon die ganze Zeit nach dir, um es dir zu sagen.«

»Das verstehe ich nicht. Erst vor ein paar Stunden? Er war die ganze Zeit dort? Wer hätte denn so etwas tun sollen?« Etwas an seinem Gesichtsausdruck ließ Alice ahnen, dass er es wusste. »Sag es mir. Bitte, John, du musst!«

»Die Diener hatten die Anweisung, ihn heute Morgen nicht zu stören. Er hatte in den frühen Morgenstunden eine der Tänzerinnen mit ins Bett genommen.«

Alice wurde blass. »Willst du mir etwa erzählen, dass ein *nautch*-Mädchen ihn getötet hat?«

John schüttelte den Kopf. »Ich glaube nicht, dass sie eines war.« Er zögerte.

»Sprich weiter«, bat Alice. »Nichts, was du sagst, kann mich jetzt noch schockieren.«

»Man hat Buckley mit durchgeschnittener Kehle und ausgestochenen Augen gefunden«, sagte John. »Es war eine sehr persönliche Art von Rache.«

Alice schauderte bei der Vorstellung, wie barbarisch ihr Mann getötet worden war.

»Welche Frau könnte den beim besten Willen …?« Alice wurde schwindlig.

»Man hat ein Jagdmesser neben dem Leichnam gefunden. Sandy hat es mir gezeigt – ich habe es schon einmal gesehen. Es hat Abdullah gehört, dem Häuptling der Ghilzai.«

»Raizas Bruder?«

John nickte.

»Aber er ist tot«, sagte Alice. »Vernon hat darüber gejubelt. Er hat allerdings gesagt, Abdullahs Witwe hätte den Kampf aufgenommen …«

Plötzlich verstand sie. Sie starrte John an.

»Genau«, sagte er. »Ich glaube, Abdullahs Witwe hat ihre Rache bekommen. Ob sie sich nun selbst als *nautch*-Mädchen ausgegeben oder Buckley nur mit einer Tänzerin angelockt hat, werden wir nie erfahren. Aber ich glaube, sie hat das Messer dort hinterlassen, um zu zeigen, dass Abdullahs Familienehre wiederhergestellt worden ist.«

Alice war erschüttert über die Neuigkeiten. Sie würde Vernon keine Träne nachweinen, aber sie hätte ihm kein so gewaltsames Lebensende gewünscht.

»Man wird vertuschen, dass es ein Mord war«, sagte John. »Ein Militärarzt wird feststellen, dass er einen Herzstillstand erlitten hat. Ein Skandal wie dieser könnte zu weiteren Rachemorden führen, und Avitabile will nicht, dass man ihn dafür verantwortlich macht. Pollock auch nicht. Er will, dass seine Männer von hier abziehen und so bald wie möglich nach Britisch-Indien zurückkehren.«

Alice ließ den Blick über die von der Sonne erwärmten Dächer schweifen. Das grelle Licht wurde milder, als die Sonne Stück für Stück hinter der schroffen Bergkette im Westen verschwand. Vernon war tot. Das bleierne Gefühl, das sie so lange in ihrer Brust mit sich herumgeschleppt hatte, ließ allmählich nach. Sie musste nie mehr Angst vor ihm haben.

Sie wandte sich John zu und sah in sein besorgtes Gesicht.

»Ich bin ihn los«, murmelte sie. »Ich bin *frei*.«

John umfasste mit den Händen ihr Gesicht. »Mein Schatz, Alice.«

»Jetzt steht nichts mehr zwischen uns«, sagte Alice und spürte, wie Rührung in ihr aufstieg.

Er küsste sie zärtlich, und plötzlich wurde sie von Schluchzern geschüttelt. Tränen der Erleichterung – auch des Schmerzes und des Entsetzens, aber vor allem der Erleichterung – strömten ihr über die Wangen.

John hielt sie liebevoll in seinen starken Armen und streichelte ihr Haar, bis sie sich nach und nach beruhigte.

»Heute Abend beginnen wir unser gemeinsames Leben«, versprach er. »Das Leben, das für uns schon vor Jahren hätte anfangen sollen. Aber es ist nie zu spät. Wir lieben einander, und das ist alles, was jetzt zählt. Ich werde dich und Lotty immer beschützen.«

»Und unser Baby«, sagte Alice mit einem zärtlichen Lächeln.

»Und unser Baby«, wiederholte John. Seine grünen Augen leuchteten vor Freude.

Sie sah in sein hübsches Gesicht und verspürte bei seinem leidenschaftlichen Ausdruck freudige Erregung.

»Oh, John«, sagte sie und spürte, dass ihr schon wieder die Tränen kamen, »mein Herz gehört dir schon, seit wir uns das erste Mal begegnet sind. Jetzt, da wir endlich zusammen sind, dürfen wir einander nie mehr loslassen. Versprich mir das.«

Er küsste sie inbrünstig, um auch noch die letzten Zweifel zu verscheuchen. Als sie sich voneinander lösten, sah John sie eindringlich an. »Alice, ich schwöre dir, dass ich dich bis zu meinem Todestag nie verlassen werde.«

Alice hatte das Gefühl, dass ihr Herz bei seinen Worten vor lauter Glück zu bersten drohte. Sie standen da, die Arme umeinandergelegt, und sahen über die Stadt nach Westen zum Sonnenuntergang.

»Ich möchte«, sagte Alice, »dass du mich eines Tages nach Ramanish mitnimmst. Ich glaube, es würde Lotty dort gefallen. Vielleicht sollte unser Kind da geboren werden?«

Sie sah Johns Gesicht die Rührung an, die er bei ihrem Vorschlag verspürte. Seine Stimme war heiser vor Ergriffenheit, als er antwortete.

»Nichts wäre mir lieber, mein Schatz.«

Sie schwiegen, während sie zusahen, wie die Sonne verschwand und die hellen Abendsterne über ihnen zu leuchten begannen. Alice wusste, dass sie keine Worte mehr brauchten, um auszudrücken, was sie aus tiefstem Herzen füreinander empfanden. Sie waren eins – und von nun an würden sie das auch immer bleiben.

Glossar

ayah: Amme oder Kindermädchen
bhisti: Wasserträger
chapatti: Fladenbrot
chaprassi: Bote
charpoy: hölzerner, mit Seilen bespannter Bettrahmen
dak: Post
deodar: Himalajazeder
doolie: Sänfte, die an Stangen auf den Schultern getragen wird
durzi: Schneider
feringhi: Ausländer (pejorativ)
ghat: stufenförmiger Kai an einem Fluss
Gurkha: Nepali-Söldner im Dienst der britischen Armee
jampan: Sänfte
jelabies: klebrige Süßigkeiten
jezail: Vorderladergewehr, in Zentralasien gebräuchlich
mali: Gärtner
nautch: Tanz
pashm*: feine, weiche Unterwolle der Kaschmirziegen

Sepoy: indischer Soldat
Sirdar: hochrangige Person
syce: (Pferde-)Knecht
zenana: Frauengemach

* Paschmina ist der Stoff aus *pashm*-Wolle

Nachwort

Die Inspiration zu diesem Roman hat mir mein MacLeod-Vorfahr Lieutenant Donald MacLeod von der Honourable East India Company geliefert, der in den 1760er-Jahren seine Heimat auf der Insel Skye verließ, um in Indien ein Soldatenleben zu führen. Mein Urururgroßvater Donald starb auf der Überfahrt zurück nach Großbritannien an den Wunden, die er in der Schlacht davongetragen hatte, und sah Skye nie wieder. Obwohl der Roman eine Generation später angesiedelt ist, stammt auch mein Held von Skye und versucht, in der Armee der East India Company sein Glück zu machen.

Die Jugend meiner Heldin Alice aus Northumberland ist inspiriert von den Heldentaten von Grace Darling, einer Leuchtturmwärtertochter, die im 19. Jahrhundert zur Berühmtheit wurde, weil sie erfolgreich dabei half, Passagiere der verunglückten *Forfarshire* vor der Küste von Northumberland zu retten.

Der zweite Teil des Romans – die Invasion in Afghanistan und die folgenden Schrecken des Rückzugs und der Gefangenschaft der Frauen – basiert auf Fakten. Viele der Nebenfiguren sind historisch: die Sales, die Macnaghtens, mehrere ranghohe Offiziere, Mrs Trevor und ihre Kinder, aber auch die meisten afghanischen Anführer wie Schah Schudscha, Dost Mohammed und Akbar. Zu den Quellen für die historischen Details zählen die Augenzeugenberichte von Lady Sale und einem der gefangenen politischen Offiziere, Captain Colin Mackenzie.

Die Hauptfiguren dagegen sind völlig fiktiv.

Danksagung

Ich möchte nicht nur meinem MacLeod-Vorfahren Lieutenant Donald MacLeod – und seiner Familie auf Skye, die ihn großgezogen hat – Anerkennung zollen, sondern auch einigen heute lebenden Menschen danken. Mein Mann Graeme hat sich begeistert auf die Recherche gestürzt und mir bei vielen Tassen Kaffee und Tee laut etwas vorgelesen, während ich in die Welt der Leuchttürme, der Whisky-Schwarzbrennerei, der Großen Trigonometrischen Vermessung von Indien und der Entdecker im Himalaja eingetaucht bin. Danke für den hervorragenden Kaffee!

Auch vielen Dank an mein großartiges Lektoratsteam: an Victoria Pepe für ihre enthusiastische Unterstützung, an Celine Kelly und Jill Sawyer für ihre Professionalität und ihre guten Ratschläge und an die adleräugigen Korrektorinnen Molly Powell und Janey Floyd. Auch dir, Bekah, und dem Autorenbetreuungsteam vielen Dank dafür, dass ihr euch so gut um diese Autorin kümmert!

Printed in Poland
by Amazon Fulfillment
Poland Sp. z o.o., Wrocław

38217945R00398